N. DE MILLE / AN DEN WASSERN VON BABYLON

NELSON DE MILLE

AN DEN WASSERN VON BABYLON

ROMAN

VERLAG BUCH UND WELT

Titel der Originalausgabe: „By the Waters of Babylon“
Einzig berechtigte Übertragung aus dem Amerikanischen von
Rolf und Hedda Soellner

Berechtigte Ausgabe für den Neuen Kaiser Verlag — Buch und Welt,
Hans Kaiser, Klagenfurt,
mit Genehmigung des Scherz Verlages, Bern und München

Schutzumschlag: Volkmar Reiter unter Verwendung eines Fotos
von Incolor, Zürich, Reproduktion: Schlick KG., Graz
Fotosatz Times 9,5 Punkt, Druck: Wulfenia, Feldkirchen, Kärnten
Bindearbeit: Kaiser, Klagenfurt

Unser Kampf hat kaum begonnen. Das Schlimmste kommt noch. Europa und Amerika sollen wissen, daß es keinen Frieden geben wird . . . Daß wir möglicherweise einen Dritten Weltkrieg auslösen könnten, schert uns wenig. Die Welt hat uns benutzt, die Welt hat uns vergessen. Es ist Zeit, daß wir uns in Erinnerung bringen. Wir sind entschlossen weiterzukämpfen, um jeden Preis. Ohne unser Einverständnis können die übrigen Araber nichts erreichen. Und wir werden einer friedlichen Lösung niemals zustimmen. Wir sind der Joker im Spiel.

Dr. GEORGE HABASH
Führer der
Palästinensischen Befreiungsfront

Wir Juden weigern uns einfach zu verschwinden. Wie zielstrebig, brutal und rücksichtslos man auch gegen uns vorgeht — wir leben. Millionen von uns hat man zerbrochen, lebendig begraben, verbrannt, doch niemand vermochte je, den Geist des jüdischen Volkes zu brechen.

GOLDA MEÏR
Brüssel, 19. Februar 1976
2. Brüsseler Konferenz über die
Unterdrückung des Judentums in
Sowjetrußland

FRANKREICH: SAINT-NAZAIRE

Nuri Salameh klopfte nochmals die übergroßen Taschen seines weißen Monteuranzuges ab. Mit leicht eingezogenen Schultern stand der Elektrikerlehrling unschlüssig in der riesigen Werkshalle von Aérospatiale. Ein Trupp weiterer französisch sprechender Algerier schien rings um ihn ein unwirkliches Zeitlupenballett aufzuführen in Erwartung der Glocke, die das Ende ihrer Schicht einläuten würde.

Die Spätnachmittagssonne warf vor Staub flirrende Strahlen durch die sechs Stockwerke hohen Fenster und tauchte die schlecht geheizte Halle in eine goldene Glut, von der sich Salamehs Atem in weißen Schwaden abhob. Draußen wurde die Flugplatzbeleuchtung eingeschaltet. Eine Staffel stahlblauer Mirage-Jäger zog in V-Formation über den Himmel. Busse fuhren vor, um die Aérospatiale-Arbeiter nach Saint-Nazaire zu bringen. In der Werkshalle flackerten zusätzliche Neonleuchten an, und Salameh zuckte zusammen. Hastig warf er einen Blick in die Runde. Mindestens einer der Algerier wich seinem spähenden Auge aus. Nun wußte Salameh, daß sein Schicksal nicht mehr in seiner Hand lag, und wohl auch kaum mehr in den Händen Allahs.

Er verfiel der uralten Schwäche der Araber, ließ sich auf den Schwingen der Hoffnung aus den Tiefen der Verzweiflung zu den gefährlichen Höhen blinder Siegesgewißheit tragen. Entschlossenen Schritts überquerte er den Betonboden. Vor ihm lag die riesige Concorde auf einem Metallgerüst. Negativformen wölbten sich über, unter und rund um den Rumpf und die Tragflächen. Die Außenhaut fehlte noch zum großen Teil, und Arbeiter krochen über den langgestreckten Körper. Wie Ameisen, dachte Salameh, die über den halb aufgefressenen Kadaver einer riesigen Schmeißfliege krabbeln.

Er kletterte die Leiter zur obersten Plattform des Gerüsts hinauf, kroch weiter zu der Schablone, die an der Basis des zwölf Meter hohen Leitwerks entlanglief. Eine der unbemalten Aluminiumplatten trug die Fabrikationsnummer 4X-LPN.

Salameh schaute auf die Uhr. Zehn Minuten vor Schichtende. Er mußte es jetzt tun, sofort, ehe die Nachtarbeiter den Zugang zum Leitwerk vernieten würden. Er griff sich eine Checkliste, die an der Schablone hing, und überflog sie rasch. Dann warf er einen Blick über die Schulter nach unten. Ein Algerier, der Eisenspäne zusammenfegte, sah herauf und wandte sich wieder ab. Salameh spürte, wie ihm der Schweiß übers Gesicht rann und in dem Eishauch von Beton und Stahl erkaltete. Er fuhr sich mit dem Ärmel über die Stirn, ehe er zwischen zwei Holmen in die noch verbliebene Öffnung des aluminiumverkleideten Leitwerks glitt. Dieser hinterste Teil des Rumpfs war ein Labyrinth aus lasergeschweißten Streben und Schalen. Seine Füße fanden Halt auf den Querträgern direkt über dem Trimmtank Nummer elf. Er kauerte nieder und robbte von Sprosse zu Sprosse auf das halbfertige Druckschott zu. Er spähte über die Schottwand in den höhlenartigen Rumpf. Sechs Männer bewegten sich über den provisorischen Sperrholzboden und verlegten die Isolierung zwischen der Passagierkabine und dem Gepäckraum im Bauch der Maschine. Sie hoben abwechselnd die Planken auf, befestigten das Isoliermaterial und legten die Holzplanke wieder zwischen die Streben und Balken. Salameh sah, daß die Männer zusammen mit der Isolierung eine wabenartige Armierung aus Porzellan und Nylon anbrachten. Über ihnen, von der Decke der Kabine, hingen eine Reihe von Arbeitsleuchten. Ein Kabel führte auch bis in den hintersten Teil des Leitwerks, aber Salameh machte kein Licht. Er kauerte ein paar Minuten lang in der Dunkelheit hinter dem halbfertigen Schott. Schließlich räusperte er sich und rief in die Kabine: »Inspektor Lavalle!«

Ein hochgewachsener Franzose wandte sich vom Notausstieg, den er gerade untersucht hatte, ab und ging zur brusthohen Schottwand. Als er den Algerier erkannte, lächelte er. »Salameh. Warum verstecken Sie sich wie eine Ratte im Dunkeln?«

Der Algerier zwang sich, ebenfalls zu lächeln. Er wedelte mit der Checkliste vor dem Inspektor. »Jetzt kann zugemacht werden, wie?«

Henri Lavalle lehnte sich über das Schott. Er leuchtete mit seiner Hochleistungslampe in das sich nach hinten verjüngende Heckteil und nahm eine flüchtige Überprüfung vor. Mit der freien Hand griff er nach der Checkliste. Er betrachtete sie eine Weile und ging dann schnell die Seiten durch. Man konnte sich nicht darauf verlassen, daß diese Algerier die Kontrollpläne richtig zu lesen verständen. Lavalle prüfte jede Seite nochmals nach. Alle Kontrolleure hatten abgezeichnet. Die Inspektionen der Elektrik, Hydraulik und Treibstofftanks waren also ordnungsgemäß durchgeführt. Er überprüfte seine eigenen Eintragungen. »Ja, alle Kontrollen sind beendet«, antwortete er.

»Und meine Elektrik?«

»Ja. Ja. Gut gemacht. Die Liste ist vollständig. Das hier kann abgeschlossen werden.« Er gab dem Algerier die Liste zurück, wünschte gute Nacht und ging.

»Danke, Inspektor.« Salameh hakte die Checkliste an seinen Gürtel, drehte sich um und bewegte sich vorsichtig, in der Hocke, durch das Strebenwerk. Dabei blickte er mehrmals über die Schulter zurück. Lavalle war verschwunden. Salameh konnte hören, wie die Isolierer ihr Werkzeuge einpackten und das Gerüst hinunterstiegen. Jemand schaltete die meisten Arbeitslampen aus, und im Leitwerk wurde es dunkler.

Nuri Salameh knipste seine Taschenlampe an und leuchtete in den hohlen Schwanz. Er kletterte langsam die Sprossen hinauf, bis er fast den Punkt erreicht hatte, wo die beiden Leitwerksflächen zusammenliefen. Aus einer seiner ausgebeulten Seitentaschen zog er eine schwarze Elektrokassette, nicht größer als eine Zigarettenschachtel. Ein metallenes Typenschild wies sie fälschlicherweise als S.F.N.E.A. Nr. CD-3265-21 aus. Er nahm eine Tube Epoxy aus der Brusttasche, drückte den Klebstoff auf das Aluminium und preßte die Kassette ein paar Sekunden lang fest an die Flugzeugwand. Dann fuhr er eine Teleskopantenne aus und drehte sie von den Metallseiten des Leitwerks weg. Er wechselte vorsichtig die Stellung, stemmte den Rücken gegen eine Sprosse und die Füße gegen eine Querstrebe. Trotz der Kälte im Endstück des Leitwerks rann ihm der Schweiß übers Gesicht.

Mit einem Spezialmesser schälte er ein Stück Isolierung von einem grünen, schwarz schraffierten Draht, der zum rückwärtigen Positionslicht führte. Er zog ein Stück genau gleichen Rangierdraht aus der Tasche. Am einen Ende des Drahts hing ein kleiner Metallzylinder von der Größe einer Gauloise. Das andere Ende war ein blanker Kupferleiter. Salameh verspleißte das Kupferende mit dem Draht des Positionslichts und umwickelte die Spleißstelle sorgfältig mit Isolierband.

Langsam machte er sich an den Abstieg. Er führte dabei den grünen Draht an einem Bündel vielfarbiger Drähte entlang, bis er den Flossen-Rumpf-Übergang erreichte. Dort ließ er den grünen Draht durch die Querstreben zu seinen Füßen fallen. Er legte sich bäuchlings auf die kalten Aluminiumstreben und streckte den Arm hinunter, bis er den Trimmtank Nummer elf berühren konnte. Durch die noch verbliebenen Lücken in der Rumpfbeplankung konnte er die Köpfe der Leute sehen, die unter dem Flugzeug durchgingen. Schweiß strömte ihm übers Gesicht, und er hatte das Gefühl, die Tropfen müßten da unten auf die Männer fallen, doch keiner blickte herauf.

Aus einer weiteren Tasche zog Salameh einen etwa einpfündigen, weißen, kittartigen Klumpen. Er knetete ihn sorgfältig um die Oberseite von Trimmtank Nummer elf. Dann griff er nach dem herabhängenden grünen Draht, fuhr an ihm entlang, bis er den kleinen Metallzylinder zwischen den Fingern spürte. Er drückte den Zylinder fest in den Kitt und strich die weiße Masse darüber glatt. Die Schichtglocke schrillte, und er fuhr erschrocken hoch.

Salameh erhob sich rasch und wischte sich den kalten Schweiß von Gesicht und Nacken. Er bebte am ganzen Körper, als er sich durch die Streben zum offenen Teil des Leitwerks mühte. Mit einem Klimmzug stemmte er sich auf die Schablone und sprang von dort auf die Plattform des Stahlgerüsts. Die Ewigkeit, die seit Beginn seines Unternehmens vergangen war, hatte nicht ganz vier Minuten gedauert.

Salameh zittert immer noch an allen Gliedern, als zwei Nachtschichtnieter auf die Plattform traten. Sie sahen ihn neugierig an, und er versuchte, sich zusammenzureißen. Der eine Nieter war Franzose, der andere Algerier. Der Algerier sprach Salameh auf französisch an. »Ist das fertig?« Er streckte die Hand aus.

Salameh war einen Augenblick verwirrt, bis er gewahrte, daß die beiden Männer auf die Checkliste sahen, die immer noch an seinem Gürtel hing. Er hakte sie ab und reichte sie ihnen. »Ja. Ja. Fertig. Elektrik. Konstruktion. Hydraulik. Alles abgenommen. Kann zugemacht werden.«

Die beiden Männer überprüften die Kontrollpläne und nickten. Dann richteten sie die Aluminiumplatten, Nieten und Nietpistolen zurecht. Salameh sah ihnen so lange zu, bis seine Knie zu zittern aufgehört hatten, dann kletterte er schwerfällig die Leiter hinunter und schob seine Arbeitskarte in die Stechuhr. Er bestieg einen der wartenden Busse, saß schweigend unter den Arbeitern und sah ihnen zu, wie sie auf der Fahrt nach Saint-Nazaire Wein aus der Flasche tranken. Im Stadtzentrum stieg er aus und ging durch gewundene kopfsteingepflasterte Gassen zu seiner von Schaben wimmelnden Bleibe über einer *boucherie.* Er begrüßte seine Frau und die vier Kinder auf arabisch und sagte dann, sie sollten mit dem Abendessen warten, bis er von einer wichtigen Erledigung zurück sei. Er holte sein Fahrrad aus dem engen, dunklen Treppenschacht und schob es in die Hintergasse, dann radelte er zur Straße. Er fuhr hinunter zum Wasser, dorthin, wo die Loire in die Bucht mündet. Er keuchte vor Anstrengung, und aus seinem Mund strömte weißer Atemdunst. Die Reifen waren schlecht aufgepumpt, und er fluchte, während das Fahrrad über das Kopfsteinpflaster holperte.

Die Straßen wurden dunkler und die Fahrzeuge spärlicher, als er die geschäftige Hafenzone hinter sich ließ und zu den verlassen daliegenden riesigen Betonbunkern kam, die die Deutschen im Zweiten Weltkrieg für ihre U-Boote errichtet hatten. Die bombensicheren Bunker ragten grau, häßlich und von Treffern zerschrammt aus dem schwarzen Wasser. Hohe Ladebäume schwebten über den Docks des Hafengeländes und fingen das letzte Sonnenlicht aus der Bucht ein.

Nuri Salameh schob sein Rad bis zu der rostigen Treppe, die zu den Boxen hinunterführte, und versteckte es in einem Gestrüpp aus wildem Lorbeer. Vorsichtig stieg er die knirschenden Stufen hinunter. Dicht über dem Wasserspiegel balancierte er die Krone einer mit Moos und Entenmuscheln bewachsenen Staumauer entlang und näherte sich einer der überdeckten Boxen. Der Geruch von Dieselöl und Meerwasser stieg ihm in die Nase, als er stehenblieb und die verblichene abblätternde Beschriftung auf dem bemoosten Beton las. Zuerst kam das übliche ACHTUNG, dann ein paar deutsche Wörter, dann die Zahl acht. Salameh ging langsam weiter und betrat die U-Boot-Box durch ein verrostetes Stahlschott. Drinnen konnte er hören, wie das Wasser leise gegen die Wände klatschte. Es gab keine Beleuchtung, nur den Schein, der von den Lichtern jenseits des Flusses durch die Türöffnung fiel. Salameh tastete sich die Rampe entlang, die bis zum offenen Ende der tunnelartigen Box führte. Er schauderte in der dämpfigen muffigen Luft und mußte mehrmals ein Husten unterdrücken.

Plötzlich traf der Strahl einer Stablampe seine Augen, und er hielt die Hände vors Gesicht. »Rish?« flüsterte er. »Rish?«

Ahmed Rish knipste die Lampe aus und sagte leise auf arabisch: »Es ist erledigt, Salameh?« Es war mehr eine Feststellung als eine Frage.

Nuri Salameh fühlte die Anwesenheit weiterer Männer auf der schmalen Rampe. »Ja.«

»Ja«, echote Ahmed Rish. »Ja.« In seiner Stimme schwang teuflische Genugtuung.

Salameh entsann sich der dunklen Augen des Algeriers, die ihm den ganzen Tag hindurch gefolgt waren. Der algerische Nieter, der zusammen mit dem Franzosen gekommen war, und alle übrigen hatten aus ihrer Mitwisserschaft kein Hehl gemacht.

»Alle Kontrollen abgeschlossen? Das Heck wird heute nacht dicht gemacht?« Rish hörte sich an wie ein Mann, der alle Antworten bereits kannte, wie ein gelangweilter Dorfschullehrer.

»Ja.«

»Du hast den Empfänger an der höchsten Stelle innerhalb des Hecks befestigt — dicht an der Außenhaut?«

»Direkt unter der Außenhaut, Ahmed.«

»Gut. Die Antenne?«

»Ist ausgefahren.«

»Verspleißung? Der Empfänger wird ständig aus den Batterien der Maschine aufgeladen?«

Salameh hatte das alles im Geist viele Male geprobt. »Der Anschluß geht zum rückwärtigen Positionslicht. Der Rangierdraht fällt auch bei genauem Hinsehen nicht auf. Sogar die Farbe ist die gleiche. Grün. Kein Mensch wird den Empfänger je zu sehen kriegen, aber ich habe für alle Fälle eine Bezeichnungsnummer von Aérospatiale daran befestigt. Nur ein gelernter Elektriker ließe sich nicht täuschen. Allen übrigen Monteuren und Wartungsleuten würde entweder nichts auffallen, oder sie glaubten, daß Ding gehöre dorthin.«

Rish schien im Dunkeln zu nicken. »Ausgezeichnet. Ausgezeichnet.« Er schwieg eine Weile, aber Nuri Salameh konnte ihn atmen hören und den feuchten Atem des Mannes riechen. Dann sprach Rish von neuem. »Der elektrische Zünder ist richtig am anderen Ende befestigt?«

»Klar.«

»Das *plastique?«* Er benutzte das gängige französische Wort für Sprengstoff.

Salameh sagte auf, was ihm eingeschärft worden war. »Ist über die Oberseite des Treibstofftanks gestrichen. Der Tank ist dort leicht gerundet. Das *plastique* ist ungefähr zehn Zentimeter dick von der oberen Tankwand bis zum Zünder, der genau in der hinteren Mitte der Sprengmasse steckt. Die Masse ist unauffällig, dem Tank nachgeformt und wird nach innen losgehen und den Tank durchschlagen.« Salameh leckte sich die kalten Lippen. Er hatte nichts übrig für diese Leute und für ihre Sache, und er wußte, daß er eine große Sünde begangen hatte. Am liebsten hätte er den Auftrag glatt abgelehnt. Aber jeder Araber war ein Guerilla, sagte Rish. Von Casablanca in Marokko über fünftausend Kilometer glühender Wüste hinweg bis nach Bagdad waren sie alle Guerillas, alle Brüder. Mehr als hundert Millionen. Nuri Salameh glaubte kein Wort davon, aber da seine Eltern und seine Schwester noch in Algier lebten, mußte er wohl oder übel mitmachen. »Ich war stolz, meinen Teil beizutragen«, sagte Salameh, nur um das Schweigen zu brechen, aber er wußte, daß es ihm nicht helfen würde. Mit einem Schlag begriff er, daß sein Geschick schon seit jenem Augenblick, als diese Männer sich an ihn gewandt hatten, besiegelt war.

Rish schien nicht hingehört zu haben. Er dachte an etwas anderes. »Das *plastique.* Fällt es auch wirklich nicht auf? Vielleicht hättest du es mit Aluminiumfarbe übersprühen sollen?« sagte er geistesabwesend.

Salameh wollte um jeden Preis Gutes vermelden, Besänftigendes, die Dämonen des Zweifels austreiben. »Niemand kommt mehr dort hinein. Der Raum wird durch eine Trennwand von der druckgeregelten Kabine abgeschottet. Die gesamte Hydraulik und Elektroeinrichtung wird durch Schauöffnungen von außen her gewartet. Nur wenn irgendein Element ausfiele, müßten die genieteten Platten wieder entfernt werden. Kein Mensch wird jemals mehr die Oberseite des Treibstofftanks zu sehen bekommen.« Im Schatten hinter Rish konnte er deutlich das ungeduldige Atmen von mindestens drei weiteren Männern hören. Am Ende des Tunnels war es jetzt stockfinster. Dann und wann hörte man auf dem Fluß oder in der Bucht ein Schiff tuten; der verzerrte Ton rollte über das Wasser in den kalten Bunker.

Rish murmelte etwas.

Salameh war auf das Schlimmste gefaßt. Warum sich hier im Dunkeln treffen, anstatt in einer gemütlichen Kneipe oder in einer Wohnung? Im Herzen kannte er die Antwort, dennoch suchte er verzweifelt sein längst programmiertes Geschick abzuwenden. »Ich habe um eine Versetzung nach Toulouse eingegeben, wie du gesagt hast. Sie wird bestimmt genehmigt. Ich wäre stolz darauf, wenn ich an dem anderen Ding dort die gleiche Arbeit verrichten dürfte«, sagte er eifrig.

Rish gab ein Geräusch von sich, das wie ein Hohnlachen klang, und Salameh lief es kalt über den Rücken. »Nein, mein Freund«, sagte die Stimme aus dem Dunkeln. »Das wird bereits besorgt. Dein Joker ist im Spiel, und der andere wird auch bald untergemischt sein.«

Salameh wußte, was dieser Ausdruck bedeutete. So nannten diese Leute sich und ihre Unternehmungen — die Joker im Spiel. Zivilisierte Nationen spielten mit, bis der Joker zum Vorschein kam — in Form eines Massakers auf einem Flugplatz, einer Entführung, einer Briefbombe. Dann wurde das Spiel der Diplomaten und Minister wirr und kopflos. Niemand wußte mehr, welche Regeln galten, sobald dieser Joker auf dem grünen Filz des Kartentisches lag. Die Teilnehmer schrien einander an. Schußwaffen und Messer wurden unter dem Tisch hervorgeholt. Aus dem Spiel wurde blutiger Ernst.

Salameh schluckte noch an einem trockenen Klumpen. »Aber bestimmt.« Er hörte ein Geräusch. Rish hatte in die Hände geklatscht.

Rasch und geschickt wurde Salameh von vielen Händen an die glitschige Bunkerwand gepreßt. Er fühlte, wie der kalte Stahl über seine Kehle fuhr, aber er konnte nicht schreien, weil eine Hand auf seinem Mund lag. Er fühlte, wie ein zweites und ein drittes Messer nach seinem Herzen zielten, aber die Mörder waren nervös, sie durchstachen nur seine Lungen. Salameh fühlte das warme Blut über seine kalte klebrige Haut strömen, hörte es aus Lungen und Kehle gurgeln. Dann stieß eine vierte Klinge in seinen Nacken, um den Wirbel zu durchtrennen, aber sie glitt am Knochen ab. Salameh wehrte sich mechanisch, ohne Hoffnung. Er wußte in seiner Qual, daß die Mörder schnelle Arbeit hatten leisten wollen und nur vor Aufregung patzten. Er dachte an seine Frau und die Kinder, die aufs Abendessen warteten. Dann fand eine Klinge sein Herz, und er stieß sich in einem letzten krampfhaften Aufbäumen von seinen Henkern ab.

Rish sagte etwas mit leiser Stimme, als die Schatten über Salameh knieten. Sie nahmen ihm Brieftasche und Uhr ab, drehten seine Taschen um und zogen ihm die guten Arbeitsstiefel aus. Sie ließen ihn über den Rand der Rampe gleiten und hielten ihn an den Knöcheln über das schwarze brackige Wasser, das rhythmisch an die Seiten des Bunkers klatschte. Die Wasserratten, die während des kurzen Kampfes unablässig gepfiffen hatten, verstummten erwartungsvoll. Mit roten Knopfaugen, die von innen her beleuchtet schienen, starrten sie herauf. Salamehs Gesicht, das von Blutbächen überströmt wurde, berührte das kalte schwarze Wasser, und die Mörder ließen ihn los. Er verschwand fast lautlos. Das Geräusch der Ratten, die von den Rampen in die stinkende verpestete Brühe sprangen, hallte im Tunnel wider.

Arbeiter mit Gesichtsmasken sprühten den letzten Anstrich auf. Ihre Spritzpistolen verstummten zischend. Die Concorde glänzte emailleweiß in der höhlenartigen Lackierhalle. Stille herrschte jetzt in dem Raum, der noch vor kurzem von Geräusch und Bewegung erfüllt gewesen war. Infrarotstrahler glommen gespenstisch. Der Lacknebel hing in der geisterhaften Leere rings um die Maschine, die im rötlichen Lichtreflex erglühte. Die Entlüftungsanlage saugte den Nebel aus der Halle. Die Absauganlage schaltete automatisch ab, und die Infrarotstrahler wurden trüb und erloschen. Jäh stürzte die bläulich-weiße Lichtflut Hunderter von Neonfeldern in die dunkle Halle.

Danach schoben sich Männer in weißen Overalls schweigend herein, wie man eine heilige Stätte betritt. Sie blieben stehen und starrten eine Weile zu dem langen eleganten Vogel auf. Die Concorde schien hochbeinig und stolz dazustehen und nach Vogelart am Schnabel entlang auf die Leute herabzublicken, erhaben und gleichgültig wie der heilige Ibis des Nil.

Die Männer trugen Malerschablonen und Spritzpistolen. Sie rollten Zweihundert-Liter-Fässer mit lichtblauer Farbe herein. Gerüste wurden aufgeschlagen, lange Schablonen für die Streifenbemalung entrollt.

Ein Arbeiter legte seine Schablone am Leitwerk an, wo die Fabrikationsnummer in schwachen Konturen unter dem frischen weißen Lack durchschlug. Aus dieser Fabrikationsnummer sollte jetzt das ständige internationale Eintragungszeichen werden. Er füllte das 4X aus, die internationale Kennzeichnung für das Land, das die Maschine besitzen und fliegen würde. Dann folgte LPN, die Zulassung für dieses Flugzeug.

Auf einem höheren Gerüst über ihm zogen zwei Maler die schwarze Vinylschablone ab, die am Heck klebte. Vor der weißen Fläche stand nun ein hellblauer sechszackiger Davidstern und darunter »EL AL«.

ERSTES BUCH

ISRAEL — DIE EBENE SHARON

Sie trösten mein Volk in seinem Unglück . . .
und sagen: »Friede! Friede!«,
und es ist doch nicht Friede.
Jeremia 6,14

. . . daß sie mein Volk verführen und sagen:
»Friede!«, so doch kein Friede ist.
Hesekiel 13, 10

1

In den Hügeln Samarias, über der Ebene Sharon, standen vier Männer schweigend im letzten Dunkel vor dem Morgengrauen. Drunten zogen sich in fast neun Kilometern Entfernung die Lichterketten des internationalen Flughafens Lod über das flache Land. Jenseits von Lod sah man den verhangenen Schein von Tel Aviv und Herzliya, und noch weiter draußen spiegelte sich das Licht des untergehenden Mondes im Mittelmeer.

Die vier Männer standen auf einer Stelle, die bis zum Sechstagekrieg jordanisches Territorium gewesen war. Sie hatte 1967 einen strategischen Punkt gebildet, da sie fast einen halben Kilometer über der Sharon-Ebene in einer Enklave lag, wo die Waffenstillstandslinie von 1948 einen Bogen in israelisches Gebiet schlug. 1967 gab es keine jordanische Stellung, die dem Flugplatz Lod näher gelegen hätte. Von hier aus hatte jordanische Artillerie ein paar Salven auf den Flugplatz abgegeben, ehe israelische Kampfflugzeuge sie zum Schweigen brachten. Die Arabische Legion hatte die Stellung geräumt, wie sie das ganze Westufer des Jordans geräumt hatte. Dieser vorgeschobene Posten besaß nun keine ersichtliche militärische Bedeutung mehr. Er lag weit innerhalb des israelischen Territoriums. Verschwunden waren die Bunker, die einander über den Streifen Niemandsland gegenübergestanden hatten, und verschwunden die Kilometer von Stacheldraht zwischen ihnen. Aber vor allem waren die israelischen Grenzpatrouillen verschwunden.

Aber die Arabische Legion hatte 1967 ein paar Geschütze und ein paar Leute hier zurückgelassen. Die Geschütze waren drei Zwölf-Zentimeter-Granatwerfer mit Munition, und die Leute waren diese vier Palästinenser, frühere Soldaten des Palästinensischen Hilfskorps, das der Arabischen Legion unterstand. Damals waren sie jung gewesen und abkommandiert worden, hier zu bleiben und auf Befehle zu warten. Es war eine alte Kriegslist, ein paar Soldaten und Geschütze zurückzulassen. Alle modernen Armeen hatten sie bei einem Rückzug praktiziert in der Hoffnung, daß ein solcher Posten von Nutzen sein könnte, falls die zurückgewichene Armee erneut zum Angriff überginge.

Die vier Palästinenser stammten aus dem nahen, jetzt von den Israelis besetzten Dorf Budris und hatten während der letzten zwölf Jahre ein normales friedliches Leben geführt. Ja, sie hatten die Geschütze samt Munition völlig vergessen, bis eine Botschaft sie an die Order von damals erinnerte. Die Botschaft war aus dem Dunkel gekommen wie ein längst vergessener Alptraum, der sich plötzlich wieder einstellt. Sie gaben sich überrascht, daß eine solche Botschaft ausgerechnet am Vorabend der Friedenskonferenz eintreffen konnte, aber in Wahrheit wußten sie, daß eben dies der Grund war. Die Leute, die ihnen aus so weiter Ferne den Weg vorzeichneten, wollten diesen Frieden nicht. Und es gab keine Möglichkeit, den Befehl zu umgehen. Sie waren in die Schattenarmee genauso eisern eingezwängt, als ständen sie in Uniform auf dem Exerzierplatz.

Die Männer knieten unter den Aleppokiefern und gruben mit den Händen im weichen staubigen Boden. Sie stießen auf einen großen Plastiksack. Darin steckten ein Dutzend Zwölf-Zentimeter-Mörsergranaten in Munitionsbehältern aus Pappe. Die Männer deckten die Höhlung mit Sand und Kiefernnadeln wieder zu und setzten sich unter die Bäume. Die Vögel begannen zu singen, der Tag brach an.

Einer der Palästinenser, Sabah Khabbani, stand auf und wanderte zur Anhöhe, von wo aus er die Ebene überblicken konnte. Mit ein bißchen Glück — und wenn Allah den Wind von Osten schickte — müßten sie den Flugplatz mit ihren Geschossen erreichen. Es müßte gelingen, diese sechs Sprenggranaten und sechs Brandgranaten in die Flughalle und auf die Abstellpiste krachen zu lassen.

Wie von diesem Gedanken herbeigerufen fuhr in Khabbanis Rücken ein heißer Windstoß heran und wehte ihm die *kheffiyah* vors Gesicht. Die Aleppokiefern wiegten sich und strömten ihren harzigen Duft aus. Der *Hamseen* war gekommen.

Die Gardinen bauschten sich um die Fensterläden der dritten Etage des Wohnhauses in Herzliya. Ein Flügel schlug mit lautem Knall zu. Air-Force-Brigadier Teddy Laskov richtete sich im Bett auf, seine Hand fuhr in die Nachttischschublade. Er sah im trüben Licht, das durchs Fenster fiel, die lose schwingenden Läden und legte sich wieder zurück, behielt jedoch die Hand auf der 45er Automatik.

Neben ihm bewegten sich die Laken, und ein Kopf kam darunter hervor. »Ist etwas passiert?«

Laskov räusperte sich. »Der *Sharav* weht.« Er benutzte das hebräische Wort. »Der Frühling ist da. Der Friede kommt. Was sollte passiert sein?« Er nahm die Hand von der Pistole und suchte in der Schublade nach Zigaretten. Er zündete sich eine an.

Wieder raschelten die Laken neben Laskov. Miriam Bernstein, Staatssekretärin im Verkehrsministerium, beobachtete, wie das glühende Ende von Laskovs Zigarette kurze, abgehackte Figuren tanzte. »Was ist mit dir?«

»Nichts. Alles in Ordnung.« Die Hand hielt still. Er blickte auf die Frau hinab. Er konnte unter dem Laken die Umrisse ihres Körpers sehen, aber ihr Gesicht war in den Kissen vergraben. Er knipste die Nachttischlampe an und zog das Laken weg.

»Teddy.« Es klang nach mildem Tadel.

Laskov lächelte. »Ich möchte dich sehen.«

»Du hast genug gesehen.« Sie wollte das Laken wieder hochziehen, aber er schleuderte es weg. »Es ist kalt«, sagte sie verdrießlich und rollte sich zu einer Kugel zusammen.

»Es ist warm. Spürst du es nicht?«

Sie seufzte resigniert und streckte sinnlich die Glieder. Laskov betrachtete ihren nackten gebräunten Körper. Seine Hand strich ihr Bein entlang, über das dichte Vlies über ihrem Schoß, und blieb auf ihrer Brust liegen. »Worüber lächelst du?« Sie rieb sich die Augen. »Ich glaubte, es sei ein Traum. Aber es ist wahr.«

»Die Konferenz?« Sein Ton verriet, daß dieses Thema ihm nicht besonders gelegen kam.

»Ja.« Sie legte ihre Hand über die seine, atmete tief die süß duftende Luft ein und schloß die Augen. »Das Wunder ist geschehen. Diesmal ist es anders als in den siebziger Jahren. Ein neues Jahrzehnt ist angebrochen, und zum erstenmal in der Geschichte werden sich Araber und Israelis zum Friedensschluß zusammensetzen.«

»Zu Friedens*gesprächen.*«

»Du darfst nicht skeptisch sein. Es wäre ein schlechter Start.«

»Am Start sollte man skeptisch sein. Dann ist man über das Resultat nicht enttäuscht.«

»Nur wer wagt, gewinnt.«

Er blickte auf sie hinab. »Natürlich.«

Sie lächelte ihm zu. »Ich muß aufstehen.« Sie gähnte und reckte sich nochmals. »Ich bin zum Frühstück verabredet.«

Er nahm die Hand weg. »Mit wem?« fragte er und ärgerte sich im gleichen Moment über seine Frage.

»Mit einem Araber. Eifersüchtig?«

»Nein. Nur auf Sicherheit bedacht.«

Sie lachte. »Abdel Majid Jabari. Meine Vaterfigur. Kennst du ihn?«

Laskov nickte. Jabari war einer der beiden Araber, die als Mitglieder der israelischen Knesset der Friedensdelegation angehörten. »Wo?«

»Bei *Michel* in Lod. Ich komme sicher zu spät. Darf ich mich ankleiden, General?« Sie lächelte.

Nur ihr Mund lächelte, wie Laskov feststellte. Die dunklen Augen blieben ausdruckslos. Dieser volle, üppige Mund hatte gelernt, die ganze Skala menschlicher Empfindungen auszudrücken, während die Augen starr blieben. Seltsame Augen, die absolut nichts verrieten. Sie waren nur zum Sehen da. Sie waren kein Fenster ihrer Seele. Was sie mit diesen Augen schon alles gesehen hat, dachte Laskov, wollte sie niemanden wissen lassen.

Er streckte die Hand aus und streichelte ihr langes, dichtes schwarzes Haar. Sie war ungewöhnlich schön, das stand außer Zweifel, aber diese Augen . . . Er sah, wie ihre Lippen sich bei seiner Berührung schürzten. »Du *lächelst* wohl niemals?«

Sie wußte, was er meinte. Sie grub das Gesicht ins Kissen und murmelte. »Vielleicht, wenn ich von New York zurückkomme.«

Laskov hörte auf, ihr Haar zu streicheln. Meinte sie, wenn die Friedensmission erfolgreich wäre? Oder meinte sie, wenn sie gute Nachricht über ihren Mann, Yosef, bekäme, der als Luftwaffenoffizier vor drei Jahren über Syrien vermißt gemeldet wurde? Er hatte zu Laskovs Geschwader gehört. Laskov hatte seinen Absturz auf dem Radarschirm gesehen. Er war so gut wie sicher, daß Yosef den Tod gefunden hatte. Nach so vielen Jahren als Kampfflieger hatte Laskov ein Gespür dafür. Er beschloß, Miriam zu stellen. Er wollte wissen, woran er war, ehe sie nach New York ging. Monate konnten vergehen, bis er sie wiedersah. »Miriam . . .«

Jemand klopfte heftig an die Wohnungstür. Laskov war mit einem Sprung aus dem Bett. Er war ein Mann wie ein Bär, und der Gesichtsbildung nach eher Slave als Semite. Dichte schwere Brauen stießen über der Nasenwurzel zusammen.

»Teddy. Nimm die Waffe mit.«

Laskov lachte. »Palästinensische Terroristen pflegen im allgemeinen nicht anzuklopfen.«

»Dann zieh wenigstens die Hosen an. Es könnte ja jemand für mich sein. Dienstlich.«

Laskov fuhr in eine khakifarbene Baumwollhose. Er machte einen Schritt in Richtung auf die Tür, dann überlegte er, daß es töricht wäre, den Helden zu spielen. Er nahm den automatischen amerikanischen Army Colt 45 aus dem Nachttisch und schob ihn in den Hosenbund. »Mußt du deinen Mitarbeitern unbedingt erzählen, wo du die Nacht verbringst?«

Wieder klopfte es, diesmal noch lauter. Laskov schritt barfuß über den Orientteppich des Wohnzimmers und stellte sich neben die Tür. »Wer ist da?« Als er sich nochmals umsah, stellte er fest, daß er die Schlafzimmertür nicht geschlossen hatte. Miriam lag nackt auf dem Bett, in gerader Linie zur Wohnungstür.

Abdel Majid Jabari stand in der dunklen Nische vor *Michels Café* in Lod. Das Lokal, das einem christlichen Araber gehörte, lag an der Straßenecke unweit der St.-Georgs-Kirche. Jabari sah auf die Uhr. Das Café sollte schon geöffnet sein, aber drinnen regte sich nichts. Er kauerte sich in den Schatten.

Jabari war ein dunkler hakennasiger Mann vom reinsten klassischen saudiarabischen Typus. Er trug einen schlechtsitzenden dunklen Straßenanzug und das traditionelle schwarz-weiß gewürfelte Kopftuch, die *kheffiyah,* das um die Stirn mit einem Kranz schwarzer Kordeln gehalten wurde.

Während der letzten dreißig Jahre war Jabari selten allein im Dunkeln ausgegangen. Seit damals, als er seinen persönlichen und privaten Frieden mit den Juden im neugebildeten Staat Israel geschlossen hatte. Von jenem Tag an stand sein Name auf jeder palästinensischen Exekutionsliste. Nach seiner Wahl in die Knesset vor zwei Jahren war er sogar an die Spitze dieser Liste gerückt. Einmal hatten sie es fast geschafft. Die Briefbombe hatte einen Teil seiner linken Hand weggerissen.

Eine motorisierte israelische Sicherheitspatrouille fuhr vorüber und musterte ihn argwöhnisch, hielt jedoch nicht an. Wieder sah er auf die Uhr. Es war noch immer zu früh für seine Verabredung mit Miriam Bernstein. Kein anderer Mensch, Mann oder Frau, hätte ihn zu einem so verlassenen Treffpunkt locken können. Er liebte

Miriam, hielt jedoch seine Liebe für rein platonisch. Ein absonderlicher abendländischer Begriff, aber für ihn genau das richtige. Miriam füllte eine Leere in seinem Leben aus, die ihn gequält hatte, seit im Jahre 1948 seine Frau, seine Kinder und alle seine Blutsverwandten aufs Westufer geflüchtet waren. Als das Westufer 1967 wieder an Israel fiel, hatte er tagelang an nichts anderes denken können als an das bevorstehende Wiedersehen. Er war der israelischen Armee auf den Fersen gefolgt. Als er das Flüchtlingslager erreichte, wo er seine Angehörigen wußte, erfuhr er, daß seine Schwester tot war und alle anderen nach Jordanien geflüchtet waren. Seine Söhne, hieß es, seien in der palästinensischen Guerillatruppe. Nur eine Cousine war noch da, die verwundet in einem israelischen Feldlazarett lag. Jabari wurde klar, welcher Haß diese Menschen, seine Landsleute, erfüllte, als er zusehen mußte, wie seine sterbende Cousine jede ärztliche Hilfe von seiten der Israelis ablehnte.

Weder vorher noch später hatte Jabari solche Verzweiflung empfunden. Dieser Junitag des Jahres 1967 war viel schlimmer als die Trennung vor neunzehn Jahren. Aber inzwischen hatte er sich aufgerafft und einen weiten Weg zurückgelegt. Jetzt sollte er beim Frühstück mit einer Teilnehmerin an der UN-Konferenz in New York über den kommenden Frieden sprechen.

Schatten bewegten sich auf der Straße rings um ihn, und er wußte, daß er hätte vorsichtiger sein müssen. So kurz vor dem Ziel sollten sie ihn nicht erwischen. Aber in der Aufregung und Freude darüber, daß er Miriam Bernstein treffen und nach New York reisen durfte, hatte seine Wachsamkeit nachgelassen. Es war ihm peinlich gewesen, sie zu bitten, erst nach Sonnenaufgang zu kommen. Er konnte es ihr nicht verübeln, daß sie den Grund nicht begriff. Sie wußte einfach nichts von der ständigen Angst, in der er seit dreißig Jahren leben mußte.

Der *Hamseen* fuhr über den freien Platz, wirbelte Abfälle auf und trieb sie raschelnd über das Pflaster. Dieser Wind bläst nicht in Stößen, sondern in einem einzigen langen und stetigen Strom, als hätte jemand die Tür eines Glutofens offengelassen. Er pfiff durch die Stadt, und alles, was ihm in den Weg kam, wurde zum Rohrblatt eines Blasinstruments und gab Töne von verschiedener Höhe, Lautstärke und Klangfarbe von sich. Und wie immer machte er einen nervös.

Drei Männer traten aus dem Schatten eines Gebäudes jenseits der Straße und schritten auf ihn zu. Im ersten Licht der Morgendämmerung sah Jabari die Umrisse langer Flinten, die sie lässig unter dem Arm trugen. Wenn sie eine Sicherheitspatrouille waren, würde er sie bitten, eine Weile bei ihm zu bleiben. Waren sie das nicht . . . Er tastete nach der kleinen nickelbeschlagenen Beretta in seiner Tasche. Er wußte, wenigstens den Vordermann würde er umlegen können.

Sabah Khabbani half den drei anderen Palästinensern, einen schweren Stein über den Boden zu rollen. Eidechsen huschten aus der Mulde, wo der Stein gelegen hatte. Jetzt lag dort ein Loch von mehr als zwölf Zentimeter Durchmesser frei. Khabbani zog ein Knäuel aus Öllappen aus der Öffnung, steckte den Arm in die Höhlung und tastete sie ab. Ein Tausendfüßler marschierte über sein Handgelenk. Er zog den Arm heraus. »Ist in gutem Zustand. Kein Rost.« Er wischte das Schmieröl von seinen Fingern und starrte auf das kleine, harmlos aussehende Loch.

Es war ein alter Guerillatrick, erstmals von den Vietkong angewendet und von anderen Partisanenarmeen übernommen. Man plaziert ein Mörserrohr in einem großen Loch. Das Rohr wird von mehreren Männern festgehalten. Eine Granate nach der anderen wird abgefeuert. Bis ein Geschoß im Ziel einschlägt: einem Flugplatz, einem Fort, einem Lastwagenpark. Das Feuer wird eingestellt. Der Mörser ist jetzt nach Richthöhe, Seitenabweichung und Richtweite eingeschossen. Flugs wird der Mörser unter Steinen und Erde vergraben, wobei man darauf achtet, daß die Zieleinstellung intakt bleibt. Die Rohrmündung wird mit einem Stein getarnt. Die Bedienung flieht, ehe die überlegene Artillerie der regulären Armee sich auf ihre Stellung eingeschossen hat. Wenn die Guerillas das Feuer aufs neue eröffnen wollen — nach einem Tag, einer Woche oder nach Jahren —, müssen sie nur die bereits ausgerichtete Mündung wieder freilegen. Kein Herbeischleppen des lästigen Zubehörs eines großen Mörsers: der schweren Bodenplatte, der Bettung und der Lafette, die zusammen über hundert Kilo wiegen. Auch die empfindliche Visiereinrichtung ist entbehrlich, Schußblatt, Kompaß, Zieleinrichtungen, Karten oder Schußtafeln. Der Mörser ist so, wie er im Boden vergraben liegt, bereits auf das Ziel eingeschossen, er wartet nur darauf, daß ihm Granaten eingefüttert werden.

Khabbanis Kanoniere würden pro Mann vier Schuß abfeuern und dann die Werfermündung wieder mit Steinen bedecken. Bis das Steilfeuer, Geschoß um Geschoß, ins Ziel einschlug, würden die Schützen schon weit weg sein.

Khabbani tauchte einen Lappen in Alkohollösung, fuhr damit in das Rohr und reinigte die Innenwände. Diese vergrabenen Rohre machten ihm Sorgen. Waren sie 1967 auch wirklich genau aufs

Ziel gerichtet worden? Hatte sich das Erdreich inzwischen verschoben? Waren die Granaten noch scharf? Waren in der vorgesehenen Flugbahn inzwischen Bäume gewachsen? An seinem Putzlappen zeigten sich tote Insekten, Schmutz, ein wenig Nässe und eine Spur Rost. Khabbani würde bald wissen, ob sein Mörser gefechtsbereit war.

»Richardson.« Die Stimme klang gedämpft, aber Laskov erkannte sie. Er entriegelte die Tür.

Miriam Bernstein stand nackt aus dem Bett auf und lehnte sich an den Türrahmen, wie eine Pariser Schöne der Nacht an einem Laternenpfahl lehnt. Sie lächelte und versuchte, sexy und einladend auszusehen. Laskov fand es nicht spaßig. Langsam öffnete er die Wohnungstür. Tom Richardson, der amerikanische Luftwaffenattaché, trat im gleichen Moment ein, als Laskov die Schlafzimmertür zufallen hörte. Er blickte Richardson prüfend an. Hatte er sie gesehen? Es war nicht zu sagen. Um diese Zeit trug niemand seine Empfindungen zur Schau. »Kommen Sie dienstlich oder privat?«

Richardson breitete die Arme weit aus. »Ich bin in voller Montur, und die Sonne ist noch nicht aufgegangen.«

Laskov betrachtete den jungen Offizier. Er war ein großer Mann mit sandfarbenem Haar und weniger wegen seiner fliegerischen Qualifikation als aufgrund seines gewinnenden Wesens zum Luftwaffenattaché ernannt worden. Ein Diplomat in Uniform. »Das beantwortet meine Frage nicht.«

»Was soll die Kanone in Ihrem Hosenbund? So gehen wir nicht einmal in Washington D.C. an die Tür.«

»Solltet ihr aber. Na schön, setzen Sie sich. Kaffee?«

»Gern.«

Laskov begab sich zur Kochnische. »Türkisch, italienisch, amerikanisch oder israelisch?«

»Amerikanisch.«

»Ich habe nur israelischen, und auch nur Pulverkaffee.«

Richardson setzte sich in einen Klubsessel. »Ob das wohl wieder ein Großkampftag wird?«

»Ist das nicht jeder Tag hier?«

»Laskov, Sie müssen umdenken. Jetzt wird es nämlich Frieden geben.«

»Vielleicht.« Er setzte einen Topf auf den einzigen Gasring. Er hörte, daß nebenan die Dusche lief.

Richardson blickte zur geschlossenen Schlafzimmertür. »Habe ich gestört? Schlossen Sie gerade einen Separatfrieden mit der

Schwester eines hiesigen Araberjungen?« Er lachte, dann sagte er ernst: »Können wir offen sprechen?«

Laskov kam aus der Küche. »Ja, bringen wir's hinter uns. Ich habe einen arbeitsreichen Tag vor mir.«

»Ich auch.« Richardson zündete sich eine Zigarette an. »Wir müssen wissen, was Sie als Geleitschutz für die Concordes planen.«

Laskov ging hinüber zum Fenster und stieß die Läden auf. Drunten verlief die Autobahn Haifa—Tel Aviv. In einigen Privatvillen in der Nähe des Mittelmeers brannte Licht. Herzliya war als das Ghetto der Luftwaffenattachés bekannt. Es war auch das israelische Hollywood und die israelische Riviera. Und in Herzliya wohnten die Leute von El Al, soweit sie es sich leisten konnten. Laskov haßte den Ort wegen seiner versnobten Atmosphäre, aber die Vorliebe gewisser sozialer Schichten für diesen Ort hatte dazu geführt, daß die meisten der wichtigen Leute, mit denen er zu tun hatte, in Herzliya wohnten.

Anstatt der Meeresbrise, die normalerweise in die Wohnungen wehte, trug der trockene Ostwind den Duft der Orangen- und Mandelblüten von den Hügeln Samarias herein. Ein erster Sonnenstrahl fiel auf zwei Männer, die jenseits der Autostraße in einem Ladeneingang standen. Sie drückten sich tiefer in den Schatten. Laskov wandte sich vom Fenster ab und ging zu einem Drehsessel. Er setzte sich. »Falls Sie nicht mit Chauffeur und Diener gekommen sind, dann dürfte jemand diese Wohnung beobachten.«

Richardson zuckte die Achseln. »Das ist ihr Job, wer immer sie sein mögen. Wir haben den unsrigen.« Er beugte sich vor. »Ich brauche einen vollständigen Bericht über die heutige Operation.«

Laskov lehnte sich in seinem Sessel zurück. Es war sein Kampfpilotensitz. Bei allen Zusammenkünften schwärmten seine Freunde von den damaligen Luftgefechten. Die Spitfires. Die Corsairs. Die Messerschmitts. Laskov sah nach oben zur Decke. Er flog wieder seinen Einsatz über Warschau. Captain Teddy Laskov von der Roten Luftwaffe. Damals war alles einfacher gewesen. Zumindest scheinbar.

Als Laskov in den letzten Kriegsjahren zum drittenmal abgeschossen worden war, kehrte er auf Genesungsurlaub in sein Heimatdorf Zasavl bei Minsk zurück. Er erfuhr, daß die wenigen seiner Angehörigen, die nicht schon unter den Nazis den Tod gefunden hatten, während der von den Kommissaren so genannten »zivilen Unruhen« ermordet worden waren. Laskov nannte es ein Pogrom. Ein Jude war und blieb ein Jude, im unheiligen wie im heiligen Rußland.

Captain Laskov, hochdekorierter Offizier der Roten Luftwaffe, war zu seinem Geschwader in Deutschland zurückgekehrt. Zehn Minuten nach seiner Ankunft saß er in einem Kampfflugzeug, bombardierte und beschoß ein Feldlager seiner eigenen Landsleute vor Berlin, flog weiter und landete auf einem von der Zweiten Amerikanischen Panzerdivision eingenommenen Flugplatz auf dem Westufer der Elbe.

Aus dem amerikanischen Internierungslager gelangte er schließlich bis nach Jerusalem, aber zuvor hatte er noch gesehen, was aus den Juden Westeuropas geworden war.

In Jerusalem schloß er sich der Luftwaffe der Untergrundbewegung Haganah an, die aus ein paar ausrangierten britischen Kampfflugzeugen und einigen leichten amerikanischen Zivilmaschinen bestand und in Palmenhainen versteckt lag. Ein schlechter Tausch, wenn man an die Rote Luftwaffe dachte, aber als Laskov seine Spitfire mit dem Davidstern am Heck sah, wurden ihm die Augen feucht.

Seit jenem Tag im Jahr 1946 hatte er im Unabhängigkeitskrieg von 1948 gekämpft, im Suezkrieg von 1956, im Sechstagekrieg von 1967 und im Yom-Kippur-Krieg von 1973. Aber die Kriegsdaten bedeuteten ihm nichts. Er hatte in den Tagen zwischen diesen Kriegen mehr Kriegshandlungen erlebt als während der Kriege. Er hatte fünftausendeinhundertsechsunddreißig Einsätze geflogen, seine Maschine war fünfmal getroffen und zweimal abgeschossen worden. Er trug Narben von zerschmettertem Plexiglas, brennendem Treibstoff, Flakgeschossen und Granatsplittern. Seit er sich 1973 mit dem Schleudersitz aus einer brennenden Phantom hatte katapultieren müssen, ging er leicht gebeugt. Er wurde alt, und er war müde. Er flog kaum noch Feindeinsätze, und er hoffte, ja er glaubte beinah, daß es nach der Konferenz keine Feindflüge mehr geben werde. Nie mehr.

Der Wasserkessel pfiff, und Laskov starrte ihn an. Richardson stand auf und drehte das Gas ab. »Also?«

Laskov zuckte die Achseln. »Wir müssen uns sehr genau überlegen, an wen wir diese Art Information weitergeben.«

Richardson trat rasch auf Laskov zu. Er war schneeweiß und zitterte fast. »Was? Was zum Teufel wollen Sie damit sagen? Hören Sie, ich muß Bericht erstatten. Unsere Flugzeugträgerflotte im Mittelmeer koordinieren. Seit wann haben Sie Geheimnisse vor uns? Falls Sie andeuten wollten, es gebe irgendwo eine undichte Stelle . . .«

Laskov war auf Richardsons Ausbruch nicht gefaßt. Die beiden hatten sich noch jedesmal gekabbelt, ehe sie zur Sache kamen. Es gehörte zum Spiel. Laskov hatte auch jetzt nur einen Scherz machen wollen, und diese Reaktion war völlig unangebracht. Er sagte sich, Richardson stehe wohl unter Hochspannung, was heute vermutlich bei jedermann der Fall sein dürfte. »Kein Grund zur Aufregung, Colonel.« Er blickte den jungen Mann streng an.

Die Erwähnung seines Dienstgrades schien ihn wieder zu sich zu bringen. Richardson lächelte und setzte sich. »Verzeihung, General.«

»Schon gut.« Laskov stand auf und griff zum Telefon, das mit einem Zerhacker versehen war. Er wählte die Zitadelle, das Hauptquartier der israelischen Luftwaffe. »Stellen Sie durch zu E-2D«, sagte er.

Richardson wartete. E-2D Hawkeye war das neueste an fliegendem Radar. Die ausgeklügelten elektronischen Systeme an Bord konnten potentielle Feind- und Freundobjekte zu Land, zu Wasser und in der Luft auf Entfernungen und mit einer Genauigkeit ausmachen, verfolgen und identifizieren, wie es bisher noch nie möglich gewesen war. Die gesammelte Information wurde in einer Datenbank gespeichert und über eine Datenübertragungsleitung an Strike Force Control (Militärische Flugkontrolle), Civilian Air Traffic Control (Zivile Luftfahrtkontrolle) und die Search and Rescue Units (Luftnotdienst) zurückvermittelt. Außerdem verfügte die Hawkeye über elektronische Täuschungseinrichtungen. Israel hatte drei Maschinen, und eine davon war ständig in der Luft. Während Laskov zuhörte, beobachtete Richardson ihn aufmerksam. Laskov legte auf.

»Sehen sie irgendwas?«

»Foxbats. Vier Stück. Vermutlich ägyptische. Nur Manöver, nehme ich an. Außerdem einen Mandrake-Aufklärer in der Troposphäre. Vermutlich russisch.« Richardson nickte.

Sie besprachen die technischen Daten, während Laskov zwei Tassen halbwegs trinkbaren Kaffees zubereitete. Das Wasserrauschen im Badezimmer hatte aufgehört. Richardson blies in die dampfende Tasse. »Setzen Sie Ihre 14er als Begleitschutz ein?«

»Klar.« Die Grumman F-14 Tomcat war das beste Kampfflugzeug der Welt. Aber das war die Mig 25 Foxbat auch. Es kam darauf an, wer jeweils die Maschine flog. So minimal war der Unterschied. Laskov befehligte eine Staffel von zwölf Tomcats, die Israel achtzehn Millionen Dollar pro Stück gekostet hatten. Im Moment standen sie auf dem militärischen Teil des Flugplatzes Lod.

»Steigen Sie auch auf?«

»Klar.«

»Warum überlassen Sie das nicht den Jüngeren?«

»Warum rutschen Sie mir nicht den Buckel runter?«

Richardson lachte. »Wie weit begleiten Sie die Concordes?«

»Soweit mein Sprit reicht.« Er schlenderte zum Fenster und blickte in die Morgendämmerung hinaus. »Ohne Bomben und Luft-Boden-Waffen sollten wir an einem solchen Tag tausend Meilen hin und wieder zurück schaffen. Damit wären unsere Schützlinge außerhalb der Reichweite der Moslemstaaten, falls dort heute jemand auf dumme Gedanken kommen sollte.«

»Aber nicht von Libyen, Tunesien, Marokko und Algerien. Moment, Sie könnten doch auf unserer Basis in Sizilien landen, wenn Sie so weit mitkommen möchten. Oder wir können ein paar KAGDs raufschicken, die Sie in der Luft betanken.«

Laskov blickte von Richardson weg und lächelte. Die Amerikaner waren so lange in Ordnung, bis sie sich in den Kopf setzten, den Frieden um jeden Preis retten zu wollen; dann drehten sie durch. »Sie überfliegen nicht das ganze Mittelmeer. Die Concordes werden in letzter Minute eine Flugplanänderung vornehmen und den italienischen Stiefel hinauffliegen. Wir haben eine Sondergenehmigung für sie erwirkt und dürfen Italien und Frankreich mit Überschallgeschwindigkeit überfliegen. Östlich von Sizilien drehen wir ab. Ich gebe Ihnen noch die Koordinaten durch. Ihre Flugzeugträger können sie dann haben, wenn sie wollen. Aber ich glaube nicht, daß es nötig sein wird. Vergessen Sie nicht, die Concordes schaffen neunzehntausend Meter und Mach 2,2. So weit trifft keine Rakete, außer einer Batman, und deren Basen in Arabien oder Rußland sind zu dem Zeitpunkt, an dem wir den Geleitschutz beenden, viel zu weit entfernt.«

Richardson reckte sich. »Erwarten Sie irgendwelche Zwischenfälle? Unser Nachrichtendienst meint, es sei alles okay.«

»Hier erwarten wir immer Zwischenfälle. Aber ehrlich gesagt, nein. Wir sind nur vorsichtig. In diesen Concordes werden eine Menge VIPs sitzen. Und es steht alles auf dem Spiel. *Alles.* Und jeder x-beliebige Irre kann die ganze Sache platzen lassen.«

Richardson nickte. »Wie steht's mit der Bodenabwehr?«

»Das geht den Leiter der Sicherheitsabteilung an. Ich bin nur Pilot, nicht Guerillakämpfer. Wenn diese beiden komischen Vögel sich aufgeschwungen haben, dann bring ich sie zur Hölle und wieder zurück, ohne daß sie einen Kratzer abkriegen. Was sich am Boden tut, weiß ich nicht.«

Richardson lachte. »Genau. Ich auch nicht. Übrigens, was pakken Sie außer Ihrer 45er sonst noch alles ein?«

»Die übliche Blechmusik für Tod und Zerstörung. Zwei Sidewinders und zwei Sparrows plus sechs Phoenix.«

Richardson überlegte. Die Sidewinders waren ideal zwischen fünf und acht Kilometern; die Sparrows zwischen sechzehn und fünfundsechzig; und die Phoenix von fünfundsechzig bis hundertsechzig Kilometer. Die bei Hughes hergestellte Phoenixrakete würde unfehlbar jede Foxbat abschießen, ehe sie in den Nahkampfbereich vordringen könnte. »Nehmen Sie einen guten Rat an, Laskov. In neunzehntausend Meter Höhe und bei Mach 2,2 halten sich nur noch Foxbats auf. Lassen Sie Ihre Zwanzig-Millimeter-Munition zu Hause. Es sind neunhundertfünfzig Schuß, und die haben ihr Gewicht. Die Sidewinder wird alles erwischen, was sich nahe ranwagt. Wir haben es einmal mit dem Computer durchgespielt. Es ist okay.«

Laskov fuhr sich mit der Hand durchs Haar. »Vielleicht. Vielleicht behalte ich sie aber doch, falls ich eine Mandrake runterholen möchte.«

Richardson lächelte. »Sie würden ein unbewaffnetes Aufklärungsflugzeug im internationalen Luftraum abschießen?« Er sprach leise, als könnte jemand in Hörweite sein, der seine Worte nicht mitbekommen sollte. »Wie ist Ihre technische Frequenz und Ihr Rufzeichen?«

»Wir sind auf UKW Kanal einunddreißig. Also 134,725 Megahertz. Die Ausweichfrequenz wird aus Sicherheitsgründen erst im letzten Moment bekanntgegeben. Ich sage sie Ihnen später. Meine Bezeichnung ist heute Engel Gabriel plus meine Hecknummer — zweiunddreißig. Die anderen elf Tomcats heißen ebenfalls Gabriel plus jeweilige Hecknummer. Die Einzelheiten lasse ich Ihnen später zugehen.«

»Und die Concordes?«

»Das zivile Rufzeichen für Maschine 4X-LPN ist El Al 01. Für 4X-LPO ist es El Al 02. Unter dieser Nummer rufen wir sie über Air Traffic Control und die El-Al-Frequenzen. Auf meiner taktischen Frequenz haben sie natürlich Codenamen.«

»Welche?«

Laskov grinste.

»In der Zitadelle brütet wahrscheinlich irgendein idiotischer Schreiber den ganzen Tag über solchem Zeug. Also, der Pilot der 01 ist ein sehr frommer junger Mann, daher ist 01 der ›Kosher Clipper‹. Der Pilot von 02 ist gebürtiger Amerikaner, und die 02 heißt ›die Flügel Immanuels‹, zu Ehren des großen amerikanischen Fluglinien-Werbeslogans.«

»Einfach gräßlich.« Miriam Bernstein kam ins Wohnzimmer. Sie trug ein vorzüglich geschnittenes zitronengelbes Kleid und in der Hand einen Wochenendkoffer.

Richardson stand auf. Er erkannte die Staatssekretärin sofort, war jedoch Diplomat genug, um es nicht zu erwähnen.

Sie trat auf Richardson zu. »Geht schon in Ordnung, Colonel. Ich bin kein Tippmädchen. Ich habe Zugang zu Geheimsachen. Der General hat keine Indiskretion begangen.« Ihr Englisch war langsam und präzis, das typische, selten benutzte Schulenglisch. Richardson nickte.

Laskov überlegte, ob er die beiden einander vorstellen sollte, aber Miriam war schon an der Tür. Sie wandte sich nochmals zu Laskov um. »Ich sah die Männer auf der Straße. Ich habe ein Taxi bestellt. Jabari erwartet mich. Ich muß mich beeilen. Wir sehen uns dann bei der letzten Besprechung.« Sie schaute an Laskov vorbei. »Guten Tag, Colonel.«

Richardson fand, daß die beiden ihn nicht für völlig uninformiert halten sollten. »*Shalom*. Viel Glück in New York.«

Miriam Bernstein lächelte und ging.

Richardson blickte in seine Kaffeetasse. »Ich trinke keinen Schluck mehr von dieser Brühe. Ich lade Sie zum Frühstück ein und setze Sie auf dem Weg zu meiner Botschaft in der Zitadelle ab.«

Laskov nickte. Er ging ins Schlafzimmer. Er schlüpfte in ein khakifarbenes Baumwollhemd, das ohne die beiden olivfarbenen Zweige, seine Rangabzeichen, ein gewöhnliches Zivilhemd hätte sein können. Er zog die Automatik aus dem Hosenbund. Mit der einen Hand knöpfte er sein Hemd zu, und in der anderen hielt er die Automatik, während er ans Fenster trat. Die beiden Männer drunten, wer immer sie sein mochten, blickten rasch auf ihre Schuhe. Miriam stieg in ein wartendes Taxi und brauste davon. Laskov warf die 45er aufs Bett.

Er fühlte sich unbehaglich. Es war der Wind. Hatte angeblich irgend etwas mit dem Übergewicht negativer Ionen in der Luft zu tun. Dieser tückische Wind führte viele Namen — *Föhn* in Mitteleuropa, *Mistral* in Südfrankreich, *Santa Ana* in Kalifornien. Hier hieß er *Hamsen* oder *Sharav*. Wer wetterfühlig war, wie Laskov, litt physisch und psychisch unter den Auswirkungen. Nicht in neunzehntausend Metern Höhe, hier aber wohl. Ein zweischneidiger Segen, dieser erste heiße Frühlingswind. Laskov blickte zum Himmel auf. Wenigstens würden sie heute ideales Flugwetter bekommen.

2

Abdel Majid Jabari saß da und starrte in eine Tasse schwarzen türkischen Kaffees mit einem Schuß Arrak. »Ehrlich gesagt, ich habe Todesängste ausgestanden. Um ein Haar hätte ich einen Sicherheitsbeamten erschossen.«

Miriam Bernstein nickte. Alle waren aus dem Häuschen. Es war ein feierlicher, aber auch ein banger Moment. »Meine Schuld. Ich hätte es wissen müssen.«

Jabari hob die Hand. »Schon gut. Wir sehen überall palästinensische Terroristen, aber in Wahrheit gibt es heutzutage nicht mehr viele.«

»Wie viele wären nötig? Und Sie sollten besonders vorsichtig sein. Auf *Sie* haben sie's wirklich abgesehen.« Sie sah ihn an. »Es muß schwierig sein — ein Fremder in einem fremden Land.«

»Ich bin kein Fremder mehr.« Er sprach arabisch. »›Und wenn du ihre Sache zu der deinen machst, dann sind sie deine Brüder.‹«

»Ein guter Satz.«

»Auf kulturellem Gebiet haben Araber und Juden vieles gemeinsam. Ich glaube, das haben sie endlich alle begriffen.« Er goß ein Glas Arrak ein und hob es ihr entgegen. »Auf hebräisch sagen Sie — sagen wir — *shalom alekhem,* Friede sei mit dir. Und auf arabisch sagen wir *salaam aleckum,* der Friede sei dir nah, und ungefähr soweit wären wir jetzt gekommen.«

Auch Miriam Bernstein goß sich ein Glas ein. »*Alekhem shalom,* auf daß dir Friede werde.« Sie trank, und der Arrak brannte ihr im Magen.

Beim Frühstück besprachen sie die Aussichten für New York. Miriam unterhielt sich gern mit Jabari. Der Gedanke, bei den Vereinten Nationen den Arabern Auge in Auge an einem Konferenztisch gegenübersitzen zu müssen — beide Parteien in zwei langen feierlichen Parallelen —, machte ihr zu schaffen, und Jabari war ein guter Übergang. Sie wußte, daß er sich in den letzten dreißig Jahren immer weiter von der arabischen Denkart entfernt hatte und daß er auf der Seite Israels stand; aber wenn es so etwas wie eine Volkspsyche gab, so mochte sie dennoch in Abdel Jabari ihren Ausdruck finden.

Jabari ließ Miriam nicht aus den Augen, während sie mit ihrer rauchigen Stimme sprach, die manchmal müde und häufig sinnlich klang. Im Lauf der Jahre hatte er nach und nach ihre Lebensgeschichte kennengelernt, und sie die seine. Beide hatten sie erfahren, was es bedeutet, Treib- und Strandgut einer Welt zu sein, die aus den Fugen geraten war. Jetzt standen sie beide an der Spitze ihres Volkes und hatten beide die Möglichkeit, den Lauf der Geschichte zu verändern, zum Heil oder zum Unheil.

Miriam war ein typisches Produkt der Zeit des europäischen Völkermordens. Sie war von der vorrückenden Roten Armee aus einem Konzentrationslager geholt worden, dessen Zweck ebenso unklar war wie sein Name, doch die Wörter »medizinische Experimente« waren ihr im Gedächtnis geblieben. Sie erinnerte sich, daß sie früher einmal Eltern und Angehörige gehabt hatte — eine kleine Schwester —, und daß sie Jüdin war. Sonst wußte sie wenig. Sie sprach ein bißchen Deutsch, das sie wohl von den Lagerwachen gelernt hatte, und ein bißchen Polnisch, das vermutlich von den anderen Kindern im Lager stammte. Außerdem konnte sie ein paar Worte Ungarisch, was sie auf den Gedanken gebracht hatte, aus diesem Land zu stammen. Aber sie hatte als Kind überhaupt nur sehr wenig gesprochen, und sie wußte nicht, ob sie eine deutsche, polnische oder ungarische Jüdin war, und es war ihr auch nicht wichtig. Sie wußte nur eines, und nur das war ihr wichtig, nämlich, daß sie Jüdin war. Die Rote Armee hatte sie und die übrigen Kinder an einen Ort gebracht, der ein Arbeitslager gewesen sein mußte, denn die größeren wurden beim Straßenbau eingesetzt. Viele von ihnen starben in jenem Winter. Im Frühling arbeiteten sie alle auf den Feldern. Zu guter Letzt kam sie in ein Krankenhaus und wurde dann zu einem älteren jüdischen Ehepaar in Pflege gegeben.

Eines Tages kamen Leute von der Jewish Agency. Das alte Ehepaar, die kleine Miriam und noch viele andere Menschen reisten wochenlang in überfüllten Eisenbahnwaggons quer durch das vom Krieg verwüstete Europa, für das Kind ein einziger Alptraum. Dann bestiegen sie ein Schiff und fuhren übers Meer. In Haifa verweigerten die Briten dem Schiff die Landeerlaubnis. Das Schiff versuchte, seine Passagiere bei Nacht an einer anderen Stelle der Küste abzusetzen. Am Strand kam es zu einem erbitterten Gefecht zwischen den Juden, die die Landestelle sichern wollten, und den Arabern, die zu verhindern suchten, daß die Passagiere von Bord gingen. Schließlich beendeten britische Soldaten den Kampf, und das Schiff stach wieder in See. Sie wußte nicht, wohin es fuhr, denn sie war unter denjenigen, die noch vor Ausbruch des Kampfes abgesetzt worden waren. Das alte Ehepaar, an dessen Namen sie sich nicht erinnerte, sah sie nie wieder — es lag entweder tot auf dem Strand oder war auf dem Schiff zurückgeblieben.

Am Strand wurde sie wiederum von einem jüdischen Ehepaar aufgelesen, das den britischen Soldaten gegenüber angab, ihr Name sei Miriam Bernstein und sie gehöre ihnen. Sie habe sich zu weit von zu Hause entfernt und sei in das Kampfgetümmel geraten. Ja, sie sei in Palästina geboren. Sie erinnerte sich, daß die beiden jungen Leute schlechte Lügner gewesen waren, aber die britischen Soldaten hatten nur einen kurzen Blick auf das Kind geworfen und waren weitergegangen.

Die Bernsteins hatten sie in einen neuen Kibbuz bei Tel Aviv mitgenommen. Als die Briten aus Palästina abzogen, überfielen die Araber die Siedlung. Miriams neuer Vater hatte zu den Verteidigern des Kibbuz gehört und war nie zurückgekehrt. Nach Jahren entdeckte sie, daß ihr älterer Stiefbruder Yosef ebenfalls ein adoptierter Flüchtling war. Sie fand daran nichts Ungewöhnliches, denn sie glaubte, die meisten Kinder der Welt — oder ihrer Welt — kämen aus den Lagern und Ruinen Europas. Yosef Bernstein hatte das gleiche erlebt wie sie, und noch einiges mehr. Wie sie kannte auch er weder seine richtigen Eltern noch seinen richtigen Namen, weder seine Staatsangehörigkeit noch sein Alter. Die beiden verliebten sich ineinander und heirateten.

Miriam Bernstein fing sehr bald an, sich für private Friedensinitiativen zu interessieren und für die Verständigung mit den benachbarten arabischen Gemeinden zu arbeiten. Ihr Kibbuz stand, wie üblich, auf seiten der Falken, und sie fühlte sich immer mehr von ihren Freunden und Nachbarn isoliert. Nur Yosef hatte sie verstanden, aber es war für ihn, als Kampfflieger, nicht leicht, daß seine Frau Anhängerin der Tauben war. Nach dem Krieg von 1973 wurde sie von ihrer Partei wegen ihrer Beliebtheit bei den israelischen Arabern und bei der jüdischen Frauen-Friedensbewegung auf einen freigewordenen Sitz in der Knesset gewählt.

Es dauerte nicht lange, bis die Premierministerin, Golda Meïr, auf sie aufmerksam wurde und die beiden Frauen einander persönlich näherkamen. Als Golda Meïr 1974 zurücktrat, galt als ausgemacht, daß Miriam Bernstein Frau Meïrs Stimme in der Knesset sei. Mit ihrer Hilfe stieg Miriam rasch zum Rang einer Staatssekretärin auf. Noch lange, nachdem die große alte Dame sich aus der Knesset zurückgezogen hatte, behauptete Miriam Bernstein ungeachtet aller Regierungskrisen ihr Mandat und ihren Posten. Sie überstand jede Kabinettsumbildung, denn was immer sie tat, machte sie gut und gründlich.

Wenn sie an Golda Meïrs Hilfe und Beistand zurückdachte, so kamen ihr immer vor allem die kleinen Dinge in Erinnerung. Zum Beispiel, daß die Premierministerin sie nach nächtelangen Kabinettssitzungen mit nach Hause nahm und ihr Kaffee machte. Und damals, als das Kabinett ihr nahegelegt hatte, einen hebräischen Namen anzunehmen, wie es für Regierungsmitglieder üblich war, hatte Golda Meïr — vormals Frau Meyerson — Miriams Weigerung verstanden, das einzige Band zu durchschneiden, das sie mit ihrer Vergangenheit verknüpfte, und hatte ihre Ablehnung einer Namensänderung unterstützt.

Es ging die Rede, Miriam Bernstein solle zur künftigen Nachfolgerin Golda Meïrs aufgebaut werden, aber Miriam dementierte alle derartigen Vermutungen. Allerdings sagte man auch, Frau Meïr sei zur Premierministerin gewählt worden, eben *weil* sie den Posten nicht haben wollte. Die Israelis zogen es vor, Leute an die Macht zu bringen, die diese Macht nicht erstrebten. Es war sicherer.

Jetzt hatte Miriam eine Aufgabe, die ihr erstrebenswerter schien als der Posten einer Premierministerin: sie war Friedensdelegierte. Ein Posten, den es noch vor ein paar Monaten gar nicht gegeben hatte, von dem sie jedoch von jeher wußte, daß es ihn eines Tages geben würde.

In New York wartete viel Arbeit auf sie, und sie hatte dort auch eine Privatsache zu erledigen. Im Yom-Kippur-Krieg war ihr einziger Sohn Eliahu gefallen. Yosef galt seit nunmehr drei Jahren als vermißt. Sie fragte sich, ob sie in New York vielleicht von den Arabern etwas über sein Schicksal erfahren könnte.

Jabari bemerkte, daß sich draußen auf der Straße irgend etwas tat, und instinktiv fuhr seine Hand in die Tasche.

Miriam Bernstein schien nichts zu bemerken. Sie war völlig auf das konzentriert, was sie sagte. »Das Volk hat eine Regierung gewählt, die sich bereitfindet, Zugeständnisse zu machen, um dauerhafte Garantien dafür einzuhandeln, Abdel. Wir haben gut gekämpft und die Achtung vieler Nationen gewonnen. Der Feind steht nicht mehr vor den Toren. Die langen Jahre der Belagerung sind zu Ende. Die Menschen sind reif für Gespräche.«

Jabari nickte. »Hoffentlich.« Über ihre Schulter spähte er auf die Menschenmenge draußen, während Miriam weitersprach. Er fühlte ihre Hand auf der seinen. »Und Sie, Abdel? Falls ein neues Palästina gegründet würde, würden Sie hingehen?«

Jabari starrte lange schweigend vor sich hin. »Ich bin gewähltes Mitglied der Knesset. In einem neuen Palästina würde ich wohl kaum mit offenen Armen empfangen werden.« Er hielt die verstümmelte Hand hoch. »Aber trotzdem, vielleicht versuche ich es. Wer weiß — ich könnte dort meine Angehörigen wiederfinden.«

Miriam Bernstein bedauerte, die Frage gestellt zu haben. »Ja, in Zukunft werden wir alle unsere Entscheidungen zu treffen haben. Jetzt geht es nur darum, in New York den Frieden vorzubereiten.«

Jabari nickte. »Ja. Und wir müssen das Eisen schmieden, solange es heiß ist. Ich habe ständig Angst, es könnte etwas dazwischenkommen. Eine Panne. Ein Mißverständnis.« Er beugte sich vor.

»Alle Sterne — die sozialen, geschichtlichen, wirtschaftlichen, militärischen und politischen — deuten auf Frieden im Heiligen Land wie seit Jahrtausenden nicht. Und es ist Frühling. Es kann also nicht schaden, miteinander zu sprechen, nicht wahr?« Er stand auf. »Wenn wir nur schon in New York wären und die Konferenz begonnen hätte.« Er blickte hinaus auf die Straße. »Ich glaube, unsere Maschinen treffen gerade ein. Kommen Sie, sehen wir sie uns an.«

Leute aus dem Café rannten auf die Straße. Von Norden her näherten sich zwei Concordes dem Flugplatz Lod. Als die erste Maschine zum Landeanflug ansetzte, konnten die Zuschauer den blauen Davidstern am weißen Leitwerk sehen. Ein paar Araber und Juden klatschten Beifall.

Miriam Bernstein hielt schirmend die Hand über die Augen, als die Concorde vor der Sonne tiefer glitt. Hinter dem Flugfeld stiegen die Hügel Samarias aus der Ebene. Miriam sah, daß über Nacht die Mandelbäume erblüht waren und die Hügel mit rosa und weißen Wölkchen gesprenkelt hatten. Die felsigen Ausläufer waren sanft grün und mit leuchtend roten Anemonen, cremefarbenen Lupinen und gelben Maßliebchen wie mit einem Teppich belegt. Wieder hatte sich das alljährliche Wunder der Neugeburt vollzogen, der *Hamseen* hatte die Feldblumen hervorgelockt; doch diesmal sollte im Heiligen Land auch der Friede erblühen. So jedenfalls schien es.

Tom Richardson und Teddy Laskov verließen das Café in Herzliya und stiegen in Richardsons gelben Corvette. Sie gerieten in den zähen Freitagsverkehr von Tel Aviv, und der Wagen kroch nur noch vorwärts. Bei einer Ampel, eine Straßenecke von der Zitadelle entfernt, öffnete Laskov den Schlag. »Von hier aus gehe ich zu Fuß, Tom. Vielen Dank.«

Richardson blickte ihn an. »Okay. Ich will versuchen, Sie noch zu sehen, ehe Sie aufsteigen.«

Laskov hatte schon einen Fuß aus der Tür, als er Richardsons Hand auf seiner Schulter fühlte. Er blickte zurück.

Richardson sah ihn eine ganze Weile an. »Hören Sie, lassen Sie sich da droben nicht hinreißen loszuballern. Keine Zwischenfälle, bitte.«

Laskov starrte mit kalten, dunklen Augen zurück. Seine Brauen zogen sich zusammen. Er sprach laut, um den Verkehrslärm zu übertönen. »Wir auch nicht, Tom. Aber diese Vögel haben unsere besten Leute an Bord. Sie gehen voll Vertrauen auf die Reise und glauben an ihre Sendung, auch wenn ich meine Zweifel habe. Sobald irgend etwas militärisch Aussehendes auf meinen Radarschirm gerät und in Raketenreichweite ist, dann hol ich's, verflucht noch mal, vom gottverdammten Himmel runter. Soll mir *keiner* kommen und von zufälligen Überflügen, Aufklärungs- oder Störflügen faseln. Nicht heute.« Laskov schob seine mächtige Gestalt aus dem niedrigen Wagen und stapfte auf sein Ziel zu wie zu einer Kneipenschlägerei.

Die Ampel zeigte Grün, und Richardson fuhr langsam an. Er wischte sich den Schweiß von der Oberlippe. Am King Saul Boulevard schwenkte er rechts ab. Noch immer sah er im Geist Laskovs bullige Erscheinung vor sich. Er konnte buchstäblich die gewaltige Bürde auf den breiten Schultern dieses Mannes sehen. Die gleiche Bürde, die jeder Soldat trug, der militärische Entscheidungen treffen mußte, denen politische Erwägungen zugrunde lagen. Die unsichtbare Bürde nahm zuweilen die Umrisse einer riesigen pilzförmigen Wolke an. Es gab auf der ganzen Welt keinen einzigen militärischen Befehlshaber, der sich nicht die Frage stellte, ob er nicht eines Tages das Pech haben würde, den Dritten Weltkrieg auszulösen. Laskov war ein bärbeißiges altes Schlachtroß, aber Richardson wußte: falls und wenn jemals eine rasche taktische Entscheidung fällig würde, so träfe Laskov die richtige.

Richardson bog in die Hayarkon Street ein und hielt vor der amerikanischen Botschaft. Vor dem Rückspiegel kämmte er mit den Fingern sein feuchtes Haar. Der Tag hatte einen üblen Anfang genommen. Durch das Sonnendach des Wagens konnte er die beiden weißen Concordes in der Luft sehen. Die Sonnenhelle verlieh ihnen einen ätherischen Schimmer. Eine der Maschinen zog eine Warteschleife in Richtung Meer. Die andere begann in der Gegenrichtung zur Landung einzuschweben. Den Bruchteil einer Sekunde lang schienen sich die Bahnen der beiden Flugzeuge zu kreuzen, und ihre Deltaflügel bildeten den Davidstern.

Sabah Khabbani kaute langsam an einem Stück Pitabrot, während er durch seinen Feldstecher den Flugplatz Lod beobachtete. Er bewegte das Glas. Drunten in der Ebene Sharon war die gepflügte Erde schokoladenbraun. Zwischen den bestellten Feldern blühten großblumiges Johanniskraut und Maiglöckchen, wie schon zu Salomons Zeiten und lang zuvor. Eine deutlich erkennbare graue Fläche war das Militärgefängnis von Ramla, wo so viele von Khabbanis Brüdern schmachteten. Die felsigen Hügel Judäas, die noch vor ein paar Tagen braun gewesen waren, hatten sich mit roten, weißen, gelben und blauen Feldblumen geschmückt. Ringsum schwankten im *Hamseen,* der von den Höhen blies, die Aleppokiefern, die im Zuge des Wiederaufforstungsprogramms gepflanzt worden waren. Das alte Palästina seiner Kindheit war von wilder Schönheit gewesen. Er mußte zugeben, daß die Juden das Land gut bestellten. Aber trotzdem . . .

Khabbani zog seine alte Armbanduhr, der das Band fehlte, aus der Tasche. In weniger als einer Stunde mußte der Wartesaal für VIPs sich gefüllt haben. Von da an bis zum Start war jeder Zeitpunkt recht, lautete seine Anweisung. Khabbani überlegte. Das Flughafengebäude war genau genommen schon jenseits der effektiven Reichweite seines Mörsers, aber wenn der *Hamseen* anhielt, könnte es klappen. Wenn er das Gebäude nicht treffen könnte, so würden die Geschosse knapp davor auf dem Abstellplatz einschlagen, wo die Concordes standen. Auch recht. Es ging nur darum, daß irgend etwas passierte und der Flug annulliert wurde. Khabbani war nicht ganz wohl bei der Sache. Er zuckte die Achseln.

Einer seiner Männer stieß einen leisen Ruf aus. Khabbani sah, daß der Mann nach oben deutete, und blickte auf. Zwei Concordes hielten hintereinander von Norden her auf Lod zu. Khabbani betrachtete sie durch seinen Feldstecher. Was für wunderschöne Maschinen. Er hatte gelesen, jede von ihnen habe hundertdreizehn Tonnen Treibstoff getankt. Zusammen eine Viertelmillion Kilo. Diese Explosion würde sogar noch Jerusalem erschüttern.

3

Die Stadt Lod, das einstige Lydda, schmorte in der ersten Hitzewelle des Frühlings. Der *Hamseen* war in diesem Jahr ungewöhnlich früh gekommen. Der sengende, trockene, schirokkoartige Wüstenwind aus dem Osten fegte mit wachsender Heftigkeit durch die Stadt. Der *Hamseen* würde ein paar Tage anhalten, danach würde balsamisch milde Luft folgen. Die arabische Überlieferung kannte fünfzig solcher Hundstage — das Wort *Hamseen* bedeutet im Arabischen fünfzig. Nur der erste *Hamseen* wurde freudig begrüßt, denn mit ihm öffneten die Feldblumen auf den Hügeln Judäas und Samarias ihre Blüten und erfüllten die Luft mit ihren süßen Düften.

Auf dem internationalen Flugplatz von Lod flirrte die Rollbahn. Auf den Abstellpisten, wo die Verkehrsflugzeuge standen, war ein ungewöhnlich großes Kontingent israelischer Soldaten mit umgehängter Waffe postiert. In der Fluggasthalle standen Sicherheitsbeamte in unauffälliger Kleidung und mit Sonnenbrillen auf der Nase herum und hielten sich Zeitungen vors Gesicht.

Den ganzen Tag hindurch fuhren Taxis und Privatwagen mit gutgekleideten Männern und Frauen an den Zugängen zur Haupthalle vor. Die Aussteigenden wurden schleunigst in die Halle gelotst und von dort zum VIP-Wartesaal oder in das Sicherheitsbüro im Oberstock.

Am äußersten Ende des Flugfelds standen mehrere Militärbaracken. Kommandos in Tarnanzügen hielten sich in verschiedenen Alarmstufen bereit. Hinter den Baracken war eine Staffel von zwölf F-14 Tomcats auf dem betonierten Abstellplatz geparkt. Mechaniker und Waffenmeister arbeiteten an den Kampfflugzeugen und sprachen mit Piloten und Fliegeroffizieren.

Die Straße, die von Jerusalem zum Flugplatz führte, wand sich durch Lod und die alte Moslemstadt Ramla. Schon seit dem frühen Vormittag stellten die Einwohner von Lod und Ramla ungewöhnlich regen Verkehr von Militär- und Zivilfahrzeugen fest. Bisher war dies immer das Vorspiel zu einer Krise gewesen. Diesmal bedeutete es etwas anderes. In der griechisch-orthodoxen Kirche St. Georg in Lod strömten christliche Araber und andere einheimische Christen undefinierbarer Abstammung, die auf die Kreuzzüge und die byzantinische Herrschaft zurückging, zusammen. Nicht zu einem besonderen Gottesdienst, sondern weil diese Menschen von dem Bedürfnis geleitet wurden, zusammen mit anderen Menschen an einer bestimmten Stätte zu weilen — wenigstens in bescheidenem Maß an Ereignissen teilzuhaben, die auch sie angingen.

In den Synagogen der Stadt saßen schon Stunden vor Beginn des Abendgottesdienstes Männer in kleinen Gruppen beisammen und redeten leise miteinander. Auf dem Markt nahe der St.-Georg-Kirche kauften jüdische Frauen an den Bretterständen die Lebensmittel für den Sabbat ein. Das Feilschen und Kaufen schien eine Spur unbekümmerter vor sich zu gehen als an einem gewöhnlichen Freitagnachmittag, und die Menschen verweilten länger auf dem Marktplatz, als ihre Besorgungen es erfordert hätten.

In Ramla herrschte großes Gedränge auf dem Platz vor der Großen Moschee Jami-el-Kebir, schon lang, ehe der *Muezzin* die Gläubigen zum Gebet rief. Der arabische Markt war ebenso belebt wie der in Lod, aber bedeutend lärmender. Die Araber, geborene Herumsteher, schienen sich mehr Zeit denn je zu nehmen, und Markt und Straßen waren mit allen Arten von Transportmitteln verstopft, von Landrovers und Buicks bis zu Pferden und Kamelen. Im Militärgefängnis von Ramla schöpften palästinensische Terroristen Hoffnung, daß zumindest einige von ihnen bald frei sein würden.

Die Stimmung in Lod und Ramla glich der im übrigen Israel und im Nahen Osten. Hier, in diesem Teil der Welt, hatten praktisch alle Mächte der Geschichte ihre Kräfte gemessen und das Land zum Schlachtfeld gemacht. Wer hier in Frieden leben wolle, sagte ein Sprichwort, könne ebensogut versuchen, mitten auf einer Straßenkreuzung ruhig zu schlafen. Tausende von Armeen, Millionen von Soldaten waren über diesen kleinen Fleck auf der Weltkarte marschiert, den man das Heilige Land nennt. Doch in diesen so trostlos wirkenden Hügeln und Wüsten waren nicht nur Heere aneinandergeraten. Auch Ideologien und Glaubensbekenntnisse hatten sich hier berührt, bekämpft und ein blutiges Erbe zurückgelassen. Ruinen beinah jeder Kultur in Ost und West standen wie Grabsteine über das Land verstreut oder lagen darin begraben. Es war fast unmöglich, im modernen Israel in der Erde zu graben, ohne Ruinen freizulegen — und mit den Ruinen auch Skelette. Ramla und Lod verkörperten die leidvolle Geschichte des Urlands. Sie verkörperten die Gegensätze und Gemeinsamkeiten des modernen Israel. Sie spiegelten das Lebensgefühl des bunt zusammengewürfelten Vielreligionenstaates. Hoffnung ohne Jubel. Verzweiflung ohne Tränen.

Jacob Hausner, Chef des Sicherheitsdienstes von El Al, knallte den Telefonhörer wieder auf die Gabel. Er wandte sich an seinen jungen Assistenten, Matti Yadin. »Wann werden mich diese Idioten endlich in Ruhe lassen?«

»Welche Idioten, Chef?« fragte Yadin.

Hausner wischte ein Stäubchen von der glänzenden Platte seines Louis-quinze-Schreibtisches. Er hatte sein Büro aus eigener Tasche möbliert und wollte es blitzblank haben. Er ging hinüber zu dem großen Panoramafenster, von wo aus man den Abstellplatz des Flugfelds überblickte, und zog die schweren Samtvorhänge auf. Das Sonnenlicht, Erzfeind kostbarer Gewebe, flutete herein. »Die ganze Bande.« Eine Armbewegung bezog die ganze Welt in diese Bezeichnung ein. »Das war jetzt die Zitadelle. Man hegt gewisse Besorgnisse.«

»Kann ich ihnen nicht verübeln.«

Hausner warf Yadin einen kalten Blick zu. Yadin lächelte, dann sah er seinen Chef mitfühlend an. Es war schon in normalen Zeiten ein harter Job. Während der letzten Wochen hatte jeder im Sicherheitsdienst eine wahre Hölle durchgemacht. Yadin studierte Hausners Profil, während der Chef, in Gedanken verloren, durchs Fenster starrte.

Jacob Hausner war als Kind mit der fünften *Aliya,* der fünften Einwanderungswelle, nach Palästina gekommen. Diese *Aliya* hatte vorwiegend aus deutschen Juden bestanden, die nach Hitlers Machtübernahme 1933 ihre alte Heimat verließen, um in ihre noch ältere zurückzukehren. Sie hatten Glück gehabt, oder vielleicht großen Weitblick. Sie alle waren noch rechtzeitig dem großen Morden in Europa entkommen. Es waren zudem wohlhabende und gebildete Leute und hatten dringend benötigtes Kapital und Können mitgebracht. Viele von ihnen ließen sich rings um die ältere deutsche Siedlung in der Hafenstadt Haifa nieder und brachten es zu Wohlstand. Hausners Jugend war typisch für das Leben der reichen deutschen Juden im Haifa der Vorkriegszeit. Als der Zweite Weltkrieg ausbrach, trat der siebzehnjährige Hausner in den britischen Geheimdienst MI-6 ein. Da er seinen Beruf bei den Briten erlernt hatte, übte er ihn auch nach dem Vorbild seiner Lehrer aus — wie eine Liebhaberei. Aber wie es so viele britische Spione, die diese amateurhafte Haltung pflegten, war auch er in seiner Arbeit überdurchschnittlich gut. Wenn er sie nur als notwendiges Kriegshobby auffaßte, um so besser. Er war ein wohlhabender junger Mann, der in Aussehen und Auftreten allem anderen glich als einem Spion, und so war es auch gedacht.

Außerhalb Haifas konnte er ohne weiteres als Deutscher gelten. Es gehörte zu seinem Job, daß er in den deutschen Kolonien in Kairo und Istanbul eine Menge Partys besuchte und gesellschaftliche Ambitionen entwickelte, und Hausner machte das sehr gut. Er beherrschte die seltsame und zwielichtige Kunst, ein Doppelleben zu führen, bis in alle Feinheiten, und er liebte diese Kunst fast so sehr, wie er Chopin, Mozart und Sachertorte liebte. Vor dem Krieg war Hausner in einer Anwandlung von Langeweile einem britischen Privatfliegerclub beigetreten und gehörte zu den wenigen Zivilisten in Palästina, die eine Fluglizenz besaßen. Zwischen seinen nachrichtendienstlichen Einsätzen lag er den Briten ständig in den Ohren, daß sie ihn stundenweise Spitfires und Hurricanes fliegen ließen, damit er in Übung blieb.

Nach dem Krieg kaufte er in Europa ausrangierte Kampfflugzeuge für die illegale Haganah Air Force. Er hatte auch die erste Spitfire eingekauft, die General Laskov herübergeflogen hatte. Nach dem Krieg von 1948 war es nur natürlich, daß Hausner als ausgebildeter Geheimdienstmann und Flieger einer der ersten Sicherheitsbeamten von El Al wurde. Im Vergleich zu den meisten Juden seiner Generation hatte er ein relativ angenehmes Leben geführt. Jetzt bewohnte er in Herzliya eine kleine Villa am Mittelmeer. Dort hielt er eine Reihe von Mätressen und Zufallsbekanntschaften, nach wie vor besuchte er jedoch an den religiösen Feiertagen seine Familie in Haifa. Sein Aussehen glich, nach Ansicht der meisten Leute, dem eines europäischen Aristokraten. Er hatte eine schmale Adlernase, hohe Wangenknochen und dichtes weißes Haar.

Hausner sah Yadin an. »Ich hoffe nur, daß sie mich mitfliegen lassen.«

Yadin schüttelte lächelnd den Kopf. »Wen sollen sie dann kreuzigen, falls die Flugzeuge explodieren, Chef?«

»Wir benutzen das Wort *explodieren* niemals in einem Atemzug mit dem Wort *Flugzeug,* Matti.« Er lächelte. Er konnte es sich leisten zu lächeln. Alles stand zum besten. Er hatte eine erstklassige Beurteilung in seiner Personalakte und sah keinen Grund, warum Concorde 01 und 02 dieser Beurteilung schaden sollten.

Matti Yadin stand auf und reckte sich. »Lassen unsere Nachrichtendienste irgend etwas verlauten?«

Hausner starrte wieder zum Fenster hinaus. »Nein. Unsere palästinensischen Freunde — was von ihnen noch übrig ist — verhalten sich sehr ruhig.«

»Zu ruhig?«

Hausner zuckte die Achseln. Er war nicht der Mann, der aus dem Fehlen von Informationen Spekulationen ableitete. Keine Nachrichten bedeutete einfach keine Nachrichten. Er vertraute auf die Geheimdienste seines Landes. Sie hatten ihn selten enttäuscht. Sobald ein Insekt das Spinnennetz des israelischen Geheimdienstes an irgendeiner Stelle berührte, erbebte das Netz, und die Spinne in der Mitte spürte das. Alles, was außerhalb des Netzes vorging, war so weit weg, daß man sich darüber keine Gedanken zu machen brauchte. Dieses Bild hatte bisher immer gestimmt, und er war nicht gesonnen, Gespenster sehen zu wollen. Er zog die Gardinen wieder vor und wandte sich vom Fenster ab. Er rückte Krawatte und Jackett vor einem Wandspiegel zurecht, dann durchquerte er das Büro und öffnete die Tür zum angrenzenden Besprechungszimmer.

Yadin folgte ihm und suchte sich einen freien Sessel im Hintergrund. Im Besprechungszimmer, wo Gedränge und Stimmengewirr herrschten, wurde es still. Alle wandten sich Hausner zu.

Um den großen runden Tisch saßen Chaim Mazar, der Chef des israelischen Staatssicherheitsdienstes; Brigadegeneral Itzhak Talman, Befehlshaber der Luftwaffe; General Benjamin Dobkin als Vertreter des Generalstabs der Armee, Dr. Miriam Bernstein,

Staatssekretärin im Verkehrsministerium, nominell Hausners Vorgesetzte, und Isaac Burg, Leiter von Mivtzan Elohim, zu deutsch »Der Zorn Gottes«, der Antiterrorgruppe.

Außerdem waren fünf Mitglieder der Knesset anwesend, Miriam Bernstein nicht gerechnet. An den Wänden entlang saßen jüngere Mitarbeiter, und an einem kleinen Schreibtisch führte eine Sekretärin das Protokoll.

Die Versammlung war ein Ad-hoc-Ausschuß für die Sicherheit des Concorde-Flugs. Der Ausschuß hatte unter anderem die Aufgabe, Hausner Fragen zu stellen, und sie wollten ihm nichts schenken.

Hausner stellte fest, daß er wie üblich der einzige Mann im Straßenanzug war. Er blieb stehen und räusperte sich. »Ich habe mein Erscheinen hier zugesagt, damit wir alle Zweifel an meiner Fähigkeit, ein Flugzeug vom Boden loszueisen, ausräumen können.« Er hob die Hand, um ein halbes Dutzend aufklingender Proteste zum Schweigen zu bringen. »Okay. Erledigt.«

Der spärlich möblierte Raum erhielt sein Licht durch ein großes Panoramafenster, das den gleichen Ausblick bot wie das in Hausners Büro. Hausner trat an dieses Fenster. Am Ende der Abstellpisten, getrennt von den übrigen Flugzeugen, glänzten die beiden langen schlanken Concordes, jede mit einem Davidstern am Heck, in der Sonne. Hausners Sicherheitsposten, mit Uzi-Maschinenpistolen und Scharfschützengewehren bewaffnet, hatten einen Kordon um die Maschinen gezogen. Überdies hatte die Armee zehn Mann Infanterie herübergeschickt, was nicht dazu beitrug, Hausners Stimmung zu heben.

Die Stille wurde allen bewußt. Hausner streckte theatralisch den Arm aus. »Dort stehen sie. Der Stolz der Luftflotte. Kosten pro Stück bloß achtzig Millionen Dollar, einschließlich Ersatzreifen und Radio. Wir fordern von allen Passagieren den Flugpreis für die erste Klasse plus zwanzig Prozent Zuschlag und haben trotzdem noch keinen Schekel herausgeholt, wie Sie wissen.« Er blickte Miriam Bernstein an, die eine seiner strengsten Kritiker in der Knesset war. »Und wissen Sie auch, warum, unter anderem, El Al keinen Gewinn macht? Weil *ich* auf den strengsten Sicherheitsvorkehrungen bestehe, die irgend menschenmöglich sind. Und solche Sicherheit hat einen hohen Preis.« Hausner tat ein paar Schritte vor dem hellen Fenster. Blinzelnde Augen folgten ihm. »Einige von Ihnen«, begann er langsam, »beklagten erst vor ein paar Monaten die mangelnden Gewinne und waren willens, lieber mangelnde Sicherheit in Kauf zu nehmen. Die gleichen Leute —« er sah Miriam Bernstein an — »befürchten jetzt, ich könnte nicht genug getan haben.« Hausner ging zu einem freien Platz und setzte sich. »Okay. Bringen wir's hinter uns.« Er blickte in die Runde. Seine Stimme steigerte sich zum Stakkato. »Wir haben diese Vögel seit nunmehr dreizehn Monaten auf Linienflügen eingesetzt. Von dem Tag an, als wir sie bekamen, haben meine Sicherheitsleute sie nicht aus den Augen gelassen. Schon bei der Herstellung in St. Nazaire und Toulouse ließen wir Druckschott und Gepäckraum durch Panzerplatten absichern. Die Wartung wird ausschließlich von El-Al-Mechanikern hier in Lod durchgeführt. Heute habe ich persönlich den Treibstoff geprüft, der in die Tanks kommt. Ich kann Ihnen versichern, daß es reines Jet-A-Kerosin ist. Als wir damals die Concordes bekamen, verlangte und bekam ich eine Hilfstriebwerkseinheit in den Vorderradschacht eingebaut. Alle anderen Concordes der Welt müssen von einem externen Startgerät aus angeworfen werden. Dank dieser Hilfstriebwerkaggregate muß ich nicht auf jedem fremden Flugplatz zwei Lastwagen an meine Vögel heranlassen — einen mit vorklimatisierter Luft und einen mit dem Startgerät. Wir können unsere Maschinen selbst starten, überall und jederzeit. Für die neunhundert Kilogramm, die unser APU wiegt, haben wir die Übergewichtsstrafe auf uns genommen, wie wir um der Sicherheit willen immer Übergewichtsstrafen bezahlt haben. Ganz klar, daß man so keine Gewinne erzielen kann, aber auf etwas anderes lasse ich mich nicht ein. Und Sie sich auch nicht.«

Hausner blickte eine Weile in die Runde und wartete auf einen Kommentar, aber es kam keiner. Er fuhr fort: »Wir leisten uns auch zusätzliche Kosten und Mühen, die daraus resultieren, daß wir die meisten Dienste nur hier in Lod durchführen lassen. Zum Beispiel kommt mir kein Wassertankwagen an meine Vögel, außer hier in Lod. Wer mit El Al fliegt, pißt noch in Tokio nur Jordanwasser. Auch der Toilettendienst wird nur hier gemacht. Außerdem geht die Reinigungsmannschaft unter Aufsicht meiner Leute nach jedem Flug die ganze Maschine gründlich durch, für den Fall, daß jemand ein Päckchen für uns hinterlassen wollte. Wir untersuchen die Sitze, die Toiletten und öffnen sogar die Kotztüten. Noch etwas: Proviant wird nur in Lod aufgenommen und nirgends sonst. Was die Speisen in diesen beiden Concordes betrifft, so habe ich alles, was in die Provianträume kam, persönlich überprüft. Sie haben mein Wort, daß alles koscher ist. Sogar unser Rabbi hat eine Mahlzeit zu sich genommen, und die Folge war lediglich Bauchweh.« Hausner lehnte sich entspannt zurück und zündete eine Zigarette an. Er sprach jetzt langsamer. »In einem sehr wichtigen Punkt ist dieser Flug sogar sicherer als jeder andere. Wir müssen uns wegen der Passagiere keine Sorgen machen.«

Hausner nickte Matti Yadin zu. »Mein Assistent hat sich bereit erklärt, das 007-Team in Concorde 01 zu führen. Ich bin bereit, den gleichen Job in 02 zu übernehmen. Allerdings habe ich vom Premierminister noch keine Information, ob ich die Delegation begleiten werde.« Er sah sich langsam am Tisch um. »Weitere Fragen in bezug auf die Sicherheit bei El Al? Nein? Gut.«

Lange Zeit sprach niemand. Hausner fand, daß er als Hausherr auch die Diskussionsleitung habe. Er wandte sich an Chaim Mazar vom Staatssicherheitsdienst. »Möchten Sie Bericht erstatten?«

Mazar stand langsam auf. Er war ein großer, magerer Mann, dessen Augen verrieten, daß er schon viele Jahre im Staatssicherheitsdienst tätig war. Er begann ohne Vorrede. »Unsere große Sorge ist natürlich irgendein Irrer, der irgendwo zwischen hier und der Küste mit einer kleinen, mit Infrarot-Zielsuchlenkung versehenen Rakete auf dem Buckel auf einem Hausdach steht. Aber ich kann Ihnen versichern, daß auf keinem Hausdach zwischen hier und der Küste irgend jemand steht. Und es wird sich auch beim Start niemand innerhalb der Flugschneise herumtreiben. Ich habe den Verteidigungsminister gebeten, alle Übungsflüge auf der Flugstrecke abzublasen. Über dem ganzen Gebiet werden Hubschrauber in der Luft sein. Innerhalb Israels gibt es keinerlei Anzeichen für Guerillatätigkeit irgendeiner Art. Ich bin überzeugt, daß keine Schwierigkeiten auftreten werden. Ich danke Ihnen.«

Hausner lächelte. Kurz und sachlich. Ein guter Mann. Er wandte sich an Isaac Burg, den Leiter der Antiterrortruppe.

Burg blieb sitzen, beugte sich jedoch leicht vor. Er war ein weißhaariger Herr mit blitzenden blauen Augen. Kein Mensch hätte geglaubt, daß er es war, der dem Großteil der palästinensischen Guerillaorganisationen in aller Welt den Garaus gemacht hatte. Seine Leute hatten den Rest der versprengten Gruppen brutal zur Strekke gebracht, mit dem Ergebnis, daß die terroristischen Aktivitäten in Israel und im Ausland fast völlig aufgehört hatten. Burg lächelte. »Erst unlängst stießen wir in Paris auf einen palästinensischen Freischärler. Ein führendes Mitglied der Organisation ›Schwarzer September‹. Eines der letzten. Wir quetschten ihn nach Strich und Faden aus. Er schwor, von keinem Anschlag auf die Friedensmission Kenntnis zu haben. Die Guerillas sind inzwischen so isoliert und mißtrauisch, daß sie womöglich nicht einmal mehr mit ihresgleichen sprechen. Aber auch einer meiner Gewährsmänner, ein hohes Tier in einem der palästinensischen Geheimdienste, meldete mir, daß nichts geplant sei.«

Burg kramte nach seiner Pfeife und wurde nach einer Weile fündig. Er starrte lange Zeit die Pfeife an und blickte dann auf. »Und im übrigen wissen wir ja, daß den arabischen Regierungen jetzt an einem Erfolg dieser Konferenz ebenso liegt wie uns. Sie haben uns durch verschiedene Kanäle wissen lassen, daß sie ein scharfes Auge auf bekannte und mutmaßliche Guerillas in ihren Ländern haben. Nur für den Fall, daß die ein bißchen lax vorgehen, machen wir das gleiche.« Er stopfte den Pfeifenkopf mit einer aromatischen Tabakmischung. »John McClure vom CIA, der mit uns zusammenarbeitet, meldete mir, daß seine Dienststelle nirgendwo auf der Welt ein ungewöhnliches Verhalten der arabischen Gruppen feststellen konnte. Mr. McClure tritt übrigens morgen seinen Heimaturlaub an und fliegt mit der Friedensabordnung hinüber, als Privatmann.« Isaac Burg setzte freundlich lächelnd seine Pfeife in Brand. Der süßliche Rauch zog in Schwaden über den Tisch. Burg sah General Dobkin an. »Wie steht's mit den entlegenen arabischen Gebieten?«

Benjamin Dobkin stand auf und warf einen Blick in die Runde. Ein Mann von kräftiger Statur, mit Stiernacken und kurzem, dichtgelocktem schwarzem Haar. Wie die meisten israelischen Generale trug er eine schlichte Kampfbluse mit hochgerollten Ärmeln. Als erstes fielen an ihm die mächtigen Arme und Hände auf. Er war Archäologe aus Leidenschaft, und das mühsame Graben tief in die uralten Erdschichten hatte seinen ohnehin massigen Bau noch gefördert. Als er noch eine Infanteriebrigade befehligte, war aus jedem seiner Soldaten ein freiwilliger oder unfreiwilliger Archäologe geworden. Kein Entwässerungsgraben wurde ausgehoben, keine Latrine, kein Schützenloch und keine Panzerfalle, ohne daß bei nächster Gelegenheit das aufgeworfene Erdreich gesiebt worden wäre. Benjamin Dobkin war zudem ein frommer Mann, und er machte kein Hehl aus seiner tiefen Religiosität.

Er faltete die Pranken hinter dem Rücken und fing an. »Das Problem ist — und war es immer —, daß sich Guerillas im unterentwickelten Hinterland mit den vorsintflutlichsten Requisiten zu behelfen wissen. Israelische Armee-Einsätze haben viele dieser Fatah-Länder radikal gesäubert. Den Rest besorgten zum Teil die arabischen Regierungen selbst.« Er blickte auf. »Aber im Unterschied zu einigen meiner hier anwesenden Freunde kann und will die Armee die Möglichkeit nicht ausschließen, daß Palästinenser oder andere Araber aus diesen ländlichen Gebieten, wo sich noch immer Guerillanester halten, irgendeine Art von Überfall durchführen. Die Armee hat nur begrenzten Zugriff, aber auch wir schicken immerhin unsere Geheimdienstleute in solche Gegenden, wo sie mit einigem Glück als Araber gelten können. Wir spähen das Land aus. Alles in allem sieht es gut aus. Meine Kollegen in den arabischen Ländern melden, sie seien dabei, die restlichen Guerillanester auszuheben, wo immer sie eines entdecken.«

Chaim Mazar beugte sich vor. »Welche Art von Aktion *könnten* die Guerillas gegen die Friedensmission starten, falls sie nicht ausgehoben würden, General?«

»See und Luft. See und Luft sind immer noch die wunden Punkte. Allerdings hat mir die Marine versichert, daß nicht nur unsere eigenen Schiffe und die der Sechsten Amerikanischen Flotte unter dem gesamten Flugweg der Concordes auf dem Mittelmeer patrouillieren, sondern auch die Einheiten Griechenlands, der Türkei und Italiens, die unterhalb der Flugstrecke eine NATO-Übung inszenieren. Außerdem wäre eine See-Luft-Rakete jenes Typs, der eine Maschine mit der Flughöhe und Reisegeschwindigkeit der Concordes herunterholen könnte, viel zu kompliziert, als daß Terroristen sie besitzen oder bedienen könnten. Und selbst wenn sie eine solche Rakete besäßen und es fertigbrächten, sie von See aus abzufeuern, so hätte unser fliegender Begleitschutz reichlich Zeit, sie zu identifizieren, zu verfolgen und abzuschießen. Das stimmt doch, General?« Er blickte Itzhak Talman an, den Befehlshaber der Luftwaffe. Alle Augen wandten sich Talman zu.

Itzhak Talman stand auf. Er ging zum Panoramafenster und blickte in die Ferne. Er war ein großer, gutaussehender Mann mit gestutztem britischem Offiziersschnurrbart, und man sah ihm noch immer den schneidigen R.A.F.-Piloten von einst an. Er sprach eine Mischung aus schlechtem Hebräisch und noch schlechterem Jiddisch mit Oxfordakzent.

Talman wandte sich wieder zum Tisch um. Seine Stimme klang kühl. »Mein bester Kampfflieger, Teddy Laskov, führt persönlich eine Staffel handverlesener Piloten an, die wiederum die besten Abfangjäger der Welt fliegen. Im Augenblick überwachen sie die Bestückung und Wartung dieser zwölf Maschinen draußen auf diesem Flugplatz. Teddy Laskov versichert, er könne alles, was fliegt, orten, verfolgen, abfangen und abknallen, einschließlich Foxbats, SAMs und den Teufel persönlich zur Hölle schicken, wenn er auf den Radarschirm geraten sollte.« Er blickte über die Köpfe der Männer und Frauen hinweg. »Der Nachrichtendienst der Luftwaffe hat mich informiert, daß die Guerillas noch nie in der Lage gewesen sind, einen Luftangriff zu unternehmen, und daß sie es auch jetzt nicht sind. Aber *falls* irgend jemand irgend etwas gegen diese Concordes unternehmen wollte, so müßte er die schlagkräftigste Luftflotte im ganzen Mittelmeerraum aufbieten.« Talman strich über seinen Schnurrbart. »Teddy Laskov ist unser bester Mann. Sobald diese Vögel die Küstenlinie passiert haben, fällt mir die Verantwortung für sie zu, und ich übernehme diese Verantwortung ohne Zögern.« Er ging zu seinem Platz zurück.

Teddy Laskov, der auf dem Korridor gehorcht hatte, öffnete leise die Tür. Mehrere Köpfe drehten sich nach dem Gegenstand von Talmans Loblied um. Laskov grinste verlegen und winkte ab. Er stellte sich an die Wand.

Miriam Bernstein versuchte schon eine Weile, Hausner auf sich aufmerksam zu machen. Er übersah sie geflissentlich. Er blickte die Tischrunde an und hinüber zu den Plätzen an der Wand, aber niemand schien noch etwas sagen zu wollen. »Also dann.«

Miriam Bernstein stand auf. »Mr. Hausner.«

»Ja?«

»Ich möchte hierzu noch etwas bemerken.«

»Oh.«

»Vielen Dank.« Sie schenkte Hausner ein Lächeln, das er nicht zur Kenntnis nahm. Sie blätterte in einigen Papieren, die vor ihr auf dem Tisch lagen, und sah dann auf. »Ich bin allem, was hier gesagt wurde, sehr aufmerksam gefolgt, und so sehr mich die getroffenen Vorkehrungen beeindrucken, so sehr bestürzt mich der Geist, in dem sie getroffen und vor allem die Sprache, in der sie geschildert wurden. Meine Herren, wir gehen zu dieser *veida,* dieser Konferenz, um ein *Friedens*abkommen zu treffen.«

Miriam Bernstein schwieg und blickte die Männer um den Tisch, einen nach dem anderen, an. »Reden wie: alles abknallen, was herumfliegt, verdächtige Araber in befreundeten Ländern nach Strich und Faden ausquetschen, Armeespione in arabische Gebiete schikken — sie mögen unter gewissen Umständen zu rechtfertigen sein, aber in diesem Augenblick unserer Geschichte möchte ich lieber das Risiko eingehen, uns eher diskret und unaggressiv darzustellen. Wir möchten bei den Vereinten Nationen nicht auftreten wie eine Horde Cowboys mit rauchenden Colts. Wir wollen den Eindruck erwecken, daß wir wirklich Friedensgespräche zu führen gedenken.«

Sie schürzte die Lippen, als überlege sie, wie sie der Vernunft das Wort reden könne, ohne den Anschein zu erwecken, sie spräche von klein beigeben. Seit vielen Jahren gehörte sie nun dem Friedensflügel ihrer Partei an, und sie fühlte sich zu dieser Warnung verpflichtet, jetzt, da der Friede in greifbare Nähe gerückt war. Nicht einen einzigen Tag ihres Lebens hatte sie an einem Ort verbracht, an dem Frieden geherrscht hatte. Sie streckte die Hände aus, wandte in versöhnlicher Geste die Handflächen nach oben.

»Ich versuche nicht, ein Problem zu schaffen, wo es keins gibt. Ich will nur sagen, daß während der kommenden Wochen alle militärischen und geheimdienstlichen Aktivitäten weitestgehend eingestellt werden sollten. Als Beweis unseres Vertrauens. Irgend jemand muß als erster die Waffe wegstecken. Und wenn Sie auf Ihrem Radarschirm den Teufel persönlich sehen sollten, General Talman, knallen Sie ihn nicht mit einer Rakete ab. Erklären Sie ihm einfach, daß Sie zu Friedensverhandlungen unterwegs sind und sich nicht zu einer Angriffshandlung verleiten lassen. Er wird begreifen, daß es Ihnen ernst ist mit Ihrem Frieden, Sie wirklich den Frieden wollen, und diese Tatsache — und die Vorsehung — wird ihn verscheuchen.« Wieder blickte sie in die Runde, und einen Augenblick ruhten ihre Augen auf Teddy Laskov.

Er erwiderte ihren Blick und sah in ihren Augen etwas, das nur wenige Menschen je gesehen hatten, aber er wußte nicht recht, wie er es bezeichnen sollte.

Sie blickte auf und über die Köpfe der Anwesenden hinweg. Draußen, hinter dem Flugplatz, erhoben sich die Hügel, wo Khabbani und seine Freunde über den richtigen Zeitpunkt zur Eröffnung des Feuers berieten. Die Hitze des *Hamseen* lastete auf dem kleinen Sitzungszimmer. Nochmals wandte Miriam Bernstein sich an die Versammlung. »Einige unter uns wehren sich dagegen, am Konferenztisch aufzugeben, was sie mit Blut bezahlt haben. Ich kann das verstehen. Und ich kenne alle Argumente, die gegen die Philosophie eines Friedens um jeden Preis sprechen. Wir alle kennen sie. Einige davon halte ich sogar für richtig. Ich richte an Sie alle nur die Bitte, an den kommenden Tagen über das nachzudenken, was ich gesagt habe. Ich danke Ihnen.« Sie setzte sich und beschäftigte sich mit ihren Papieren.

Niemand machte eine Erwiderung. Es war sehr still im Raum.

General Talman stand auf und ging zu Teddy Laskov hinüber. Er nahm ihn beim Arm, und die beiden Männer gingen in den Korridor hinaus. Zögernd begannen einige Sitzungsteilnehmer, leise mit ihren Nachbarn zu sprechen, dann löste sich die Versammlung in kleine Gruppen auf. Die letztgültigen Pläne wurden koordiniert.

Jacob Hausner schaltete die Stimmenkulisse aus und richtete seine Aufmerksamkeit auf Miriam Bernstein. Dann lehnte er sich zurück und sah zur Decke auf. Er hatte über anderes nachzudenken als über Miriam Bernstein. In den vergangenen Jahren hatten zahlreiche Proben für diesen Augenblick stattgefunden. Die Palästinenser hatten El Al von jeher als militärisches Ziel betrachtet, und die Angriffe hatten, fast zugleich mit El Al, im Jahre 1948 ihren

Anfang genommen. Aber erst die spektakuläreren Terroristenüberfälle der sechziger und siebziger Jahre hatten Schlagzeilen gemacht.

Der letzte Zwischenfall war die versuchte Entführung einer El Al 747 auf dem Flugplatz Heathrow gewesen. Ahmed Rish hatte hinter diesem Anschlag gesteckt. Bei diesem Namen verzog sich Hausners Gesicht. Rish. Einer der letzten — und vermutlich der beste — einer üblen Bande. Einmal hatten sie ihn sogar im Militärgefängnis von Ramla gehabt, nachdem er aus unbekannten Gründen auf dem Flugplatz von Lod aufgetaucht und festgenommen worden war. 1968, also ehe Israel dazu übergegangen war, alle Verhandlungen mit Terroristen abzulehnen, mußten sie ihn und fünfzehn weitere Terroristen gegen die israelischen Fluggäste der El-Al-Maschine austauschen, deren Entführer gehofft hatten, General Sharon in ihre Gewalt zu bringen. Hausner hatte das damals für einen Fehler gehalten, und die Zukunft hatte ihm recht gegeben.

Jahrelang hatte er gehofft, Rish möge bei einer der Säuberungsaktionen der Antiterrortruppe ums Leben kommen. Rishs Spezialität waren Flugzeuge, und der Gedanke, daß dieser hartgesottene und überzeugte Terrorist frei herumlief, machte Hausner schwer zu schaffen. Hausner hatte in Ramla zu Rishs nachdrücklichsten Befragern gehört. Rish war das Kunststück gelungen, Hausner bis aufs Blut zu reizen, so sehr, daß Hausner ihn geschlagen hatte. In seinem Bericht bezeichnete er Rish als einen hochgefährlichen Mann, der lebenslänglich hinter Schloß und Riegel gehöre. Aber Rish war freigelassen worden. Seitdem war er an vielen Orten aufgetaucht, immer viel zu nahe an einer El-Al-Maschine. Es ging das Gerücht, Rish gehöre zu jenen Palästinensern, die aus Entebbe entkommen seien. Was vermutlich stimmt, dachte Hausner.

Als Isaac Burg erwähnte, in Frankreich sei ein Guerillakämpfer gefaßt worden, kam Hausner ein Einfall. Rish war vor etwas mehr als einem Jahr, kurz nach der Sache von Heathrow, in Frankreich gesichtet worden. Warum Frankreich? Hausner entsann sich, daß ihn damals irgend etwas nicht in Ruhe gelassen hatte. Was war es gewesen? Frankreich. Rish. Rishs *modus operandi.* Das war es. Rishs *modus operandi* war charakteristisch, er war ihm aufgefallen. Rish war kein schießwütiger, halbverrückter Flugzeugentführer. Er ging nicht gern ein persönliches Risiko ein. Rish operierte im Hintergrund, auf Umwegen.

Warum Frankreich? Warum nicht die großen Arabergemeinschaften in Deutschland? Die einzige bedeutendere Arabergruppe in Frankreich waren die Algerier. Rish war Iraker, obwohl er für die Sache der Palästinenser kämpfte. Für die übrige Welt waren alle Araber gleich. Aber für einander waren sie es nicht. Außerdem würde der französischen Polizei, die an Algerier gewöhnt war, ein Iraker sofort auffallen. Ja, Rish war ein Insekt, das vor noch gar nicht so langer Zeit das Spinnennetz des israelischen Geheimdienstes berührt hatte, und das Netz hatte vibriert. Er war nicht in Paris gesichtet worden, sondern in der Provinz. Sonderbar. Einmal in der Bretagne und einmal im Süden, nahe der spanischen Grenze. Warum? Plötzlich überfiel Hausner der Gedanke, daß seine Kette von Sicherheitsmaßnahmen irgendwo ein schwaches Glied haben müsse, und er wußte nicht, was oder wo es war. Ein Frösteln lief ihm über den Rücken.

Von Rish lag ein Psychogramm vor nebst erkennungsdienstlicher Standardpersonalbeschreibung zu den Akten. Hausner würde sich die Unterlagen herausholen. Er würde nachher den französischen SDECE, den französischen Spionagegeheimdienst, anrufen. Er sah sich im Sitzungszimmer um. Alle besprachen sich noch in kleinen Gruppen. Er stand auf. »Wenn niemand mehr Fragen an mich hat, dann gehe ich wieder an meine Arbeit. Niemand antwortete.

»Frau Staatssekretärin?«

»Lassen Sie sich nicht aufhalten«, sagte Miriam Bernstein.

»Keine Angst.« Hausner blickte nochmals in die Runde. »Mein Sitzungszimmer steht ganz zu Ihrer Verfügung, meine Herrschaften. Bitte entschuldigen Sie mich.« Er machte kehrt und ging zur Tür, dann drehte er sich nochmals um. *»Shalom«,* sagte er feierlich.

4

Captain David Becker, der Pilot der El-Al-Concorde 02, saß in der Einsatzzentrale neben seinem Ersten Offizier Moses Hess. Auf der anderen Seite des langen Tisches, Hess gegenüber, saß der Flugingenieur Peter Kahn, der wie Becker amerikanischer Jude war.

An den Wänden hingen Landkarten, Tabellen und Wettermeldungen. Eine Seite des Raums bestand aus einem riesigen Fenster, das auf die Abstellpiste hinausging. Die beiden Concordes standen außerhalb der Überdachung in der prallen Sonne. Der Fernmelderaum mit seinen Fernschreibern und Wetterkarten war durch eine Glaswand von der Einsatzzentrale getrennt.

Das Ende des langen Tisches in der Einsatzzentrale nahm die Crew der Concorde 01 ein. Der Pilot, Asher Avidar, ein hitzköpfiger Sabra, das heißt, ein im Land geborener Israeli, nach Beckers Ansicht viel zu jung und impulsiv, als daß man ihn irgend etwas anderes als seine gewohnten Militärmaschinen hätte fliegen lassen dürfen. Neben Avidar saß Zevi Hirsch, der Erste Offizier, den Becker lieber auf dem Platz des Piloten gesehen hätte, und Leo Sharett, der Flugingenieur, der ebenfalls ein Gegengewicht zu Avidars Ungestüm darstellte.

Avidar sprach zu seiner Crew, und Becker spitzte die Ohren, um dessen rasches Hebräisch mitzubekommen. Dieser Flug war mit äußerster Sorgfalt geplant, und Becker legte keinen Wert darauf, daß Avidar wieder einmal den einsamen Adler spielte. Er mußte auf der langen Strecke hinter Avidar herfliegen, und bei Mach 2,2 war der Treibstoff ein kritischer Faktor. Becker sah sich die Wetterkarte an, während er zuhörte, wie Avidar seiner Crew Anweisungen gab.

Becker war ein ungewöhnlich großer Mann, weshalb ihm die amerikanische Air Force die Ausbildung zum Kampfflieger verweigert hatte, als er zu Beginn des Krieges in diese Waffengattung eingetreten war. Im Ausbildungslager für Reserveoffiziere hatte niemand ihn darauf aufmerksam gemacht, daß er das Maximalmaß überschritt, und so kam es, daß er in C-54-Transportern Truppen hin- und herkutschierte. Schließlich konnte er seine Kampflust wenigstens teilweise stillen, indem er ins Strategische Luftkommando überwechselte. Während der fünfziger Jahre wartete er geduldig darauf, die russische Stadt, die ihm zugewiesen war, in Rauch aufgehen zu lassen, obwohl er wußte, daß er seine Zerstörungsaktion nicht würde sehen können. Es war die Stadt Minsk oder genauer gesagt, der Flugplatz im Nordwesten der Stadt. Seine Bombe hätte auch Teddy Laskovs Heimatstadt Zaslavl in Schutt und Asche gelegt, ein Zusammentreffen, das keinem der beiden Männer im Verlauf ihrer gelegentlichen Gespräche aufgefallen war.

Die Jahre mäßigten seine Aggressivität, und das Aufkommen ballistischer Interkontinentalraketen verbannte ihn wiederum in Frachtflugzeuge. Dann kam Vietnam, und sie setzten ihn erneut in eine B-52. Während des Krieges von 1967 flog er freiwillig Nachschub nach Israel. Mit seinem letzten Flug nach Lod lief seine Dienstzeit ab, und zugleich ging seine zwanzig Jahre alte Ehe in die Brüche. Also blieb er und heiratete das Mädchen bei der israelischen Air Force, das ihn immer so sehr wegen der Frachtlisten schikaniert hatte.

Die israelische Air Force besaß und brauchte auch keine der riesigen Langstreckenbomber, die er so gut kannte, und Hel Avir, das Fliegerkorps, besaß nur ein paar C-130-Truppentransporter. Aber er hatte ohnehin keine rechte Lust mehr, zu den Streitkräften zurückzukehren. Er wollte einfach fliegen. Schließlich ergatterte er einen Job als Pilot von DC-4-Frachtmaschinen der El Al.

In der US Air Force hatte er Tausende von Flugstunden in schweren Jets zurückgelegt. Er hatte auch die Prüfung für den amerikanischen Überschallbomber FB-111 bestanden und war daher einer der wenigen Männer in Israel, die große Maschinen mit Überschallgeschwindigkeit fliegen konnten. Als El Al die Concordes kaufte, ging Becker zum Training nach Toulouse. Jetzt sollte er den wichtigsten Flug seiner ganzen Laufbahn antreten, und er war entschlossen, dafür zu sorgen, daß alles gutging. Er warf einen Blick in den Fernmelderaum, als die Tür zum Korridor aufflog. Er sah die Generäle Talman und Laskov eintreten. Sie sprachen ein paar Minuten lang mit dem Personal und durchschritten dann die Verbindungstür. Alle Anwesenden in der Einsatzzentrale, alle Reserveoffiziere von Hel Avir, standen auf.

Talman und Laskov lächelten und bedeuteten den Männern, sich wieder zu setzen. Talman ergriff das Wort. »Guten Tag. Wir kommen gerade aus einer Sicherheitsbesprechung, und ich möchte Ihnen mitteilen, daß alles bestens aussieht. Trotzdem wird, als zusätzliche Sicherheitsmaßnahme, Ihre Startzeit auf fünfzehn Uhr dreißig vorverlegt. Außerdem werden Sie das Mittelmeer nicht bis zur spanischen Küste überqueren und weiter bis Madrid fliegen, sondern den italienischen Stiefel in nördlicher Richtung und dann Kurs auf Orly nehmen zum Auftanken. Wir haben die Genehmigung, über Italien und Frankreich mit Überschall zu fliegen. Es ist alles vorbereitet, einschließlich neuer Flugpläne, Karten und Wettertabellen. Niemand geht in Orly von Bord.« Er sah jeden der Männer an. »Meine Herren . . .« er schwieg, suchte nach den rechten Worten, strich sich über den gestutzten Schnurrbart und sagte dann nur: »Ich wünsche Ihnen einen guten Flug. *Shalom.*« Er machte kehrt und marschierte in den Fernmelderaum.

Teddy Laskov setzte sich auf den Tisch. *»All right.* Wir haben noch einen Moment Zeit zu einer letzten Koordinierung. Ich höre Sie über die Flugverkehrleitstelle und auf der El-Al-Frequenz, solange ich mit von der Partie bin. Aber wenn wir unter uns etwas besprechen wollen, müssen wir das auf meiner taktischen Frequenz tun, Kanal einunddreißig. Entspricht bei euch 134,725. Sollte einer von uns aus irgendeinem Grund annehmen, daß diese Frequenz nicht mehr sicher ist, dann sagt er: ›Mein Treibstoffanzeiger für

Tank drei ist ausgefallen‹, und wir wechseln alle auf die Ausweichfrequenz über, Kanal siebenundzwanzig, bei euch 129,475. Klar? *All right.* Ich bleibe bei euch, bis ihr auf neunzehntausend Meter und Mach 2,2 seid. Kann sein, ein bißchen länger, wenn mein Sprit reicht. Danach habt ihr nichts mehr zu fürchten. Gibt es noch Fragen?«

Avidar stand auf. »Ich möchte eines klargestellt wissen, General. Wer hat die taktische Kontrolle über diesen Flug? Ich meine, ich bin Kettenführer der beiden Concordes, und Sie befehligen Ihre Staffel, und in Hel Avir sind Sie der Ranghöhere von uns beiden — aber dies hier ist ein Zivilflug. Angenommen, es erfolgt ein Angriff. Angenommen, ich würde ein Ausweichmanöver für richtig halten, nach Ihrer Ansicht aber sollten wir unseren Kurs beibehalten, damit Sie wissen, wo wir sind. Wer ist der Boß?«

Laskov sah Avidar lange an. Wie immer man über den jungen Piloten denken mochte, jedenfalls ging er nicht um den heißen Brei herum. Außerdem hegte er keine Skrupel, das Unvorstellbare in Worte zu fassen. Laskov nickte. »*All right.* Berechtigte Frage, Asher. Ich kann darauf nur wiederholen, was Ihnen bereits gesagt wurde. Wir sehen keine Schwierigkeiten auf uns zukommen. Aber falls . . . falls wir angegriffen werden, so befolgen Sie die Vorschriften für Einsatzflüge schwerer Bomber. Da Israel keine schweren Bomber hat, möchte ich Ihnen diese Vorschriften erklären. Sie sind einfach. Vorschrift Nummer eins: Sie behalten Ihren Kurs bei, bis der Kommandant der Begleitstaffel — also ich — Anweisung erteilt, daß Sie ein Einzelausweichmanöver versuchen oder daß alle Maschinen Kurs, Geschwindigkeit oder Flughöhe ändern sollen. Vorschrift Nummer zwei: Siehe Vorschrift Nummer eins. Beantwortet das Ihre Frage?«

»Nein.« Avidar setzte sich und sah weg.

Laskov schlug einen versöhnlichen Ton an. »Sehen Sie, Asher, Begleitschutz fliegen ist immer und für alle Beteiligten eine beschissene Sache. In Israel bestehen keine Gelegenheiten für ein Langstreckengeleit, daher ist diese Situation Ihnen fremd — aber während eines Krieges, den ich vor ungefähr tausend Jahren mitgemacht habe, hat es sich immer wieder erwiesen, daß die Schafe bei der Herde bleiben und auf die Schäferhunde hören müssen, wenn die Wölfe sie nicht kriegen sollen. Egal wie viele Schafe aus der Herde trotzdem dran glauben müssen, das Risiko eines Alleingangs ist weitaus größer. Nun, das Bild stimmt nicht ganz, aber Sie verstehen, was es sagen will.« Er versuchte es mit einem väterlichen Blick, aber Avidar ignorierte ihn. Laskov wandte sich an Bekker. »David? Auch was auf dem Herzen?«

»Nein, General. Ich glaube, das wär's, wir brauchen nur noch die Rufnummern auf den taktischen Frequenzen.«

Laskov stand auf. »Richtig. Ich bin der ›Engel Gabriel‹ plus meine Hecknummer, also zweiunddreißig. Meine Staffel heißt Gabriel plus die jeweilige Hecknummer. David, Sie sind die ›Flügel Immanuels‹. Asher, Sie sind ›Kosher Clipper‹. Über Funk nur noch Immanuel und Clipper.« Laskov schaute auf die Uhr. Es war genau zwei Uhr nachmittags. »Noch etwas. Außer den Mitgliedern der Friedensdelegation kriegen Sie noch ein paar zusätzliche VIPs. Auch ein Amerikaner kommt an Bord, John McClure. Jemand von der Botschaft, der Heimaturlaub macht. Sagen Sie Ihren Chief Stewards, daß die Passagierliste einen Nachtrag enthalten wird.«

Becker blätterte seine Unterlagen durch und fand die Liste. »Es kommt noch ein Landsmann von mir mit, General. Tom Richardson, der Luftwaffenattaché. Sie müssen ihn kennen. Er hat dienstlich in New York zu tun.«

Laskov stutzte. Es mußte sich hier um eine Entscheidung in letzter Minute handeln. Laskov wußte, daß es irgend etwas bedeutete, aber er wußte nicht, was. Vielleicht nur eine freundliche Geste. Er nickte. »Richardson ist eine Art Berufsbekanntschaft, ein Freund, wenn er nicht gerade versucht, uns dreinzureden. Wenn ihm die koschere Küche nicht schmeckt, kippen Sie ihn über Rom raus, Avidar, falls er in Ihrer Maschine sein sollte, und versuchen Sie nicht, mit ihm über Politik oder Religion zu diskutieren. Er versteht von beidem nichts.«

Becker grinste. »Er hat gebeten, bei mir mitfliegen zu dürfen. Ich passe schon auf ihn auf.«

»Tun Sie das«, erwiderte Laskov zerstreut. Er ging auf die Verbindungstür zum Fernmelderaum zu, wo er Talman zum Chief Dispatcher sprechen sah. Abrupt machte er kehrt und starrte wieder die Männer an, die alle erneut aufgestanden waren. »David. Sie sagten, er habe *ausdrücklich* Ihre Maschine gewählt?«

»Ja, Sir.« Becker reichte Laskov die Liste.

Laskov nahm sie. Neben Richardsons Namen, der ganz unten handschriftlich eingefügt war, standen die Zahlen 02. Er wußte, daß die Gesamtliste bisher weder die Aufteilung der Passagiere auf die beiden Maschinen noch eine Sitzordnung enthielt. Die Wahl der Maschine war Sache des Staatssicherheitsdienstes und würde erst im letzten Augenblick entschieden. Die Sitzordnung sollte den Mitgliedern der Delegation überlassen bleiben, damit sie sich zu Ausschüssen zusammentun und während der Reise einige Arbeit erledigen könnten. Laskov fragte sich, wieso Richardson ein bestimmtes Flugzeug wählte, da er doch nicht wissen konnte, ob

Freunde oder Bekannte in dieser Maschine reisen würden. Warum hatte er nicht gewartet, bis er sehen würde, wie die Delegation sich verteilte? Beide Maschinen würden nur wenig über halbvoll besetzt sein. Vielleicht wollte er lieber mit Becker fliegen. Laskov blickte auf. »Wußte er, daß Sie die 02 fliegen?«

»Ich glaube schon. Wahrscheinlich stellt er sich vor, er könnte auf dem Klappsitz neben mir hocken und während des ganzen Flugs mit mir schwatzen. Mit seinem Hebräisch ist es nicht weit her.«

»Wird wohl so sein. Also, Leute. Guten Flug. Wiedersehen in fünftausend Meter Höhe. *Shalom.*«

Im VIP-Warteraum, der am gleichen Korridor lag wie der Einsatzraum und Hausners Büro, drängten sich ungefähr hundert Menschen. Die Vorhänge waren zugezogen, um die Klimaanlage zu entlasten, aber im Warteraum war es trotzdem sehr warm. Doch das Dämmerlicht vermittelte die Illusion von Kühle. In kurzen Abständen schob einer der Wartenden die Vorhänge ein wenig zur Seite, um einen Blick auf die beiden Concordes zu werfen, die von Soldaten umringt draußen standen.

Yaakov Leiber, der Chief Steward von Beckers Maschine, betrat den Warteraum. Der »kleine« Yaakov Leiber, wie er allgemein genannt wurde, war sehr nervös. Es war ihm peinlich, die Passagiere dieses Fluges zu instruieren. Er hatte zwar schon viele Male seine kleine Ansprache hier vor VIPs gehalten, aber diese Gruppe hier war von besonderer Art. Viele Gesichter und Namen waren ihm bekannt.

Zu den zwanzig Friedensdelegierten kam ein ungewöhnlich großer Stab von Assistenten, Fachberatern, Schreibkräften, Dolmetschern und Sicherheitsbeamten. Leiber stellte fest, daß der Raum arg verraucht war und die Bar leer, wie meistens.

Yaakov Leiber räusperte sich. »*Ladies and gentlemen. Ladies and gentlemen.*« Er hob die Hände. Allmählich wurde es still. Die Köpfe wandten sich ihm zu. Sie sahen einen kleinen Mann in zu großer weißer Uniform, die Brillengläser mit Doppelschliff waren so dick, daß seine Augen aussahen wie Austern.

Leiber lehnte sich mit dem Rücken an die Bar. »Guten Tag. Ich bin Yaakov Leiber, Chief Steward der El-Al-Concorde 02.«

»Bin froh, daß er nicht unser Pilot ist«, bemerkte ein Mann im Hintergrund. Ein paar Leute lachten.

Leiber grinste. »Ich war tatsächlich lange Zeit Pilot, aber einmal hab ich mein Telefonbuch vergessen, zum Draufsitzen, wissen Sie, und bin glatt in einen Hangar gekracht.«

Gelächter und sogar Beifallklatschen antworteten ihm. Leiber trat näher an die Wartenden heran. »Ich möchte Sie nur mit ein paar Einzelheiten bekanntmachen.« Er sprach ein paar Minuten lang über die Sitzordnung und die neue Abflugzeit. »Haben Sie noch irgendwelche Fragen?«

Haim Levin, der orthodoxe Rabbi der Friedensdelegation, stand auf. »Wie Sie wissen, junger Mann, ist heute Freitag — und ich entnehme Ihren Ausführungen, daß wir trotz des weiten Wegs nach New York dort landen werden, noch ehe der Sabbat anfängt. Stimmt das?«

Leiber unterdrückte ein Grinsen. Die El-Al-Flüge zeichneten sich dadurch aus, daß sie kaum jemals einen Rabbi an Bord hatten, auch nicht unter der Woche. Manche Rabbis wollten nicht mit der einheimischen Linie fliegen, weil jede El-Al-Crew schon irgendwann einmal den Sabbat gebrochen hatte. Die Rabbis flogen mit ausländischen Linien, weil es ihnen egal war, ob deren Crews den jüdischen oder ihren eigenen Sabbat brachen. Die beiden Rabbis der Friedensdelegation, ein orthodoxer und ein konservativer, hatten beschlossen, ausnahmsweise bei El Al mitzufliegen, damit der Anschein der nationalen Einigkeit gewahrt bleibe. »Ja, Sir«, sagte Leiber. »Sonnenuntergang in New York ist achtzehn Uhr acht. Aber wir sind ein bißchen schneller als die Sonne und landen daher in New York gegen vierzehn Uhr Ortszeit.« Rabbi Levin starrte Leiber schweigend an.

»Mit anderen Worten, Rabbi, wir landen eineinhalb Stunden früher als wir starten«, sagte Leiber. »Verstehen Sie?«

»Ja, ich bin nämlich schon einmal geflogen.« Er glotzte Leiber, den Sabbatschänder, so mißbilligend an wie sonst nur Schweinefleisch essende Juden. »Wenn wir auch nur eine Sekunde nach Sonnenuntergang landen, kriegen Sie von mir etwas zu hören.«

Ein paar Leute lachten, und auch Leiber lächelte. »Ja, Sir.« Er blickte in die Runde. »Das Menü besteht aus Kalbfleischeintopf mit Kartoffelbällchen. Wir haben verschiedene Filme an Bord, falls jemand interessiert ist. Meine Frau Marcia, die bedeutend hübscher ist als ich, fliegt als Stewardeß mit 01.« Wie zahlreiche Ehepaare, die häufig flogen, benutzten die Leibers nie die gleiche Maschine. Sie hatten Kinder. »Noch weitere Fragen? Dann darf ich Ihnen danken, daß Sie mit El Al fliegen — obwohl Ihnen, soviel ich weiß, gar nichts anderes übrigbleibt.« Er hielt beide Hände hoch. *»Shalom.«*

Flugkapitän David Becker beendete seine letzte Inspektion der Concorde 02. Er stand im Schatten der abwärts gerichteten

Rumpfnase. Eine Infanterieabteilung stand rings um die Maschine; die Männer sahen von Zeit zu Zeit zu ihm herüber. Nathan Brin, Sicherheitsbeamter von El Al, trat zu ihm. »Na, wie sieht's aus, Captain?«

»Gut.«

»Wir sind zufrieden. Und Sie?«

Becker sah das Flugzeug an und nickte. »Wir sehen uns oben.« Er ging weg.

»Ja.« Becker starrte die Maschine an. Dieser weiße Friedensvogel glich allem eher als einer Taube. Irgendeinem Meeresvogel, fand Becker. Einem Storch. Oder einer Möwe. Wegen des steilen Neigungswinkels, den die Deltaflügel erforderlich machten, saß sein Rumpf hoch über den langen Beinen. Andernfalls würde er bei Start oder Landung mit dem Steiß über den Boden schleifen. Aus diesem Grund hat Gott den Meeresvögeln lange Beine mitgegeben. Die Techniker bei der British Aircraft Corporation und bei Aérospatiale waren bei der Formgebung zur gleichen Lösung gelangt. Ebenso die Russen, als sie ihre Überschallverkehrsmaschine TU-144 bauten. Phantastisch. Wie tröstlich, dachte Becker, daß die Technik die Weisheit Gottes bestätigt.

Dann die Rumpfnase. Der Schnabel. Bei Start und Landung blieb er gesenkt wie ein Vogelschnabel, um bessere Sicht zu gewährleisten. Während des Flugs hob er sich und fügte sich in die Stromlinienform. Die Briten, Franzosen, Russen und Gott — nicht unbedingt in dieser Reihenfolge — hatten für die Flugprobleme unabhängig voneinander die gleichen Lösungen gefunden. Die ersten Flugmaschinen waren starre Konstruktionen gewesen und daher auch auf starre Abgrenzungen beschränkt. Vögel waren gelenkig. Der Mensch begann, seine Flugzeuge gelenkig zu machen, indem er sie mit beweglichen Quer- und Seitenrudern ausstattete. Dann kamen die einziehbaren Fahrgestelle. Danach die Kippflügler. Und jetzt konnten sie die Nasen hängen lassen. Becker sah an der Maschine entlang. Sie war nicht eigentlich groß. Der Rumpf hatte eine Länge von zweiundfünfzig Metern, und die Spannweite der Deltaflügel betrug nur siebenundzwanzig Meter. Das Bruttogewicht mit Passagieren und Treibstoff belief sich mit hunderteinundachtzig Tonnen auf ungefähr die Hälfte einer Boeing 747.

Das Cockpit eines Flugzeugs ist eine der letzten Zufluchtsstätten der alten englischen Gewichts- und Maßeinheiten. Jeder Pilot der Welt hat die englische Sprache und das englische Maßsystem gelernt. Es war eine internationale Norm, und seine völlige Abschaffung war weder leicht noch unbedingt wünschenswert. Die meisten Instrumente trugen doppelte Bezeichnungen, und die Piloten wechselten mühelos vom einen System zum anderen, wenn sie miteinander sprachen. Neben dem Fluggeschwindigkeitsmesser in Mach befand sich in der Concorde der altvertraute Knotenanzeiger. Für Becker bedeutete er einen festen Punkt in einer sich rasend verändernden Welt.

Becker machte einen letzten Rundgang. Er stand unter dem Deltaflügel der Backbordseite und schaute hinauf. Nein, diese Maschine war nicht dafür gebaut, ein paar hundert Touristenklasse-Passagiere herumzukutschieren. Sie war dafür gebaut, siebzig VIPs schneller als der Schall zu ihren Friedenskonferenzen zu tragen, zu Ölabkommen und fernen Liebsten. Ein elitärer Vogel. Höchstgeschwindigkeit Mach 2,2 — ungefähr zweitausenddreihundert Stundenkilometer, je nach Lufttemperatur. Die Fluggeschwindigkeit einer modernen Gewehrkugel. Und bei diesem Tempo war das Fliegen aeronautisches Neuland; viele der normalen Flugregeln galten plötzlich nicht mehr.

Die Überschallgeschwindigkeit brachte eine Menge zusätzlicher Probleme mit sich. Einmal den gewaltigen Luftwiderstand. Die Deltaflügel minderten ihn zwar, dafür hatten aber solche Maschinen schwierige Steuereigenschaften. Sie schwangen und rollten, und der Vogel ließ sich nur noch schwer fliegen. Die Deltaflügel mußten sich in hohem Anstellwinkel nähern, und wenn man eine Schleife zog, hatte man große Schwierigkeiten mit der Geschwindigkeit. Wenn bei einem gewöhnlichen Linienjet ein Triebwerk ausfällt, regt sich niemand besonders auf. Aber bei Überschall ein Triebwerk verlieren, kann bedeuten, daß man die Kontrolle über die Maschine verliert. Das Flugzeug schlägt eine Rolle und löst sich in seine Bestandteile auf. Die Außentemperatur darf bei Mach zwei auf hundertsiebenundzwanzig Grad Celsius steigen. Erhöht sie sich darüber hinaus, so würde zwar das Flugzeug nicht sofort schmelzen, aber das Gefüge würde geschwächt, und das könnte bei einem späteren Flug seinen Preis fordern. Bei Mach 2,2 mußte man blitzschnell denken. Will man zum Beispiel bei neunzehntausend Meter abflachen, so muß man schon bei siebzehntausend damit anfangen. Wenn man zu rasch korrigiert, hängen die Fluggäste in den Gepäcknetzen.

Dann war da diese Sache, die Becker beunruhigte, seit er die Concorde zum erstenmal auf neunzehntausend Meter geflogen hatte. Nämlich das Problem eines plötzlichen Druckabfalls in der Kabine, was passieren kann, wenn man von einer Rakete getroffen wird oder wenn sich an Bord eine kleine Explosion ereignet oder jemand mit einer Pistolenkugel ein Fenster zerschmettert. In einer normalen Linienmaschine, die in relativ geringer Höhe, etwa neuntausend Meter, fliegt, ist ein solcher Druckabfall kein ernsthaftes

Problem. Crew und Passagiere setzen bereithängende Sauerstoffmasken auf und atmen durch sie, bis die Maschine in dichtere Luftschichten absinkt. Aber bei neunzehntausend Meter würde man, selbst mit Sauerstoffmaske, einen Druckanzug benötigen, um atmen zu können. Ohne Druckanzug stehen nur wenige Sekunden ungestörtes Bewußtsein zur Verfügung, um die Maschine so weit herunterzubringen, daß man mit Hilfe einer Maske atmen kann. Aus einer Höhe von neunzehntausend Meter ist das völlig unmöglich. Trotz der Maske tritt Bewußtlosigkeit ein. Der Bordcomputer würde zwar das Problem erfassen und die Maschine entsprechend absinken lassen, aber bis sie so weit unten wäre, daß man mit der Maske wieder atmen könnte, hätten alle Menschen an Bord einen Gehirnschaden.

Becker litt an einem immer wiederkehrenden Alptraum: Eine hirngeschädigte Crew erwacht aus ihrer Bewußtlosigkeit — nuckelt an der Sauerstoffmaske, falls sie noch genügend Zeit gehabt hat, sie überzuziehen — und versucht nun, dahinterzukommen, was alle diese komischen Lämpchen und Schalter dort vorn bedeuten mochten. Die Männer rollen mit den Augen, Speichel rinnt ihnen aus den Mundwinkeln. Während der ganzen Zeit hält die computergesteuerte Concorde ihren Kurs und wartet, daß eine menschliche Hand sie lenkt. Neandertaler in einem Apollo-Raumschiff. Und hinten, in der Passagierkabine, hocken siebzig Idioten in verschiedenen Stadien der Verblödung, schneiden Grimassen und grunzen. In Beckers Alptraum konnte die Concorde immer landen, auf der Zuschauerterrasse standen winkende Menschen. Die würden Augen machen, wenn ihre Freunde und Liebsten die Gangway passierten . . . Becker verscheuchte das Bild. Er wußte, daß es unmöglich war, die Maschine nach einem Sauerstoffausfall von mehr als dreißig Sekunden aus diesen Höhen zurückzubringen. Es war eine Ausgeburt seiner Phantasie. Trotzdem schickte er immer wieder in die zuständige Speicherzelle seines Gehirns einen einfachen Befehl: *Wenn dir im Cockpit alles spanisch vorkommt, nichts anfassen.*

Becker wischte sich den Schweiß vom Gesicht und blickte über das Flugfeld. Fünfzig Meter entfernt, betrachtete Avidar seine Concorde 01. Ob Avidar wohl auch solche Alpträume hatte, dachte Becker. Nein, nicht Avidar.

5

Miriam Bernstein saß in der Wartehalle und trank mit Abdel Jabari Kaffee. Jabari sah den zweiten arabischen Delegierten, Ibrahim Ali Arif, hereinkommen und entschuldigte sich, weil er mit ihm sprechen wollte.

Miriam Bernstein sah Jacob Hausner an der Bar sitzen. Sie stand auf, zögerte und ging auf ihn zu, aber er drehte sich nicht um. »Hallo.«

Er warf einen Blick über die Schulter. »Oh, hallo.«

»Es würde mir leid tun, wenn ich vorhin ein paar Leute beunruhigt haben sollte.«

Er schwenkte seinen Drink. »Macht nichts.«

»Gut.« Eine Weile blieb sie schweigend stehen. »Fliegen Sie mit uns?«

»Ja. Erfuhr es soeben vom Premier. Ich fliege mit der 02.«

»Ich auch.«

»Sehr schön.«

Sie lächelte in den Spiegel. »Nett, daß Sie mitkommen. Sind Sie denn hier entbehrlich?«

Hausner leerte sein Glas. »Sie hatten die Wahl, mich hier zu behalten, damit sie mich kreuzigen können, oder mich mitfliegen zu lassen und zu hoffen, ich falle mit dem Vogel runter, wenn etwas schiefgeht.«

Miriams Lächeln wurde breiter. »Und Sie haben sich dafür entschieden, mit dem Vogel runterzufallen.«

»Die anderen haben sich dafür entschieden. Am liebsten wäre ihnen wohl, wenn ich runterkäme und der Vogel oben bliebe. Aber man kann nicht alles haben. Darf ich Ihnen einen Drink anbieten?«

»Ich trinke nicht, aber . . .«

»In diesem gottverdammten Land trinkt keiner. Als ich in der R.A.F. war, flog keiner, wenn er nicht stockbesoffen war.« Er schob dem Barmann sein Glas zu. »Wir sehen uns dann an Bord.«

Sie sah ihn an. »Bestimmt.« Sie wandte sich um und ging weg.

Matti Yadin trat an die Bar, sobald er Miriam Bernstein weggehen sah. »Hat dieses Aas Sie wieder geärgert, Boß?«

Hausner überlegte. »Ich weiß nicht recht.«

Teddy Laskov betrat den VIP-Raum und sah sich nach Tom Richardson um. Er mußte ihn einiges fragen. Außerdem sollte er Richardson die taktische Ausweichfrequenz mitteilen, die Talman und er soeben abgesprochen hatten. Er überlegte, ob er das Büro des Luftwaffenattachés anrufen sollte, entschied sich dann aber dagegen. Aus einem Grund, den er sich selbst nicht erklären konnte, beschloß er, Richardson die Information vorzuenthalten. Falls die Amerikaner sie wirklich benötigen würden, nachdem er bereits gestartet war, so könnten sie sie von Talman in der Zitadelle erfahren.

Laskov sah Hausner und Miriam an der Bar miteinander sprechen. Er sah, wie Miriam sich umdrehte und wegging. Wenn er nicht gewußt hätte, daß die beiden einander haßten, so wäre er auf den Gedanken gekommen, Hausner müsse etwas gesagt haben, das sie verletzte. Er wunderte sich über seine jähe Eifersucht. Er blickte Miriam nach. Sie sah ihn nicht. Er hatte sich bereits von ihr verabschiedet. Er machte kehrt und stapfte die Hintertreppe hinunter, wo ein Jeep wartete, um ihn zu seiner Staffel zu bringen.

General Benjamin Dobkin stand an der Kaffeebar und unterhielt sie mit Isaac Burg.

Dobkin sah Burg an. »Sie fliegen also mit uns nach New York?«

Burg nickte. »Ich müßte ohnehin einmal nach meinen Agenten in New York sehen. Außerdem habe ich dort eine Freundin, und in ungefähr sieben Stunden soll der Zorn Gottes über sie kommen.« Er lachte und zwinkerte.

Dobkin starrte in seine Tasse und dann in Burgs Augen. »Ist ihre letzte Chance, wie? Ich meine, wenn die Araber überhaupt noch zuschlagen wollen, müßte es jetzt sein. Tun sie's nicht, dann sind sie bei ihren Sympathisanten ein für allemal unten durch. Das hier ist das wichtigste Ziel, das sie je vor der Büchse hatten. Also heißt es für sie: jetzt oder nie, wie?«

Burg nickte leicht. »Ja.« Er sah Dobkin an. »Vorhin, als ich von diesem Meeting kam, war ich optimistisch. Aber der Mensch ist ein schlaues und listiges Wesen. Wo ein Wille ist, ist auch ein Weg. Das habe ich im jahrelangen Umgang mit den Arabern gelernt. Sie sind nicht die Hampelmänner, als die sie in der Presse dargestellt werden, und Sie und ich wissen das sehr genau.« Wieder nickte er. »Ja, ich mache mir Sorgen.«

Concorde 01 und Concorde 02 standen mit geöffneten Einstiegen in der Sonne. Je sechs Männer von Hausners 007-Truppe waren bereits an Bord. Matti Yadin saß bei den sechs Männern in 01 und erteilte letzte Instruktionen. Jeder trug eine Smith & Wesson-Automatik vom Kaliber 0.22. Ein Kaliber, das einen menschlichen Körper schwerlich zur Gänze durchschlagen und daher in der Kabine keinen Schaden anrichten konnte. Theoretisch also eine sichere Sache, aber das Abfeuern von Schußwaffen in kleinen druckgeregelten Höhenkabinen war nie sehr empfehlenswert.

Die 007-Leute hatten ferner, als Standardausrüstung, ein altes amerikanisches M-14-Gewehr, und zwar so adaptiert, daß es als Zusatzgerät ein Infrarotvisier für die Nacht und ein 10X-Crossman-Zielfernrohr für den Tag aufnehmen konnte. Außerdem war eine Uzi-MP israelischer Fertigung an Bord. Eine sehr kleine Waffe, sechsundvierzig Zentimeter lang und nur vier Kilogramm schwer, die jedoch ein Magazin von fünfundzwanzig Neun-Millimeter-Patronen höchst wirksam abfeuern konnte. Das M-14-Gewehr und die Uzi durften nur außerhalb der Maschine benutzt werden.

Und noch ein Sprengkörper befand sich an Bord, von dem keiner der Fluggäste eine Ahnung hatte. Im Heck jeder der beiden Concordes klebte am Treibstofftrimmtank ein halbes Kilo Sprengstoff, vor mehr als einem Jahr im fernen St.-Nazaire und Toulouse durch zwei nun nicht mehr unter den Lebenden weilende Algerier dort angebracht. Wenn die Maschine beschleunigte, würde Treibstoff in den leeren Tank gepumpt werden, damit sich der Schwerpunkt der Maschine verlagerte und so ein Überschallflug möglich würde. Bei Zündung des Sprengstoffs müßte die Maschine in der Luft zerfetzen.

Teddy Laskov saß im Cockpit seiner F-14 und betätigte einen Taschenrechner. Er versuchte, seine Reichweite aufgrund so variabler Größen wie Treibstoffverbrauch, Gesamtgewicht, zu erwartende Flugmanöver und Lufttemperatur zu berechnen. Laskov hätte als alter Kampfflieger nur zu gern seine Zwanzig-Millimeter-Munition an Bord behalten, aber er mußte zugeben, daß sie nicht nur zu schwer, sondern auch überflüssig war. Raketen. Das war die Losung des Tages. Vielleicht hatte Richardson in diesem Punkt recht. Laskov rief aus dem Cockpit den Waffenmeistern zu: »Nehmt die Zwanzig-Millimeter raus.«

Nachdem die Munition aus allen Maschinen entfernt war, sah er nach rechts und links und sprach in sein Kehlkopfmikrophon: »Triebwerke starten.«

Vierundzwanzig Pratt-&-Whitney-Triebwerke, jedes mit über neun Tonnen Schubleistung, brachen in ein alles erschütterndes, ohrenbetäubendes Geheul aus. Sekunden später hielt Laskov den Daumen hoch und brüllte in sein Mikrophon: »*Zanek!*«

Die zwölf Tomcats rollten zum Halteplatz an der Startbahn.

Tom Richardson entdeckte zu spät, daß er Laskovs Ausweichfrequenz nicht bekommen hatte. Von der Zitadelle konnte er eine solche Information nicht telefonisch erbitten, und aus irgendeinem Grund war sie in seinem Büro bisher nicht eingegangen. Auch die Änderung der Abflugzeit hatte ihm, obwohl er darauf gefaßt war, einige Ungelegenheiten bereitet. Er fragte sich, ob Laskov wohl seinem Rat gefolgt war und die Munition für die Bordkanone zu Hause gelassen habe. Nun ja, es würde ohnehin nicht wichtig sein.

Der Zug der Friedensdelegierten bewegte sich aus dem Warteraum über die rückwärtige Treppe und in die bereitstehenden Busse. Richardson schlüpfte in eine Telefonzelle neben der Bar und wählte eine Nummer in Jericho, am besetzten Westufer. Er mißtraute Telefonen, aber es blieb ihm keine Wahl und noch weniger Zeit.

Jacob Hausner steckte den Kopf in sein Vorzimmer. »Hat der französische SDECE noch immer nicht zurückgerufen?«

Seine Sekretärin blickte auf. »Nein, Sir.«

»Mist.« Hausner sah an der Sekretärin vorbei zum Fenster. Die Busse waren fast voll. »Ich muß gehen. Wahrscheinlich fliege ich morgen mit einer der Concordes zurück. Sollte irgend etwas Wichtiges hereinkommen, solange ich unterwegs bin, rufen Sie die Zitadelle an, von dort wird es dann über den Zerhacker an die Concorde weitergegeben. Ich bin in 02.«

»Glückliche Reise. *Shalom.*«

»Genau darum geht's bei dem ganzen gottverdammten Unternehmen. *Shalom.*« Er schritt schnell den Korridor entlang.

Matti Yadin sah aus dem Fenster des Busses, der zur Concorde 01 unterwegs war. Hausner kam angerannt. »Boß!« rief Matti.

Hausner blickte zu ihm auf. Yadin beugte sich aus dem Fenster. »Hören Sie — wenn Sie hier nicht mitfliegen wollen — ich tausche mit Ihnen.«

Hausner schüttelte den Kopf. »Nein. Schon in Ordnung. Es ist nur ein kurzer Flug. Außerdem bringt es Unglück, wenn man die Flugpläne ändert.« Hausner zögerte. Irgend etwas machte ihm noch immer Sorgen, er wußte nur nicht genau, was es war. Plötzlich war ihm dieser Flug nicht mehr geheuer, und er konnte in Yadins Augen das gleiche Unbehagen lesen. »Erinnern Sie sich noch an Ahmed Rish?«

»Wie könnte ich ihn vergessen?« erwiderte Yadin.

»Ja, wie wohl? Denken Sie weiter über ihn nach, und funken Sie mir, wenn Ihnen was einfallen sollte. Auf Wiedersehen in New York.«

Yadin zwang sich zu einem Lächeln. »*Shalom.*«

Hausner reckte den Arm und ergriff Yadins Hand, was er bisher noch nie getan hatte.

Chaim Mazar stand im Tower des Flughafens Lod. Er beobachtete durch einen Feldstecher die Busse, die sich den Concordes näherten. Dabei sah er vom Dach eines Wohnhauses in Lod etwas aufblitzen und richtete das Glas dorthin. Ohne das Gebäude aus den Augen zu lassen, tastete er nach seinem Sprechfunkgerät. Er sprach rasch hinein. »Heli-Kontrolle. Hier Tower. Stelle Lichtblinken in Quadrant sechsunddreißig fest. Rosa-Stuck-Wohnhaus. Das Dach. Schicken Sie jemand rauf.«

Mazar beobachtete, wie ein Huey-Hubschrauber innerhalb von Sekunden auf dem Dach des Hauses landete. Noch ehe der Hubschrauber völlig stillstand, sprangen vier seiner Männer mit Uzi-MPs heraus. Wenige Sekunden danach sprach eine atemlos klingende Stimme aus seinem Lautsprecher. »Tower, hier Huey sieben-sechs.«

»Roger, sieben-sechs. Kommen.«

»Alles okay, Tower. Junge Dame mit Sonnenreflektor.« Pause. Die Stimme klang belustigt. »Nimmt ein Sonnenbad im Evakostüm. Ende.«

Mazar wischte sich die Schweißperlen von der Stirn und trank einen Schluck Wasser. »Roger. Wir haben zurzeit für die Stadt Probealarm angeordnet. Lassen Sie die Dame etwas anziehen und nehmen Sie sie fest. Behalten Sie sie im Heli und übergeben Sie sie dann der Polizei.«

Lange Pause. »Roger, Tower.«

»Tower, Ende.« Mazar ließ sich in seinen Sessel neben den Flugsicherungsleuten fallen. Er sagte zu einem der Männer: »War ein bißchen rauh, aber heute ist auch ein rauher Tag.«

Sabah Khabbani lag auf dem Hügel und starrte angestrengt durch seinen Feldstecher. Der Tag war hell und klar, aber neun Kilometer sind eine ziemliche Entfernung. Es sah aus, als würden die Concordes gerade ihre Passagiere aufnehmen. Warum also nicht jetzt? Er hob die Hand. Er wartete, bis ein Hubschrauber über ihm wegflog.

Unter den Kiefern hinter ihm knieten die drei Männer in ein paar Metern Entfernung voneinander. Jeder hielt eine Mörsergranate über dem kleinen Erdloch in der Schwebe. Neben jedem Mann lagen drei weitere Geschosse. Jeder sollte abwechselnd zwei Sprenggranaten und zwei Phosphorbrandgeschosse abfeuern. Die zwölf

Schüsse dürften die gesamte Fläche zwischen dem Flughafengebäude und den Concordes eindecken. Sollte ein Brandsatz einen Treibstofftank durchschlagen — und es war nicht einzusehen, warum dies nicht passieren könnte —, so würde niemand überleben.

Die drei Männer hielten die Augen auf Khabbani gerichtet. Sein Arm senkte sich. Mit zitternden Händen ließ jeder der Männer seine Granate aus den Fingern in die Mündung gleiten. Man konnte sie durch das lange Rohr rutschen hören. Die Männer hielten sich die Ohren zu und öffneten den Mund, zum Schutz vor der Druckwelle.

Brigadegeneral Itzhak Talman stand im Einsatzraum der Zitadelle und betrachtete die durch E-2D Hawkeye übermittelten Bildschirm- und Radaranzeigen. Er konnte Laskovs zwölf F-14-Maschinen im Warteflug vor der Küste sehen. Auf weiteren Sichtgeräten war der Linienverkehr aufgezeichnet, ein paar Privatflugzeuge und Schiffe auf dem Meer. Ein Computer signalisierte auf verschiedenen Bildschirmen seine Meldungen und druckte im Klartext Lesestreifen aus. Talman stellte eines der Funkgeräte lauter und hörte Laskov zu seiner Staffel sprechen. So weit, so gut. Er goß sich eine Tasse Kaffee ein und setzte sich. Jetzt konnte er nur noch warten.

Captain Ephraim Dinitz wartete, bis er den dumpfen Aufschlag der Granaten auf die Zündnadeln am Grund der Rohre hörte. Dies dürfte dem Kriegsgericht genügen, falls später die Frage einer nachweisbaren Absicht auftauchen sollte. Er und seine Leute rannten hinter den Bäumen und Felsen hervor. Dinitz rief auf arabisch: »Ich verhafte Sie kraft Kriegsrecht! Legen Sie die Hände auf die Köpfe!«

Die drei palästinensischen Schützen starrten fassungslos auf die schweigenden Mörser und dann auf die näherkommenden israelischen Soldaten. Langsam standen sie auf und legten die Hände über die Köpfe. Khabbani blickte über die Schulter zurück und verfolgte den Ablauf der Szene, die sich fünfundzwanzig Meter hinter ihm abspielte. Das Herz wurde ihm schwer und die Kehle eng. Er sah sich bereits für den Rest seines Lebens leeren Blicks durch den Stacheldraht des Gefängnisses von Ramla starren. Nie wieder würde er Frau und Kinder berühren, es sei denn durch diesen Stacheldraht. Er stand auf und sprang den Hügel hinab. Ein Soldat schrie hinter ihm her. Khabbani rannte stolpernd über die Felsen, unter seinen Füßen huschten die Farbflecken der Feldblumen vorbei. Noch ein Anruf. Dann das Rattern einer automatischen Waffe. Er sah die Geschosse rings um ihn einschlagen. Es dauerte mehrere Sekunden, bis ihm schockartig bewußt wurde, daß er nicht mehr rannte, sondern auf der Erde lag und unaufhaltsam verblutete.

Chaim Mazar nahm sein Funkgerät auf. Vom Tower aus konnte er die Hügel sehen, wo das Ganze stattgefunden hatte. Er nickte. »*All right,* Dinitz. Verhören Sie die Männer unverzüglich und rufen Sie mich zurück.« Er lehnte sich zurück. Er war sich darüber klar, daß diese armseligen palästinensischen Bauern noch weniger als er wußten, wer hinter diesem aussichtslosen Unterfangen stand. Diese Mörser waren vor zehn Jahren schon entdeckt, aber dort belassen worden, um eines Tages den zu schnappen, der sie abfeuern wollte. Natürlich waren die Zünder von den Geschossen entfernt worden. Während der vergangenen Woche hatte Mazar die Stelle sorgfältiger denn je überwachen lassen. Außerdem hatte jemand vor Stunden einem seiner Agenten einen Tip gegeben.

Der Versuch war so plump und hirnrissig, daß Mazar ihn nicht als ernstgemeint betrachten konnte. Es mußte sich um eine Finte handeln, oder man wollte jemand bewußt ans Messer liefern. Ja, diese unseligen Palästinenser waren nur Opferlämmer. Die Gegenseite, die Israeli, sollte von ihrer Wachsamkeit abgelenkt werden, nun, da der Terroristenanschlag vereitelt worden war. Aber Mazar sah die Sache anders. *Wenn* es sich um eine Finte gehandelt hatte, so konnte dies nur bedeuten, daß ein noch nicht entdeckter Sabotageplan gegen die Friedensdelegation im Gange war. Aber er konnte sich um sein Leben nicht vorstellen, was es sein mochte. Er zuckte die Achseln.

Der Fluglotse blickte von seinem Funkgerät auf. »Die Concordes warten auf Rollerlaubnis, Sir.«

Mazar nickte. »Dann geben Sie ihnen Clearance, damit wir die verdammten Vögel endlich los werden.«

Die Besatzung der Concorde 01 war mit dem Checking durch. Die Concorde rollte an die vier Kilometer lange Startbahn. Der Sprechfunk begann zu knistern. »*Cleared for take-off,* El Al 01 und 02. Intervall zwei Minuten. Guten Flug.«

»Roger.« Avidar schob die Leistungshebel vorwärts, und der Riesenvogel raste kreischend über die Startbahn.

David Becker beobachtete von seinem Pilotensitz aus, wie 01 sanft vom Boden abhob. Er wandte sich zu Moses Hess. »Zählen Sie zwei Minuten ab, ja, Moses?«

Hess nickte und sah auf seine Uhr. Hinter ihnen saß auf der Backbordseite der Kanzel Peter Kahn, der Flugingenieur, vor seiner langen Kontrollkonsole. Alle Warnleuchten und Zeigernadeln liefen. Er sagte zu Becker: *»All systems still go.«*

Becker lächelte über die englische Wendung. »Gut.«

»Noch eine Minute.«

In der Kabine sprachen die Passagiere und das Flugpersonal mit leiser Stimme. Die Bordliste wies zehn Delegierte und fünfundzwanzig Begleitpersonen aus. Ferner zwei Stewards, zwei Stewardessen und Chief Steward Leiber. Sie saßen unmittelbar hinter dem Cockpit beisammen. Sechs Sicherheitsbeamte unter Führung von Jacob Hausner waren zwischen die Passagiere verteilt. Tom Richardson hatte sich neben John McClure installiert und führte mit dem schweigsamen Mann eine einseitige Unterhaltung. General Dobkin war mit der Durchsicht der Papiere beschäftigt, die er den Herrschaften im Pentagon vorlegen wollte. Isaac Burg saß allein, las eine Zeitung und nuckelte an seiner kalten Pfeife. Rabbi Levin war in ein religiöses Streitgespräch mit einem der Delegierten vertieft. Die Gesamtzahl der Flugzeuginsassen einschließlich Crew und Personal belief sich auf fünfundfünfzig. Das erweiterte Gepäcklimit hatte die Concorde ihrem maximalen Startgewicht sehr nahe gebracht, besonders wenn man die herrschende Lufttemperatur berücksichtigte.

Miriam Bernstein saß hinter Abdel Jabari, der neben Ibrahim Arif, dem zweiten arabischen Delegierten an Bord der 02, Platz genommen hatte. Ein nervöser junger Sicherheitsbeamter namens Moshe Kaplan starrte über den Mittelgang auf die beiden schwarzweiß gewürfelten *kheffiyahs.*

Die Passagierkabine war klein, je zwei Sitze nebeneinander rechts und links des Mittelgangs, und ein Mann, der ein Meter achtzig groß war, konnte darin kaum aufrecht stehen. Aber die Franzosen hatten bei der Formgebung des Innenraums ihr typisches Flair für solche Dinge bewiesen, und das Ganze wirkte höchst luxuriös. Die Raumknappheit spielte keine große Rolle, denn die Concorde war selten länger als dreieinhalb Stunden durchgehend in der Luft. Die Innenausstattung erhielt ihren letzten Schliff durch einen großen, an der Wand montierten Machmeter, der die Passagiere wissen ließ, wie schnell die Maschine flog. Die roten Neonziffern besagten Mach 0,00.

Im Cockpit sah Hess von seiner Uhr auf. »Los.«

Becker löste die Bremsen und schob die Leistungshebel vorwärts. Die Maschine setzte sich in Bewegung. Sie beschleunigte, während sie die lange, schimmernde Startbahn entlangrollte.

»Sechzig Knoten«, verkündete Hess.

»Alles in Ordnung«, rief Kahn nach einem prüfenden Blick auf seine Konsole.

Becker forderte die Nachbrenner an. Der Bordmechaniker bewegte die ausgestreckten Finger, um die beiden Außennachbrenner zu zünden, dann die beiden innerhalb der Triebwerke. »Nachbrenner — alle vier«, rief er. Im gleichen Augenblick hörte und spürte man das gesteigerte Dröhnen.

»Einhundert Knoten«, sagte Hess.

Die Startbahn lag schon zur Hälfte hinter ihnen, und die Hitzewellen, die vom Pistenbelag aufstiegen, ließen das verbleibende Stück kürzer erscheinen, als es war. Immer schneller bildeten und verflüchtigten sich vor ihnen scheinbare Wasserpfützen. Becker blinzelte. Pfütze. Keine Pfütze. Jetzt große Pfütze. Verdunstet. *Auf die Instrumente konzentrieren. Nicht auf das, was du siehst.* Aber er starrte weiter durch die Windschutzscheibe. Die Hitzewellen hypnotisierten ihn. Außerdem verzogen und verkürzten sie das Ende der Startbahn. Es sah aus, als hätten sie keine Piste mehr vor sich. Er fühlte, wie sich auf seiner Stirn Schweißperlen bildeten, und er hoffte, Hess möge es nicht bemerken. Er riß den Blick von der Windschutzscheibe los und starrte auf die Konsole. Die Zeiger des Geschwindigkeitsmessers bewegten sich jetzt schnell. Seine Linke klammerte sich fester um das Ruder, als er die Säule behutsam nach hinten schob. Unwillkürlich spannten sich seine Gesäßmuskeln, und er hob sich leicht aus dem Sitz. *»Rauf mit dir, rauf!«*

»V-one«, sagte Hess. Seine monotone Stimme täuschte über die Bedeutung seiner Worte hinweg, die Geschwindigkeit stieg auf mehr als hundertfünfundsechzig Knoten. Jetzt *mußten* sie fliegen.

Becker zog energischer an der Steuersäule. Das Bugrad der Maschine hob sich vom heißen Makadam. Die Flügel der Concorde kippten himmelwärts, schnitten in steilerem Winkel in den Luftstrom. Pro Sekunde fraß das Fahrwerk fünfundsiebzig Meter Startbahn, und einen kurzen Augenblick glaubte Becker, die Nerven zu verlieren. Die altbekannten Dämonen des Zweifels, die ihn seit seiner Pilotenausbildung verfolgten, zischelten alle zugleich in seinem Gehirn los. *Warum sollte sie fliegen? Irgendwas stimmt hier nicht, Becker, und keiner hat den Mumm und sagt's dir. Warum zappelt der Zeiger dort? Wer hat dieses Flugzeug überhaupt gebaut? Warum glaubst du, daß du es fliegen kannst? Becker! Fehlstart! Fehlstart! Du bist geliefert, Becker! Fehlstart!* Er fühlte, wie sich seine Nackenmuskeln verkrampften, seine Hände und Knie zitterten.

»V-two«, sagte Hess, und Becker glaubte, aus seiner Stimme eine Spur Ängstlichkeit herauszuhören.

Becker fühlte, wie das Steuer in seiner Hand nachgab, als das Hauptfahrwerk von der Startbahn abhob. Er blickte auf die Konsole. Zweihundertzwanzig Knoten. Die Steiggeschwindigkeit stieg rapide an, der Höhenmesser drehte sich noch schneller. Becker hielt die Maschine mit Innenfläche und Fingern einer Hand. Er lächelte und räusperte sich. »Fahrwerk einziehen.« Der feste und gleichmäßige Klang seiner eigenen Stimme schien die bösen Geister aus dem Cockpit zu vertreiben. Aber er hörte ihren vertrauten Abschiedsschwur: *Wir töten dich das nächstemal, Becker.* Er wartete das Erlöschen einiger Warnleuchten ab und sagte dann beinah überlaut: »Steigleistung!« Und dann mit normaler Stimme: »Prüfung nach Abheben.«

Er zog die Maschine in eine leichte Kurve, so daß sie genau dem Flugweg des Schwesterflugzeugs folgte. »Wenn Sie Gelegenheit haben, Peter, lassen Sie uns bitte Kaffee bringen.« Er lehnte sich zurück, und seine Muskeln entspannten sich. Jetzt noch eine Landung und ein Start in Orly und dann noch mal in New York. In vierundzwanzig Stunden würde er wieder in Lod sein. Und dann wollte er um seine Entlassung bitten, mit sofortiger Wirkung. Er hatte es schon lange vorausgesehen. Er spürte es, sooft sich bei Start und Landung sein Schließmuskel zusammenzog, sooft er abschlaffte, wenn die Maschine in eine kleine Fallbö geriet, sooft er sich den Schweiß von den Handflächen wischen mußte, wenn er durch eine Gewitterzone flog. Aber das kam doch bei den besten Piloten vor. Der Trick bestand nur darin, daß man der Sache ins Auge blickte und sagte: »Ich steck's auf.«

»Aufstecken?« fragte Hess.

Becker fuhr herum und starrte ihn an. »Wie?«

»Aufstecken? Was wollen Sie aufstecken?« Hess hielt den Kopf auf seine Kontrolliste gesenkt.

»Das . . . den Kaffee. Kaffee. Hab mir's überlegt. Ich möchte keinen.«

Hess blickte von seiner Liste auf und starrte ihn an. Ihre Augen begegneten einander, und beide Männer wußten Bescheid. »Jawohl.« Er rief Kahn zu: »Nur zwei Kaffee, Peter.«

Becker trocknete sich unverhohlen Handflächen und Gesicht. Es war schon in Ordnung so. Hess hatte ein Recht darauf, Bescheid zu wissen. Er zündete sich eine Zigarette an und inhalierte tief.

6

Concorde 02 begann ihren steilen, majestätischen Steigflug. Die langen Beine des Fahrwerks waren bereits im Rumpf des Flugzeugs verschwunden. Hess zog einen anderen Griff des Hydrauliksystems, der die Landeklappen einfuhr und die Nase der Concorde in ihre Stromlinienposition hochzog. Im Cockpit wurde es sehr still, bis auf das Summen hydraulischer Geräusche im Hintergrund. Becker gab der Maschine dreißig Grad Querneigung und drehte sie über Tel Aviv auf westlichen Kurs. Der Höhenmesser zeigte sechstausend Fuß bzw. tausendachthundert Meter, die Geschwindigkeit lag bei dreihundert Knoten. Er zündete sich eine neue Zigarette an. So weit, so gut.

Becker richtete die Concorde aus der Kurve auf und lehnte sich in seinem Sitz zurück. Seine Augen überblickten sämtliche Instrumente. Die Concorde war ein elektronisch gesteuertes Flugzeug, beinah wie eine Raumkapsel. Wurden zum Beispiel das Ruderhorn oder die Seitenruderpedale betätigt, so ging ein elektrisches Signal zu den hydraulischen Steuerventilen. Auf die gleiche Weise wurden die äußeren Steuerflächen bewegt. Der Computer gab Stabilität und Steuerdruck elektronisch auf die Steuersäule zurück, um dem Piloten das Gefühl des direkten Fliegens zu ermöglichen. Ohne diesen Gegendruck würde der Pilot beim Bewegen des Steuers nichts verspüren. Piloten waren das aber nicht gewöhnt und darum programmierten die Techniker bei Aérospatiale und British Aircraft Corporation den Computer so, daß er künstlichen Gegendruck in die Steuerbewegungen brachte. Alles sehr psychologisch, sinnierte Becker und alles sehr fremd, und mit jedem neuen technischen Durchbruch wurde es noch fremder. Lang ehe er anfing Furcht zu empfinden, hatte er dieses Gefühl des Fremdseins im Cockpit empfunden. Ja, es war Zeit, der nächsten Generation das Steuer zu überlassen.

Nun waren sie über dem Strand von Tel Aviv. Becker nahm ein Fernglas und richtete es nach unten. Normalerweise war der Strand mit Tausenden von Bikinimädchen übersät, aber der Probealarm hatte alle Leute in ihre vier Wände gescheucht. Becker sah sein Haus in Herzliya, wie jedesmal. Er sah die leere Liege im Hof und fragte sich, ob seine Frau wohl wisse, daß sie unter anderem auch seinetwegen ihr erstes Sonnenbad hatte unterbrechen müssen. Vor ihm erstreckte sich das tiefblaue Mittelmeer und ein wolkenloser azurner Himmel. Becker zog leicht an der Steuersäule und gab mehr Leistung. Die Maschine nahm sofort Geschwindigkeit auf und gewann an Höhe.

Direkt vor sich sah er die 01. Die Concorde mochte zu ebener Erde ein schwerfällig wirkender Vogel sein, aber im Flug war sie der Beitrag der Technokraten zur reinen Ästhetik. Und sie war auch wundervoll zu fliegen, aber Becker hatte stets das unangenehme Gefühl, daß die Computer eines Tages ausfallen würden. Nein, nicht ausfallen, sondern ihn fallenlassen. Diese Wundercomputer, die tausend Dinge gleichzeitig tun konnten; Dinge, die eine Crew von drei Leuten niemals schaffen würde, und wenn sie sich noch so bemühte. Diese Computer würden ihn eines Tages bis auf neunzehntausend Meter — und Mach 2,2 locken und dann Feierabend machen. Auf dem Bildschirm würde eine Mitteilung erscheinen. »Flieg doch deine Kiste selbst, du Schwachkopf!« Becker rang sich ein Lächeln ab. Noch zwei Starts und drei Landungen.

Er drückte den Knopf auf seiner Konsole und sprach in sein Mikrophon. »Flugverkehrsleitstelle, hier spricht El-Al-Concorde 02. Bitte kommen.«

»Sprechen Sie, 02.«

»Roger. Concorde 01 in Sicht, habe dreihundertachtzig Knoten, beschleunige auf Mach null Komma acht-null.«

»Roger. Gehen Sie auf fünftausend Meter.«

»Roger.« Er schob den Wählschalter auf die Eigenfrequenz der Fluggesellschaft. »An El Al 01. Hier 02. Ich habe euch geradeaus vor mir, bin etwa fünf Meilen hinter euch, ich schließe auf bis auf etwa drei und komme leicht unter euch. Nicht plötzlich bremsen!«

Avidar bestätigte. Sie sprachen eine Weile und koordinierten ihre Geschwindigkeiten.

Becker kam auf fünftausend Meter und holte Avidar ein. Er rief die Flugverkehrsleitstelle. »El Al 01 und 02 im Formationsflug. Halten uns auf fünftausend Meter und sind jetzt bei Mach null Komma acht-sechs. Warten auf freien Steigflug auf neunzehntausend Meter.«

»Roger. Warten. Wir haben eine Air Iran 747 auf Position sechs-null-sechs. Auf fünftausend Meter bleiben.«

Avidar rief Becker auf der El-Al-Frequenz. »El Al 02 von 01. Können Sie unseren Schäferhund erreichen? Ich sehe ihn nirgends.«

Becker schaltete um auf 134,725. »Gabriel zwounddreißig, hier Immanuel.«

Teddy Laskov hatte sowohl die El Al wie die Flugverkehrsfrequenz mitgehört und schaltete auf Kanal einunddreißig, um mit Becker zu sprechen. »Immanuel, hier Gabriel zwounddreißig. Ich höre Sie klar. Ich kann Sie und Clipper sehen, ungefähr Position elf Uhr, von mir aus. Laßt ein Funkgerät auf dieser Frequenz.«

»Roger, Gabriel. Sobald wir uneingeschränkte Freigabe erhalten, steigen wir auf neunzehntausend Meter und beschleunigen auf Mach zwo Komma null, Kurs zwohundertachtzig Grad.«

»Roger. Ich werde bei euch sein. Bis dann.«

»Bis dann. Ich gehe zurück auf El-Al-Frequenz. Der Kopilot wird Sie mithören.«

»Roger.«

»Hawkeye, hier Gabriel zwounddreißig. Wie sind Ihre Echos?«

Die E-2D Hawkeye war fast fünftausend Meter, genau über den Concordes und den F-14-Jägern. Sie hatte gleichzeitig alle drei Frequenzen abgehört. Der Luftüberwachungsoffizier an Bord nahm sein Mikrophon. »Ich habe euch alle geortet und auf dem Schirm, Gabriel. Seht ihr ein Flugzeug, das sich aus hundertdreiundachtzig Grad nähert? Ungefähr hundert Meilen entfernt von euch. Kein planmäßiger Linienflug.«

Laskov sprach auf der Gegensprechanlage zu seinem Bordmechaniker hinter sich. »Irgendwas gesichtet, Dan?«

Daniel Lavon schaute hinunter auf seinen Schirm. »Möglich. Irgend etwas ist am südwestlichen Rand unseres Radars. Etwas mehr als neunzig Meilen und nähert sich unserem geplanten Flugweg rechtwinklig.«

Die E-2D Hawkeye mit fünf Mann Besatzung, die Kabine vollgestopft mit den neuesten elektronischen Geräten, war besser in der Lage, Flugzeuge zu entdecken und zu erkennen als die F-14-Jäger. Der Flugtechniker der Hawkeye sprach zu Laskov.

»Wir versuchen, mit dieser Maschine Kontakt aufzunehmen, aber wir können ihn nicht auffangen.« Laskov bestätigte.

Der E-2D-Informationscontroller kam ans Funkgerät. »Gabriel, das unidentifizierte Flugzeug bewegt sich mit etwa Mach null Komma acht-fünf. Bei diesem Kurs und dieser Geschwindigkeit wird es euren geplanten Flugweg kreuzen, aber tausendachthundert Meter unter euch und Immanuel und Clipper, bei gleichbleibender Höhe.«

»Roger, Hawkeye. Versucht, diesen Hurensohn zu erreichen und sagt ihm, er solle Kurs oder Geschwindigkeit ändern.«

»Roger, Gabriel. Wir versuchen's.«

Laskov überlegte. In ungefähr einer Minute würde das unidentifizierte Flugzeug in Reichweite seiner Hundertsechzig-Kilometer-Phoenix-Lenkwaffe sein. Wenn diese Maschine mit russischen Acrid-Raketen bestückt sein sollte, müßte sie zuerst auf hundertdreißig Kilometer an die Concordes herankommen, ehe sie angreifen könnte. Diese dreißig Kilometer Reichweitendifferenz zwischen der russischen Acrid und der amerikanischen Phoenix, das war eben der kleine Unterschied. Ihm verdankte es die F-14, daß sie der König der Lüfte war. Die beiden Flugzeugtypen glichen zwei Rittern, einer mit einer Lanze von drei, der andere mit einer von vier Metern Länge. Noch wenige Minuten und Laskov würde diesen Vorteil nicht mehr haben. »Hawkeye, ich setze meine Lenkwaffe auf ihn an, bevor er auf hundertdreißig Kilometer rankommt, außer Sie können ihn identifizieren oder er meldet sich selbst.«

General Talman sprang von seinem Stuhl im Einsatzraum der Zitadelle auf. Er griff nach einem Mikrophon und schaltete sich dazwischen. »Gabriel, hier Einsatzleitstelle. Hören Sie, Sie sind der Mann vor Ort. Die Entscheidung liegt bei Ihnen, aber ziehen Sie um Gottes willen alle Möglichkeiten in Betracht.« Er unterbrach sich kurz. »Ich stehe in jedem Fall hinter Ihnen. Ende.« Talman wollte das Funknetz nicht durch eine politische Diskussion belegen. Es war längst abgesprochen. Er stand auf, betrachtete die näherkommenden Radarechos auf seinem Schirm und zupfte an seinem Schnurrbart.

Laskov hatte von ihm uneingeschränkte Order verlangt, nach Gutdünken feuern zu dürfen. Aber Talmann war anderer Meinung. »Gabriel, hier Hawkeye. Hören Sie zu. Er ist nicht — wiederhole: nicht — militärisch, wir können keine komplexen Radarechos von ihm auffangen.«

»Was zum Teufel fliegt denn sonst noch Mach null Komma acht-fünf?«

»Vermutlich ein ziviler Jet, Gabriel. Warten Sie. Hier kommt etwas über Funk.«

Laskov brüllte ins Mikrophon. »Es ist mir scheißegal, auch wenn's *wirklich* ein ziviler Jet wäre. Auch aus einem zivilen Jet kann man Luft-Luft-Raketen abschießen. Identifizieren Sie mir diesen Kerl oder er ist dran!« Keine Antwort.

Danny Lavon sprach über das Bordnetz: »General, das ist eine Riesenscheiße. Ich nehm's auf meine Kappe. Sagen Sie einfach, mir seien die Nerven durchgegangen und ich habe auf den Knopf gedrückt. Ich habe ihn jetzt direkt im . . .«

Laskov unterbrach die Übermittlung und brachte Lavon mit einem elektronischen Störgeräusch zum Schweigen. Als er den Schalter wieder losließ, war Lavon verstummt. »Hören Sie, mein Junge. Sie befolgen die Befehle. Und damit Punktum.«

Der E-2D-Luftüberwachungsoffizier kam wieder über den Funk. »Gabriel, hier Hawkeye. Hören Sie, wir sprachen soeben mit der Luftverkehrsleitstelle auf Zypern. Unser Unbekannter ist ein ziviler Lear-Jet, Modell 23, französische Immatrikulation. Er gab einen Flugplan ein — von Kairo über Zypern, Istanbul nach Athen. Sechs Mann an Bord. Geschäftsleute. Französische Pässe. Wir haben ihre Frequenz und ihre Rufnummer. Versuchen nun, sie aufzurufen.«

Laskov gab sich nicht zufrieden. »Versuchen? Scheiße. Sie sind innerhalb von hundertdreißig Kilometern und ihr habt ihre Frequenz und die besten Funkgeräte der Welt. Was ist los mit euch?«

»Vielleicht ist mit *Ihnen* was los, Gabriel.«

»Roger.« Laskov stieß geräuschvoll den Atem aus. Er schaute aus seiner Maschine. Die zwei Concordes schwebten unter ihm wie Papierflieger. »Clipper und Immanuel, hier Gabriel. Hört ihr das alles mit?« Becker und Avidar bejahten.

»Also gut. Sagt der Flugverkehrsleitung, ihr möchtet einen genau nördlichen Kurs und freien Steigflug auf neunzehntausend — *sofort.*«

Becker und Avidar bestätigten. Avidar rief die Leitstelle an und erfuhr, daß über ihnen eine TWA 747 und eine Lufthansa 707 seien und daß sie mit ihrem Steigflug fünf Minuten warten müßten.

Laskov hatte nicht vor, auch nur fünf Sekunden zu warten. Er sprach über das Bordnetz mit Lavon. »Die Phoenix entsichern, Danny. Auf das Erfassen des Ziels vorbereiten.« Er dachte an Miriam Bernstein. *Und wenn Sie auf Ihrem Radarschirm den Teufel persönlich sehen sollten . . ., knallen Sie ihn nicht mit einer Rakete ab.* Und Richardson: *Lassen Sie sich da oben nicht hinreißen loszuballern. Wir möchten keine Zwischenfälle.* Dann dachte er, was für lausige Jobs er doch sein ganzes Leben lang verrichtet hatte. »Hawkeye, der Kerl hat ungefähr noch sechzig Sekunden zu leben, wenn er sich nicht meldet.«

Diesmal antwortete ihm der Pilot der Hawkeye. »Roger, Gabriel. Wir können ihn nicht erreichen. Tut mir leid. Mehr kann ich nicht machen. Ich verstehe Ihre Lage. Tun Sie, was Sie für richtig halten.«

»Danke.«

Talman schaltete sich ins Funknetz ein. »Bin einverstanden, Gabriel.« Talman dachte jetzt auch, daß hier etwas nicht stimmte. Wenn in der Lear der Funk ausgefallen wäre, hätte die Maschine wahrscheinlich kehrtgemacht und wäre in Alexandria gelandet. Wenn der Funk nicht ausgefallen war, warum gaben sie keine Antwort? Er hatte gehört, wie die Hawkeye auf der Lear-Frequenz funkte. Hawkeye hatte zuerst französisch gesprochen, dann englisch, die internationale Flugsprache und schließlich sogar arabisch. Talman sagte ins Mikrophon: »Die Sache ist faul, Gabriel.«

»Genau.« Laskov sprach über das Bordnetz: »Wo ist die Lear?«

Lavon sah auf seinen Radarschirm. »Ungefähr fünfundsechzig Kilometer — und sie steigt.«

Es war bereits zu spät für die Phoenix. »Sparrow-Lenkwaffe entsichern und . . . Ziel erfassen.«

»Jawohl, General.« Lavon betätigte einen elektrischen Schalter und schob dann einen kleinen Deckel auf der Waffenkonsole zurück. Unter dem Deckel leuchtete ein roter Knopf. Er legte den Finger darauf.

»Gabriel, hier Immanuel.« Beckers Stimme klang gespannt.

Laskov hob die Hand, um Lavon Einhalt zu gebieten, und bestätigte Beckers Ruf.

»Die Lear funkt auf unserer El-Al-Frequenz.«

»Roger.« Laskov drehte schnell den Funk auf der El-Al-Frequenz höher. Lavon gab an die übrige Staffel die Anweisung zum Mithören durch.

»El-Al-Concorde 01 und 02. Hier spricht Lear Nummer fünfvier. Können Sie mich hören?«

Laskov fühlte, wie es ihm kalt über den Rücken lief. Der Akzent war unverkennbar arabisch. Becker und Avidar bestätigten. Die Lear sprach aufs neue. Die Stimme war langsam und präzis. »Hören Sie mir sehr genau zu. Wir haben eine wichtige Mitteilung für Sie.«

Wieder bestätigten Becker und Avidar. In ihren Stimmen schwang Besorgnis. Laskov erkannte, daß die Lear Hinhaltetaktik betrieb. Er sagte zu Lavon: »Wenn ich die Hand hebe, feuern.«

Talman stand regungslos in der Mitte des Einsatzraums. Er starrte ungläubig die Funklautsprecher an. Er flüsterte vor sich hin: »Was zum Kuckuck . . .?«

Die Lear meldete sich wieder. Die Stimme sprach jetzt sehr schnell. »Im Heck einer jeden Concorde ist eine funkgesteuerte Bombe. *Funkgesteuert,*« wiederholte er eindringlich. »Glauben Sie es mir. Die Bombe wurde in Saint-Nazaire in die 01 montiert und in Toulouse in die 02. Sie ist mit dem Trimmtank Nummer elf verbunden. Ich weiß, daß Sie eine Begleitstaffel von zwölf F-14-Jägern haben. Sollte ich den Rauchschweif ihrer Raketen auf mich zukommen oder die Mündungsfeuer ihrer Kanonen sehen, so drükke ich unverzüglich auf den Knopf meines Fernsteuerungszünders und sprenge beide Concordes. Haben Sie das verstanden? Hören die F-14 mit? Haben *sie* es auch verstanden?«

Laskov bestätigte nicht. Er saß nur da und starrte vor sich hin.

Avidar brüllte mit wutbebender Stimme in sein Mikrophon: »Scheißkerl!«

Becker sprach gefaßt. »Roger.« Er drückte den Kabinen-Durchsage-Knopf und sagte ruhig: »Mr. Hausner, General Dobkin und Mr. Burg werden gebeten, in die Pilotenkanzel zu kommen.«

Laskov ließ den Kopf auf die Brust sinken. Er konnte es einfach nicht fassen. Alles Planen und Sorgen . . . Er zog aus einem alten Lederetui zu seinen Füßen einen Feldstecher. Er legte ihn in seinen Schoß und starrte darauf. Dieses Fernglas war, außer seiner Uniform, das einzige, was er aus Rußland mitgenommen hatte. Er hob es an die Augen und blickte hinaus in den blauen Himmel. Er konnte die grün-weiße Lear-23 sehen, die jetzt näher kam und einen langen dünnen Kondensstreifen aus den beiden Düsentriebwerken hinter sich herzog. Die Lear war sehr nah. Schon zu nah für die minimale Reichweite von sechzehn Kilometern der Sparrow und noch zu weit entfernt für die maximale Reichweite von acht Kilometern der Sidewinder. Nun machte die Lear eine Neunzig-Grad-Kurve und flog längsseits der Concorde 02. Laskov sah, daß im hinteren Teil des Kabinendachs eine Beobachtungsluke aus Plexiglas angebracht war. Jemand schien durch die Luke zu spähen, und Laskov wußte, daß der Mann sein Glas vermutlich auf *ihn* gerichtet hielt. Er ließ seinen Feldstecher sinken.

Die Lear blieb, zufällig oder absichtlich, innerhalb der acht Kilometer weiten toten Zone zwischen den Einsatzdistanzen der Sparrow und der Sidewinder. Diese tote Zone hatte westlichen Militärs allerhand zu schaffen gemacht, wurde aber in den meisten Fällen als nicht kritisch angesehen. Bei einem gewöhnlichen Luftkampf hätte Laskov entweder beschleunigt oder verlangsamt, bis er die entsprechende Rakete hätte einsetzen können. Aber er wagte keine auffälligen Manöver, da er wußte, daß der Beobachter in der Lear seine Staffel aus der hinteren Luke im Auge behielt. Er blieb daher auf einem stetigen Kurs. Zu Lavon sagte er leise: »Die Sidewinder entsichern, falls sie näher herankommt.« Aber er wußte, daß es sinnlos war. Die Lear hielt sich zu dicht an die Concordes, als daß man jetzt an eine Lenkwaffe hätte denken können.

Die Lear machte eine kleine Kurskorrektur und bewegte sich ungefähr hundertfünfzig Meter unter Concorde 02, genau unter ihrer Rumpfnase. Laskov konnte aus seiner Position, oberhalb der Concorde, die Lear fast nicht sehen.

Talman hockte zusammengesunken auf seinem Stuhl. Die Leute im Einsatzraum hielten den Atem an. Talman sah das Echo der Lear mit dem von Concorde 02 verschmelzen und wußte, daß Laskov mit seinen Raketen nicht das geringste anfangen konnte. Die ganze verdammte Geschichte war so schnell gegangen — so unglaublich schnell. Von dem Augenblick, als Laskov die Lear auf seinem Radarschirm gesehen hatte, bis jetzt waren nicht einmal zehn Minuten vergangen. Irgendwie hatte er immer gewußt, daß es passieren mußte. Nur ein paar Irre, mehr war dazu nicht nötig. Beim jetzigen Stand der Technik war alles möglich. Ein einzelner unbedeutender Niemand konnte die Geschicke ganzer Völker ändern. Eine Atombombe inmitten einer Stadt versteckt. Ein biologischer Giftstoff in der Wasserversorgung. Eine Bombe in einer Concorde. Welche Vorkehrungen konnte man gegen solche Ausgeburten des Wahnsinns treffen?

Hausner, Dobkin und Burg standen im Cockpit und Becker erklärte, was passiert war. Tom Richardson und John McClure waren, wenn auch ungebeten, ebenfalls nach vorn gekommen. Sie hatten die Lear näherkommen sehen und wußten, daß etwas nicht stimmte.

McClure lehnte sich an das Instrumentenbrett des Bordmechanikers und kaute an einem Zündholz. Er war ein ungewöhnlich großer und schlanker Mann, der manche Leute an Lincoln — wenn auch ohne Bart — erinnerte. Das Bild wurde durch einen Mittelwestakzent vervollständigt. »Hätte mit PanAm heimfliegen sollen«, war sein ganzer Kommentar, als Becker ihnen mitteilte, daß sie gekidnappt werden sollten.

Burg wandte sich an Becker. »Soll ich den Außenminister ins Cockpit holen?«

Becker schüttelte den Kopf. »Ich brauche keine Politiker, die mir Ratschläge geben. Wir treffen die Entscheidungen hier. Bitte, bleiben Sie.« Von Zeit zu Zeit konnte Becker den Bug der Lear unter seiner eigenen langen Rumpfnase hervorlugen sehen. Er mußte an das denken, was ihm ein Infanterist einmal in Vietnam erzählt hatte: daß die Vietkong bei Feuergefechten möglichst nah heranrückten, damit die Amerikaner ihre schweren Waffen nicht einsetzen konnten, ohne ihre eigenen Leute zu töten. Er wußte, daß Laskov die Hände gebunden waren. Ihnen *allen* waren die Hände gebunden.

Hausner wirkte gedankenverloren, beinah uninteressiert. Dann stahl sich ein seltsames Lächeln in seine Züge. Jetzt fiel ihm ein, was ihm noch vor kurzem nicht hatte einfallen wollen. Rish war in diesen kleinen französischen Dörfern gesehen worden. Damals hatten ihm die Namen dieser Dörfer nichts gesagt. Israel hatte damals noch keine Concordes. Jetzt ging ihm auf, daß diese obskuren französischen Ortschaften in der Nähe von Saint-Nazaire und

Toulouse lagen. Er dachte an seine eigenen Worte bei der Sicherheitsbesprechung. *Wir haben diese Vögel seit nunmehr dreizehn Monaten zu Linienflügen eingesetzt. Von dem Tag an, als wir sie bekamen, haben meine Sicherheitsleute sie nicht aus den Augen gelassen.* Das war das schwache Glied. *Von dem Tag an, als wir sie bekamen* . . . Saint-Nazaire. Toulouse. Was für ein Idiot war er gewesen.

Becker blickte über die Schulter zu Hausner. »Wäre das denn möglich? Ich meine, eine Bombe?«

Hausner nickte. »Leider.«

Becker setzte zum Sprechen an, wandte sich aber wieder ab. Das Funkgerät begann aufs neue zu knacken, und Matti Yadins Stimme kam aus dem Lautsprecher. Er wußte, daß Hausner jetzt ebenfalls im Cockpit war. »Sie hatten recht, Boß.« Hausner antwortete nicht.

Becker rief Laskov über die taktische Frequenz. »Was sollen wir tun, Gabriel?«

»Warten.« Laskov sah die Nase der Lear unter der Rumpfnase der Concorde 02 hervorlugen. Er blickte auf den Feuerknopf für die Bordkanone. Im Geist gab er Feuer und schickte sechzig Geschosse vom Kaliber Zwanzig-Millimeter pro Sekunde hart an der Windschutzscheibe der Concorde vorbei ins Cockpit der Lear. Aber er hatte keine Zwanzig-Millimeter-Geschosse, und selbst wenn er sie hätte, wäre es noch fraglich, ob er es riskieren würde. Vorhin hatte eine Chance bestanden, jetzt nicht. Er dachte an Richardson und Miriam Bernstein und fühlte sich verraten. Verraten durch wohlmeinende Menschen, aber trotzdem verraten. Er drückte auf den Knopf. Die Kampfkamera begann zu rollen und drehte einen Film für die Leute in der Zitadelle. Laskov hieb mit der Faust auf sein Instrumentenbrett.

Die Stimme aus der Lear kam wieder über den Funk der beiden Concordes. »Ich nehme an, Ihre Begleitstaffel hört El-Al-Frequenzen ab. Hören Sie gut zu, Begleitpiloten. Ich habe einen Beobachter an Bord, der Sie nicht aus den Augen läßt. Wenn ich einen Mündungsblitz sehe, drücke ich auf den Knopf und sprenge die Concordes. Ich fürchte mich nicht vor dem Sterben. Also, hören Sie zu — Sie müssen umkehren und zu Ihrer Basis zurückfliegen. Hier können Sie nichts ausrichten. Wenn Sie in sechzig Sekunden nicht abdrehen, sprenge ich die Führungs-Concorde, damit Sie begreifen, daß ich es sehr ernst meine.«

Avidar rief Laskov über die taktische Frequenz. »Na, Schäferhund. Was machen wir jetzt?«

Laskov erwog, Vollschub zu geben, unter der Concorde wegzutauchen und die Lear zu rammen. Deren Insassen mochten nicht darauf gefaßt sein, eine Viertelmillion Kilogramm fliegenden Stahl kreischend auf sich herabstoßen zu sehen. Sie würden vielleicht in Panik geraten. Aber selbst wenn er sie träfe, so würde die Explosion der Maschine in der Luft unweigerlich Concorde 02 beschädigen.

Avidars Stimme drängte wieder: »Was sollen wir *tun,* Gabriel?«

Die Lear schaltete sich in die El-Al-Frequenz ein. »Concordes, mir scheint, Sie sprechen zu Ihrem Begleitschutz. Das hat keinen Sinn. Die Staffel hat noch fünfzehn Sekunden Zeit zum Abdrehen.«

Laskov fragte sich, ob die Lear wohl die Concorde sprengen würde, sobald seine F-14-Jäger abdrehten. Oder wollte der Mann in der Lear — wer immer er sein mochte — Geiseln nehmen? Laskov schaltete auf die El-Al-Frequenz und sprach zum erstenmal zu der Lear. »Lear, hier spricht Begleitstaffel. Wir werden nicht — wiederhole, nicht — abdrehen. Wir fliegen alle gemeinsam nach Lod zurück. Sie müssen folgen und mit uns landen. Wenn Sie nicht einwilligen, dann werde ich Sie . . .« Plötzlich war das Wort »angreifen«, nicht am Platz. »Ich werde Sie töten«, sagte er ruhig.

Die Stimme aus der Lear lachte nur. »Ihre Zeit ist um. Verschwinden Sie oder diese Toten gehen auf *Ihre* Rechnung.«

Hausner wußte, wer da sprach. Er legte Becker die Hand auf die Schulter. »Ich kenne den Mann. Sagen Sie Laskov, er heißt Ahmed Rish. Und wenn Rish sagt, daß er etwas tut, dann tut er's auch. Sagen Sie Laskov, er soll verschwinden.«

Richardson nickte. »Sie können es nicht auf unser Leben abgesehen haben, sonst wären die Bomben längst gezündet worden. Es ist schlicht und einfach eine Entführung. Fragen Sie an, was sie wollen.« Er machte eine Pause. »Und sagen Sie Teddy Laskov, es tut mir leid wegen der Zwanzig-Millimeter.«

Becker wandte sich an Dobkin und Burg. Sie nickten. Er gab die Mitteilungen von Hausner und Richardson an Laskov weiter, dann rief er die Lear. »Wer sind Sie, und was haben Sie vor?«

Rishs Stimme kam laut und deutlich. »Es spielt keine Rolle, wer wir sind. Wir haben vor, Sie an einen bestimmten Ort zu geleiten und dort als Geiseln zu behalten, bis es in unsere Pläne paßt, Sie freizulassen. Wenn Sie unsere Anweisungen genau befolgen, wird niemand zu Schaden kommen. Wenn aber Ihre Begleitstaffel nicht in einer Sekunde abdreht, sprenge ich die Führungsmaschine.«

Danny Lavon sagte in die Eigenverständigungsanlage: »Wenn wirklich eine Bombe an Bord steckt, können wir hier nichts mehr tun, General. Vielleicht können wir auf Distanz gehen und ihn aus einer Entfernung von hundertsechzig Kilometern aufs Korn nehmen.«

Laskov rief Talman. »Einsatzzentrale, ich komme nach Hause.«

Talman sprach ruhig ins Mikrophon. »Meine Schuld, Gabriel.«

Laskov wußte, daß es niemandes Schuld war, aber daß eine Menge Leute dies in den nächsten Tagen behaupten würden.

Wieder meldete sich die Lear. Es war die gleiche Stimme — Laskov erkannte sie deutlich — Rish. Doch jetzt hatte sie einiges von ihrer Gelassenheit verloren. Rish schrie, er solle kehrt machen. Laskov ignorierte die Stimme ein paar Sekunden lang und überdachte die Lage. Wie hatte die Lear einen Flugplan einreichen können, der sie in Zeit und Raum so nah an die Concordes heranbrachte? Zumal die Startzeit der Concordes um eine halbe Stunde vorverlegt worden war? Auch hatte er den entschiedenen Eindruck, daß die Lear ihn auf seiner taktischen Frequenz abhören konnte. Er sagte die Worte: »Mein Treibstoffanzeiger für Tank Nummer drei ist ausgefallen«, und die Piloten der F-14-Jäger, der E-2D sowie Talman und die beiden Concordes schalteten auf die taktische Ausweichfrequenz. Laskov rief Clipper und Immanuel auf dieser Frequenz. Er sprach hastig. »Hört zu. Dieser Hurensohn hat die ursprüngliche taktische Frequenz abgehört. Ich weiß nicht, wo er sie her hat und vielleicht hat er diese hier auch, aber ich sage es euch doch. Wir werden euch nicht verlassen. Die E-2D ortet euch weiterhin. Wir ziehen uns ein paar hundert Meilen zurück. Ruft mich über diese Frequenz und haltet mich auf dem laufenden. Wenn ihr euch entschließen solltet, das Risiko einzugehen, dann brausen wir an und lassen bei hundert Kilometer Entfernung die Phoenix los. Durchaus möglich, daß sie in der Lear die Rauchspur nicht bemerken, wenn sie nicht nach ihr Ausschau halten. Habt ihr verstanden?« Einer nach dem anderen bestätigte.

Ahmed Rish schrie über die El-Al-Frequenz: »Ich weiß, daß ihr miteinander redet! Schluß mit dem Unsinn. Schluß! Fünf Sekunden!« Er legte den Finger auf einen Auslöserknopf mit der Aufschrift 01. »Eins, zwei, drei —«

Laskov sagte über die El-Al-Frequenz: »Viel Glück!« Er gab den Befehl, und die F-14-Staffel schwenkte scharf nach rechts ab. Die Maschinen flogen eine komplette Hundertachtzig-Grad-Wendung und waren innerhalb von Sekunden außer Sicht. Becker konnte sie nicht abdrehen sehen, aber er fühlte sich plötzlich sehr allein.

7

Avidar war mit dem Lauf der Dinge nicht einverstanden. Er hatte eine ganze Weile sehr langsam Geschwindigkeit aufgenommen und schätzte, daß er sich mindestens zehn Kilometer von der Lear und vor Concorde 02 befand. Welche Reichweite konnte ein Fernzünder haben? Bestimmt nicht mehr als zehn bis zwölf Kilometer. Er blickte auf seinen Höhenmesser. Eine Spur über den fünftausend Metern, die ihnen die Flugverkehrsleitstelle zugewiesen hatte.

Die Leitstelle hatte das Lear-Echo mit dem Echo der Concorde 02 verschmelzen und die F-14-Jäger wegziehen sehen, hatte jedoch von den Funkgesprächen auf der El-Al-Frequenz nichts mitgehört. Trotzdem spürte der Controller, daß etwas faul war. Er rief die Concordes. »Falls bei Ihnen alles in Ordnung ist, können Sie jetzt uneingeschränkt auf neunzehntausend Meter steigen. Tut mir leid wegen der Verzögerung.«

Rish, der offensichtlich auch die Flugverkehrsfrequenz mithörte, sagte ihnen, sie sollten bestätigen.

Avidar und Becker bestätigten. Avidar schaute auf seinen Geschwindigkeitsmesser. Er flog mit tausend Stundenkilometern. Wenn er jetzt Vollschub gab und die Nachbrenner einschaltete, konnte er in weniger als fünfzehn Sekunden auf Schallgeschwindigkeit und mindestens drei zusätzliche Kilometer entfernt sein.

Wieder kam Rishs Stimme über den Funk. »Sehr gut. Sehr vernünftig. So, und jetzt stellen Sie Ihre Navigationslichter an und folgen mir. Ich werde einen Kurs von hundertsechzig Grad fliegen, mit einer angezeigten Geschwindigkeit von dreihundert Knoten. El Al 02 wird direkt hinter mir fliegen, El Al 01 wird hinter El Al 02 eindrehen. Wir werden auf hundertsechzig Meter absinken. Verstanden?«

Becker und Avidar bestätigten. Die Lear begann ihre Linkskurve, und Becker machte sich bereit, ihr zu folgen.

Asher Avidar schlug auf die Nachbrennerschalter. Dann schob er die Leistungshebel vorwärts, so schnell die Triebwerke das Kerosin schlucken konnten. Er zielte auf das Zentrum einer Gewitterwolke vor seiner Nase. Die vier riesigen Rolls-Royce-Olympus-Triebwerke entwickelten siebzig Tonnen Schub, und die Concorde 01 zog davon.

Zevi Hirsch brüllte Avidar zu: »Was zum Teufel . . .«

Leo Sharett wandte sich vom Instrumentenbrett ab. »Asher, nicht . . .«

Matti Yadin, der sich noch im Cockpit aufhielt, packte Avidar beim Arm, aber Avidar stieß ihn weg. Yadin zog seine Smith & Wesson 0.22 und setzte sie an Avidars Kopf. Mit einer Handbewegung schlug Avidar sie beiseite wie ein lästiges Insekt.

In der Concorde 02 packte Moses Hess Beckers Arm und deutete durch die Scheibe. Becker beobachtete, wie Avidars Maschine in der Wolkenbank verschwand.

In der Passagierkabine der 02 wußten jetzt alle, daß etwas nicht stimmte. Yaakov Leiber beugte sich über einen leeren Sitz und sah das Flugzeug mit seiner Frau an der Steuerbordseite verschwinden. Dann sah er es wieder aus der Wolke auftauchen.

Einer der sechs Araber in der Lear schrie Ahmed Rish etwas zu. Rish beobachtete, wie die Concorde davonraste. Er griff nach dem Fernlenkzünder auf dem Sitz. Daran waren zwei rote Knöpfe. Ohne hinzusehen legte er den Finger auf den Knopf mit der Aufschrift 02 und begann zu drücken, dann erkannte er seinen Irrtum. Der Finger glitt auf den Knopf 01.

Concorde 01 zog nach oben. Der Kerosintank Nummer elf begann sich automatisch zu füllen, als der Computer entschied, daß der Schwerpunkt für diese Geschwindigkeit und für diesen Winkel des Flugzeugs weiter hinten sein sollte. Der große Digitalanzeiger in der Passagierkabine zeigte Mach null Komma neun-sieben, die Lampen »Anschnallgurte anlegen« leuchteten auf. Die Passagiere bekamen Angst, als das Flugzeug abdrehte und die Beschleunigungskräfte sie in ihre Sitze preßten. Der Mach-Meter zeigte Mach 0,98, dann Mach 0,99.

Ahmed Rish drückte auf den Knopf. Ein Funksignal, auf das ausschließlich der Empfänger in El Al 01 ansprach, raste über den Himmel. Der Fernlenkzünder konnte das Signal auf die Entfernung von elf Kilometern gerade noch empfangen. Der Empfänger übersetzte das schwache Signal in einen Impuls, der den Schaltkreis schloß, so daß der Strom vom Hecknavigationslicht über den Rangierdraht zur Zündkapsel im Plastiksprengkopf fließen konnte.

Der Mach-Meter zeigte Mach 1,00 und die Concorde durchbrach die Schallmauer. Der Hecktank mit viertausend Litern Treibstoff explodierte und riß das Druckschott weg. Eine Flammenzunge schoß in die Passagierkabine, während der Mach-Meter Mach 1,10 anzeigte. Die Sauerstoffmasken fielen aus der Aufhängung, als die Kabine an Druck verlor.

Asher Avidar wußte sein Spiel verloren, noch ehe er die Explosion gehört hatte. Die Steuer wurden plötzlich drucklos in seinen Händen, und die Warnleuchten auf der Steuerkonsole blinkten eine nach der anderen auf. Die Tür zwischen Kabine und Cockpit brach heraus, und die Crew konnte hinter sich Schreie hören. Hirsch drehte sich um und blickte den Mittelgang entlang. Er sah Tageslicht. Er konnte nur noch flüstern: »Oh, Gott!« Hinter ihm lag Matti Yadin auf dem Boden. Die Tür hatte ihn im Gesicht getroffen, er war blutüberströmt. Avidar wandte sich zu Zevi Hirsch um. Er schrie über das Tosen der hereinrauschenden Luft hinweg: »Besser so! Man darf nicht kuschen vor diesen Scheißkerlen!« Hirsch starrte ihn an.

Becker sah, wie seine Schwestermaschine um ihre Stabilität kämpfte. Mit kühler Sachlichkeit erkannte er an der orangeroten Feuergarbe, daß die Bombe wirklich am Trimmtank Nummer elf befestigt war — einer Stelle, die von der Kabine aus nicht zugänglich war. Er vermutete, daß es sich bei der Bombe selbst nur um einen kleinen Mechanismus handelte, die größere Gefahr bildete der explodierende Treibstoff. Er sagte leise zu Peter Kahn: »Computer übersteuern und Nummer elf leerpumpen.« Er wandte sich an Hess: »Geh zum Bordlautsprecher und sage den Passagieren, sie sollen alle nach vorn kommen.« Er fragte sich, ob das Druckschott der Druckwelle standhielt. Die Antwort wollte er lieber nicht wissen.

Becker starrte wie hypnotisiert durch die Frontscheibe. Hausner, Dobkin, Burg, Richardson und McClure drängten sich hinter den Pilotensitzen und beobachteten gebannt die Szene.

El Al 01 begann ihren schaurig-schönen Todestanz. Die Maschine schwang und rollte wie ein stolzer Segler. Becker wußte, was Avidar durchmachte, während er Hebel, Knüppel, Schalter und Knöpfe zog und drückte. Aber es war eine verlorene Schlacht.

Die Concorde 02 folgte ihrer sterbenden Schwester. Becker ließ sich einen Feldstecher geben und schaute zu. Ein kleiner Propeller fiel aus dem Bauch des Feuervogels, und Becker wußte, daß wenigstens der Computer noch immer funktionierte. Wie das beschädigte Gehirn eines großen Tieres, das die Gefahr zwar erkannte, aber, anders als ein menschliches Gehirn, nicht begriff, daß die Wunde tödlich war, und das weiterkämpfte, um am Leben zu bleiben. Der Computer hatte die elektrischen und hydraulischen Ausfälle abgefühlt und daher den Propeller — eine Art Windmühle — freigegeben, damit er einen elektrischen Generator und eine hydraulische Pumpe in Betrieb setze. Die Franzosen hatten diese Vorrichtung als *trés pratique* bezeichnet, aber die Briten nannten sie hellen Wahnsinn. Becker wußte, daß in diesem Fall die neue Energiequelle alles nur noch schlimmer machen würde. Abgerissene elektrische Drähte würden stromführend werden, hydraulische Flüssigkeit würde aus offenen Rohren schießen. Beschädigte Nervenenden und durchtrennte Arterien. Aber das mechanische Herz schlug weiter, das elektronische Gehirn arbeitete immer noch. Becker konnte den Anblick nicht länger ertragen. Er legte das Glas beiseite und rieb sich Augen und Schläfen.

In der sterbenden Concorde reagierten Avidar und Hirsch rein instinktiv auf jede neue Krise — etwas anderes blieb den Piloten eines todgeweihten Flugzeugs nicht übrig. Leo Sharett saß ruhig vor der Bordmechanikerkonsole und verrichtete seine Arbeit als Systemüberwacher, obgleich es längst keine Systeme mehr zu überwachen gab. Die Instrumentenlampen gingen eine nach der anderen aus. Die Concorde begann zu trudeln, Heck über Nase, wie ein silbernes Blatt im sanften Wind, bis sie endlich in einem erlösenden Feuerblitz zerschellte.

Becker vernahm die Angstschreie aus der Passagierkabine. Über alle anderen Stimmen hinweg hörte er den kleinen Yaakov Leiber nach seiner Frau schreien.

Becker sah einige Wrackteile auf seine Maschine zufliegen und vollführte ein heftiges Ausweichmanöver. Die fünf Männer, die im Cockpit standen, stürzten zu Boden. In der Kabine wurden Passagiere aus den Sitzen geschleudert. Zu spät ließ Peter Kahn das Anschnallschild aufleuchten. Er sprach ins Mikrophon. »Bitte alles sitzenbleiben. Es besteht keine Gefahr.« Er erklärte die Lage in kurzen Worten.

Die Männer im Cockpit rappelten sich vom Boden auf. Hausner schaute Dobkin und Burg an. Beide wandten sich von ihm ab.

Erneut meldete sich die Lear über Funk. Es war wieder Rishs Stimme. Sie klang schrill und fast hysterisch. »Sie haben mich gezwungen, das zu tun!« schrie er. »Concorde 02, hört mir gut zu! Ihr folgt mir und tut genau, was ich sage, oder es geht euch wie denen!«

Hausner riß das Mikrophon von der Konsole. »Rish, du Scheißkerl! Hier spricht Jacob Hausner. Du gottverdammter Mörder. Sobald wir runterkommen, bring ich dich um, du Hurensohn!« Er ließ einen Schwall typisch orientalischer Beschimpfungen auf Arabisch folgen.

Nachdem Hausner geendet hatte, kam wieder Rishs Stimme. Er mühte sich deutlich um Beherrschung. Er sprach langsam. »Mr. Hausner, sobald wir runterkommen, wird es das erste sein, daß ich *Sie* umbringe.«

Hausner setzte zu einer weiteren arabischen Schmähtirade an, aber Becker nahm ihm das Mikrophon weg. Er schaltete auf die taktische Ausweichfrequenz, um Laskov zu rufen, aber alles, was er hörte, war ein hoher wimmernder Ton.

Auf der El-Al-Frequenz meldete sich Rish, der wegen des Störgeräusches kaum zu verstehen war. »Von jetzt an könnt ihr weder mit eurer Begleitstaffel noch mit mir Verbindung aufnehmen. Nur hinterherfliegen.« Das schrille Wimmern wurde lauter.

Becker drosselte die Lautstärke aller Funkgeräte. »Er hat unsere Frequenz gestört. Hat vermutlich einen Breitbandsender an Bord.« Er sah sich im Cockpit um. »Ich glaube, er hat alle Trümpfe in der Hand.« Er blickte Burg an, der von den Anwesenden der ranghöchste war.

Burg nickte. Er war sehr bleich. Wie alle. Der Anblick der in den Tod taumelnden El-Al-Concorde 01 war ihnen allen an die Nieren gegangen. Burg nickte wiederum. »Ich werde mit dem Außenminister und den Passagieren sprechen. Sie müssen wissen, was vorgeht.« Seine Stimme klang erstickt. »Entschuldigen Sie mich.« Er verließ das Cockpit.

Tom Richardson räusperte sich. »Vielleicht sollten wir die Piloten jetzt in Ruhe fliegen lassen.«

Dobkin nickte. »Ja. Wir müssen mit jedem der Passagiere sprechen und ihnen sagen, was zu tun ist, wenn wir landen. Wir müssen anfangen, eine psychologische Verteidigung gegen die Belastungen einer Geiselgefangenschaft aufzubauen. Das ist sehr wichtig.«

»Ja«, sagte Hausner. »Gute Idee. Ich kann mir vorstellen, daß es eine lange Gefangenschaft wird. Zumindest für Sie.«

Richardson ergriff das Wort. »Keine Sorge, Mr. Hausner. Dieser Hurensohn wollte Ihnen bloß Angst einjagen.«

Zum erstenmal, seit er seine Sympathie für PanAm geäußert hatte, brach McClure sein Schweigen. »Seien Sie kein Esel, Richardson. Dieser Mann hat soeben fünfzig Menschen ermordet. Wenn er sagt, daß er Hausner umbringen will, dann bringt er ihn um.«

»Besten Dank«, sagte Hausner.

»Ich sag nur, wie's ist«, sagte McClure. Er brachte ein weiteres Zündholz aus seinen unerschöpflichen Beständen zum Vorschein und steckte es zwischen die Lippen.

Die Concorde folgte der Lear nach Süden. Hausner blieb im Cockpit, während die übrigen nach hinten in die Passagierkabine gingen. Er konnte jetzt niemandem ins Gesicht sehen. Er fühlte sich voll verantwortlich, obwohl die Situation in Wahrheit durch Talmans Mahnung zur Vorsicht und Laskovs sekundenlanges Zögern so völlig aussichtslos geworden war. Durch Laskov, der mit den Jahren bedächtiger, dessen scharfer Kampfinstinkt im Vorgefühl des baldigen Friedens stumpf geworden war. Durch die eifrigen Stimmen aus der Hawkeye, die Laskov versicherten, die Lear befördere nur eine Gruppe von Geschäftsreisenden. Durch die unzulänglichen Sicherheitsmaßnahmen in den Fertigungshallen. Und durch alles sonstige, was sich im Laufe der letzten tausend Jahre ereignet hatte. Das alles war nun unter diesem wolkenlosen Himmel, tausend Meter über dem Mittelmeer, zusammengekommen. Aber Hausner schüttelte diese Gedanken ab. Er wünschte sich nur, daß er mit Matti Yadin die Plätze getauscht hätte.

8

General Talman saß auf seinem Stuhl in der Mitte des Einsatzraums der Zitadelle. Er mied die Blicke seiner Mitarbeiter und Techniker. Sie alle hatten auf dem Radarschirm mit angesehen, wie Concorde 01 zerbarst und abstürzte.

Talman konnte die Lear und Concorde 02 noch immer sehen. Beide Flugzeuge näherten sich der Sinaiküste. Solange das E-2D-Bild klar blieb, konnte er sie verfolgen. Aber er wußte, daß die Lear früher oder später die Concorde zwingen würde, auf Baumwipfelhöhe zu fliegen, und dann würden ihre Echos in den Bodenstörflecken nicht mehr zu unterscheiden sein.

Teddy Laskovs Kopilot Danny Lavon kam bei der Beobachtung des Radarschirms zum gleichen Schluß. »Sie verlieren rasch an Höhe, General. Über dem Sinai werden wir sie nicht mehr sehen können.«

Laskov antwortete nicht.

Talman griff nach dem Zerhackertelefon und alarmierte jede Staffel, die er hatte. Er befahl, ägyptischen Luftraum zu verletzen und einen Kurs zu fliegen, der es ihnen ermöglichen würde, die Concorde auf ihrem Radar zu orten. Einer von Talmans Mitarbeitern meldete ein Gespräch nach Kairo an, aber es würde lange dauern, ehe der Anruf durchkäme.

David Becker folgte der Lear, die bis auf hundert Meter über dem Meeresspiegel absank. Die Sinaiküste kam sehr schnell näher, und sie schossen darüber weg. Becker senkte die Rumpfnase, um bessere Sicht zu haben. Unter ihm flog die Wüste als verwischter Streifen vorbei, und die mächtige Concorde tanzte wild in den Aufwinden. Becker wußte nicht, was Rish vorhatte, aber er zweifelte nicht daran, daß der Mann wahnsinnig war. Die Lear ließ sich relativ leicht durch diese niedrigen Turbulenzen steuern, aber Bekker mußte alles aufbieten, um die riesige Concorde auf Kurs zu halten. Seine angezeigte Geschwindigkeit betrug nur zweihundertfünfzig Knoten, und er wußte, wenn er noch viel weiter drosselte, würde er die Triebwerke abwürgen. Aber die Lear schien sich um diese Probleme nicht zu scheren. Während er ihr folgte, beschleunigte und verlangsamte sie abwechselnd. Das kleine Flugzeug nahm leichte Kurs- und Höhenkorrekturen vor, denen Becker nur schwer folgen konnte. Der Pilot der Lear ist nicht gerade ein Meisterflieger, dachte er. Becker hatte bereits die Auftriebsklappen als zusätzlichen Sicherheitsfaktor ausgefahren und regulierte ständig die Leistung. Kahn pumpte Treibstoff in den Mitteltank Nummer zehn, um die Maschine möglichst auszubalancieren.

Beckers Mund war trocken, sein Herz hämmerte, und er packte die Steuerung fester. Zu seiner Rechten lag der Suezkanal, unter ihm der Mitlapaß. Vor ihm stieg das Gelände rasch an. Sein Meereshöhenmesser zeigte dreihundertdreißig Meter oder tausend Fuß an, aber Becker sah, daß er sich noch immer nur hundert Meter über dem Boden bewegte, genauso wie vorhin, als er die Küste überflog. In der Ferne erblickte er im Dunst die braunen Gipfel der südlichen Sinaibergkette, die, wie er wußte, achthundert Meter hoch waren. Er fragte sich, ob dem Piloten der Lear klar war, daß die Concorde jetzt mit dem Steigflug beginnen mußte, wenn sie nicht an diese Berge prallen wollte.

Hess sah Becker an. »Dave, der Kerl bringt uns um.«

Becker stellte den Funk lauter, aber nur die Störgeräusche waren zu hören. »Du Hurensohn!« Er brüllte in sein Kopfhörermikrophon. »Rish! Lear! Wir können diese Höhe nicht halten! Du bist der blödeste Hundesohn, der jemals in einem Cockpit saß!« Das Störgeräusch hielt an, und er drehte wieder leiser. »Scheißkerl!«

Peter Kahn meldete sich vom Platz des Bordmechanikers. »Captain, wir verbrennen pro Minute fünfhundertfünfundachtzig Kilogramm Treibstoff.«

»Wieviel Flugzeit bleibt uns noch?«

»Nicht ganz zweieinhalb Stunden.«

Becker schaute auf die Uhr. Es war kurz nach vier. Wenn Rish ein zweites Entebbe planen sollte, würden sie es niemals schaffen. »Wenn ich bloß wüßte, wohin der Scheißkerl uns lotst, dann wüßte ich auch, ob uns der Arsch mit Grundeis gehen muß oder nicht.« Becker verfluchte sein Pech. Noch zwei Starts und drei Landungen. Jetzt sah es aus, als würde es nur noch eine Landung und überhaupt kein Start.

Die Lear zog scharf nach links, und Becker folgte, aber seine Kurve war nicht so eng wie die der Lear, und als er aus der Kurve kam, war er an die rechte Seite der Lear geraten. Er korrigierte schleunigst und drehte hinter der Lear ein. Er ließ sich von Kahn den Feldstecher reichen. Er richtete ihn auf die Lear, die jetzt ungefähr tausend Meter vor ihm war. Er konnte die Beobachtungsluke aus Plexiglas deutlich sehen. »Ihr Hurensöhne!« Er legte das Glas weg. Er wartete darauf, daß die bösen Geister in seinem Kopf ihn verhöhnen würden. Aber sie waren nicht da. Er atmete tief ein. Er fühlte sich seltsam ruhig, sicherer, als er sich seit langem gefühlt hatte. Stellte dieses Gefühl sich ein, wenn man wußte, daß alles aus war? Oder war er jetzt in Form?

Hausner, der schweigend auf dem Klappsitz gesessen hatte, blickte auf. »Wie groß ist die Möglichkeit, daß unsere Leute uns auf dem Radarschirm verfolgen?«

Hess schaute über die Schulter zurück. »Bei dieser Höhe und über dem Festland gleich Null. Die E-2D hat so eine Computereinrichtung, die aus den Bodenechos Bilder aussortieren kann, aber wir waren eine ganze Weile über Ägypten, und ich glaube nicht, daß sie auf unserer Spur bleiben konnten.«

»Und wie steht's mit den Ägyptern?«

Hess schüttelte den Kopf. »Sie haben von den Russen diese Barlock-Bodenradargeräte, die auch Tiefflieger erfassen können, aber jetzt sind wir hinter der Henry-Kissinger-Linie. Das ägyptische Radar ist auf die israelischen Linien gerichtet. Wir wurden vermutlich vom Boden aus geortet, aber bis die Ägypter dahinterkommen, was hier gespielt wird, sind wir schon über dem Roten Meer, wenn wir diesen Kurs beibehalten. Sie können uns ohnehin nicht helfen, selbst wenn sie wollten. Stimmt's?«

»Ich dachte an Laskovs Angebot, eine Rakete loszuschicken«, sagte Hausner. »Würden wir zustimmen, falls er uns auf seinem Radarschirm hat?«

Becker sprach, während er das Flugzeug auf seinem Kurs hielt. »*Falls* er uns auf seinem Radar hat, und *falls* wir nach Einbruch der Dämmerung noch in der Luft sind, könnte ich es in Betracht ziehen. Um die jetzige Tageszeit ist die Rauchspur einer Rakete unschwer zu sehen. Elektronische Zündsignale fliegen schneller als Raketen.« Becker stieg auf die Seitenruderpedale, als das Heck der Concorde nach links und rechts schlingerte. »Aber wir sind verdammt nah an der Lear. Auf einem Radarschirm sogar sehr, sehr nah. Es müßte ein Meisterschuß sein, wenn er ihn träfe statt uns.«

Hausner stand auf. »Ich seh mir mal dieses Druckschott an.«

»Nur zu«, sagte Becker. »Aber daran habe ich auch schon gedacht. Es gibt keine Möglichkeit, von hier aus nach hinten zu kommen — wie Sie wissen. Aber bitte, Sie können jederzeit gern aufs Leitwerk hinausklettern, wenn's Ihnen Spaß macht.« Becker bedauerte seine Worte sofort, aber seine Nerven wurden mit jeder Flugminute reizbarer.

Hausner verließ das Cockpit. Er begann den langen Weg durch den Mittelgang. Niemand redete mit ihm. Der kleine Yaakov Leiber starrte ihn aus tränennassen Augen an. Die Männer, die der Sicherheitsbesprechung beigewohnt hatten, wandten sich ab.

Miriam Bernstein berührte seinen Arm, als er an ihr vorbeikam, aber Hausner achtete nicht darauf. Er tippte im Vorübergehen zweien seiner Leute auf die Schulter, und sie standen auf und folgten ihm.

Hausner betrat die rückwärts gelegene Pantry und ging weiter in den kleinen Gepäckraum, wo die Crew und das Flugpersonal ihre Taschen aufbewahrten. An der Wand hingen an Kleiderbügeln auch Jacken und Mäntel der Passagiere. Hausner schob sie beiseite und starrte das Druckschott an.

Talman hörte die Berichte ab, die jede seiner zehn Staffeln über dem Sinai an die Einsatzzentrale funkte. Keine Sichterfassung. Keine Radarerfassung. Laskov meldete sich als letzter. »Ich komme zum Auftanken nach Eilat. Ich möchte, daß auf der Rollbahn Tankwagen für uns bereitstehen. Wenn ich wieder starte, komme ich nicht mehr runter, ehe ich sie gefunden habe. Die Piloten und Kopiloten werden einander am Steuer ablösen.«

Talman schüttelte den Kopf. »Warten Sie, Gabriel.« Er sah auf seine beleuchtete Lagekarte. Mit jeder Minute konnte sich der Luftraum, in dem die Concorde sich möglicherweise befand, in geometrischer Progression vergrößern. Er betrachtete die konzentrischen Kreise auf seiner Karte, die die letzte Stelle, an der die Maschine gesichtet worden war, umschlossen. Seither war sie eine halbe Stunde lang mit einer Geschwindigkeit von ungefähr fünfhundert Stundenkilometern geflogen. Und in welcher Richtung, war nicht zu sagen. Der Radius des letzten Umkreises betrug zweihundertfünfzig Kilometer, die letzte Geschwindigkeit vorausgesetzt. Er tippte die Information in einen Computer und las den Digitalanzeiger ab. Der abzusuchende Luftraum umfaßte nun bereits eine Fläche von hundertsechsundneunzigtausend Quadratkilometern, ohne den Höhenbereich zwischen hundertfünfzig Metern und acht Kilometern zu berücksichtigen. Jede Flugminute würde die Anzahl der Quadrat- und Kubikkilometer erhöhen. Er drückte den Funkknopf. »Gabriel, Sie können, nach dem, was wir wissen, Kurs auf

Lod nehmen. Kommen Sie heim. Wir werden bald genug erfahren, wo sie sind. Für heute haben wir genügend fremden Luftraum verletzt. Die Ägypter sind mit ihrer Geduld am Ende. Sie wollen uns draußen haben. Sie versprachen, Suchmaschinen hinaufzuschikken. Nichts übereilen, Gabriel. Genau das würde den Entführern in den Kram passen, und darum wollen wir's vermeiden. Kommen Sie heim in den Stall, alter Knabe.« Pause. »Das ist ein Befehl.«

Laskov bestätigte schroff. Talman seufzte und funkte an seine übrigen Staffeln. Aber er teilte ihnen über diese ungesicherte Frequenz nicht mit, daß bereits amerikanische Satelliten versuchten, die Concorde zu orten. Außerdem befanden sich amerikanische Lockheed SR-71-Aufklärer, die Nachfolger der U-2, mit Mach drei in der Troposphäre und fotografierten die ganze Sinaihalbinsel. Die Auswertung der Satelliten- und SR-71-Informationen würde Tage in Anspruch nehmen. Es war ein Versuch auf lange Sicht, aber immer noch besser als gar nichts. Talman vermutete, daß russische Satelliten und Mandrakes gleichfalls am Werk waren. Er fragte sich, ob die Russen wohl Tel Aviv benachrichtigen würden, wenn sie Glück hätten. Sein letztes As im Ärmel waren die elektronischen Abhöranlagen. Irgendwann mochten die riesigen elektronischen Ohren des amerikanischen Sicherheitsdienstes das Störgeräusch des Breitbandsenders auffangen. In beinah jedem Land der Welt saßen Männer und Frauen, bezahlte Agenten, in den oberen Stockwerken ihrer Häuser, um in Schichten jede Funkübertragung, die in ihrer Nachbarschaft gesendet wurde, abzuhören und zu melden. Irgendwann könnte einer dieser Leute das Geräusch des fliegenden Breitbandsenders auffangen, auf den sie angesetzt waren. Aber Talman wußte, daß die Lear, da sie der Concorde so nah war, nur ein sehr schwaches Signal senden würde. Die Chancen, es aufzufangen, waren gering, wenn auch nicht gleich Null.

Talman fand, daß er alles getan hatte, was im Augenblick getan werden konnte. Er griff zum Telefon und rief den Premierminister an. Er gab einen Lagebericht und bat dann um seine Entlassung. Er legte auf, ehe er eine Antwort bekommen hatte. Er stand auf, ging hinüber zu seinem Stellvertreter, General Hur, und sprach eine Weile mit ihm. Dann nahm er seine Mütze und verließ den Einsatzraum. Alle sahen ihm schweigend nach, bis die Tür sich hinter ihm schloß.

Die Concorde stieg in langsamen Etappen über die Sinaiberge. Becker sah, daß die Lear sich höchstens hundertfünfzig Meter über dem Boden bewegen wollte, aber die jähen Flughöhenschwankungen bedeuteten eine Fahrt mit der Achterbahn. Mehreren Passagieren war bereits übel geworden. Der Berg Sinai tauchte vor ihnen auf, und die Lear hüpfte in knapp fünfzig Metern Abstand darüber. Becker schob mit aller Kraft die Leistungshebel nach vorn und schaffte den Gipfel. Sein Bodenhöhenmesser sprang wild zwischen fünfzig und hundert Metern hin und her, als die riesigen Deltaflügel von Aufwinden gerüttelt wurden. Er hatte genug. Er schob die Hebel wiederum vorwärts und begann, über die Lear zu steigen. Die Lear nahm sofort Geschwindigkeit auf und erschien direkt vor seiner Nase. Becker riß die Leistungshebel zurück, und die Concorde zitterte, als sie nahezu abgewürgt wurde. Schnell zog er die Hebel wieder nach vorn, dann hielt er die Maschine in stabiler Fluglage.

»Das war zu knapp«, lautete Hess' Kommentar. Seine Stimme vibrierte ein bißchen. »Ich glaube, er meint, daß wir ihm folgen sollen, egal wie wir's anstellen. Er scheint zu wissen, was für ein fabelhafter Pilot Sie sind, Dave.«

Becker wischte sich den kalten Schweiß von der Stirn. Die Lear sank auf ihre vorige Höhe ab und nahm erneut Geschwindigkeit weg, und wieder drehte Becker hinter ihr ein. Er kam sich vor wie ein Kind, das beim Schulschwänzen erwischt worden war und nun seinem Zuchtmeister zur Bestrafung an einen unbekannten Ort folgen mußte, ein demütigendes Gefühl. Er wußte, daß Rish es auf einen Zusammenstoß in der Luft ankommen ließe, wenn nicht alles genau nach seinem Kopf gehen würde. Beckers Hände zitterten, mehr vor Wut als vor Angst.

Hausners Leute schälten mit ihren Kommandomessern die Plastikbeschichtung vom stählernen Druckschott. Hausner sah zu, wie Stück für Stück die Stahlplatten zum Vorschein kamen. Hier war kein Durchkommen. »Hat jemand eine gute Idee?«

Einer seiner Männer, Nathan Brin, richtete sich auf dem schwankenden Boden auf und blickte ihn an. »Darf's auch eine verzweifelte Idee sein?«

»Schießen Sie los.«

Der junge Mann stand auf und sprach eifrig. »Wir können das Schießpulver aus unserer Munition nehmen und mit einem Kanister aus der Pantry einen Sprengsatz herstellen, dann einen elektrischen Draht anschließen und ein Loch ins Schott sprengen. Mit ein paar Kleiderbügeln auf einer Stablampe könnten wir den Draht, der zur Bombe führt, heranangeln und abreißen.«

Hausner wandte sich an den zweiten Mann, Moshe Kaplan. »Kaplan, ist das die Art Leute, mit denen ich heutzutage arbeiten muß?«

Brin wurde rot. »Was spricht gegen diese Idee?« wollte er wissen.

»Zu gefährlich. Und wie kommen Sie darauf, daß ein Draht daran ist und keine Batterie?«

Brin überlegte. »Der Funkempfänger und der Zünder müssen von einer Stromquelle aus dem Flugzeug gespeist werden. Mit *irgend etwas* wurde die Bombe in der 01 schließlich gezündet, und es war bestimmt keine Batterie, die über ein Jahr alt ist.«

Hausner nickte. »Stimmt, wenn es ein Draht ist, dann muß er an etwas mit einer ständigen und konstanten elektrischen Spannung angeschlossen sein. Zum Beispiel an das Hecknavigationslicht.« Er überlegte kurz, dann rannte er aus dem Gepäckraum und durch den Mittelgang zurück ins Cockpit.

Becker drehte sich um, als er Hausner hereinkommen hörte. »Glück gehabt?«

»Hören Sie, die Energiequelle für diesen Empfänger und den Zünder könnte das Hecknavigationslicht sein. Schalten Sie es ab.«

Becker überlegte. Er erinnerte sich, daß Rish ausdrücklich betont hatte, die Navigationslichter müßten brennen. Obwohl das bei allen Flugzeugen sowieso immer der Fall war. Warum dieses Drängen? »Dort hinten gibt es noch weitere Stromquellen. Auch die gesamte Hydraulik im Leitwerk wird elektrisch betrieben und überwacht, einschließlich des hinteren Aufsetzrads und des Seitenruders. Ich kann natürlich das Hecklicht abschalten und sogar den Strom zum hinteren Aufsetzrad, aber das Seitenruder nicht. Ich brauche es zum Fliegen.«

Kahn meldete sich zu Wort. »Ich habe an das alles auch schon gedacht. Durchaus möglich, daß das Hecklicht die Stromquelle ist. Aber jede funkgesteuerte Bombe würde zusätzlich eine Batterie haben, und die Batterie wird ständig aufgeladen aus einer der Quellen im Leitwerksheck. Selbst eine jahrealte Batterie ist also voll geladen, sooft wir unsere Triebwerke starten. Aber ich kann mich irren. Ich kann ja das Hecklicht und das hintere Aufsetzrad abschalten, und wir können abhauen. Vielleicht explodieren wir. Vielleicht nicht. Möchte es jemand ausprobieren?« Keiner meldete sich.

Hausner setzte sich auf den Klappsitz und zündete sich eine Zigarette an. Die gehobene Stimmung war verflogen. »Vielleicht könnten wir einen Teil des Kabinenbodens ausheben, danach die Armierung und Isolierung entfernen und durch das Aluminiumdach des Gepäckraums ein Loch bohren. Vom Gepäckraum aus kämen wir vielleicht leichter durch das Druckschott ins Leitwerksheck.«

Wieder schüttelte Becker den Kopf. Er hatte nichts übrig für Leute, die Löcher in sein Flugzeug bohren wollten. »Sie wissen, daß der Gepäckraum unter Druck steht. Das Druckschott ist genauso dick wie in der Kabine. Selbst wenn Sie durchkämen — ich mag hier keine Löcher. Kein Bodenaufreißen. Ich kann es nicht riskieren. Zu viele Kabel.«

Hausner stand auf und rang sich ein Grinsen ab. »Dann mögen Sie vermutlich auch nicht, wenn man mit Schießpulver ein Loch ins Druckschott sprengt?«

Becker lachte unwillkürlich. »Bedaure.« Er wußte, daß Hausner lieber sterben als nach alledem, was passiert war, noch weiterleben würde, es sei denn, er könnte persönlich die Lage retten. Er wußte auch, daß Hausners Todesurteil ohnehin schon ausgesprochen war. Dem Urteil eines solchen Mannes durfte man nicht mehr trauen. »Mr. Hausner, ich danke Ihnen für Ihr Angebot. Aber als Kapitän dieses Flugzeugs muß ich strikt alles ablehnen, was diese Maschine oder ihre Insassen gefährden würde. Solange wir fliegen, führe ich das Kommando. Nicht Sie, nicht Burg, nicht der Außenminister. Ich.« Er drehte sich zu Hausner um. »Jacob, ich weiß, wie Ihnen zumute ist, aber immer mit der Ruhe. Wir haben noch etwa zwei Flugstunden. Warten wir ab, was passiert.«

Hausner nickte. »*All right.*« Er verließ das Cockpit.

9

Die Concorde überflog die Spitze der Halbinsel Sinai und nahm Kurs aufs Rote Meer, nachdem die Lear vor ihr eine scharfe Linkskurve geflogen hatte und auf Saudi-Arabien zuhielt. Becker war neugierig, wohin die Reise führen sollte, obgleich das Ziel immer unwichtiger zu werden schien.

Die Concorde sah mit ihrer hängenden Nase, dem gesenkten Heck und den eingezogenen Klappen mehr denn je einem verzweifelten Meeresvogel ähnlich, der auf der Wasserfläche aufsetzen wollte, es aber aus irgendeinem Grund nicht konnte. Becker starrte auf die weißen Schaumkronen des Roten Meeres, bis er von ihnen hypnotisiert war.

»Küste in Sicht, Dave.«

Die saudiarabische Küstenlinie glitt schnell vorbei. So weit er sehen konnte, war flaches Land. Er tat einen erleichterten Atemzug. »Jetzt wird es nicht mehr so schlimm sein.«

Hess warf ihm einen Blick zu. »So kann man's auch sehen. Soll ich Sie eine Weile ablösen?«

Becker blickte ihn an. Er fragte sich, ob Hess unter diesen Bedingungen die Concorde im Formationsflug fliegen könne. Dann sagte er rundheraus: »Können Sie sie fliegen?«

»Ich kann sogar den Karton fliegen, in dem sie verpackt war.«

Becker grinste und nahm die Hände von der Steuerung. Er angelte in seiner Tasche nach einer Zigarette. Er fühlte sich beinah wohl. Wenn jemals ein Pilot Grund gehabt hatte, nervös zu werden, dann bei diesem Flug über den Sinai. Nun mochte kommen, was da wollte, er hatte den Trost, daß dieser, sein letzter Flug, auch sein bester gewesen war.

Die Lear nahm rasch Geschwindigkeit auf und flog jetzt mit ungefähr achthundert Stundenkilometern. Hess mühte sich, die Concorde hundertfünfzig Meter über dem Boden zu halten.

Durch die Scheibe sah Becker ein paar Beduinen auf Kamelen heraufstarren. Die untergehende Sonne warf den riesigen Deltaschatten der Maschine voraus, über die kleine Karawane. Die Kamele spuckten und bockten, als das Flugzeug über sie wegraste. Er zog an seiner Zigarette. Jetzt, über der Ebene, sah der Flug einigermaßen sicher aus, aber Becker wußte, daß bei der erhöhten Geschwindigkeit und der geringen Höhe das kleinste Absenken der Nase sie kreischend in Grund und Boden bohren würde, ehe sich eine Korrektur vornehmen ließe.

Peter Kahn blickte von seinen Instrumenten auf. »Noch Treibstoff für eine Stunde und fünfzig Minuten, Skipper.«

Dobkin kam ins Cockpit. Er legte Becker die Hand auf die Schulter. »Wie macht sich's?«

»*All right*. Neue Einfälle?«

Dobkin nickte. »Wir haben dort hinten eine kleine Besprechung abgehalten.«

»Und?«

»Nun . . . wir sind zu dem Schluß gekommen, daß es sich um sehr clevere Burschen handelt. Erstens haben sie sich nicht mit langen politischen Reden aufgehalten, wie es diese Kerle üblicherweise tun, so daß wir nicht einmal wissen, wer sie sind, außer, daß es sich höchstwahrscheinlich um Palästinenser handelt. Wenn Hausner nicht Rishs Stimme erkannt hätte, wüßten wir auch das nicht. Unsere Geheimdienstleute haben also für ihre Arbeit wenig Anhaltspunkte.«

»Nicht gut«, sagte Becker.

»Gar nicht gut«, pflichtete Dobkin bei. »Außerdem änderten sie ihren *modus operandi,* indem sie unseren Funk stören. Das kann nur bedeuten, daß wir zu einem geheimgehaltenen Ort fliegen. Diesmal werden nicht tausend Reporter auf einem internationalen Flugplatz warten, wenn wir landen. Und es wird auch kein Unternehmen Entebbe geben, weil niemand wissen wird, wo wir sind. Wir werden völlig von der Umwelt abgeschnitten und auf uns allein gestellt sein.«

Becker war zu ähnlichen Schlußfolgerungen gelangt. Er hatte bereits geargwöhnt, daß er die Concorde in der Wüste landen sollte, und jetzt war er davon überzeugt. Er hoffte, es würde wenigstens eine hartgestampfte Piste sein wie in Dawson's Field.

Dobkin schien seine Gedanken zu lesen. »Können Sie überall aufsetzen?«

»Überall, außer in einem Schweinepferch. Kein Problem. Machen Sie sich keine Sorgen.«

Hausner setzte sich auf den Platz neben Miriam Bernstein. Eine Weile unterhielten sie sich leise. Beide empfanden Schuldgefühle, die sie im Gespräch zu mildern suchten. Ein Steward namens Daniel Jacoby hatte Yaakov Leibers Posten übernommen und gab Anweisung, eine Mahlzeit und Getränke zu servieren, ob die Fluggäste Lust darauf hatten oder nicht. Hausner bestellte einen doppelten Whisky. Er schwenkte sein Glas. »Ich kann es einfach nicht fassen, daß ich das übersehen konnte.«

Miriam Bernstein nippte an seinem Glas. »Dann hätten die sich etwas anderes ausgedacht.«

»Was immer sie sich ausgedacht hätten, ich trüge die Verantwortung.«

»Ich denke ständig an Teddy — General Laskov. Er ist in die gleiche Falle getappt wie wir alle. Ich weiß, daß er anders reagiert hätte, wenn ich nicht . . .«

»Ich kann es nicht glauben, daß diese Hurensöhne das ganze Ding wirklich allein gedreht haben.«

»Jacob . . . ich habe gehört, wie jemand sagte, dieser Rish kenne Sie. Er habe gedroht . . .«

»Ich hätte den Hurensohn erschießen sollen, als ich ihn vor der Büchse hatte.«

»Hat er wirklich über Funk gesagt, er wolle . . .«

»Kümmern Sie sich nicht um Gerüchte. Davon wird's in den nächsten Tagen eine ganze Menge geben.«

Sie legte ihm die Hand auf den Arm. »Wissen Sie noch, als Sie mich fragten . . ., ob ich in Ihr Haus kommen wolle . . .«

Hausner lachte. »Sagen Sie jetzt nicht Dinge, die Ihnen in Tel Aviv leid tun werden. Ich könnte Sie beim Wort nehmen.«

Sie lächelte. »Ich habe Sie nie wirklich verstanden. Bewundert, ja . . ., aber Sie machen den Menschen Angst.«

»Bitte keine Geständnisse auf dem Totenbett. So weit sind wir noch nicht.«

»Schon gut.«

Sie wechselten das Thema. Das Dinner wurde serviert, aber keiner von beiden konnte etwas essen.

Abdel Majid Jabari unterhielt sich mit Ibrahim Ali Arif, dem zweiten arabischen Delegierten an Bord. Er sprach in raschem, weichem Arabisch. »Eine Tragödie von unabsehbaren Ausmaßen.«

Arif aß hastig, während er sprach. »Ich fühle mich höchst unbehaglich. Wie Daniel in der Löwengrube.«

Jabari sah zu, wie der wohlbeleibte Mann Nahrung in sich hineinschaufelte. »Denken Sie nicht immer nur an Ihr eigenes Wohlbefinden, mein Freund. Diese Tragödie geht weit darüber hinaus.« Er zündete sich eine Zigarette an. »Ich bedaure weit mehr die Juden, die im Vertrauen auf die arabische Versöhnungsbereitschaft Ruf und Karriere aufs Spiel setzten.«

»Trotzdem fühle ich mich persönlich unbehaglich. Und ich glaube nicht an Kollektivschuld. Unbehaglich, ja — schuldig, nein. Schuld ist eine jüdische Gefühlsregung.« Er schielte auf Jabaris unberührtes Tablett. »Darf ich?« Er stellte das Tablett auf sein eigenes.

Jabari schlürfte seinen Arak. »Egal, die Höhle des Löwen ist dort *draußen«* — er wies in Richtung der Lear —, »hier drinnen sind unsere Landsleute. Es muß Ihnen möglich sein, ihnen in die Augen zu schauen — ohne Unbehagen. Zweifeln Sie nicht, daß wir ihr Schicksal teilen werden.«

Arif lachte zwischen zwei Bissen. »Da müßten wir großes Glück haben, mein Freund. Selbst wenn *sie* irgendwann wieder freigelassen würden, so wissen Sie sehr gut, daß man *uns* zur Sonderbehandlung vorgemerkt hat. Hier ist die Höhle des Löwen, und dort ist die Höhle des Löwen. Wir sind Menschen ohne Vaterland, ohne Volk, ohne Zuflucht. Wir sind Verdammte. Ich glaube, ich könnte noch eine Portion vertragen. Steward!«

Die Lear drehte nach Norden, und die Concorde folgte ihr. Sie verließen Saudi-Arabien und flogen über dem Irak. Die Sonne stand tief am Horizont und warf lange purpurne Schatten über das Land. Becker wurde immer besorgter. »Flugzeit?«

»Eine halbe Stunde«, antwortete Kahn.

Eine Eigentümlichkeit des Vorderen Orients, die Becker schon immer fasziniert hatte, war das Fehlen jeder wirklichen Dämmerung. Jetzt war es noch hell, und im nächsten Moment war es dunkel. Bei Tageslicht irgendwo anders als auf einem Flugplatz zu landen, war unangenehm; eine Nachtlandung konnte eine Katastrophe sein. »Was wird zuerst ausgehen, Peter?«

Kahn wußte, was er meinte. Er hatte bereits die Tabelle aufgeschlagen. »Sonnenuntergang in dieser Gegend offiziell um achtzehn Uhr sechzehn. Nautische Abenddämmerung fünf Minuten später. Jetzt ist es achtzehn Uhr eins. Wir haben noch zwanzig Minuten brauchbares Licht und neunundzwanzig Minuten Sprit. Ungefähr.«

Becker konnte über dem erlöschenden Horizont vor ihm den Mond sehen. Ein paar Sterne erschienen am dunklen Saum der Nacht. Im Norden, vor seiner linken Schutzscheibe, ging der Polarstern auf. Die Schatten drunten wurden länger und wechselten von purpur zu schwarz. Wie unglaublich schön die Wüste ist, dachte Becker.

Hess rief ihn. »Schauen Sie!«

Becker blickte durch die Frontscheibe. In der Ferne senkte sich das Gelände, und er konnte einen Streifen Grüns erkennen. Ein Fluß schlängelte sich durch Gruppen von Dattelpalmen. Jenseits des Flusses, der nun fast schon unter ihm war, sah er einen zweiten, stark gewundenen Flußlauf. Tigris und Euphrat. Hinter dem Tigris ragten die Berge mehr als tausend Meter hoch auf. Jetzt flogen sie fast dreihundert Meter über dem Boden, und die Lear machte keine Anstalten, auf ihre früheren hundertfünfzig Meter abzusinken.

»Das muß die Endstation sein«, sagte Hess.

Becker blickte hinab auf das Land zwischen den Flüssen. Mesopotamien. Der »Fruchtbare Halbmond«. Die Wiege der Kultur. Sie war eine Augenweide, nach der weiten Fläche nackter brauner Wüste. Er fragte sich, ob sie wohl nordwärts nach Bagdad fliegen würden. Unwillkürlich hielt er nach der Rauchspur von Laskovs Rakete Ausschau. Er wandte sich zu Hess um. »Jetzt übernehme ich wieder.«

Die Lear setzte zu einer weiten Linkskurve an, Becker folgte.

Die Lear begann den Sinkflug, und Becker wußte, daß sie nicht nach Bagdad fliegen würden. Hess schaltete die Signale »Anschnallen« und »Nicht rauchen« ein. Er griff zum Ansagemikrophon. »Wir setzen zur Landung an. Bitte bleiben Sie sitzen. Das Rauchen einstellen.«

»Sagen Sie noch: wir danken Ihnen, daß Sie mit El Al geflogen sind«, fügte Becker hinzu.

»Nicht besonders witzig«, sagte Kahn.

»Treibstoff?« fragte Becker.

»Technisch leer«, antwortete Kahn.

»Lassen wir die Technik beiseite.« Außer den Computern und der Elektronik gab es immer noch dieses Andere, für das die Piloten viele Namen haben.

Kahn zögerte. »Vielleicht zweitausend Kilogramm.«

Becker nickte. Das waren unter günstigen Bedingungen weniger als fünf Flugminuten. In fünf Minuten konnte er eine perfekte Landung machen, wenn er rechtzeitig damit anfing. Wurde es eine schlechte oder verfehlte Landung, die ein Durchstarten erforderlich machte, dann würde er es nicht schaffen. Er hatte das Gefühl, die Concorde hinge an einem Faden, der gerade so zuverlässig war wie Kahns siebter Sinn in bezug auf den restlichen Treibstoff. Er wartete auf die ohrenbetäubende Stille, die eintritt, wenn ein Triebwerk nach dem anderen den Geist aufgibt.

Die Lear kam in einem Neunzig-Grad-Winkel zur Concorde aus der Kurve und nahm im stetigen Sinkflug Kurs nach Norden. In der Ferne konnte Becker eine gerade Straße in Nord-Süd-Richtung verlaufen sehen. »Das dürfte unsere Landebahn sein.« Er zog die Concorde aus der Kurve und drehte hinter der Lear ein.

Hess ließ das Fahrwerk raus und fuhr die Landeklappen aus. »Hab schon mal 'ne bessere Piste gesehen.«

Die Sonne war fast verschwunden, und man konnte die Straße kaum noch sehen. Zu beiden Seiten der Straße machte Becker niedriges Gestrüpp und unebenes Gelände aus. Sie begannen ihren Landeanflug.

Dobkin und Hausner kamen ins Cockpit gestürzt. Dobkin rief Becker etwas zu. Becker schrie zurück. »Gehen Sie wieder auf Ihre Plätze! Ich versuche, dieses verdammte Ding zu landen.«

Die beiden Männer rührten sich nicht von der Stelle. »Wir haben abgestimmt«, sagte Hausner.

»Wir sind hier nicht in der Knesset. Ruhe!«

Drunten flammten zu beiden Seiten der Straße in Abständen vier Paar Scheinwerfer auf und beleuchteten einen Teil der Strecke. Jemand schwenkte eine starke Lampe, die nach Beckers Vermutung wohl als Schwellenfeuer dienen sollte. Die Lear flog über die Landeschwelle, und Becker sah, wie ihre Klappen sich senkten. Becker schüttelte den Kopf, um die Müdigkeit zu verscheuchen. Er blickte auf die Instrumente. Sie waren verschwommen. Die Lichter dort drunten verwirrten ihn. Er wußte, daß er in dieser Lage schnell jede Orientierung verlieren konnte. Man hatte schon von Piloten gehört, die versucht hatten, in Rückenlage fliegend auf der Milchstraße zu landen, wenn sie übermüdet waren und vom Instrumentenflug auf Sichtflug schalteten. Sie konnten Sterne für Landefeuer halten. Er rieb sich die Augen.

Hausner trat hinter Becker. »Der Entschluß war einstimmig. Sonst würden wir ihn nicht in Erwägung ziehen.«

Becker nahm Leistung weg und ließ Hess die Klappen voll ausfahren. In einer Hand hielt er das Steuer, in der anderen die Leistungshebel. Er versuchte, die lange Nase auf die Spur zwischen den Scheinwerfern zu richten, sein Blick ging zwischendurch immer wieder auf die Navigationslichter der Lear. »Welche Abstimmung? Wovon zum Teufel reden Sie überhaupt? Ich mache einen Landeanflug auf die verschissenste Piste, die mir je untergekommen ist. Was wollen Sie?«

Hausner sprach hastig. »Am Boden ist die Bombe wirkungslos. Becker! Allenfalls wird sie das Leitwerksheck in Stücke reißen.«

»Weiter.« Becker sah, wie die Lear hüpfend aufsetzte. Die Concorde passierte die Anflugschwelle, und Becker drosselte die Leistung noch weiter. Die große Maschine näherte sich dem Boden.

»Wir haben beschlossen, zu Land den Kampf aufzunehmen«, sagte Hausner. »Meine Leute haben Waffen. Können Sie uns irgendwo anders absetzen?« Hausner brüllte fast.

Becker spürte, wie sich unter den großen Deltaflügeln Luftkissen bildeten. Er brüllte zurück. »Warum haben Sie das nicht vor zwei Minuten gefragt? Herrgott noch mal!« Er fühlte, wie das Fahrwerk aufsetzte, und hörte die Reifen kreischen. Rechts und links sausten unter den Deltaflügeln Lastwagen und Menschen vorbei. Die Straße war schlecht, und die Maschine schlingerte gefährlich. Ungefähr zwei Kilometer vor ihm, an der Stelle, wo die Maschine hätte zum Stillstand kommen sollen, stand eine weitere Gruppe von Fahrzeugen mit brennenden Scheinwerfern.

Vorn links erhob sich ein hoher, sanft ansteigender Hügel, der, wie Becker wußte, den Euphrat überblicken mußte. Hausner brüllte ihm etwas zu. Becker faßte seinen Entschluß, noch ehe er Zeit gehabt hatte, ihn zu überdenken. Er schob die Leistungshebel vorwärts, und das riesige Flugzeug hob sich wieder vom Boden. Er drückte das Steuer und die Seitenruderpedale mit aller Kraft. Die Concorde schwenkte nach links auf die Lear zu.

Die Lear war auf dem linken Straßenrand ausgerollt und stand inmitten der Fahrzeuge, die Becker am Ende seiner vorgesehenen Ausrollbahn erblickt hatte. Rish stand jetzt auf der Tragfläche seiner Lear und beobachtete die Concorde. Zuerst glaubte er, die Concorde sei ins Schleudern gekommen und von der Straße gerutscht. Dann sah er die Stellung der Ruder und Klappen. Er tauchte in die Lear, schaltete das Störgeräusch ab und kreischte in das Radio. »STOP! STOP!« Er griff nach dem Fernzünder, als die Concorde direkt auf ihn zustürzte, wenige Meter über dem Boden.

Die Concorde machte hundertachtzig Knoten, und ihr Fahrwerk streifte fast die Erde. Deltaflügel sammeln ein größeres Luftpolster an als konventionelle Tragflächen. Becker hielt auf das ansteigende Gelände zu seiner Linken zu. Das leise Quaken im Empfänger hörte auf, und er konnte Rishs gellende Stimme hören. Er sah die Lear jetzt keine fünfzig Meter vor sich, direkt in seinem Flugweg. Einen wilden Augenblick lang erwog Becker, die Lear zu rammen, aber er wußte, daß Rishs Tod nicht die Rettung bedeutete und daß der Zusammenprall mit der Lear sie alle töten könnte. Er mußte über die Lear wegfliegen.

Leistungshebel oder Nachbrenner kamen jetzt nicht mehr in Frage, denn dann würde die Concorde steigen, und wenn das Leitwerk explodierte, müßten sie alle sterben. Oder wenn die Nachbrenner den letzten Treibstoff schluckten und die Triebwerke ausfielen, auch dann würden sie sterben. Er mußte die Maschine niedrig halten, aber nicht so niedrig, daß sie die Lear oder irgendein anderes Bodenhindernis streifte. Becker hielt den Atem an, als die Concorde über die Lear hinwegraste. Das Fahrwerk verfehlte knapp die Lear, und die Concorde segelte weiter. Jetzt stiegen vor ihm die Ruinen einer Mauer auf. Er riskierte ein allmähliches Ziehen am Steuer. Die Rumpfnase hob sich leicht. Als er über die Mauer setzte, spürte er, daß das Heckrad aufsetzte. Die Concorde schüttelte. Nochmals zog Becker das Steuer nach rückwärts, und die Rumpfnase hob sich der Hügelflanke entgegen. Am liebsten hätte er sich noch über den Fluß geschwungen, aber er wußte, daß er noch ungefähr zwei Sekunden Zeit hatte, bis Rish auf den Knopf drücken würde.

Die Lear riß wie wild an ihrer Verankerung, als die Concorde über sie hinwegschoß. Aufwirbelnde Erdbrocken schlugen gegen das kleine Flugzeug und trafen die umstehenden Männer und Fahrzeuge. Eine riesige Staubwolke nahm allen die Sicht. Rish tastete nach dem Fernzünder, fand ihn und griff nach den Knöpfen.

Becker riß den Leistungshebel zurück. Rish schrie noch immer über Funk auf ihn ein. Das Hauptfahrwerk berührte die Hügelflanke, und die Nase der Concorde zuckte hoch. Becker gab Schubumkehr. Das rückwärtige Aufsetzrad holperte in wilden Sprüngen. Die Rumpfnase fiel, und das Bugrad stieß auf den Boden. Die Maschine sprang so heftig, daß die Männer, die hinter Becker standen, zu Boden geschleudert wurden. Das computergesteuerte Bremssystem der Fahrwerke verstärkte und lockerte abwechselnd den Druck auf die Radbremsen. Die meisten Reifen platzten. Dann explodierte das Leitwerksheck.

Becker stellte alle vier Triebwerke ab. Hess zog die Feuerlöschgriffe. Kahn schaltete sämtliche Systeme ab. Die Concorde rollte ungestüm hügelan und saugte unter gräßlichem Geräusch Geröll in die Triebwerke. Dann waren die Triebwerke ausgelaufen, und man hörte nur noch, wie die verbliebenen Reifen über den felsigen Hang polterten.

Becker spürte, wie die Ruderpedale drucklos wurden, noch ehe er die Explosion hörte. Er wußte, daß im Trimmtank Nummer elf noch immer Treibstoffdünste waren und versuchte sich vorzustellen, wie schlimm der Schaden sein mochte. Er fragte sich, ob das Druckschott gehalten hatte. Die Folgeexplosion eines gefüllten Treibstofftanks würde das Flugzeug völlig zerstören. Ohne Leitwerksheck und Ruder war die Maschine nicht mehr zu steuern, auch nicht auf dem Boden.

Dann brach das Bugfahrwerk zusammen, und alle im Cockpit wurden heftig nach vorn geschleudert. Die Rumpfnase pflügte eine tiefe Furche in den Boden, als das Flugzeug weiterrollte. Geröll, das die Rumpfnase hochschleuderte, schlug gegen die Frontscheibe und verursachte spinnwebartige Sprünge. Becker schlug instinktiv auf einen Hydraulikschalter, und die äußere Schutzscheibe schob sich vor dem Cockpit hoch. Er duckte sich auf seinem Sitz zusammen und spähte aus dem schräg nach unten hängenden Cockpit. Hundert Meter vor ihm ragten Ruinen auf. Becker stemmte sich dem kommenden Aufprall entgegen. Etwas kam geflogen und durchschlug das Cockpitfenster, ehe die Schutzscheibe ganz heraufgedrückt war. Die Glassplitter stoben in das Cockpit und zerschnitten Becker Hände und Gesicht. Er brüllte: »Festhalten!« Die Concorde verlangsamte und kam dann wenige Meter vor den Ruinen sanft zum Stehen.

Becker blickte auf. »Jemand verletzt?« Er sah nach rechts. Moses Hess lag zusammengesunken über der Steuersäule, aus seinem Kopf floß Blut. Direkt vor ihm war ein riesiges Loch in der Windschutzscheibe. Becker rief nach hinten. »Wenn ihr den Kampf aufnehmen wollt, dann seht zum Teufel, daß ihr aus der Maschine kommt!«

Peter Kahn stand auf und schrie in die Kabine. »Räumen! Kabinenpersonal! Noträumung!«

Yaakov Leiber hatte seinen Gurt schon abgeschnallt, ehe das Flugzeug zum Stillstand gekommen war. Er lief zum vorderen

Backbordausstieg, drehte den Handgriff und riß die Tür auf. Die aufgehende Tür aktivierte die Preßluft, die die Notrutsche aufblies, die unter der Türschwelle steckte. Die beiden anderen Stewards führten die Passagiere durch den Mittelgang zur Notrutsche. Die Stewardessen öffneten die Notausstiege neben den Sitzen über den Tragflächen. Sie führten die Passagiere hinaus auf die Tragflächen und hinunter zur Eintrittskante der großen Deltaflügel. Einer nach dem anderen sprangen die Passagiere von den Tragflächen oder rutschten die Notbahn hinunter.

Hausner rappelte sich hoch und kroch zur Steuerbordtür des Cockpits. Er öffnete sie und sprang hinunter, noch ehe die Rutsche aufgeblasen war. Kaum hatte er Boden unter den Füßen, als er auch schon Befehle an seine Leute brüllte. »Den Hügel hinunter! Los! Diese Scheißkerle werden von der Straße raufkommen! Dort hinüber! Hundert Meter ausschwärmen!«

Dobkin folgte Hausner durch die Tür. Mit einem kurzen Rundblick erfaßte er die Lage. Sie befanden sich auf einer Anhöhe, ein Vorteil. Rings um die Maschine war ebener Boden, dann fiel das Gelände nach allen Seiten ab. Im Osten senkte es sich langsam zur Straße. Im Westen fiel es steil zum Fluß ab. Den Nord- und Südabschnitt konnte er in der Dunkelheit nicht überblicken. An Waffen hatten sie nur vielleicht ein halbes Dutzend 22er Pistolen, eine Uzi-Maschinenpistole und ein Gewehr. Natürlich verfügten die Araber über unvergleichlich mehr Waffen. Er blickte zum Heckleitwerk hoch. Es war weitgehend zerstört, aber das spielte jetzt keine Rolle mehr. Das rückwärtige Druckschott mußte eingedrückt worden sein, denn in der Kielspur der Concorde waren Gepäckstücke verstreut: Koffer, Schuhe und Kleidungsstücke lagen in der tiefen Furche wie Saatgut, das auf die Egge wartet. Das letzte Sonnenlicht erstarb, und der Himmel füllte sich mit kalten weißen Sternen. Dobkin fröstelte plötzlich, er erinnerte sich, daß der *Hamseen* hier nicht blies. Es würde eine lange kalte Nacht werden. Er fragte sich, ob einer von ihnen die Sonne aufgehen sehen würde.

Isaac Burg stand auf dem schräggeneigten Deltaflügel, während die übrigen Passagiere hinuntersprangen. Er machte kehrt, kletterte an der Außenseite des Rumpfs bis zum zerstörten Leitwerksheck. An einem verbogenen Rumpfholm stemmte er sich hoch und sah hinunter zu einer etwa einen halben Kilometer entfernten Stelle der Straße. Er konnte die Scheinwerfer von Lastwagen über den unebenen Hang holpern sehen und die Schatten von Männern, die vor den langsam fahrenden Lkw herliefen. Er zog seine Pistole, einen amerikanischen 45er Army-Colt, und wartete.

Jabari und Arif glitten die Rutsche hinunter und rannten vom Flugzeug weg. Jabari stützte den stolpernden Arif. Sie ließen sich fallen und krochen hinter eine kleine Bodenerhebung. Nach ein paar Sekunden lugte Jabari über den Erdhaufen. »Ich glaube nicht, daß sie explodiert.«

Arif keuchte schwer. Er wischte sich das Gesicht ab. »Ich kann es nicht fassen, daß ich für den Kampf gestimmt habe.«

Jabari lehnte sich mit dem Rücken an den Wall. »Aber Sie sagten ja selbst, daß Sie auf jeden Fall verloren sind. Genau so verloren wie Jacob Hausner. Haben Sie gehört, was vorhin gesagt wurde? Hausner hat Rish in Ramla verprügelt.«

»Pech für Hausner. Aber wenigstens wird er wissen, warum er sterben muß. Ich habe nie jemanden geschlagen, außer meine Frau, trotzdem wird Rish mir genauso freudig die Kehle durchschneiden wie Hausner.«

Jabari zündete sich eine Zigarette an. »Sie sind ein sehr egoistischer Mensch, Ibrahim.«

»Wenn es um *meine* Kehle geht, ja.«

Jabari stand auf. »Kommen Sie. Mal sehen, wo und wie der Kampf geführt werden soll. Vielleicht können wir helfen.«

Arif rührte sich nicht. »Ich bleibe hier sitzen. Gehen Sie nur.« Er nahm das gewürfelte Kopftuch ab. »Sehe ich jetzt wie ein Jude aus?«

Jabari mußte unwillkürlich lachen. »Wie gut sprechen Sie hebräisch?«

»Besser als die Hälfte aller Knesset-Mitglieder.«

»Probieren können Sie's auf jeden Fall, Ibrahim, wenn es so weit ist.«

»Avraham . . . Aronson.«

Tom Richardson stand an der Flußseite des Hangs und schaute hinab auf den Euphrat. John McClure tauchte hinter ihm auf und setzte den Fuß auf einen kleinen Erdhaufen. Richardson sah einen Revolver in der Hand, die McClure aufs Knie stützte. Richardson rieb sich die kalten Hände. »War ein schlechter Einfall.«

McClure spuckte sein Zündholz aus und nahm ein neues. »Möglich.«

»Hören Sie, ich fühle mich nicht verpflichtet, hierzubleiben. Am Flußufer scheint niemand zu sein. Gehen wir. Wir könnten morgen um diese Zeit in Bagdad sein.«

McClure sah ihn an. »Wieso wissen Sie, wo wir sind?«

Richardson reagierte nicht.

»Ich hab Sie etwas gefragt, Colonel.«

Richardson zwang sich, McClure in die Augen zu sehen und dem Blick des anderen standzuhalten. Er schwieg.

McClure ließ das Schweigen einige Sekunden in der Luft hängen, dann hob er den Revolver. Er ließ die Trommel rotieren und bemerkte, wie Richardson zusammenzuckte. Leise sagte er: »Ich glaube, ich bleibe hier.«

Richardson ließ die Waffe nicht aus den Augen. »Dann gehe ich allein«, sagte er mit ruhiger Stimme.

McClure sah mehrere Scheinwerfer das Flußufer entlangrücken. Ungefähr drei Fußballplätze entfernt. Er konnte Entfernungen nur in Fußballplätzen schätzen. Also dreihundert Yards. Ungefähr zweihundertneunzig von diesen komischen Metern. »Sie haben uns bereits umzingelt.« Er deutete hinunter.

Richardson sah gar nicht hin. »Könnten Zivilisten sein.«

»Könnten.« McClure hob den Revolver, eine große Luger 0.357 Magnum, mit beiden Händen und feuerte zwei Schüsse in Richtung auf die Lichter ab. Die Schüsse wurden von einer Salve aus automatischen Waffen beantwortet. Beide Männer gingen in Dekkung, als grüne Leuchtspurgeschosse heraufschwirrten. McClure lud aufs neue. »Machen Sie sich's bequem. Könnte sein, daß wir ziemlich lang hier bleiben.«

Nathan Brin installierte das M-14 auf einem Felsbrocken. Er schaltete den batteriegespeisten Nachtlichtaufheller ein und blickte über das Land. Durch das Nachtsichtgerät erhielt alles eine geisterhaft-grünliche Färbung. Brin schärfte das Bild nach. Er sah, daß sie sich inmitten der Ruinen einer Stadt befanden. Für Brin glich das Ganze einer Mondlandschaft. Abgesehen allerdings von den ungefähr zwanzig Arabern, die von der Straße her gemächlich den Hügel heraufkamen. Die Lastwagen hatten sich hinter ihnen am Fuß des Abhangs aufgestellt. Jetzt waren die Araber ungefähr zweihundert Meter entfernt. Brin nahm das Herz des Vordermanns ins Fadenkreuz. Der Mann war Ahmed Rish, aber Brin erkannte ihn nicht. Er war schon dabei, den Abzug zu drücken, dann entsann er sich seiner Ausbildung und richtete das M-14 auf den letzten Mann in der Reihe. Er zog durch. Der Schall- und Mündungsfeuerdämpfer spuckte, und das einzige Geräusch war das Zurück- und Vorgleiten des Verschlußmechanismus. Der Mann fiel lautlos. Die Männer, die von dem hinten liegenden Toten keine Ahnung hatten, bewegten sich weiter hügelan.

Brin richtete den Lauf auf den Mann, der nun als letzter ging. Wieder betätigte er den Abzug. Wieder war der einzige Laut das metallische Klicken von Bolzen und Verschluß. Der Mann fiel. Brin grinste. Es machte ihm Spaß, trotz allem, was ihm eingetrichtert worden war. Wieder brachte er den Lauf in Zielrichtung und feuerte. Auch der dritte Mann fiel, stieß jedoch dabei offenbar einen Laut aus. Sofort warfen sich die Araber zwischen die Felsen. Brin richtete sich auf und trat hinter den Gesteinsbrocken. Er zündete sich hinter vorgehaltener Hand eine Zigarette an. Er hatte seine Arbeit getan. So oder so, sie mußten diesen Kampf ausfechten. Der Gedanke daran belebte ihn. Er hörte hinter sich ein Geräusch und warf den Lauf herum. Hausner starrte ihn an. Brin grinste. »Recht so?«

Hausner nickte. »Recht so.«

Becker starrte in die Nacht hinaus. »Wo zum Teufel sind wir?«

Peter Kahn hatte vor dem Aufprall die Koordinaten am Trägheitsnavigationssystem abgelesen. Beim Licht des Notstromaggregats studierte er eine Luftkarte. »Gute Frage.«

Becker schnallte den Gurt ab und stemmte sich aus dem Sitz. Er nahm Hess' Kopf in beide Hände. Der Schädel war von einem großen Ziegelstein zertrümmert worden, der jetzt im Schoß des Kopiloten lag. Es waren keine Lebenszeichen zu entdecken. Becker ließ den Kopf behutsam sinken und wischte sich die blutigen Hände an seinem weißen Hemd ab. Er drehte sich zu Kahn um. »Er ist tot, Peter.« Kahn nickte.

Becker trocknete sich das schwitzende Gesicht. »Also, zurück an die Arbeit. Wo zum Teufel sind wir?«

Kahn senkte den Blick wieder auf die Karte und markierte eine Stelle mit Hilfe des Gradmessers. Er blickte auf. »Babylon. Wir sind an den Wassern von Babylon.«

Becker stützte sich auf Kahns Schulter und beugte sich über die Karte. Er nickte. »Ja«, sagte er. »›Wir weinten, wenn wir an Zion dachten.‹«

ZWEITES BUCH

BABYLON — DIE WACHTÜRME

An den Wassern zu Babel saßen wir und weinten,
wenn wir an Zion gedachten.
Unsere Harfen hingen wir an die Weiden, die daselbst sind.
Denn dort hießen uns singen,
die uns gefangen hielten,
und in unserm Heulen fröhlich sein:
»Singet uns ein Lied von Zion!«
Wie sollten wir des Herrn Lied singen in fremden Landen?
Vergesse ich dein, Jerusalem,
so werde meiner Rechten vergessen.
Meine Zunge soll an meinem Gaumen kleben,
wo ich dein nicht gedenke,
wo ich nicht lasse Jerusalem meine höchste Freude sein.
Psalm 137, 1—6.

10

Die Stille auf dem Hügel wurde nur von dem tickenden Geräusch unterbrochen, das durch das Abkühlen der vier Rolls-Royce-Olympus-Triebwerke entstand. Das majestätische weiße Flugzeug glich mit seinem zusammengebrochenen Fahrwerk und der im Dreck steckenden Nase einer stolzen Kreatur, die auf die Knie gezwungen worden war. Eine Weile schien die Zeit den Atem anzuhalten, dann zirpte schüchtern ein Nachtvogel, und alle Geschöpfe der Dunkelheit stimmten ihren Chor an.

Jacob Hausner wußte, daß alles — ihrer aller Leben und Zukunft, vielleicht die Zukunft ihrer Nation — davon abhing, was in den nächsten paar Minuten geschehen würde. Mit einem sofortigen entschlossenen Angriff würden die Palästinenser den Hügel stürmen und allem tapferen Gerede von Verteidigung ein Ende machen. Er blickte um sich. Im schwachen Licht konnte er Leute sehen, die sich ziellos rings um die Concorde bewegten. Einige standen wohl noch unter dem Schock des Aufpralls. Jetzt, da die

Zeit gekommen war, wußte niemand, was zu tun sei. Die Akteure waren willig, aber sie hatten kein Drehbuch. Hausner beschloß, auf der Stelle eines zu schreiben, aber er hätte lieber Dobkin und Burg als Mitautoren an seiner Seite gehabt.

Hausner nahm Brin das M-14 weg und sah durch das Zielfernrohr. Die drei Araber lagen zwischen den Felsen, wo sie gefallen waren. Hausner sah neben ihnen mindestens zwei automatische AK-47-Gewehre liegen. Wenn er sie sich schnappen könnte, hätte der Bluff der Verteidiger bessere Erfolgsaussichten.

Er wandte sich zu Brin um. »Ich gehe runter und hole diese Waffen. Geben Sie mir Feuerschutz.« Er übergab ihm das M-14 und zog seine 22er Smith & Wesson.

Einer von Hausners Sicherheitsbeamten, Moshe Kaplan, sah ihn geduckt den Hügel hinuntereilen und holte ihn ein. »Desertieren wir schon?«

Hausner flüsterte. »Wenn Sie mitkommen, dann ducken und Klappe halten.« Er stellte fest, daß Kaplans 22er einen Schalldämpfer hatte.

Sie bewegten sich in kurzen Spurts von einem Felsen zum nächsten. Einer sprang, der andere gab Feuerdeckung. Hausner bemerkte, daß das, was er für Felsen gehalten hatte, in Wahrheit gewaltige Brocken aus getrocknetem Lehm und Erde waren, die aus dem Hügel herausgebrochen und heruntergefallen sein mußten. Unter seinen Tritten lösten sich weitere Schollen und glitten abwärts. Es würde für einen angreifenden Feind schwierig sein, sich über abrutschenden Lehm und Sand nach oben zu arbeiten und dabei den Kugeln der Verteidiger auszuweichen.

Von der Hügelkuppe aus hielt Brin durch das Nachtsichtfernrohr Ausschau. Einen halben Kilometer hügelabwärts konnte er die Palästinenser sehen, die sich bei den Lastwagen aufs neue sammelten. Er entnahm ihren Bewegungen, daß sie ihren Kampfgeist anfachten. Brin kannte ihren Stil. Wurden sie überrumpelt, wie diese Gruppe vorhin, so flohen sie meist. Dann folgten Vorwürfe und wechselseitige Beschuldigungen. Danach steigerten sie sich systematisch in Wut und Mut hinein — was Brin in diesem Augenblick beobachten konnte. Hatte die Erregung einen gewissen Punkt erreicht, so schritten sie zur Tat, und sie konnten dann sehr entschlossen vorgehen. Und tatsächlich — noch während Brin zusah, setzte sich eine Gruppe von ungefähr zwanzig Mann wiederum hügelan in Marsch. Einer nahm etwas von einem Lastwagen. Drei entrollten Tragbahren. Sie wollten die Gefallenen holen.

Hausner konnte im Dunkeln nicht viel sehen. Er versuchte, eine gerade Linie von seinem Ausgangspunkt beizubehalten. Die Toten mußten in der Nähe einer Erdformation liegen, die einem Segel glich. Er strengte die Augen an, aber er wußte, daß von hier unten aus alles anders aussehen würde. Er wandte die bewährte Methode an, mit der man das Sehvermögen im Dunkeln verbessert — seitwärts aus den Augenwinkeln schauen und dabei den Kopf ruckartig bewegen. Er verlor allmählich die Orientierung in diesem seltsamen Gelände.

Während er den Hang hinabschlich, überlegte er, was jetzt wohl droben bei der Concorde vorging. Hoffentlich hatte Brin allen Bewaffneten gesagt, daß er, Hausner, hier unten war. Er berechnete, wieviel Feuerkraft sie aufbieten konnten. Seine fünf Männer waren noch oben, jeder mit seiner 22er Smith & Wesson. Brin hatte außerdem das M-14, und ein anderer, vermutlich Joshua Rubin, die Neun-Millimeter-Uzi-Maschinenpistole. Er vermutete, daß sich noch eine Reihe weiterer Handfeuerwaffen an Bord befanden. Aber Handfeuerwaffen waren nur bis etwa zwanzig Meter treffsicher. Die Uzi und das M-14 waren ihre einzige Hoffnung, aber wenn die Munition alle war, würde das Ende kommen. Alles kam darauf an, diese drei AK-47 zu erwischen. Wenn genügend Munition vorhanden war, konnten sie sich einen Tag oder so auf dem Hügel halten. Aber Hausner bezweifelte jetzt, daß er die Toten zwischen diesen verstreuten, ausgewaschenen Erdbrocken finden würde.

Hausner hörte ein Geräusch und erstarrte. Kaplan drückte sich an einen Felsen. Sie hörten es wieder. Eine leise wimmernde Stimme, die etwas auf arabisch rief. »Ich bin hier drüben«, sagte die Stimme. »Hier drüben.«

Hausner antwortete in geflüstertem Arabisch, das, wie er hoffte, seinen Akzent nicht verraten würde. »Ich komme«, sagte er.

»*Hier* bin ich«, sagte die Stimme. »Ich bin verwundet.«

»Komme schon«, wiederholte Hausner.

Er kroch durch einen seichten Graben, und als er wieder aufblickte, sah er jenseits einer freien Fläche die Gesteinsformation, die wie ein Segel aussah. Im Schein des eben aufgegangenen Mondes lagen drei Gestalten. Eine von ihnen bewegte sich. Sie hielt eine AK-47 in den Armen. Hausner fluchte leise.

Kaplan holte ihn ein und flüsterte ihm ins Ohr. »Überlassen Sie ihn mir. Ich habe einen Schalldämpfer.«

Hausner schüttelte den Kopf. »Zu weit.« Wenn Kaplan ihn nicht mit dem ersten Schuß tötete, konnte das Geschoß beim Einschlag ein Geräusch machen, und im Nu würden überall AK-47-Geschosse herumschwirren.

Hausner legte Krawatte und Jackett ab. Er zog das blaue Hemd aus der Hose und öffnete die obersten Knöpfe am Hals. Dann riß er das Seidenfutter aus dem Jackett und wickelte sich den Stoff wie eine *kheffiyah* um den Kopf. Er kroch auf den verwundeten Araber zu.

Kaplan spannte seine Pistole und kauerte sich im Mondschatten nieder.

Brin beobachtete, wie die Palästinenser den Hügel heraufkamen. Sie waren weniger als hundert Meter von der Stelle entfernt, wo er Hausner und Kaplan zuletzt gesehen hatte. Dieses Mal boten die Palästinenser keine guten Ziele. Sie benutzten Deckungs- und Tarnungstechniken wie ausgebildete Infanteristen. Brin schwang das Gewehr herum und nahm Hausner aufs Korn. Er sah einen Mann über eine freie Stelle zwischen den Erdhaufen kriechen. Einen Mann mit einer weißen *kheffiyah*.

Hausner flüsterte. »Hier bin ich. Hier bin ich.«

Der verwundete Araber blinzelte ins Dunkel.

Hausner bewegte sich rascher auf ihn zu.

Brin sah durch das Nachtzielgerät, wie der Araber mit der nicht ganz vorschriftsmäßigen *kheffiyah* gleich einer Eidechse über den Boden kroch. Er sah jetzt auch den verwundeten Araber, dem der kriechende Mann sich näherte. Der Verwundete mußte der Mann sein, den er vorhin getroffen und der den Schrei ausgestoßen hatte, der die anderen alarmierte. Er nahm den kriechenden Mann ins Fadenkreuz. Sein Finger spannte sich um den Abzug. Er zögerte. Es galt als ehrlos, auf einen Mann zu schießen, der sein Leben riskierte, um einem verwundeten Kameraden zu helfen. Aber er sah keine andere Möglichkeit. Er entschloß sich zu einem Kompromiß. Er würde den kriechenden Mann töten, aber nicht nochmals auf den Verwundeten schießen. Warum diese verschlungene Logik dem Kriegsgott oder den Kriegsgöttern Genüge tun sollte, die einen Menschen vor solche Entscheidungen stellten, wußte er selbst nicht. Er wußte nur, daß es wichtig war, das Spiel möglichst fair zu spielen. Nochmals ließ er das Glas über den Hügel schweifen. Er sah weder Hausner noch Kaplan. Hingegen sah er die anrückenden Araber, die keine fünfzig Meter mehr von dem Verwundeten und seinem kriechenden Kameraden entfernt waren. Aber in dem Gelände, in dem sie sich bewegten, boten sie noch immer keine guten Ziele. Brin zielte auf den kriechenden Mann ohne Deckung.

Hausner flüsterte: »Alles in Ordnung.« Er hörte die Männer hügelan rennen.

Der verwundete Araber stützte sich auf einem Ellbogen hoch. Er versuchte zu lächeln, als Hausner herankam. Er sah Hausner aus einer Entfernung von nicht ganz einem Meter. Er gab einen überraschten Laut von sich und hob das Gewehr. Hausner stürzte sich auf ihn.

Brin nahm den Finger vom Abzug.

Der Araber schrie. Hausners Hand fand im Staub einen Ziegelstein. Er packte ihn und schlug damit den Araber mitten ins Gesicht.

Kaplan setzte in wilden Sprüngen über die freie Stelle. Er fand die beiden toten Araber, las ihre automatischen Gewehre auf und mehrere Streifen Munition für jedes. Hausner nahm Gewehr und Munition des Verwundeten an sich.

Brin wartete, bis der vorderste Angreifer die freie Stelle erreicht hatte, dann schoß er. Der Schalldämpfer hustete leise. Der Mann kippte nach hinten.

Hausner und Kaplan blickten dorthin, wo sie den Mann hatten fallen hören. Sie konnten jetzt die Araber sehen, die keine zwanzig Meter entfernt zwischen den Erd- und Lehmbrocken anrückten.

Brin schoß abermals, und die Araber liefen auseinander, als ein zweiter von ihnen fiel.

Hausner hievte sich den Verwundeten auf den Rücken und reichte Kaplan dessen Gewehr und Munition. Sie begannen, unter ihren schweren Lasten den Hügel hinaufzurennen. Sie kurvten um Erdwälle, durch Erosionsrinnen, duckten sich unter die harte Kruste des Hangs. Plötzlich ging hinter ihnen Feuer aus automatischen Waffen los. Erde, Lehm und Ziegelbrocken flogen ihnen um die Ohren.

Kaplan konnte nie dieses charakteristische trockene Knallen der AK-47 vergessen, das klingt, als würden Feuerwerksfrösche losgelassen. Sein Blut erstarrte, als er die Geschosse an seinem Kopf vorbeipfeifen hörte. Mehrmals glaubte er, getroffen zu sein, aber es waren nur herumfliegende Erdbrocken oder Abpraller, die ihr Ziel fast, aber nicht ganz erreicht hatten. »Lassen Sie ihn fallen!« schrie er Hausner an.

»Nein«, keuchte Hausner. »Brauchen ihn. Weiter, vorwärts.«

». . . am Arsch . . .« Kaplan fuhr herum und legte eine der AK-47 an. Er feuerte einen kompletten Streifen von dreißig Schuß ab. Vom Hügelkamm konnte er den mickrigen Klang der Smith & Wessons hören. Dann folgte das imponierende Rattern der Uzi-MP. Er drehte sich wieder um und holte Hausner ein. Sie waren jetzt weniger als fünfzig Meter vom Hügelkamm entfernt. Mehrere Männer kamen heruntergerannt. Sie nahmen Hausner den Verwundeten ab. Kaplan stolperte und lag schwitzend und erschöpft auf dem Boden. Jemand half ihm auf. Sie liefen im Zickzack, während rings um sie Erdklumpen aufspritzten. Kurz vor dem Hügelkamm sah Kaplan, wie Brin langsam mit diesem schrecklichen stummen Gewehr zielte und schoß. Kaplan spürte, daß ihn etwas getroffen hatte. Diesmal keine Erdscholle und kein Abpraller, sondern etwas Heißes, Brennendes. Er verlor das Bewußtsein.

Hausner lag auf dem Boden und rang nach Atem. Er streckte die Arme nach beiden Seiten aus und spürte, daß er auf ebenem Boden lag. Er hatte es geschafft. Er hörte, wie Dobkin mit ruhiger Stimme Befehle zur Aufstellung der AK-47 gab. Er hörte das Gewehrfeuer, das sich der Hügelkuppe näherte, und dann das Antwortfeuer aus den eigenen Stellungen. Als die drei AK-47 in den Chor einfielen, hörte das arabische Feuer abrupt auf. Dann wurde überhaupt nicht mehr geschossen, und als auch der Nachhall verklungen war, herrschte auf dem Hügel gespenstische Stille.

Dobkin beugte sich über Hausner. »Das war verdammt leichtsinnig, Jacob. Aber jetzt werden sie es eine Weile nicht mehr probieren.«

»Kaplan?«

Dobkin kauerte sich neben ihn. »Hat was abgekriegt. Aber nicht schlimm.«

Hausner richtete sich auf. »Er hat darum gebettelt. Das letzte, was er zu mir sagte, war, › . . . am Arsch.‹ Wo ist er?«

Dobkin drückte ihn mit seiner großen Hand wieder zu Boden. »Erst zu Atem kommen. Sie können keinen Herzschlag riskieren.«

Dobkins mächtige Gestalt füllte Hausners ganzes Gesichtsfeld aus. »Na schön.« Er kam sich albern vor, wie er so auf der Erde lag. »Haben wir Treffer gemacht? Waffen erbeutet?«

»Wir haben ein paar getroffen. Aber sie haben den gleichen Fehler nicht ein zweites Mal begangen. Sie nahmen alle Verwundeten und Waffen mit. Ein paar Gefallene haben sie allerdings zurückgelassen.«

»Mein Gefangener?«

»Lebt.«

»Redet er?«

»Wird er.«

Hausner nickte. »Ich möchte jetzt aufstehen und nach meinen Leuten sehen.«

Dobkin starrte ihn an. »Gut. Aber alles mit der Ruhe.«

»Ja.« Hausner stand langsam auf. Er blickte um sich. »Noch jemand verwundet?«

»Moses Hess ist tot.«

Hausner erinnerte sich an die zerschmetterte Frontscheibe. »Und sonst?«

»Der eine oder andere hat bei der Landung ein paar Beulen abbekommen. Becker und Hess haben fabelhafte Arbeit geleistet.«

»Ja.« Hausner trat ein paar Schritte auf Brin zu, der noch immer durch den Restlichtaufheller blickte. Brins Feuerstellung war das Hauptbollwerk auf dem Westhang. Es war eine Art Erdvorsprung, der aus der Hügelflanke ragte. Ringsum zog sich ein niedriger Erdwall, der erhöht und verstärkt werden mußte. Es sah aus wie ein Söller und war der ideale Scharfschützenstand. Hausner stellte einen Fuß auf den Erdwall und blickte hinaus über das dunkle Land, dann wandte er sich wieder zu Dobkin um. »Wo sind wir?«

»Babylon.«

»Babylon?«

Hausner schwieg eine Weile. »Sie meinen, ›an den Wassern von Babylon?‹«

»Ja, da sind wir.«

Hausner schwindelte. Noch vor ein paar kurzen Stunden saß er in einem bequemen modernen Flugzeug unterwegs nach New York. Jetzt kroch er im Staub Babylons herum. Es war unwirklich. Dobkin hätte ebensogut sagen können, auf dem Mars. »Babylon«, sagte Hausner laut. Es war einer der sprechendsten Namen in den Geographiebüchern der Welt. Ein Name, der mehr war als nur ein Name. Ein Ort, der mehr war als nur ein Ort. Wie Hiroshima oder die Normandie. Camelot oder Shangri-La. Auschwitz oder Masada. Jerusalem oder Armaggedon. »Warum?«

Dobkin zuckte die Achseln. »Wer weiß? Vielleicht wollte Rish einen Witz machen. Die Babylonische Gefangenschaft und so weiter.«

»Ziemlich fauler Witz.«

»Na ja, vielleicht kein Witz, eher eine Art historischer . . .«

»Verstehe.« Hausner wandte sich an Brin. »Haben Sie gehört, Nathan? Sie sind ein babylonischer Gefangener. Wie finden Sie das?«

Brin zündete sich hinter vorgehaltener Hand eine Zigarette an. »Gefangener, von wegen! Bei Sonnenaufgang gehe ich persönlich zu diesen Hurensöhnen runter und fordere sie ultimativ zur Übergabe auf.«

Hausner schlug ihm lachend auf den Rücken. Dann sagte er zu Dobkin: »Da hören Sie's. Meine Leute wollen es mit diesen Scheißkerlen aufnehmen.«

Dobkin hatte wenig übrig für paramilitärische Einheiten wie Polizei und Sicherheitsleute. Er grunzte nur.

»Wie ist unsere Lage?« fragte Hausner. »Taktisch, meine ich.«

»Noch ein bißchen früh, um das zu sagen. Habe eine kurze Erkundung des Hügels vorgenommen, während Sie Ihre John-Wayne-Nummer abzogen.«

»Und?«

»Also: Wir haben hier eine Bodenerhebung von etwa siebzig Metern. Ich nehme an, es handelt sich nicht um einen natürlichen Hügel, sondern um ein *Tell,* eine Kuppe, die ein Bauwerk birgt. Wie Sie sehen, ist die Kuppe abgeflacht wie ein Tafelland — wie Masada. Die Analogie springt ins Auge. Ich glaube, hier stand früher die Zitadelle an der nördlichen Stadtmauer. Jetzt ist sie vom Sand zugeweht, aber eine Ausgrabung würde Wälle und Türme zutage fördern. Der kleine Buckel dort drüben dürfte eine Turmspitze gewesen sein. Und der Vorsprung, auf dem Brin steht, war eine Bastei.«

Hausner blickte ihn an. »Sie kennen diesen Ort.« Es war mehr eine Feststellung als eine Frage. »Wieso?«

»Von Landkarten und Modellen. Habe nie gedacht, daß ich ihn je zu sehen kriegen würde. Ist der Traum eines jeden jüdischen Archäologen.« Er grinste.

Hausner starrte ihn durch die Dunkelheit an. »Freut mich aufrichtig für Sie, General. Ich muß gelegentlich die El Al dazu beglückwünschen, wie geschickt sie eine überraschende Entwicklung ausnutzte, um diese Exkursion zu arrangieren. Vielleicht nehmen wir den Abstecher in unseren regulären Flugplan auf. Nebst Bruchlandung und allem Drum und Dran.«

»Immer mit der Ruhe, Jacob.«

Hausner ließ das Schweigen sich hinschleppen, dann stieß er hörbar den Atem aus. »Okay. Können wir den Platz hier verteidigen?«

Dobkin fuhr sich mit der Hand durchs Haar. »Ich . . . ich glaube schon.« Er schwieg eine Weile. »Es ist ein länglicher Höhenrükken, etwa von der Größe und Gestalt einer normalen Rennbahn. Verläuft in Nord-Süd-Richtung am Euphratufer entlang. Der Fluß führt um diese Jahreszeit Hochwasser und reicht bis zum Westhang der Anhöhe. Die Araber haben ein paar Leute drunten am Hochwasserdeich postiert. McClure, der Amerikaner, hat vorhin auf gut Glück einige Schüsse auf sie abgefeuert. Er hat einen großen sechsschüssigen Cowboyrevolver. Colonel Richardson ist bei ihm.«

»Sind sie an dieser Stelle die einzigen?«

»Ich habe rings um die Kuppe eine Menge Wachen aufgestellt, aber McClure hat als einziger eine Waffe. Es ist ein offener, exponierter Abhang und sehr steil. Nehme an, daß es vor etwa zweitausendfünfhundert Jahren der flußseitige Wall der Zitadelle war. Was man im Festungsbau ein Glacis nennt. Ich glaube nicht, daß wir auf dieser Seite mit einem ernstlichen Angriff rechnen müssen, nachdem wir ihnen gezeigt haben, daß wir wachsam sind und zurückschießen können.«

Hausner zündete sich eine Zigarette an. »Und diese Seite hier?«

»Das ist das Problem. Von Nord nach Süd ungefähr ein halber Kilometer. Der Hang fällt langsam zur Straße und zur Ebene ab. Stellenweise mit Erosionsgräben und Erdformationen, wie Sie ja wissen. Hier haben Sie das ideale Angriffsgelände. Anderswo ist es zu exponiert und bietet uns ein zu gutes Schußfeld. Ich glaube nicht, daß wir bei diesen Abschnitten mit Angriffen rechnen müssen. Ich habe die drei AK-47 so postiert, daß sie die wahrscheinlichsten Annäherungswege unter Feuer nehmen können. Sie werden von dreien Ihrer Leute bedient. Ein weiterer Ihrer Männer, Joshua Rubin, hat die Uzi, und Brin hier hat das 14er. Ihre Leute haben ihre 22er an von mir ausgesuchte Passagiere übergeben, die diesen Verteidigungsabschnitt verstärken. Weiter unten am Hang werde ich kombinierte Beobachtungs- und Lauschposten aufstellen.« Er holte tief Atem. »Trotz allem ist es eine dünne Linie. Ohne die AKs müßte ich empfehlen zu verhandeln.«

Hausner nahm einen langen Zug aus Brins Zigarette und gab sie wieder zurück. Er sah Dobkin an. »Glauben Sie, daß sie heute nacht nochmals angreifen?«

»Jeder Truppenführer, der sein Geschäft versteht, würde es tun. Je länger sie warten, um so besser organisiert sich die Verteidigung. Vor einer halben Stunde standen die Chancen gegen uns überwältigend. Jetzt könnte es sein, daß wir uns die Nacht über halten.«

»Bei Tag würden sie nicht angreifen, wie?«

»Ich würd's nicht.«

»Funkt Becker SOS?«

»Er betreibt die Funkgeräte über Batterie. Gehen wir zurück zur Concorde. Der Außenminister wünscht Ihre Gegenwart bei einer Besprechung.«

»Sogar hier«, sagte Hausner erbittert.

Brin spähte durch das Nachtzielfernrohr. Alle paar Minuten schaltete er es ab, um die Batterien zu schonen und seine Augen ausruhen zu lassen. Hausner klopfte ihm auf die Schulter. »Ich schicke nachher einen Mann, der Sie ablöst.«

»Muß aber ein sehr kräftiger Mann sein, wenn er mir meine Kanone wegnehmen will.«

Hausner grinste. Er folgte Dobkin zur Concorde.

11

Die Concorde stand ungefähr in der Mitte der flachen Kuppe. Am Nord- und Südende der länglichen Erhebung waren die Ruinen der flußseitigen Wälle, die wie Rampen hügelan führten. Auf der südlichen Rampe war die Concorde hinaufgefahren. Hausner und Dobkin stießen auf die Furche, die die Rumpfnase der Concorde in den Boden gepflügt hatte, und schritten darin auf das Flugzeug zu. Hausner hatte Mühe, mit dem großen Mann Schritt zu halten. »Wer führt das Kommando?«

Dobkin antwortete nicht.

»Erledigen wir es gleich jetzt, General. Befehlskette. Sie verstehen doch. Es kann nur einen Oberbefehlshaber geben.«

Dobkin verlangsamte den Schritt. »Der Außenminister ist natürlich der Ranghöchste.«

»Wer kommt dann?«

»Isaac Burg, nehme ich an.«

»Und dann?«

Dobkin schnaubte ungeduldig. »Nun ja, ein Politiker.«

»Wer?«

»Miriam Bernstein. Sie gehört der Regierung an.«

»Das weiß ich. Aber das dürfte sie kaum für diese Aufgabe qualifizieren.«

Dobkin zuckte die Achseln. »Lassen Sie mich da aus dem Spiel. Ich bin bloß Soldat.«

»Wer kommt als nächster?«

»Sie oder ich, wahrscheinlich.«

»Ich habe sechs Mann, alle bewaffnet. Sie sind zuverlässig. Sie bilden die einzige ernstzunehmende Kampftruppe auf diesem Hügel.«

Dobkin blieb stehen. »Einer von ihnen hat eine Kugel im Hintern. Und wie ernstzunehmen die übrigen sind, bleibt erst noch abzuwarten. Mit den beiden Aktionen heute abend wurde nur das Terrain sondiert. Als nächstes kommt ein Totalangriff.«

Hausner drehte sich um und ging weiter. Dobkin holte ihn ein und schlug ihm auf den Rücken. »Schon gut. Verstehe. Aber Sie haben die Scharte schon ausgewetzt, Jacob, und wären dabei fast umgekommen. Beruhigen Sie sich jetzt ein bißchen. Wir haben noch genug schwere Stunden vor uns.«

»Tage, würde ich sagen.«

»Ausgeschlossen. Viel länger als bis morgen nach Sonnenuntergang könnten wir uns nicht halten. Wenn überhaupt so lang.«

»So schnell kann kaum Rettung eintreffen.«

Dobkin nickte. »Stimmt. Es ist die ungünstigste Jahreszeit. Das Frühjahrshochwasser macht die ganze Gegend nahezu unzugänglich. Die Touristensaison beginnt erst in einem Monat. Wenn Bekker keine Funkverbindung kriegt, könnte es Tage dauern, bis überhaupt jemand merkt, daß wir hier sind. Und noch länger, bis jemand entsprechend handelt.«

»Glauben Sie, daß die Iraker eine Rettung versuchen?«

»Wer weiß? Die Araber sind am gleichen Tag der größten Ritterlichkeit und der größten Gemeinheit fähig.«

Hausner nickte. »Ich glaube, daß ihnen am Erfolg dieser Friedensmission liegt. Wenn Bagdad herausbekommt, wo wir sind, können wir Hilfe erwarten.«

Dobkin wehrte mit einer Handbewegung ab. »Wer kann das sagen? Vielleicht ist der Friede schon verloren. Aber ich bin kein Politiker. Militärisch gesprochen würde es schwierig für sie sein, uns in diesem Gelände zu helfen. Das ist alles, was ich mit Bestimmtheit weiß.«

Hausner machte halt. Sie waren fast bei der Concorde angelangt. Er konnte Menschen in kleinen Gruppen herumstehen und miteinander sprechen sehen. Er flüsterte: »Warum?«

Auch Dobkin sprach leise. »Weil, nach unserem letzten Erkenntnisstand, die Iraker kaum Helikopter haben. Noch weniger Fallschirmtruppen und keine Amphibienfahrzeuge, die zum Truppentransport in dieser Jahreszeit nötig wären. Für den Wüstenkrieg sind sie gut gerüstet, aber zwischen Euphrat und Tigris liegen während des Hochwassers viele Sümpfe, Schlammebenen und reißende Stromarme. Der Frühling in Mesopotamien ist schon vielen Armeen zum Verhängnis geworden.«

»Und reguläre leichte Infanterie? Kommt die heutzutage überhaupt nicht mehr zum Einsatz?«

Dobkin nickte. »Doch. Leichte Infanterie könnte uns erreichen. Aber es würde sehr lang dauern. Südlich von hier liegt eine kleine Stadt — Hillah —, aber ich weiß nicht, ob es dort eine Garnison gibt und ob sie uns erreichen könnten. Und selbst wenn sie es könnten, würden sie gegen die Palästinenser kämpfen?«

»Wir behalten das alles lieber für uns.«

»Militärisches Geheimnis Nummer eins. Und ich verrate Ihnen

militärisches Geheimnis Nummer zwei. Ganze Einheiten der irakischen Armee bestehen ausschließlich aus vertriebenen Palästinensern. Ich möchte nicht der irakische Kommandeur sein, der ihre Loyalität testen muß, indem er sie gegen ihre Landsleute kämpfen läßt. Aber wir dürfen die Kampfmoral der Unsrigen nicht schwächen, also bleibt auch das unter uns.«

Dobkin und Hausner schritten auf die Concorde zu und blieben kurz vor der Rumpfnase stehen. Ein paar Meter dahinter ragte der Bau auf, gegen den sie fast geprallt wären. Er sah aus wie eine verfallene Schäferhütte, war aber nicht aus Stein, wie Hausner gedacht hatte, als sie darauf zugerast waren. Die Hütte bestand aus gebrannten Ziegeln. Den gebrannten Ziegeln Mesopotamiens, zum Teil mit Palmwedeln gedeckt. Hausner fand, daß sie sich kaum von den Schäferhütten in Israel unterschied oder von denen überall im Vorderen Orient. Ein zeitloses Denkmal des einsamsten Berufs der Welt. Er konnte durch ein großes Loch in der Mauer sehen. Drinnen standen Männer und Frauen im Gespräch. Es war die Besprechung des Außenministers.

Ein Geräusch im Dunkeln ließ Hausner herumfahren. Er konnte die Mehrzahl der Passagiere unter dem Steuerbordflügel versammelt sehen. Rabbi Chaim Levin fing gerade mit dem leicht verspäteten Sabbat-Gottesdienst an. Hausner erkannte die gedrungene Gestalt Yaakov Leibers, den die zwei anderen Stewards stützten.

Hausner sah eine Bewegung unter dem Flugzeugrumpf. Plötzlich ließ sich Peter Kahn vom Radschacht des zusammengebrochenen Bugfahrwerks fallen. Er trug eine Stablampe, die er rasch ausknipste.

Dobkin trat zu ihm. »Wie sieht's aus?«

»Schlecht.«

»Was ist schlecht?« fragte Hausner.

Kahn grinste ihn an. »Ein tolles Ding, das Sie da gemacht haben, Hausner.«

»Was ist schlecht?«

»Das Hilfstriebwerksaggregat wurde beim Zusammenbruch des Fahrwerks beschädigt.«

»Na und? Wollen wir starten?«

Kahn zwang sich ein Lächeln ab. »Nein. Aber in zwei Tragflächentanks ist noch immer ein Rest von ein paar hundert Litern Treibstoff. Wenn wir unser Aggregat wieder in Schwung kriegen, können wir die Generatoren laufen lassen und haben Strom zum Senden. Die Batterien halten nicht ewig.«

Hausner nickte. Ewig könnte für sie nur ein paar Stunden bedeuten, so lange würden die Batterien gut und gern halten. »Wo ist der Kapitän?«

»Im Cockpit.«

Hausner blickte an der gesenkten Rumpfnase hoch. Ein grünlicher Schimmer kam durch die Windschutzscheibe. Er sah Beckers Umrisse. »Ich werde mal mit ihm reden.«

Dobkin schüttelte den Kopf. »Der Außenminister möchte Sie sprechen.« Er wies zur Schäferhütte.

Hausner fühlte sich dem nicht gewachsen. »Nicht ausgerechnet jetzt.«

»Tut mir leid, ich muß darauf bestehen.«

Lange Zeit herrschte Schweigen. Hausner sah hinauf zum Cockpit, dann wieder hinüber zur Schäferhütte. Kahn trollte sich verlegen. Schließlich sagte Hausner: »Ich habe in meinem Handgepäck sämtliche erkennungsdienstlichen Unterlagen und ein Psychogramm von Ahmed Rish. Ich möchte es holen.«

Dobkin zögerte. »Nun ja, vermutlich . . .« Plötzlich ging ihm ein Licht auf, und er starrte Hausner an. »Warum zum Teufel haben Sie das alles bei sich?«

»Sechster Sinn.«

»Ich bin beeindruckt, Jacob. Das wollen sie bestimmt sehen.«

Hausner sprang auf die Vorderkante des Deltaflügels, stieg über den schräggeneigten Flügel zum Notausstieg und betrat die Maschine.

Die abschüssige Kabine war dunkel, nur ein geisterhaft grünlicher Schein fiel durch die Tür zum Cockpit. Außerdem stellte Hausner fest, daß die Schrift »Bitte anschnallen« und »Rauchen einstellen«, noch immer leuchtete und der Mach-Meter noch immer funktionierte. Er zeigte Mach 0,00 an und würde nie mehr etwas anderes anzeigen. Die Kabine war leer. Es roch nach verbranntem Kerosin. Handgepäckstücke, Decken und Kissen lagen überall verstreut. Er konnte Rabbi Levins klare Stimme durch das geborstene Druckschott hören, wo einst das Leitwerksheck gewesen war. Hausner überkam ein Gefühl der Unwirklichkeit. Er betrat das Cockpit. Becker drehte Knöpfe an den grün glimmenden Funkgeräten. Man hörte elektronisches Summen und knisternde atmosphärische Geräusche. Moses Hess lag zusammengesunken über den Instrumenten, wo er gestorben war. Becker redete leise, und Hausner begriff, daß er nicht in das Funkgerät sprach, sondern zu Moses Hess. Er räusperte sich. »David.«

Becker drehte den Kopf, sagte aber nichts. Dann wandte er sich wieder dem Funkgerät zu.

Hausner ging bis zu den Pilotensitzen. Die Anwesenheit des Toten war beklemmend. »Toll haben Sie das gemacht.«

Becker begann abermals, sämtliche Frequenzen durchzugehen, er lauschte, versuchte jedoch nicht zu senden.

Hausner trat zwischen die Sitze, und sein Bein streifte Hess. Er wich zurück. Wenn es nach ihm ginge, würde der Tote innerhalb von zehn Minuten unter der Erde sein. Aber er wußte, daß der Rabbi es am Sabbat nicht zulassen würde. Wenn nicht jemand zwingende hygienische Gründe geltend machen könnte, würde die Leiche erst nach Sonnenuntergang bestattet. »Ich schaffe ihn hier raus, David.«

»Lassen Sie nur.« Ein lauter Heulton erfüllte das Cockpit. Bekker fluchte und stellte das Gerät ab, dann schaltete er den Notstrom aus. »Der Scheißkerl stört uns noch immer. Von seinem jetzigen Standort aus geht es zwar nicht so gut, aber er tut sein Bestes.«

»Welche Aussicht haben wir, mit jemandem Verbindung aufzunehmen?«

»Wer kann das sagen?« Becker lehnte sich zurück und zündete eine Zigarette an. Er starrte durch die Scheibe, dann wandte er sich wieder Hausner zu. »Die Langwelle scheint völlig tot. Weiter nicht ungewöhnlich. Sie ist sehr störanfällig. Wenn wir das reparieren könnten, wäre praktisch jeder Ort der Welt zu erreichen, je nach den atmosphärischen Bedingungen. UKW arbeitet tadellos, ich sende über 121,5 — die internationale Notfrequenz. Außerdem sende ich auf unserer letzten El-Al-Frequenz und höre sie ständig ab. Aber ich höre niemanden und kriege keine Antwort.«

»Warum nicht?«

»Weil UKW nur auf optische Sicht funktioniert. Ich habe nicht rausgeschaut, aber ich nehme an, ringsum erheben sich Hügel, die höher sind als unserer.«

»Das stimmt.«

»Und die Batterien sind nicht so stark wie ein Generator. Und nicht zu vergessen, daß Rish mit seinem Breitbandsender auf allen Frequenzen Störgeräusche sendet, und er kann seine Triebwerke und den Generator laufen lassen.«

»Okay.« Hausner starrte durch die Windschutzscheibe. Unten in der Schäferhütte bewegten sich Gestalten. »Aber wir könnten doch vermutlich ohne weiteres mit einem überfliegenden Flugzeug Verbindung aufnehmen?«

»Stimmt. Fehlt uns nur noch ein überfliegendes Flugzeug.«

Hausner sah den blutverschmierten Ziegelstein, der Hess getötet hatte, auf der Konsole liegen. Im grünen Schein der Instrumente konnte er die eingepreßten Keilschriftzeichen ausmachen. Er konnte Keilschrift nicht lesen, aber er war überzeugt, daß auf diesem Ziegel das gleiche stand wie auf den meisten Ziegeln Babylons: NEBUKADNEZAR, DER KÖNIG VON BABYLON, DER SOHN DES NABOPOLASSAR, BIN ICH. Hausner wandte sich ab. »Ich werde auf dem Rumpf eine Wache postieren, die nach Flugzeugen Ausschau halten soll. Wir geben Ihnen ein Zeichen, sobald wir eine Maschine sichten.«

»Klingt gut.« Becker sah lange seinen toten Kopiloten an, dann wandte er sich wieder zu Hausner um. »Kahn arbeitet am Hilfstriebwerksaggregat.«

»Hab ihn gesehen. Er sagt, es sehe schlecht aus. Wie lange werden die Batterien noch funktionieren?«

»Das ist schwer zu sagen. Abhören kann ich ziemlich lang, aber sooft ich zu senden versuche, verbrauchen sie eine Menge Saft. Ich weiß nicht, wieviel Strom für die Notbeleuchtung abgeht. Es sind gute Nickel-Cadmium-Batterien, aber sie lassen es sich nicht anmerken, wenn sie aus dem letzten Loch pfeifen. Sie arbeiten ziemlich normal, und plötzlich ist Schluß.«

Hausner nickte. Auch das Nachtzielgerät hatte Nickel-Cadmium-Batterien. »Vielleicht ist es besser, Sie tun nichts und schonen die Batterien. Möglicherweise kann Kahn das Hilfstriebwerksaggregat doch noch reparieren.«

Becker fuhr sich durch sein Haar. »Ich weiß nicht. Scheiße. Was immer wir von jetzt an tun, es kann nur ein Verlustgeschäft werden. Ich weiß es einfach noch nicht. Ich denke darüber nach.«

»Tun Sie das.« Hausner hielt sich am Sessel des Bordmechanikers fest und zog sich daran zur Tür hoch. Er bekam den Pfosten zu fassen und drehte sich um. »Bis später.«

Becker drehte sich auf seinem Sessel um. »Werden wir's schaffen?«

»Klar.« Hausner kletterte in der steil ansteigenden Kabine herum, bis er seine Flugtasche gefunden hatte.

Hausner stieg hinaus auf den Deltaflügel und sprang von der Vorderkante zu Boden. Er sah, daß die Sabbat-Andacht soeben geendet hatte. Die meisten Männer und Frauen eilten auf ihre Verteidigungsposten zurück. Einige gingen auf die Schäferhütte zu, unter ihnen Rabbi Levin. Hausner schloß sich ihm an. »Können wir Moses Hess begraben?«

»Nein.«

»Wir müssen unbedingt mit Schanzarbeiten anfangen. Haben Sie Einwände gegen eine solche Arbeit am Sabbat?«

»Ja.«

Sie blieben an der Mauer der Schäferhütte stehen. Ein paar Leute von der Sabbat-Andacht gingen an ihnen vorbei und in die Hütte. Hausner sah den Rabbi an. »Wollen wir miteinander arbeiten oder gegeneinander, Rabbi?«

Der Rabbi steckte Gebetbuch und *Tallit* in die Jackentasche. »Junger Mann, es liegt in der Natur der Religionen, daß sie mit rationalen weltlichen Zielen im Widerspruch stehen. Selbstverständlich müßte Moses Hess noch heute begraben werden, und selbstverständlich müssen Sie Verschanzungen bauen. Also wollen wir einen Kompromiß schließen. Sie geben Befehl, daß trotz meines Verbots gearbeitet wird, und ich kümmere mich um den toten Moses Hess und verbiete sein Begräbnis. Solche Kompromisse macht Israel seit neunzehnhundertachtundvierzig.«

»Und Sie sind verdammt albern. Alles bloße Scheinheiligkeit. Aber Sie sollen Ihren Willen haben.« Hausner schritt auf die Hütte zu.

Rabbi Levin packte ihn beim Arm und hielt ihn fest. »Überleben ist oft eine Mischung aus Dummheit, Scheinheiligkeit und Kompromiß.«

»Dafür habe ich jetzt keine Zeit.«

»Warten Sie. Sie sind Anglophile, Hausner. Haben Sie schon einmal darüber nachgedacht, warum die Engländer mitten in einer Schlacht um vier Uhr eine Teepause einschalten? Oder warum sie sich in den Tropen zum Dinner umziehen?«

»Das ist ihr Stil.«

»Und es ist gut für die Kampfmoral. Gut für die Kampfmoral«, wiederholte er und tippte Hausner auf die Brust. »Wir möchten nicht, daß unsere Leute Amok laufen, bloß weil wir zufälligerweise auf einem Hügel in Babylon sitzen und von feindlichen Arabern umzingelt sind. Also tun wir alltägliche Dinge auf alltägliche Art. Wir halten Sabbat-Andachten. Wir bestatten unsere Toten nicht am Sabbat. Wir arbeiten nicht am Sabbat. Und wir werden nicht so tief sinken, daß wir Eidechsen oder dergleichen essen, weil Eidechsen eben nicht koscher sind, Jacob Hausner.« Wieder stieß er den Finger gegen Hausners Brust, diesmal energischer. »Und wir werden auch keine anderen religiösen Gesetze brechen.« Er klopfte den Staub von Hausners Hemd. »Fragen Sie General Dobkin, warum die kämpfende Truppe sich täglich rasieren muß. Kampfmoral, Jacob Hausner. Form. Stil. Zivilisation. Nur so halten wir diese Gruppe in Schwung. Die Männer gut rasiert, die Frauen Haare und Make-up in Ordnung. Alles andere kommt von selbst. Ich war mal Feldgeistlicher. Ich kenne mich aus.«

Hausner grinste wider Willen. »Eine interessante Theorie. Aber ich habe Sie gefragt, ob wir zusammenarbeiten wollen.«

Rabbi Levin senkte die Stimme. »Ich werde wettern und donnern im Namen des Gesetzes, und Sie wettern und donnern im Namen der militärischen Notwendigkeit. Es werden sich Parteien bilden. Interne Auseinandersetzungen sind nicht das schlechteste. Die Menschen vergessen ihre hoffnungslose Lage, wenn sie über Nichtigkeiten streiten. Also streiten Sie und ich über Nichtigkeiten. Unter uns schließen wir Kompromisse. Wie jetzt. Ich wohne am Sabbat dieser Besprechung bei. Ich bin ein einsichtiger Mensch. Ja?« Er betrat die Hütte.

Hausner starrte auf den Fleck, an dem der Rabbi gestanden hatte. Er vermochte dieser Logik nicht ganz zu folgen. Es war eine Mischung aus machiavellistischem, byzantinischem und Um-die-Ecke-Denken, mit einem Schuß gewöhnlichem Jüdisch, auf daß das Maß voll werde. Er hatte fast den Verdacht, daß der Rabbi selbst nicht alles verstand, was er sagte. Entschieden ein sehr exzentrischer Mann. Aber was er gesagt hatte, verriet gesunden Instinkt.

Hausner ging zum Eingang der Hütte.

Ungefähr fünfzehn Personen standen leise sprechend herum. Sie schwiegen, und aller Augen wandten sich Hausner zu. Hausner blieb unter der Tür stehen. Ein blauweißer Mondstrahl fiel durch das Palmdach und genau auf die Stelle, wo er stand. Ariel Weizman, der Außenminister, durchquerte den kleinen Raum und ergriff Hausners Hand. »Eine fabelhafte Leistung war das, Hausner.«

Hausner ließ sich kräftig die Hand schütteln. »Meinen Sie, daß ich die Bomben in meine Flugzeuge schmuggeln ließ, Herr Minister?«

Der Außenminister blickte ihm im Mondlicht fest in die Augen. »Jacob«, sagte er leise, »Schluß damit.« Dann drehte sich der Minister um. »Wir wollen anfangen. Wir sind hier, um unsere Operationsziele zu definieren und unsere Chancen abzuwägen, diese Ziele zu erreichen.«

Hausner stellte seine Flugtasche ab und sah sich im Raum um, während der Außenminister nach bestem parlamentarischem Muster in seiner Rede fortfuhr.

Kaplan lag vor der Wand auf dem Bauch. Über seine untere Körperhälfte war eine blaue El-Al-Decke gebreitet. Die blutige Hose lag neben ihm auf dem Boden. Die beiden Stewardessen Beth Adams und Rachel Baum pflegten ihn, was Kaplan zu genießen schien. Hausner war froh, daß die Stewards und Stewardessen von El Al eine gute Sanitätsausbildung durchliefen.

Die zehn offiziellen Abgeordneten der Friedensdelegation waren anwesend, einschließlich der beiden Araber Abdel Jabari und Ibrahim Arif. Miriam Bernstein stand vor dem Spalt in der Mauer. Sie sieht gut aus im Mondlicht, dachte Hausner.

Der arabische Gefangene hockte in der Ecke. Seine Handgelenke waren an die Fußknöchel gefesselt. Das Gesicht war blutverkrustet, wo Hausner ihn mit dem Stein getroffen hatte. Seine Kampfbluse war steif vom Blut aus der Schulterverletzung. Jemand hatte ihm das Hemd aufgeknöpft und die Schulterwunde verbunden. Er schien im Halbschlaf oder von Medikamenten betäubt zu sein.

Hausner hörte zu, als einer nach dem anderen seine Meinung abgab. Eine richtiggehende Knesset-Sitzung. Argumente und Äußerungen zur Tagesordnung und Abstimmungen. Sie konnten sich nicht einmal entscheiden, wozu sie hier waren, warum sie sich zum Kämpfen entschlossen hatten oder was als nächstes zu tun sei. Und die ganze Zeit über mußten seine fünf Leute mit einer Handvoll Freiwilliger einen unmöglich langen Verteidigungsgürtel besetzt halten. Es war, so fand Hausner, ein Israel im kleinen. Demokratie in Tätigkeit. Oder in Untätigkeit. Churchill hatte recht gehabt, dachte er. Demokratie ist die schlechteste Staatsform — abgesehen von allen übrigen.

Hausner stellte fest, daß auch Dobkin ungeduldig wurde, aber als Soldat hatte er gelernt, sich den Politikern zu fügen. Hausner fiel einem der Redner ins Wort. »Hat jemand schon den Gefangenen befragt?«

Schweigen. Warum maßte dieser Mann sich das Wort an? Was hatte der Gefangene mit der ganzen Sache zu tun? Ein Knesset-Mitglied, Chaim Tamir, blickte auf den Gefangenen, der jetzt tief zu schlafen schien. »Wir haben es versucht. Er will nicht reden. Außerdem ist er schwer verwundet.«

Hausner nickte. Er schlenderte hinüber zu dem schlafenden Araber und trat ihm ans Bein. Man hörte ein paar überraschte Ausrufe, auch einen aus dem Mund des Arabers. Hausner drehte sich um. »Meine Damen und Herren, der wichtigste Redner in diesem Raum ist dieser junge Mann. Was er uns über die militärische Schlagkraft der Gegenseite berichtet, wird unser Schicksal entscheiden. Ich habe mein Leben riskiert, um ihn zu Ihnen zu bringen, und Sie unterhalten sich ausschließlich miteinander.«

Hausner sah, daß Dobkin und Burg erleichtert und gespannt waren. Niemand sprach. Hausner fuhr fort: »Und falls dieser junge Mann sehr schlechte Nachrichten für uns haben sollte, dürfen sie nicht publik werden. Ich schlage also vor, daß jeder, mit Ausnahme des Außenministers, des Generals und Mr. Burgs die Hütte verläßt.«

Proteste und Empörungsrufe brachen los. Der Außenminister bat um Ruhe. Er wandte sich mit fragendem Blick nach Dobkin um.

Dobkin nickte. »Es hätte tatsächlich vorrangig erledigt werden müssen. Wir müssen ihn verhören, ungeachtet seines Zustands. Und wir müssen es unverzüglich tun.«

Der Außenminister zeigte sich erstaunt. »Warum sagten Sie das dann nicht sofort, General?«

»Der Gefangene war verwundet, und die Stewardessen hatten ihm schmerzlindernde Mittel gegeben, und dann beriefen Sie diese Versammlung ein.«

Hausner wandte sich an Burg. »Wollen Sie es übernehmen?«

Burg nickte. »Ist meine Spezialität.« Er zündete seine Pfeife an.

Der arabische Gefangene wußte, daß von ihm die Rede war, und schien nicht glücklich darüber.

Der Außenminister nickte. »Wir setzen diese Beratung anderswo fort und lassen Sie mit dem Gefangenen allein, Burg.«

Burg nickte. Die Versammlung marschierte hinter dem Außenminister aus der Hütte. Alle mit ärgerlichen und fast rebellischen Mienen. Miriam Bernstein blieb vor Jacob Hausner stehen »Jacob.«

»Was gibt's?«

»Jacob, der Zweck heiligt nicht die Mittel.«

»Heute nacht schon.«

»Falls wir lebend von hier fortkommen, dann sollen unsere Menschlichkeit und unsere Selbstachtung nicht auf der Strecke geblieben sein. In sehr kurzer Zeit haben Sie eine demokratische Versammlung aufgelöst und sich Erlaubnis verschafft, einen Verwundeten zu foltern.«

»Ich wundere mich nur, daß ich so lange dazu gebraucht habe.« Er zündete sich eine Zigarette an. »Sehen Sie, Miriam, Runde eins geht an uns Fachleute. Und von jetzt an vermutlich jede Runde. Also macht euch endlich klar, daß ihr hier keinerlei Nutzen habt, außer als Soldaten. Ich werde diese verschissene Situation retten, und wenn ich den ganzen gottverdammten Hügel in ein Konzentrationslager verwandeln muß.«

Sie versetzte ihm eine schallende Ohrfeige. Die Zigarette flog durch die Luft. Die Leute, die noch in der Hütte waren, taten, als hätten sie im Dunkeln die Ohrfeige weder gesehen noch gehört. Es war totenstill.

Hausner räusperte sich. »Burg hat zu tun, und Sie halten ihn von seiner Arbeit ab, Miriam Bernstein. Bitte gehen Sie.«

Sie ging. Hausner wandte sich an Dobkin. »Wir wollen den Verteidigungsgürtel inspizieren und sehen, wie die Sache steht.« Er durchquerte den Raum. »Isaac, sobald Sie etwas Konkretes haben, schicken Sie uns einen Melder raus.« Er wies auf seine Flugtasche am Boden. »Da drin sind sämtliche erkennungsdienstlichen Unterlagen über Rish und sein Psychogramm. Geben Sie acht darauf.«

Burg starrte auf die Flugtasche, dann sah er auf. »Wie um alles in der Welt . . .?«

»Nur ein glücklicher Einfall. Weiter nichts.« Er kniete neben Kaplan nieder, der jetzt sehr schläfrig war, vermutlich von den Schmerzmitteln. Die Geräusche eines Verhörs würden ihn kaum aufwecken. »Macht es Ihnen was aus, Moshe? Soll ich Sie wegbringen lassen?«

Kaplan schüttelte den Kopf. »Hab's schon öfter gesehen«, sagte er matt. »Gehen Sie raus an den Verteidigungsgürtel. Und lassen Sie sich eine wirksame Verteidigung einfallen.«

»Welche andere haben wir, Moshe?«

»Keine.«

Als Hausner und Dobkin sich entfernten, brach ein Schrei aus der Hütte durch die stille Nachtluft. So wie Brins erster Schuß sie zum Kämpfen gezwungen hatte, zwang die Folterung des Arabers sie, jeden Gedanken an Übergabe fallenzulassen. Man würde ihnen mit gleicher Münze heimzahlen. Jetzt gab es kein Zurück mehr.

Hausner und Dobkin gingen die Flußseite des Hügels entlang. Ungefähr alle fünfzig Meter standen oder saßen Männer und Frauen paarweise oder allein und blickten hinunter auf den Euphrat. Auf den ersten Blick irgendeine beliebige ländliche Idylle in Israel in einer lauen Nacht, nur daß es kalt war und nicht in Israel. Die meisten waren jüngere Hilfskräfte, wie Hausner feststellte. Schreibkräfte und Dolmetscher. Die jungen Leute, die zu jeder größeren diplomatischen Abordnung gehörten. Sie hatten sich auf New York gefreut. Neue Eindrücke. Neue Lieben. Vielleicht schafften einige von ihnen es doch noch.

Hausner bemerkte zu Dobkin, die zehn Delegierten müßten unbedingt wie alle anderen zum Wacheschieben eingeteilt werden.

»Damit ihnen weniger Zeit bleibt für Versammlungen«, sagte Hausner. Dobkin lächelte.

Sie trafen McClure und Richardson auf einem Sandhügel sitzend. Hausner trat zu ihnen. »Pech gehabt, meine Herren.«

McClure blickte langsam auf. »Hätte schlimmer sein können. Hätte den Heimaturlaub mit meiner Frau und den Schwiegereltern verbringen können.«

Richardson stand auf. »Wie ist die Lage?«

»Mies«, erwiderte Hausner. Er setzte sie ins Bild und fragte dann: »Möchten Sie beide mit einer weißen Fahne runtergehen? Sie tragen amerikanische Air-Force-Uniform, Colonel. Und Sie, McClure, haben sicherlich Papiere bei sich, die Sie als Beamten des U.S. State Department ausweisen. Ich bin ziemlich sicher, daß keinem von Ihnen etwas geschähe. Den Palästinensern liegt im Moment nicht daran, sich Ihre Regierung zum Feind zu machen.«

McClure schüttelte den Kopf. »Komische Duplizität. Ich hatte einen Großonkel, der in Alamo fiel. Hab mich oft gefragt, wie so eine Belagerung sein mag. Verstehen Sie? Wenn man Aufforderungen zur Übergabe ablehnt. Sieht, wie die Mexikaner über die Mauern klettern. Muß ein Mordsgetümmel gewesen sein.«

Dobkin verstand genügend Englisch, um von diesen Worten verwirrt zu werden. »Soll das eine Antwort sein?«

Hausner lachte. »Sie sind ein sonderbarer Mensch, Mr. McClure. Aber Sie sind herzlich zum Bleiben eingeladen. Übrigens haben Sie als einziger auf dieser Hügelseite eine Waffe.«

»Hab mir's fast gedacht.«

»Also«, sagte Hausner, »wenn auf dieser Seite ein Geschrei losgeht, dann gehen Sie hin und ballern ein paarmal, bis ich vom Osthang ein paar Mann mit automatischen Waffen rüberschicken kann.«

»Wird gemacht.«

Hausner hatte Vertrauen zu McClure. »Allerdings glaube ich nicht, daß sie es von dieser Seite versuchen werden.«

»Kaum.« McClure blickte zum Himmel auf, dann sah er Hausner an. »Wir sollten die Verteidigung möglichst organisieren, bevor der Mond untergeht.«

»Ich weiß«, sagte Hausner. »Vielen Dank, Mr. McClure.« Er wandte sich an Richardson. »Ihnen auch, Colonel.«

»Nennen Sie mich Tom«, sagte Richardson. Er sprach zu Hausners und Dobkins Überraschung plötzlich hebräisch. »Hören Sie, ich bin auf Ihrer Seite, aber ich glaube doch, daß Sie versuchen sollten zu verhandeln.«

Dobkin trat näher an Richardson heran und antwortete ihm hebräisch. »Was haben wir in den Handel einzubringen? Wir waren eine Friedensdelegation, und jetzt ist die Hälfte von uns tot. Was sollten wir einhandeln?« Richardson antwortete nicht.

Hausner sagte: »Wir werden Ihren Vorschlag in Erwägung ziehen, Colonel. Vielen Dank.«

McClure schien es nicht zu stören, daß eine Sprache gesprochen wurde, die er nicht verstand. Hausner fühlte die Spannung zwischen den beiden Amerikanern. Irgend etwas stimmte hier nicht.

12

Hausner und Dobkin schritten weiter die Vorpostenlinie ab. Sie bildete ein fast vollendetes Oval oder, wie Dobkin gesagt hatte, sie glich in Größe und Umriß einer Rennbahn. Die Spitze der Erhebung oder Anhöhe war fast eben, ein Beweis, daß darunter ein Bau von Menschenhand verborgen lag. Das Hochplateau wurde nur von angewehten Sanddünen und ausgewaschenen Gräben oder Wadis unterbrochen. Stellenweise ragten runde Knollen aus der ebenen Fläche. Dobkin erklärte, es handele sich höchstwahrscheinlich um Wachtürme, die sich über die Mauern der Zitadelle erhoben hatten. Auf jedem dieser Knollen postierte Dobkin Männer und Frauen.

Sie zählten dreißig Leute, die bereits aus eigener Initiative Posten bezogen hatten. Die meisten hatten instinktiv irgendeinen Standplatz gewählt. Dobkin hatte unmittelbar nach der Bruchlandung nur ein paar Wachen aufgestellt.

Hausner wartete, während Dobkin die Fragen von Deckung, Tarnung und Gefechtsfeld erwog. Dobkin sorgte durch Regulierung der Postenkette für eine optimale Ausnutzung des Geländes. Er gab Befehl, Stein- und Erdwälle zu errichten und Schützenlöcher zu graben, wo dies im staubigen Boden möglich war. Hausner fragte sich, ob sich die Mühe lohne, da die Verteidiger über so gut wie keine Feuerkraft verfügten.

Burg hatte Dobkin seinen 45er Colt ausgehändigt, und Dobkin gab die Waffe nun an Abel Geller, einen der Stewards, weiter, dem er eine strategisch wichtige Position anwies. Hausner überließ seine Smith & Wesson einer jungen Stenographin namens Ruth Mandel. »Wissen Sie, wie man damit umgeht?«

Sie blickte auf die Waffe in ihrer kleinen Hand. »Ich habe meinen Wehrdienst geleistet.«

Hausner zählte drei kleinkalibrige Pistolen, dazu die Smith & Wessons seiner sechs Männer. Machte mit seiner eigenen zehn. Dann hatten sie Joshua Rubin mit der Uzi, Brin mit dem M-14 und drei weitere Sicherheitsbeamte, Jaffe, Marcus und Alpern, mit den drei AK-47. Die AKs waren so plaziert, daß sie den ganzen Osthang mit Kreuzfeuer eindecken konnten. Im Durchschnitt kam ein Posten auf je dreißig Meter. Es war nicht viel, aber es war auch nicht hoffnungslos.

Dobkin fand einen Steward, Daniel Jacoby, und beauftragte ihn, heißen Kaffee zu brauen und den Vorposten zu bringen.

Bei Brins Feuerstellung machten Hausner und Dobkin halt. Neben Brin saß, an einen Erdhügel gelehnt, ein junges Mädchen in blauem Trainingsanzug und schlief. Hausner fragte: »Wer ist das?«

Brin blickte von seinem Zielfernrohr auf. »Naomi Haber, eine der Stenographinnen. Hat sich freiwillig als mein Kurier angeboten. Ich brauche jemanden, der die Meldung weitergibt, falls ich etwas sehen sollte.«

Hausner nickte. »Haben Sie etwas gesehen?«

»Nein.«

»Nach Monduntergang wird's sicher einiges zu sehen geben.«

»Ich weiß.«

Hausner und Dobkin standen ein Stück von Brin und dem schlafenden Mädchen entfernt. Beide Männer blickten schweigend hinab nach Babylon. Hausner zündete sich eine Zigarette an. »Nun?«

Dobkin schüttelte den Kopf. »Ich weiß nicht. Es hängt davon ab, wie entschlossen der Angriff sein wird. Ein regulärer Infanteriezug könnte mit guten Leuten den Hügel stürmen. Andererseits kann ihn ein Bataillon von fünfhundert Mann nicht einnehmen, wenn sie nicht gut sind. Wer eine Verteidigungsstellung stürmen will, egal wie schwach sie verteidigt wird, braucht besonderen Mumm.«

»Glauben Sie, daß dieser Haufen den Mumm hat?«

»Wer weiß? Ist Rish eine charismatische Führerpersönlichkeit? Werden seine Leute für ihn in den Tod gehen? Wir wissen nicht einmal, wie viele sie sind. Warten wir Burgs Bericht ab.«

»Ja.« Hausner blickte hügelab nach Osten. Er sah Wasserläufe im Mondlicht schimmern und weite phosphoreszierende Sumpfgebiete. Trotzdem war die ganze Gegend im Grunde tot. Sand und Lehm. Es war kaum zu glauben, daß Mesopotamien dereinst Millionen Menschen ernährt hatte. In etwa einem Kilometer Entfernung sah er eine niedrige Mauer und dahinter die Straße, auf der sie hätten landen sollen. »Kennen Sie diese Gegend wirklich, Ben?«

»Ich könnte vermutlich aus dem Gedächtnis eine Karte zeichnen. Ja, morgen früh, sobald ich meine Landmarken bestimmen kann, will ich uns eine hübsche Generalstabskarte zeichnen.«

»Wie mögen diese Palästinenser bloß hierhergekommen sein?«

»Wie kommen Terroristen irgendwohin?«

»Sie hatten ein paar Lastwagen.«

»Hab's gesehen.«

»Schwere Waffen? Mörser?«

»O Gott, hoffentlich nicht«, sagte Dobkin.

»Sie wollten uns als Geiseln halten — als Gefangene — in Babylon. Ist fast schon zum Lachen.«

»Wir hätten nichts zu lachen gehabt, wenn wir auf der Straße gelandet wären«, sagte Dobkin. »Und doch frage ich mich, ob wir's richtig gemacht haben?«

»Das erfahren wir vielleicht nie«, sagte Hausner. Er zündete sich eine Zigarette an und steckte die kalten Hände in die Taschen. »Vielleicht hat Asher Avidar das Richtige getan.«

»Vielleicht, vielleicht auch nicht.«

Hausner blickte nach Norden. In dreiviertel Kilometer Entfernung ragte ein großer Hügel theatralisch aus der Ebene auf. Hausner erkannte ihn als *Tell,* als Ruinenhügel. »Was ist das?«

Dobkin folgte Hausners starrem Blick. »Das ist der Hügel Babil. Manche Archäologen bezeichnen ihn als den Standort des Turms von Babel.«

Hausner staunte. »Glauben Sie das auch?«

»Wer weiß?«

Hausner blickte in die Runde. »Können wir von hier aus die Hängenden Gärten sehen?«

Dobkin lachte. »Am Sabbat halte ich keine Führungen ab.« Er legte Hausner die große Hand auf die Schulter. »Bin schon neugierig, was ich von hier aus sehen werde, wenn die Sonne aufgeht. Die Hauptruine liegt im Süden. Dort.«

»Gibt es in der Nähe Ansiedlungen?«

»Die Araber mögen die Gegend nicht. Sie glauben, daß es hier spukt. Aber zwischen den Ruinen steckt ein kleines Dorf. Babylon war nämlich so gründlich verwüstet, daß sogar die Einheimischen vergaßen, wo es wirklich lag. Die meisten Araber kennen den biblischen Fluch über diesen Ort. Aber sie wußten nicht, daß dies Babylon war, bis Europäer es identifizierten. Dann zogen einige weg, andere aber blieben. Wahrscheinlich glauben sie nicht, daß es sich um *das* Babylon handelt. Es ist auch schwer zu glauben. Außerdem sind nicht alle Araber abergläubisch.«

»Wie abergläubisch sind denn wohl unsere palästinensischen Freunde?«

Dobkin lachte. »Das ist die Frage. Sie dürften sich nicht besonders gern hier aufhalten, aber sie werden sich nicht beirren lassen.«

Hausner drückte die Zigarette aus und steckte den Stummel ein. »Können wir aus diesem Dorf Hilfe erwarten?«

»Glaube ich nicht. Ich habe lange Zeit die Rapporte unserer Agenten aus dem Irak bearbeitet. Viele irakische Dörfer sind unwahrscheinlich primitiv. Manche dieser Leute wissen nicht einmal, daß sie Iraker sind. Sie leben wie die ersten mesopotamischen Bauern, die hier vor fünftausend Jahren zu ackern begannen.«

»Demnach haben wir keinerlei moderne Transport- oder Kommunikationsmittel in erreichbarer Nähe.«

»Hillah im Süden. Aber dort weiß man womöglich überhaupt nicht, daß wir hier sind.« Er schwieg, dann schien er sich an etwas zu erinnern. »Allerdings gibt es im südlichen Teil der Ruinen, am Ischtartor, ein kleines Museum und ein Gästehaus.«

Hausner fuhr herum. »Weiter.«

»Das irakische Amt für Archäologie hat beide Gebäude vor ungefähr zwanzig Jahren errichtet. Ich kenne den Kurator des Museums, Dr. Al-Thanni. Traf ihn erst vor einem halben Jahr in Athen. Wir korrespondieren über einen gemeinsamen Freund in Zypern.«

»Ist das Ihr Ernst?« Hausner begann auf und ab zu marschieren. »Könnten Sie hinübergehen?«

»Jacob, wir sind, wie es in der Belagerungstechnik heißt, zerniert. Also völlig eingeschlossen. Genau wie wir hier oben Wachtposten und Feuerstellungen haben, hat die Gegenseite das gleiche rings um diesen ganzen Hügel.«

»Aber wenn Sie trotzdem einen Durchschlupf fänden.«

»Dr. Al-Thanni kommt bestimmt erst Ende April wieder, wenn die Touristensaison anfängt.«

»Aber es muß dort ein Telefon geben.«

»Vermutlich. Und fließendes Wasser. Und einmal dürfen Sie raten, wo Rish sein Hauptquartier aufgeschlagen hat.«

Hausner stellte sein Herummarschieren ein. »Trotzdem, wenn Sie hinkommen könnten — zum Gästehaus oder zum Museum —, es wäre eine Brücke zur Welt. Vielleicht ist Al-Thanni doch da. Oder Sie könnten einen Jeep auftreiben. Oder das Telefon ist unbewacht. Was meinen Sie, Ben?«

Dobkin blickte nach Süden über die unebene Landschaft hin. Er konnte die Umrisse einiger freigelegter Ruinen erkennen. Bis zur Ausgrabung des Ischtartors waren es mindestens zwei Kilometer. Dort würde nur eine dünne Postenkette den Hügel umziehen. Dennoch wollte er es wenigstens einmal bei Tageslicht sehen. »Ich bin zu allem bereit. Aber wenn ich gefangen werde, bearbeiten sie mich, bis ich alles auspacke. Ich kenne unsere Anlagen hier oben.

Und jeder packt aus, Jacob. Das wissen Sie.« — »Und ob ich das weiß.«

»Ich müßte eine Pistole haben, damit . . . damit ich keinesfalls lebend in ihre Hände falle. Können wir eine Waffe entbehren?«

»Das glaube ich nicht, Ben.«

»Ich auch nicht.«

»Ein Messer«, bot Hausner ihm an.

Dobkin lachte. »Wissen Sie, ich habe nie verstanden, woher unsere Vorfahren den Mumm nahmen, sich in ihre eigenen Schwerter zu stürzen. Da gehört allerhand dazu. Und es muß sehr, sehr schmerzhaft sein.« Sein Blick schweifte in die Ferne. »Ich weiß nicht, ob ich das fertigbrächte.«

»Dann fragen wir doch mal herum«, sagte Hausner, »ob jemand irgendein Medikament bei sich hat, das in einer Überdosis tödlich wirkt.«

»Verbindlichsten Dank für Ihre Mühe, mir den Selbstmord zu erleichtern.«

»Hier sind mehr als fünfzig Menschen.«

»Ich weiß. Ja, ich werde gehen. Aber erst, nachdem ich mich bei Tageslicht umgeschaut habe. Morgen, bei Einbruch der Nacht, mache ich mich auf den Weg.«

»Vielleicht leben wir dann nicht mehr.«

»Es ist das Warten wert. Meine Erfolgschancen werden ungleich größer sein. Wenn ich noch heute nacht gehe, werfe ich mein Leben sinnlos weg. Das will ich nicht. Ich will etwas damit erreichen.«

»Natürlich.«

Isaac Burg kam paffend näher. Er ging mit schweren Schritten, wie jemand, der sich soeben einer unerfreulichen Aufgabe entledigt hatte.

Hausner und Dobkin gingen ihm entgegen. Hausner sprach zuerst. »Hat er ausgepackt?«

»Jeder packt aus.«

Hausner nickte. »Ist er . . .?«

»O nein. Er lebt. Ich mußte ihm nicht einmal besonders hart zusetzen. Er wollte reden.«

»Warum?«

»So sind sie alle. Dobkin kann Ihnen das bestätigen. Und in Ramla haben Sie es selbst gesehen. Eine Mischung aus Prahlerei, Schock, Nervosität und Angst.« Eine Weile betrachtete er sinnend seine Pfeife. »Außerdem habe ich ihm versprochen, daß ich ihn zu seinen Freunden zurückschicke.«

Dobkin schüttelte den Kopf. »Das können wir nicht machen. Militärreglement. Niemand, der das Innere einer Verteidigungsanlage gesehen hat, kann repatriiert werden, ehe die Feindseligkeiten eingestellt sind. Das gibt hier genauso wie überall sonst.«

»In meiner Welt«, sagte Burg, »in der Welt der Spione und Geheimagenten meine ich, machen wir es anders. Ich habe es ihm versprochen. Und man kann aus medizinischen Gründen eine Ausnahme machen. Außerdem hat er nicht viel gesehen. Es ist sinnlos, einen Menschen sterben zu lassen, nur weil wir keine medizinische Hilfe leisten können.«

»Ich werde darüber nachdenken«, sagte Dobkin.

Hausner hörte ihrer Debatte zu. Es war keine hitzige Auseinandersetzung, nur eine abweichende Auslegung der Vorschriften. Burg ist, gelinde gesagt, ein Rätsel, dachte Hausner. Er war durchaus bereit gewesen, einen Menschen zu Tode zu foltern, und unmittelbar danach wollte er ihm das Leben retten. Und wenn er den Araber gehen ließe und die anderen erneut angreifen, den Hügel erstürmen und Burg lebendig fangen würden, so würde der Araber dafür sorgen, daß Burg sehr, sehr langsam stürbe. An Burgs Stelle, dachte Hausner, würde er den Mann töten und ihm ein tiefes Grab schaufeln. Und Dobkin — der perfekte Soldat. Loyal, intelligent, sogar erfinderisch. Aber sein Reglement ging ihm über alles. Hausner hatte allmählich genug von der Debatte. »Hören Sie auf damit. Was hat er *gesagt?*«

Burg klopfte die Pfeife an seinem Schuh aus. »Gesagt? Gesagt hat er eine Menge. Zum Beispiel, daß er Mohammad Assad heißt.«

»Wem ist das nicht scheißegal?« fragte Hausner.

Burg lachte. »Seiner Mutter. Übrigens, er ist ein Ashbal. Sie wissen, was das bedeutet. Ein ›Tigerjunges‹ — eine palästinensische Waise aus den Kriegen mit Israel. Die ganze Einheit dort unten besteht aus Ashbals. Sie wurden alle von palästinensischen Guerillaorganisationen großgezogen. Jetzt sind sie erwachsen. Und sie mögen uns gar nicht.«

Dobkin nickte. »Der Krieg hinterläßt mancherlei Vermächtnisse. Die Ashbals gehören zum schlimmsten.«

»Stimmt«, sagte Burg. »Sie sind ein gefährlicher Haufen. Soweit sie sich zurückerinnern können, wurde ihnen Haß gepredigt. Die üblichen Verhaltensnormen gelten für sie nicht. Ihre Stammesreligion ist der Haß gegen Israel.« Er klopfte seine Taschen nach dem Tabaksbeutel ab und fand ihn. »Außerdem wurden sie militärisch ausgebildet, seit sie laufen können. Sie sind eine verdammt gut geschulte Gruppe.«

»Wie viele?« fragte Dobkin.

Burg machte eine ausholende Bewegung mit der Pfeife. »Ja, das ist die Kernfrage.«
»Wie viele?« fragte Hausner.
»Hundert.«
Die Männer schwiegen.
»Sind Sie sicher?« fragte Hausner.
Burg nickte.
»Wieso können Sie sicher sein?«
Burg grinste. »In diesem Punkt lügen alle Soldaten, nicht wahr, Ben? Wie viele? Zuerst sagte er fünfhundert. Das hab ich ihm nicht abgekauft. Daher das Wehgeschrei. Schließlich einigten wir uns auf hundertfünfzig.«
Dobkin nickte. »Schwere Waffen?«
Burg schüttelte den Kopf. »Sie hatten keinen Widerstand erwartet. Allerdings sind sie fast alle mit AK-47-Gewehren bewaffnet.«
»Sie müssen ganz in der Nähe einen Stützpunkt haben«, sagte Dobkin.
»Nicht so ganz in der Nähe. In der Wüste Shamiyah. Das ist auf der anderen Seite des Euphrat. Gute hundert Kilometer von hier. Die irakische Regierung duldet dieses Lager aus einer Vielzahl von altbekannten Gründen. Sie kamen also Ende Januar, vor dem Hochwasser, per Lastwagen hierher. Seitdem warteten sie auf Befehle. Vor ein paar Stunden kam dann Rish angeflogen und funkte seine Orders. Der Rest ist Geschichte — Geschichte im Werden.«
»Rish ist der Boß, nehme ich an?« fragte Hausner.
»Genau. Und sein Leutnant ist ein Bursche namens Salem Hamadi, auch ein alter Bekannter. Hamadi ist sowohl Palästinenser als auch Ashbal. Er war sogar Leiter des Ashbal-Programms. Rish ist, wie Sie wissen, weder Ashbal noch Palästinenser. Er ist Iraker. Sein Heimatdorf liegt nicht weit von hier. Also, vor einiger Zeit taten die beiden sich zusammen und begannen, Waisenkinder, Knaben und Mädchen, aus verschiedenen Lagern aufzulesen. Ungefähr zwanzig dieser jungen Tiger und Tigerinnen. Mohammad sagt, sie trainierten jahrelang in der Wüste Shamiyah für einen Sondereinsatz, der nie stattzufinden schien.«
»Wußten sie, wozu sie hierher beordert wurden?«
»Sie erfuhren es erst, als Rish mit seiner Lear zur Landung ansetzte. Es herrschte einige Verwirrung, ob es sich um eine Concorde oder um zwei handeln werde.« Er schwieg, als er an die 01 dachte. »Es wurde ihnen gesagt, sie sollten uns aus verschiedenen politischen Gründen, von denen einige unserem Mohammad Assad nicht recht klar zu sein schienen, hier als Geiseln festhalten. Er gibt zu, daß sie von unseren Kapriolen ziemlich durcheinandergebracht

wurden. Ich vermute, sie waren psychologisch nicht auf einen Kampf und auf Verluste vorbereitet. Sie waren nur darauf vorbereitet, zwei Flugzeugladungen israelischer Zivilisten zu piesaken. Und plötzlich gab es Gefallene.«

»Aber sie sind eine Elitetruppe«, sagte Hausner. »Das haben Sie gesagt.«

Burg schüttelte den Kopf. »Ich habe nicht gesagt, daß sie eine Elitetruppe sind. Nur gut ausgebildet. Das ist ein Unterschied. Keiner von ihnen hat je im Kampf gestanden.« Er schien zu überlegen. »Wissen Sie, dies ist nicht der erste Fall, wo Waisenkinder von früh auf zu Soldaten ausgebildet wurden. Ist in der Geschichte schon oft dagewesen. Und soll ich Ihnen mal was sagen? Sie waren niemals wirklich besser oder schlechter als reguläre Truppen. Sehr häufig sogar viel schlechter Weil sie, wie Heimkinder auf der ganzen Welt, ein wenig hinter denen zurückbleiben, die in einer häuslichen Umgebung aufwuchsen. Das trifft zweifellos auch für die Ashbals zu. Sie geben keine besonders guten Soldaten ab. Es fehlt ihnen an Phantasie, und sie haben praktisch kein persönliches Lebensziel. Abgesehen vom Soldatendasein besitzen sie keinerlei Erfahrungen, und ihr Gefühlsleben ist unterentwickelt. Sie haben nur eine vage Vorstellung von dem, wofür sie kämpfen, denn außer den Kasernen kennen sie kein Zuhause. Ich bin überzeugt, daß sie bis zum Tod kämpfen würden, um ihre Kameraden und ihr Lager zu verteidigen, aber davon abgesehen sind ihnen Begriffe wie Familie oder Heimat völlig fremd. Alles wird nebelhaft, sobald sie ihre Gruppe, ihren Zug und ihre Kompanie verlassen. Es gibt ein Dutzend weiterer Gründe, warum sie keine idealen Soldaten sind. Ich sah es an unserem jungen Freund Mohammad.« Er sah Dobkin an.

Dobkin nickte. »Bin Ihrer Meinung. Aber sie sind schließlich hundert und uns an Bewaffnung überlegen. Sie werden nicht, wie Ihre sprichwörtlichen Araber, ihre Zelte abbrechen und sich nächtens davonschleichen.«

»Nein«, sagte Hausner. »Das nicht. Weil sie zwei gute Führer haben.«

Wieder nickte Dobkin. »Das ist der Schlüssel. Die Führung.« Er schien der alten Schlachten zu gedenken und nickte mehrmals vor sich hin. Dann sah er Hausner und Burg an. »Was ich über die Araber als Soldaten weiß, ist folgendes: Erstens, sie sind Romantiker, und wenn sie an Krieg denken, so sehen sie Männer auf weißen Araberhengsten durch die Wüste sprengen. In Wirklichkeit sind die Araber von heute nicht gerade als erfolgreiche Angriffskrieger bekannt. Die Zeiten, als sie das Banner des Islam über die

Hälfte der zivilisierten Welt trugen, sind längst vorüber.« Er zündete sich eine Zigarette an. »Aber verstehen Sie mich nicht falsch. So schlechte Kämpfer sind sie nun auch wieder nicht. Sie sind im allgemeinen tapfer und ausdauernd, besonders im Verteidigungsgefecht. Wie viele Soldaten aus niedrigen sozialen und wirtschaftlichen Schichten können sie extreme Härten und Entbehrungen erdulden. Aber als Soldaten haben sie Schwachstellen. Sie gehen ungern zum Angriff über. Sie sind unfähig, bei veränderter Lage die Taktik zu wechseln. Ihre Offiziere und Unteroffiziere sind zwar nicht die besten, achten aber streng auf Ordnung und Disziplin. Der durchschnittliche Araber entwickelt wenig Initiative und noch weniger Disziplin, wenn sein Anführer gefallen ist. Außerdem stehen die Araber mit moderner militärischer Ausrüstung noch immer ein wenig auf Kriegsfuß. Für die Ashbals trifft das, nach dem wenigen, was ich von ihnen weiß, besonders zu. Und zudem sind sie durch die Haßpropaganda so verblendet, daß sie als Soldaten nicht kühl und professionell handeln können.«

Burg nickte. »Ganz meine Meinung. Und ich glaube, sie *könnten* wirklich davonlaufen, wenn sie genügend viele Anführer verlieren oder wenn die Verluste in ihren eigenen Reihen unerträglich werden — was, wie ich zugebe, nicht sehr wahrscheinlich ist. Wir hingegegen, *wir* können nicht davonlaufen. Wir kämpfen um unser Leben. Wir müssen alle Verluste ertragen. Es gibt keine Alternative.«

Hausner sagte: »Es gibt eine Alternative. Sie werden verhandeln wollen.«

»Aber nicht, ehe sie einen weiteren Angriff versucht haben«, sagte Dobkin. Er blickte zum Himmel auf. »Wir werden bald wissen, ob wir ihnen unerträgliche Verluste zufügen können. Der Mond geht unter.«

13

Brin sah sie als erster, sogar noch ehe der Zwei-Mann-Beobachtungs- und Lauschposten, der auf halber Höhe des Hügels Stellung bezogen hatte, sie erspähte. Sie kamen wie Schatten, in getigerten Kampfanzügen und mit automatischen Gewehren. Das Nachtzielfernrohr hellte noch den kleinsten Rest natürlichen Lichts so weit auf, daß Brin Dinge sehen konnte, die sogar den Nachtgeschöpfen verborgen blieben — Dinge, die ein Mensch nicht einmal an sich selbst sehen konnte. Er konnte die Schatten sehen, die sie im Sternenlicht warfen. Er konnte die weiße Haut unter ihren Augen sehen, ein untrügliches Zeichen der Furcht. Er konnte die geringfügigste Bewegung im scheinbar undurchdringlichen Dunkel unterscheiden — die Lippen, die Gebete murmelten, das hastige Wasserabschlagen, zu dem die Furcht sie drängte, die Hand, die an einer Haarsträhne zog. Ein Mädchen preßte die Hand eines jungen Mannes. Brin hatte ein Gefühl, als linse er durch ein Schlüsselloch. Er ließ das Gewehr sinken und flüsterte Naomi Haber zu: »Sie kommen.«

Sie nickte, berührte seinen Arm und rannte davon, um Alarm zu schlagen. Entlang der weit auseinandergezogenen und gewundenen Verteidigungslinie am Osthang verbreitete sich die Warnung schneller, als das Mädchen laufen konnte.

Am Westhang herrschte Stille. Die Posten dort wußten, daß sich vor der vom Euphrat ausstrahlenden Helle alles abzeichnen würde, was sich hügelan bewegte. Sie preßten die Gesichter dicht an die Erde der Hügelkrone und versuchten, irgend etwas Bewegliches auszumachen. Aber sie sahen nur den silbergrauen Euphrat, der lautlos nach Süden dahinfloß.

Dobkin, Burg und Hausner standen auf einer kleinen Erhebung — einem der ehemaligen Wachtürme — fast in der Mitte der Ostkuppe und ungefähr fünfzig Meter dahinter. Die Erhebung war zum Kommandohügel gewählt worden. Die drei Männer hofften, von dieser Warte aus das Gefecht entlang des fünfhundert Meter breiten Osthangs leiten zu können.

In der harten Lehmerde des Feldherrnhügels steckte eine lange, verbogene und verdrehte Aluminiumstrebe aus dem Leitwerksheck. Von der Spitze dieses ungewöhnlichen Mastes flatterte ein noch ungewöhnlicheres Banner: ein Kinder-T-Shirt aus einem Reisekoffer, das als Geschenk für irgendwen in New York gedacht war. Das T-Shirt zeigte die Küstenansicht von Tel Aviv, in Leuchtfarben aufgemalt. Die beflaggte Erhebung sollte als Kommandozentrale dienen, als Ort, wo die Meldeläufer ihre Nachrichten überbringen und Befehle entgegennehmen sollten. Sie war zudem als letzter Sammelpunkt gedacht, als Zitadelle innerhalb der Zitadelle, als Auffangstellung, von der aus das letzte Gefecht geführt werden sollte, falls die Verteidigungslinie eingedrückt oder durchbrochen würde. Es war eine uralte Taktik, viel älter als Funk, Telegrafie und Feldtelefone. Die drei Befehlshaber stellten sich auf die Anhöhe, unter ihre Fahne, und warteten.

Die beiden Männer vom Beobachtungs- und Lauschposten auf halber Höhe fielen atemlos am Fuß des Feldherrnhügels nieder und berichteten, was durch Nathan Brin und Naomi Haber bereits bekannt war. »Sie kommen.«

Brin beobachtete, wie die Ashbals lautlos den Hügel heraufkamen. Dieses Mal gingen sie nicht hintereinander, sondern bewegten sich, ungefähr hundert Männer und Frauen, in einer über die ganze Breite des Hangs reichenden Linie, je fünf Meter Abstand zwischen ihnen. Sie rückten so gleichmäßig vor wie gut ausgebildete Infanteristen früherer Zeiten. Sie stockten nicht, schlossen nicht näher auf. Sie verhielten nicht an Stellen, die natürliche Deckung und Tarnung boten, obgleich ihr Instinkt es ihnen geboten hätte. Sie hielten ihre AK-47 mit aufgepflanztem Bajonett vor sich. Es war für jeden, der es sah, ein furchterregender Anblick. Aber für Brin war es nur eine Parade. Schulexerzieren. Er war gespannt, wie sie reagieren würden, wenn ihnen die ersten Kugeln um die Ohren flogen. Dann würden sie wohl wie der Blitz hinter die wenigen vorhandenen Deckungen hechten. Aber noch zogen sie im Dunkeln eine klassische Infanterieattacke auf — mehr für sich selbst als für die Israelis, die nichts davon sehen konnten.

Der Gedanke, daß er als einziger sie sah, brachte Brin mehrmals an den Rand der Panik. Schweiß sammelte sich auf dem Gummiwulst des Okulars und rann ihm über die Backe. Noch waren die Angreifer weit entfernt. Ungefähr fünfhundert Meter. Dann nur noch vierhundert.

General Dobkin und Isaac Burg konnten sich nicht über die anzuwendende Taktik einigen. Dobkin wollte sie möglichst früh unter schweren Beschuß nehmen, noch ehe sie zum Sturm auf die schwache Verteidigungslinie ansetzen konnten. Vielleicht würden sie dann kopflos den Hügel hinab fliehen. Der Gefangene hatte ausgesagt, sie besäßen keine Handgranaten, aber Dobkin durfte sich nicht darauf verlassen.

Er wollte sie auf keinen Fall bis auf Wurfweite herankommen lassen.

Burg dagegen wollte das Feuer erst auf möglichst kurze Distanz eröffnen — in Reichweite der Handfeuerwaffen —, damit ihnen mit möglichst geringem Aufwand an Munition schwere Verluste zugefügt werden konnten.

Hausner wurde nicht um seine Meinung gefragt, aber er hielt Dobkins Argumente in Anbetracht der Gegebenheiten für realistischer. Indes wußte er, daß Dobkin — Soldat bis ins Mark — sich am Ende dem zivilen Regierungsbeamten fügen würde. Die Entscheidung war in diesem Fall subjektiver Natur, und folglich würde der Ranghöhere das letzte Wort haben.

Hausner entschuldigte sich, sprang von der Anhöhe und ging die fünfzig Meter zu der Stelle, wo Brin kniete.

Brin zitterte buchstäblich an allen Gliedern, als er die Angriffswelle herankommen sah. Hausner konnte es ihm nicht verübeln. Er sagte leise: »Entfernung?«

Brin blickte nicht auf. »Dreihundertfünfzig Meter.«

»Formation?«

»Immer noch Schützenlinie. Die meisten im offenen Gelände. Aufgepflanztes Bajonett.«

Naomi Haber saß auf dem Boden und atmete schwer vom Laufen. Hausner wandte sich an sie. »Laufen Sie zu einer AK-47-Stellung und sagen Sie dem Mann, er soll das Feuer eröffnen.« Das Mädchen sprang auf und rannte weg. Hausner fragte wieder: »Entfernung?«

»Dreihundert.«

»Eröffnen Sie das Feuer«, sagte er leise.

Brin drückte auf den Abzug, warf den Lauf herum, drückte wieder ab, schoß ein drittes Mal. Jedesmal hustete der Schalldämpfer nur schwach. Dann fiel die erste AK-47 ein, das Signal zur allgemeinen Eröffnung des Feuers. Von der ganzen Verteidigungslinie um die Hügelkuppe kamen Schüsse. Das dumpfe Knallen der drei AK-47 übertönte die kleinen Kaliber. Über allen anderen Geräuschen hörte man das scharfe Stakkato der Uzi-Maschinenpistole.

Die Araber erwiderten unverzüglich mit schwerem Beschuß. Der Lärm schwoll rasch ohrenbetäubend an. Hausner konnte sehen, wie die Geschosse in die improvisierte israelische Brustwehr einschlugen. Er wußte nicht, ob bereits jemand getroffen worden war.

Brin hatte den Auftrag, nach Möglichkeit die Gruppenführer zu identifizieren und auszuschalten. Er bekam die Antenne eines Feldtelefons ins Visier, das von einem Funker auf dem Rücken getragen wurde. Am Ende eines Spiraldrahts, der aus dem Gerät ragte, war ein Mikrophon. Ein junger Mann kauerte auf der Erde und hielt das Mikrophon vors Gesicht. Brin zielte auf den Mund des jungen Mannes und feuerte. Das Mikrophon und das Gesicht des jungen Mannes zerbarsten in tausend Fetzen. Brin zielte nochmals und schoß dem Funker ins Herz.

Das Feuer der Ashbals verstummte, die lange Schützenlinie löste sich rasch in kleine Gruppen auf, die Deckung suchten. Der Vormarsch verlangsamte sich, aber sie rückten dennoch weiter vor. Brin suchte das Feld hinter den Ashbals ab, wo sich die Oberführer befinden mußten. Einmal glaubte er, Rish gesehen zu haben, aber dann verschwand der Kopf, und an seiner Stelle erschien eine Sekunde später der Kopf einer jungen Frau. Brin schoß ohne Zögern. Er sah, wie der Kopf zur Seite gerissen wurde. Das Barett flog davon, und das lange Haar flatterte, als das Mädchen um die eigene Achse gerissen wurde und zu Boden stürzte.

Dobkin sah die Mündungsfeuer, als die Araber sich den Hügel heraufbewegten. Er schüttelte den Kopf. Sie waren vielleicht gut ausgebildet, aber ihre Taktik war verheerend. Das Vorgehen der Ashbals hatte wenig mit der bewährten Methode des Nachtangriffs zu tun, wie sie besonders von der israelischen Armee entwickelt worden war. Bekanntlich soll ein Nachtangriff lautlos einsetzen, nicht, wie in früheren Kriegen üblich, mit Waffenlärm und Feldgeschrei. Anfangs hatten die Ashbals diese Regel befolgt, aber sie waren zu langsam vorgerückt und hatten das Feuer zu bald erwidert. Die Israelis hatten bereits in früheren Gefechten bewiesen, daß ein lautloser und beschleunigter Anmarsch dem nächtlichen Angreifer die besten Chancen bot. Der Feind, der erst zu spät sah, was da im Dunkeln auf ihn zukam, war dann im allgemeinen völlig überrumpelt. Ehe er reagieren konnte, waren die Angreifer schon in Handgranatenwurfweite, und eine Sekunde später fielen sie in die Schützengräben ein. Sogar ein mit vollem Sturmgepäck beladener Infanterist konnte im Laufen in weniger als zwei Minuten einen halben Kilometer schaffen.

Dobkin beobachtete, wie die Mündungsblitze sich im Dunkeln bewegten. Die Ashbals feuerten im Laufen und warfen sich danach in Deckung, genau das Gegenteil dessen, was sie hätten tun sollen. Die Verteidiger auf dem Hügel zielten auf die Mündungsfeuer, während die Angreifer rannten. Soweit Dobkin sehen konnte, blieb das Feuer der Ashbals auf die getarnten Stellungen bisher wirkungslos, sie hatten nur einen Gefallenen zu beklagen. Als Dobkin den Hang hinunterblickte, sah er Mündungsfeuer, die durch — wie er hoffte — eigene Treffer ausgelöscht wurden. Es hatte vieler Schlachten und vieler Jahre bedurft, bis Dobkin, so wie jetzt, auf einer Anhöhe stehen und den Verlauf eines Gefechts nach Mündungsfeuern und Geräuschen, nach menschlichen Lauten und dem Geruch der Nachtluft beurteilen konnte. Und am sichersten sagte ihm sein Soldateninstinkt, wann alles gutging und wann alles verloren war.

Dobkin wußte auch, daß trotz allen Lärmens die Ausfälle auf beiden Seiten gering sein würden, bis das Stadium des Nahkampfs erreicht wäre. So war es bisher immer gewesen. Diesmal jedoch fühlte er, daß es keinen Sieg geben würde. Er wandte sich zu Burg um. »Ein unmethodischer Haufen, aber eisern entschlossen. Unsere Munition wird wohl bald zu Ende sein. Vielleicht sollten wir Befehl zum Rückzug auf diese Anhöhe geben.«

Burg schüttelte den Kopf. Bevor er in den Nachrichtendienst eintrat, war er Bataillonskommandeur im Unabhängigkeitskrieg gewesen. Auch er hatte ein Gespür für solche Dinge. »Warten wir noch. Ich kann mir vorstellen, daß sie den Angriff abbrechen.«

Dobkin antwortete nicht.

»Nach Sonnenaufgang stellen wir Hausner vors Kriegsgericht«, sagte Burg beiläufig.

»Wir haben keinen Beweis, daß er den Feuerbefehl gegeben hat«, sagte Dobkin.

»Sie wissen genau, daß er es tat.« Burg hielt sich mit einer Hand an der verbogenen Aluminiumstange fest. Er schien hypnotisiert zu sein vom Mündungsfeuer der Waffen und dem unaufhörlichen Pfeifen der Geschosse. Es fehlte nur der Donner der schweren Artillerie, dachte er, der einem Kampf erst das rechte militärische Gepräge gibt. Dieser Kampf hörte sich an wie ein Chikagoer Gangsterfilm — nur Pistolen und Maschinenwaffen. »Nun, General? Glauben Sie, daß Hausner entgegen unserer Order den Feuerbefehl gegeben hat?« fragte Burg.

Dobkin hatte keine Lust zu einer Auseinandersetzung. »Vermutlich. Aber es dürfte im Endeffekt keine allzu große Bedeutung haben.«

»Für mich hat es große Bedeutung«, fauchte Burg. »Sehr große Bedeutung.«

Das Feuer der Verteidiger blieb konstant, denn ein Sparen an Munition wäre jetzt für die Angreifer ein Signal gewesen, daß das Ende nahe war, wenn sie nur noch eine Weile durchhielten. Aber die Munitionsreserven der Israelis schwanden rapide, und für einige Handfeuerwaffen fehlte bereits der Nachschub. Die AK-47 setzten das Feuer in kurzen Stößen fort, während Joshua Rubin aus der Uzi Dauerfeuer gab und nur von Zeit zu Zeit innehielt, um den Lauf abkühlen zu lassen. Brin hatte bei relativ geringem Munitionsverbrauch mit zehn Treffern die tödlichste Waffe.

Die Ashbals waren jetzt bis auf hundert Meter herangekommen, aber ihre Verluste stiegen mit jeweils zehn gewonnenen Metern.

Eine Gestalt kam vom Westhang her zum Befehlsstand gelaufen. Burg und Dobkin machten sich auf die Unglücksbotschaft gefaßt, daß die Ashbals an der Flußseite des Hügels zu einem Entlastungsangriff angetreten seien. Dort bestand die gesamte Verteidigung lediglich aus McClure mit seiner Pistole und einem Dutzend

Männern und Frauen mit Steinbrocken und Resten von Aluminiumstreben, aus denen sie Speere gefertigt hatten. Der Meldeläufer erreichte sie und keuchte: »Am Westhang nichts Neues.« Er grinste.

Dobkin grinste zurück und schlug ihn auf den Rücken. »Das ist die erste gute Nachricht, die ich gehört habe, seit gestern abend in Tel Aviv eine Dame ja zu mir gesagt hat.«

Hausner, der neben Brin kniete, schätzte, daß das Ende innerhalb der nächsten Minuten kommen mußte. Sie hatten einfach nicht genügend Munition, um den Beschuß in gleicher Stärke aufrechtzuerhalten.

Als hätten die Verteidiger seine Gedanken gelesen, begannen sie in einem letzten verzweifelten Einsatz noch heftiger zu feuern, um die Angreifer in Panik zu versetzen. Hausner beobachtete die anrückenden Araber, die jetzt teilweise auch im Dunkeln zu sehen waren. Die Ashbals schwankten, als der massive Beschuß Lücken in ihre Reihen riß. Sie verlangsamten, aber die Reihen hielten. Die Schwungkraft war jedoch gebrochen, sie zögerten, aber sie fielen auch nicht zurück. Ihre Anführer brüllten und schlugen nach ihnen und versuchten, die Initiative wieder an sich zu reißen. Einige Gruppen setzten sich widerwillig aufs neue in Bewegung.

Brin nutzte die bessere Erkennbarkeit der Anführer und räumte in weniger als dreißig Sekunden zwei von ihnen aus dem Weg. Die übrigen gingen in Deckung. Brin begann nun fieberhaft nach Rish zu suchen. Er hatte während der letzten Stunde das Foto aus Hausners Unterlagen so gründlich studiert, daß er im Geist Rishs Gesicht an jedem Araber sah. Aber er wußte, wenn er dieses Gesicht wirklich vor sich haben würde, gab es keinen Zweifel.

Die Israelis hörten die Schreie der Araber und konnten einiges von dem, was vorging, sehen. Sie kamen zu dem Schluß, daß es in den Reihen der Ashbals zu Schwierigkeiten gekommen war. Die Veteranen unter den Israelis wußten, was zu tun war. Vor Hausners erstaunten Augen begannen ungefähr zwanzig Männer und Frauen, ohne jeden Befehl und unter gellendem Geschrei, den Hügel hinunterzurennen.

Dobkin erkannte, was vorging. Mit kühler Sachlichkeit wog er die Erfolgschancen ab. Diese primitive Konterattacke unter lautem Schlachtgeschrei sollte den Angreifern Furcht einjagen. Wenn ein solcher Ausfall mit genügend Schwung und Überzeugung geführt wurde, und wenn er, wie hier, spontan erfolgte, so konnte er die Feinde das Gruseln lehren. Zuerst gaben die Feigsten Fersengeld, dann wurden auch die Beherztesten in die panische Flucht mitgerissen. Da sie keine Auffangstellungen vorbereitet hatten, mußten sie laufen, bis sie umfielen.

Aber würde es wirklich dazu kommen? Was würde passieren, wenn die Ashbals einen zweiten Kampftrupp an der Flußseite hatten? Wenn sie von dort angriffen, konnte Dobkin den Verteidigern keine Verstärkung mehr schicken. Alle seine Leute befanden sich im befehlswidrigen Gegenangriff auf halber Höhe des Osthangs. Das kommt davon, wenn nicht nach Befehl gehandelt wird. Dobkin lief zum Höhenrücken über dem Osthang.

Hausner nahm Brins M-14 und spähte durch das Nachtzielgerät. Einen Augenblick lang hing alles in der Schwebe. Wenn die Ashbals sich nicht verwirren ließen, würde es ein Massaker geben. Die angreifenden Israelis waren fünf zu eins in der Minderzahl und nur leicht bewaffnet. Sie waren jetzt fünfzig Meter von den Ashbals entfernt und schossen mit wachsender Treffsicherheit in deren Reihen. Joshua Rubin war völlig übergeschnappt. Im Rennen schickte er einen einzigen langen Feuerstoß aus seiner Uzi, daß Hausner dachte, der Lauf müsse schmelzen. Über dem ohrenbetäubenden Gefechtslärm konnte Hausner Rubins urzeitlichen Schlachtschrei hören.

Hausner versuchte, Rubin Feuerschutz zu geben, indem er mit dem M-14 auf benachbarte Ziele schoß. Er sah, wie der erste der Gegner kehrt machte und zurückrannte. Dann folgten zwei junge Mädchen. Dann weitere. Er hörte die fliehenden Ashbals das arabische Wort für Rückzug brüllen. Ein paar Anführer versuchten, sie zum Weiterkämpfen zu bewegen. Hausner nahm einen von ihnen, der Erfolg zu haben schien, ins Fadenkreuz und drückte ab. Der Mann fiel. Die Anführer hatten bereits begriffen, daß ihnen jemand mit einem sehr guten Nachtzielgerät übermäßig schwere Verluste zufügte. Und jetzt, bei ihrem Versuch, Widerstand zu organisieren, waren sie so exponiert, daß sie praktisch Selbstmord begingen. Hausner zielte erneut. Er hatte mit allen Waffen geübt, die an seine Leute ausgegeben wurden, aber das hier war nicht seine Sache, und Brin wurde ungeduldig. Hausner schoß, traf einen weiteren Anführer und gab Brin die Waffe zurück.

Schließlich verloren auch die restlichen arabischen Anführer inmitten des Geschreis nach Sanitätern den Mut und schlossen sich dem Strom der Fliehenden an. Erst nachdem die Ashbals einige Entfernung zwischen sich und die Israelis gebracht hatten, kam eine gewisse Ordnung in den Rückzug. Inzwischen hatte sich auch bei den Israelis die Raserei der Verzweiflung gelegt, die ihre Gegenattacke ausgelöst hatte. Die Ashbals suchten herumliegende Waffen zusammen, sammelten ihre Toten und Verwundeten auf und organisierten eine Nachhut, um sich Zeit für ihren Abzug zu verschaffen. Als sie den Hügel hinunterliefen, kamen sie durch Erdrutsche ins Schlittern, Tote und Verwundete wurden fallen gelassen.

Die Israelis folgten der Nachhut dicht auf den Fersen, hielten jedoch endlich inne, als ein von Dobkin ausgeschickter Kurier ihnen befahl zurückzukommen. Sie sammelten an weggeworfenen Waffen und Munition auf, was sie im Dunkeln finden konnten, und klommen wieder den Hügel hinauf, schmutzig, schweißbedeckt und erschöpft. Rubin und eine Stenographin, Ruth Mandel, waren verwundet, aber nicht ernsthaft. Vom Flußhang kam noch immer keine Meldung, aber Dobkin schickte sicherheitshalber zwei Männer mit Gewehren dorthin. Stille senkte sich über den Hügel, und der Korditgeruch hing in der regungslosen Luft.

Hausner sah durch Brins Nachtzielgerät ein letztes Mal den zurückweichenden Arabern nach. Sie waren jetzt außerhalb der Reichweite des M-14, aber er konnte sie deutlich sehen. Auf einem kleinen Erdhügel stand, das tote langhaarige Mädchen über der Schulter, ein einzelner Mann. Er regte sich nicht, als der letzte Ashbal an ihm vorbeilief. Der Mann blickte zu dem Hügel auf, der so vielen seiner Brüder das Leben gekostet hatte. Er bewegte den Arm — zu einem Gruß oder einer Verwünschung. Hausner konnte es nicht unterscheiden. Er konnte auf diese Entfernung auch das Gesicht nicht erkennen, aber er wußte mit Sicherheit, daß der Mann Ahmed Rish war.

14

Der Premierminister Israels betrat unangemeldet den Einsatzraum der Zitadelle in Tel Aviv. Das Personal der Air Force erlaubte sich kurze rasche Blicke, dann wandte jeder sich wieder seiner Arbeit zu. Der Lärm von Telefonen, Fernschreibern und elektronischen Geräten war laut — lauter, als der Premierminister ihn vom Yom-Kippur-Krieg her in Erinnerung hatte.

Der Premierminister hielt in dem großen Raum nach General Talman Ausschau, dann erinnerte er sich und ging hinüber zu Talmans Stellvertreter, General Mordecai Hur. Sein Gefolge schwärmte in die Zentrale aus, um Informationen zu sammeln und Befehle weiterzugeben.

Der Premierminister trat nah an General Hur heran. »Hat von

01 jemand überlebt?« Hur war ein getreues Abbild seines früheren Chefs. Nach britischem Muster ausgebildet, reserviert, korrekt in Redeweise und Kleidung. Der Premierminister hatte nichts von alledem, aber er war mit Talman immer gut ausgekommen und hoffte auf eine gleich gute Beziehung zu Hur.

General Hur schüttelte fast unmerklich den Kopf. »Nein, Sir. Aber wir haben etwa die Hälfte der Leichen geborgen.« Er hielt inne. »Es kann niemand überlebt haben, das wissen Sie.«

»Ich weiß.« Er blickte auf die elektronischen Bildschirme. »Wo sind sie, Motty?«

Hur stutzte ein wenig, als er sich mit der Abkürzung seines Namens angesprochen hörte. »Ich weiß nicht, Sir. Und mit jeder Minute, die wir nichts wissen, wächst der Radius, innerhalb dessen sie sein können, wenn sie aufgetankt haben und wieder in der Luft sind. Wir haben jetzt alle unsere Möglichkeiten ausgeschöpft.«

Der Premierminister nickte. »Was ist mit dem amerikanischen Satellitenfoto des Sudan?«

Hur nahm ein Blatt Papier von einer langen Theke. »Das ist ein Bericht unseres dortigen Agenten. Das Objekt auf dem Foto erwies sich als Wrackteile aus Aluminium, die im Sand liegen. Größe und Form würden zu einer Concorde passen.«

»Darüber sind die Meinungen geteilt. Ich sage, eine raffinierte List. Andere halten es einfach für einen Zufall. Aber wir haben noch drei oder vier entsprechende Fotos. Wir müssen es mit Infrarotaufnahmen und Spektralanalyse versuchen, wenn wir keinen zuverlässigen Agenten vor Ort einsetzen können. Außerdem haben wir Radar-, Funk- und Bildberichte, die meilenweit nach einer Finte riechen.«

»Dieses Unternehmen war vorzüglich geplant. Aber sie müssen trotzdem jemanden im engsten Kreis gehabt haben, oder?«

»Dafür bin ich nicht zuständig. Fragen Sie Shin Beth.«

Der Premierminister hatte Mazar über eine Stunde lang im Schwitzkasten gehabt, aber der Staatssicherheitsdienst war über die ganze Sache ebenso verblüfft wie alle anderen. Dennoch hatte Mazar nicht, wie ein Dutzend anderer Leute, seinen Rücktritt angeboten. Der Premierminister mußte den Mann bewundern, der im Klartext sagte: »Mein Rücktritt zieht den Karren auch nicht aus dem Dreck.« Aber er wußte, daß Mazar am Ende doch seinen Hut nehmen müßte.

Eine Ordonnanz brachte ein Telefon herbei. »Der Generalsekretär der Vereinten Nationen, Sir.«

Der Premierminister nahm den Hörer. »Ja, Herr Generalsekretär?« Er hörte sich den Lagebericht an, den er vor kurzem erbeten hatte. Der Generalsekretär drückte sich sehr vorsichtig aus. Die arabischen Friedensdelegationen seien noch in New York. Keine sei zurückbeordert worden. Die Stimmung sei besorgt. Würde Israel sich zu einer Überreaktion hinreißen lassen und die Araber in Schwierigkeiten bringen? Der Premier enthielt sich jeder Äußerung dazu. Ein paar Minuten lang unterhielten sie sich höflich. Der Premierminister blickte zur Weltuhr an der Wand auf. Es war Mitternacht in New York. Der Generalsekretär klang müde. »Vielen Dank, Herr Generalsekretär. Könnten Sie mich freundlicherweise mit der israelischen Mission verbinden lassen? Vielen Dank.«

Er sprach mit seinem ständigen Botschafter bei den Vereinten Nationen und dann zu dem vorausgeschickten Stab der Friedensmission, der seit Monaten an der Vorbereitung der Konferenz gearbeitet hatte. Viele hatten Freunde und Verwandte unter den vermißten Delegierten. Die Stimmung war eine Mischung aus Empörung, Verzweiflung und Optimismus. Der Premier konnte seine eigene Stimme aus den Lautsprechern im New Yorker Büro hallen hören. Er sprach zu den Mitarbeitern. »Sie haben fruchtbaren Boden bereitet, auf dem der Friede wachsen kann.« Er war Landwirt und benutzte gern solche Bilder. »Wir wollen jetzt diese Saat streuen. Sorgen Sie dafür, daß der Boden bereitet bleibt. Aber *falls* es notwendig werden sollte, das Land mit Salz zu pflügen . . .« er machte eine Pause. Die Leitung war nicht gesichert, und mindestens das FBI und der CIA hörten mit, und er wollte, daß sie — und alle anderen — es hörten, » . . . dann pflügen wir es mit Salz, und es wird ein Jahrzehnt lang Wüste sein.« Er legte auf.

Er wandte sich wieder General Hur zu. »Es wird ein paar Minuten dauern, bis das U. S. State Department die Bandaufnahme dieses Gesprächs abgehört hat und uns anruft. Gehen wir Kaffee trinken.«

Sie gingen hinüber zur Kaffeebar und bedienten sich. Auf einem Tisch gleich daneben wuchsen die Stapel ausländischer und einheimischer Zeitungen, die auf der Titelseite sämtlich das gleiche Foto einer Concorde mit den Farben der El Al zeigten — der Premier erkannte es als altes Pressefoto wieder, das die Public-Realitions-Abteilung anläßlich des Jungfernflugs der 01 freigegeben hatte. Alle Schlagzeilen verkündeten die gleiche Nachricht in verschiedenen Formulierungen und verschiedenen Sprachen. Der Premier sah flüchtig einige der Zeitungen durch. »Manchmal habe ich das Gefühl, daß wir sehr allein sind auf diesem großen Planeten. Und dann wieder habe ich das Gefühl, daß die Menschen an uns Anteil nehmen.«

General Hur sah in die schwarze Flüssigkeit in seiner Tasse. Sein

Spiegelbild starrte ihn daraus an. Er ahnte die geröteten Augen, die gedunsene Haut, das leicht zerzauste Haar. Er hatte keinen Augenblick an die Friedenskonferenz geglaubt, solange sie im Gespräch war. Aber jetzt sah er, wie viele andere Menschen daran geglaubt hatten, und empfand Schuldgefühl über die Tatsache, daß er gehofft hatte, irgend etwas — irgend etwas Harmloses natürlich — werde doch noch dazwischenkommen. Er blickte zum Premier auf. »Meine Erfahrung als Soldat hat mich gelehrt, daß es den Menschen erst in der elften Stunde wirklich um den Frieden zu tun ist. Aber dann ist es häufig zu spät, den Lauf der Dinge noch umzukehren.«

»Und wie spät ist es Ihrer Meinung nach jetzt, General?«

»Das kann ich nicht sagen, Sir. Das ist der Haken bei dieser elften Stunde. Man weiß nie, wenn's ein Viertel vor ist — man weiß es erst, wenn es fünf Minuten darüber sind.«

Wieder brachte eine Ordonnanz dem Premier ein Telefon. »Washington. Das State Department.«

Der Premierminister warf General Hur einen Blick zu und nahm dann den Hörer auf. »Ja, Mr. Secretary. Was macht Ihre Farm in Virginia? Ja, ich weiß, die Küstenregion ist ziemlich salzig geworden, seit Ihre Vorfahren sich dort ansiedelten. Die Zeiten wandeln sich. Die Gezeiten sind ewig. Wir haben hier ähnliche Probleme. Das Meer hat so großen Spielraum, und trotzdem scheint es uns auch noch das Land wegnehmen zu wollen.« Sie plauderten ein paar Minuten lang über dieses und jenes, dann legte der Premier den Hörer auf und wandte sich an Hur. »Unser Ruf, wonach wir auf Terroranschläge überreagieren, hat sein Gutes, General. Jeder möchte sich überzeugen, daß man immer noch vernünftig mit uns reden kann.«

General Hur setzte sich über militärische Disziplin und Rangordnung hinweg und fragte: »Und kann man das?«

Der Premier sah sich in der Einsatzzentrale um. Nach langem Schweigen sagte er: »Ich weiß nicht, General. Was mit der 01 passiert ist, können wir nicht mehr ändern. Aber ich glaube, die Stimmung in der Öffentlichkeit wird weitgehend davon abhängen, was mit der 02 passiert. Warum haben wir nichts von den Entführern gehört, General?«

»Ich habe keine Ahnung.«

Der Premier nickte. »Vielleicht sind sie nicht . . .«

»Was nicht, Sir?«

»Ach, nichts. Haben Sie den Bericht gesehen, den wir von Aérospatiale bekamen?«

»Ja. Klassisches Beispiel dafür, wie man das Gatter schließt, nachdem die Herde über alle Berge ist. Von dort kommt keine Hilfe.«

Wieder nickte der Premier. »Die palästinensischen Mörsermänner scheinen nichts zu wissen.«

»Hätte mich auch überrascht.«

»Haben wir noch irgend etwas vergessen, Motty?«

Hur schüttelte den Kopf. »Nein. Ich glaube nicht. Wir tun hier, soviel wir können. Wir haben mit anderen Luftwaffen von Teheran bis Madrid Verbindung aufgenommen, und sie helfen uns nach Kräften. Es kommt jetzt darauf an, daß die Nachrichtendienste einen Durchbruch erzielen.«

»Entweder das, oder Mr. Ahmed Rish läßt sich herbei, uns anzurufen und zu erklären, was los ist.«

»Mir wäre lieber, wenn wir's selbst herausfänden.«

Der Premier sah sich ein letztes Mal in der Zentrale um. »Bleiben Sie am Ball, Motty. Wir sprechen uns später.«

»Ja, Sir. Wo kann ich Sie erreichen, wenn irgend etwas auftaucht?«

Der Premier überlegte. Tel Aviv hatte weitaus bessere Kommunikations- und Verkehrsmöglichkeiten. Es war auch in anderer Hinsicht weniger exponiert und sicherer. Eine Studie des Kriegsministeriums hatte erneut bestätigt, daß in Krisenfällen Tel Aviv das Operationszentrum sein müßte. Trotzdem — Jerusalem war die Hauptstadt — nicht nur die politische Hauptstadt, sondern Herz und Seele Israels. Es war ein Begriff, ein Symbol, ein unvergängliches Wesen. Und selbst wenn es nur noch Schutt wäre — oder salzige Erde, wie die Römer sie hinterlassen hatten —, so würde es dennoch Jerusalem sein. »Jerusalem. Ich gehe nach Jerusalem.«

Hur nickte und gestattete sich ein Lächeln. Der Premierminister ging.

Teddy Laskov stand allein auf dem Teerstreifen des Militärflugfelds in Lod. Letzte Dämmerung erhellte schwach den Westhimmel und hob die Hügel Samarias hervor, die sich aus der Ebene Sharon erhoben. Laskov starrte lange in den Himmel, bis das Licht schwand und die dunkelste Stunde anfing. Er wandte sich ab und blickte hinaus über die schwarzen Pisten, dorthin, wo sich die zwölf abgestellten F-15-Maschinen vor den Lichtern des Internationalen Flughafens abhoben. Sie standen stumm da, wie Wachtposten, die die Grenzen von Zivilisation und Menschlichkeit hüteten. Die Leute nannten sie Kriegsflugzeuge, aber ebensogut könnte man sie Friedensflugzeuge nennen, dachte Laskov. Sie würden ihm fehlen. Der Geruch von Kerosin und Hydrauliköl würde ihm fehlen. Die Kaffeebar in den Bereitschaftsräumen, das Knistern der Funkgeräte. Und am meisten würden ihm die Männer und Frauen fehlen, die Hel Avir zu mehr machten als nur zu einer Ansammlung sündteuren Metalls. Zwischen seiner ersten Maschine in Rußland und seiner letzten in Israel lagen Jahrzehnte. Es hat auf jeden Fall viel zu lange gedauert, dachte er.

Er machte kehrt und marschierte auf den Jeep zu, der darauf wartete, ihn heimzubringen nach Herzliya. Beim Einsteigen gestattete er sich einen letzten Blick zurück. Der Fahrer schaltete die Scheinwerfer an, legte den Gang ein und kurvte über die Rollbahn zur Zufahrtsstraße des Flugplatzes.

Laskov nahm die Mütze ab, zog den Waffenrock aus und legte beides auf seine Knie. Der Nachtwind peitschte um die Schutzscheibe und zerzauste sein ergrauendes Haar. Er lehnte sich zurück. Er dachte an Miriam. Er hatte buchstäblich ein paar Minuten lang ihr Schicksal in seinen Händen gehalten. Ja, er hatte das Schicksal seines Volkes in den Händen gehalten, während er die Steuersäule seines Kampfflugzeugs umklammerte. Jetzt hielt er nur noch Mütze und Rock in den Händen. Er trennte sich mit gemischten Gefühlen von der Knochenmühle des Dienstes. Er empfand Erleichterung, aber auch ein Gefühl der Leere. Und er fühlte sich mit einemmal sehr einsam. Ohne Miriam würde er die Einsamkeit noch stärker empfinden.

Der Fahrer riskierte einen Seitenblick. Laskov wandte den Kopf und zwang sich zu einem Lächeln.

Der junge Mann räusperte sich. »Nach Hause, General?«

»Ja. Nach Hause.«

15

Der Beginn der nautischen Morgendämmerung war um sechs Uhr drei. Der Himmel wurde hell und zeigte sich in vollkommener, wolkenloser Bläue. In der Luft lag ein kühler Hauch, und der dumpfe Geruch des Wassers hüllte den Hügel ein. Als die Luft sich erwärmte, stieg Nebel vom Fluß auf. Irgendwo im blassen Frühlicht begannen Vögel zu singen. Um sechs Uhr neun ging über den fernen Gipfeln des Zagrosgebirges in Iran die Sonne auf und verdunstete den Bodennebel.

Hausner fragte sich, was die Ureinwohner der Täler von Tigris und Euphrat wohl von diesen geheimnisvollen schneebedeckten Bergen gedacht haben mochten, aus denen allmorgendlich die Sonne hervorkam. Und dann brachen eines Tages die Perser aus ihnen hervor, blutrünstige Halbwilde, und besiegten die alten Kulturen an Tigris und Euphrat. Aber schließlich wurden die Eroberer in die Kultur der Ureinwohner integriert.

Fast in jedem Jahrhundert kam eine neue Schar schlanker und wilder Bergbewohner aus den umliegenden Hochländern, die heute den Iran und die Türkei bilden, herabgestürzt. Die alten Städte und Flecken und Gehöfte überstanden Zerstörung und Plünderung, Vergewaltigung und Massaker und lebten unter neuen Herrschern weiter, nachdem der Staub sich gelegt und das Morden geendet hatte. Dann kamen aus den Wüsten im Süden die Araber und fegten die alten Götter hinweg.

Aber am schlimmsten hatten die Mongolen gewütet. Sie hatten die Städte und die uralten Bewässerungsanlagen so gründlich zerstört, daß Mesopotamien sich nie wieder davon erholte. Aus einem Land mit zwanzig bis dreißig Millionen Einwohnern — neben Ägypten und China das dichtestbesiedelte der Welt — wurde eine Wüste, in der ein paar Millionen Menschen von Seuchen geplagt in ständiger Furcht ihr Dasein fristeten. Die Felder, die seit viertausend Jahren ständig beackert worden waren, lagen brach. Malariasümpfe und Sanddünen breiteten sich aus, und die Zwillingsströme überfluteten ungehemmt das fruchtbare Schwemmland. Mit dem Einfall der Türken, ein paar Jahrhunderte später, verkamen Land und Menschen noch mehr. Als die Briten 1917 die Türken vertrieben, konnten sie es nicht fassen, daß dies das Land gewesen sein sollte, wo Milch und Honig flossen. An der Stelle des legendären Gartens Eden erstreckte sich ein Pestpfuhl. Die Tommies witzelten: »Wenn das der Garten Eden ist, möchte ich die Hölle gar nicht erst kennenlernen.«

Kein Wunder, daß die heutigen Iraker so sind, wie sie sind, dachte Hausner. Eine Mischung aus Erbitterung über ihr historisches Schicksal und Stolz auf ihr uraltes Erbe. Dies war einer der Schlüssel zu Ahmed Rishs komplexer Persönlichkeit. Wenn jemand in Tel Aviv oder Jerusalem das begriffe, dann würde dieser Jemand vielleicht sagen: »Babylonische Gefangenschaft.«

Hausner schüttelte den Kopf. Nein. Es war leicht, zu diesem Schluß zu kommen, wenn man in Babylon stand. Weniger naheliegend würde es für die Leute des Militärischen Nachrichtendiensts sein, die vor Stapeln von Funkmeldungen und Radarbildern, Luftaufnahmen und Agentenrapporten saßen. Allerdings waren die israelischen Nachrichtendienste für ihre Phantasie und unvoreingenommene Denkweise bekannt. Wenn sie sich Rishs Psychogramm genau genug ansähen — ein Romantiker mit Illusionen von unsterblichem Ruhm und allem was dazu gehört —, dann würden sie vielleicht doch den richtigen Schluß ziehen. Hausner hoffte es.

Hausner unternahm einen Inspektionsgang zu der dünnen Verteidigungslinie. Sie hatten jetzt zwei weitere AK-47 und vielleicht genügend Munition, um noch einen solchen Angriff wie den der vergangenen Nacht abzuwehren.

Alle arbeiteten an den Verteidigungsstellungen, mit Ausnahme einer kleinen Gruppe, die sich gemeldet hatte, um den Osthang nochmals nach zurückgelassenem Material durchzukämmen. Sie hatten Schaufeln aus Aluminiumstreben und -platten dabei, um die beiden toten Araber zu begraben, die noch auf dem Kampfplatz lagen.

Die Israelis hatten sieben Verwundete; einer, Chaim Tamir, Angehöriger der Friedensdelegation, war schwer verletzt. Sie alle waren zusammen mit Kaplan in der Schäferhütte untergebracht, die Hausner zum Lazarett umfunktioniert hatte, und wurden von den beiden Stewardessen betreut. Zurzeit wurde eine Rampe aus Erde und Lehm errichtet, die zur Vorderkante des Steuerbordflügels führte, um den Zugang zur Concorde zu erleichtern. Schwitzende Männer mit entblößtem Oberkörper benutzten für diese Arbeit Werkzeuge, die sie aus Wrackteilen der Concorde gefertigt hatten. In Koffern und Decken wurde die Erde herbeigeschleppt, von Hand auf die Rampe gepackt und mit den Füßen festgetreten.

Hausner schritt über die halbfertige Rampe und sprang auf die Tragfläche. Durch den Notausgang betrat er die Kabine. Aus dem rückwärtigen Teil blickten ihm Burg und Dobkin entgegen. Sein Kriegsgerichtshof.

Hausner ging durch den Mittelgang. Die Sonne erhellte die kleinen Seitenfenster, und ein Streifen staubigen Lichts strömte durch das klaffende Loch im Druckschott. »Guten Morgen.« Er blieb im Mittelgang stehen. Noch immer roch es in der Kabine nach verbranntem Kerosin. Die beiden Männer nickten.

Dobkin räusperte sich. »Jacob, was wir zu tun haben, ist uns sehr schmerzlich. Aber wenn hier Disziplin gewahrt werden soll, müssen wir rücksichtslos gegen jeden vorgehen, der einen Befehl mißachtet.«

»Ganz meine Meinung.«

Dobkin beugte sich vor. »Sie anerkennen also unsere Befugnis, gegen Sie einen Prozeß zu führen?«

»Das habe ich nicht gesagt.«

»Darauf kommt es nicht an«, sagte Dobkin. »*Wir* sind hier das Gesetz. Ob Sie uns beipflichten oder nicht.«

»Ich pflichte Ihnen bei, daß *wir* das Gesetz sind. *Wir* können Leuten den Prozeß machen und ihnen die Strafe zumessen.«

Dobkin runzelte die Stirn. »Jacob, treiben Sie keine Haarspaltereien. Dazu ist die Sache zu ernst. Wenn wir Ihnen den Prozeß machen, dann in öffentlicher Verhandlung, mit Beobachtern und so weiter, aber ich kann Ihnen schon jetzt sagen, daß der Spruch feststeht. Schuldig. Und unter den gegebenen Umständen ist das einzig mögliche Urteil die . . .« Er blickte hilfesuchend Burg an. Burg hatte dieses Vorgehen gefordert, aber Burg war Pragmatiker und Überlebenskünstler. Er lehnte sich zurück und sagte nichts. Er zündete nur höchst umständlich seine Pfeife an und gab unverbindliche Laute von sich. Er wollte erst sehen, wie der Hase lief. Dobkin war Soldat. Er war gewohnt, unbedingte Loyalität zu fordern und zu erhalten. Burg mußte sich in seiner Welt mit Doppelspielen und Kompromissen abfinden, die jeden General nach dem Handbuch des Kriegsgerichtsverfahrens greifen ließen.

Hausner schaute betont auf seine Uhr. »Meine Herren, Sie haben lediglich übersehen, daß ich nicht der Mißachtung eines Befehls angeklagt werden kann, weil *ich* hier die Befehle gebe. Sollte also irgend jemand einen Befehl mißachten, Sie beide eingeschlossen, so wollen wir zusammentreten und ihm den Prozeß machen. Noch etwas?«

Dobkin beugte sich vor. »Heißt das, Sie wollen meutern?«

»So würde ich es nicht nennen.«

»Ich schon. Der Ranghöchste unter uns ist der Außenminister. Als gewähltes Mitglied der Knesset ist er . . .«

»Hören Sie auf, General. Die Mehrzahl der bewaffneten Leute dort draußen steht hinter mir. Der Außenminister mag *de jure* die Befehlsgewalt haben, aber *de facto* haben wir sie übernommen, und Sie wissen das. Deshalb haben Sie ihn auch gar nicht erst zu dieser kleinen Versammlung gebeten. Der einzig strittige Punkt hier ist, wer von uns dreien der Chef ist. Ich behaupte, daß ich es bin. Aber wenn Sie unbedingt möchten, daß die Befehle durch den Außenminister weitergegeben werden oder durch einen von Ihnen, soll es mir recht sein. Solange kein Zweifel aufkommt, wer diese Befehle erteilt. Alles klar?«

Nach langem Schweigen ergriff Burg endlich das Wort. »Genau gesagt handelte es sich um ein klassisches Manöver, das, soviel ich weiß, auf der Neumann-Morgenstern-Spieltheorie basiert. Jacob hat mit unserer schweigenden Zustimmung die Befugnisse des Außenministers übernommen. Nachdem wir dies zuließen, gab es für uns kein Zurück mehr. Und jetzt trickst Jacob *uns* aus. Der reinste Machiavelli.« Burgs Ton war neutral. Hausner sagte nichts.

Wieder herrschte Schweigen. Dann sagte Dobkin leise: »Warum tun Sie das, Jacob?«

Hausner zuckte die Achseln. »Wahrscheinlich, weil ich der einzige bin, der diese Lage meistern kann. *Mir* kann ich es zutrauen. Was *Sie* betrifft, hege ich gewisse Befürchtungen.«

Dobkin schüttelte den Kopf. »Nein. Sondern, weil Sie uns in diese Lage gebracht haben. Und jetzt wollen Sie uns wieder rausholen. Sie wollen der Held sein, damit Sie dem Leben die Stirn bieten können — falls wir heimkommen. Und es ist Ihnen egal, wer auf der Strecke bleibt, wenn Sie nur mit sich selbst wieder ins reine kommen.«

Hausners Gesicht lief rot an. »Ich weiß nicht, was Sie meinen, General.« Er machte kehrt, ging zur Tür und blickte sich dort nochmals um. »Lagebesprechung Punkt zwölf Uhr mittags. Hier in der Maschine.« Dann ging er.

Unter der Maschine fand Hauser Becker und Kahn auf dem Boden sitzen. Sie beugten sich über eine schematische Darstellung des Notstromaggregats. Hausner kauerte sich neben die beiden in den Schatten des Deltaflügels. »Warum hatten wir gestern abend kein Glück mit dem Funk?«

Kahn sagte: »Weil wir uns nicht konzentrieren konnten bei dem verdammten Krach da draußen.«

Hausner grinste. »Oh, Verzeihung. Heute abend werden wir möglichst leise sein.«

»Ich hoffe zu Gott, daß wir bis heute abend von hier weg sind«, sagte Kahn.

Hausner blickte ihn an. »Das könnte weitgehend von Ihnen beiden abhängen.«

Becker stand auf. »Von mir. Ich bin der Kapitän. Wenn es uns gelingt, Funkkontakt aufzunehmen, ist es mein Verdienst. Wenn nicht, dann trifft mich die Schuld.« Beckers Ton war kühl.

Hausner stand gleichfalls auf. »Klar. Alle halten nach Flugzeugen Ausschau. Sobald jemand eines sichtet, muß er sofort hierherflitzen und Ihnen Meldung erstatten. Die Rampe zum Flugzeug wird in ein paar Stunden fertig sein. Dann können Sie innerhalb von zwei Minuten, nachdem ein Flugzeug gesichtet wurde, drinnen sein und senden. Zufrieden?«

»Klingt gut«, sagte Becker. Er war sich über Hausner noch immer nicht im klaren und beschloß, sich später ein Urteil zu bilden. Es gingen Gerüchte über einen Machtkampf um. Damit wollte er nichts zu tun haben. Egal, wer den Befehl führte, sein eigener Job wurde nach wie vor von den gleichen unveränderlichen Gesetzen der Wissenschaft und Technologie bestimmt. Die Technokraten waren überall gleich, in China wie in Peru.

Hausner blickte zum Deltaflügel auf. Er schien einen Entschluß gefaßt zu haben. »Ich werde den restlichen Treibstoff absaugen lassen.«

Becker erstarrte. Vielleicht war es doch nicht egal, wer den Befehl führte. »Ich brauche den Treibstoff für das Hilfstriebwerksaggregat, damit wir Strom für die Funkgeräte erzeugen können.«

»Das Aggregat arbeitet nicht, und es wird nie arbeiten. Unsere erste Aufgabe ist, uns die Araber vom Leib zu halten. Sogar falls Sie das Aggregat reparieren könnten, hätten wir verdammt wenig davon, wenn Ahmed Rish im Cockpit sitzt. Ich brauche den Treibstoff zur Herstellung von Molotowcocktails, Captain.«

»Ich kann das nicht zulassen.«

Hausner starrte ihn an. Techniker konnten sich eine Menge mehr erlauben als gewöhnliche Sterbliche. »Sie verschwenden nur Zeit mit diesem Aggregat. Sie wollen die Batterien schonen, damit Sie genügend Strom haben, um das Aggregat in Betrieb zu setzen, *falls* Sie es hinkriegen. Jetzt möchten Sie den Treibstoff zurückhalten, damit das Aggregat arbeiten kann, *falls* Sie es hinkriegen. Nein. Das verdammte Ding ist das nicht wert. Gehen Sie wieder in Ihr Cockpit und funken Sie, bis die Batterien erschöpft sind. Wir haben keine Zeit für Spekulationen, wie wir später unseren eigenen Strom erzeugen können. Es gibt vielleicht gar kein Später, wenn wir nicht, wie gestern nacht, mit allen Mitteln kämpfen.« Er sah unverwandt zuerst Becker, dann Kahn an. Er senkte die Stimme. »Außerdem möchte ich nicht den ganzen Treibstoff in den Tragflächentanks lassen. Ein einziges Brandgeschoß genügt, daß er explodiert, und dann verschmoren Sie im Cockpit.«

Es war Becker klar, daß Hausner recht hatte. Aber er selbst hatte ebenfalls recht. Für jedes anstehende Problem gab es mehrere denkbare Lösungen. Es ging nur darum, daß ein einzelner sich für eine bestimmte Lösung entschloß und dafür sorgte, daß jeder sich daran hielt. Dennoch waren Kompromisse möglich — manchmal wenigstens. »Hören Sie«, sagte Becker, »Sie lassen uns weiter an unserem Aggregat basteln, solange der Funkempfang schlecht ist. Dafür nehmen Sie sich an Treibstoff, was Sie brauchen. Vielleicht ist noch mehr übrig, als wir denken. Die zur Verfügung stehenden Behälter können ohnehin nur eine gewisse Menge fassen. Der Rest bleibt in den Tanks. Genehmigt?«

Hausner lächelte. »Als wir noch in der Luft waren, forderten und erhielten Sie von mir und allen anderen unbedingten Gehorsam ohne Debatten und ohne Kompromisse. Sie waren der Kapitän. Jetzt, auf dem Boden, habe ich das Kommando. Warum sollte ich nicht das gleiche fordern?«

Becker schüttelte den Kopf. »Oben ist es anders. Alles ist technisch. Hier ist alles subjektiv. Das läßt Raum für Diskussionen.«

»Blödsinn.« Hausner blickte zur Concorde hoch. Die weiße Bemalung schimmerte blaßgelb in der aufgehenden Sonne. »Ich treffe die endgültige Entscheidung später. Inzwischen fangen wir an, mit dem Treibstoff Molotowcocktails zu mixen. Bis dann.« Er machte kehrt und ging weg.

Unter dem beschädigten Heck des Flugzeugs hatte sich der Außenminister mit zwei jüngeren Mitarbeitern, Shimon Peled und Esther Aronson, auf dem Boden niedergelassen. Außerdem saßen zwei Angehörige der Delegation bei ihm, Ya'akov Sapir, vom linken Flügel der Knesset, aus dem Hausner sich wenig machte, und Miriam Bernstein, aus der Hausner sich sehr viel machte.

Hausner merkte, daß sie ihre Tätigkeit unterbrochen und sich in eine lebhafte parlamentarische Debatte gestürzt hatten. Er ging zu ihnen hinüber. Der Außenminister sah auf. Zuerst schien er erstaunt, Hausner zu sehen. Dann nickte er vor sich hin. Er nahm zu Recht an, daß Dobkin und Burg bei ihrem Versuch, Hausner zu maßregeln, den kürzeren gezogen hatten. Nach rascher Überlegung stand er auf und begrüßte Hausner. »Ich kam noch nicht dazu, Ihnen gebührend für Ihren Einsatz in der vergangenen Nacht zu danken.«

Hausner nickte. »Vielen Dank, Herr Minister.« Er blickte hinab auf die vier Leute, die im Staub saßen und ihn zu ignorieren suchten. »Leider hatte ich noch keine Zeit, Ihnen Ihre Pflichten zuzuweisen.«

»Ganz recht. Wir würden uns freuen, unsere Kräfte gezielt einsetzen zu können und . . .«

»Ich denke an folgendes, Herr Minister: Sie sollten alle losen Gepäckstücke aufsammeln, die aus dem Flugzeug gefallen sind. Einiges ist den Hügel hinuntergerollt, also seien Sie vorsichtig, wenn Sie sich außerhalb der Verteidigungslinie bewegen. Leeren Sie die Gepäckstücke und sortieren sie den Inhalt. Bringen Sie die leeren Koffer und sämtliche Kleider den Leuten an der Verteidigungslinie. Sie werden die Gepäckstücke mit Sand und Lehm füllen und Wälle errichten. Dann sollen sie die Kleider mit Sand und Lappen ausstopfen und Puppen daraus fertigen. Ich möchte, daß sie möglichst echt aussehen. Die Puppen werden bei Einbruch der Dämmerung in Stellung gebracht. Machen Sie aus geeigneten Kleidungsstücken Verbandszeug und fertigen Sie eine Aufstellung aller sonstigen brauchbaren Dinge an, wie Alkohol, Arzneien, Nahrungsmittel und dergleichen.« Er schwieg und sprach dann leise weiter. »Und sehen Sie bitte nach, ob Sie ein Medikament finden, das in einer Überdosis schmerzlos tötet. Aber behalten Sie das für sich.« Laut sagte er: »Alles klar?«

Der Außenminister nickte. »Alles klar. Wir fangen an, sobald die Sitzung aufgehoben ist.« Hausner schüttelte fast unmerklich den Kopf.

»Vielleicht sollten wir die Sitzung sofort vertagen«, sagte der Außenminister. Er drehte sich um und blickte die noch immer sitzende Gruppe an. »Wer für Vertagung ist, stimmt mit ›Ja‹.«

Ein paar murmelnde Stimmen antworteten. Dann standen alle langsam und widerwillig auf und entfernten sich. Nur Miriam Bernstein blieb. Hausner machte kehrt und ging in entgegengesetzter Richtung fort. Miriam Bernstein lief ihm nach. »Sie haben einen großartigen Mann gedemütigt.« Er antwortete nicht.

»Hören Sie nicht, verdammt noch mal?«

Er blieb stehen, drehte sich aber nicht zu ihr um. »Wer sich einbildet, er könne mich für dumm verkaufen, der setzt sich Demütigungen aus, wenn nicht schlimmerem. Und ich habe weder Zeit noch Geduld für eine Ihrer Predigten, Miriam.«

Sie überholte ihn und blickte ihm ins Gesicht. Sie sprach leise. »Was ist bloß über Sie gekommen, Jacob? Ich kann Ihre Handlungsweise nicht fassen.«

Er trat näher an sie heran und blickte ihr fest in die Augen. Tränen stiegen darin auf, aber er konnte nicht sagen, ob es Tränen des Zorns oder des Kummers waren. Nie würde er lernen, in ihrer Miene zu lesen, dachte er. Manchmal wirkte sie wie ein Roboter, der darauf programmiert war, Frieden und Versöhnung zu predigen. Und doch glaubte er zu wissen, daß Fleisch und Blut unter dieser Maske waren. Leidenschaft. Echte Leidenschaft. Das hatte er entdeckt, als sie nebeneinander in der Concorde saßen. Aber damals war er schwer angeschlagen gewesen, und sie war menschlich geworden. Sie gehörte zu den Frauen, die den Unglücklichen und Schwachen ihr Herz zuwenden. Kraft und Selbstsicherheit an einem Mann stießen sie ab. Es hatte wohl mit den schwarzen Uniformen ihrer Kindheit zu tun. Mein Gott, die Juden aus den Lagern würde er nie verstehen. Er konnte die arroganten, hochnäsigen Sabras verstehen, obwohl er auch nicht zu ihnen gehörte. Die Kategorie, der er angehörte, war nur eine kleine Gruppe, und sie wurde mit jedem Jahr kleiner. Er hatte sich im neuen Israel nie wirklich zu Hause gefühlt. Er fühlte sich nie wirklich wohl in Gesellschaft von Juden aus den Lagern, wie Miriam Bernstein. Unwillkürlich sah er auf ihren Unterarm, wo die Zahlen eintätowiert waren. Viele Leute hatten sie operativ entfernen lassen. Bei ihr waren sie verwischter und blasser als sonst. Ausgewachsen. Die Häftlingsnummer eines Kindes.

»Wollen Sie mir nicht antworten?«

»Wie? Oh. Ja. Was über mich gekommen ist? Das will ich Ihnen sagen, Miriam. Vor ein paar Minuten waren General Dobkin und Isaac Burg drauf und dran, mich standrechtlich erschießen zu lassen.« Er hob die Hand, um ihren ungläubigen Ausruf abzuwehren, und fuhr fort. »Verstehen Sie mich nicht falsch. Ich bin den beiden nicht böse. Ich bin durchaus einverstanden mit dem Denkprozeß, der dieser Entscheidung vorausging. Ich war nur nicht mit ihrer Wahl des Opfers einverstanden. Wissen Sie, die beiden erfassen diese Situation viel klarer als Sie alle. Dobkin und Burg wissen, was hier zu tun ist. Ich garantiere Ihnen, Miriam, wenn es hier noch achtundvierzig Stunden so weitergeht, dann werden Sie alle nach der Todesstrafe schreien, für Hamsterer, Drückeberger, Verräter und für Leute, die auf Wache eingeschlafen sind. Aber wir können es uns leider nicht leisten, den Konsensus abzuwarten. Was heute brutal erscheint, wird man morgen als nachsichtig empfinden.«

Sie wischte eine Träne fort und schüttelte den Kopf. »Ihr Glaube an die Menschlichkeit ist sehr gering. Die meisten von uns sind nicht so. Ich würde lieber sterben, als für die Hinrichtung eines anderen stimmen.«

»Und Sie *werden* sterben, wenn Sie diese Haltung nicht aufgeben. Ich begreife nicht, wie ein Mensch, der gesehen hat, was Sie sehen mußten, so unverbrüchlich an das Gute im Menschen glauben kann.«

»Ich sagte, die *meisten* Menschen seien anständig. Es gibt immer ein paar Faschisten.«

»Was Sie wirklich meinen, ist, daß in jedem von uns ein kleiner Faschist steckt. Und er gibt den Ausschlag, sobald es hart auf hart geht. An ihn appelliere ich, damit ich überlebe. Mit Wissen und Willen. An die Bestie in mir. An das Herz der Finsternis.« Er sah sie an. Sie war bleich. »Ich dachte, wenn jemand soviel Zeit mit einem Air-Force-General verbringt, müßte einiges von der Falkengesinnung abgefärbt haben.«

Sie blickte jäh zu ihm auf. In die blassen Wangen stieg wieder Farbe. »Sie . . .« Miriam Bernstein drehte sich um und lief rasch von ihm weg.

16

Hausner saß mit Brin und Naomi Haber in der Feuerstellung. Er rauchte eine Zigarette, blickte den Osthang hinab und sprach mit den jungen Leuten. »Wollen Sie ihr beibringen, wie man das Zielgerät und die Waffe benutzt?« fragte er Brin.

Brin zuckte die Achseln. »Sie will es nicht lernen.«

Hausner wandte sich an das Mädchen. »Warum nicht?«

Sie klopfte ein wenig Staub von ihrem Anzug. »Ich kann niemanden erschießen. Ich bin eine gute und schnelle Läuferin, und dafür habe ich mich freiwillig gemeldet.«

Hausner wollte ihr gerade antworten, als plötzlich Dobkin auftauchte. Hausner sah jäh auf und suchte mit den Augen Dobkin nach einer Waffe ab, sah aber keine. Auch Brin straffte sich. Dobkin schien die Szene in der Concorde vergessen zu haben. Er nickte und setzte sich auf den Boden. Lange Zeit sprach niemand. Dann wandte Hausner sich um und deutete über die flache Erhebung hinweg nach Südwesten. »Was ist das dort?«

Dobkin folgte seinem Blick. Die Morgenschatten lagen über dem braunen Land. Aus den Schlickpfützen quollen Nebelschwaden hoch. »Das griechische Amphitheater. Erbaut von Alexander dem Großen. Als er im Jahre dreihundertdreiundzwanzig vor Christus Babylon eroberte, war die Stadt bereits uralt und auf dem absteigenden Ast. Er versuchte, sie wiederzubeleben, aber ihre Tage waren gezählt. Alexander ist hier gestorben. Wußten Sie das?«

»Nein.« Hausner zündete am Stummel seiner Zigarette eine neue an.

»Bald werden sie kommen, um mit uns zu verhandeln«, sagte Dobkin.

»Wer? Die Griechen?«

Dobkin gestattete sich ein Lächeln. »Mit den Griechen könnte ich unterhandeln. Aber die Araber sind mir nicht geheuer.«

Hausner lachte ebenfalls. Die Spannung zwischen den beiden hatte ein wenig nachgelassen. »*Vielleicht* kommen sie.« Er wandte sich an Brin und Naomi Haber. »Warum setzt ihr zwei euch nicht eine Weile in den Schatten?«

Das Mädchen stand auf. Brin zögerte, dann stand er auch auf. Das Mädchen folgte ihm. Als sie außer Hörweite waren, sagte Dobkin: »Da gibt es gar kein Vielleicht. Einen Angriff bei Tag werden sie nicht riskieren, und bis zum Dunkelwerden wollen sie nicht warten, um die Sache zu erledigen.«

»Da haben Sie recht«, sagte Hausner.

»Was sollen wir ihnen sagen?«

Hausner sah ihn an. »Sind Sie auf meiner Seite?«

Dobkin zögerte. »Ich . . . der Außenminister und Burg sind *unsere* Vorgesetzten.«

»Das wird sich finden.«

Dobkin wechselte das Thema. »Heute nacht steigt mein Himmelfahrtskommando.«

»Das weiß ich.«

»Habe keine große Chance durchzukommen. Ich gehe nur, damit die Leute hier Hoffnung und Kampfgeist behalten.«

»Deshalb schicke ich Sie. Ich glaube auch nicht, daß Sie es schaffen. Nicht jeder würde sich mit diesem Wissen auf den Weg machen. Sie sind in Ordnung, General.« Wieder sah Hausner ihn an. »Also, sind Sie auf meiner Seite?«

Dobkin zuckte die Achseln. »Sie haben alle Trümpfe in der Hand. Die hohen Politiker sind eingeschüchtert. Von den sechs automatischen Waffen besitzen Ihre Leute fünf.«

»Es würde mich nur persönlich interessieren.« Hausner deutete nach Süden. »Was ist übrigens das dort drüben?«

»Ich werde Ihnen nicht den Gefallen tun und sagen, daß ich auf Ihrer Seite bin. Sagen wir, ich bin neutral.« Dobkin blickte nach Süden. »Das müßte der Hügel über Kasr sein. Jenseits davon befinden sich die Ausgrabungen des Palastes von Nebukadnezar und die Ruinen der Hängenden Gärten. Ganz in der Nähe stehen das Ischtartor, das Museum und das Gästehaus.« Er schwieg eine Weile. »Ich hoffe, es heute nacht zu sehen.«

»Freut mich zu hören«, sagte Hausner. Dann schwiegen beide.

Plötzlich fuhr Hausner hoch. Er wies südwärts zum Euphrat. »Ist das Rauch? Sieht aus wie ein Dorf inmitten der Ruinen.«

Dobkin bestätigte, ohne hinzusehen. »Ja. Das Dorf Kweirisch.«

»Ob wir von dort Hilfe erwarten können?«

»Glaube ich nicht. Die Leute sind Bauern. Sie haben keine Verbindung mit der Außenwelt. Außerdem haben die Ashbals das Dorf bestimmt fest in der Hand.«

Hausner sah sie elenden Schlammhütten, die sich schutzsuchend zusammendrängten wie manche mittelalterlichen italienischen Dörfer in den Überresten einer verfallenen Römerstadt. Das gesamte Umland bot ein Bild schärfster Kontraste. Im Osten Wüstenflecke und Sumpfland, dahinter der Tigris und dann die aufragenden Berge. Am Westufer des Euphrat erstreckten sich endlose Schlickebenen bis zum Horizont; jetzt waren sie naß, aber bald würden sie so von Rissen zerfurcht sein, daß sie einem Puzzlespiel glichen. Zu beiden Seiten des Euphrat kämpften spärliche Rohrkolben und Dattelpalmen um ihr Dasein. Im Vordergrund, rings um die Erhebung, auf der sie standen, sah Hausner Ziegel und Schutt, kleinere Aufschüttungen und Morast. Dann die niedrigen Kronen schnurgerader Stadtmauern, hier und dort unterbrochen von höheren Erhebungen, den einstigen Wachtürmen. Wind, Wasser, Sand und die Bauern, die Jahrtausende hindurch ihre Ziegel aus den Ruinen geholt hatten, trugen die Schuld, daß hier versank, was einst die schönste Perle unter den Städten der Welt gewesen war.

Hausner wußte, daß solche Stätten des Verfalls in Mesopotamien keine Seltenheit waren. Die größte und üppigste Metropole der Alten Welt ruhte seit Tausenden von Jahren im Staub begraben. Ein Gefühl von Leere überkam ihn, als er über den Euphrat hinwegblickte. Flache, nackte Schlickebenen wurden hier und dort von den einst sagenhaften, jetzt längst unbenutzten Bewässerungskanälen durchkreuzt. Sogar das Wild, das es hier in großer Zahl gegeben hatte, schien den Ort geflohen zu haben. Eine seltsame, fluchbeladene Ecke der Welt. Wo man vor langer Zeit gewaltige Tempel errichtet hatte für Götter, die niemand mehr kannte, und Paläste erbaut hatte für Könige und Reiche, die untergegangen waren, ohne eine Spur zu hinterlassen.

Die Stille, die jetzt herrschte, gellte in seinen Ohren, als hörte er noch immer das Aufeinanderkrachen babylonischer Kampfwagen, den fliehenden Feind und das Triumphgeschrei der siegreichen Heere. Prächtiges Babylon. Im Alten wie im Neuen Testament Symbol für menschlichen Hochmut, für Wollust und Sünde. Moderne Juden und Christen sahen in seinem Verfall die Erfüllung einer biblischen Prophezeiung. Hausner wußte, daß all das Nichts, das sich vor ihm erstreckte, eine Bedeutung bergen mußte. Aber vielleicht war diese Bedeutung das Nichts. Sand. Staub. Tod.

Warum hatte Rish sie hierher gebracht? Die Babylonische Gefangenschaft? Hausner konnte es sich vorstellen. Oder war es doch etwas weniger Melodramatisches? Vielleicht eignete der Ort sich einfach für seine Zwecke so nah beim Palästinenserlager. Nein, das Lager war hundert Kilometer Wüstenstrecke weit entfernt . . . Schön, dann eben doch die Babylonische Gefangenschaft. In den Bibliotheken der Welt standen reihenweise Bände über Babylon, und neue oder revidierte Ausgaben würden ein Sternchen mit folgender Fußnote enthalten: *Seltsames Abenteuer eines Überschallflugzeugs vom Typ Concorde und* . . . Hausner drückte die Zigarette aus und verwahrte den Stummel. »Da kommen sie«, sagte er leise.

Von der Straße her marschierte eine Gruppe von fünf Männern den Hang herauf. Der vorderste hielt eine weiße Fahne hoch.

Naomi Haber und Brin, die sich nicht weit entfernt hatten, rannten schleunigst wieder auf ihren Posten. Brin hatte jetzt das zehnfach vergrößernde Tagzielgerät aufmontiert und beobachtete das Näherkommen der Männer. »Ich glaube nicht, daß Rish dabei ist.« Brin reichte das Gewehr Hausner, der niederkniete und durch das Zielfernrohr visierte. Er ließ das Gewehr sinken und schüttelte den Kopf. »Er traut uns nicht. Er glaubt, wir würden die weiße Fahne nicht respektieren. Stinkt mir gewaltig. General?«

Dobkin nickte. »Beweist tatsächlich einen Mangel an Vertrauen seinerseits. Er begreift uns nicht — und genau *das* macht mir Angst.«

Hausner stand auf und wandte sich an Brin und Naomi Haber. »Geben Sie den Befehl weiter, es darf nicht geschossen werden. Alle sollen sich außer Sicht halten. Niemand darf die Vorpostenlinie verlassen, Nathan. Sollte es jemand versuchen, so hindern Sie ihn daran.« Er klopfte den Staub von seinem Anzug. »Kommen Sie mit, General?«

»Natürlich.« Auch Dobkin stand auf und rückte seine Uniform zurecht. »Es ist wirklich ein Witz. *Jetzt* wollen sie reden. Genau das wollten wir in New York tun — und in der Concorde. Bin nicht überzeugt, daß *ich* jetzt reden möchte.«

»Geht mir genauso«, sagte Hausner. »Aber die Friedensdelegation möchte ganz bestimmt reden. Ich traue dieser Sippe nicht, Ben. Sie sind berufsmäßige Friedensstifter. Immer auf dem Sprung, an jedem Vorschlag die gute Seite zu sehen. Verflucht seien die Friedensstifter, denn sie machen den nächsten Krieg noch grausamer, als der letzte war.«

Dobkin lachte. »Amen. Die Generäle sollten die Friedensbeschlüsse aushandeln und die Friedensstifter die Armeen führen.« Er wurde wieder ernst. »Nein, wir tun den Delegierten unrecht. Sie sind nicht alle gleich, einige, die meisten sind sehr harte Verhandlungspartner. Sie sind genauso Realisten wie wir.«

Hausner trat zum Abhang. »Das bezweifle ich. Los. Gehen wir, ehe wir ein Dutzend Verhandlungsprofis auf dem Hals haben.« Er machte sich an den Abstieg. Dobkin folgte ihm.

Eine Weile verloren sie die Araber aus den Augen, als die Gruppe eine tiefe Rinne durchschritt. Hundert Meter hügelabwärts sichteten sie die weiße Fahne, dann sahen sie die Araber wieder. Sie waren bewaffnet und schritten schnell aus. Einen Augenblick empfand Hausner Zweifel, dann aber schwenkte er ein weißes Taschentuch und rief etwas auf arabisch. Die Araber sahen ihn an und antworteten. Beide Gruppen näherten sich einander langsam. An einem Quersims des Abhangs blieben die Araber stehen. Hausner ging rasch auf sie zu und stellte sich ganz dicht vor den Anführer, wie es bei den Arabern üblich ist. »Wo ist Rish? Ich wünsche nur mit Rish zu verhandeln.«

Der Mann starrte ihn lange schweigend an. Seine dunklen Augen loderten vor Haß und Verachtung. Offensichtlich erfüllte er seinen Auftrag nur ungern. Dann sprach er leise und langsam. »Ich bin Salem Hamadi, Stellvertreter von Ahmed Rish. Er läßt sich empfehlen und fordert Sie zur unverzüglichen Übergabe auf.«

Hausner blickte den Mann an. Hamadi war, im Gegensatz zu Rish, nie im Gefängnis gewesen, und es existierten von ihm weder erkennungsdienstliche Unterlagen noch ein Psychogramm. Nicht einmal eine umfassende Liste seiner bisherigen Aktivitäten. Hausner wußte nur, daß Hamadi eine palästinensische Waise war und zum Leiter des Ashbal-Programms für die verschiedenen palästinensischen Befreiungsorganisationen aufgerückt war. Moral? Ehre? Schwer zu sagen.

Man konnte nicht einmal mit der streng religiösen Erziehung rechnen, die den meisten Arabern zuteil wurde. Der Mann, der keinen Meter von Hausner entfernt stand, war klein, aber gut gebaut. Er trug einen sauber gestutzten Spitzbart und hielt deutlich mehr von körperlicher Reinlichkeit, als Hausner bei den Terroristen in Ramla festgestellt hatte. Hausner trat noch dichter an ihn heran. »Wo ist er? Ich verlange, mit ihm zu sprechen.«

Hamadi nickte langsam. »Sie sind Jacob Hausner?«

»Bin ich.«

»Werden Sie mich begleiten?«

»Vielleicht.«

Hamadi zögerte. »Ich verbürge mich für Ihre Sicherheit.«

»Tatsächlich?«

Hamadi biß sich buchstäblich auf die Lippen, um seiner wachsenden Ungeduld Herr zu werden. »Mein Ehrenwort.« Er hielt inne. »Glauben Sie mir, uns ist an diesem Gespräch ebensoviel gelegen wie Ihnen.« Er lächelte plötzlich. »Es soll keine Falle sein, um Jacob Hausner zu töten. Das könnten wir hier und jetzt erledigen. Außerdem sind Sie so wichtig auch wieder nicht.«

»Rish schien das aber zu meinen. Er wollte mich töten, sobald wir landeten.«

Salem Hamadis Blick richtete sich in die Ferne. »Er nimmt dieses Gelöbnis zurück.«

Hausner wandte sich an Dobkin. »General?«

Dobkin musterte Hamadi eingehend. Er wollte nicht verhandeln. Aber das Gelände wollte er ausspähen. Er nickte. »Warum nicht.«

Hausner drehte sich um und winkte Brin zu, der das Glas auf ihn gerichtet hielt. Brin winkte zurück. Hausner konnte Gesichter sehen, die verstohlen über die frisch errichtete Brustwehr aus Gepäckstücken und Erde spähten. Er stellte fest, daß einige der Gepäckstücke zu auffallende Farben hatten. Er würde dafür sorgen, daß Sand über alles gestreut wurde. Er wandte sich wieder Hamadi zu. Dieser hatte das Blitzen des Fernrohrs gesehen und prägte sich dessen Standort ein. Hausner rempelte ihn absichtlich an, als er an ihm vorüberging. »Gut, gehen wir. Ich habe heute noch mehr zu tun.«

Die Gruppe setzte sich hügelabwärts in Bewegung. Sie erreichten das Ende der Schrägung und gingen nun parallel zu einem einen Meter hohen Wall, den Dobkin als die innere Stadtmauer bezeichnete. Hausner sah die Stelle, gegen die das hintere Aufsetzrad der Concorde — vor hundert Jahren, wie ihm schien — geprallt war. Sie wandten sich nach Süden und hielten auf die Hauptruinen zu.

Die Ruinen der Stadt waren noch kaum freigelegt. Es bedurfte großer Phantasie, sich eine betriebsame, von Leben erfüllte Hauptstadt vorzustellen — junge Frauen mit klingelnden Armreifen, schmausende und bechernde Soldaten, farbenfrohe Bazare, feierliche Prozessionen und die berühmten Sterndeuter Babylons, die für ein paar Kupferlinge Horoskope auf feuchten Lehm malten. Aber Hausner war als Bewohner des Vorderen Orients an Ausgrabungen gewöhnt. Er sah das alles vor sich und noch mehr. Er ahnte die Gegenwart der vielen dahingegangenen Generationen, spürte fast, wie sie sich auf der geschäftigen Straße an ihm vorüberdrängten. Er glaubte, undeutliche Stimmen in einer vergessenen, aber schwach ans Semitische anklingenden Sprache reden zu hören. Plötzlich wußte er, daß genau an der Stelle, über die er jetzt schritt, ein Jude geschritten war und mit seiner Frau gesprochen hatte. Ihre Kinder hatten sie bei sich. Sie gingen irgendwohin. Zum Ischtartor. Hinaus aus der Stadt. Sie verließen Babylon und die Gefangenschaft, für immer.

Hamadi sagte etwas, und Hausner bemerkte, daß sie einen weiten Weg zurückgelegt hatten. Er blickte um sich. Hier war gründlicher gegraben worden. Hamadi sprach mit Dobkin, der unaufhörlich Fragen über die Ruinen stellte. Hamadi schien seiner Antworten nicht sicher zu sein und gebot Dobkin schließlich Schweigen.

Hausner wußte einiges über die Geschichte Babylons. Er kannte Babylon als Namen, als Symbol, als Idee, als Geisteshaltung. Er vermochte kaum zu glauben, daß diese Stadt in Kalk und Backstein existiert hatte. Dobkin interessierte sich für Kalk und Backstein. Hausner interessierte sich, wenn überhaupt, für etwas Dauerhaftes. Und was konnte dauerhafter sein als völlige Zerstörung, als Begrabensein? Das hatte Babylon zum lebenden Symbol gemacht. Es hatte seinen Platz in der Geschichte, weil es fiel, wie ihm geweissagt worden war.

Als die kleine Gruppe die Anhöhe erreichte, auf der einst das griechische Amphitheater gestanden hatte, wandte sie sich westwärts dem Euphrat zu und schlug einen Ziegenpfad ein. Ein zaundürrer Esel knabberte an den alles überwuchernden salzweißen Distelstauden. Eine leichte Brise raschelte in den gelbgrünen Wedeln einer einsamen Dattelpalme. Die Hitze wurde drückender. Was Hausner daran erinnerte, daß auf dem Hügel nicht einmal mehr für vierundzwanzig Stunden Wasser vorrätig war. Die Nahrungsmittel konnten doppelt so lange reichen. Sie hatten aus Aluminiumteilen des Flugzeugs Becken zum Auffangen von Regenwasser gefertigt, aber ebenso gut hätte man auf Schnee warten können.

Schweigend marschierten sie dahin. Dobkin konzentrierte sich sowohl aus militärischem wie aus archäologischem Interesse ganz auf den Weg. An einer kleinen Bodenwelle machten sie halt. Hausner konnte im Norden, in etwa eineinhalb Kilometer Entfernung, den Hügel sehen, auf dem die Concorde stand. Von hier aus war gerade noch der obere Teil der Concorde sichtbar. Der Hügel — oder die begrabene Zitadelle — wirkte aus dieser Perspektive gewaltig hoch, und Hausner verstand, warum die Ashbals unterhandeln wollten.

Im Westen, ungefähr fünfhundert Meter weiter den Pfad hinab, floß der Euphrat. An seinem Ufer sah Hausner das elende Dorf Kweirisch jetzt deutlicher. Es war ein *sarifa*-Dorf — primitive Lehmhütten, ohne Tünche und ohne Zierat. Als sie näher kamen, sah er Frauen, bis an die Augen in lange schwarze *abbahs* gehüllt, und Männer in langen hemdartigen *dschellabahs*, die *kheffiyah* auf dem Kopf. Jemand kratzte dünne Musik auf einem Saiteninstrument. Erdfarbene Ziegen grasten das Gestrüpp ab. Gestalten wie aus der Bibel, in langen Gewändern und mit flatternden Kopftüchern, hüteten die Tiere, genau wie ihre Vorfahren dies vor Tausenden von Jahren getan hatten. Die Szenerie hat sich in den letzten vier- bis fünftausend Jahren um kein Jota verändert, dachte Hausner. Die Menschen waren Moslems, nicht mehr Götzendiener, sie hielten keine Schweine mehr, und Babylon hatte aufgehört zu existieren. Aber das Leben am Euphrat ging weiter und hatte seinen Lauf weit weniger stark verändert als der wandernde rastlose Strom.

Die Gruppe verließ den Ziegenpfad und fing an, eine hohe Erdaufschüttung zu erklimmen. Sie gelangten zu einer Flucht steiler Backsteinhaufen und stiegen weiter hinauf. Auf halber Höhe kamen sie zu einer Art Plattform, die aus der Hügelflanke geschnitten war. Hier stand, auf einem Steinsockel, der Löwe von Babylon. Weder sein Alter noch seine Bedeutung waren bekannt, aber er wirkte furchteinflößend, wie er so in alle Ewigkeit über ein hingestrecktes Opfer schreitet. Hamadi sprach. »Hier durchsuchen wir Sie und verbinden Ihnen die Augen.«

Hausner schüttelte den Kopf. »Nein.«

Hamadi wandte sich an Dobkin. »Es ist militärischer Brauch in der ganzen Welt, wenn man einen Feind ins eigene Lager bringt. Das wissen Sie. Es ist keine Demütigung.«

Dobkin mußte beipflichten. Hausner fügte sich widerwillig.

Sie wurden gründlich durchsucht, dann mit verbundenen Augen langsam die restlichen Stufen hinaufgeführt. Der Boden war jetzt eben, aber anscheinend mit Lehmziegeln bedeckt. Sie stiegen eine Treppe hinunter, und plötzlich wurde es kühler. Man nahm ihnen die Augenbinden ab. Hausner strengte in dem dämmrigen Raum die Augen an. Er hörte flüsternde Stimmen.

»Ich bin Ahmed Rish«, sagte eine leise Stimme aus dem Schatten in leidlichem Hebräisch. »Es ist ein besonderes Ereignis, Jacob Hausner zu sehen — wiederzusehen. Und eine Ehre, den berühmten General Dobkin zu begrüßen.«

Hausner und Dobkin schwiegen. Sie fühlten beide, daß in den Schatten an den Wänden noch mehr Männer standen. Die Ruinenkammer hatte kein Dach, aber die Sonne stand zu niedrig, um hineinzuscheinen. Die beiden Männer sahen sich langsam um, nachdem ihre Augen sich an die Dunkelheit gewöhnt hatten.

Rish ergriff wieder das Wort. »Wir befinden uns in den ausgegrabenen Ruinen des Südlichen Palasts. Im Thronsaal, wo Belsazar, Nebukadnezars Enkel, die verhängnisvolle Schrift an der Wand erscheinen sah. Natürlich ist Ihnen die Geschichte aus dem Buch Daniel bekannt.«

Schweigen. Rish sprach wieder aus dem Dunkel. »Ich stehe jetzt dort, wo einst der Königsthron stand, in einer Nische der Mauer. Wenn Sie ins Dunkel blinzeln, sehen Sie vielleicht das festliche Gelage vor sich — die goldenen und silbernen Tempelgefäße, die Nebukadnezar von der Plünderung Jerusalems mitbrachte, die flakkernde Kerze, die Erscheinung der Hand, die aus dem Schatten hervortrat und Babylons Todesurteil an die Wand schrieb.« Er machte eine Kunstpause. »Das ist eine der Lieblingsgeschichten der Juden. Deshalb brachte ich Sie hierher. Eine kleine Aufmerksamkeit.« Hausner und Dobkin sagten nichts.

Rish fuhr fort. »Ganz in der Nähe wurde ein riesiger Ofen freigelegt. Es ist zweifellos der Feuerofen, in den Nebukadnezar den Sadrach, Mesach und Abed-Nego werfen ließ. Gott wirkte ein Wunder, und die drei Männer blieben unversehrt. Immer wurden die Juden allerdings nicht durch solche Wunder gerettet.« Wieder schwieg er, und das Atemgeräusch von Männern füllte das dunkle Gemach. Dann sagte Rish leise, fast unhörbar: »Babylon ist für die Juden ein Ort der unendlichen Trauer, aber auch ein Ort der Wunder. Was wird es diesmal sein, Mr. Hausner?«

Hausner zündete sich eine Zigarette an. »Sie haben sich sehr blumenreich ausgedrückt, Ahmed Rish. Ich werde mich kurz fassen. Was wollen Sie?«

»Es war Wahnsinn, dieses Riesenflugzeug auf dem Hügel landen zu lassen. Dabei hätten Sie alle den Tod finden können.«

»Was wollen Sie?«

»Verzeihung. Ich versäumte, Sie zu fragen, ob ich Ihnen eine Erfrischung anbieten darf? Wasser? Etwas zu essen?«

Dobkin antwortete. »Wir sind mit beidem reichlich versorgt, Rish.«

Rish lachte. »Das glaube ich nicht.«

Hausner brüllte beinah. »Schluß jetzt mit diesem arabischen Palaver. Kommen Sie zur Sache. Was *wollen* Sie?«

Rishs Stimme klang ein wenig härter. »Ich will, daß Sie alle meine Geiseln bleiben, während ich mit Ihrer Regierung verhandle. Ich will weiteres Blutvergießen vermeiden.«

Hausners Augen gewöhnten sich allmählich an die Beleuchtung. Er konnte Rish in einer Mauernische stehen sehen. Rish trug eine schlichte weiße *dschellabah* und Sandalen. Er sah ziemlich genau so aus, wie Hausner ihn von Ramla her in Erinnerung hatte. Für einen Araber war er außergewöhnlich groß und hell. Hausner erinnerte sich, daß er angeblich zirkassisches oder persisches Blut hatte. »Gestern nacht haben Sie eine kleine Schlappe einstecken müssen. Sie dürften ungefähr dreißig Leute verloren haben.«

»Ich bin nicht am Austausch von Gefechtsberichten interessiert, Mr. Hausner. Und ich werde mich nicht auf lange politische Auseinandersetzungen mit Ihnen darüber einlassen, warum wir so handelten, wie wir gehandelt haben, was unsere Ziele sind und dergleichen. Das alles will ich mit Ihrer Regierung besprechen. Hier geht es nur um eine Garantie und um ein Ultimatum. Die Garantie lautet, daß im Fall Ihrer Übergabe kein Israeli getötet wird. Das Ultimatum lautet, daß Sie sich vor Sonnenuntergang ergeben. Ist das annehmbar?«

Hausner antwortete. »Und wenn mein Land Ihre Forderungen

zurückweist? Wie können Sie uns dann garantieren, daß wir als Geiseln unseres Lebens sicher sind?«

»Wenn Ihre Regierung ablehnt, werde ich Sie trotzdem freilassen. Das wissen natürlich nur Sie und ich. Aber Sie haben mein Wort darauf.«

Hausner und Dobkin berieten leise. Dann sagte Hausner: »Ich glaube, wir durchschauen Ihr Spiel, Mr. Rish. Ihre ursprüngliche Absicht war, durch einen Zwischenfall das Zustandekommen der Friedenskonferenz zu verhindern. Vielleicht ist Ihnen dies gelungen. Vielleicht nicht. Aber darüber hinaus hatten Sie die Absicht, zwei Flugzeugladungen voll führender Israelis in Ihre Gewalt zu bekommen und von ihnen militärische und politische Informationen zu erpressen. Diese Erkenntnisse würden auf dem freien Markt ein Vermögen wert sein, nicht wahr? Und Ihre letzte Absicht war, uns zur Durchsetzung nicht näher genannter Forderungen als Geiseln zu behalten. Und sogar wenn Sie uns gehen lassen, auch wenn diese Forderungen nicht erfüllt werden, so erhalten wir die Freiheit nicht zurück, ohne vorher nach Strich und Faden ausgequetscht worden zu sein. Habe ich recht? Habe ich Ihre Garantie, daß niemand von uns verhört oder in irgendeiner Weise unter Druck gesetzt werden soll?« Rish antwortete nicht.

Hausner fuhr fort. »Und was ist mit den Arabern unter den Israelis? Ich glaube nicht, daß Ihre Garantie auch für sie gilt.«

Wieder antwortete Rish nicht, aber Hausner konnte trotz der schlechten Beleuchtung sehen, daß mit seinem Gesichtsausdruck eine bestürzende Veränderung vorgegangen war. Rish sah in den Juden den Erbfeind. Aber dank der seltsamen arabischen und islamischen Logik fielen die Sünden dieser Ungläubigen nur in den wenigsten Fällen unter die Todesstrafe. Ein Moslem hingegen, besonders, wenn er zudem noch Araber war, durfte keine Gnade erwarten, wenn er sich gegen sein Volk oder gegen seine Religion verging. Nach diesen Maßstäben waren Jabari und Arif Verräter, auch wenn keiner von beiden jemals gegen sein Volk gehandelt hatte. Für Rish waren sie bereits tote Männer, und Hausner wußte das. Rish sagte: »Sie erzürnen mich, Mr. Hausner. Die Höhle des Löwen ist nicht der richtige Ort, um den Löwen zu reizen. Tun Sie das aus der Entfernung, Mr. Hausner.«

Hausner nickte und blickte Rish genauer an. Er hätte Rish zu gern nach dem Mädchen gefragt, das er ihn hatte vom Kampfplatz tragen sehen. Aber *war* dieser Mann wirklich Rish, und wenn, wer war das Mädchen? War das Mädchen tot? Aber eine Frage hätte bestätigt, was Rish bereits argwöhnen mußte, nämlich, daß sie ein Nachtzielgerät besaßen. Auch konnte die Frage Rish in unbezähmbare Wut versetzen. Jetzt wirkte er zwar beherrscht, aber bei labilen Charakteren wußte man nie. Und so hatten die Psychiater ihn eingestuft. Als labil und psychopathisch. Aber wie viele psychopathische Mörder strahlte er einen gewissen Charme aus. Dieser Charme konnte einen einlullen, und dann würde man einen Fehler begehen, und er würde einem die Kehle aufreißen. »Woher weiß ich, daß Ihre Haßgefühle nicht übermächtig sind und Sie uns alle töten werden? Welche Garantie habe ich, daß Sie nicht . . . geisteskrank sind?«

Dobkin sagte leise. »Um Gottes willen, Hausner.« Er faßte Hausners Arm.

Lange Zeit herrschte Schweigen, und Hausner wußte, daß Rish jetzt mit aller Kraft seine Mordgelüste zu unterdrücken suchte. Aber Hausner wußte auch, ebensogut wie Rish, daß durch diese Morde jede Aussicht auf eine Übergabe vertan wäre.

Rish zügelte mühsam seine Erregung und sprach dann mit gleichmäßiger Stimme. »Ich kann nur meine Garantie und mein Ultimatum wiederholen. Bis zum Dunkelwerden haben Sie Zeit. Keine Sekunde länger. Nach Einbruch der Dunkelheit bessern sich, wie wir beide wissen, die Funkbedingungen. Also rechnen Sie nicht mit einer Verlängerung.« Rish trat ein wenig aus der Nische hervor. »Ferner ist es, wie wir gleichfalls beide wissen, nur eine Frage der Zeit, bis die irakischen Behörden unser kleines Geheimnis hier entdecken. Aber erwarten Sie nicht, daß Sie früher als vierundzwanzig Stunden nach dieser Entdeckung eingreifen werden. Sie werden sich jeden Schritt gründlich überlegen. Das dürfen Sie mir glauben. Ich habe Freunde in der Regierung. Sie werden jede Aktion hinauszögern und mich von allen Entscheidungen in Kenntnis setzen. Und wenn die irakische Armee sich überhaupt in Bewegung setzt, so bewegt sie sich mit peinlicher Langsamkeit, Mr. Hausner. Trotzdem muß ich diese Möglichkeit einkalkulieren. Und daher werden wir, ich sage es nochmals, bei Einbruch der Nacht angreifen, falls wir nichts von Ihnen hören sollten.«

Hausner und Dobkin verharrten schweigend. Rish streckte in beschwörender Geste die Hände aus. »Denken Sie an die Folgen einer Niederlage. Alle meine Leute sind Ashbals. Das hat Ihr Gefangener Ihnen wohl gesagt?« Keine Antwort.

Rish fuhr fort. »Für das, was in der Hitze des Gefechts passieren könnte, kann ich keine Verantwortung übernehmen. Wenn meine Leute heute nacht den Hügel einnehmen sollten, lassen sie sich womöglich im Blutrausch hinreißen. In der letzten Nacht haben sie viele Kameraden verloren. Sie würden nach Rache dürsten. Außerdem müssen Sie auch an Ihre Frauen denken . . . Sie verstehen?«

Hausner äußerte die übelste arabische Beschimpfung, die ihm einfiel. Die Stille wurde nur vom Gemurmel der Männer unterbrochen, die an den Wänden entlang standen.

Rish trat noch einen Schritt weiter aus dem Schatten. Er lächelte. »Interessant, wie gut Sie die anschaulichen Wendungen meiner Sprache beherrschen. Wo haben Sie das gelernt?«

»Einige meiner besten Freunde sind Araber.«

»Tatsächlich?« Er trat vollends aus der Nische und stellte sich in die Mitte des Thronsaals, ungefähr zwei Meter von Dobkin und Hausner entfernt. »Einmal war ich Ihr Gefangener. Bald werden Sie der meine sein. In Ramla hätten Sie mich, als Gegenleistung für eine Freilassung oder eine Hafterleichterung, von meinen arabischen Mitgefangenen ermorden lassen können. Das kommt vor. Ich weiß es. Aber so sehr Sie es sich auch wünschten, Sie taten es nicht. Sie legten Wert auf *fair play*. Dennoch schwor ich, Sie zu töten, weil Sie mich geschlagen haben. Andererseits schulde ich Ihnen gewissermaßen mein Leben. Jetzt will ich Ihnen gegenüber fair sein, wenn Sie sich ergeben.« Er blickte Hausner scharf an und näherte sich ihm dann bis auf einen Meter. »Sie wissen, daß dieser Schlag noch immer auf meinem Gesicht brennt, nicht wahr?« Er holte aus und schlug Hausner mit der flachen Hand ins Gesicht.

Eine Sekunde lang war Hausner wie gelähmt, dann stürzte er sich auf Rish. Dobkin bekam ihn jedoch noch zu fassen und hielt ihn fest.

Rish nickte. »Jetzt ist das erledigt. Die Schmach ist getilgt. *Al ain bel ain al sen bel sen*. Aug um Auge, Zahn um Zahn. Nicht mehr und nicht weniger.«

Hausner gewann seine Fassung zurück und riß sich von Dobkin los. »Einverstanden, Rish. Leider bleibt immer noch die kleine Kränkung, daß Sie ein Flugzeug mit fünfzig Menschen darin gesprengt haben.«

Rish blickte während des Sprechens zur Seite. »Darüber will ich nicht reden. Sie haben Gelegenheit, die anderen fünfzig zu retten.« Er sah Dobkin an. »Sie müssen wissen, daß Ihre Lage vom militärischen Standpunkt aus hoffnungslos ist.«

Dobkin trat näher an Rish heran. Im Schatten konnte er Gewänder rascheln hören. Rish machte eine unmerkliche Handbewegung, und die Umrisse verschmolzen wieder mit der Wand. Dobkin war jetzt nur noch Zentimeter von Rish entfernt. »In der vergangenen Nacht war unsere Lage in der Tat vom militärischen Standpunkt aus hoffnungslos. Trotzdem haben wir Sie zurückgeschlagen. Heute nacht stehen unsere Chancen besser.«

Rish schüttelte den Kopf. »Heute nacht erstürmen wir den Hügel, General.«

Hausner legte Dobkin die Hand auf die Schulter. »Mir reicht's jetzt. Ich will zurück.«

Rish nickte. »Ich hoffe, daß Sie demokratisch genug sind, alle Ihre Leute abstimmen zu lassen, Mr. Hausner.«

»Ja. Alles wird dort oben durch Abstimmung entschieden, Rish. Ich gebe Ihnen vor Sonnenuntergang Bescheid. Inzwischen schicke ich Ihnen unseren Gefangenen zurück. Er braucht ärztliche Versorgung. Sind Sie entsprechend ausgerüstet?«

Rish lachte. »Eine plumpe Methode, herauszufinden, wie's mit unserem Krankendienst steht. Aber wir nehmen den Mann. Vielen Dank.« Er blickte langsam von Hausner zu Dobkin. »Ich muß Sie nochmals warnen: Wenn meine Leute in der Nacht den Hügel einnehmen, kann ich für nichts garantieren.«

Dobkin antwortete: »Entweder Sie sind ein schlechter Truppenführer oder ein schlechter Lügner.«

Rish drehte sich um und ging zurück in den Schatten der Nische. Seine leiser werdende Stimme hallte durch den Thronsaal. »Ich bin Realist, Gentlemen. Was Sie beide nicht sind. Retten Sie diese Menschen, General. Retten Sie ihr Leben, Mr. Hausner.«

»Das habe ich vor«, sagte Hausner. Er wandte sich zum Gehen.

»Oh. Noch eins«, sagte Rish. »Es könnte Ihre Entscheidung erleichtern. Ich bin im Besitz von Informationen, die für einige Ihrer Leute interessant sein könnten.« Er hielt inne.

Hausner fühlte, wie ein Schauder der Furcht ihm über den Rükken lief. Er wandte sich nicht um, und er antwortete nicht. Auch Dobkin blieb mit dem Rücken zu Rish stehen.

»Einige Ihrer Leute haben Angehörige — nahe Angehörige — in arabischen Ländern, von denen sie keinerlei Nachricht haben. Ich weiß alles über diese Menschen. Möchten *Sie* es auch wissen? Wenn Sie sich ergeben, werde ich Ihren Leuten wahrheitsgetreuen Bericht über jeden ihrer Angehörigen erstatten. Leid und Ungewißheit würden dann ein Ende haben. Wenn diese Angehörigen noch am Leben sind, so könnte die Kenntnis ihrer Lebensumstände ihren Familien helfen, eine Rückkehr nach Israel zu sichern.« Schweigen.

»Abdel Jabaris Angehörige zum Beispiel. Oder Rachel Baums Bruder, der seit neunzehnhundertdreiundsiebzig als vermißt gilt.«

Hausner machte sich auf den Rückweg. Dobkin folgte ihm.

»Ist nicht auch ein Vetter Ihrer Frau seit neunzehnhundertsiebenundsechzig im Sinai vermißt, General?«

Dobkin zeigte keine Reaktion und ging ohne Zaudern weiter.

»Miriam Bernsteins Mann, Yosef. Er war bis vor einem halben Jahr in einem syrischen Kriegsgefangenenlager. Dann holten sie ihn eines Nachts und erschossen ihn.« Hausner verhielt den Schritt.

»Oder war das der Bruder von Rachel Baum? Yosef Bernstein ist, glaube ich, noch immer in einem syrischen Lager. Na, spielt keine Rolle, ich habe alles irgendwo aufgeschrieben. Werde es später nachprüfen.«

Hausner bebte am ganzen Leib vor Wut und konnte kaum noch weitergehen. Hinter ihm scholl Rishs leises, höhnisches Lachen durch den Thronsaal. Die beiden Männer wurden aus dem unterirdischen Gemach ins helle Sonnenlicht geführt. Die Begleitmannschaft war nicht sehr flink beim Wiederanlegen der Augenbinden. Dobkin erhaschte einen Blick auf die Türme und Zinnen des Ischtartors, ungefähr hundert Meter östlich von ihnen. In der Nähe standen das Gästehaus mit seiner Veranda und das kleine Museum. Der restaurierte Torbau schimmerte mit seinen blauglasierten Ziegeln in der Sonne. Goldene Löwen von Babylon und mythologische Tiere hoben sich im Halbrelief von der Glasur ab. Nicht weit entfernt standen die Mauern der Hängenden Gärten, staubig und sprüngig, ohne eine Spur von Vegetation, nicht einmal Moos.

Hausner sah in dem kurzen Augenblick, ehe ihm die Augen verbunden wurden, daß die Anhöhe, auf der sie sich befanden, etwa die gleiche Höhe hatte wie der Hügel, auf dem in zwei Kilometer Entfernung, jenseits einer kleinen Bodensenke, die Concorde stand. Er sah auch die Concorde und seine Leute, die sich auf dem Hügelkamm bewegten. Die Augenbinden wurden ihnen angelegt, und Hausner und Dobkin wurden wieder weggeführt.

Nachdem die Araber sie verlassen hatten, stieß Dobkin einen langen Atemzug aus. »Um ein Haar hätten Sie ihn zu weit getrieben. Sie sind verrückt.« Er blickte über die Schulter nach den abziehenden Arabern zurück. »Wissen Sie, irgendwie war ich auf etwas eindeutiger Gemeines gefaßt.«

»Er ist gemeiner, als Sie es sich je vorstellen können.«

»Mag sein. Er ist geistesgestört. Davon bin ich überzeugt. Aber ich glaube, daß er in seinen lichten Momenten wirklich geliebt und bewundert werden möchte.«

»Ganz bestimmt. Und das werden wir uns zunutze machen, wenn sich nochmals eine Gelegenheit ergibt.« Hausner keuchte von der Anstrengung des Aufstiegs. Er blickte hoch und winkte Brin zu. Brin winkte zurück. Dann wandte er sich Dobkin zu, der den Aufstieg mühelos bewältigte. »Natürlich haben Sie recht. Für die Leute dort droben ist Rish der Teufel in Menschengestalt, und das kommt unseren Zwecken zugute — und den ihren auch. Aber in der Regel entsprechen die Teufel nie völlig unserer Erwartung, wenn wir ihnen *in persona* begegnen.«

Brin rief hinunter. »Werden sie sich ergeben?«

Hausner blickte hinauf und lächelte. Er schrie zurück. »Ich habe ihnen Ihr Ultimatum überbracht.« Wieder konstatierte er, wie die Verteidigungsstellen aus dieser Perspektive aussahen. Die krümelnde Erdkruste, die tückischen Gruben und die ausgewaschenen Bodenrinnen. Im Dunkeln mußte es ein Alptraum sein. Als Angreifer würde *er* sehr bald den Mut verlieren.

Die beiden Männer erreichten den Hügelkamm. Jeder, der nicht gerade auf Posten stand, kam herbeigelaufen. Dobkin berichtete in Ausschnitten, was vorgegangen war. Es gab viele Fragen, und die Diskussion fing an, hitzig zu werden. Hausner machte der Debatte kurzerhand ein Ende und versprach, noch vor Sonnenuntergang abstimmen zu lassen. Er forderte alle auf, sich wieder an ihre Arbeit an den Befestigungswerken zu begeben, und die meisten entnahmen daraus, was sie alle ohnehin wußten — es würde keine Kapitulation geben.

Die Männer und Frauen der Friedensdelegation bauten die Verteidigungsstellungen für den erwarteten Ansturm weiter aus. Sie improvisierten und erfanden Notbehelfe. Es war praktisch kein Werkzeug vorhanden, nur der Werkzeugkasten des Bordmechanikers, aber, ausgehend von dieser bescheidenen Grundlage, wurden größere Geräte angefertigt.

Die Sitze und Fußböden wurden teilweise aus der Kabine entfernt und die Drahtgeflechte herausgezogen. Dann wurden die Drahtflächen zwischen Aluminiumstreben gespannt, wie Wäsche an der Leine, um Gewehrfeuer und Granatsplitter abzufangen.

Ein Mitglied der Knesset erinnerte an die Verteidigung von Syrakus durch den griechischen Physiker Archimedes. Die Legende besagt, Archimedes habe riesige Brennspiegel konstruiert und damit die römische Flotte in Brand gesetzt. Im gleichen Sinn, nur mit anderem Ziel, stellten sie jetzt Aluminiumteile aus dem zerstörten Leitwerk rings um die Verteidigungslinie zwischen Streben auf. Das Aluminium sollte das Sonnenlicht reflektieren und die Ashbals blenden, falls sie sich zu einem Tagangriff entschließen sollten. Außerdem wurde dadurch den Scharfschützen das Zielen erschwert. Ferner wurden weitere Streben und Querträger aus dem Heck gebrochen und mit den Spitzen nach außen in den Abhang gesteckt. Diese Pfahlreihen bildeten einen Verhau. Wenn es dem

Feind gelänge, die Befestigungswälle zu nehmen, so würde er im Dunkeln in diese mörderischen Pfähle rennen.

Die Feuerstellungen wurden im Laufe des Tages wirksamer ausgebaut, die Erdlöcher tiefer, die Wälle länger und stabiler. Die an der Verteidigungslinie verwendeten Gepäckstücke und Drahtarmierungen bekamen eine Tarnschicht aus dem fahlen Staub, der einst Babylon war. Auf Dobkins Drängen hin bestrichen alle auch ihre Kleider und Gesichter mit einem Brei aus Staub und Schweiß, manchmal auch Urin. Hügelabwärts wurden die riesigen Erd- und Lehmklumpen auf den Grund des Abhangs gestoßen, um Schußfelder frei zu machen. In die Bodenrinnen wurden kleine Erd- und Lehmhindernisse eingebaut, damit ein Angreifer, der die Rinnen als Annäherungswege benutzte, sie übersteigen und sich dabei dem Beschuß aussetzen mußte.

Das dürre Dornengestrüpp, das am Hang wuchs und immerhin kärgliche Deckung bot, wurde abgehauen. Die Dornenbüsche, die in der Gegend als Brennstoff dienten, wurden hinter die Verteidigungslinie geschleppt, um dort den gleichen Zweck zu erfüllen. Aus der harten Kruste des Hügelkamms wurden Lehm- und Erdplatten gehackt, manche bis zu hundert Kilogramm schwer. Sie wurde so aufeinandergetürmt, daß man sie leicht über den Hang auf die Angreifer kippen konnte. Fallgruben wurden in den Abhang gegraben und in ihren Grund Pfähle aus den Aluminiumstreben des Flugzeugs gerammt. Darüber kamen Stoffetzen, die von den Sitzen gerissen wurden, und über den Stoff wurde eine Staubschicht gelegt.

Aus Draht, Schnur und mit kleinen Steinen gefüllten Blechdosen entstanden improvisierte Frühwarnanlagen, die in Zwischenräumen von hundert, zweihundert und dreihundert Metern angebracht wurden.

Aus Mangel an Werkzeugen ging die Ausschlachtung des Flugzeugs nur unter großen Mühen vor sich. Die Arbeit machte schnelle Fortschritte, nachdem aus den Sauerstoffflaschen und dem Treibstoff der Maschine ein behelfsmäßiger Schneidbrenner gebastelt worden war. Nun konnte das Aluminium leichter entfernt werden. Der größte Teil stammte aus dem gesprengten Heck. Die Israelis krochen auf und in dem großen Flugzeug herum, wie damals die Arbeiter in St.-Nazaire. Sie standen auf den gleichen Querstreben, auf denen Nuri Salameh gestanden hatte, als er seine Bombe anbrachte. Sie sahen, was die Explosion angerichtet hatte, und machten sich das zerrissene und verbogene Material zunutze.

Aus den Hydraulikleitungen entstanden kleine Waffen zur Nahkampfverteidigung. Glasgefäße aus dem Gepäck und dem Vorratsraum wurden in andere Behälter entleert und mit Treibstoff gefüllt. In manche kam noch ein Zusatz von Seife aus den Waschräumen oder den Gepäckstücken. Das Resultat war eine Art Napalm, das haften und brennen würde.

Die Männer und Frauen der Friedensmission verrichteten ihre Arbeit mit einer Mischung aus Begeisterung und verzweifelter Bedrängnis. Dann und wann fand ein kurzer Ideenaustausch statt. Auch die klassischen Belagerungen des Altertums wurden besprochen und Ideen und Erfindungen aus diesen historischen Schlachten zusammengetragen. Archimedes und Leonardo da Vinci wurden zitiert. Das Schulwissen über die Belagerungen von Troja, Rom, Syrakus, Karthago, Jerusalem und Babylon wurde hervorgeholt. Welches waren die Elemente der erfolgreichen Verteidigungen gewesen? Welche Ursachen hatten zu den Niederlagen geführt? Es war unmöglich, nicht an Masada zu denken. Die Analogie ging über die ähnliche Terraingestaltung weit hinaus.

Schließlich liefen alle Überlegungen der Verteidiger auf die Frage hinaus: Konnte eine Anzahl intelligenter und kultivierter Menschen trotz beschränkter Hilfsmittel mit einer Anzahl weniger kultivierter, aber besser ausgerüsteter Angreifer fertig werden? Es war genau die Art von Diskussion, die man an jedem Freitagnachmittag in der Cafeteria der Universitäten oder in den Cafés von Tel Aviv hören konnte. Nur daß es hier keine akademische Frage war. Hausner sah zu, wie die lange Verteidigungslinie mit ihren Abwehrstellungen immer mehr Gestalt annahm. Auf diesem hohen Hügel, dessen Flanken und Westhang fast zu steil waren, um erklommen zu werden, sah das Ganze sehr eindrucksvoll aus, dachte er. Ein Beobachter, der von oben herabblickte — was Ahmed Rish jetzt mit Sicherheit in seinem Lear-Jet tat —, mußte zu dem Schluß kommen, daß diese trotzige Festung niemals zu nehmen sei, wenn hinter den hastig errichteten Barrikaden nennenswerte Feuerkraft steckte. Aber das war nicht der Fall.

17

In Lod war es heiß. Fast unerträglich heiß. Teddy Laskov saß auf der Terrasse von *Michel's* bei einem Glas Bier. Die Rolläden der Geschäfte waren geschlossen, und heute, am Sabbat, herrschte nur wenig Verkehr. Aber bei *Michel's*, dessen Besitzer Christ war, drängten sich die Gäste. Der *Hamseen* zeigte keine Neigung nachzulassen. Laskov blickte auf sein beschlagenes Glas. Um den Fuß bildete sich eine Pfütze, und ein Bächlein wand sich über die marmorne Tischplatte. Laskov sah zu, wie es auf seine Hose tröpfelte. Der blaue Straßenanzug bestätigte ihm, daß er jetzt der Privatmann Teddy Laskov war. Nach fast vierzig Jahren in verschiedenen Uniformen ein seltsames Gefühl. Es ist ein gewaltiger Unterschied, überlegte Laskov, ob man sich in der dienstfreien Zeit in Zivilkluft wirft oder als Zivilist Zivilkleidung trägt. Der Anzug war der gleiche, aber irgendwie saß er anders.

Michel's erinnerte ihn an Miriam, aber er war nicht aus diesem Grund hierhergekommen. Es war einfach ein Lokal, wo man am Sabbat Geschäfte besprechen konnte. Seine Untätigkeit und seine Unentschlossenheit hatten genau die eine Stunde gedauert, die er in seiner Wohnung hin und her gegangen war. Dann hatte er beschlossen, zu handeln.

General Talman kam mit seinem gewohnten flotten Gang die Straße entlang. Er sah immer aus wie ein Offizier der Royal Air Force in einem Film über den Zweiten Weltkrieg. Auch wenn er, wie jetzt, nicht in Uniform war, glaubte man, den Pilotenhelm und die Auszeichnung für fünfzig Feindeinsätze zu sehen. Aber als Talman näherkam, entdeckte Laskov, daß sein früherer Chef nicht in besserer Stimmung war als er selbst. Talman nickte und nahm Platz. »Verdammt heiß.«

»Fiel mir auch schon auf.«

»Na schön. Kommen wir zur Sache. Kommt Mazar auch?«

»Er sollte eigentlich schon da sein.«

»Fangen wir ohne ihn an.«

»Gut.« Laskov zog eine Handvoll Zettel aus der Tasche. »Ich habe alle Hinweise, alle Mutmaßungen, jede mögliche und wahrscheinliche Radarsichtung und jede Funkmeldung der israelischen und amerikanischen Nachrichtendienste mitgenommen, die ich kriegen konnte, ehe ich abzog.« Er blickte auf die Zettel. »Meiner Ansicht nach sind sie nach Osten geflogen. Von der Spitze des Sinai an gerade ostwärts.«

Talman trommelte mit den Fingern auf den Tisch. »Ich habe mit Hur gesprochen. Inoffiziell natürlich. Er sagt, die Palästinenser hätten unterwegs eine Menge falscher Spuren gelegt. Aber sämtliche Nachrichtenleute stimmten schließlich darin überein, daß sie nach Westen flogen. Libyen. Politisch gesehen wäre das naheliegend. Ein paar Leute in der Einsatzzentrale sind dagegen überzeugt, daß der Flug nach Süden in den Sudan ging. Wäre politisch ebenfalls möglich. Sie hätten in der Sahara zwischenlanden, auftanken und nach Uganda weiterfliegen können, wenn sie das wollten. In diesem Teil der Welt gibt es wenig Radar und eine Menge freies Land mit nur wenigen Menschen, die sie optisch hätten sichten können. Es ist alles durchaus naheliegend, politisch, logistisch und praktisch. Libyen oder der Sudan.« Er schwieg und sah Laskov in die Augen. »Aber ich glaube es nicht. Ich glaube auch, daß sie sich nach Osten wandten.«

Laskov lächelte. »Gut. Jetzt zeige ich Ihnen, warum.« Er blätterte seine Zettel durch.

Talman bestellte Gin und Tonic und hörte ihm zu.

Chaim Mazar schlenderte an ihnen vorüber und noch ein Stück die Straße entlang. Dann machte er kehrt und kam zurück. Er sah sich um, als suche er einen freien Tisch, sah Laskov und Talman und lächelte in gespielter Überraschung. Er trat zu ihnen. »Darf ich mich an Ihren Tisch setzen?« Er brachte sein langes dürres Gestell auf einem Boulevardstühlchen unter.

Laskov schüttelte den Kopf. »Bin nur froh, daß Sie bei Shin Beth sind und nicht im Außendienst. Sie sind der miserabelste Schauspieler, den ich je gesehen habe.«

»Ich tue mein Bestes.« Mazar sah sich um. »In Ihrer Gesellschaft kann man sich nicht sehen lassen.« Er bestellte Limonade. »Ich komme gerade von einer Pressekonferenz. Wenn Sie glauben, hier weht ein heißer Wind, dann hätten Sie erleben sollen, wie heiß es dort herging.«

Talman beugte sich vor. »Freundlich von Ihnen, daß Sie das tun.«

Mazar zuckte die Achseln. »Schließlich hätte ich selbst auch meinen Abschied nehmen oder mich rauswerfen lassen sollen.«

»Warum?« fragte Laskov. »Sie sind der Held des Tages, nachdem Sie den Mörserbeschuß vereitelt haben. Die Regierung braucht dringend einen Helden, und Sie sind alles, das wir haben.«

»Im Moment vielleicht«, meinte Mazar. »Sobald der Staub sich gelegt hat, sägen sie mich ab. Ich habe Ihnen schon gesagt, daß diese Kanonade nur Mache war. Die gleichen Leute, die diese Farce inszeniert und geleitet haben, sind auch für die Flugzeugentführung verantwortlich. Es war so gedacht: falls Rish mit seiner Lear aus irgendeinem Grund nicht zum Zug gekommen wäre, hätten sie versucht, die Sache mit den Mörsern zum Klappen zu bringen. Aber das mit der Lear funktionierte wirklich, und irgendwer — natürlich die Palästinenser selbst — gab uns einen Hinweis auf die Mörser. Von denen ich übrigens längst wußte.«

»Wie können Sie dann verantwortlich sein?« fragte Laskov. »Als Chef der Inneren Sicherheit haben Sie alles Erforderliche getan. Es waren . . . Hausner . . . und wir . . .«

»Nur zum Teil. Überlegen Sie doch: damit die Lear unsere Concordes abfangen konnte, mußte sie die genaue Abflugzeit haben. Diese Information mußte Rish auf dem Flugplatz von Kairo zugehen, und sie konnte nur von jemandem in Israel stammen. Jemandem auf dem Flugplatz. Einem Spion, der in unserem Land tätig ist. Das fällt in meinen Verantwortungsbereich. Und ich kann diesen Spion nicht identifizieren. Ich habe nicht den geringsten Hinweis.« Er zündete sich eine Zigarette an. »Wer immer es war, er mußte von Lod aus einen Kontaktmann anrufen und ihm den neuen Flugplan und die neue Abflugzeit mitteilen, ganz abgesehen davon, daß Sie beide meinen, Rish habe die ursprüngliche taktische Frequenz ebenfalls gehabt. Ich habe mich in Kairo erkundigt. Sie waren sehr hilfsbereit. Rish und seine Gruppe reichten — unter falschen Namen und als angebliche Geschäftsleute — einen Flugplan nach Zypern ein. Aber sie änderten ihn plötzlich. Sie wollten früher abfliegen, und die Flugverkehrskontrolle in Alexandria hat sich lange gesträubt, aber ich vermute, daß ein kleiner Bakschisch die Sache in Ordnung brachte, wie er in jedem islamischen Land jede Sache in Ordnung bringt. Egal, den Rest kennen wir alle, er ist bereits Geschichte.«

Talman nickte. »Sehr interessant, aber, wie Sie sagen, Geschichte. Jetzt geht es einzig darum, wo Concorde 02 ist.«

»Darum geht es dem Staat Israel und seinem Nachrichtendienst und seinen Streitkräften. Mir, als dem Chef von Shin Beth, geht es darum, wer der Spion ist. Und seine Auffindung wird noch zusätzlich erschwert, weil ich fast mein ganzes Agentennetz und meine arabischen Informationen abschreiben muß.«

»Warum?« fragte Talman.

»Weil Isaac Burg, Chef von Mivtzan Elohim, eine verdammte Menge über Shin Beth weiß. Darum. Und wenn sie ihn haben, dann nehmen sie ihn in die Zange, und sie könnten ihm sehr wohl nicht nur alles über seine ganze Organisation herauspressen, sondern über die meine auch.«

Laskov schüttelte den Kopf. »Undenkbar. Er würde sich lieber töten, als sich von ihnen durch die Mangel drehen lassen.«

Mazar nickte. »Er hat eine Waffe. Ich kann nur hoffen, daß ihm Zeit blieb, sie zu benützen.«

Talman bestellte sich einen zweiten Gin. »Und wie ist das mit Dobkin? Er war doch in der Aman, oder?«

»Ja. Dobkin hatte enge Verbindungen mit dem militärischen Nachrichtendienst. Außerdem waren ihm politische Geheimnisse bekannt. Und der Außenminister weiß . . . überhaupt alles. Und ich glaube nicht, daß er sich eine Kugel durch den Kopf schießt, um anderer Leute Köpfe zu retten.« Mazar blickte eine Weile auf die Tischplatte, dann starrte er Laskov an. »Miriam Bernstein hatte Zugang zu allen Kabinettsakten. Ich glaube nicht, daß sie unter Folter lange durchhalten könnte. Was glauben Sie?« Er wartete auf eine Antwort.

Talman wandte sich Laskov zu, konnte jedoch nichts in seiner Miene lesen. Das Schweigen zog sich hin. Schließlich stieß Mazar einen langen Seufzer aus. »Ich spreche als Nachrichtenmann mit dreißig Jahren Dienstzeit, wenn ich sage, hoffentlich sind sie alle tot.« Wieder hielt er inne. »Hausner jedenfalls ist bestimmt nicht mehr am Leben.«

Minutenlang sprach keiner der Männer. Sie tranken und beobachteten die von der Straße aufsteigenden Hitzewellen. Dann räusperte sich Laskov. »Was können Sie uns über Rish sagen?«

Mazar öffnete seinen Diplomatenkoffer und nahm eine Akte heraus. »Was ich da tue, ist Wahnsinn. Keiner von Ihnen hat die geringste nachrichtendienstliche Erfahrung, Zugang zu Verschlußsachen oder Anrecht auf Information. Oder auch nur gesunden Menschenverstand.« Er reichte Talman die Akte. »Und ich habe auch den Verstand verloren.«

»Das wissen wir«, sagte Talman, während er die Akten durchblätterte. »Die Stärke dieses Landes liegt in seiner Kleinheit. Der Informationsfluß hat sich immer in einer familiären Atmosphäre vollzogen. Nichts hält einen Rekruten davon ab, direkt mit Generälen zu sprechen, oder den Leiter eines Dienstes davon, dem Leiter eines anderen Dienstes behilflich zu sein. Aber je älter wir als Nation werden, um so mehr greifen leider Bürokratie und Abschottung um sich. Sie helfen nur mit, diesen gefährlichen Trend hinauszuzögern, Chaim.«

Mazar brummte. »Sie müssen Dreck im Hirn haben. Wenn diese Sache schiefgeht, landen wir alle im Gefängnis.«

Laskov wurde ungeduldig. »Haben Sie keine Luftaufnahmen?«

»Doch«, sagte Mazar. »Tausende, von den amerikanischen Satelliten und vom Aufklärungsflugzeug SR-71. Hier sind ein paar verdächtige Exemplare. Die Amerikaner arbeiten sehr willig mit Aman zusammen. Aber ich hatte große Mühe zu erklären, warum Shin Beth sie benötigt. Vermutlich können Sie diese Bilder ebensogut lesen wie jeder Fotoanalysator.«

»Das will ich hoffen«, sagte Laskov. Er nahm von Mazar einen Stoß Fotos entgegen und prüfte das oberste. Am Rand waren mit Fettstift Längen- und Breitengrade vermerkt. Das Foto zeigte die Spitze der Halbinsel Sinai. »Jede Menge Wolken um diese Jahreszeit.«

»Wir haben Frühling«, sagte Mazar überflüssigerweise. »Aber die meisten sind ohnehin von Ägypten, dem Sudan und Libyen. Wenn ich recht verstehe, tippen Sie immer noch auf Ostkurs?«

»Das tun wir«, sagte Laskov. »Rish ist Iraker, nicht wahr?«

Mazar lächelte. »Wenn's nur so einfach wäre! Aber für einen Araber sind alle islamischen Länder gleich. Die Grenzen sind künstlich. Von Europäern gezogen. Rishs Gruppe besteht fast ausschließlich aus Palästinensern. Sie sind die Wanderer des Islam. Wie die Juden die Wanderer der Welt sind. Eine Ironie. Und ein Unglück. Man sollte meinen, in diesem unterbevölkerten Gebiet wäre Platz für alle. Nein, sie könnten überall sein, von Marokko bis zum Irak.«

Laskov hörte nur mit halbem Ohr zu. Er betrachtete eine Reihe von Steilwinkelaufnahmen von Tigris und Euphrat. Sie waren von der SR-71 um sieben Uhr dieses Morgens aus fünfundzwanzig Kilometer Höhe aufgenommen worden. Eine weitere Serie zeigte die Wüste Shamiyah im Irak. Die Sonne stand niedrig und warf lange und verzerrte Schatten über das Land. Er sah Mazar an. »Wurden um Mittag über dem Irak Aufnahmen gemacht?«

Mazar sah in seinen Aufzeichnungen nach. »Nur Satellitenfotos. Um zwölf Uhr siebzehn. Keine amerikanischen SR-71-Fotos mehr bis zum Spätnachmittag.«

»Besorgen Sie mir die Satellitenfotos«, sagte Laskov.

»Ich will's versuchen.« Mazar stand auf. »Ich habe mich eines militärischen Geheimnisverrats schuldig gemacht, aber ich komme mir gar nicht wie ein Verbrecher vor.« Er schloß seine leere Mappe. »Lassen Sie mich's wissen, wenn Ihnen eine Offenbarung zuteil wird. Inzwischen muß ich unseren Spion suchen.«

Talman blickte von Rishs Psychogramm und den erkundungsdienstlichen Unterlagen auf. »Haben Sie die vier palästinensischen Mörsermänner verhört?«

»Ja«, sagte Mazar. »Aber sie wissen wirklich nichts, völlig klar. Zumindest glaubten sie, nichts zu wissen. Allerdings konnten wir ein paar Kleinigkeiten auswerten, die ihnen selbst unwichtig erschienen. Sie wissen, wie man das macht.«

»Irgendwas Neues?« fragte Talman.

»Ich bin überzeugt, daß Rish sie angesetzt hat, die armen Teufel. Es gibt noch ein paar weitere Hinweise, aber ich muß ihnen erst nachgehen, ehe ich Schlüsse ziehen kann. Ich halte Sie auf dem laufenden.«

Laskov stand auf und gab Mazar die Hand. »Vielen Dank. Sie sind verrückt, so etwas zu tun.«

»Ja.« Mazar wischte sich mit dem Taschentuch den Schweiß von der Stirn. »Sie schulden mir einiges. Und der Tag kommt, an dem ich kassieren werde.«

»Warum nicht sofort?« Laskov kritzelte etwas auf eine nasse Cocktailserviette. »Hier ist die Gegenleistung.« Er reichte Mazar das nasse Papier.

Mazar las, und seine Augen wurden groß. »Sind Sie sicher?«

»Nein. Das ist Ihr Job. Das Sichersein.«

Mazar steckte die Serviette in seine Hemdtasche und ging raschen Schritts auf den St.-Georgs-Platz zu, wo er einem Taxi winkte.

18

Der Lear-Jet näherte sich im Tiefflug, aber nicht zu tief. »Holen wir ihn runter«, schlug Brin vor.

Hausner lachte. »Wir haben einem Waffenstillstand bis Sonnenuntergang zugestimmt, und wir können die Pause gut gebrauchen. Also verpatzen Sie nichts, Brin!«

»Scheiße. Bei Tag hätten sie ohnehin nicht angegriffen. Von wegen ›Feuerpause eingeräumt‹!«

Dobkin blickte von der Geländeskizze auf, die er gerade zeichnete. »Das stimmt nicht ganz. Sie hätten uns den ganzen Tag mit Scharfschützenfeuer und sonstigen Unerfreulichkeiten in Atem halten können. Mir macht es genauso wenig Spaß wie Ihnen, einen Waffenstillstand annehmen zu müssen, aber wir sollten realistisch sein.« Er wandte sich wieder seiner Skizze zu. Er zeichnete alle Erhebungen und Senkungen des vor ihm liegenden Hügels ein. Ein Schütze, der diese Stellung bei Nacht oder beschränkten Sichtverhältnissen bezöge, sollte imstande sein, durch Auswertung der in der Geländeskizze eingetragenen und beschriebenen Erläuterungen sowie unter Benützung von Richtstäben, gezieltes und damit wirksames Feuer unmittelbar vor die Feuerstellung zu legen. Dobkin reichte Brin das Blatt. »Hier.«

»Brauch ich nicht, General. Ich habe das Nachtzielgerät.«

»Die Batterien sind fast erschöpft. Außerdem könnte das Okular beschädigt werden.«

»Was Gott verhüten wolle«, sagte Hausner. »Das ist unser Frühwarnsystem und unsere beste Waffe in einem.«

»Deshalb benutze ich es ja«, sagte Brin. Er nahm die Karte widerwillig entgegen.

Naomi Haber saß an den aufgeschütteten Erdwall gelehnt und

hatte ein Handtuch wie eine *kheffiyah* um den Kopf gewunden. »Sie sind sehr bescheiden.« Brin achtete nicht auf sie.

Dobkin sah sie an. Das Handtuch verbarg ihr langes schwarzes Haar und bedeckte die Stirn. So kam sie ihm bekannt vor. »Ihr Familienname ist Haber, nicht wahr?«

Sie sah mißtrauisch zu ihm auf. »Ja.«

»Na, dann ist es kein Wunder, daß Sie sich mit unserem Davy Crockett hier zusammengetan haben.«

»Mit wem?«

»Egal.« Er wandte sich an Hausner. »Das Mädchen war früher bei der Wettschützenmannschaft des Heeres.«

Brin war ehrlich überrascht. »Warum haben Sie das nicht gesagt?«

Sie stand auf und wandte sich zu Dobkin. »General . . . ich . . . ich meine, ich habe mich bloß freiwillig als seine Helferin gemeldet . . . seine Meldeläuferin. Schon möglich, daß ich hierherging, weil ich wußte, daß hier ein Gewehr mit Zielfernrohr ist. Aber . . . es ist ein himmelweiter Unterschied, ob man auf Scheiben schießt oder auf lebende Menschen, nicht wahr? Ich glaube nicht . . .«

Dobkin verstand und wollte etwas sagen. »Jacob . . .«

Hausner stand auf und packte sie hart beim Arm. »Hören Sie, junge Dame, nicht einer meiner Männer kann Brin als Schütze das Wasser reichen, und auf diesem Hügel hat sich auch sonst niemand gemeldet, als ich fragte, ob irgendwer an dieser Waffe ausgebildet sei. Sie haben mir eine Information vorenthalten, und dafür werden Sie mir noch Rede stehen, das schwöre ich Ihnen! Aber zunächst betrachten Sie sich als Scharfschützen. Sobald Sie einen von diesen jungen Ashbal-Bengels heute nacht den Hügel raufkommen sehen, denken Sie daran, was er mit Ihnen anstellt, wenn er es bis zu uns schafft.«

Das Mädchen wandte sich ab und starrte den Hang hinunter.

Brin wirkte verlegen. »Ich werd mich drum kümmern, Boß.«

»Tun Sie das«, sagte Hausner. Er ging in Richtung auf die Concorde davon. Dobkin folgte ihm.

Den ganzen Vormittag hindurch hatte die Arbeit nicht geruht, aber jetzt, um Mittag, als die Sonne am heißesten brannte, legten die meisten eine Pause ein, wie es in Israel und im ganzen Nahen Osten üblich ist. Sie saßen unter den großen Deltaflügeln der Concorde, die sie vor der blendenden Sonne schützten.

Aus den Abfallbehältern an Bord waren die Reste der Mahlzeit vom vergangenen Tag hervorgeholt worden, und jetzt wurden sie auf Aluminiumplatten über Dornenfeuern aufgewärmt. Alles Trinkbare wurde in einer Grube unter dem Flugzeug verwahrt: Flaschen voll süßen Weins aus dem Gepäck der Passagiere und Fruchtsäfte und Mineralwasser aus der Kombüse. Dank des erweiterten Gepäcklimits hatten die Fahrgäste eine Menge israelischer Konserven mitgenommen, teils als Geschenke, teils zum persönlichen Verbrauch. Die schwere körperliche Arbeit hatte gewaltigen Appetit erzeugt.

Yaakov Leiber war von Hausner mit der Verwaltung der Vorräte beauftragt worden, und er schien seine Aufgabe gut zu machen. Hausner legte dem kleinen Mann die Hand auf die Schulter. »Nun, wie ist die Lage, Steward?«

Leiber zwang sich zu einem Lächeln. »Wir können essen und trinken wie die Könige . . . noch einen ganzen Tag.«

»Und was können wir, sagen wir, noch zwei Tage?«

»Hungern und dürsten . . ., aber überleben.«

»Drei Tage?«

»*Sehr* dürsten.«

Hausner nickte. Wenn die physische Anstrengung gleichblieb und die Hitze anhielt, würde sich nach drei Tagen der Flüssigkeitsmangel bemerkbar machen. Vielleicht schon viel früher. Dann würde niemand mehr klar denken können. Die Gedanken würden nur noch um Wasser kreisen. Das würde das Ende sein, auch wenn die Verteidigung standhielte. Wie viele Belagerungen hatten nicht so geendet? Wasser. Nahrung war kein Problem. Der Mensch kann wochenlang von fast gar nichts leben. Außerdem gab es massenhaft Eidechsen und Skorpione. Letzte Nacht hatte er Schakale gehört. Man könnte sie mit Ködern in Fallen locken . . . die begrabenen Araber . . . zum Teufel mit Rabbi Levin.

Leiber sagte: »Ich habe die Wassertanks genau nachgemessen. Es reicht für einen halben Liter pro Person und Tag.«

»Nicht genug.«

»Nein, Sir.« Leiber blickte zu Boden und stieß mit dem Fuß nach einem Lehmklumpen. »Wir könnten graben.«

Hausner rief zu Dobkin hinüber, der bei der Schäferhütte stand. »Ist das hier ein Ruinenhügel oder nicht?«

»Ich bin absolut davon überzeugt«, rief Dobkin zurück. »Eine verfallene Zitadelle. Mit Staub und Schutt zugedeckt.« Er kam näher. »Warum?«

»Ich möchte nach Wasser graben«, sagte Hausner.

Dobkin schüttelte den Kopf. »Sie würden dort unten allerhand Interessantes finden, aber kein Wasser, ehe Sie bis auf das Niveau des Euphrat gegraben hätten.« Er trat ganz zu Hausner und Leiber heran. »Wir könnten doch Wasserholer hinunterschicken?«

Hausner schüttelte den Kopf. »Wie Sie wissen, hat Rish Wachen aufgestellt.«

»Heute nacht. Wenn kein Angriff vom Flußhang her erfolgt, wäre es möglich. Ich führe die Gruppe an.«

»Heute nacht tätigen Sie einen Telefonanruf aus dem Gästehaus.«

Dobkin lachte. »Ich habe kein gültiges Kleingeld bei mir.«

Hausner lachte ebenfalls.

Dobkin blickte zu Boden und dann hinunter zum Euphrat. »Früher hat man Schlamm und Schlick in Holzformen gepreßt und in die Sonne gelegt«, sagte er zusammenhanglos. Seine Stimme klang wie von fern. »Die Ziegeleien erstreckten sich nach allen Richtungen bis an den Horizont. Die Sonne dörrte die Ziegel, und der Schlick aus dem Euphrat diente als Mörtel. Es wurden Zeichen in die Ziegel gepreßt. Löwen und mythologische Tiere. Und die Könige preßten ihre Keilschrifttexte in jeden Ziegel. NEBUKADNEZAR, DER KÖNIG VON BABYLON, DER SOHN DES NABOPOLASSAR, KÖNIG VON BABYLON, BIN ICH! Immer und immer wieder. Und manchmal wurden die Ziegel rot und blau, gelb und grün glasiert. Es entstand eine der schönsten und farbenprächtigsten Städte, die die Menschheit jemals sah. Wie eine schimmernde Perle thronte sie auf der grünen Seide des Euphrattals.« Dobkin trat nach dem braunen Lehm, dann ging er ein paar Schritte. Er starrte westwärts über die endlosen Schlammebenen in die Nachmittagssonne, die noch rötlich-gelb hoch über dem Horizont stand. »Und sie nahmen Israel gefangen und führten Israel hinweg, daß es wohne an den Wassern zu Babel. Genau hier, Jacob. Ein Jude stand genau hier und schichtete Ziegel und Schlick, um diese Zitadelle gegen Cyrus von Persien zu befestigen. Vor mehr als zweitausendfünfhundert Jahren. Aber Cyrus nahm Babylon ein, und eine seiner ersten Handlungen war, daß er die Juden gehen ließ. Warum? Wer weiß? Aber sie gingen. Zurück nach Israel. Und sie fanden Jerusalem in Trümmern vor. Aber sie kehrten in die Stadt zurück. Nur darauf kommt es an.« Er blickte auf und schien aus seinen Träumereien zu erwachen. »Aber worauf es für uns noch mehr ankommt, ist die Tatsache, daß nicht alle von ihnen zurückgingen.«

»Was meinen Sie damit?«

»Es ist möglich, daß noch immer Juden aus der Zeit des Exils an den Wassern von Babylon leben.«

»Meinen Sie das im Ernst?« fragte Hausner.

Leiber schien durch Dobkins Worte ein wenig verwirrt. Er stand ein paar Meter abseits und lauschte höflich.

»Ja, im Ernst«, erwiderte Dobkin. »Wenn sie nicht von der irakischen Regierung nach Bagdad umgesiedelt wurden, was durchaus möglich ist. Es sind die irakischen Juden, die wir mit allen Mitteln hier herausholen wollen. Insgesamt ungefähr fünfhundert. Das sollte eines der Themen bei den Friedensvorschlägen sein.«

»Glauben Sie, daß sie noch immer hier sind?«

»Zweieinhalbtausend Jahre lang waren sie hier. Hoffen wir, daß sie es jetzt auch noch sind. Ihre Hauptsiedlung lag am jenseitigen Ufer des Euphrat. Ein Dorf namens Ummah. Ungefähr zwei Kilometer flußab. Fast genau gegenüber von Kweirisch, dem Araberdorf, das wir gesehen haben.«

»Würden sie uns helfen?«

»Ah. Das ist die Frage. Was ist ein Jude? Wer ist ein Jude? Warum zogen die Vorfahren dieser Juden es vor, im sündigen Babylon zu bleiben? Gilt der uns unbekannte Grund, aus dem die Vorfahren sich von Jerusalem abkehrten, auch noch für die Nachkommen? Haben sie ihrem sündigen Wandel entsagt? Aber wer weiß? Sie sind tatsächlich Juden *geblieben*, obwohl sie seit so vielen Jahren vom Kern des Judentums abgeschnitten sind. Das wissen wir. Weiß Gott, welche Art von Hebräisch sie sprechen mögen . . ., wenn sie es überhaupt sprechen.« Er knöpfte seinen Waffenrock auf. »Aber das werden sie kennen.« Er zog einen silbernen Davidstern hervor.

Leiber sagte: »Ob sie wohl wissen, daß wir hier sind?«

Hausner legte Leiber die Hand auf die Schulter. »Seien Sie überzeugt, Steward, jeder weiß, daß wir hier sind, ausgenommen die Leute, auf die es ankommt — die Regierungen von Israel und Irak.« Er klopfte Leiber auf die Schulter. »Aber sie werden uns bald finden. Jetzt möchte ich, daß Sie alles hier Zentimeter für Zentimeter nach weiteren Vorräten absuchen.« Leiber nickte und ging.

Dobkin sagte: »Nach dem, was ich heute vormittag sah, glaube ich nicht, daß ich es allein bei Nacht bis zum Ischtartor schaffe. Das Gelände ist schwierig und unbekannt, überall gibt es tiefe unmarkierte Grabungsstätten, und bestimmt sind auf der ganzen Strecke Posten aufgestellt.«

»Was schlagen Sie also vor?«

»Das Land jenseits des Euphrat ist flach, und vermutlich sind dort keine Palästinenser. Ich gehe heute nacht dort hinunter — mit den Wasserholern, wenn Sie das wollen. Sie können dann aus dem Euphrat schöpfen — und ich schwimme rüber.«

»Die Wachtposten«, sagte Hausner.

Dobkin zuckte die Achseln. »Sobald die Schießerei auf der Ostseite des Hügels angefangen hat, werden die Posten am Flußufer nicht mehr viel hören oder sich sogar nicht mehr darum kümmern. Spätestens um zwei, drei Uhr morgens werden sie frieren und müde sein und ihrem Schicksal danken, daß sie nicht beim Sturmtrupp sind. Ich könnte es schaffen.«

Hausner hatte seine Zweifel. »Und wenn Sie es über den Fluß schaffen und dann bis zu diesem Judendorf, was dann? Was glauben Sie, dort zu finden?«

Dobkin wußte nicht, was er finden könnte. Selbst wenn es irgendein landwirtschaftliches Fahrzeug geben sollte, so waren die Straßen unpassierbar. Telefon gab es bestimmt nicht. Ein Esel würde bis Bagdad tagelang brauchen. Hillah war eine Möglichkeit, aber dann würde er den Fluß nochmals durchschwimmen müssen. Vielleicht ein Boot. Ein Motorboot könnte in fünf bis sechs Stunden flußaufwärts bis Bagdad kommen. Ohne Motor konnte man in weniger als einer Stunde flußab in Hillah sein. Und was dann? Hallo, ich bin General Dobkin von der israelischen Armee und . . .

»Worüber lächeln Sie?« fragte Hausner.

»Eine persönliche Erinnerung. Hören Sie, dieses Dorf ist mir nicht erst jetzt eingefallen. Ich dachte schon in dem Augenblick daran, als ich wußte, daß wir in Babylon sind. Aber wollen wir die Leutchen wirklich in diese Sache hineinziehen? Haben die nicht selbst genug Probleme?«

»Nicht mehr als wir«, sagte Hausner. »Und ich möchte Ihnen raten, dergleichen Informationen in Zukunft nicht für sich zu behalten, General. Wenn ich recht verstehe, haben Sie also zwei Eisen im Feuer — das Gästehaus am Ischtartor und die jüdische Siedlung Ummah.«

Dobkin nickte. Es bestand die Möglichkeit, daß Ummah nicht mehr bewohnt war. Ferner die Möglichkeit, daß es von Palästinensern besetzt war. Und drittens, daß die dortigen Juden nicht helfen wollten. Aber war das wirklich eine Möglichkeit? War es möglich, daß er an einen einfachen Juden, der in einer elenden Lehmkate am Ufer des Euphrat lebte, heranträte und ihn im Namen der Blutsverwandtschaft um Hilfe bäte? Dobkin hielt es für möglich. Er konnte sich nicht vorstellen, anders als freundlich empfangen zu werden, falls es ihm gelänge, dieses Dorf zu erreichen. Würde Rish, wenn er dahinterkäme, an diesen armen Teufeln Vergeltung üben? Natürlich würde er das tun. Aber welche Alternativen gab es? Überhaupt keine. »Heute nacht versuche ich es mit Ummah.«

»Schön. Mir wäre es lieber, Sie würden Ihr Glück mit dem Gästehaus versuchen, aber die Entscheidung liegt bei Ihnen.« Er machte kehrt und schritt mit Dobkin auf die Schäferhütte zu. Im Gehen wandte er sich an den General. »Ich kann noch immer keine Waffe entbehren.«

»Schon gut.«

Sie gingen schweigend ein paar Schritte weiter. Hausner räusperte sich. »Ich bat den Außenminister, er solle . . .«

»Ja«, unterbrach ihn Dobkin. »Ich habe es. Digitalis. Der Mitarbeiter des Außenministers, Peled, hat ein schwaches Herz. Er führt die Dosis für einen Monat mit sich. Für zwei Wochen habe ich bei mir.«

»Ich hoffe, daß das ausreicht.«

»Ich auch.«

Burg kam mit den beiden Stewardessen Rachel Baum und Beth Abrams aus der Schäferhütte. Die hellblauen Uniformen der beiden jungen Frauen waren naß von Schweiß und von etwas, das wie Blut und Jodtinktur aussah. Sie warfen Hausner einen Blick unverhüllter Furcht, gemischt mit Ekel, zu und gingen weiter.

Burg zuckte die Achseln. »Mich sehen sie genauso an. Sie haben ihren Patienten Mohammad erfolgreich gepflegt, bis ich einen Rückfall verursachte. Niemand hier versteht uns, Jacob.«

»Hat er irgend etwas Neues gesagt?« fragte Hausner.

Burg kaute an seiner leeren Pfeife. »Einiges.« Er sah der Lear nach, die mit Westkurs den Euphrat überflog. »Ob er wohl zum Hauptlager fliegt und sich Mörser und Granaten besorgt?«

Hausner beobachtete, wie die Lear in der Sonne verschwand. »Das würde die kommende Nacht ein bißchen beschwerlicher machen.«

Dobkin zündete sich eine Zigarette an. »Ein Glück, daß ich nicht hier sein werde.«

»Also gehen Sie wirklich?« fragte Burg.

»Ja. Heute nacht werde ich Matzen und Lammbraten essen und die *horah* tanzen, während hier die Kugeln pfeifen.«

»Sie müssen zu viel Sonne erwischt haben, General.«

Dobkin erzählte Burg von dem jüdischen Dorf. Burg hörte zu und nickte. »Verzeihen Sie den Witz, Ben, aber das kling nicht koscher. Bleiben Sie bei Ihrem ersten Plan.«

»Der hier ist mir sympathischer.«

Burg zuckte die Achseln. Das eine wie das andere war Selbstmord. »Übrigens, Mohammad sagte, Rishs Adjutant Salem Hamadi sei homosexuell. Klingt glaubhaft, wenn man bedenkt, daß er im Lager aufgewachsen ist.«

»Wen schert das?« sagte Hausner.

»Bestimmt Salem Hamadi, wenn wir's heute nacht in voller Lautstärke über die Fahrgastansage aus dem Flugzeug trompeten.«

Hausner lachte. »Das ist unfair.«

»Alles ist erlaubt. Haben Sie die Lautsprecherboxen schon draußen an der Verteidigungslinie angeschlossen?«

»Habe ich«, sagte Dobkin.

Hausner stellte sich in den Schatten des Deltaflügels. Die Erd- und Lehmrampe war fertig, und er lehnte sich daran. Er spürte das Aufkommen eines heißen Winds. Becker hatte berichtet, das Barometer der Concorde falle schon den ganzen Tag sehr stark. »Weiß jemand, wie man den Ostwind hier nennt?«

»Den *sherji*«, sagte Dobkin. »Spüren Sie ihn?«

»Ich glaube schon.«

»Schlimm. Er soll noch unangenehmer sein als der *Hamseen* in Israel.«

»Warum?«

»Erstens, weil er heißer ist«, sagte Dobkin. »Und zweitens gibt es hier nur Sand und Staub. Man kann daran ersticken. Besonders auf einem Hügel wie diesem. So verschwand Babylon und ganz Mesopotamien. Irgendwer hat einmal gesagt, eine Kultur könne immer überleben, wenn alltägliche Menschen alle Tage alltägliche Dinge tun. In Mesopotamien hielten sie sich während jeder Invasion an diese Regel — ausgenommen den Mongoleneinfall. Sobald die Frauen aufhörten, die Straßen zu fegen, und die Bauern, das Land zu bestellen, häufte sich der Staub, als der *sherji* aus den Gebirgen Persiens kam und die Wüste mit sich brachte.«

Hausner blickte über das Land zu den fernen Bergen. Staubhosen begannen sich rings um die wandernden Sanddünen zu bilden. Sie wirbelten über die Anhöhen und verschwanden in den Wadis, dann tauchten sie wieder auf und hielten in westlicher Richtung auf den Hügel zu.

Dobkin folgte Hausners Blick. »Ich weiß wahrhaftig nicht, für wen, militärisch gesprochen, ein Sandsturm von Vorteil sein würde.«

»Wir haben schon genug Probleme«, sagte Hausner. »Ich könnte auf ein weiteres verzichten.« Er sah Burg an. »Wenn Sie mit dem Gefangenen fertig sind, sehen wir zu, daß wir ihn loswerden.«

»Ich nehme an, Sie wollen ihn laufenlassen.«

»Ja.«

Dobkin protestierte. Hausner bot ihm eine Zigarette an. »Ich will Ihnen mal ein paar Geschichten erzählen.« Er lehnte sich bequem an die kühle Erdrampe. »Während der Belagerung von Mailand im zwölften Jahrhundert füllten die Einwohner Kornsäcke mit Sand und verstärkten damit die Befestigungswerke. Die Belagerer, unter dem deutschen Kaiser Barbarossa, glaubten, die Säcke seien wirklich mit Korn gefüllt, und verloren den Mut. In Wahrheit aber war die Stadt am Verhungern. Ein paar Jahre später belagerte der deutsche Kaiser die italienische Stadt Alessandria. Ein Bauer führte seine Kuh zum Grasen vor die Stadt und wurde von Barbarossas Soldaten gefangengenommen. Als die Soldaten die Kuh schlachteten, sahen sie, daß ihr Magen mit gutem Korn gefüllt war. Der Bauer erklärte, Heu und gewöhnliches Viehfutter seien in der Stadt knapp geworden, aber man habe soviel Getreide, daß man es an das Vieh verfüttere. Wiederum gab Barbarossa die Belagerung als aussichtslos auf. Auch die Einwohner von Alessandria waren in Wirklichkeit am Verhungern, der Bauer mit seiner Kuh nur eine List. Etwa aus der gleichen Zeit stammt der Bericht, wonach eine andere Belagerungsarmee die Verteidiger der Festung auf den Wällen Geflügel braten sah und resigniert abzog. Die Verteidiger hatten zu diesem Zweck ihre letzten Hühner geschlachtet.«

»Sie wollen doch auf irgend etwas hinaus«, sagte Burg.

»Ja. Zuerst halten wir eine Party ab. Singen und tanzen ein bißchen. Tun, als würden wir schmausen und bechern. Stapeln alle unsere Waffen in der Schäferhütte. Stecken in jedes der Reservemagazine eine einzige Patrone, damit sie voll geladen aussehen. Geben uns ganz sorglos, was Nahrung und Munition betrifft. Stellen eine Maschinengewehrattrappe auf, in genügender Entfernung, daß sie nicht als solche zu erkennen ist. Lassen uns noch ein paar weitere Kriegslisten einfallen. Es muß aussehen, als hätten wir die Dritte Panzerdivision zur Erholung hier. Dann lassen wir Mr. Mohammad Assad laufen.«

Dobkin schien nicht überzeugt. »Ziemlich durchsichtig.«

»Für Rish und seine Offiziere, ja. Aber die Ashbals werden doch darüber nachdenken.« Er sah Burg an.

»Warum nicht?« sagte Burg. »Ich bin mit ihm fertig.«

Die drei Männer betraten die Hütte. Kaplan lag noch immer auf dem Bauch, sah aber gut aus. Vier Leichtverwundete, unter ihnen Joshua Rubin, spielten Karten. Die verwundete Stenographin Ruth Mandel war in Decken gehüllt und schien zu fiebern. Der Palästinenser blickte angsterfüllt zu Burg auf. Hausner sah, daß sein Nasenbein gebrochen war. Es gefiel ihm nicht, daß der Mann bei den Verwundeten untergebracht war, aber die Hütte war der einzige geschlossene Raum, mit Ausnahme der Concorde, die in der Sonne einem Backofen glich. Die Verwundeten konnten überdies den Gefangenen bewachen. Und alles in allem waren die Verletzungen harmlos, so daß Mr. Mohammad Assad auch darüber gern berichten konnte.

Die Stewardessen waren wieder zurück, und Beth Abrams legte Kaplans Wunde frei. Sie begann zu eitern und roch sehr schlecht. Die ganze Ziegelhütte stank nach eitrigen Verbänden und schwitzenden Leibern. »Was ist das?« wollte Hausner wissen.

Beth Abrams sah erst eine Weile schweigend zu ihm auf, ehe sie sprach. »Eine einheimische Pflanze mit adstringierender Wirkung. Ähnlich wie Hamamelis.«

»Woher wissen Sie das?«

»Ich las es während meiner Militärzeit in einem medizinischen Handbuch.« Sie verteilte den Brei behutsam auf der offenen Wunde. »Die Früchte sind zitronengelb, ungefähr so groß wie ein Tennisball und glatt. Sie hängen an langen Stielen bis auf den Boden. Den Namen habe ich vergessen, aber die Beschreibung paßt genau. Sie wachsen am Hang. Ich gebe den Brei auf alle Wunden. Wir haben keinen Alkohol mehr.«

»In Ordnung.« Hausner ging zu Kaplan hinüber. »Was macht der Hintern?«

Kaplan lachte ein wenig mühsam. »Diese beiden Stewardessen streichen mir dauernd den gelben Papp da drauf. Wenn es heißt: Fliegen Sie mit El Al, und Sie werden verwöhnt wie König Salomo, so ist das keine Übertreibung.«

Hausner lächelte. Kaplan erinnerte ihn an Matti Yadin. Er würde dafür sorgen, daß Kaplan bald befördert wurde. »Die kleinere, Beth Abrams, ist eine Kratzbürstige, aber sie scheint an Ihrem Hintern nicht nur medizinisch interessiert. Denken Sie daran, sobald Sie wieder in Lod sind.«

»Ich werde schon heute nacht daran denken.«

Hausner sah, daß Chaim Tamir, der beim gestrigen Gegenangriff schwer verwundet worden war, unruhig schlief.

Hausner ging durch den kleinen Raum zu den kartenspielenden Männern. Er sagte zu Joshua Rubin: »Sie haben mir nie gesagt, daß Sie psychotisch reagieren.«

Rubin, ein kleiner rothaariger Mann von etwa zwanzig Jahren, schob seine Karten zusammen und blickte auf. »Sie haben mich nie danach gefragt. Wer hat meine Uzi?«

»Ist aus dem Verkehr gezogen. Es waren nur noch drei Patronen im Magazin, als Sie sie zurückbrachten.«

»Dann geben Sie sie mir wieder. Ich möchte sie hier haben. Falls wir überrannt werden sollten. Den ersten, der durch diese Tür kommt, möchte ich noch erledigen.«

»Also gut. Ich hole sie Ihnen.« Hausner blickte die Runde der Männer an, die sich wieder ihren Karten zuwandten. Es waren Durchschnittsmenschen, Zivilisten, die in der vergangenen Nacht ein paar Minuten lang verrückt gespielt hatten. Jetzt sahen sie ganz normal aus — waren normal, ihr Wortwechsel drehte sich um das Kartenspiel. Was mochte Miriam Bernstein darüber denken. Verstand sie, daß nette Leute Mörder sein konnten — und Mörder nette Leute? Begriff sie, daß ein Mann wie Isaac Burg entwaffnend lächeln und mit seiner Pfeife herumfuchteln, dann einem verwundeten Gefangenen das Nasenbein brechen und trotzdem ein netter Kerl sein konnte? Das Schlüsselwort hieß: Überleben. Was zu tun war, um das Überleben zu sichern, das wurde getan.

19

Das Sonnenlicht, das von der Außenhaut der Concorde zurückgeworfen wurde, war noch heißer und gleißender als gewöhnlich. Hausner und Burg, die das Demontieren des Heckteils überwachten, hielten schützend die Hände über die Augen. Wiederum fragte sich Hausner, warum er nie daran gedacht hatte, auch die unzugänglichen Teile zu prüfen. Die Concorde war einmal zur Feststellung der Metallbeanspruchung geröntgt worden, aber niemand hatte daran gedacht, nach Schatten zu suchen, die nicht ins Bild gehörten. Warum hatte *er* nicht daran gedacht? Wenn man einen Job wie den seinen übernommen hatte und Menschen wegen einer Unterlassung, die man begangen hatte, ums Leben kamen, welchen Anteil an der Schuld trug man dann? Wieviel ging auf das Konto untergeordneter Mitarbeiter? Was mußte man tun, um für die verschuldete Tragödie zu sühnen? Mußte man überhaupt sühnen? Gab es nicht Dinge, die für einen normalen Menschen einfach nicht vorhersehbar waren?

Der einzige, den er nicht tadeln konnte, war Ahmed Rish. Rish führte lediglich *seinen* Job aus, wie er ihn verstand. Und es war Hausners Job, Rish von der Ausführung seines Jobs abzuhalten. Hausner wußte genau, was ihn an der ganzen Sache am meisten erbitterte, obwohl er versuchte, diesen Aspekt zu verdrängen: Ahmed Rish hatte ihn überlistet. Das hatte ihn persönlich getroffen, wie ein Schlag ins Gesicht. Führte er nun diese Menschen in den sicheren Tod, nur um seinem übertriebenen Stolz Genüge zu tun?

Übertriebener Stolz war für das jüdische Denken immer eine Sünde gewesen. Babylon war ein Sinnbild übertriebenen Stolzes gewesen, und Babylon war verflucht. Babylon wurde auf die Knie gezwungen. Handelte hier sein verletztes Ich? Nein. Er hielt sich nur an das, was Israel seit Jahren praktizierte. Keine Verhandlungen mit Terroristen. Härte. Unnachgiebigkeit. Es entsprach zufällig seiner Stimmung und seinem Charakter, hatte aber damit nichts zu tun. Und doch nagte der Gedanke an ihm. Er wandte sich an Burg. »Gibt es sonst noch etwas Dringendes?«

Burg wandte sich vom Heckteil der Concorde ab und wies auf eine Erdmulde, ungefähr zweihundert Meter entfernt. Abdel Majid Jabari und Ibrahim Ali Arif hoben einen Latrinengraben aus. Sie benutzten die gleichen Werkzeuge wie alle anderen; mit Stükken von Aluminiumstreben brachen sie die harte Erdkruste auf, dann schaufelten sie die Lehm- und Erdbrocken mit Aluminiumplatten beiseite. Zum Schutz vor dem scharfkantigen Metall hatten sie die Hände mit Kleidungsstücken umwickelt. »Ich habe sie verhört«, sagte Burg. »Sie sind beide Mitglieder der Knesset, und ich war nicht befugt, ihre Loyalität in Zweifel zu ziehen, aber die Lage erforderte es. Sie waren ein bißchen beleidigt und sehr verärgert. Vielleicht können Sie die Sache beilegen.«

Hausner sah den beiden Arabern eine Weile zu. »Ja. Wenn wir zurückkommen, werden wir alle uns für unser Tun zu verantworten haben, nicht wahr, Isaac? Diese beiden, Jabari und Arif, sind zwei trojanische Pferde innerhalb der Mauern Trojas, wenn Sie mir die Metapher verzeihen. Zu Hause, in Jerusalem, könnten sie Sie im Handumdrehen vor einen Knesset-Ausschuß stellen lassen, oder?«

Burg warf Hausner einen finsteren Blick zu. »Ich habe getan, was ich für notwendig hielt. Werden Sie das bestätigen?«

»Selbstverständlich.« Er beobachtete die beiden Männer, die sich jetzt aufrichteten und sich den Schweiß von den Gesichtern wischten. Ihre *kheffiyahs* schützten sie besser vor der Sonne als die Kopfbedeckungen, welche die übrigen Leute trugen. »Die beiden sind in einer üblen Lage. Aber ich glaube nicht, daß Rish sie schonen würde, wenn sie Verrat an uns übten. Sie wollen Rish so wenig hier oben haben wie wir. Noch weniger. Er wird ihnen mehr antun, als sie nur töten. Wir wissen, was sie mit Verrätern machen.«

Burg nickte. »Höchst Unerfreuliches.« Er klopfte seine Pfeife aus. »Übrigens, Ihre Freundin Miriam Bernstein hat mir die Hölle heiß gemacht, weil ich die Loyalität Jabaris und Arifs in Frage stellte. Und wegen meiner Methoden beim Verhör unseres Gefangenen. Sie sagte, wir hätten uns alle in perfekte Barbaren verwandelt. Natürlich hat sie recht. Nur, daß wir das gar nicht so schlecht finden — wie, Jacob? Aber sie. Woher kommt es, daß empfindsame Herzen die Welt einfach nicht so sehen wollen, wie sie ist?«

»Für sie ist sie schön, Burg. Sie können sich's nie verkneifen, ihre moralische Überlegenheit gegen uns Untermenschen herauszukehren, die den dreckigen Krieg führen müssen, damit die Herrschaften Seminare über Weltfrieden und Abrüstung besuchen können.«

»Nun, ganz so schlimm finde ich diese Leute nicht. Aber trotzdem, die Dame macht Stunk, und ich meine, Sie sollten etwas dagegen tun.«

»Zum Beispiel?« Hausner starrte Burg an.

Burg starrte zurück. »Das liegt bei Ihnen.«

Hausner wischte sich die Handflächen an der Hose ab. »Ich werd's versuchen.«

Im Weggehen stellte Hausner fest, daß das Gelände sich zu einer flachen Mulde in der Nähe des südlichen Erdwalls neigte. Dobkin glaubte, dort sei der Innenhof der Zitadelle, und der Erdwall sei eigentlich die Stadtmauer, die von der Zitadelle aus den Fluß entlang bis zum Kasr-Hügel im Süden verlief. Auch der Erdwall im Norden sei eine überdeckte Mauer. Wären die Wallkronen nicht so schmal gewesen, so hätten sie den Ashbals als mögliche Anschleichwege dienen können. Hausner gab zu, daß keiner der Wälle wie eine natürliche Erdformation aussah, aber wie Dobkin Mauern, Zitadellen, Wachttürme und sogar Innenhöfe sehen konnte, war ihm ein Rätsel. Für ihn sah alles einfach wie Dreck aus. Alles war gründlicher verschwunden als irgendetwas, das er in Israel gesehen hatte. Dobkin sagte, man müsse sich eine von Gestrüpp überwucherte Leiche vorstellen. Wer etwas von menschlicher Anatomie verstand, der könne unschwer Beine, Arme, Gesicht, Bauch und Brust ausmachen, je nach der Bildung des Gestrüpps. Genauso sei es mit Städten, Innenhöfen und Wachttürmen, Mauern und Zitadellen.

Die beiden Araber blickten bei Hausners Näherkommen auf. Jabari sagte: »Ich hatte noch keine Gelegenheit, Ihnen zu Ihrer Verteidigung Babylons in der vergangenen Nacht zu gratulieren.«

»Sie drücken es ziemlich dramatisch aus«, sagte Hausner.

Arif rang nach Atem. Er hatte den Oberkörper entblößt und keuchte, daß sein Magen zitterte. »Ich möchte Ihnen ebenfalls gratulieren.«

Hausner nickte. Lange Zeit blieb er schweigend stehen, dann sagte er: »Habe ich irgendeinen Grund, an Ihnen zu zweifeln?«

Jabari trat dicht an ihn heran. Bis auf ein paar Zentimeter. »Nein.«

»Damit ist der Fall erledigt. Ich vermute, Mr. Burg möchte sich gern bei Ihnen entschuldigen, aber das verbietet sein Berufsethos.« Er blickte um sich. »Heute nacht habe ich eine sehr wichtige Aufgabe für Sie beide.«

»Noch wichtiger als Latrinengraben?« fragte Arif.

»Das hoffe ich«, erwiderte Hausner. Er setzte sich an den Rand des unfertigen Grabens und ließ die Beine baumeln. Arif und Jabari hockten sich neben ihn hin, und er erklärte.

Dobkin und Burg riefen eine weitere Arbeitspause aus. Sie ließen die Meldung durchgeben, daß für den Gefangenen eine Show abgezogen werden sollte. Alle waren einverstanden, obwohl das Tanzen und Singen mehr Anstrengung kostete, als sie sich leisten konnten.

Die fünf AK-47 und ungefähr zehn Pistolen wurden lässig in der Hütte zu Hauf geworfen, als handele es sich um Reservewaffen, und auf dem Lehmboden wurde Munition verstreut. Marcus, ein Sicherheitsbeamter, schlenderte in die Hütte, die Uzi-Maschinenpistole über der Schulter. Er reichte sie Rubin, der sie deutlich sichtbar unter seine Decke schob. Marcus unterhielt sich eine Weile mit Rubin und ging wieder. Ein weiterer Sicherheitsmann, Alpern, kam auf einen Schwatz kurz zu Kaplan und Rubin. Auch er hatte eine Uzi, die ein wenig staubiger war als die erste. Es war die erste, Rubin hatte sie ihm durch einen Spalt in der Lehmwand wieder zugesteckt.

Das M-14 mit dem Zielfernrohr wurde von Brin feierlich in die Hütte gebracht. Mohammad Assad wandte den Kopf. Er starrte das Zielfernrohr an. Brin sah seinen aufmerksamen Blick. Die einzige geheime Waffe, die es gab, war das Nachtzielgerät, und Hausner hatte befohlen, daß es nicht gezeigt werden dürfe. Brin redete Assad auf hebräisch an, das der Mann nicht verstehen konnte. »Nein, mein Freund, das ist nicht das Zielfernrohr, das dir die Kugel beschert hat. Wir haben noch eins. Aber zerbrich dir getrost den Kopf darüber.«

Assad bekam einen üppigen Lunch aus El-Al-Vorräten und Delikatessen, die aus dem Gepäck der Passagiere stammten. Einiges schien ihm Rätsel aufzugeben, aber er probierte alles. Eine Stewardeß goß aus einem großen Krug Wasser für die Verwundeten in Plastikbecher. Sie nippten davon. Joshua Rubin trank seinen Becher zur Hälfte aus und schüttete den Rest durch den Mauerspalt ins Freie. Falls Assad festgestellt hatte, daß sie bisher nicht so verschwenderisch mit Wasser umgegangen waren, so ließ er es sich nicht anmerken.

Assad wurde von Jaffe und Alpern, zwei Sicherheitsleuten, aus der Hütte geführt. Ehe ihm die Augen verbunden wurden, sah er die Dutzende von Flaschen mit Treibstoff, die in einem Erdloch neben der Hütte standen. Der Steward Daniel Jacoby war gerade dabei, noch mehr solcher Flaschen aus einem Aluminiumkanister zu füllen. Esther Aronson drehte Dochte aus Stoffstreifen. Dies war keine List, und Mohammad Assad war entsprechend beeindruckt.

Alpern rief Esther Aronson zu, sie solle ihm ein Stück Stoff für eine Augenbinde herüberwerfen. Sie ließ sich Zeit damit — wie ihr befohlen worden war —, und Alpern schrie ärgerlich, sie solle sich beeilen.

Inzwischen drehte Jaffe den Gefangenen so herum, daß er die Verteidigungslinie vor sich hatte. Assad sah etwas, das er für ein schweres Maschinengewehr auf einem Dreifuß hielt; in Wahrheit war es nur ein mit Ruß geschwärztes Stück Strebe aus dem Bugfahrwerk, das auf dem abgesägten Stativ einer Kamera aus dem Passagiergepäck befestigt war. Leere Patronenhülsen, die mit Bindfäden aneinandergeknüpft waren, glänzten in der Sonne wie Patronengurte. Er sah in den wenigen Sekunden alles, worüber er berichten sollte, dann wurden ihm schnell die Augen verbunden. Man führte ihn zum Rand des Verteidigungsgürtels, dann zwischen den beiden großen Aluminiumreflektoren hindurch und über den Graben und den Erdwall. Auf halbem Weg wurde ihm die Augenbinde abgenommen, und er bekam ein weißes Taschentuch, das an einem Stück Hydraulikrohr flatterte. Jaffe befahl dem Gefangenen, sich nicht umzusehen. Trotz seiner Verwundung legte Assad die restliche Strecke in beachtlichem Tempo zurück.

Hausner erklärte die »Festlichkeiten« für beendet und gesellte sich zu Burg und Dobkin, die auf der Erdkuppe standen — dem überdeckten Wachturm —, wo sich in der vergangenen Nacht die Kommando- und Beobachtungsstellung befunden hatte. Sie inspizierten den Fortgang der Arbeit. Die »Strandansicht von Tel Aviv«, schwankte leicht, wenn der heiße Wind das T-Shirt erfaßte. »Was ist als nächstes zu tun?« fragte er.

»Wir sollten wieder einmal mit Becker sprechen. Er ist im Cockpit«, meinte Burg.

Sie gingen zurück zur Concorde. Unter dem zusammengebrochenen Bugfahrwerk war eine abgeflachte Erdplattform errichtet worden, und rücklings darauf lag Kahn und hatte beide Arme in den Radschacht gereckt. Er war mit Schweiß und Schmieröl bedeckt. Hausner überlegte, ob Kahns Kräfte nicht sinnvoller zum Graben von Menschenfallen eingesetzt würden, sagte jedoch nichts.

Dobkin rief ihm zu: »Schon Glück gehabt?« Kahn rutschte unter dem Bug hervor und stand auf. »Nein. Noch nicht. Aber ich komme der Sache langsam näher.«

Dobkin nickte. »Gut.«

»Ich hoffe nur, daß unsere Batterien und unser Treibstoff noch ausreichen, damit wir es anschwingen und laufen lassen können, wenn ich's hinkriege.« Dabei schaute er betont Hausner an.

»Warum?« fragte Hausner. »Damit die Klimaanlage wieder funktioniert?« Er trat auf die Rampe. »Wenn ihr beide mit den Batterien keinen Funkkontakt herbringt, dann dürfte der Generator auch nicht helfen.«

Kahn antwortete nicht, er arbeitete ruhig weiter. Hausner tat ein paar Schritte und rief über die Schulter zurück: »Der Funk ist die Expreßfahrkarte, mit der wir von hier abreisen können, aber ihr beide scheint dafür nichts übrig zu haben.« Er sprang auf den Deltaflügel.

Dobkin und Burg blieben zurück und unterhielten sich leise mit Kahn.

Die Kabine glich einem Glutofen, und obwohl Hausner schon seit geraumer Zeit kein Wasser mehr getrunken hatte, begann er zu schwitzen.

Von der Demontagearbeit am Leitwerk drangen Geräusche herein. Als Hausner an der Kombüse vorbeikam, sah er, daß sie leergeräumt war. Der Mach-Meter war beleuchtet, was zeigte, daß Becker den Notstrom eingeschaltet hatte. Die Anzeige lautete noch immer Mach 0,00, was Hausner wütend werden ließ. Welche französische Intelligenzbestie von Elektroingenieur hatte den Mach-Meter der Passagierkabine an die Notstromversorgung angeschlossen? Warum sollten die Passagiere im Katastrophenfall wissen wollen, wie schnell sie flogen? Dann fiel ihm ein, daß die Menschen in der 01 nach der Explosion gebannt beobachtet haben mußten, wie die Fluggeschwindigkeit abfiel. Was wohl der Mach-Meter in der Kabine anzeigte, als die Maschine durch den Himmel taumelte?

Der Geruch aus dem Cockpit fiel Hausner an, noch ehe er die Kanzel erreicht hatte. Er sah hinein. Hess lag noch immer über das Instrumentenbrett hingestreckt, aber die Totenstarre hatte eingesetzt, und Hess' Körper war unnatürlich verrenkt. Durch das Loch in der Windschutzscheibe blies ein heißer Luftzug herein. Becker saß mit Kopfhörern am Funkgerät. Hausner betrat das Cockpit. »Ich will ihn hier raushaben«, sagte er laut.

Becker nahm die Kopfhörer ab. »Er geht nur mich etwas an. Ich behalte ihn hier, bis er begraben werden kann.«

Hausner wußte nicht, was in Becker vorging, und er wollte nicht einmal den Versuch machen, es sich vorzustellen. Warum war es ihm nicht egal, wo die Leiche aufbewahrt wurde? Vielleicht war es besser, daß die übrigen Leute sie nicht zu sehen bekamen. Wenn nur dieser verdammte Rabbi nicht gewesen wäre . . .

Levin war ein Rätsel. Für Hausner war jeder gläubige Mensch ein Rätsel. Sie wollten nicht mit El Al fliegen, sie wollten keine Eidechsen essen, selbst wenn sie verhungern mußten; sie wollten am Sabbat keine Toten begraben. Kurz, sie wollten sich nicht dem zwanzigsten Jahrhundert anpassen. Sie ließen Leute wie Hausner das Gesetz brechen, damit auch am Sabbat in ihren Häusern das Wasser lief, damit die Radarstationen besetzt waren und Operationen durchgeführt wurden. Levin war nur eine andere Ausgabe von Miriam Bernstein, dachte Hausner. Beide waren überzeugt, daß sie sich auf dem Weg zum Himmel befanden und Hausner alles tat, um in die Hölle zu fahren. Es wurde ihm klar, daß er entweder sehr scharfsinnige Betrachtungen anstellte oder an Paranoia zu leiden begann. Aber gab es einen Tatmenschen, der nicht irgendwie daran litt?

»Möchten Sie vielleicht selbst am Funkgerät herumfummeln?« sagte Becker.

»Wie? Nein. Haben Sie was gehört? Haben Sie zu senden versucht?«

»Wie ich schon sagte, ist das Senden tagsüber sehr schwierig.«

»Stimmt. Vielleicht haben wir heute nacht mehr Glück.«

»Nein, haben wir nicht.«

»Warum nicht?«

»Weil ich eine Meldung aufgefangen habe.«

Hausner trat näher. »Von wem?«

»Von einem gewissen Ahmed Rish. Vorhin, als er über uns wegflog. Er sagte, hoffentlich ziehe Hausner alle die gefährdeten Menschenleben in Erwägung und so weiter. Außerdem machte er mir Komplimente über mein fliegerisches Können. Netter Mensch.« Becker gestattete sich ein Lachen. »Und er sagte, vor Einbruch der Dunkelheit werde er nochmals über uns kreisen und meinen Funk stören, wenn wir nicht kapitulieren.«

»Dieser elende Hurensohn.«

»Ja, er steckt voller Überraschungen. Lauter schlechten.« Becker schaltete den Funk ab. »Könnten Sie ihn abschießen?«

Hausner wischte sich den Schweiß vom Nacken. »Wie hoch kann er maximal fliegen, wenn er Ihren Funk stören will?«

»So hoch er will.«

»Dann können wir ihn nicht runterholen, es sei denn, Sie haben irgendwo eine SAM-Rakete im Zylinder.«

Becker stand auf und zerrte an seiner durchnäßten Uniform. »Apropos, ich möchte die letzte Entscheidung darüber behalten, was von diesem Flugzeug abmontiert wird, Hausner. Vor kurzem versuchten zwei Ihrer Leute, den gottverdammten Draht rauszureißen, der diesen Funk mit den Batterien verbindet.«

Hausner nickte. »In Ordnung.« Er bemerkte, daß Becker fahl aussah und seine Lippen rissig waren. »Lassen Sie sich Wasser geben.«

Becker ging zur Tür. »Ich glaube, ich werde das Grab ausheben.« Er verließ das Cockpit.

Hausner starrte das Funkgerät an. Nach ein paar Minuten ging auch er.

Er wollte eine Begegnung vermeiden, aber das war unmöglich. Miriam Bernstein stand mit einigen Männern und Frauen aus der Friedensdelegation auf dem Deltaflügel. Hausner hatte bereits festgestellt, daß die einzelnen sozialen Gruppen immer zusammenblieben. Miriam war nie mit einem der jüngeren Mitarbeiter oder jemandem aus der Crew zu sehen. Sie gingen alle auf das Leitwerk zu, um dort bei der Arbeit zu helfen. Miriam hatte die Hände mit Stoff umwickelt, um sie vor dem scharfkantigen Metall zu schützen. Sie war mit Schweiß und Staub bedeckt. Während die anderen sich auf den Rumpf zu bewegten, ging sie langsam über die glühend heiße Tragfläche. Dann blieb sie breitbeinig, um sich auf dem schrägen Flügel im Gleichgewicht zu halten, vor Hausner stehen. »Man scheint Sie allgemein für einen Helden zu halten.«

»Bin ich auch.«

»Stimmt. Aber Helden werden nicht geliebt hier. Sie werden gefürchtet — verachtet. Wußten Sie das?«

»Natürlich.«

»Haben Sie jetzt die Schuld getilgt, daß Sie eine Bombe im Heck übersehen haben —« sie wies auf das Leitwerk —, »die dort vor mehr als einem Jahr in Frankreich angebracht wurde? Können Sie sich wieder zur menschlichen Rasse zählen?«

»So, wie Sie es sagen, klingt es fast einladend.«

»Dann tun Sie's.« Er antwortete nicht.

»Was hat Rish sonst noch gesagt?«

»Er wollte nur über die alten Zeiten in Ramla plaudern.«

»Wir haben ein Recht, es zu erfahren.«
»Fangen wir bloß nicht wieder damit an.«
»Welche Bedingungen hat er angeboten?«
»Würden Sie unter gewissen Bedingungen eine Kapitulation ins Auge fassen?«
Sie zögerte. »Nur, um Menschenleben zu schonen.«
»Unsere kostbaren Leben sind keine nationale Demütigung wert.«
Sie schüttelte den Kopf. »Was mag ich an Ihnen nur sympathisch gefunden haben? Sie sind in Wahrheit ein hassenswerter Mensch.«
»Möchten Sie die Bestie nicht zähmen, Miriam? Sind Sie nicht eine Vollbringerin guter Taten?« Er dachte an ihre Teilnahme im Flugzeug, als sie glaubte, er brauche menschliches Mitgefühl.
Sie schien verwirrt. »Machen Sie sich über mich lustig?«
Er zog einen Zigarettenstummel aus der Tasche und starrte ihn lange an. Plötzlich wirkte sie so wehrlos. Er schaute auf. »Burg beklagt sich über Sie. Er sagt, Sie untergraben die Kampfmoral. Also bessern Sie sich und behalten Sie Ihre Ansichten für sich, bis Sie in der Knesset wieder das Wort haben. Ich meine es ernst, Miriam. Wenn er beschließt, Sie wegen Zersetzung der Kampfkraft anzuklagen, kann ich Ihnen nicht helfen.«
Sie sah ihn an, aber es dauerte eine Weile, bis seine Worte eingesickert waren. Sie hatte noch an das gedacht, was er zuvor gesagt hatte. Plötzlich wurde sie feuerrot. »Wie? Was zum Teufel soll das für eine Anklage sein: Zersetzung der Kampfmoral? Ich lasse mich nicht einschüchtern. Wir leben in einer Demokratie, verdammt noch mal.«
»Wir leben in Babylon. Hier wurde das Gesetz der Vergeltung — das Gesetz von Auge um Auge, Zahn um Zahn -- von Hammurabi erlassen, lange, ehe wir es von Moses bekamen. Unsere Wurzeln sind brutal und grausam, und aus gutem Grund — es war eine brutale Welt. Dann wurden wir die Friedensapostel vom Dienst, und Sie sehen ja, wohin es uns geführt hat. Und jetzt bilden wir, nach so vielen Jahrhunderten, wieder junge Männer und Frauen zu Soldaten aus. Mag sein, daß uns ihr Verhalten nicht zusagt, aber das ist ihnen egal. Sie haben wenig übrig für unser europäisches Erbe und alle seine Begleiterscheinungen. Wären meine Eltern in Europa geblieben, so hätten sie in den Gaskammern geendet, wie die Ihren. Alle Voraussetzungen dafür hatten sie. Asher Avidar war ein verdammter Narr — aber wissen Sie was? Ich mag diese Art verdammter Narren. Vor Leuten wie Ihnen habe ich einen Horror.«
Sie begann zu zittern, und ihre Stimme kam in kurzen Stößen.

»Wenn . . . wenn Ihre Eltern in Europa geblieben wären, dann wären Sie als Nazi aufgewachsen. Die Nazis hätten einen Typ ihrer eigenen Art erkannt.«

Hausner schlug sie mit der flachen Hand ins Gesicht. Sie fiel auf die Tragfläche und rollte ein paar Meter über die Schrägung, ehe sie liegenblieb. Das heiße Metall verbrannte ihre bloßen Beine. Sie hätte aufstehen können, aber sie wollte nicht. Endlich streckte Hausner die Hand aus und riß sie hoch. Die Leute am Heck starrten unverhüllt herüber.

Hausner hielt sie an den Armen aufrecht und preßte ihr Gesicht an das seine. »Wir werden das hier niemals schaffen, wenn wir einander ständig anfeinden, Miriam.« Er blickte ihr in die Augen und sah die Tränen aufsteigen und über ihre Wangen rollen. »Es tut mir leid«, sagte er.

Sie riß sich mit überraschender Kraft von ihm los. »Gehen Sie zum Teufel!« Sie hob die Faust, aber er fing ihr Handgelenk ab und hielt sie fest.

»So ist's richtig, Miriam. Na, ist das nicht ein schöneres Gefühl, als wenn man auch die andere Wange hinhält? Von jetzt an werden Sie kämpfen können.«

Sie riß sich los, schritt rasch über den gleißenden Deltaflügel und verschwand durch den Notausstieg im Rumpf.

20

Hausner ging langsam die Erdrampe hinunter. Burg erwartete ihn. Hausner seufzte. »So, was kommt jetzt?«

»Ich komme mir vor wie ihr Adjutant.«

»Ja. Und mein Nachrichtenoffizier. Dobkin ist mein stellvertretender Kommandeur. Leiber mein Proviantmeister. Jeder hat eine Aufgabe oder bekommt sie in den nächsten Stunden.«

»Sogar Miriam Bernstein?« fragte Burg.

Hausner blickte ihn an. »Ja. Auch sie hat eine Aufgabe. Sie sorgt dafür, daß wir anständig bleiben. Sie erinnert uns daran, daß wir zivilisierte Menschen sind.«

»Daran werde ich im Moment lieber nicht erinnert. Aber wenigstens spielt sie den Mahner in der Wüste nur als Amateur. Der Profi möchte Sie sprechen. Das kommt jetzt.«

»Der Rabbi?«

»Der Rabbi. Danach sollten Sie einmal mit McClure und Richardson sprechen. Als Ihr Nachrichtenoffizier glaube ich, daß da irgend etwas nicht ganz koscher ist, wenn Sie das Wort verzeihen wollen.«

»Was zum Beispiel?«

»Ich weiß nicht genau. Aber auf jeden Fall meine ich, als Ihr Adjutant, daß die beiden eine kleine Aufmunterung vertragen könnten. Schließlich sind sie die einzigen Ausländer unter uns. Ich hätte mich an ihrer Stelle längst auf die Socken gemacht.«

»McClure ist standhaft wie ein Fels. Richardson halte ich für einen unsicheren Kantonisten. Ich werde mit ihnen sprechen. Sonst noch etwas?«

»Nicht daß ich wüßte, es sei denn, Sie wollten wirklich über Rishs Bedingungen abstimmen lassen. Es wird schon spät.«

Hausner grinste. »Das machen wir morgen früh.«

Burg nickte. »Ja. Überschlafen wir's erst mal.«

»Wo ist Dobkin?«

»Als ich ihn zuletzt sah, hielt er Instruktionsstunde über Befestigungswälle, Schützengräben, Schützenlöcher und Deckungen.«

»Einen Kursus für Fortgeschrittene?«

»Ich glaube schon. Schlußexamen ist heute nacht.«

Hausner nickte. »Sagen Sie ihm, er müsse vor Einbruch der Dunkelheit auch noch Unterricht im Gebrauch von Schußwaffen erteilen. Ich möchte, daß so viele Leute wie möglich an allen unseren Waffen ausgebildet werden. Wenn ein Schütze fällt, so sollte jeder dessen Waffe aufnehmen und handhaben können.«

»In Ordnung. Wenn Sie mich brauchen, ich bin in der Schäferhütte. Ich habe den beiden Stewards versprochen, ein paar Stunden dort Dienst zu schieben.«

»Wenn wir hier oben nichts anderes zu tun haben, dann sollten wir sie entlasten. Sehen Sie zu, daß sie alles haben, was sie brauchen.«

»Klar.«

Rabbi Levin redete auf Becker ein, als Hausner dazutrat. Becker hob auf einer kleinen Erdkuppe, die den Euphrat überragte, ein Grab aus. Hausner blieb ein paar Meter entfernt stehen, bis der Rabbi ihn bemerkte. Der Rabbi sagte etwas zu Becker und ging dann zu Hausner hinüber. »Jacob Hausner, der Löwe von Babylon. Haben Sie auf Ihrem Weg zum Ischtartor Ihren Namensvetter gesehen?«

»Womit kann ich Ihnen dienen, Rabbi?«

»Zuerst können Sie die genauen Bedingungen mitteilen, die Rish gestellt hat.«

»Wozu das? Wir nehmen sie ohnehin nicht an.«

»Das heißt: Sie nehmen sie nicht an, und ich nehme sie nicht an, und die meisten Leute hier nehmen sie nicht an. Aber das Gesetz lehrt uns, daß in einer Lage wie der unsrigen ein jeder selbst über sein Schicksal entscheiden sollte.«

»Ich kann mich nicht erinnern, das in der Bibel oder im Talmud gelesen zu haben. Ich glaube, Sie machen diese Gesetze selbst, je nach Bedarf.«

Rabbi Levin lachte. »Sie sind nicht so leicht hinters Licht zu führen, Jacob Hausner. Aber ich will Ihnen sagen, was das Gesetz wirklich erklärt. Es erklärt, Selbstmord ist eine Sünde.«

»Und?«

»Und? Sie sollten sich besser informieren. Unter uns sind sechs junge Dolmetscher und Schreibkräfte — zwei Mädchen und vier Jungens, glaube ich —, Mitglieder des harten Kerns der *Masada-Defense-League.*«

»Weiter.«

»Diese sechs laufen herum und werben für eine Lösung à la Masada, falls wir nicht standhalten können. Das paßt mir nicht, und ich stelle mir vor, Ihnen auch nicht.« Er blickte Hausner scharf an.

Hausner wischte sich den Schweiß vom Nacken. Der Wind fegte Staubwirbel über die Kuppe. Jenseits des Euphrat erstreckte sich die Schlammebene ins Unendliche. Einst gab es dort Bäume und hohe Kornfelder, aber man mußte Babylon dennoch gesehen haben, wenn man mit einer Karawane aus der westlichen Wüste auf der alten Damaskusstraße herangezogen kam. Auf diesem Weg waren damals die gefangenen Juden heranmarschiert. Durch die sengenden Wüsten Syriens. Dann sahen sie in der Ferne das fruchtbare Schwemmland, nicht so, wie Hausner es aus dem Cockpit der 02 gesehen hatte, vielmehr lockend, einladend, obwohl sie wußten, daß es der Ort ihres Exils sein würde. Und die Babylonier standen am Feldrain und auf den Mauern der Stadt und sahen ihre siegreiche Armee Israel in Ketten heranführen, und Karren, beladen mit dem Silber und Gold des geplünderten Jerusalem.

»Nun?«

Hausner sah den Rabbi an und sagte langsam und leise: »Die Gefangenschaft . . . die Lager . . . die Pogrome . . . Nur an lebenden Menschen kann man diese Greuel begehen . . . ich meine, wenn Widerstand unmöglich wird . . . *physisch* unmöglich . . ., dann macht man . . . dann macht man eben Schluß, verdammt noch mal. Man liefert sich nicht der Erniedrigung aus, der Vergewaltigung, dem Schlachten. Man macht selbst Schluß, ehe sie . . .«

»Gott entscheidet über Leben und Tod, nicht der Mensch! Nicht

Jacob Hausner. Das lasse ich nicht zu! Wir haben kein moralisches Recht, unser Leben selbst zu beenden. Und ich sage Ihnen noch etwas über Masada. Es war tapfer über jedes vorstellbare Maß, aber auch dort wollten nicht *alle* Selbstmord begehen. Einige wurden vor dem Massenselbstmord von ihren eigenen Leuten umgebracht. Das ist Mord. Und ich glaube, hier wird das gleiche passieren, wenn diese Hitzköpfe ihren Willen durchsetzen. Was für eine Brut von jungen Männern und Frauen ziehen wir eigentlich groß? Ich habe noch nie so viel Unbesonnenheit erlebt.«

Hausner dachte wieder an Avidar. Dann an Miriam Bernstein. Es mußte zwischen diesen beiden Lebenshaltungen einen Kompromiß geben. »Sollte die Lage am Ende hoffnungslos sein, so werden diejenigen, die in Gefangenschaft wollen, eine Möglichkeit zur Übergabe finden. Wer bis zum Letzten kämpfen will, wird es tun. Wer sich selbst das Leben nehmen will, läßt sich nicht abhalten. Noch etwas, Rabbi?«

Rabbi Levin blickte ihn mit einer Mischung aus Schmerz und Abscheu an. »Der weise Jacob Salomo Hausner. Ich will Ihnen noch einiges von meiner Weisheit zukommen lassen. Hätten diese beiden Frauen den König beim Wort genommen und das Kind tatsächlich entzweigerissen, dann wäre König Salomo als Mörder in die Geschichte eingegangen, nicht als kluger Richter. Und das wird auch aus Ihnen werden — ein Mörder. Ihren Kompromiß kann ich nicht akzeptieren.« Der Rabbi vollführte eine ausholende Armbewegung, und seine Stimme wurde lauter: »Ich verlange, daß Sie jedem, der sich ergeben will, diese Möglichkeit jetzt einräumen, und daß Sie Selbstmord und Gerede über Selbstmord verbieten!«

Hausner sah, daß der Rabbi etwas in der Hand hielt. Er starrte den Gegenstand an, den die Armbewegung des Rabbi im hohen Bogen durch die Luft schwenkte. Levin schrie noch immer, aber Hausner brachte ihn zum Schweigen. Er legte dem Rabbi plötzlich die Hand auf die Schulter und sagte leise: »Ich weiß es nicht.« Er senkte den Kopf. »Ich weiß es einfach nicht, Rabbi. Allmählich bin ich das Ganze satt. Ich glaube, ich möchte hier lieber doch nicht das Kommando führen. Ich fühle mich der Verantwortung nicht gewachsen. Ich . . .«

Rabbi Levin nahm behutsam Hausners Hand. »Entschuldigen Sie. Lassen wir's doch zunächst auf sich beruhen. Sie sehen sehr müde aus. Ich verspreche Ihnen, daß ich nicht auf eine Entscheidung dränge — bis Sie sich ein wenig erholt haben.«

Hausner erhob sich sehr rasch. Er entzog dem Rabbi seine Hand. »Gut. Dann will ich nichts mehr davon hören — bis später.« Er blickte auf den Gegenstand, den der Rabbi in der anderen Hand hielt. »Was, zum Kuckuck, ist das?«

Der Rabbi wußte, daß er einem gerissenen Gegner ins Garn gegangen war. Er war ärgerlich, aber beeindruckt. »Was?« Er blickte auf seine Hand hinunter. »Oh. Das da. Ein Greuel. Mag's gar nicht anfassen. Ein Götzenbild.« Er hielt es ins Licht. »Becker hat's in dem Grab gefunden, das er aushebt.«

Hausner trat näher. Es war eine Art geflügelter Dämon, anscheinend aus Terrakotta, obwohl Hausner es einen Augenblick lang bestürzt für eine Mumie gehalten hatte. Es hatte den Körper eines ausgemergelten Mannes mit übergroßem Phallus und das abstoßendste Gesicht, das Hausner je in irgendeiner Kunst dargestellt gesehen hatte. »Das dürfte den lieben Dobkin überglücklich machen. Er geht allen auf die Nerven mit dem Ansinnen, sie sollten den Schutt der ausgehobenen Gräben durchsieben. Geben Sie es mir.«

Der Rabbi drehte es in der Hand, bis das Gesicht ihn ansah. »Wirklich von zu anstößiger Scheußlichkeit, um Gottes Sonne zu erblicken. Es gehört einer anderen Zeit an. Hätte im Dunkeln bleiben sollen.« Er packte die Tonfigur so fest, daß seine Knöchel weiß wurden.

Hausner stand da wie erstarrt. Ein sengender Windhauch wirbelte den feinen Staub auf und verdunkelte eine Sekunde lang alles um ihn her. Er schrie durch Wind und Staub: »Seien Sie doch kein verdammter Narr. Im zwanzigsten Jahrhundert macht man so etwas nicht mehr. Geben Sie es mir!«

Rabbi Levin lächelte und lockerte den Griff. Der Wind flaute ab, und die braune Wolke legte sich. Der Rabbi hielt die Figur Hausner hin. »Da. Es ist bedeutungslos. Gott würde lachen über meinen Aberglauben, wenn ich es zermalmen würde. Geben Sie es General Dobkin. Mit besten Grüßen.«

Hausner nahm die Figur. »Danke.« Ein paar Sekunden lang starrten die beiden Männer einander an, dann drehte Hausner sich um und ging weg.

Hausner schritt rasch den Kamm des steil zum Euphrat abfallenden Hügels entlang. Er blickte hinunter. Bis zum Fluß waren es etwa hundert Meter, und er fragte sich, wie Dobkin wohl ungesehen hinunterzukommen glaubte, auch bei Nacht. Am Fuß des Hügels, also am einstigen Fuß der Zitadelle, wuchsen am Flußufer staubige Büsche, die wie Rizinuspflanzen aussahen. Es gab dort auch Wäldchen von Papyrusstauden, und Hausner wußte, daß dort die Ashbals postiert waren. Der Euphrat sah kühl und einladend aus. Hausner leckte sich die pergamenttrockenen Lippen, während er in südlicher Richtung den Verteidigungshügel abschritt. Die Frauen und Männer hielten mit den Schanzarbeiten inne und sahen ihn an, als er vorbeiging. Er schritt rascher aus.

Bei McClure und Richardson machte Hausner halt. Er sah, daß die beiden eine recht kunstvolle Stellung ausgebaut hatten. Sie hatten einen brusthohen Unterstand gegraben und ihn mit einem Zinnenwall gekrönt wie eine Miniaturburg. Darüber war ein Sonnensegel aus Sesselbezügen und gerade gebogenen Sprungfedern gespannt. Es wogte im auffrischenden Wind und sah aus, als würde es nicht lange halten. »Sieht aus wie die Festung Alamo.«

McClure biß ein Zündholz durch und spuckte die eine Hälfte aus. »Es *ist* die Festung Alamo.«

Beide Männer waren von Kopf bis Fuß mit Schmutz und Schweiß bedeckt. Richardsons blauer Waffenrock lag in einer Nische des Unterstands, säuberlich gefaltet und teilweise in ein Damenhöschen gewickelt. Hausner ärgerte sich nicht über Richardsons Vorsorglichkeit, er rechnete sie ihm sogar als Verdienst an. Hausner wurde förmlicher. »Wie Sie vermutlich gehört haben, wurden uns Kapitulationsbedingungen angeboten. Wir können diese Bedingungen nicht annehmen. Aber *Sie* können es. Und zwar ohne Scham und ohne Furcht. Rish wird Sie nur so lange festhalten, wie dieser Ort vor aller Welt geheim bleiben muß. Was immer geschieht, Sie werden freikommen. Ich bin ziemlich sicher, daß er so gescheit sein wird. Die Palästinenser wollen keine Scherereien mit Ihrer Regierung. Ich bitte Sie in aller Form, gehen Sie. Es würde für alle Beteiligten besser sein.«

McClure setzte sich auf den Rand der Grube und schwang die langen Beine darüber. »Ich fühle mich hier unentbehrlich. Ich meine, als einziger Bewaffneter an der Westseite des Hügels. Gestern nacht war ich als erster hier, und ich glaube, ich hätte die Kerle verscheucht, wenn sie's von dieser Seite probiert hätten. Außerdem habe ich eine Menge Arbeit in dieses Grundstück investiert. Ich glaube, ich bleibe hier.«

Hausner schüttelte den Kopf. »Ich will Sie beide nicht hier haben. Sie bedeuten nur eine Erschwernis.«

McClure blickte eine Weile auf seine Schuhe. »Okay. Aber wenn Sie's genau wissen wollen, ich bin auch nicht gerade gern hier. Aber mit diesem Rish da möchte ich mich auch auf nichts einlassen. Sollten Sie ihn heute nacht in Grund und Boden hauen, dann wird er verdammt schnell vergessen, daß wir Neutrale sind, und uns nach Strich und Faden ausquetschen, wo der Betrieb hier seine Schwachstellen hat. Denken Sie mal *darüber* nach.«

Hausner überlegte. Er sah Richardson an. »Colonel?« Richardson wirkte entschieden unglücklich. Irgend etwas war zwischen diesen beiden Männern im Gang.

Richardson räusperte sich. »Ich bleibe. Aber, verdammt noch mal, Sie könnten vor Sonnenuntergang nochmals mit ihnen verhandeln.«

»Ich werde Ihren Rat in Erwägung ziehen, Colonel. Und sollte einer von Ihnen anderen Sinnes werden . . ., dann muß ich es mir im Licht von Mr. McClures Ausführungen überlegen.«

»Tun Sie das«, sagte McClure. »Und schicken Sie ein paar von den Kerosinbomben rüber, die Sie basteln. Ich kann heute nacht eine in diese Büsche und Sträucher runterschmeißen und das ganze Flußufer beleuchten.«

Hausner nickte. »Gute Idee. Übrigens, General Dobkin verläßt heute nacht zwischen Sonnenuntergang und Mondaufgang den Verteidigungsgürtel. Er startet hier bei Ihrer Stellung. Versuchen Sie, die Gewohnheiten der Wachtposten dort unten zu beobachten. Geben Sie General Dobkin jede mögliche Hilfe.«

McClure stellte keine Fragen. Er nickte nur.

Dobkin stand unter der Flügelspitze des Backborddeltas und blickte interessiert auf eine große schwarze Kugel, die ihm bis zur Brust reichte.

Hausner, der von seiner Unterredung mit McClure und Richardson zurückkam, ging zu ihm. »Wo zum Teufel kommt das Ding her?«

Dobkin blickte auf. »Es wurde bei der Explosion aus dem Heck geschleudert. Lag dort am südlichen Wall in der Erde vergraben. Leiber fand es, als er nach Lebensmitteln suchte. Ich ließ es hierherschaffen.«

»Wie hübsch. Und was, zum Teufel, ist es?«

Dobkin tätschelte die Kugel. »Kahn sagte, es sei der Behälter mit komprimiertem Stickstoff.«

Hausner nickte. Er wußte, was das war, hatte es aber nie gesehen. Es diente zur Unterstützung der Hydraulik. In Notfällen übernahm das Druckgas Funktionen der Hydraulik, solange der Vorrat reichte. »Können wir etwas damit anfangen?«

»Ich glaube, ja. Es ist Energie, die darauf wartet, genutzt zu werden.«

»Ist der Behälter voll?«

»Kahn sagt ja. Es steckt eine Menge Kraft darin, wenn wir's anzapfen können. Sehen Sie, hier ist ein Ventil.«

Hausner klopfte mit den Fingerknöcheln darauf. »Lassen Sie

alle wissen, sie sollen sich hier irgendwas einfallen lassen. Wieder eine Nuß, an der unsere Superhirne was zu knacken haben. Ein müßiger Geist, sagt man, ist ein Spielball des Teufels. Apropos . . .« Hausner hielt den geflügelten Dämon hoch. »Was ist das?«

Dobkin faßte die Figur behutsam und barg sie in den großen Händen. Lange blickte er das Gesicht an, ehe er sprach. »Das ist Pazuzu.«

»Wie beliebt?« Hausner lächelte, aber Dobkin erwiderte sein Lächeln nicht.

Er kratzte mit dem Daumennagel ein wenig Schmutz vom übergroßen Penis der Figur. »Der Winddämon. Er bringt Krankheit und Tod.«

Hausner sah eine Weile zu, wie Dobkin die Figur von allen Seiten prüfte. »Ist sie . . . wertvoll?«

Dobkin blickte auf. »Nicht besonders. Terrakotta. Und kein seltenes Exemplar, aber in gutem Zustand. Wer hat sie gefunden?«

»Becker. Er hebt ein Grab für Hess aus.«

»Sehr passend.« Er reinigte das Gesicht mit Spucke. »Ich habe nicht erwartet, hier viel zu finden. Das war einmal die höchste Stelle der Zitadelle. Die Befestigungen und Wachtürme. Es müssen viele Meter von Staub darüberliegen. Seltsam, daß man in einer so flachen Aushebung etwas findet.« Er blickte zu Hausner auf. »Ich danke Ihnen.«

»Danken Sie dem Rabbi. Er hat dem vernunftwidrigen Drang entsagt, das Ding zu zerstören.«

Dobkin nickte. »Vernunftwidrig? Da kann man sich streiten.«

Der Rest des Nachmittags verging mit mühsamer Arbeit. Die Schützengräben wurden länger und tiefer und liefen im Zickzack aufeinander zu. Stellenweise mündeten sie ineinander, und letzten Endes war geplant, sie alle zu verbinden —, wenn sie die nötige Länge erreichen konnten, damit sie vom Euphrat an der nördlichen Bodenwelle bis zum Euphrat an der südlichen ein geschlossenes System bildeten. Die Verteidigung am Westhang bestand nur aus einzelnen Schützenlöchern. Vor Einbruch der Dämmerung befahl Hausner eine Ruhepause, damit alle sich säubern konnten. Die Männer mußten sich rasieren. Hausner war auf Widerstand gefaßt, aber es erhob sich keiner. Mit dem Rasierwasser wurde anschließend ein Brei zur Tarnung der Gesichter angerührt.

Für die technisch Begabten bildete der Stickstoffbehälter eine Ablenkung. Er stand schwarz und stumm auf der braunen Erde wie ein Monolith. Hausner versprach einen halben Liter Wasser demjenigen, der eine Verwendung für den Behälter finden könnte. Der *sherji* wurde kräftiger und heißer, und Staub bedeckte alles und jeden. Den Leuten mit Atmungsschwierigkeiten machte er schwer zu schaffen.

Die Sonne ging um sechs Uhr sechzehn unter. Die Waffenruhe war abgelaufen, das Schicksal der Belagerten war wieder in ihre eigenen Hände gegeben. Hausner sah zu, wie der rote Feuerball in den Schlammebenen im Westen versank. Am Himmel, wo die Nacht den Tag ablöste, erschienen im Dunkeln die ersten Sterne. Im Osten war der Horizont bereits samtschwarz. Nach der überkommenen hebräischen Zeitmessung war der Tag schon fast vorüber. Der Sabbat war zu Ende. Der Einfluß des Rabbi würde fortan etwas geringer sein. Der Tag des Herrn war erfüllt — und was für ein Tag.

Hausner ging zum Westhang. Er fand eine kleine Erdmulde, abgelegen von den bemannten Stellungen, und streckte sich darin aus. Er starrte zum dunkelnden Himmel auf. Die Luft wurde rasch kühl, wie immer in der Wüste, und der *sherji* flaute zu einer sanften Brise ab. Mit weitaufgerissenen Augen starrte Hausner in den wunderbar schwarzen Himmel, dessen Sterne heller und näher schienen, als er sie seit seiner Kindheit gesehen hatte. Damals waren alle Tage voll Sonne und die Nächte voller Sterne und Zauber gewesen. Es war lange her, seit er zum letztenmal im Freien auf dem Rücken gelegen und die Sterne betrachtet hatte.

Er reckte sich wohlig im warmen nachgebenden Sand. Die dunkle Hälfte des Himmels schob sich immer weiter nach Westen und verdrängte die helle Hälfte. Es war alles so unglaublich schön. Kein Wunder, dachte er, daß die Wüstenvölker in aller Welt immer besonders fanatisch im Glauben an ihre Götter gewesen sind. Man konnte sie beinah berühren und sehen im atemberaubenden Wechselspiel irdischer und himmlischer Erscheinungen. Draußen in den Schlammebenen heulte ein Rudel Schakale. Ihr Heulen kam rasch näher, und Hausner vermutete, daß sie zum Euphrat liefen. Sie verfolgten eine unglückliche kleine Beute, die sich im Schutz der Dunkelheit zur Tränke gewagt hatte. Wieder heulten sie, lang und bösartig. Dann folgten die gräßlichen Schreie und Kampflaute. Hausner schauderte.

Die seltsame Wüstendämmerung dauerte nur ein paar Minuten nach dem Untergang der Sonne, darauf folgte, was Piloten und Militärs beschönigend als Ende der nautischen Abenddämmerung bezeichneten — die Dunkelheit. Der Mond würde erst in Stunden aufgehen. Würde Rish, wie die Schakele, während dieser Periode der Finsternis angreifen? Oder würde er so lange warten, bis auch der Mond unterging? Brin hatte keine Ashbals aus der Gegend um das Ischtartor in ihre Angriffspositionen ziehen sehen. Nur die dünne Postenkette am Fuß des Hügels war zu unterscheiden. Aber das hatte nichts zu sagen. Wenn Rish während der ersten Periode der Dunkelheit angreifen wollte, so würde er seine Leute erst im Dunkeln in die Angriffsstellungen schicken. Das würde jeder Truppenführer tun. Also hätten die Israelis noch eine halbe Stunde Zeit vor einem eventuellen Angriff. Genügend Zeit, um Moses Hess zu begraben.

Hausner überlegte, ob er dem Begräbnis fernbleiben sollte. Er sah keinen Sinn darin. Der Anblick des Sternenhimmels würde ihm mehr Kraft verleihen, als der Anblick einer Erdgrube und die Rede, die Rabbi Levin halten würde.

Hausner versuchte, die Sternbilder zu unterscheiden, aber es war schon so lange her, daß er das gekonnt hatte. Der große Bär war leicht auszumachen, auch Orion und der Stier, aber alles übrige waren bedeutungslose Anhäufungen. Mit den einzenen Sternen hatte er mehr Glück. Kastor und Pollux. Der Polarstern und die Wega.

Die Babylonier waren die Astrologen der Alten Welt gewesen. Wie die Einwohner des heutigen Irak schliefen sie nachts auf den flachen Dächern ihrer Häuser. Es war unvermeidlich, daß sie ein gründliches Wissen über die Himmelskörper erwarben. Ihre Kenntnisse wurden eifersüchtig gehütet und verbreiteten sich zunächst nicht unter den anderen Kulturvölkern. Erst nach dem Fall Babylons durchreisten die Sternkundigen als berufsmäßige Astrologen die ganze Alte Welt. Und lang, nachdem Babylon bei den Alten in Vergessenheit geraten war, wurde der Name Chaldäer, der gleichbedeutend war mit Babylonier, die Bezeichnung für einen Astrologen, Zauberer und Hexenmeister. Als Staat lebte Babylon nur wegen seines Hochmuts und seiner Verderbtheit in der Erinnerung weiter. Und seine einstigen Bewohner mußten die Welt durchwandern und ihre uralten Mysterien für Brot verkaufen, und am Ende blieb auch von ihnen nur der Ruf von Zauberern und Wahrsagern. Aber die Welt hatte ihnen gründliche Kenntnis der Gestirne zu verdanken. Sonderbar, dachte Hausner, daß von allen gelehrten Völkern der Alten Welt nur die Juden sich niemals für Astrologie interessiert hatten.

Sie kniete neben ihm nieder und starrte ihn an, wie er in seiner flachen Mulde lag. »Das ist krankhaft, kommen Sie raus hier.«

»Es ist ein Mutterleib.« Er konnte sie nicht sehen. Wie, um alles in der Welt, hatte sie ihn gefunden, und wieso wußte sie, daß er es war? Sie mußte bereits in der Nähe gewesen sein, als es noch heller war.

»Im Gegenteil. Es ist tot und trocken. Stehen Sie auf. Das Begräbnis wird gleich beginnen.«

»Gehen Sie schon voraus.«

»Ich fürchte mich. Es ist pechfinster. Begleiten Sie mich.«

»Beim ersten Rendezsvous gehe ich nie zu Begräbnissen. Wir haben eine Viertelstunde Zeit. Komm.«

»Ich kann nicht.«

»Laskov?«

»Ja. Und mein Mann. Ich verkrafte keine weitere Komplikation.«

»Ich bin eine ganze Menge, Miriam, aber ganz bestimmt keine Komplikation.« Er konnte ihr Atmen hören. Sie war ganz nah, wahrscheinlich keinen Meter entfernt. Er hätte sie berühren können . . .

»Ich darf nicht. Teddy war zu rechtfertigen. Das hier wäre nicht zu rechtfertigen, vor niemandem. Am wenigsten vor mir selbst.«

Er lachte, und sie lachte und schluchzte zugleich. Dann holte sie tief Atem. »Jacob, warum gerade ich? Was sehen Sie in mir?« Sie wartete: »Und was sehe ich in *Ihnen?* Ich verabscheue alles an Ihnen. Aufrichtig. Warum kann so etwas geschehen? Wenn ich Sie verabscheue, warum bin ich dann hier?«

Hausner streckte die Hand aus und fand ihr Gelenk. »Warum bist du mir gefolgt?« Sie wollte sich losreißen, aber er hielt sie fest. »Wer einem gefährlichen Tier folgt«, sagte er, »sollte wissen, was er tut, wenn er es in seiner Höhle aufsucht. Besonders, wenn er dann kehrt machen möchte und das Ungeheuer den Ausgang verstellt. Wenn es sprechen könnte, würde es fragen, was man sich dabei gedacht habe, ihm zu folgen. Und dann sollte man eine gute Antwort parat haben.«

Sie sprach nicht, aber Hausner konnte sie immer heftiger atmen hören. Irgendeine animalische Reaktion vollzog sich langsam in ihrem Körper. Hausner spürte sie sogar in den wenigen Quadratzentimetern Haut, die seine Finger berührten. Das Geräusch ihres Atems veränderte sich, und Hausner hätte schwören können, einen Geruch wahrzunehmen, der ihm sagte, daß sie bereit war. Trotz der Dunkelheit, ohne irgendeinen optischen Anhaltspunkt, wußte er, daß sie nicht mehr wachsam und ablehnend war, sondern gelöst und willfährig. Er wunderte sich über seine geschärften Wahrnehmungen und war überzeugt, daß sie zutrafen. Er zog sanft an ihrem Handgelenk, und sie rollte widerstandslos auf sein staubiges Lager.

Während sie auf ihm lag, half er ihr, sich zu entkleiden. Dann schoben sie sich nebeneinander, Gesicht an Gesicht, und Hausner zog sich aus. Miriams Haut war glatt und kühl, wie er erwartet hatte. Er preßte die Lippen auf ihren vollen, sinnlichen Mund und spürte, wie sie seinen Kuß erwiderte. Sie ließ sich auf die zusammengeknüllten Kleidungsstücke zurückfallen und hob die Beine. Hausner legte sich dazwischen und fühlte, wie ihre festen Schenkel ihn mit erstaunlicher Kraft umklammerten. Er drang mühelos in sie ein und lag ganz still. Er hätte ihr Gesicht sehen wollen und bedauerte, daß es unmöglich war. Er sagte es ihr. Sie erwiderte, daß sie lächle. Und als er sie fragte, ob auch ihre Augen lächelten, sagte sie, ja, das glaube sie.

Er bewegte sich behutsam, und sie reagierte sofort. Er spürte, daß die Spitzen ihrer Brüste an seiner Brust hart wurden, und ihr Atem blies in rhythmisch heißem Strom an seine Wange und seinen Hals.

Er legte die Hände unter ihr Gesäß und stemmte sie ein wenig hoch. Sie ließ einen kleinen Schmerzenslaut hören, als er zu heftig drängte. Er hob den Kopf und versuchte, ihr Gesicht zu sehen. Die Nacht war unglaublich schwarz, aber die Sterne wurden heller, und endlich konnte er in ihren Augen, die genau so schwarz waren wie der Himmel, winzige Pünktchen reflektierten Sternenlichts erblicken. Er glaubte, Leidenschaft darin zu lesen, aber er wußte, daß es nur das Blendwerk des unendlich fernen Leuchtens war.

Sie begann, sich krampfhaft unter ihm zu bewegen. Ihre Hüften wühlten sich in den warmen Staub. Hausner hörte seine eigene Stimme zu ihr sprechen, Dinge sagen, die er nur in dieser völligen Dunkelheit aussprechen konnte. Und sie antwortete ihm ebenso, fühlte sich, wie er, beschützt von ihrer Unsichtbarkeit, gleich einem Kind, das sein Gesicht bedeckt, während es die tiefsten Geheimnisse preisgibt. Ihre Stimme wurde voll und kehlig, und ihr Atem ging in kurzen, keuchenden Stößen. Eine sanfte Welle durchlief ihren Leib, dann wand sie sich in lang anhaltenden Spasmen. In Hausners Körper spannte sich jeder Muskel. Sekunden später löste sich die Spannung in einem wilden Schauder. Aneinandergeklammert blieben sie liegen. Der Wind strich über sie hinweg und kühlte den Schweiß auf ihren Körpern.

Hausner rollte zur Seite. Seine Hand strich über ihre Brüste und fühlte, wie sie sich hoben und senkten. In Tel Aviv wäre es großartig gewesen. Hier nicht. Aber nur hier hatte es passieren können. Jenseits aller Erwägungen war er sich ziemlich sicher, daß er sie liebte oder bald lieben würde. Er hätte sie gern nach Laskov oder ihrem Mann gefragt, aber das waren Dinge, die in die Zukunft gehörten. Also waren sie jetzt ohne Belang. Er mühte sich, ihr etwas zu sagen, was sie gern hören würde, aber es fiel ihm nichts ein. Also fragte er: »Was sollte ich jetzt sagen? Ich weiß nicht, was ich sagen könnte.«

»Nicht reden«, sagte sie und hielt seine Hand auf ihrer Brust fest.

Die Sterne waren heller und zahlreicher geworden. Der Euphrat verstärkte das karge, kalte Sternenlicht, und Hausner sah vor dem Hintergrund des breiten Stroms die Gruppe von ungefähr zwanzig schattenhaften Gestalten das Grab umstehen. Er ging näher heran, hielt sich jedoch im Hintergrund. Miriam blieb kurz neben ihm stehen und trat dann zu den Leuten, die die offene Grube säumten.

Moses Hess wurde behutsam ins Grab gesenkt. Der Rabbi sprach das *El Mola Rachimin*, das Totengebet, mit klarer Stimme, die den Hügel hinabtönte, über den Fluß und hinaus auf die Schlammebenen.

Auch Becker hielt sich abseits vom Kreis der Leute, die das Grab umstanden, und Hausner sah, daß der Pilot tief betroffen war. Wie seltsam, dachte Hausner. Die Gebeine Tausender von Juden liegen in Babylon begraben. Wie seltsam, daß wir heute hier wiederum einen begraben. Die Stimme des Rabbi streifte sein Bewußtsein.

» . . . wir weinten, wenn wir an Zion dachten. Unsere Harfen hingen wir an die Weiden, die daselbst sind . . .« Hausner dachte, daß auch diese Weiden der Vergangenheit angehörten. Er hatte keine einzige gesehen.

Miriam Bernstein sprach leise mit dem Rabbi. Er nickte. Sie wandte sich um und sagte fast unhörbar zu den im Dunkeln Versammelten: »Viele von Ihnen kennen das sogenannte Ravensbrükker Gebet. Es wurde von einer Unbekannten auf ein Stück Packpapier geschrieben und nach der Befreiung des Lagers aufgefunden. Wir sollten es uns jetzt, bei diesem Totengedenken, anhören, damit wir uns immer erinnern, sei es in Babylon, Jerusalem oder in New York, daß unser Auftrag der Friede ist.« Sie wandte sich wieder dem Grab zu und begann:

»Friede den Menschen, die bösen Willens sind.
Und ein Ende aller Rache
und alle Reden über Strafe und Züchtigung.
Die Grausamkeiten spotten allem je Dagewesenen,
sie überschreiten die Grenzen menschlichen Begreifens,
und zahlreich sind die Märtyrer.

Daher, o Gott,
wäge nicht ihre Leiden auf den Schalen
Deiner Gerechtigkeit,
fordere nicht grausame Abrechnung,
sondern schlage sie anders zu Buche:
Laß sie zugute kommen allen Henkern, Verrätern und Spionen,
und allen schlechten Menschen, und vergib ihnen
um des Mutes und der Seelenkraft der anderen willen . . .«

Miriams Stimme bebte, als sie fortfuhr, das emotionsgeladene Gebet weiterzusprechen. Erst gegen das Ende zu wurde ihre Stimme wieder fest.

». . . *All das Gute sollte zählen, nicht das Böse.*
Und in der Erinnerung unserer Feinde
sollten wir nicht als ihre Opfer weiterleben,
nicht als ihr Alptraum und gräßliche Gespenster,
vielmehr ihnen zu Hilfe kommen,
damit sie abstehen mögen von ihrem Wahn.
Nur dies allein wird ihnen abgefordert,
und daß wir, wenn alles vorbei sein wird,
leben dürfen als Menschen unter Menschen,
und daß wieder Friede sein möge auf dieser armen Erde,
den Menschen, die guten Willens sind,
und daß dieser Friede auch zu den anderen komme.«

Hausner hörte nur noch mit halber Aufmerksamkeit zu, während Miriams Stimme nach den letzten Worten in der Dunkelheit verklang. Es war ein sinnloses Gebet — ein gefährliches Gebet für Menschen, die mit Rache und Haß im Herzen leben mußten, wenn sie überleben sollten. Miriam. Miriam. Wann wirst du es begreifen?

Die Begräbnisfeier war zu Ende. Hausner bemerkte erst jetzt, daß alle anderen weggegangen waren und er allein noch dastand. Er blickte hinaus über den Euphrat, hinweg über die schwarzen Schlammebenen bis dorthin, wo der schwarze Samthimmel mit dem schwarzen Horizont verschmolz, bis dorthin, wo Jerusalem lag. Er glaubte, die Lichter der Altstadt zu sehen, aber es war nur ein Stern, der am Horizont unterging. Dann war der Stern verschwunden, und in diesem Augenblick wußte Hausner, daß er Jerusalem nie wiedersehen würde.

DRITTES BUCH

BABYLON — DAS ISCHTARTOR

Gehet aus von Babel,
fliehet von den Chaldäern
mit fröhlichem Schall;
verkündet und lasset solches hören,
bringt es aus bis an der Welt Ende;
sprechet: Der Herr hat seinen Knecht Jacob erlöst.

Sie hatten keinen Durst, da er sie leitete aus der Wüste:
er ließ ihnen Wasser aus dem Fels fließen;
er riß den Fels, daß Wasser herausrann.
Jesaja 48, 20 — 21

21

Sie kamen, kurz nachdem das Begräbnis vorbei war. Sie kamen nicht, wie in der vergangenen Nacht, in einer Schützenlinie, sondern in kleinen Stoßtrupps und Feuergruppen — zu drei, sechs und neun Mann. Sie bewegten sich rasch und lautlos von einer Deckung und Tarnung zur nächsten. Sie wählten die besten Annäherungswege, die sie nachts zuvor so verlustreich entdeckt hatten. Die niedrigen Erdwälle, die quer über die Bodenrinnen errichtet waren, bildeten eine Überraschung, aber sie glitten hinauf und hinüber wie Schlangen und setzten ihren Weg durch die Rinnen in Richtung auf die Hügelkuppe fort. Sie bewegten sich lautlos und unsichtbar, Waffen und Ausrüstung waren getarnt, die Gesichter geschwärzt, und auf jeder Befehlswidrigkeit stand die Todesstrafe.

Ahmed Rish und sein Leutnant Salem Hamadi krochen in einiger Entfernung hinter der vorrückenden Truppe her. Beide wußten, daß diese Nacht ihre letzte Chance bedeuten konnte. Ein Fehlschlag würde eine schwere Demütigung sein und ihnen vielleicht den Tod aus der Hand ihrer eigenen Leute oder durch den Spruch eines aus Palästinensern bestehenden Gerichts einbringen. Noch schlimmer, wenn sie die Schlappe überlebten, würden sie für den

Rest ihres Lebens vom israelischen Geheimdienst gejagt werden. Und vielleicht ihre Tage in Ramla beenden. Ironischerweise befand sich der Chef dieses Geheimdienstes, Isaac Burg, in ihrer unmittelbaren Reichweite, und dazu Ruhm, Erfolg und Ehre. Es war für beide die wichtigste Nacht ihres Lebens. Rish schützte seine Augen vor einem Sandwirbel, der ihm ins Gesicht blies. Er flüsterte Hamadi ins Ohr: »Die alten Götter sind mit uns. Pazuzu hat uns diesen Wind geschickt.«

Hamadi war nicht so sicher, *wem* die Götter diesen Wind geschickt hatten. Er spuckte einen Mundvoll Sand aus und murmelte eine Verwünschung.

Nathan Brin rieb sich das Auge, warf noch einen Blick durch das Zielgerät und schaltete es dann ab. Er legte den Arm um Naomi Haber, die dicht neben ihm kauerte. »Meine Augen sind überanstrengt. Seit Sonnenuntergang flimmert alles.« Er schob das Gewehr ein Stück den Erdwall entlang. »Da. Schau du mal.«

Naomi fuhr ihm mit der Hand durchs Haar und wischte ihm den Schweiß und den Tarnbrei von der Stirn. Nach Stunden erzwungenen Beisammenseins und hochgradiger Nervenanspannung war das Unvermeidliche eingetreten. Außerdem wußte keiner von beiden, wie lange er noch am Leben sein würde. Naomi bezweifelte, ob sie Nathan Brin in einem Café in Tel Aviv auch nur einen zweiten Blick geschenkt hätte. Aber hier war Babylon, und vielleicht hing noch immer etwas von der Sinnlichkeit dieser Stadt in der Luft.

Ihre Vereinigung, zwischen Sonnenuntergang und dem Ende des Begräbnisses, war ebenso spontan und hastig vor sich gegangen wie bei Hausner und Miriam Bernstein, und noch dazu mit Unterbrechungen. Immer wieder sprangen sie auf, von einer Ahnung oder Befürchtung getrieben, um einen Blick durch das Zielgerät zu werfen. Sie hatten über diese groteske Szene gelacht. Aber das war eine Weile her, als man noch nicht mit dem Auftauchen der Ashbals rechnen mußte. Jetzt waren sie angekleidet, und der Angriff stand unmittelbar bevor.

Naomi Haber spähte durch das Zielgerät. Das hier war etwas anderes als Wettschießen, etwas ganz anderes. Naomi konnte mit unfehlbarer Sicherheit bewegliche und ruhende Ziele treffen, aber das Ausmachen eines Ziels vor störendem Hintergrund war nie ihre Stärke gewesen. Die Nachtansicht des Geländes war ihr noch unvertraut, und das gespenstisch grüne Leuchten verwirrte sie.

»Siehst du was?« fragte Brin.

»Ich glaube nicht. Dieser verdammte Wind.«

»Ich weiß«, sagte Brin. Der *sherji* wirbelte Staub auf und wehte Schattenfetzen über das Land, die nur in dem hochempfindlichen Zielgerät sichtbar wurden.

Sie fluchte leise und gab Brin das Gewehr zurück. »Ich kann nicht damit umgehen.«

Brin nahm das Gewehr und richtete es steil in die Luft. Volle drei Minuten visierte er angestrengt, ehe er die Lear am Himmel ausmachte. Er schätzte die Höhe auf mehr als zweitausend Meter. Außerhalb der Reichweite seines Gewehrs. Hausner hatte ihm befohlen, nach der Lear Ausschau zu halten und sie, wenn möglich, herunterzuholen. Er überlegte, ob er es nicht wenigstens versuchen sollte, aber er wollte keine Munition verschwenden. Die Funkverbindung würde gestört bleiben, da war nichts zu machen. Er schaltete das Gerät ab und setzte sich. »Gönnen wir uns und den Batterien fünf Minuten Ruhe.« Er zündete sich hinter vorgehaltenen Händen eine Zigarette an.

Die Ashbals ließen sich Zeit. Hinter jeder Deckung blieben sie eine Weile, dann rannten sie zur nächsten. Sie wußten, daß die Israelis für Frühwarnvorrichtungen und Vorposten gesorgt hatten, und waren vor beidem auf der Hut. Außerdem hatten sie Befehl, mögliches Lockfeuer nicht zu erwidern. Wenn sie zu diesem Zeitpunkt die Taktik des raschen, lautlosen Ansturms verfolgt hätten, so wären sie womöglich innerhalb von Minuten über den Wällen und in den Schützengräben der Israelis gewesen. Aber sie rückten weiterhin in kurzen, geräuschlosen Sprüngen vor.

Weit vor dem Gros der Ashbals bewegte sich ein Zwei-Mann-Scharfschützen-Team. Der eine Mann, Amnah Murad, trug ein russisches SK-41-Scharfschützengewehr mit Infrarotvisier. Murad hielt die Waffe im Gehen vorsichtig auf beiden Armen. Der zweite Mann, Moniem Safar, trug einen Kompaß und ein AK-47. Murad und Safar waren seit ihrem fünften Lebensjahr als Team ausgebildet worden. Sie standen sich näher als Blutsbrüder. Durch diese Bruderschaft waren sie zu Jagd und Mord verbunden, und jeder von ihnen wußte schon im voraus, was der andere tun und empfinden würde. Sie konnten sich wortlos verständigen. Eine Berührung, das Heben einer Braue, ein unmerkliches Zucken der Lippen, ein Atemzug. Die Lear hatte sie am Nachmittag vom Hauptlager eingeflogen. Die jungen Männer folgten einer Kompaßrichtung, die sie direkt zu dem Geländevorsprung führen würde, wo das vermutete Nachtzielgewehr der Israelis stand.

Die beiden Männer blickten den Hügel hinauf und konnten vor

dem sternenübersäten Himmel die Kontur der schwarzen Kammlinie ausmachen. Sie schätzten die Entfernung auf einen halben Kilometer. Murad kniete nieder, schaltete das Infrarotvisier ein und schaute hindurch, während er das Okular einstellte. Die Hügelflanke erschien rotglühend im Visier, er mußte an Blut denken und an die Hölle, eine flüchtige Angst überkam ihn. Er hatte jetzt den Geländevorsprung im Visier. Er suchte nach dem verräterischen Licht eines Nachtzielgerätes, sah jedoch nichts. Er warf sich auf den Bauch und legte das Gewehr auf eine kleine Bodenerhebung. Er war jetzt wieder ganz ruhig und setzte die Beobachtung fort.

Der vorgeschobene Horchposten Nummer zwei befand sich im Mittelteil des Abhangs, fast einen halben Kilometer unter dem Geländevorsprung. Er bestand aus dem Knesset-Mitglied Yigael Tekoah und seiner Sekretärin Deborah Gideon. Tekoah glaubte, vor sich etwas gehört zu haben, dann auf der linken Seite — und dann, zu seinem Entsetzen, hinter sich. Er berührte die junge Frau an der Schulter und flüsterte ihr ins Ohr: »Ich glaube, sie haben uns umgangen.«

Sie nickte im Dunkeln. Als sie die Geräusche zum erstenmal gehört hatten, waren sie beide vor Furcht wie gelähmt gewesen: und jetzt lagen sie hinter den feindlichen Linien, und es gab keinen Weg zu den Ihren zurück. Sie waren verloren.

Tekoah wußte, daß er in einer regulären militärischen Einheit über Lautverstärker und Nachtsichtvorrichtungen verfügt hätte, über Waffen und Funk oder Feldtelefone zur Verständigung mit der Truppe. Aber hier war ein vorgeschobener Horchposten gleichbedeutend mit Selbstmord. Sie waren Opferlämmer. Trotzdem hatten sich für die drei Posten sofort sechs Freiwillige gemeldet.

Tekoah fühlte sich als Versager. Er hatte seine Pflicht versäumt, die anderen zu warnen. Noch immer hatten die israelischen Stellungen das Feuer nicht eröffnet, und er wußte, daß den Arabern der Überraschungsangriff gelingen würde. Sie konnten, noch ehe ein Schuß fiel, in die israelischen Stellungen eingedrungen sein. »Ich werde schreien und sie warnen.« Deborah blieb erstarrt wie ein Kaninchen. »Tut mir leid. Aber es muß sein.«

Sie schien aus ihrer Erstarrung zu erwachen. Sie berührte seine Wange. »Natürlich.«

Tekoah hörte jetzt ganz in der Nähe Schritte. Er stand in der kleinen Grube auf, hielt die Hände trichterförmig vor den Mund und wandte sich der Hügelkuppe zu. Er holte tief Atem.

Ein Ashbal trat auf einen Draht, an dem Blechbüchsen voll Kiesel und Metallspänen hingen. Die Kiesel und das Metall lärmten laut in der Stille. Am Hang war keinerlei Geräusch zu hören. Tekoah blieb der Warnruf in der Kehle stecken.

Brin ergriff das M-14, schaltete das Zielgerät ein und sah hindurch. Am Hang unter ihm war keine Bewegung auszumachen, nicht einmal die Staub- und Wolkenschatten. Am ganzen Verteidigungsgürtel hielten die Israelis den Atem an, und das taten auch die Araber an der Hügelflanke. Brin überlegte, ob der Wind die Blechbüchsen bewegt haben mochte, oder ein Tier oder ein kleiner Erdrutsch. Das war den ganzen Tag über passiert. Er entspannte sich, beobachtete jedoch weiter.

Das Zwei-Mann-Scharfschützen-Team war ganz Auge und Ohr. Murad starrte jetzt angestrengt zum Geländevorsprung hinauf. Er sah das Licht des eingeschalteten israelischen Zielgeräts. Er sah auch, daß es grün war; ein amerikanisches Gerät also. Das Bild dieses Nachtzielgeräts was besser als das seine, aber das hieß nicht, daß der Mann, der es bediente, ein besserer Schütze war als ein Mann mit Infrarotvisier. Murad war seiner Sache sicher. Er richtete seine Waffe auf das grüne Licht und wartete, bis er den Kopf dahinter sehen würde.

Brin beugte sich weiter über die Erdbalustrade. Er flüsterte Naomi Haber zu: »Lauf zu und melde, daß ich bis jetzt noch nichts sehe.«

Sie nickte und rannte lautlos, mit bloßen Füßen, zurück zum Kommando- und Beobachtungsstand.

Murad sah Brins rötlich-weiße Haut, wo Naomi Haber ihm den Schweiß und den Tarnbrei von der Stirn gewischt hatte. Murad feuerte rasch nacheinander drei Schüsse ab. Der Schalldämpfer hustete sehr dezent, wie ein alter Mann, der sich räuspert.

Brin spürte nur einen leichten Schlag gegen die Stirn, dann nichts mehr. Er kippte nach hinten und lag im Staub, das Gewehr hatte er in der letzten Todeszuckung von sich und den Hügel hinabgeworfen.

Nach ein paar Minuten setzten die Ashbals sich wieder in Bewegung. Wieder trat einer auf einen Draht, und wieder rasselten Blechbüchsen in der Nacht.

Hausner stand mit Dobkin und Burg am Kommando- und Beobachtungsstand. Naomi Haber hatte im Dunkeln nicht leicht hergefunden, aber endlich konnte sie die phosphoreszierende Fahne ausmachen. Sie lief zu den drei Männern und erstattete Bericht. Hausner lauschte nochmals nach dem Rasseln, hörte aber nichts mehr. Er wandte sich Naomi Haber und den beiden anderen jungen Meldeläuferinnen am Kommandostand zu. »Laufen Sie den Verteidigungsgürtel entlang. Sobald sie mich pfeifen hören, sollen sie aus allen Waffen ungezieltes Feuer geben. Aber nur zehn Sekunden lang.«

Die Mädchen liefen in verschiedenen Richtungen weg. Nach kurzer Pause pfiff Hausner. Die nächstliegenden Stellungen hörten die Trillerpfeife und begannen aus Leibeskräften zu feuern, was das Signal für die ganze übrige Verteidigungslinie war.

Die Ashbals erstarrten, dann warfen sie sich flach auf den Boden. Einige wurden getroffen, ließen jedoch keinen Schmerzenslaut hören, da sie fürchteten, von ihren Offizieren getötet zu werden. Die Offiziere und Unteroffiziere flüsterten erregt, das Feuer dürfe nicht erwidert werden. »Sie wollen uns herausfordern. Nicht schießen«, zischten sie. Aber als die Sekunden sich aneinanderreihten und jede einzelne so lang schien wie ein Jahr, und die fünf israelischen AK-47 das automatische Feuer hügelabwärts richteten, begannen selbst die beherrschtesten nach Sicherungen und Abzügen zu tasten. Gerade als ein junger Mann das Feuer erwidern wollte, hörte der Beschuß der Israelis ebenso unvermittelt auf, wie er begonnen hatte. Die zehn Sekunden, die sie sich bei der knappen Munition leisten konnten, waren vorbei.

Der Ostwind blies den Korditgeruch fort, und die letzten Schüsse hallten von den umliegenden Hügeln zurück und erstarben im Ohr der Verteidiger. Nicht einer von ihnen hatte geglaubt, daß die Ashbals wirklich so diszipliniert sein könnten, diese Salve nicht zu erwidern oder, wenn sie getroffen wurden, jeden Schmerzensschrei zu unterdrücken und keinen Schreckenslaut von sich zu geben, wenn rings um ihre Köpfe die Erde aufspritzte.

Hausner wandte sich zu Burg und Dopkin um. »Sieht aus, als würden wir langsam die Nerven verlieren.«

Burg erwiderte: »Hoffentlich hat's die vorgeschobenen Horchposten nicht erwischt.«

Dobkin sagte: »Wenn alle sich nach den Lageskizzen gerichtet haben und die vorgeschobenen Horchposten auf ihren Stellungen blieben, dann dürfte ihnen nichts passiert sein.« Er blickte hinüber zum Osthang. »Apropos Vorposten, wenn Sie nichts gehört haben, dann tut sich dort drüben vermutlich auch nichts. Tiere, Wind und Erdrutsche. Das ist der Haken bei den Stolperdrähten.«

Micah Goren und Hannah Shiloah, zwei Stenotypistinnen, hielten den Vorposten Nummer eins am Nordende des Abhangs besetzt. Auch ihnen wurde zu spät klar, daß der Feind sie umgangen hatte. Sie kauerten in ihrem kleinen Erdloch, bis die Salve geendet hatte. Sie überlegten noch ihren nächsten Zug, als aus dem Dunkel drei junge Ashbals mit blitzenden Messern hervorsprangen und den beiden unbewaffneten Israelis die Kehlen durchschnitten.

Die Dolmetscher Reuben Taber und Leah Ilsar saßen am Südende des Hangs auf Horchposten Nummer drei. Auch sie wußten, was passiert war. Sie krochen aus ihrem Erdloch und auf die Hügelkuppe zu.

Murad, der keine vierzig Meter entfernt war, sah sie in seinem Infrarotvisier. Der Araber hob das Gewehr und schoß beiden durch den Kopf.

Die Araber bewegten sich jetzt kriechend vorwärts und tasteten dabei nach den Alarmdrähten. Sie kamen nur langsam, aber unaufhaltsam voran. Der vorderste Trupp war noch dreihundert Meter von der Hügelkuppe entfernt.

Tekoah hatte begriffen, was die Salve bedeuten sollte und wußte, daß die Israelis nichts vom Stand der Dinge ahnten. Er wandte sich an Deborah Gideon. »Viel Glück.« Dann holte er aus und versetzte ihr einen Kinnhaken. Sie sank lautlos in ihrem Schützenloch zusammen. Tekoah schaufelte hastig Lehm und Schmutz vom Rand des Erdlochs über sie, dann sprang er heraus und rannte hügelan. Wieder hielt er beide Hände trichterförmig vor den Mund und brüllte aus Leibeskräften: *»Hier Tekoah! Vorposten Nummer zwei! Sie sind schon überall am Hang!«*

Ob ein arabisches oder israelisches AK-47 ihn niederstreckte, erfuhr er nie, und es spielte auch keine Rolle mehr für ihn.

Die Ashbals setzten zum Sturm an. Die erste Menschenfalle gab unter einem der Angreifer nach, einem jungen Mädchen. Sie stürzte auf den Pfahl und wurde aufgespießt, war aber nicht tot. Ihre Schreie übertönten anfangs das Gewehrfeuer, wurden aber bald schwächer.

Den Israelis sank der Mut, als sie die Ashbals so nah hörten. Was war mit den Vorposten los? Mit den Frühwarnvorrichtungen? Warum hatte die Feuersalve nichts genützt? Wo war Brin und sein wunderbares Nachtzielgerät?

Ein Feuertrupp von drei Ashbals hatte die Kuppe erreicht, stürzte jedoch in eine Fallgrube. Dem einem drang der Pfahl durch den Hals, dem anderen in die Brust. Den dritten Mann erschoß der Steward Abel Geller mit Dobkins Colt.

Die Menschenfallen forderten ihre Opfer, aber die mühsam ausgehobenen Gruben waren nicht zahlreich genug. Sobald sie unter den Angreifern zusammengebrochen waren, warnten die Schreie der Opfer die nachrückenden Ashbals. Die Pfahlspitzen steckten in den Leibern der Gestürzten und machten die Fallen wirkungslos.

Die Israelis hatten jetzt fünf AK-47, und die Ashbals waren nicht so zahlreich wie beim ersten Angriff, doch den Arabern war die Überrumpelung gelungen. Und es war kein Joshua Rubin mehr da mit seiner Uzi. Und auch kein Nathan Brin mehr mit dem M-14 und dem Nachtlichtaufheller. Aber das wußte noch niemand.

Ein Trupp Ashbals war bis unterhalb des Geländevorsprungs gelangt, der jetzt durch keine Waffe gedeckt war. Sie hielten auf den grünen Schimmer des Nachtzielgeräts zu, das am Fuß des Vorsprungs im Staub lag. Die näherrückenden Ashbals schoben sich, entlang der ganzen Angriffslinie, zwischen die israelischen Feuerstellungen, die sie nach den Mündungsblitzen orten konnten. Die israelischen Gewehre mußten immer weiter nach rechts und links ausholen, um diese toten Flächen mit wirksamem Feuer zu bestreichen.

Und noch etwas kam den Ashbals zustatten: heute waren sie schon erfahrene Krieger. In der vergangenen Nacht hatten die jungen Männer und Frauen ihre Feuerprobe erlebt, und der Widerstand der Israelis hatte sie kopfscheu gemacht. Jetzt bildete das feindliche Feuer kein irrationales Schrecknis mehr, es weckte nur die gesunde Furcht, die sich mit der Erfahrung einstellt. Sie hatten viele Brüder und Schwestern verloren, und sie dürsteten nach Rache. Hamadi hatte ihnen versprochen, sie könnten mit den Israelis — den Männern wie den Frauen — nach Belieben verfahren. Ahmed Rish hatte jedem von ihnen nach der Plünderung persönlichen Reichtum versprochen. Und außerdem hatte Hamadi eine lange, anfeuernde Rede gehalten, was er in der vergangenen Nacht nicht getan hatte. Heute wußte jeder, oder glaubte doch zu wissen, wofür er kämpfte.

Jaffe, einer von Hausners Leuten, sprang über die Brustwehr und schlängelte sich zwischen den Pfählen hindurch, um die AK-47 der Gepfählten aufzulesen. Er schleuderte die Waffen hinter die Verteidigungslinie, wurde jedoch getroffen, als er umkehren wollte, und rollte den Hang hinunter. Marcus, der gleichfalls Hausners Mannschaft angehörte, holte das AK-47 und die Munition des Ashbal, den Abel Geller mit dem Colt erschossen hatte.

Die drei neu hinzugekommenen Waffen bekamen zwei Männer und eine Frau, die Dobkin ausgebildet hatte. Dennoch blieb die Initiative bei den Ashbals, und sie befanden sich in jener besonderen Lage, wie sie gelegentlich bei Kampfhandlungen eintritt — daß ihnen ein Rückzug mehr Verluste bringen konnte als das Vorrücken. Sie waren der Hügelkuppe schon zu nah.

Die Israelis hatten den Hang vor ihren Stellungen gründlich gerodet, den Boden geebnet und die Lehmhügel geglättet, aber die Ashbals waren jetzt so nah, daß sie dank ihrer überlegenen Feuerkraft und fast unbegrenzten Munition die Verteidigungswälle rings um die Kuppe sturmreif schießen konnten. Schon duckten sich die Verteidiger immer häufiger hinter die Brustwehr und erwiderten das Feuer immer seltener. Sooft sie die Köpfe wieder hoben, sahen sie, daß die Mündungsblitze näher waren als beim letztenmal.

Geschosse schlugen in die Brustwehr, sprengten Teile davon ab, die kleine Erdrutsche verursachten, während sie über den Hang stürzten. Schon waren Breschen in die Verteidigungswälle geschlagen. Auch in die Aluminiumreflektoren schlugen Kugeln ein und warfen die meisten von ihnen um. Das Armierungsgitter aus der Concorde tat gute Dienste, aber nach mehreren tausend Treffern zerfaserte das Nylongewebe, und die Pfosten, an denen die einzelnen Teile befestigt waren, wurden durchschlagen und knickten um. Diejenigen Israelis, die nie einen Kampf miterlebt hatten, waren entsetzt, wieviel Zerstörung durch leichte Waffen angerichtet werden konnte.

Hausner, Burg und Dobkin standen auf ihren Posten und nahmen die Berichte der Meldeläufer entgegen. Dobkin wußte, daß die Ashbals die Initiative hatten und daß die nächsten paar Minuten die Erstürmung des Hügels bringen konnten. Er legte Hausner die Hand auf die Schulter. »Ich bleibe hier.«

Hausner stieß die Hand rauh fort. »Sie gehen, General. Sofort. Das ist ein Befehl.«

Dobkin hob die Stimme, was selten geschah. »Jetzt hören Sie mal auf mich! Sie brauchen hier einen militärischen Befehlshaber. Es hat keinen Sinn mehr, daß ich versuche, Hilfe zu holen.«

»Stimmt«, sagte Hausner. »Es ist vorbei. Aber als es hier oben noch besser aussah, waren Sie entschlossen, hinunterzugehen. Und jetzt will ich, daß Sie gehen und sich in Sicherheit bringen. Und ich will jemand draußen haben, damit die Überlebenden während der Gefangenschaft nicht ohne Hoffnung sind. Los, gehen Sie!« Dobkin zögerte.

»Los!« schrie Hausner.

Burg sagte: »Gehen Sie, Ben. Der beste Kommandeur der Welt könnte die Lage hier nicht mehr retten. Jetzt entscheiden die Truppen — und Gott. Also gehen Sie.«

Dobkin machte kehrt und sprang von der kleinen Scholle. Ohne ein Abschiedswort schlug er die Richtung auf McClures Feuerstellung am Westhang ein.

Am Osthang hatten sich zwei Ashbals bis zum Verteidigungswall vorgearbeitet, wo es weder AK-47 noch Pistolen gab. Die beiden Israelis, die dort postiert waren, der Steward Daniel Jacoby und die Stewardeß Rachel Baum, schleuderten ihre improvisierten Aluminiumspeere und schrien Alarm. Die Ashbals duckten sich unter die Speere und eröffneten das Feuer. Sowohl Daniel Jacoby wie Rachel Baum wurden getroffen. Die beiden Ashbals schlüpften zwischen den Pfählen der Fallgrube hindurch und übersprangen die Brustwehr und die Schützengräben. Sie waren innerhalb der Verteidigungslinie.

Der Sicherheitsbeamte Alpern rannte die Linie entlang und feuerte unablässig aus seinem AK-47. Die beiden Ashbals stürzten in den israelischen Schützengraben. Alpern sprang ihnen nach und erledigte sie mit einem der Speere. Zwei Männer kamen mit einer Bahre aus Aluminiumstreben und Teppichstoff herbei, legten Daniel Jacoby und Rachel Baum darauf und trugen sie zurück in die Schäferhütte. Alpern rief zwei unbewaffnete Frauen zu sich und gab ihnen die Waffen der Ashbals. Diesmal hatten sie noch Glück gehabt, aber Alpern, Veteran des Krieges von 1973, wußte, daß das Ende nahe war, wenn nicht ihr letzter verzweifelter Verteidigungsplan sie noch rettete.

22

Im Cockpit der Concorde 02 lehnte David Becker sich in seinem Sitz zurück und zündete seine letzte Zigarette an. Er dachte an seine Kinder in den USA und an seine israelische Ehefrau, die er erst kürzlich geheiratet hatte. Das Funkgerät gab ein durchdringendes Kreischen von sich, aber er schien nichts zu hören. Dann und wann fuhr eine Kugel in den Rumpf und machte »plopp«, wenn sie die dünne Außenhaut durchschlug. Ein paar Abpraller schwirrten um die Kabine. Zwei Geschosse waren durch die Seitenfenster des Cockpits gefahren, und die Scheiben sahen aus wie Spinnennetze. Becker drückte die Zigarette aus und warf sie zu Boden. Er streckte die Hand aus, um den Notstrom abzuschalten, doch dann fiel ihm ein, daß er für irgendeine allerletzte Verteidigungslist eingeschaltet bleiben sollte. Er zuckte die Achseln. Gegen Horden konnten alle Schläue dieser Welt nichts ausrichten. Die Horden. Wie ein amerikanischer Infanterist im Koreakrieg immer gesagt hatte: Eine chinesische Korporalschaft besteht aus drei Horden und einem Mob, oder so ähnlich. Ein Witz. Die Horden besiegten die zivilisierte Welt. Schritt für Schritt. Wie beim Verfall des Römischen Reiches. Becker stand auf und wollte das Cockpit verlassen.

Das Funkgerät verstummte in diesem Augenblick, dann schnurrte es behaglich. Aus dem Lautsprecher kam eine Stimme in schlechtem Hebräisch. »Sie müssen aufgeben«, sagte die Stimme hastig. »Sagen Sie H., er muß aufgeben.« Becker starrte den Lautsprecher an. Der Araber sprach hastig und geheimnisvoll, für den Fall, daß die Durchsage irgendwo abgehört würde. In der nächsten Sekunde war das Störgeräusch wieder da. »Arschloch«, sagte Bekker. Er verließ das Cockpit und ging hinaus, um mitzukämpfen.

Der Ashbal-Trupp unter dem Geländevorsprung war noch hundert Meter von dem grünschimmernden Nachtzielgerät entfernt. Das Zwei-Mann-Scharfschützen-Team hatte dicht bei ihnen Stellung bezogen, und Murad schoß lautlos und zielgenau auf jeden Kopf, der sich über der Brustwehr zeigte.

Burg wandte sich an Hausner. »Jetzt dürften sie nah genug sein.«

Hausner nickte. Dobkin hatte ihnen eingeschärft, mit ihren sogenannten letzten Verteidigungsmaßnahmen und ihrer psychologischen Kriegführung erst zu beginnen, wenn es absolut notwendig würde. Hausner wußte, daß es notwendiger als jetzt nicht mehr werden konnte. Er gab seiner Meldeläuferin den Befehl, die letzte Verteidigungsphase anlaufen zu lassen. Er wandte sich an Burg. »Ich sehe mal nach, was Brin macht. Inzwischen sind Sie der Kommandant. Bleiben Sie hier.«

Burg stimmte zu. Als Hausner wegging, tauchte hinter ihm eine der Meldeläuferinnen, ein junges Mädchen, auf. »Sie kommen über den Hang an der Flußseite herauf«, meldete sie.

Burg zündete seine Pfeife an. Das Schlachtenlenken vom Feldherrnhügel aus war nicht seine Stärke. Seine Soldatenzeit lag mehr als dreißig Jahre zurück. Dobkin war fort, und Hausner hatte sich zur Verteidigungslinie aufgemacht, um Selbstmord zu begehen — daran zweifelte Burg keinen Augenblick. Vom Außenminister hatte man schon eine ganze Weile nichts gehört. Er war entweder tot, verwundet, oder er kämpfte wie alle anderen um sein Leben. Und ihn, Burg, ließen sie übrig, damit er den Schlamassel ausbaden konnte. Er würde die Übergabe aushandeln müssen, falls es überhaupt noch etwas auszuhandeln gäbe. Er, der immer so sorgfältig darauf geachtet hatte, neutral zu bleiben und nicht Stellung zu nehmen. Aber diesmal hatte er Stellung nehmen müssen, und er mußte diese Stellung behalten, ganz allein. Kein Melder kam mehr, um vom Kampfverlauf zu berichten. Wahrscheinlich kämpften sie alle am Verteidigungsgürtel. Er konnte sich mit keinem Stab besprechen, keine Versammlung abhalten. Er bekam eine Ahnung davon, wie es Hausner zumute gewesen sein mußte, und er empfand Mitleid. Das Mädchen stand noch immer neben ihm. Er sah sie genauer an. Es war Esther Aronson vom Büro des Außenministers. Sie zitterte, und ihre Stimme versagte immer wieder, während sie einen fragmentarischen Lagebericht gab. »Was sollen wir denn *tun?*« fragte sie.

Burg zog an seiner Pfeife. Er hörte jetzt am Osthang mindestens zehn AK-47. Er zweifelte nicht daran, daß jede einzelne Waffe dort dringend gebraucht wurde, aber er konnte die Araber nicht einfach unbehindert den Westhang heraufkommen lassen. Für diesen Abschnitt der Verteidigungslinie war der Außenminister verantwortlich, und Burg vermutete, daß Ariel Weizman der Aufgabe nicht gewachsen war und dies auch selbst wußte. Der Abschnitt war mit nur acht Leuten besetzt. Außerdem lagen Richardson und McClure da draußen. Burg deutete in Richtung auf den Osthang. »Organisieren Sie dort drüben zwei AK-47 und mindestens zwei Pistolen. Die tragen sie rüber zum Westhang. Sagen Sie Mr. Weizman, er solle mit den letzten Verteidigungsmaßnahmen anfangen, sobald Sie zurück sind. Alles klar?«

Sie nickte rasch im Dunkeln. Burg sah sie an. Es war eine große Verantwortung für eine junge Frau, fand er. Sie mußte ganz allein die richtigen Waffen und die dazugehörige Munition aussuchen, sie dann im Dunkeln mehrere hundert Meter weit schleppen und dort abgeben, wo sie am meisten nutzen konnten, und gleichzeitig Befehle an den Außenminister weitergeben, der vermutlich inzwischen vollends hilflos war. Und das alles mußte erledigt sein, ehe die Araber den Hang erklommen hatten. Er klopfte auf ihre Schulter. »Es wird schon klappen. Nur nicht nervös werden.«

»Ich bin nicht nervös.«

»Gut. Haben Sie zufällig Dobkin dort drüben gesehen?«

»Nein.«

»Auch gut. Also dann, los. Viel Glück.«

Sie rannte davon, dem Lärm des Gewehrfeuers entgegen.

Dobkin stand mit McClure und Richardson im Schützenloch. »Ich wußte, daß sie schließlich auch diesen Hang probieren würden.«

McClure beugte sich vor und streckte die Pistole mit beiden

Händen aus dem Schützenloch. Er zielte quer über den Hang nach rechts und gab zwei Schüsse ab, dann zwei in gerader Richtung, dann die letzten zwei nach links. Sein Feuer wurde erwidert, noch ehe er die letzte Kugel aus dem Lauf hatte. Er lehnte sich zurück. »Verdammt schwierig, eine Fünfhundert-Meter-Front mit einem Sechsschüssigen zu halten.« Er angelte in seinen Taschen nach Munition.

»Sie schicken uns bestimmt von der anderen Seite was rüber«, tröstete ihn Dobkin.

»Das will ich hoffen«, antwortete McClure. Er lud wieder.

Als das Gewehrfeuer verstummte, blickte Richardson über den steilen Hang hinunter. In kurzen Abständen hörte man eine Büchse voll Steinchen rattern oder einen Araber fluchen, wenn er ausglitt. »Wann zum Teufel fangen sie denn endlich mit den letzten Verteidigungsmaßnahmen an? Wo zum Teufel ist diese Melderin geblieben? Wo sind unsere AK-47?«

Dobkin stemmte sich aus dem Erdloch. »Fragen Sie General Hausner. Ich arbeite nicht mehr hier.« Er kniete wie ein Läufer im Startloch. »Adios, Tex«, sagte er zu McClure. »Auf Wiedersehen in Haifa oder in Houston.« Er sprang auf und setzte in einem einzigen Schwung über den Rand der Hügelkuppe. Lange Zeit schien er in der Luft zu hängen. Er blickte nach unten und sah nun, wie steil es hinabging. Es war eine schräge Fläche, erinnerte er sich, ein Glacis. Eine steile Ebene, die sich vom Flußufer bis hier heraufzog. Er prallte hart auf. Sein nächster Schritt brachte ihn zehn Meter weiter abwärts auf den fast lotrechten Hang, der übernächste zwanzig Meter. Er lief, stürzte fast senkrecht nach unten. Er schaffte die Hälfte des Hangs in weniger als drei Sekunden. Vor ihm erschienen plötzlich aus dem Dunkel zwei völlig überraschte Araber. Sie reagierten instinktiv und hielten ihre AK-47 mit aufgepflanztem Bajonett vor sich hin.

Hausner sah Naomi Haber auf der Erde sitzen und Nathan Brins zerschmetterten Kopf in ihrem Schoß wiegen. Jetzt begriff er wenigstens, was hier mit der Verteidigung los gewesen war. »Wo ist das Gewehr?« fuhr er Naomi Haber an. Sie blickte auf. »Er ist tot.«

»Das sehe ich selbst, verdammt noch mal! Wo ist das Gewehr?«

Sie schüttelte den Kopf.

Hausner kroch auf den Vorsprung hinaus. Er suchte mit Augen und Fingern nach der Stelle, an der Brin sein Gewehr aufgelegt hatte. Im Boden war eine Furche, die ein Geschoß gegraben hatte. Auch etwas Warmes und Feuchtes war zu spüren. Er wischte sich die Hand ab. Das war kein Zufallstreffer gewesen, entschied er. Die Araber mußten zumindest ein Gewehr mit Zielfernrohr haben. Wenn sie Brins Gewehr in die Hände kriegten, dann hatten sie zwei. Hielten sie diese Schützenstellung noch immer unter Beobachtung? Er würde es sehr bald wissen. Er sprang über den Erdwall und rutschte den Hang hinunter. Er sah das grüne Schimmern sofort und streckte den Arm danach aus.

Muard sah ihn im Zielgerät. Er rief dem aus neun Mann bestehenden Trupp etwas zu, der sich in Richtung auf das Gewehr bewegte, aber sie konnten Hausner nicht sehen.

Hausner ergriff das Gewehr, rollte sich sofort von der Stelle weg und legte an. Er sah den Trupp in weniger als dreißig Metern Entfernung und feuerte fünfmal kurz hintereinander. Er traf ein paar Leute, die übrigen zerstreuten sich. Dem Nachtzielgerät waren sie nicht gewachsen, und das wußten sie.

Murad nahm Hausner aufs Korn. Er hatte es sich in den Kopf gesetzt, dieses Nachtzielgerät zu erbeuten. Jetzt könnte es Schaden nehmen, wenn Murad diesen Irren da erschießen und er es fallen lassen würde. Er feuerte.

Hausner war bereits in Bewegung. Er hörte, wie das Geschoß dicht neben ihm die Erde hochwarf. Er warf sich flach an die Hügelflanke und suchte das Terrain vor sich ab. Der Araber wußte, wo Hausner war, aber Hausner wußte nicht, wo der Araber war. Wenn er ihn nicht in den nächsten paar Sekunden erwischte, würde er selbst ein toter Mann sein. Murad hatte Hausner direkt im Fadenkreuz. Er drückte ab. Ein Schuß, der nicht fehlgehen konnte.

Der Infanterietrupp der Ashbals direkt hinter Murad fing an, blindlings gegen den Hang zu feuern, so daß die grünen Streifen ihrer Leuchtspurmunition ein Muster in die Finsternis zeichneten. Glühende Geschosse bohrten sich in den Boden und verglommen wie sterbende Leuchtkäfer, während Abpraller von allen Seiten herumschwirrten.

Murad drückte auf den Abzug, als das Bild in seinem Infrarotvisier zu schwinden begann. Der größte Nachteil dieses Geräts im Einsatz war, daß es nur noch weiß zeigte, wenn es auf brennenden Phosphor gerichtet wurde. Die Geschosse seiner Rückendeckung kurvten quer durch sein rotes Bild und hinterließen weiße Streifen, die immer breiter wurden und ineinanderliefen. Deshalb wollte er unbedingt das amerikanische Nachtzielgerät. Er fluchte laut und feuerte blindlings. »Aufhören, ihr Idioten! Aufhören!« Wieder feuerte er drauflos. Sein Teamgefährte Safar überbrüllte den Lärm der AK-47, und der Infanterietrupp stellte das Feuer ein.

Hausner wußte, was geschehen war. Ein anderer Mann hätte gesagt, Gott sei ihm zur Seite gestanden. Aber Hausner fühlte sich nur als Spielball des Schicksals. Die Bombe. Die Bruchlandung. Die Erbeutung der AK-47. Und jetzt dies. Nein, er war nicht gefeit. Er war gezeichnet. Warum wollte es noch immer kein Ende nehmen?

Murads Zielbild wurde wieder klar, und er visierte die Stelle an, wo Hausner gewesen war, sah jedoch nichts.

Hausner hatte eine sehr flache Mulde im Hang gefunden, direkt unter dem Steilabfall des Geländevorsprungs — des Wachturms — und sich hinfallen lassen. Wie jeder Infanterist auf der ganzen Welt wußte er sich klein zu machen. Jeder Muskel zog sich zusammen, die Luft wich aus seinen Lungen, und er schien in seinem armseligen Versteck zusammenzuschrumpfen. Sein Oberkörper, die Beine und Hüften zogen sich auf eine anatomisch unmögliche Art zusammen, wie es nur ein Mann unter gezieltem Beschuß fertigbringt, und der Grund der flachen Mulde schien sich um ein paar kostbare Zentimeter zu senken.

Murad war plötzlich von Furcht befallen. Er fühlte sich nackt, ausgesetzt. Auch er fand eine Höhlung und grub sich darin ein.

Der Kampflärm erfüllte die Luft rings um den Verteidigungswall, aber hier, an dieser einen Stelle, schien alles still zu sein. Hausner und Murad warteten aufeinander.

Zwei Nachtzielgeräte. Zwei Mündungsfeuerdämpfer. Zwei Schalldämpfer und zwei erstklassige Gewehre. Lautlos, unsichtbar und tödlich.

Das Gros der Ashbals war jetzt hundert Meter von der Verteidigungslinie entfernt, aber ein paar ausgebildete Stoßtruppleute hatten sich bis direkt unterhalb der Brustwehr und der Fallgruben vorgearbeitet und dort Stellung bezogen. Sie lagen schweigend und regungslos, nur mit Messern und Pistolen bewaffnet, jeden Zoll nackter Haut geschwärzt, und warteten darauf, daß das Gros zum Sturm ansetzte. Hätten sie Handgranaten oder geballte Ladungen gehabt, so hätten sie den israelischen Linien schwere Verluste beibringen können. Aber niemand war darauf vorbereitet gewesen, daß zu dieser Geiselnahme erst ein Hügel erstürmt werden mußte. Die Männer kamen sich bei diesem Angriff verschaukelt vor. Sie waren Fachleute, die Elite einer jeden Infanterieeinheit. Vor dem Gros der Angreifer her einen Hügel hinauf bis zu den feindlichen Linien zu kriechen, war ein Himmelfahrtskommando. Und jetzt waren sie da, aber sie konnten nichts unternehmen, ehe nicht das Gros nah genug war, um zum Sturm anzusetzen. Dann würden sie in die israelischen Schützengräben springen und mit Messer und

Pistole töten. Aber wenn sie bloß Handgranaten hätten, die sie vorauswerfen könnten . . .

Dobkin sprang und flog an den beiden erstaunten Arabern vorbei. Sie wirbelten herum, warfen sich mit dem Rücken an die Hügelflanke und gruben die Fersen in den abrutschenden Sand und Lehm. Sie richteten ihre AK-47 nach unten und schossen. Der Rückstoß der automatischen Waffen brachte sie aus dem Gleichgewicht, und sie schlitterten das Glacis herunter, wobei sie die uralte Erdkruste mitrissen und das ursprüngliche Ziegelwerk freilegten.

Dobkin flog buchstäblich vorwärts. Er hörte, wie die Geschosse an ihm vorbeipfiffen. Wieder berührten seine Füße den Boden, wieder sprang er weiter. Seine Fersen krachten durch die Rizinusbüsche, und seine Füße schlugen auf das Hochufer. Er stieß sich ab wie ein Turmspringer und segelte durch die Luft. Ein Bündel grüner Leuchtspuren folgte ihm. Er schien um die langen grünen Todesfinger Saltos zu schlagen und zwischen ihnen durchzuspringen. Eine Ewigkeit lang hing er in der Luft. Über ihm war der gestirnte schwarze Himmel Mesopotamiens. Die Uferkrone huschte wie ein schwarzer Strich vorüber, unter ihm war der schimmernde Euphrat, und dann, als sein Körper eine Schraube drehte, flitzten die Schlammebenen an seinen Augen vorüber und dann wieder der Himmel. Aus den Augenwinkeln sah er die grünen Phosphorstreifen, wie Todesstrahlen in einem Science-fiction-Film, immer näher rücken, ihm folgen, und das hohle Stakkatoknattern wurde lauter, als immer mehr Gewehre einfielen. Er wunderte sich, daß er nicht stürzte, daß er über dem Fluß zu schweben schien. Dann traf ihn einer der scharfen grünen Strahlen mit schneidendem Schmerz, und alles lief wieder mit normaler Geschwindigkeit ab, als erwache er aus einem Traum. Er hörte ein Platschen, und die schlammigen Fluten des Euphrat schlossen sich über ihm.

Hausner kam zu dem Schluß, daß er den Rückweg zu den israelischen Linien nicht schaffen würde. Das Gelände war zu offen, und der arabische Scharfschütze hatte ihn jetzt im Visier. Hausner hingegen konnte von hier aus, wo er lag, nur geradeaus gezieltes Feuer geben. Die Vorteile des Nachtzielgeräts waren nicht voll zu nutzen, und außerdem hatte er fast keine Munition mehr.

Ein Geschoß riß ihm den Schuhabsatz weg, und sein Bein zuckte wie im Krampf. Er fluchte und hob den Kopf. Er visierte sein Ziel an, aber der Araber war in seinem Loch nicht zu sehen. Die Ashbals benutzten jetzt Geschosse ohne Leuchtspur und fingen an, ungefähr in seine Richtung zu feuern. Hausner bekam Murads Kameraden Safar ins Ziel, der ungedeckt zum Trupp rannte, um dort Hausners genaue Posititon zu melden. Hausner schoß, Safar fiel zu Boden und hielt sich die Seite.

Murad feuerte, und Hausner spürte einen stechenden Schmerz am Ohr. Er schwang seine Waffe in Richtung auf den Scharfschützen herum und schoß auf die wieder in Deckung tauchende Gestalt. Er fühlte etwas Warmes, Feuchtes an seinem Ohr, als er sich wieder in seine flache Höhle schmiegte. Unwillkürlich dachte er flüchtig an Miriam. Hausner hatte es jetzt satt. Er konnte hier nichts ausrichten, und es war ihm klar, daß die Ashbals sich rechts und links von ihm unaufhaltsam der Hügelkuppe näherten. Über den Gewehrlärm hinweg brüllte er hinauf: »Haber!« Keine Antwort. Er rief nochmals: »Haber!«

Naomi Haber blickte auf. Brins blutiger und von Gehirnmasse verschmierter Kopf lag noch immer in ihrem Schoß. Sie erinnerte sich, daß Hausner vor ein paar Minuten hier gewesen war, aber was er danach getan hatte, wußte sie nicht. Wiederum hörte sie ihn rufen, gab jedoch keine Antwort.

Hausner riß sein Hemd in Fetzen und umwickelte damit das Nachtzielgerät. Er drehte das Gewehr um und packte es am heißen Lauf. Er stand auf, wirbelte die Waffe um seinen Kopf und schleuderte sie in die Luft. Sie segelte im hohen Bogen über die Ruine des Wachturms und fiel ein paar Schritte von Naomi Haber entfernt in den weichen Staub. Naomi hörte den Fall. Instinktiv wußte sie, was es war und was sie zu tun hatte. Sie beugte sich über Nathan Brin und drückte einen Kuß auf die zerschmetterte Stirn.

Der Befehl zum Einsatz der letzten Verteidigungsmaßnahmen hatte die Runde gemacht, und die sorgfältig geprobten Maßnahmen liefen an. All die Kriegslisten und behelfsmäßigen Waffen, die am hellen Tag so schlau und kunstreich ausgesehen hatten, sollten ihre Bewährungsprobe bestehen, und jetzt, im Dunkeln, regten sich viele Zweifel.

Hundert Meter nördlich des Geländevorsprungs schrie eine arabische Stimme: »Hierher! Hier ist eine Lücke! Mir nach!«

Zwei Ashbal-Trupps, insgesamt achtzehn Mann, liefen auf die Stimme zu. Sie stürmten im Vertrauen auf den Befehl den Hügel hinan. Niemand schoß auf sie. Schon waren sie der scheinbar unbesetzten Brustwehr auf fünfzig Meter nahegekommen. Noch ein paar Sekunden, und sie würden darübersetzen, womit der Kampf so gut wie beendet wäre. Wieder rief die Stimme: »Hierher! Schnell! Über den Wall!«

War den Ashbals im Kampfgetümmel nicht aufgefallen, daß die

Stimme einen leicht harten Klang hatte und daß der palästinensische Akzent nicht ganz rein war? Offenbar bemerkten sie nichts. Immer mehr näherten sie sich der Stimme, die dicht von den israelischen Verteidigungslinien kam.

Ibrahim Arif lag hinter der Brustwehr in einer kleinen Grube und rief wieder in das Ansagemikrophon der Concorde. *»Jetzt! Rauf und drüber!«*

Der Lautsprecher aus der Passagierkabine, der dreißig Meter vor der Brustwehr montiert war, lockte die Ashbals vorwärts. *»Jetzt, rauf und drüber! Schreit! Schreit! Nieder mit Israel!«*

Kaplan, der auf eigene Faust das improvisierte Lazarett verlassen hatte, Marcus und die junge Stenographin Rebecca Livni, die vor wenigen Minuten ein AK-47 bekommen hatte, eröffneten das Feuer. Jeder von ihnen jagte zwei Magazine zu je dreißig Schuß in die Reihen der Ashbals.

Im Licht der Mündungsblitze sah man die Ashbals vor Entsetzen erstarren. Die 7,62-Millimeter-Geschosse bohrten sich in ihre Leiber. Sie fielen zuhauf, wie niedergemäht. Es war ihr bisher verlustreichstes Einzelunternehmen und riß in ihre Angriffsfront eine beträchtliche Bresche.

Esther Aronson hatte jedem, den sie im Dunkeln finden konnte, seine Waffe abzuschwatzen versucht. Aber es ging für jeden um das eigene Überleben, und keiner hatte Lust, sich um die strategischen Probleme eines Angriffs von der Rückseite des Hügels her Gedanken zu machen. Esther Aronson erntete volles Verständnis für ihre Bitte, aber das war auch alles. Verzweifelt suchte sie nach Hausner. Hausner brauchte nur einen Befehl zu geben, und sie würde bekommen, was sie wollte. Aber niemand wußte, wo er war. Vermißt, vermutlich gefallen.

Esther sah und hörte den Trick mit dem Lautsprecher, und sie wußte, daß die letzte verzweifelte Abwehrphase begonnen hatte. Am Westhang gab es kaum solche Vorrichtungen. Sie mußte Waffen haben. Sie rannte hinüber zu Marcus und Rebecca Livni, die sich vorsichtig durch die Brustwehr und die Fallgruben pirschten, um die Gewehre der getöteten Ashbal-Truppe an sich zu nehmen. Kaplan gab ihnen Deckung. Esther Aronson lief an Kaplan vorbei, setzte über den Schützengraben und über die Brustwehr und schlüpfte vor Marcus und Rebecca zwischen den Pfählen der Fallgruben hindurch. »Tut mir leid«, schrie sie dem verdutzten Paar zu. »Ich brauche Gewehre für den Westhang. Dort greifen sie auch an.« Mit einem Satz war sie am Ort des Gemetzels, unter den Toten und noch Lebenden, und streifte ihnen rasch und geschickt Patronengurte und Riemen ab, an denen volle Patronentaschen hingen. Im Dunkeln tastete sie nach den AK-47 und erwischte sie häufig anstatt am Kolben am noch glühend heißen Lauf. Ihre Hände und ihr Körper brannten, als sie sich die Waffen, eine nach der anderen, über die Schultern hängte. Marcus und Rebecca Livni waren herbeigeeilt und halfen Esther. Marcus rief ihr immer wieder zu, sie solle auf noch lebende Ashbals achten, aber Esther Aronson hörte nichts oder wollte nichts hören. Als sie einem der Männer das Gewehr wegnehmen wollte, versuchte er, danach zu greifen, und Marcus erschoß ihn.

Esther Aronson rief »Danke!« und verschwand mitsamt ihrer schweren Bürde über die Brustwehr.

Unter dem Schutz von Kaplans AK-47 rafften Marcus und Rebecca Livni hastig die restlichen Gewehre an sich. Der Lautsprecher dröhnte: *»Zurück! Zurück! Deckung, Kameraden! Hier drüben sind die Juden schwer bewaffnet.«* Die Ashbals hielten sich in der bisherigen Distanz.

Naomi Haber legte ein volles Magazin in das M-14 ein und visierte. Der ganze Hang war mit kriechenden, kauernden Gestalten bedeckt. Sie richtete das Visier auf das Gebiet direkt unter ihrem Stand. Dort sah sie Hausner regungslos in seinem Loch liegen. War er getroffen worden? Sie konnte es nicht feststellen. Er konnte das Gewehr aus dieser Entfernung nur im Stehen geschleudert haben. Zweifellos hatte der arabische Scharfschütze ihn erwischt.

Eine Kugel streifte die Knöchel ihrer rechten Hand, und sie stieß einen Schrei aus. Um ein Haar hätte sie die Waffe fallen lassen. Sie kauerte sich hinter den Erdwall, bis der Schock abgeklungen war. Wie ein Tier leckte sie ihre Wunde, und es schien sie zu beruhigen. Sie wußte, daß der Mann, der sie beinah getötet hatte, der gleiche war, der ihren Liebsten erschossen hatte. Und sie wußte, daß er darum, mehr als aus irgendeinem anderen Grund, jetzt sterben mußte. Langsam richtete sie sich auf und lugte über den Erdwall.

Murad wußte inzwischen, daß Safar tot war. Safar, sein einziger wirklicher Freund. Und dieser Jude hatte ihn getötet. Hatte er den Juden getroffen, als dieser das Gewehr hochschleuderte? Und das Gewehr mitsamt dem Nachtzielgerät war fort. Wer hatte es jetzt? Er visiert die Stelle zwischen Hausners Lager und dem Geländevorsprung an. Dort droben war die Gefahr, aber seine Empfindungen ließen nicht zu, daß er die Augen von dem Fleck abwandte, wo er den verfluchten Juden zuletzt gesehen hatte.

Naomi Haber holte tief Atem und zielte. Unten, ungefähr achtzig Meter entfernt, konnte sie den Scharfschützen in voller Länge liegen sehen. Ein Kopfschuß würde, wenn sie Glück hätte, nicht nur den Kopf, sondern auch das Infrarotvisier treffen, aber ein Schuß in den Rücken war sicherer. Sie nahm die Mitte seines Rückgrats ins Fadenkreuz und schoß zweimal.

An der ganzen Verteidigungslinie stellten die Israelis die Puppen auf, deren Herstellung soviel Zeit erfordert hatte. Sofort zogen sie das feindliche Feuer auf sich, wurden umgestürzt und wieder aufgestellt. Ein Dutzend unbewaffneter Männer und Freuen hielten Sprühdosen in die Höhe und zündeten in kurzen Abständen den feinen Nebel an, um Mündungsblitze vorzutäuschen. Die Araber schossen auf diese Blitze, die sie den ganzen Wall entlang sehen konnten. Die Zahl der Waffen, die ihrer Schätzung nach von den Israelis erbeutet worden waren, stieg anscheinend beträchtlich.

Inzwischen begannen die wirklich neu hinzugekommenen und reichlich mit Munition versehenen AK-14 das Feuer zu eröffnen. Zwei unbewaffnete Frauen, die während der letzten halben Stunde mit Hilfe der zwei Dutzend Kassettenrecorder aus dem Gepäck der Friedensdelegierten die Kampfgeräusche aufgenommen hatten, verteilten diese Recorder nun auf verschiedene Stellen und drückten die Abspieltasten. Das Feuer der Israelis schien sich zu verstärken.

Allmählich spielten sich die Dinge wieder ein. Melder langten am Kommandostand an, erstatteten Burg Bericht und nahmen seine Befehle entgegen. Burg gab diese Befehle, als hätte er sein ganzes Leben nichts anderes getan. Die letzten Verteidigungsmaßnahmen schienen zu wirken, aber Burg wußte, daß noch nichts entschieden war.

Esther Aronson stolperte im Dunkeln auf den Westhang zu. Sie rief laut, aber niemand schien sie zu hören.

Die Ashbals hatten, von Dobkins Ein-Mann-Show vorübergehend verwirrt, eine Weile im Vorrücken innegehalten, dann aber begannen sie erneut, auf die Hügelkuppe zuzukriechen. Vor dem sternenübersäten Himmel konnten sie die nicht ganz fünfzig Meter entfernte Kuppe deutlich ausmachen. Ihr Anführer, Sayid Talib, mochte an soviel Glück kaum glauben. Mit Ausnahme der einzelnen Pistole, die in Abständen herunterfeuerte, rührte sich droben nichts. Das konnte nicht ewig so bleiben. Er trieb seine Leute zu größerer Eile an. Er hatte dieses Unternehmen als Himmelfahrtskommando für sich und seine vierzig Leute betrachtet, aber Ahmed Rish hatte ihn beruhigt. Er hatte etwas von einem englischen

General namens Wolfe erzählt, der seine ganze Armee einen noch viel uneinnehmbareren Steilhang als diesen hier hinaufgeführt, die Franzosen überrumpelt und Kanada für die Engländer erobert hatte. Rish hatte recht. Niemand konnte von dieser Seite her einen Angriff erwarten.

Während des Kletterns stieg Talib das Blut zu Kopf. Er konnte die Begegnung mit den Israelis kaum noch erwarten. Er berührte sein verstümmeltes Gesicht. Während seines Aufenthalts in Paris hatte er einen Brief, scheinbar von der französischen Einwanderungsbehörde, erhalten. Er hatte ihn geöffnet, und diese Unvorsichtigkeit hatte ihn die rechte Gesichtshälfte gekostet. Das Leben war seitdem nie wieder gewesen wie vorher. Die Frauen stießen kleine Schreie aus, wenn sie seine einstmals hübschen Züge sahen. Sogar die Männer blickten beiseite.

Talib betete, er möge Isaac Burg lebend antreffen. Von allen ausgefallenen Qualen, die er sich für Burg ausgedacht hatte, schien ihm unmenschliche Folter für den Kopf des israelischen Geheimdiensts die angemessenste zu sein. Er würde Burg die Haut bei lebendigem Leib abziehen, vierundzwanzig Stunden lang — vielleicht auch länger. Er würde sie den Hunden vorwerfen, und Burg müßte zusehen. Talib blickte auf. Sie waren keine fünfundzwanzig Meter mehr von der Hügelkuppe entfernt.

McClure steckte seine letzten sechs Patronen ins Magazin des Colts. Er wandte sich an Richardson, der sehr still dastand. »Wie sagt man auf arabisch: ›Bringen Sie mich zum amerikanischen Konsulat‹?«

»Das hätten Sie gestern Hausner fragen sollen.«

»Sprechen Sie denn nicht Arabisch?«

»Nein. Warum sollte ich?«

»Weiß nicht. Hab einfach gedacht, Sie könnten's.« McClure beugte sich aus dem Schützenloch und blickte den Hügel hinab. Er sah Männer, die wie Eidechsen aus dem Dunkeln heraufgekrochen kamen. Er zielte auf einen von ihnen und schoß.

Miriam Bernstein und Ariel Weizman begegneten Esther Aronson, die auf der Erde robbte. Sie nahmen die acht AK-47 und die Munition und rannten in entgegengesetzter Richtung die fünfhundert Meter lange Verteidigungslinie entlang. Bei jeder israelischen Stellung ließen sie ein Gewehr nebst Munition fallen. Miriam Bernstein ließ nur McClures Schützenloch aus. Am südlichen Ende der Abwehrstellung war sie allein und hatte noch ein AK-47. Plötzlich wuchs fünf Meter vor ihr ein Ashbal-Mädchen aus dem Boden.

Das Mädchen sah Miriam und nahm langsam und besonnen die umhängende Waffe von der Schulter.

Miriam hatte keine Ahnung, wie man ein AK-47 handhabte, sie wußte nicht einmal, ob sie wirklich von der Waffe Gebrauch machen wollte. War sie entsichert? War sie geladen? Mußte man durchladen? Selbstverständlich hatte der frühere Besitzer beim Angriff durchgeladen und die Waffe entsichert, aber daran dachte Miriam nicht. Mit Bestimmtheit wußte sie nur, daß jedes Gewehr einen Abzug hat. Sie fand ihn — und zögerte. Das Ashbal-Mädchen feuerte auf Armeslänge eine volle Salve auf Miriam ab.

Miriam Bernstein wurde von den Mündungsblitzen geblendet. Sie dachte an einen strahlenden Sonntag in einem Café in Jerusalem. Ein junger Infanterist hatte erzählt, wie auf den Golanhöhen plötzlich ein Araber aus einem Haus gestürzt war und aus wenigen Metern Entfernung eine Maschinenpistole auf ihn abgefeuert hatte. Der junge Infanterist stand direkt vor einem Baum, und der Baum hinter ihm wurde immer wieder getroffen, und Rinde und Holzsplitter stoben herum und trafen den jungen Mann an Kopf, Hals und Rücken. Dann war der Araber verschwunden. Der Infanterist hatte gesagt: »Damals hat ein Engel vor mir gestanden.«

Miriam hörte einen weiteren Feuerstoß, und die automatische Waffe in ihren Händen fuhr in die Höhe. Das junge Mädchen schien rücklings über den Wall zu fallen. Miriam Bernstein sank auf die Knie und schlug die Hände vors Gesicht.

In der Concorde saß Yaakov Leiber und sah sich einen amerikanischen Kriegsfilm an. Er hatte ihn schon am Nachmittag gesehen und sich Notizen gemacht. Der Projektor war auf »Geschwindigkeit eins, vorwärts« eingestellt. Sooft eine Passage mit echten Kriegsgeräuschen kam, schaltete Leiber auf normale Geschwindigkeit und drehte den Ton lauter. Die Lautsprecher, die an der Verteidigungslinie verteilt waren, gaben die tiefen, kehligen Töne eines schweren Maschinengewehrs wieder. Gerüchte über dieses schwere MG grassierten im Ashbal-Lager, seit Mohammad Assad von den Israelis zurückgeschickt worden war. Vor seiner Hinrichtung als Verräter hatte Assad offenbar seinen Wächtern allerhand Geschichten über die Kampfkraft der Israelis erzählt.

Die Ashbals zauderten jetzt. An der ganzen israelischen Linie blitzte Gewehrfeuer auf. Das Grollen von Schnellfeuer rollte mit zunehmender Lautstärke den Hang hinab. Über dem Knattern der Handfeuerwaffen ratterte das schwere MG. Es schien, als hätten die Israelis mehr Waffen als Leute. Die Ashbals witterten eine Niederlage. Sie fingen an, ängstliche Blicke nach ihren Anführern zu werfen.

Naomi Haber sah, wie der Körper des arabischen Scharfschützen sich aufbäumte. Sie begann am ganzen Leib zu zittern, als ihr klar wurde, daß sie dem Mann tatsächlich zwei Kugeln in den Rükken gejagt hatte. Sie versuchte sich zu beruhigen und schrie: »Hausner! Er ist erledigt. Ich gebe Ihnen Feuerschutz!« Sie blickte hinunter, wo Hausner noch immer bewegungslos lag. »Hausner! Er ist erledigt! Ich gebe . . .« Sie sah, wie er zur Antwort leicht den Arm hob. Sie richtete das Gewehr hangabwärts und begann, auf die Ziele zu schießen. Vorwärts, bewegliches Ziel in achtzig Metern! Feuer! Im Ziel! Ruhendes Ziel in neunzig Metern. Feuer! Im Ziel! Beweglich, rechts nach links, in fünfzig Metern. Feuer! Fehlschuß! Entfernung neu einstellen. Gleiches Ziel nochmals. Im Ziel! Nächstes Ziel.

Hausner krallte sich in die steilen Wände des überhängenden Wachturms, aber hier führte kein Weg hinauf. Er bewegte sich weiter nach rechts, wo die Steigung sanft war, und fing an hinaufzurennen. Links vor sich konnte er das metallische Klicken hören, mit dem der Verschluß des M-14 immer wieder zurückglitt. Vor ihm erhob sich die israelische Brustwehr. An dieser Stelle konnte eigentlich niemand sein — das M-14 hatte die Aufgabe, das ganze Gebiet zu bestreichen —, dennoch sah er den ganzen Verteidigungsgürtel entlang eine unglaubliche Anzahl von Mündungsblitzen. Wo zum Teufel hatten sie diese Menge Gewehre her? Oder waren das alles nur Sprühdosen? Vor ihm blitzte es, und er war sicher, daß es keine Sprühdosen waren. Auch von hinten pfiffen ihm Kugeln um die Ohren. Er brüllte aus vollem Hals: »Aufhören, um Gottes willen! Hausner! Hausner!« Der Sand rutschte unter ihm weg, und er kroch und stolperte direkt in die israelischen Gewehre. Immer wieder brüllte er zwischen zwei keuchenden Atemzügen. Er streckte den Arm aus und packte einen Pfahl aus der Fallgrube. Dann saß er auf dem Boden eines Schützengrabens. Ein junger Mann und ein Mädchen mit AK-47 starrten ihn neugierig an. »Ihr zwei seid die lausigsten Schützen, die ich je gesehen habe.«

»War Ihr Glück«, sagte das Mädchen trocken.

Die unbewaffneten Kämpfer begannen, die gestapelten Lehmbrocken über den Wall zu kippen. Die schweren Stücke donnerten den Hang hinunter, lösten im Sturz weitere Brocken und gewannen an Wucht. Wie Erdrutsche rasten sie in die Reihen der Ashbals, und wo sie trafen, gab es gebrochene Beine und eingedrückte Rippen.

Plötzlich erhellten fackelähnliche Flammen die israelische Linien, dort, wo Dutzende von Dochten in den Molotowcocktails gezündet wurden. Die lodernden Wurfgeschosse flogen in hohem Bogen durch die Luft und landeten zwischen den Ashbals. Damit die Geschosse beim Aufprall auch wirklich explodierten, hatten die Israelis halbierte Ziegelsteine mit Draht daran gebunden, die wie Klöppel wirkten. Beim Aufprall zerbrachen die Gläser und Flaschen, und das Kerosin sowie das noch tödlichere Eigenbaunapalm entzündete sich und verwandelte den Hang in ein Flammenmeer.

Büstenhalter wurden als Schleudern benutzt, um die Bomben noch weiter hinauszukatapultieren. Das israelische Gewehrfeuer wurde gezielter, nachdem die Ashbals nun vor dem hell lodernden Hang deutlicher auszumachen waren.

Die Ashbals gerieten in Panik und stoben planlos auseinander. Einige liefen zu dunklen Stellen, wo das brennende Kerosin sie nicht verraten würde. Wann immer einer von ihnen von brennendem Treibstoff übergossen wurde, übertönten seine Schreie den grausigen Kampflärm. Die letzten paar Menschenfallen, die bisher noch keine Opfer gefunden hatten, füllten sich bald. Ein halbes Dutzend junger Männer und Frauen schrie und brüllte in Todesnot, als die Pfähle sich ihnen um so tiefer in Rumpf, Hals, Bauch und Genitalien bohrten, je verzweifelter sie sich loszuwinden suchten.

Die Sturmtrupps, die sich direkt unter der israelischen Brustwehr totstellten, wußten, daß sie tatsächlich keine Chance mehr hatten. Schon hatte das Feuer ihrer eigenen Leute mehrere von ihnen getötet, und die Chancen, daß den Ashbals die Erstürmung der israelischen Befestigung gelingen würde, nahmen ständig ab. Diese Männer steckten praktisch im Rachen des Feindes. Aber zu ihrer Ausbildung hatten alle Arten von Notfallinstruktionen gehört. So ließen sie sich jetzt, jeweils nur zu zweit oder dritt, langsam den Hang hinunterrollen und blieben alle paar Meter wieder wie tot liegen. Sie wußten, daß die Aufmerksamkeit der Verteidiger auf einen anderen Abschnitt gerichtet war. Meter für Meter näherten sie sich dem Gros ihrer Kameraden. Ein langsamer und qualvoller Rückzug, und fast jeder wurde mindestens einmal getroffen, aber schließlich langte doch die Hälfte des zwanzig Mann starken Elitetrupps wieder bei den Kameraden an. Aber auch hier waren sie keineswegs in Sicherheit.

Der Kampf am Westhang war vorüber, sechzig Sekunden nachdem das erste israelische AK-47 ihn eröffnet hatte. Molotowcocktails hatten die ganze Fläche der Rizinusstauden in Brand gesteckt und die heraufkletternden Ashbals deutlich sichtbar gemacht.

Lehmbrocken und Gewehrfeuer fegten sie vom glatten, steilen Hang. Das Glacis war genauso uneinnehmbar wie vor zweitausendfünfhundert Jahren, als Darius es zum erstenmal erblickt und Alexander der Große sich ein paar Jahre später über die Festungswerke geäußert hatte. Fast alle Angreifer wurden entweder sofort getötet oder kamen weiter unten im brennenden Rizinusgestrüpp um. Die wenigen, die in den Euphrat fielen, konnten — wie die meisten Araber — nicht schwimmen und ertranken in den tiefen schlammigen Fluten.

Sayid Talib vergaß seinen Traum von der Folterung Isaac Burgs und rannte schreiend durch das brennende Gesträuch. Er hatte zwei Kugeln im Leib und war vor Schmerzen fast von Sinnen. Er stolperte dahin, kroch dann und sah endlich unter sich den Euphrat. Er warf sich hinein. Schwimmen gehörte zu den Dingen, die er in Europa gelernt hatte, und er ließ sich von der Strömung südwärts tragen. Ein paar seiner Leute schlugen im Wasser um sich und schrien, bis sie ertrunken waren. Er hielt sich für den einzigen Überlebenden.

Hausner ging zu Burg, der auf dem Kommandoposten stand. »Entweder Sie sind der beste Schlachtenlenker seit Alexander dem Großen, oder Sie waren einfach klug genug, nicht in den Plan zu pfuschen.«

Burg war verblüfft, Hausner am Leben zu sehen, sagte aber nur: »Teils, teils, nehme ich an.« Er sah, daß Hausner kein Hemd trug und die Schuhe verloren hatte. Sein ganzes Gesicht war blutverschmiert. »Wo, zum Teufel, haben Sie gesteckt?«

»Dort unten.« Er stellte sich auf den kleinen Erdhügel und sah zum Verteidigungsgürtel hinüber. »Brin wurde von einem Scharfschützen getötet.«

»Hm.« Burg zündete die Pfeife an, die eine ganze Weile kalt zwischen seinen Lippen gesteckt hatte. »Wir haben viele Verluste hinnehmen müssen. Die Vorposten sind vermutlich auch umgekommen.«

»Sieht so aus«, sagte Hausner. Vom Westhang her näherten sich zwei junge Frauen dem Kommandoposten. Jede hatte mehrere Gewehre über der Schulter hängen. Die eine war Esther Aronson. Sie sagte: »Die dort drüben sind erledigt. Wir haben keine Verluste. Aber eine Vermißtmeldung.«

»Ihr habt euch fabelhaft gehalten«, sagte Burg.

»Ich glaube, am Osthang könnten sie die Gewehre nötiger gebrauchen«, fuhr Esther Aronson fort.

»Ja«, sagte Burg. »Wer wird vermißt?«

»Miriam Bernstein. Es wird nach ihr gesucht.«

Hausner zeigte keine Reaktion. Die beiden Frauen hasteten davon.

Hausner streckte die Hand aus. »Lassen Sie mich mal an diesem verdammten Ding ziehen.«

Burg gab ihm die Pfeife. »War das ein Wunder?«

»Nicht im orthodoxen Sinn«, sagte Hausner. Seine Hände zitterten.

»Warum nicht?«

»Weil ich die Stimme des HERRN nicht gehört habe.«

»Und die müßten *Sie* hören? Ausgerechnet Sie?«

»So ist es.«

Burg lachte. Hausner gab ihm die Pfeife zurück. »Dobkin?«

Burg zuckte die Achseln. »Das wäre wirklich ein Wunder, wenn er noch lebte.«

»Stimmt. Hören Sie, ich geh jetzt rüber zum Westhang.«

»Nicht nötig. Dort ist nichts mehr los.«

»Erklären Sie mir nicht, wie dieser Kampf zu führen ist, Burg.« Er sprang von der kleinen Erhebung und wandte sich mit schnellen Schritten nach Westen. Burg starrte ihm nach.

Ibrahim Arif sprach in das Ansagemikrophon. Er redete mit hoher Stimme, um die Hintergrundgeräusche des Kampfs zu übertönen und zugleich seinen Worten einen spöttischen Tonfall zu verleihen. »Geht nach Hause, Kinderchen. Ihr habt euer Fett abgekriegt. Jetzt geht schön heim und schämt euch! Salem Hamadi! Kannst du mich hören? Geh nach Hause und leg dich mit deinem Bubi ins Bett. Wer ist diese Woche an der Reihe? Ali? Abdel? Salman? Oder ist es Abdullah? Mohammad Assad sagte, diese Woche sei Abdullah der Glückliche!«

Arif höhnte in dieser schwulen Tonlage weiter. Dabei hämmerte ihm das Herz in der Brust, und sein Mund, der vom Wassermangel schon ganz ausgetrocknet war, fühlte sich an wie Wüstensand. Zwischen ihm und Rishs grausamem Messer stand nur eine Handvoll Juden, denen bald wieder die Munition ausgehen würde. Und selbst wenn er, dank eines Wunders Allahs, mit dem Leben davonkäme, würde ihn für den Rest seines Lebens die wiedererwachte Rache von Menschen verfolgen, die er einst Brüder und Schwestern genannt hatte. Aber diese Sorge konnte er sich für später aufheben. Heute galt es, Rishs Messer zu entrinnen und Jacob Hausners Befehle auszuführen. »Oder treibst du's heute nacht mit einem Kamel oder einem Esel, Salem? Vielleicht gar mit deinem Herrn und Meister Ahmed Rish?«

Die verwirrten, verzweifelten jungen Ashbals brüllten zurück. Zwei sprangen auf und stürmten auf die Hügelkuppe zu. Sie wurden sofort erschossen. Andere behielten die Finger so krampfhaft am Abzug der Waffen, wie ein Mensch in hilfloser Wut die Faust ballt, und die Läufe der AK-47 wurden so heiß, daß die Gewehre explodierten.

Ahmed Rish kauerte neben seinem Funker in einer Bodenrinne. Salem Hamadi hockte ein paar Meter entfernt. Er schien im Dunkeln zu weinen oder zu beten, vielleicht murmelte er auch nur vor sich hin. Rish rief ihm zu: »Aufstehen! Wir müssen einen letzten Versuch machen. Sie können kaum noch Munition haben. Der Mond ist noch nicht aufgegangen. Einen letzten Versuch. Los! Wir müssen persönlich die Führung übernehmen.«

Hamadi stand auf und trat neben Rish. Die Mehrzahl der überlebenden Ashbals folgte ihnen mechanisch. Molotowcocktails regneten auf die ins Stocken geratenen Angreifer herab und lichteten ihre Reihen. Erdrutsche rissen ihnen die Füße unter dem Körper weg oder verschütteten die Liegenden. Endlich erscholl hinter ihnen laut und deutlich der Befehl zum Rückzug. »Zurück! Zurück! Gefecht abbrechen! Vom Feind absetzen!«

Abdel Jabari saß neben der Schäferhütte und rief im Befehlston in das Ansagemikrophon. »Zurück! Zurück! Gefecht abbrechen! Vom Feind absetzen!« Der Lautsprecher aus der Passagierkabine, dessen Anschlußkabel wunderbarerweise unversehrt geblieben war, dröhnte aus dem Schützenloch des Vorpostens Nummer zwei: »Zurück! Zurück!« Der Lärm weckte Deborah Gideon auf. Sie schüttelte sich den Lehm vom Gesicht und blickte aus dem Erdloch zum Himmel hinauf. Direkt über ihr leuchtete eine unglaublich schöne Traube bläulich-weißer Sterne. Schritte hasteten hügelabwärts an ihr vorüber. Sie schloß die Augen, als eine Gestalt über ihr auftauchte und die Sterne auslöschte.

»Zurück!« brüllte Jabari. Obwohl die jungen Ashbals inzwischen wußten, daß es sich nur um eine weitere Kriegslist handelte, taten sie, als hätten sie es nicht begriffen und setzten sich ab, wie die gebieterische Stimme befahl. Eine zweite Stimme, genauso gebieterisch und drängend, die Stimme Ahmed Rishs (oder war auch das eine List?) befahl den Vorstoß. Die Stimme schallte laut in die Finsternis, ja, sie krächzte sogar aus den wenigen noch funktionierenden Feldlautsprechern: »Vorwärts! Angriff! Mir nach!« Aber die erste Stimme sagte von weiter unten: »Zurück! Alles zurück!« Und es war eindeutig leichter, hinunterzurennen als hinauf — und weniger tödlich. Das israelische Feuer schien tatsächlich abzuflauen, als warteten die Verteidiger, wie ihre List wirken würde. Die

Bedeutung war den Ashbals klar. Die Israelis schienen sagen zu wollen: »Ihr seid nicht mehr am Hang eingeschlossen. Die Tür nach rückwärts ist offen. Haut ab!«

Zwanzig Meter hinter der östlichen Verteidigungslinie standen Peter Kahn und David Becker neben der großen Stickstoffflasche. Am Ventil war eine ausziehbare Strebe des Bugfahrwerks befestigt. Auf der Strebe steckte ein Sessel aus der Concorde. Auf dem Sessel lag ein Reifen des Fahrwerks. Kahn gab das Signal, und Bekker hielt ein Streichholz an den kerosingetränkten Sessel und den Reifen. Eine Flamme schoß hoch, und Kahn öffnete das Ventil. Der Stickstoff zischte in die hohle Strebe und trieb den ausziehbaren Teil hoch. Sessel und Reifen wurden in die Luft geschleudert und segelten im hohen Bogen über die Brustwehr wie eine feurige Vision von den Ufern Hesekiels. Das Projektil traf die Hügelflanke und prallte wieder hoch, spie brennende Teile in alle Richtungen und schleuderte das flammende Rad von sich. Der Flugzeugsitz und der Reifen rasten, immer wieder aufprallend, den Hügel hinab durch die Reihen der Ashbals.

Kahn und Becker schoben die Strebe wieder zusammen und befestigten einen weiteren Sessel und den zweiten und letzten Reifen. Sie jagten das brennende, springende Geschoß in die Luft. Dann steckten sie einen dritten Sessel auf die Strebe, richteten das Ganze weiter südwärts und feuerten wiederum.

Die Ashbals machten kehrt, zuerst nur ein paar, dann allesamt. Sie bewegten sich rasch, aber sie rannten nicht, noch ergriffen sie die regellose Flucht. Wann und wo immer es möglich war, lasen sie die Verwundeten auf, überließen jedoch Tote und Todgeweihte den Geiern und Schakalen. Die Verwundeten, denen keine Hilfe kam, krochen und rollten den Hang hinab.

Die Israelis hatten das Feuer schon eingestellt, noch ehe Burgs Melder den Befehl zur Verteidigungslinie brachten. Nach unausgesprochener Übereinkunft wollten sie den Ashbals Gelegenheit zum ungehinderten und ungefährdeten Rückzug geben. Die Ashbals konnten zwar dank der israelischen Feuereinstellung eine Menge herumliegender Waffen wieder einsammeln, aber das war ein geringer Preis dafür, daß sie den Angriff eingestellt hatten. Und es war das Fußvolk der Ashbals, nicht die Führung, die stillschweigend das israelische Angebot angenommen hatte. Burg betrachtete das als besonders wichtig.

Auf dem Hügel und am Hang herrschte Stille. Eine Stille, die das Dunkel durchdrang, sich bis zu den Schlammebenen erstreckte und zu den umgebenden Höhenzügen. Der gleichmäßige Ostwind blies den Geruch von Kordit und Kerosin fort und bedeckte Lebende wie Tote mit einer feinen Staubschicht. Burg sah auf die Uhr. Die ganze Schlacht hatte genau neununddreißig Minuten gedauert.

23

Dobkin lag blutend am Westufer des Euphrat. Er fragte sich, was die Stille auf dem Hügel bedeuten mochte. Es gab natürlich zwei Möglichkeiten. Er versuchte, im Geist die Geräusche der vergangenen fünfzehn Minuten nochmals ablaufen zu lassen, um sie — als erfahrener Soldat — zu analysieren. Wie mußte, nach dem, was er gehört hatte, der Kampf ausgegangen sein? Aber er konnte sich vor Schmerzen in seinem Bein nicht konzentrieren. Auf jeden Fall war er überzeugt, daß er das Siegesgeschrei der Araber hören würde, wenn diese Möglichkeit zutraf. Trotz der Schmerzen lauschte er angestrengt. Nichts. Stille. Er ließ sich von den Schmerzen und der Erschöpfung in die Bewußtlosigkeit fallen.

Hausner fand sie am Südende des Westhangs. Ihr starrer Blick war über den Hügelrand hinweg hinunter zum Fluß gerichtet. Mit der einen Hand hielt sie ein Gewehr an ihre Seite gepreßt. Hausner blieb ein paar Meter neben ihr stehen und betrachtete ihr Gesicht, das von der Spiegelung des Wassers erhellt wurde. »Du hast jemanden umgebracht.«

Sie wandte rasch den Kopf. »Ich . . . aber du lebst ja. Du lebst.« Sie ließ das Gewehr fallen und wandte sich ihm zu.

Er schien zu zögern. Mit einer Frau schlafen — das hatte weiter nichts zu bedeuten. Aber am nächsten Morgen Verliebtheit zeigen, bedeutete eine tiefe Bindung. Er wußte nicht, ob er das wirklich wollte. »Du . . . du giltst als vermißt.«

Auch Miriam zögerte. »Ich bin hier. Nicht vermißt.« Sie lachte leise, ein nervöses Lachen.

»Ich auch nicht«, sagte Hausner, und es klang fast ein wenig ungläubig. »Wir haben es beide geschafft.«

»Ich habe ein junges Mädchen erschossen.«

»Jeder, der zum erstenmal im Kampf ein Gewehr abfeuert, glaubt, jemanden erschossen zu haben.«

»Nein. Es stimmt wirklich. Sie ist den Hügel hinuntergestürzt.«

»Vielleicht war sie nur ein bißchen angekratzt und ist weggerannt.«

»Nein. Ich habe sie in die Brust getroffen . . . glaube ich.«

»Unsinn.« Aber er wußte, daß es kein Unsinn war. Er wollte sagen: »Bravo, Miriam. Jetzt gehörst du zu uns«, aber er brachte es nicht über sich. »Du hast geschossen und geglaubt, sie wäre tot. Hast du sie schreien hören?«

»Ich . . . ich weiß nicht. Es war alles so . . .«

»Komm mit mir. Ich muß wieder zurück.«

Sie hob das Gewehr auf und folgte ihm. »Ich liebe dich«, sagte sie hinter ihm.

Er blieb stehen, aber er wollte sich nicht umdrehen. Er wußte, daß er nicht überleben würde. Er wußte das so sicher, wie er noch nie etwas gewußt hatte. Aber vielleicht war es auch ihr bestimmt, nicht zu überleben. Wenn sie sterben müßte, und er hätte ihr nicht gesagt, daß auch er sie liebte, so wäre das eine Tragödie. Aber wenn sie weiterleben würde, so konnte sein »ich liebe dich« ihr alles nur noch schwerer machen. Er ging weiter und hörte hinter sich im Staub ihre leisen Schritte, die immer mehr zurückblieben.

Rabbi Levin leistete den Verwundeten geistlichen und leiblichen Beistand. Er half, sie von der Verteidigungslinie zur Hütte zu tragen und die Verbände anzulegen. Er sah selbst lazarettreif aus, blutverschmiert und hohläugig, und er roch wie ein ganzes Leichenhaus.

Nachdem alle Verwundeten in und neben der Hütte untergebracht waren, begann der Rabbi, in einem kleinen Büchlein eine Liste aufzustellen. Zu den Verwundeten der ersten Nacht fügte er die der zweiten Nacht hinzu und vermerkte, welche Fortschritte ihre Genesung machte oder nicht machte. Tamir: unverändert. Hausners drei Sicherheitsleute — Rubin: wieder auf den Beinen; Jaffe: unverändert; und Kaplan: Wunde blutet wieder. Brin war tot, wie man ihm gesagt hatte, so daß von Hausners ursprünglich sechs Männern nur noch Marcus und Alpern einsatzfähig waren. Ruth Mandel fieberte noch immer. Daniel Jacoby und Rachel Baum, die gemeinsam verwundet worden waren, ging es nicht gut. Der Steward Abel Geller verblutete auf dem Boden der Hütte, seine einst weiße Uniform war jetzt tiefrot. In einer Mulde des alten Ziegelbodens hatte sich eine Pfütze aus dem Blut der Verwundeten gebildet. Weitere sechs Verwundete kannte er nicht mit Namen, und er gab ihnen Nummern, bis er Zeit finden würde, sie zu identifizieren.

Der Rabbi brauchte Luft. Er ging hinaus, aber auch hier fand er ein Leichenfeld vor. Der Mitarbeiter des Außenministers, Shimon Peled, lehnte tot an der Wand der Hütte. Er war nicht an seiner harmlosen Verwundung gestorben, sondern an einem Herzversagen. Er wäre eigentlich nicht kampffähig gewesen, hatte aber darauf bestanden, ein Gewehr zu bekommen. Der Rabbi schüttelte den Kopf. Eine ganze Menge Dummheit und Eigensinn würde in den kommenden Tagen als Tapferkeit ausgelegt werden. Er fand ein paar Handtücher und deckte eines über Peleds Gesicht. Seltsamer Brauch, daß man den Toten das Gesicht bedeckt. Auch zwei junge Mädchen lagen an der Wand, gleichfalls tot. Er legte sie in einer friedlichen Stellung zurecht und schloß ihnen die Augen — auch ein seltsamer Brauch, wenn man darüber nachdachte —, dann bedeckte er ihre Gesichter mit Handtüchern. Ihre Namen würde er später erfahren.

Den schwersten Verlust bedeuteten die sechs Männer und Frauen auf den vorgeschobenen Posten. Rabbi Levin trug ihre Namen in sein Buch ein. Deborah Gideon, Yigael Tekoah, Micah Goren, Hannah Shiloah, Reuben Taber und Leah Ilsar. Er würde für sie beten, sobald er eine freie Minute hatte. Und wo war Hausner? Er war als vermißt gemeldet worden. Levin fragte sich, ob sie mit ihm oder ohne ihn besser dran wären. Und General Dobkin? Hatte Ben Dobkin es geschafft? Für Ben Dobkin würde er noch eigens beten müssen.

Als der Rabbi wieder in die Hütte ging, wurde Beth Abrams von der Hitze und dem Gestank ohnmächtig, und Levin trug sie ins Freie. Sie kam wieder zu sich, noch ehe er sie abgesetzt hatte, und bestand darauf, ihre Pflegetätigkeit sofort wieder aufzunehmen. Der Rabbi seufzte und ließ sie gehen. Ja, es würde noch eine lange und schreckliche Nacht werden. Dem Rabbi kam ein unorthodoxer Gedanke: Wenn jeder in erster Linie sich selbst beschützte, so würde jeder wenigstens einen Menschen haben, der ihn beschützte. Es war nicht gerade das, was man aus dem Mund eines Rabbi erwartete, aber ihm gefiel es. Er holte noch einmal tief Atem und ging in die Hütte zurück.

Die Israelis hielten keine Siegesfeier ab. Sie hatten zwar Unglaubliches vollbracht, aber der Preis war hoch gewesen, und überdies wußten sie, daß das Schlimmste erst noch bevorstand. Jetzt würden Hunger und Durst einsetzen. Die Verwundeten verbrauchten große Mengen Wasser. Ihr Stöhnen und Schreien klang über den stillen Hügel und schwächte den Kampfesmut der anderen.

Eine Patrouille machte sich hügelabwärts auf den Weg, um nach zurückgelassenen Waffen zu suchen. Drei weitere Trupps hielten nach den Vorposten Ausschau. Als sie die zerstückelten Leichen von Micah Goren und Hannah Shiloah zurückbrachten, flossen bei den Verteidigern viele Tränen. Reuben Taber und Leah Ilsar, beide mit einem Loch mitten in der Stirn, wurden zu den Toten hinter die Hütte gelegt. Dann und wann klang vom Hang ein Schuß herauf. Die Männer und Frauen taten, als hörten sie nichts, aber es konnte ihnen nicht entgehen, daß das Stöhnen der zurückgelassenen arabischen Verwundeten mit jedem Schuß leiser wurde.

Die Israelis bedurften dringend eines moralischen Ansporns, und sie fanden ihn in der Person Yigael Tekoahs. Er war bereits ein Held — ein toter Held, wie angenommen wurde —, da er sein Leben eingesetzt hatte, um die Überfallenen zu warnen. Jetzt war er doch ein lebender Held, denn er wurde mit zahlreichen, aber nicht tödlichen Verletzungen aufgefunden. Man schaffte ihn hinter die Verteidigungslinie. Wenn er, jeweils nur für kurze Zeit, aus seiner Bewußtlosigkeit erwachte, berichtete er, was er unternommen hatte, um Deborah Gideon zu retten, und fragte nach ihr. Man versicherte ihm, daß es ihr gutgehe, und schickte sofort einen Melder aus, um die Suchmannschaften wissen zu lassen, was Tekoah über sie berichtet hatte.

Die Suchmannschaft konnte am Vorposten Nummer zwei sehen, wo Deborah in der staubigen Mulde gelegen hatte, aber sie selbst war nirgends zu finden. Sie riefen nach ihr und kämmten die ganze Umgebung durch, bis angenommen werden mußte, daß sie in Gefangenschaft geraten war.

Jacob Hausner stand mit Burg auf dem Geländevorsprung und beobachtete, wie im Osten der Mond aufging. Wenn es stimmte, daß Irre bei Vollmond zu toben begannen, dann würde Ahmed Rish heute die ganze Nacht brüllen. Bläulich-weißes Licht ergoß sich über den Hang und machte das ganze Ausmaß des Gemetzels sichtbar. »Bis Monduntergang dürften wir Ruhe haben«, sagte Hausner.

Burg nickte. Erst zwischen Monduntergang und dem Beginn der nautischen Morgendämmerung würde es noch einmal dunkel sein, also in etwa eineinhalb Stunden. Er überlegte, ob Rish wohl dann einen weiteren Angriff wagen würde. Die Morgendämmerung könnte die Angreifer am Hang überraschen, und das wäre dann das Ende von Ahmed Rish und seinen Genossen. »Vielleicht haben sie die Nase voll«, sagte er laut.

Die schrecklichen Geräusche, die einer Schlacht folgen, erfüllten die Nachtluft: das Stöhnen, die Schmerzensschreie, das Weinen, das Keuchen nach der übermenschlichen Anstrengung, die schweren schleppenden Schritte der zu Tode Erschöpften, das würgende

Erbrechen und dann und wann der scharfe Knall eines *coup de grâce*, der am Hang abgegeben wurde.

Alle diese Geräusche waren entnervender als der Lärm des Kampfes, der sie verursacht hatte, dachte Hausner. Er blickte auf den toten Nathan Brin hinab, der noch immer dort lag, wo er gefallen war. Er wollte etwas sagen oder den Mann berühren, aber Naomi Haber, die ihren Posten am Nachtzielgerät versah, war ohnehin deutlich am Rand der Hysterie. Er beschloß, seinen mäßigen Vorrat an Mitgefühl lieber den Lebenden zukommen zu lassen. Er nahm schweigend Abschied von dem jungen Mann, der so voller Optimismus und Energie gewesen war, dann trat er zu der jungen Frau und legte den Arm um sie. Nicht zu fassen, dachte er, wie junge Menschen einander in so kurzer Zeit so nahekommen konnten, aber dann erinnerte er sich an seine eigene Lage. »Eine Frau, die mir sehr viel bedeutet, mußte heute nacht auch einen Menschen töten. Sie ist berufsmäßige Pazifistin, aber sie hat's verkraftet.«

Naomi Haber ließ das Gewehr sinken. »Keine Angst. Ich verkrafte es auch. Stören Sie mich nicht, ich habe zu tun.« Sie wischte sich die Augen und machte sich wieder an die Beobachtung des Vorfelds.

Hausner ging weg und begann seine einsame Inspektionstour entlang der Verteidigungslinie.

Als die Nacht fortschritt und der Schock abklang, gewannen die meisten der Verteidiger auf dem Hügel ihr seelisches Gleichgewicht einigermaßen zurück. Alles funktionierte wieder. Die spärlichen Vorräte an Wasser und Munition wurden verteilt, die Verwundeten gepflegt und die Schäden an den Verteidigungsstellungen so gut es ging repariert.

Nachdem Hausner seine Inspektionsrunde beendet hatte, suchte er Burg auf, und sie gingen zusammen zum Cockpit der Concorde. Als sie eintraten, war Becker am Funkgerät beschäftigt. Das Kreischen zerriß die Stille im Cockpit. Becker schaltete es ab und wandte sich zu den beiden Männern um. »Die Lear ist immer noch am gleichen Standort. Wird vermutlich erst am Morgen zurückfliegen und auftanken.«

»Schön, dann probieren wir's eben am Morgen wieder.« Hausner nahm einen kräftigen Schluck aus einer Flasche mit süßem israelischem Wein, Beckers eiserner Ration. Er schnitt eine Grimasse. Das Etikett konnte er nicht sehen, aber er wußte auch so, daß das keine Trockenbeerenauslese war. Er setzte sich auf den Notsitz, hob Rishs Psychogramm vom Boden auf und blätterte es durch. »Einer unserer vortrefflichen Army-Psychiater sagt hier,

Rish spreche im allgemeinen auf Behandlung an. Er sagt nicht, auf welche Art Behandlung, aber er kann nur ein Hackbeil gemeint haben.« Er blickte auf. »Wenn Sie Ahmed Rish wären, Isaac, was wäre dann Ihr nächster Schritt?«

Burg schwang sich auf dem Sitz des Bordmechanikers herum, schlug die Beine über und zog an seiner Pfeife. »Wenn ich seine Veranlagung hätte, würde ich vermutlich so nach Rache dürsten, daß ich diese armen Teufel nochmals den Hügel raufjagte.«

»Aber würden sie *folgen?«*

»Eben das wollten wir vorhin genau wissen«, sagte Hausner. »Ich glaube, Rish wird sie davon überzeugen, daß wir mit unseren Möglichkeiten am Ende sind. Er kann das tun. Er hat jetzt eine Gefangene, und, egal was sie über uns aussagt, Rish wird es so übersetzen, wie es ihm in den Kram paßt.«

Im Cockpit blieb es lange still. Jeder der drei Männer sah im Geist ein Bild von Deborah Gideon, die Ahmed Rish wehrlos ausgeliefert war — nackt, mißhandelt, zerbrochen, allein . . . sterbend. Hausner hoffte, daß sie sich viele Qualen ersparte, indem sie Rish alles sagte, was sie wußte. Viel war es ohnehin nicht, und das Verschweigen war nicht die Folter wert. Aber er befürchtete, daß Rish sie auf jeden Fall foltern lassen würde — nur zu seinem Vergnügen. Er vermochte kaum Zorn auf Rish zu empfinden, nur Mitleid mit dem Mädchen.

Becker rollte sich eine Zigarette aus Burgs Pfeifentabak und einem Stück Wetterkartenpapier. Er räusperte sich und brach dann das Schweigen. »Wie stehen die Chancen jetzt?«

Hausner wußte, daß Becker schweigen konnte. »Genau gesagt, unverändert«. Er schien laut zu denken. »Wir haben fast dreißig Gewehre, aber pro Gewehr nicht mehr Munition als vorher — ungefähr je hundert Schuß, würde ich sagen. Unsere Verteidigungsanlagen sind in Trümmern, und wir haben weder genug Wasser noch genug Kraft, um sie wieder aufzubauen. Wir haben bereits mit sämtlichen Tricks gearbeitet, und ein zweites Mal werden die Araber nicht darauf hereinfallen. Brin ist tot, und auch das Nachtzielgerät dürfte in Kürze den Geist aufgeben. Ohnehin sind für das M-14 nur noch zehn Schuß übrig. Zwei meiner Leute versuchen zurzeit, das Zielgerät auf ein AK-47 zu montieren.« Er nahm einen weiteren langen Zug aus der Flasche und schluckte den Wein hinunter, ohne ihn über die Zunge rollen zu lassen. »Übrigens, wie steht's mit dem Kerosin?«

Becker grinste. »Kaum zu glauben, daß die Instrumente so ungenau anzeigten. Ich weiß nicht, woher das Zeug noch immer kommt.«

Hausner nickte. »Lassen Sie das bloß nicht den Rabbi wissen, sonst verpaßt er uns eine Predigt darüber, wie der Prophet Elisa das Öl der Witwe mehrte. Außerdem haben wir keine Gefäße mehr und nur noch wenige Molotowcocktails.« Er trank den Wein vollends aus und ließ die Flasche zu Boden fallen. »Aber Sie wollten wissen, wie die Chancen stehen. Das hängt nach wie vor von den Ashbals ab. Die Initiative liegt nicht bei uns. Wir können nur auf ihren nächsten Schritt warten.« Er blickte auf die Akte, die er auf den Knien liegen hatte. Er starrte ein Foto von Rish an. »Ahmed«, sagte er leise, »wenn du nur noch einen Funken klaren Verstand hättest, würdest du wie der Blitz aus Babylon verschwinden, bevor es dein Grab wird. Aber das tust du natürlich nicht.«

24

Teddy Laskov betrachtete nachdenklich das Foto von Rish. »Sprich zu mir, Ahmed.«

Itzhak Talman nippte an einem Glas Portwein und blätterte Rishs Akte durch. »Warum haben wir noch immer nichts von ihm gehört? Was will er?«

Michel's Café war voller Lärm und Menschen, und fast jedes Gespräch drehte sich um die Friedensmission. Jedes andere Thema schien unpatriotisch zu sein. Alle Gäste des Cafés erkannten die beiden Ex-Generale von Hel Avir, aber niemand starrte sie an oder belästigte sie.

Laskov trank einen Wodka. »Ich glaube nicht, daß er sie in seiner Gewalt hat. Wenn sie seine Geiseln wären, hätte Rish von sich hören lassen.«

»Wenn sie nicht seine Geiseln sind, dann sind sie tot, Teddy.«

Laskov beugte sich so heftig über den Tisch, daß er Whisky aus seinem Glas verschüttete. »Sie leben! Ich weiß es. Ich habe es im Gefühl.«

»Wo werden sie dann gefangen gehalten?«

»In Babylon.« Das Wort überraschte ihn ebenso wie Talman. Vielleicht, weil sie das hebräische *shruym* — »gefangen weggeführt« — benutzt hatten und nicht einen Ausdruck wie »als Geiseln genommen«. Das Wort stellte unweigerlich eine Ideenverbindung her. Vielleicht half auch der Wodka nach. Oder vielleicht handelte es sich wirklich um mehr als einen Assoziationsprozeß in Verbindung mit dem Alkohol. »Babylon«, wiederholte Laskov und war seiner Sache sicher. »Babylon«, sagte er nochmals und sprang auf, daß der Stuhl umfiel. »Babylon!« rief er laut, und mehrere Köpfe wandten sich nach ihm um. Talman packte ihn am Arm, aber Laskov riß sich los. Er stopfte seine Papiere in die Mappe, rannte hinaus auf die Straße und überließ es Talman, eine Handvoll Pfundnoten auf den Tisch zu blättern.

Draußen sprang Talman hinter Laskov in das bereits anfahrende Taxi.

»Jerusalem!« rief Laskov dem Fahrer zu. »Nationaler Notstand!«

Talman schlug die Tür zu, als der Fahrer, der nicht zum erstenmal auf den Ruf eines Fahrgasts »Nationaler Notstand« die Geschwindigkeitsvorschriften übertrat, über den St.-Georg-Platz raste und in die Straße nach Jerusalem einbog.

»Babylon«, sagte Laskov jetzt ruhiger.

Der Chauffeur blickte über seine Schulter nach hinten, dann beobachtete er die Gesichter seiner Fahrgäste im Rückspiegel.

»Babylon«, echote Talman mit weit weniger Überzeugung. »Ja. Vielleicht. Babylon.«

»Babylon«, sagte Jacob Hausner. Er brütete über Rishs Psychogramm. »Das Bild Babylons in Ruinen ist bei all seiner Trostlosigkeit weniger schrecklich als das eines zerrütteten Menschenwesens.« Er hatte das irgendwo einmal gelesen. Hausner hatte Kahns Weinration, eine halbe Flasche, auf dem Boden stehen sehen und hob sie auf. »Hübsch. Sehr sinnig.« Er nahm einen langen Zug aus der Flasche, brachte es aber nicht fertig, den Wein zu schlucken, und spuckte ihn aus. »Sollte ich je wieder zurück nach Haifa kommen, dann werde ich meine Kraft und meine Fähigkeiten dem Anbau eines trinkbaren Weins widmen.«

Becker war weder von Hausners Äußerung noch von seinen Zukunftsplänen beeindruckt. »Was mich wurmt«, sagte er, »ist, daß wir hier auf diesen Idioten warten müssen. Daß die Initiative nicht bei uns liegt.«

»Vielleicht sollten wir sie an uns reißen«, sagte Hausner. »Vielleicht ist es Zeit, daß *wir* zum Angriff übergehen.«

In Burgs Gehirn leuchtete ein Warnlämpchen auf. Er straffte sich. »Was heißt das?«

Hausner machte es sich auf seinem Notsitz bequem. »Jetzt sind sie wahrscheinlich hinten in ihrem Biwak am Ischtartor. Wenn sie bei Monduntergang erneut angreifen wollen, dann werden sie sich vorher an einer näher gelegenen Ausgangsstellung sammeln, in geringer Entfernung vom Fuß des Hügels. Das ist die klassische Taktik. Die geeignetste Landmarke zu diesem Zweck wäre die Stadtmauer. Wir können dort einen Hinterhalt legen. Zehn bis fünfzehn Leute müßten reichen.«

Burg schüttelte den Kopf. »Um Gottes willen, Hausner, halten Sie sich bloß nicht wirklich für einen General. Wenn wir sie uns hier oben vom Leib halten können, dürfen wir schon von Glück sagen. Wir können niemanden ins Vorfeld schicken. Wenn es mit dem Hinterhalt nicht klappt, dann fehlen uns zehn bis fünfzehn Leute und Gewehre, sobald der Angriff beginnt.«

»Dann könnten die Leute, die den Hinterhalt legen sollten, den Angreifern in den Rücken fallen«, sagte Hausner. »Oder ihr Biwak überfallen, ihre Verwundeten und die Wachmannschaft töten, ihre Nachrichtenmittel zerstören, ihre Vorräte verbrennen und vielleicht sogar Deborah Gideon retten.«

Burg starrte eine Weile schweigend über den glimmenden Pfeifenkopf hinweg. »Wer sind Sie eigentlich, Hausner . . . Attila, der Hunne, oder der Chef des Sicherheitsdiensts von El Al? Ihre Verwundeten töten — ihre Vorräte verbrennen — sind Sie verrückt geworden? Meiden Sie das Mondlicht.«

Becker sagte: »Er war schon immer verrückt, zumindest, seit ich bei El Al bin«, und es klang nicht wie ein Scherz.

»Wir müssen etwas *tun*«, sagte Hausner. »Wenigstens könnten wir Wasserholer den Westhang hinunterschicken.«

Wiederum schüttelte Burg den Kopf. »Wenn nur ein einziger Ashbal dort Wache steht, schaffen es die Wasserholer nie. Dieser Hang — diese Mauer, besser gesagt — ist Selbstmord. Ich bin überzeugt, daß sich eine Menge Freiwillige melden würden, aber ich bin strikt dagegen, daß nochmals jemand ins Vorfeld geschickt wird. Das betrifft auch die vorgeschobenen Beobachtungsposten. Es war reiner Mord.« Burg fühlte sich jetzt in seiner Führungsrolle sicherer. Außerdem hatte Hausner ihn gewissermaßen im Stich gelassen, und Burg fand, daß seine eigene Position dadurch gestärkt war. Die Leute hatten ihn als Festungskommandanten gesehen, und es war ein angenehmes Gefühl gewesen. Er wollte jetzt nicht mehr beiseite stehen. Er konnte es mit Hausner aufnehmen, und Hausner würde seine Argumente anhören müssen. »Konzentrierte Verteidigung. Keine offensiven Unternehmungen. Das Wasser muß reichen. Keine Beobachtungsposten. Wir verschanzen uns wie eine Schildkröte unter ihrem Panzer und halten die Stellung, bis jemand herausfindet, daß wir hier sind.«

Hausner stand auf. Er sah Burg lange Zeit unverwandt an. »Wissen Sie, ich habe die Wandlung unserer Pazifisten zu leidenschaftlichen Killern schon für ein großes Wunder gehalten. Jetzt erlebe ich ein noch größeres Wunder: Isaac Burg, der amorphe kleine Leisetreter aus dem Geheimdienst, hat sich zu einem handfesten Mannsbild gemausert. Aus Fleisch und Blut. Mit einer eigenen Meinung. Feldmarschall von Burg. Das hat Ihnen gefallen, wie? Eine feine Sache, König des Hügels zu sein, Herr über das eigene Geschick und die Geschicke so vieler anderer Menschen. Wenn Sie heute nacht einen Fehler gemacht hätten, dann wären Sie jetzt auch nicht toter, als wenn der Fehler mir unterlaufen wäre. Aber wenn Sie siegen — ah ja! — dann, Isaac. Wenn Sie siegen, dann werden Sie im Triumphwagen durch das Jaffator einziehen wie ein römischer Imperator.«

Burg stand auf. »Lauter Mist. Ich finde nur, eine kleine Spritze könnte Ihnen nicht schaden. Mein Gott, Hausner, wollen Sie denn keine Hilfe?«

»Die einzige Hilfe, die ich annehmen könnte«, sagte Hausner, »müßte von militärischen Fachleuten kommen. Also von Dobkin. Nicht von Ihnen.« Er senkte die Stimme. »Ich mag Sie, Isaac, aber stellen Sie sich mir nicht in den Weg.«

»Ich stehe Ihnen im Weg, ob es Ihnen paßt oder nicht. Und ich werde bei den Entscheidungen, die hier zu treffen sind, mein Wort mitreden.« Die Pfeife in seinem Mund zuckte.

Hausner sah, daß Burg es ernst meinte. Plötzlich lachte er. »Sie gerissener Hund!« Er ging auf die Tür des Cockpits zu. »Na schön, wenn Ihnen soviel daran liegt, daß Sie dafür Ihr Fell zu Markte tragen, soll's mir recht sein. Willkommen an der Spitze der Pyramide. Falls ich runterspringe, sind Sie wieder allein.« Noch immer lachend ging er durch die Kabine und sprang durch den Notausstieg auf die Tragfläche. Dort drehte er sich um und rief in die Maschine. »Sie armer Hund!«

Benjamin Dobkin sah in die Gesichter von sechs oder sieben Arabern, die auf ihn herabblickten. Einer der Männer beugte sich über Dobkin und rüttelte ihn an der Schulter. Sie redeten in gebrochenem Arabisch auf ihn ein. Wieso redeten Araber in gebrochenem Arabisch?

Er erinnerte sich, daß er am Flußufer entlanggekrochen war, ohnmächtig geworden und wieder weitergekrochen war. Er hatte keine Ahnung, wieviel Zeit seit seinem Aufbruch vom Hügel vergangen war. Der Mond stand jetzt hoch, und es war kalt. Er bewegte die Hand, langsam, um die Männer nicht zu erschrecken. Dann griff er in die Tasche und tastete nach dem Digitalis. Es war fort.

Einer der Araber ließ den Plastikbeutel mit den Pillen vor seinem Gesicht baumeln. Dobkin griff danach, aber der Mann zog den Beutel weg. Dann sagte er in schlechtem Arabisch: »Medizin? Brauchen?«

»Ja«, sagte Dobkin. »Medizin. Brauchen.«

Allgemeines Gemurmel. Ein anderer Mann beugte sich über Dobkin und hielt ihm etwas vor die Augen. »Pazuzu. Böse.«

Dobkin starrte den verschmutzten Dämon an. Im Mondlicht wirkte das rohe Grinsen schlüpfrig und obszön. Er vermutete, daß der Besitz dieses Dings ihn den Moslems nicht sympathischer machte. Er sagte das arabische Wort für Archäologie, aber sie schienen nicht zuzuhören. Der Mann ließ den Dämon auf die Erde fallen und wandte sich ab.

Jetzt berieten sie sich untereinander. Nur sehr langsam erfaßte Dobkin, daß ihr Arabisch mit hebräischen Wörtern vermischt war. Er schob die Hand unters Hemd und tastete nach dem Stern. Er war noch da. Er zog den Stern heraus und hielt ihn an dem Kettchen hoch. Der Stern glänzte im kalten blauen Mondlicht. *Shema Yisroel Adoni Elohenu Adonoi Echod.*

Die Wirkung war derart, als wäre er in einem Raumanzug vom Himmel gefallen — was er in gewissem Sinn auch war. Die Männer unterbrachen ihre Beratung und starrten ihn mit weit aufgerissenen Augen an. Dobkin sprach in langsamem Hebräisch, er beschränkte sich auf die klassischen Wörter, von denen er wußte, daß die Männer sie aus den Schriften kennen würden. »Ich bin Benjamin Dobkin, Aluf« — das alte Wort für General — »Aluf der Israeliten. Ich kam mit dem . . .« Diese hebräische Wortkonstruktion würden sie nicht verstehen, also benutzte er das arabische Wort für Flugzeug. »Ich brauche Hilfe. Die Juden auf dem Hügel — in Babylon — brauchen eure Hilfe. Werdet ihr helfen?«

Der älteste von ihnen kniete neben ihm nieder. Er sah genau so aus, wie Dobkin sich einen babylonischen Juden vorstellte — gebräunte Haut, weißer Bart, dunkle Augen und ein fließendes Gewand, ähnlich einer *dschellabah.* »Natürlich werden wir einem Aluf der Israeliten helfen. Wir sind auch Juden«, fügte er hinzu.

»Ja«, sagte Dobkin. »Ihr habt Jerusalem nicht vergessen.«

Hausner schritt immer wieder den Verteidigungsgürtel ab. Er war allein. Er war müde, durstig, hungrig, und die vielen Schrammen und Quetschungen schmerzten. Das angeschossene Ohr brannte wie Feuer. Der Wein war ihm zu Kopf gestiegen und verursachte ihm Übelkeit, und der Durst war unerträglich. Er blickte zu den Sternen auf, dann hinunter auf die mondhelle Landschaft. Die bläulich-weißen Weiten hatten eine fast hypnotische Anziehungskraft. Hausner hatte zum Erbrechen genug von der Hügelkuppe, der großen zerbrochenen Concorde, die mit ihrem verstümmelten Schwanz hilflos dahockte, ein Hohn auf seinen tragischen Fehler. Er hatte genug von den Menschen, den Gerüchen, der Tuchfühlung mit jedem und allem. Er litt unter dem, worunter so viele Männer in belagerten Festungen leiden — an Platzangst, vermischt mit der aus allzu großer Nähe geborenen Verachtung für seine ganze Umgebung. Und doch war er erst wenig über vierundzwanzig Stunden hier. Aber ihm erschien es wie eine Ewigkeit. Die Hügelkuppe war ausreichend groß, räumlich gesprochen. Die Menschen indessen machten sie klein. Ihre Augen folgten ihm überall hin.

Er war wieder an der Westseite angelangt und blickte hinaus auf die endlosen Schlammebenen. Er warf die Hände hoch. »Mein Gott, ich will nach Hause! Ich bin müde, und ich will nach Hause!« Er dachte an die berühmte Frage: »Warum gerade ich, Herr?« und an die sardonische Antwort: »Warum nicht du?« Er lachte und schrie: »Ja, warum nicht ich? Jacob Hausner taugt genauso gut zum Prügelknaben wie irgendein anderer! Vielen Dank, Herr. Ich werde es nicht vergessen!«

Wieder lachte er, dann brach er in leises Schluchzen aus und ließ sich auf die warme Erde sinken. Durch seine Tränen konnte er die Kuppeln, Zinnen und Türme Jerusalems im warmen, goldenen Glanz des Sonnenuntergangs sehen. Er stand auf den Anhöhen über der Stadt und sah, wie vor den Mauern der Altstadt kleine Jungen ihre Lämmer heimtrieben. Es war das Passahfest und Ostersonntag zugleich, und die Stadt war voller Menschen. Dann war er plötzlich wieder zu Hause in Haifa, auf der Terrasse der väterlichen Villa hoch über der blauen Bucht. Jetzt war Herbst-*Succoth*, das Erntedankfest. Das Haus des Vaters war mit den Früchten des Landes geschmückt, und die Tische bogen sich unter den Speisen. Er war ein junger Mann und kurz vor dem Aufbruch in den Krieg — zum britischen Geheimdienst. Das Leben war schön. Die ganze Zeit. Der Krieg war ein Riesenspaß. Massenhaft Mädchen. Eine hatte Ähnlichkeit mit Miriam, daran erinnerte er sich. Miriam war damals ein Kind gewesen. Während sie und die Ihren von den Nazis nackt in die Lager getrieben wurden, saß er im Haus seines Vaters in Haifa und las in den deutschen Philosophen. Oder er spielte Krieg — zwischen zwei Kapiteln. Natürlich war es nicht seine Schuld, aber so war es. Jedes Opfer hinterläßt eine Ehefrau, einen Mann, einen Sohn, eine Tochter, einen Freund oder eine Liebste.

Warum sollte er sich schuldig fühlen. Früher oder später bekommt jeder sein Leid zu tragen. Bei ihm war es später gewesen, aber dann hatte es ihn mit voller Wucht getroffen — Schande, Demütigung, Schuld, körperliches Leiden, flüchtige Liebe ohne Zukunft und . . . Tod. Tod. Wann und wie? Warum nicht jetzt. Er blickte auf den breiten Strom hinunter und stand auf. Warum nicht einfach einen Schritt ins Leere tun? Aber er wollte *heim*. Er wollte Miriam heimführen in das Haus seines Vaters und sie an den Ostertisch setzen, sie mit den köstlichen Speisen verwöhnen, mit allem, was sie als Kind hatte entbehren müssen, und er wollte ihr erklären, die Kriegszeit sei auch für ihn in Wahrheit nicht leicht gewesen. Die Familie seiner Mutter sei umgekommen. Ob sie das gewußt habe? Ja, das wollte er, Miriam an den Tisch setzen, irgendein zurückliegendes Leid erfinden, so daß sie ihn als Schicksalsgenossen akzeptieren konnte, und dann wollte er ihr sagen, daß nun alles Leid ein Ende habe.

Er trocknete sich Augen und Gesicht. Er fragte sich, wieviel von seiner plötzlichen Sentimentalität durch den Alkohol ausgelöst worden war, wieviel durch Miriam Bernstein und wieviel durch die Kampfmüdigkeit. Wie dem auch sein mochte, er glaubte nicht daran, daß er jemals wieder zum Passahfest in Haifa sein würde, und wenn es durch ein Wunder doch geschehe, dann sicherlich nicht mit Miriam Bernstein.

Der Wind frischte beträchtlich auf und wirbelte große Mengen Sand und Staub hoch. Der *sherji* setzte mit Macht ein. Hausner hörte ihn durch das tote Flugzeug pfeifen. Er hörte ihn wimmern, als wollte er die Schmerzenslaute der Verwundeten in der Schäferhütte nachäffen. Wenn Gott eine Stimme hätte, dachte Hausner, würde es der Wind sein, und er sagte alles, was man hören wollte.

Er wandte sich nach Osten und sah ihn auf sich zukommen. Er sah, wie er über die Hügel fuhr, um noch mehr Staub auf Babylon zu häufen. Unter dem bläulich-weißen Mond rasten riesige Staubwirbel von den Bergen herab und über die Vorgebirge. Hinter diesen Tornados verschwanden Gebirge und Höhenzüge unter Wolken und Dunst. Hausner fuhr herum. Der Euphrat war aufgewühlt, er konnte das Wasser an die Ufer klatschen hören. Die dunklen Pfützen in den Schlammebenen bewegten sich ruhelos. Die Schakale verstummten, und Tausende von Nachtvögeln zogen in Schwärmen über die Ebenen. Die Wasserlilien im Fluß wurden überschwemmt, und die Frösche, die darauf gesessen hatten, hörten auf zu quaken und suchten ihre Schlupflöcher im Ufer auf. Eine Herde Wildschweine sammelte sich unter abscheulichem Grunzen jenseits des Flusses. Hausner schauderte. Er blickte zum Himmel auf und fragte sich, ob der Wind wohl genügend Erde aufwirbeln würde, um den Vollmond zu verdecken.

25

Teddy Laskov stand am Ende eines langen Tisches in einem langen kahlen Raum. Der Wind rüttelte an Fenstern und Jalousien. Porträts von Theodor Herzl und Chaim Weizman hingen an der Wand. An einer anderen Wand hing das Farbfoto von Israel, das der amerikanische Astronaut Schirra aus einem Apollo-Raumschiff aufgenommen hatte. Überall auf dem Konferenztisch und am Boden standen und lagen Diplomatenmappen herum. Der Premierminister starrte von seinem Sitz aus die beiden Eindringlinge an. Im Raum war es so still wie noch nie während einer gemeinsamen Sitzung von Kabinett, Generalstab und nationalem Sicherheitsausschuß. Der Premierminister sagte: »Babylon?«

»Ja, Sir.«

»Also nicht mehr die Pyramiden entlang des Nil, General? Babylon?«

»Ja, Sir.«

»Bloß eine Ahnung? Ein Gefühl? Eine göttliche Eingebung?«

»So ungefähr.« Laskov leckte sich die Lippen. In Israel war es noch immer möglich, bis zur Spitze vorzudringen, wenn man laut und lang genug auf das Personal und die Lakaien einschrie. Außerdem war der provisorische Amtssitz des Premierministers in Jerusalem so klein, daß der Premier Laskov am Portal hatte herumbrüllen hören. Laskov warf einen Blick auf den neben ihm stehenden Talman. Talman versuchte, sehr würdig auszusehen — sehr britisch —, trotzdem war nicht zu verkennen, daß er sich unbehaglich fühlte und sein Eindringen keineswegs als sein gutes Recht empfand. Laskov brach das Schweigen. »Einige der Hinweise, die uns vorliegen — Radarsichtungen, Funkmeldungen und dergleichen —, weisen meiner Ansicht nach auf Irak.«

»Tatsächlich? Und woher haben Sie diese Informationen, General?«

Laskov antwortete nicht. Getuschel wurde in dem langgestreckten Raum hörbar. Laskov wartete und blickte über die Köpfe der Versammelten hinweg. Der kleine, mit roten Ziegeln gedeckte Bau hatte seit seinem Bestehen schon viel erlebt. Ursprünglich beherbergte er die Ritter des Templerordens. Während des Zweiten Weltkriegs hatten die Briten hier deutsche Zivilpersonen interniert, die im Verdacht standen, für die Nazis zu spionieren oder mit ihnen zu sympathisieren. Auch Jacob Hausner hatte seinen Anteil an

Deutschen hierhergeschickt, aber das wußte Laskov nicht. Nach dem Krieg, während der Mandatszeit, war hier ein britisches Hauptquartier untergebracht gewesen. Damals war Laskov im Nebenraum — als mutmaßliches Mitglied der geheimen israelischen Luftwaffe — verhört worden. Jetzt war er wieder hier, und die Trockenheit in seinem Mund erinnerte ihn daran, was für ein Leben er geführt hatte. Manche Leute würden es aufregend und romantisch nennen. Er nannte es bitter und gefahrvoll. Warum fand er sich nicht mit seiner Zwangspensionierung ab und verschwand stillschweigend von der Bildfläche? Sollte sich doch die Regierung die Köpfe zerbrechen, was mit der Friedensdelegation passiert war. Vielleicht hätte er sich das gesagt, wenn nicht Miriam zu den Vermißten gehört hätte.

»Also gut, General«, sagte der Premier. »Wir kommen später auf die Frage Ihrer Informationsquellen zurück.« Der Premier steckte ein Taschentuch in den offenen Kragen seines Sporthemds und trocknete sich den Hals. Er war ein großer, dünner Mann mit allerlei nervösen Angewohnheiten, wie zum Beispiel, Papier in kleine Stückchen zu zerreißen, womit er in diesem Augenblick beschäftigt war. »Was sollen wir also Ihrer Meinung nach mit Ihrer Information anfangen — oder sollte ich sagen, mit Ihrer Inspiration?«

Laskov sprach laut und deutlich. »Ich schlage vor, daß wir eine tieffliegende Aufklärungsmaschine nach Babylon schicken — noch heute nacht. Sie soll, wenn möglich, Fotos machen und optische Erkenntnisse sammeln. Wenn unsere Leute dort sind, dann sollten wir versuchen, ihnen Hoffnung zu machen. Hinter der Aufklärungsmaschine sollte eine Kampfstaffel einfliegen und die Belagerer unter Beschuß nehmen. Und dann müßten Einsatzkommandos entweder landen oder abspringen. Vielleicht können wir auch Hubschrauber einsetzen. Darüber soll sich die Armee die Köpfe zerbrechen. Sobald die Aufklärungsmaschine die Anwesenheit unserer Leute festgestellt hat, sind die Kampfstaffeln an der Reihe.«

Der Premier trommelte mit dem Bleistift auf die Tischplatte. »Hätten Sie sehr viel dagegen, wenn ich den König von Jordanien anrufen und ihm mitteilen würde, daß ich eine Luftarmada über sein souveränes Königreich schicke?« Lautes Lachen quittierte die Frage, und der Premier legte wie ein erfahrener Schauspieler eine genau berechnete Pause ein. Dann beugte er sich vor. »Gewiß würden Sie es mir nicht verübeln, wenn ich dem Präsidenten des Irak telefonisch und so ganz beiläufig erklärte, daß ich in seinem Land Krieg führen will — Babylon bombardieren, um der alten Zeiten willen?«

Laskov wartete, bis die Heiterkeit sich gelegt hatte. Der Premier war für seinen ätzenden Humor berüchtigt, aber wenn er mit den Knesset-Mitgliedern oder den Generälen seinen Spaß gehabt hatte, konzentrierte er sich auf die Sache und war sogar weit aufgeschlossener als die meisten Politiker. »Herr Ministerpräsident, es existiert doch zweifellos ein Plan für derartige Krisenfälle, oder?«

Der Premier lehnte sich in seinem Sessel zurück. Seine Miene verdüsterte sich. »Es gibt in der Tat Rettungspläne. Aber der Irak gehört zu jenen Ländern, die uns nicht freundschaftlich genug gesinnt sind, um uneingeschränkt mit uns zusammenzuarbeiten, die aber andererseits sowohl eine freundschaftliche Gesinnung entwikkeln könnten, die wir nicht gefährden möchten . . . als auch ein so feindschaftliches Verhalten, daß sie uns den Krieg erklären könnten, wie ich vielleicht hinzufügen darf.«

»Verzeihen Sie, Herr Ministerpräsident, aber ich verstehe nichts von Politik, wie alle Generäle.«

»Wie alle Generäle verstehen Sie verdammt viel von Politik, Sie wollen bloß nicht damit belästigt werden. Spielen Sie mir nicht das Unschuldslamm vor, Laskov. Sie wissen genau, wie wir mit dem Irak stehen. Als erstes muß ich jetzt ein Gespräch nach Bagdad anmelden.«

Laskov senkte den Kopf gerade weit genug, um die verdiente Rüge entgegenzunehmen, aber dem letzten Satz wollte er sich nicht beugen. »Herr Ministerpräsident«, sagte er, und seine Stimme nahm einen pathetischen Klang an, »seit wann überlassen wir die Sicherheit israelischer Staatsbürger ausländischen Regierungen?«

»Wenn sie sich im Ausland aufhalten, General Laskov.«

»Uganda.«

»Eine andere Zeit, ein anderer Ort.«

»Die gleiche Bande von Strauchdieben.«

Der Premier schnaufte ungeduldig. »Ich muß wirklich zuerst anrufen, wenn Sie gestatten.« Er beugte sich vor. »Übrigens, falls es wirklich in Babylon sein sollte, so wissen wir noch lange nicht, in welchem Zustand. Tot? Lebendig? Gefangen? Wirklich, General, ich komme Ihnen hier mehr als auf halbem Weg entgegen. Wir beraten jetzt seit geschlagenen dreißig Stunden, und wir sind verdammt müde. Und da kommen Sie hereingeplatzt und schreien ›Babylon!‹ und wir hören Ihnen geduldig zu. Jede andere Regierung hätte sie hochkant rausgeschmissen — oder Schlimmeres.« Er trank einen Schluck Kaffee.

Das Brausen des Windes erfüllte den stillen Raum, und die Jalousien begannen wieder zu klappern. Der Premier hob die Stimme, um das Geräusch zu übertönen. »Aber an dem, was Sie sagen, ist etwas daran. Ich glaube an Gott, und ich glaube, daß er Ihnen ins Ohr geflüstert hat, Teddy Laskov. Aber warum Ihnen und nicht mir, das ist allerdings ein Rätsel. Nun, wir werden sofort den Staatspräsidenten des Irak anrufen, und dann wird *er* ein Aufklärungsflugzeug losschicken, und die Leute seiner Luftwaffe werden uns informieren, nachdem sie die von der Maschine gesammelten Daten interpretiert haben. *In Ordnung?«*

»Nein, Sir. Zu viel Zeitverschwendung.«

Der Premier stand auf. »Verdammt noch mal, Laskov — raus mit Ihnen, bevor ich Sie reaktivieren lasse und zum Latrinenputzen auf Lebenszeit abkommandiere.« Er wandte sich an Talman. »Haben Sie noch etwas zu sagen, ehe Sie beide weggehen, General?

Talman schluckte, und sein Schnurrbart bebte. Er holte tief Atem. »Nun, Sir, ich glaube, wir sollten die Aufklärung wirklich selbst übernehmen. Ich meine, wir können das ziemlich gut, und die Iraker haben vielleicht nicht soviel Erfahrung auf diesem Gebiet, verstehen Sie, und wir haben mit ihnen keine direkte Datenverbindung. Diese Dinge können schiefgehen. Zumindest können wir die amerikanische SR-71 bitten, inzwischen Aufnahmen aus großer Höhe zu machen.«

Der Premier hob die Hand. »Das reicht.« Er wandte sich an die Mitglieder des Krisenstabs, die, wie er feststellte, allmählich nervös wurden. Er winkte sie heran, und sie scharten sich um seinen Sessel und flüsterten leise. Der Premier sah auf. »Ich danke Ihnen, meine Herren. Alles weitere wird von hier aus veranlaßt. Vielen Dank. Ja, Sie können gehen.«

Laskov ging langsam hinter Talman zur Tür. Ein komisches Gefühl — komisch war nicht das rechte Wort —, überlegte er, wenn man aufgefordert wurde, den Raum zu verlassen, sobald Staatsgeheimnisse besprochen werden sollten. Das war eine der Folgen, wenn man die heiligen Hallen der Macht verlassen hatte. Sein Recht auf Informationen beschränkte sich auf monatliche Memos, die mit der Post kamen und nur das enthielten, was aus der Geheimhaltungsliste gestrichen worden war. Als Ersatz für den Machtverlust bekam man Ruhe und Seelenfrieden. Und Langeweile. Laskov war an der Tür angelangt und drehte sich nochmals um. Er wußte nicht, was der Krisenstab da flüsterte, aber er war einigermaßen erleichtert, als er sah, daß der Premier ihnen aufmerksam lauschte, was im Kabinett durchaus nicht immer der Fall war. Laskov fühlte sich verpflichtet, einen letzten Schuß loszulassen. »Sie sind in Babylon, und sie sind am Leben. Das habe ich im Gefühl. Wir haben kein Recht, auf Nummer Sicher zu gehen. Was immer Sie zu tun beschließen, muß *ihrem* Wohl dienen und auf weite Sicht dem Wohl unserer Nation. Treffen Sie keine Entscheidung, die nur Ihrer eigenen Karriere dient.«

Irgend jemand — Laskov konnte nicht sehen, wer es war —, rief laut: »Sie haben leicht reden, General, Ihre eigene Karriere ist beendet.«

Laskov machte kehrt und verließ den Sitzungsraum.

Der Premier wartete, bis Laskov und Talman außer Hörweite waren. »Ich weiß nicht, woher Laskov diese Informationen hat, und, wie Sie soeben sagten, wissen wir auch nicht, woher Chaim Mazar seine Informationen bezog. Aber wenn Mazar in bezug auf unseren amerikanischen Luftwaffenattaché Richardson recht hat, dann sind uns die Amerikaner einiges schuldig, würde ich sagen.« Er blickte auf das Farbfoto an der Wand, das Geschenk der Amerikaner. »Ja, wir können sie bitten, ihre SR-71 einen Sonderflug über den Euphrat machen zu lassen. Dann stellt sich heraus, ob Laskov recht hat.« Wieder trank er einen Schluck Kaffee. »Offenbar fliegt hier ein Engel oder irgendein himmlisches Geschwader herum und flüstert gewissen Leuten gewisse Dinge ins Ohr. Hat von den Anwesenden noch jemand irgendwelche Erkenntnisse dieser Art erworben? Nein? Na schön, dann gehören wir also nicht zu den Auserwählten. Zehn Minuten Pause, meine Damen und Herren.«

26

Der *sherji* fegte über Babylon hinweg und trug tonnenweise Staub und Sand mit sich. Die Laufgräben und Schützenlöcher, die mit soviel Mühe aus der lehmigen Erde ausgehoben worden waren, füllten sich innerhalb von Minuten bis zum Rand. Die Fallgruben wurden eingeebnet und die Warnvorrichtungen weggerissen. Das Erdloch, in dem die restlichen Molotowcocktails lagerten, wurde vom Sand zugedeckt, und die Aluminiumreflektoren und behelfsmäßigen Sonnendächer flogen davon. Der Wind trug einen Teil der Palmwedel vom Dach der Schäferhütte mit sich fort, und auch auf die Verwundeten regnete es Sand. Die Waffen mußten in Plastikbeutel und Kleidungsstücke gewickelt werden, damit nicht der Sand die beweglichen Teile blockierte. Die Leute auf dem Hügel zogen sich Tücher übers Gesicht wie die Beduinen in der Wüste und bewegten sich mit gesenkten Köpfen im staubträchtigen Wind.

Nur die Concorde stand aufrecht da und ließ diesen neuen Schicksalsschlag mit der gleichen erhabenen Gelassenheit über sich ergehen, die sie schon seit Beginn ihrer Heimsuchung gezeigt hatte. Der Wind heulte durch ihre zerfetzte Haut und ließ überall in ihrem Inneren seinen Bodensatz zurück.

Hausner und Burg besuchten die Verwundeten und sprachen mit dem Rabbi und Beth Abrams. Rabbi Levin erklärte, der Zustand der meisten Verwundeten sei unverändert, aber wenn sie nicht bald in ärztliche Pflege kämen, würden Infektionen und sonstige Komplikationen vielen von ihnen das Leben kosten.

Hausner und Burg verließen die Hütte und schritten nochmals den Verteidigungsgürtel ab. Burg schrie Hausner ins Ohr: »Ich kenne die Araber. Sie halten diesen Wind für ein himmlisches Signal zum Angriff.«

Hausner schrie zurück: »Ich würde sagen, sie sollten ihn lieber für ein Signal halten, sich schleunigst zum Teufel zu scheren.« Er sah zum Himmel auf. Der Mond stand fast im Zenit und würde bald zu sinken beginnen. Die Staubwolken löschten sein Licht fast völlig aus. Von Zeit zu Zeit stieg der Staub so hoch empor, daß er den Mond ganz verdunkelte, und dann herrschte am ganzen Hügel ein paar Sekunden lang beinah völlige Finsternis. Hausner dachte, als er den Hang hinunterschaute, daß die Ashbals schon auf zehn Meter herangekommen sein konnten, ohne daß irgend jemand sie sah oder hörte.

Burg zog ein T-Shirt enger ums Gesicht. »Selbst wenn durch ein Wunder jemand draufgekommen ist, wo wir sind, so wird unter diesen Umständen eine Rettung unmöglich sein.«

Hausners Gedanken waren mehr mit dem möglichen Überfall beschäftigt. »Wenn wir nicht Horchposten aufstellen, dann werden wir überrumpelt.«

»Es wäre Mord, jemanden dort hinunterzuschicken.«

Ein komisches Gefühl, die Befehlsgewalt mit einem anderen zu teilen, dachte Hausner. Genauer gesagt, gar nicht komisch — es war ärgerlich. »Trotzdem, Herr Feldmarschall, werde ich zumindest einen Mann oder eine Frau hinunterschicken. Vielleicht gehe ich sogar selbst.«

Burg fand das insgeheim keine schlechte Idee. Er antwortete nicht.

Als sie sich westwärts zum abgeflachten Gelände wandten, stieß der Wind sie so heftig von hinten, daß sie Mühe hatten, nicht in Laufschritt zu fallen. An der ersten Stellung, zu der sie kamen, der Stellung über dem Fluß, fanden sie in einem Schützenloch zwei schlafende Frauen. Eine blaue El-Al-Decke lag über ihnen, und über die Decke und die zum Teil unbedeckten Gliedmaßen wehte Sand.

Eine Attacke der Ashbals auf dieser Hangseite war unwahrscheinlich. Vielleicht gab es am Westhang überhaupt keine Ashbals mehr. Und wenn, würden sie dann bei diesem Wind den Hügel bewältigen? Aber das war nicht der springende Punkt. Beim Anblick der beiden schlafenden Gestalten hatte Hausners Herz ein paar rasche Schläge getan. Auf all seinen Inspektionsrunden hatte er, wie vor ihm Millionen von Offizieren und Unteroffizieren, gehofft, daß er niemals einen schlafenden Posten überraschen würde. Schlafen auf Wache war in jeder Armee der Welt ein Kapitalverbrechen.

Hausner kauerte sich neben den beiden Gestalten nieder und räusperte sich vernehmlich. Er hoffte, daß sie dann aufspringen würden und er die Sache auf die leichte Schulter nehmen konnte, aber sie schienen nichts gehört zu haben. Er fühlte, daß Burgs Augen auf ihn gerichtet waren. Die beiden schliefen eindeutig. Er streckte die Hand aus und zog die Decke fort. Esther Aronson. Er zog nochmals an der Decke. Miriam Bernstein. Eine der beiden schlafenden Frauen hatte die Wache gehabt. Die andere schlief zu Recht. Die eine würde weiterleben und das Geschick aller auf dem Hügel teilen, die andere konnte vielleicht schon in der nächsten Stunde exekutiert sein. »Miriam!« Sie rührte sich nicht.

Burg stellte sich in Hausners Blickfeld und kauerte dann gleichfalls nieder. Er hob behutsam das AK-47 auf, das neben den Frauen lag. Hausner wußte, daß dies der militärischen Vorschrift entsprach, und er wußte auch, daß die Lage der beiden Frauen sich noch mehr verschlimmerte.

Er beobachtete Burg genau, konnte jedoch nichts in seinen Zügen lesen. Burg hatte wieder sein Pokergesicht aufgesetzt. Würde Burg den Verstoß durchgehen lassen? Hausner fragte sich, ob er selbst ihn durchgehen ließe, wenn er, wie gewöhnlich, allein wäre. Ja, natürlich. Hausner legte die Hand auf Miriams Schulter und rüttelte sie. »Miriam!« Er stellte fest, daß seine Stimme unsicher war und seine Hand heftig zitterte. »Miriam!« Plötzlich war er wütend — wütend, weil er in diese Lage hatte kommen müssen — wütend, weil das Schicksal ihm ein weiteres Problem aufbürdete. »Miriam, verdammt noch mal!«

Sie fuhr hoch. »Oh!«

Burg rückte näher und packte sie beim Arm. »Zu welchen Zeiten haben Sie Wache?« fragte er unvermittelt.

Sie war noch immer halb im Schlaf. »Wie? Oh! Wache. Mitternacht bis zwei Uhr — vier Uhr bis Sonnenaufgang. Warum?« Sie blickte verstört um sich, sah Hausner und sah dann Esther Aronson schlafend neben sich. Sie begriff.

Burg schaute sofort auf die Uhr. Es war ein Viertel nach zwölf. »Hat Esther Aronson Sie zur Wache geweckt?« fragte er laut. »Nun?«

Sie blickte verzweifelt Hausner an, der wegschaute.

»Hat sie Sie geweckt, ja oder nein?« wiederholte Burg und schüttelte sie heftig.

»Ja.«

»Dann stelle ich Sie hiermit unter Arrest, weil Sie auf Wache geschlafen haben. Ich mache Sie darauf aufmerksam, daß dies ein Kapitalverbrechen ist, Mrs. Bernstein.«

Miriam erhob sich und stellte sich in den Wind. Haar und Kleider bauschten sich, Sand prasselte ihr ins Gesicht. »Natürlich.« Sie hob den Kopf und blickte Burg an. »Selbstverständlich, ich verstehe. Ich habe das Leben aller in Gefahr gebracht und muß dafür büßen.«

»Genau«, sagte Burg. Er wandte sich an Hausner. »Stimmt doch?«

Hausner unterdrückte den Wunsch, Burg mit einem Faustschlag über den Wall zu schicken. Er blickte zuerst die schlafende Esther Aronson an, dann Miriam. Seine Unbeliebtheit, die frühere und die jetzige, verdankte er weitgehend dem, was die Leute seine teutonische Disziplin nannten. Es hatte ihn nie im geringsten gestört. In der Zivilisation, in der er gelebt hatte, war immer jemand zur Stelle gewesen, der sich begütigend ins Mittel gelegt hatte. Jetzt begegnete er einem Mann, der ihn beim Wort nehmen und Miriam Bernstein tatsächlich erschießen wollte, um den anderen ein abschreckendes Beispiel zu geben. Es war unglaublich, aber hier war alles möglich. Hatten sie nicht auch schon vorgehabt, *ihn* zu erschießen?

»Stimmt es etwa nicht?« wiederholte Burg. »Stimmt es nicht, daß Miriam Bernstein dafür büßen muß, das Leben von annähernd fünfzig Menschen der Gefahr ausgesetzt zu haben?«

Hausner blickte Miriam an, die in Dunkelheit und Staub gehüllt dastand und sich einen Schal vors Gesicht hielt, wie ein verirrtes Kind. »Ja«, sagte er. »Wir müssen sie vor Gericht stellen — morgen.«

»Jetzt«, sagte Burg. »Kann sein, daß es für uns keinen Morgen mehr gibt. Im Feld muß die Bestrafung streng und schnell erfolgen. Das ist Vorschrift. Jetzt.«

Hausner trat dicht an Burg heran. »Morgen.«

General Dobkin lag auf dem Strohsack in einer Lehmhütte. Durch die geschlossenen Fensterläden drang der Wind herein und bedeckte seinen Körper mit feinem Sand. Die Öllampe flackerte, erlosch jedoch nicht. Der Mann, der neben ihm lag, regte sich und stöhnte. Dobkin merkte, daß er wach war. Er sprach in leidlichem Arabisch zu dem Mann. »Wer sind Sie?«

»Wer sind *Sie?«* fragte der Mann zurück.

Dobkin wußte, daß der Mann ebenfalls aus dem Fluß gefischt worden war. Er hatte weder Schuhe noch Hemd, trug aber eine Hose, die zu einem Tarnanzug zu gehören schien. Der Alte, der Shear-jashub hieß, hatte Dobkin gefragt, ob dieser Verletzte ebenfalls Jude sei. Dobkin hatte gelogen und gesagt, er wisse es nicht. Jetzt war er so gut wie sicher, daß es sich um einen Ashbal handelte, konnte es aber nicht beweisen. Shear-jashub, der im alten Sinn des Wortes ein Rabbi war, ein Lehrer und Meister, hatte Dobkin gefragt, ob es einen Grund gebe, den Verletzten nicht zu pflegen oder nicht in die Hütte des Aluf zu legen. Dobkin hatte zum Rabbi gesagt, es gebe keinen solchen Grund.

Er betrachtete den Mann lange, ehe er sprach. »Ich bin Fischer, mein Boot ist im Wind gekentert, und ich wurde verletzt. Diese Juden fanden mich und haben mir geholfen.«

Der Mann lag auf der Seite, das Gesicht Dobkin zugewandt. Der Schein der Öllampe flackerte über sein Gesicht, und Dobkin unterdrückte mit Mühe einen Ausruf, als er es sah. Er hielt mit den Augen den Blick des verunstalteten Mannes fest. Die Entstellung war alt und vernarbt, keine Folge kürzlich erlittener Verletzungen. Er sah, daß der Ashbal — jetzt wußte er, daß der Mann einer war — ihn musterte: Haarschnitt, Hände, die bloßen Arme, die über der Decke lagen. Dobkins Stiefel standen in einer dunklen Ecke, aber der Mann mußte ohnehin genug gesehen haben, um zu wissen, daß Dobkin kein Fischer vom Euphrat war.

Der Mann drehte sich lässig auf den Rücken. »Ja, Fischer, es ist schon bitter, diesen Juden unsere Rettung zu verdanken.«

»Das Unglück schafft seltsame Bettgenossen«, pflichtete Dobkin bei. Er warf einen Blick zu seinem Nachbarn hinüber. Ja. Er hatte ihn am Glacis gesehen. Das Gesicht war ihm in Erinnerung wie ein vager Alptraum — aber es war Wirklichkeit. Er *hatte* es gesehen. »Wie soll ich Sie nennen?«

»Sayid Talib. Und wie heißt du?«

Dobkin zögerte. Er verspürte den perversen Wunsch, zu sagen: Benjamin Dobkin, israelische Armee, General der Infanterie. »Einfach Fischer.« Sein Arabisch war nicht gut, aber er mußte sein möglichstes tun, damit Talib es die Mühe wert fand, die Farce weiterzuspielen. Jeder der beiden wartete nur auf die Gelegenheit, dem anderen an die Kehle zu springen, und dazu würde ein einziges falsches Wort genügen. Er fragte sich, ob auch Talib am Glacis sein Gesicht deutlich gesehen hatte.

Wie schwer mochte der Mann verwundet sein? Wie schwer verwundet war er selbst? Er ließ unter der Decke die Muskeln spielen und holte tief Atem. Er schien wieder einigermaßen bei Kräften zu sein.

Die Öllampe, eine Tonschüssel, in der auf irgendeinem Fett ein Docht schwamm, stand zwischen ihnen auf dem Boden. Dobkin sah, daß der Ashbal sie ins Auge gefaßt hatte. Eine Waffe. Sie stand näher bei Talib. Dobkin sah sich vorsichtig um. Er hatte nur seine Decke. Unauffällig tastete er seinen Körper ab. Das Messer war fort. Er hätte sich ein anderes verschaffen sollen. In seiner Brusttasche fühlte er etwas Hartes. Pazuzu. Sie hatten ihm seine obszöne kleine Figur zurückgegeben.

Dobkin und Talib lagen einander zugewandt und starrten sich an, lauschten auf den Wind und sahen zu, wie die Lampe blakte.

»Was macht das Fischen, Fischer?«

»War gut, bis gestern abend. Was sagten Sie, ist Ihre Beschäftigung?«

»Ich kaufe Datteln auf.«

Zuweilen glitt die Maske ab, und jeder konnte in den Augen des anderen den Haß und die Furcht und die Drohung sehen.

»Wie sind Sie denn in den Fluß geraten?«

»Genau wie du.«

Die Unterhaltung erstarb, und sehr lange Zeit bewegte sich keiner der beiden Männer. Dobkin spürte, wie sein Mund immer trokkener wurde und seine Muskeln zuckten. Dann drückte der Wind einen Fensterladen auf, und die Lampe erlosch. Zwei tierische Schreie erschollen gleichzeitig, als jeder im Dunkeln nach der Kehle des anderen hechtete.

Deborah Gideon lag im Verwalterbüro des Gästehauses nackt auf dem Fliesenboden. Lange Peitschenstriemen und kleine Brandmale von einer glühenden Zigarette bedeckten ihren Rücken. Auch auf Schenkeln, Waden und Gesäß war Blut, als hätte sie dort ein Tier gebissen. Ahmed Rish wusch sich Hände und Gesicht in einer Schüssel. »Laß sie erschießen«, sagte er zu Hamadi.

Hamadi rief nach der Wache am Eingang. »Kassim!«

Rish trocknete sich die Hände ab. Was das Mädchen ihm über die Anzahl der Israelis und ihre Verteidigungsmaßnahmen erzählt hatte, war nicht viel mehr, als er aus eigener Erfahrung bereits wußte. Aber jetzt konnte er einen regelrechten nachrichtendienstlichen Bericht liefern, und seine Leute würden ihm glauben. »Wir können innerhalb einer Stunde auf diesem Hügel sein, Salem, wenn der *sherji* uns beisteht. Er wird die Leute buchstäblich den Hang hinauftragen und auch ihre Bewegungen und Geräusche verbergen.«

Hamadi nickte. Allah mußte diesen Wind geschickt haben, denn wenn er nicht gekommen wäre, so hätte das, wie er sehr wohl wußte, seinen eigenen und Rishs Tod von der Hand ihrer eigenen Leute bedeutet. Seltsamerweise schien nur Rish diese Tatsache fremd zu sein. »Ich werde unsere Leute sammeln.«

»Gut.« Rish blickte auf Deborah Gideon hinab, dann sah er den Posten an, der sie anstarrte. »Ja, ja, Kassim, du kannst sie haben. Danach erschießt du sie, verbrennst die Leiche und streust die Asche in den Fluß. Es darf keine Beweise geben.« Er wandte sich an Hamadi. »Eine militärische Operation ist eine Sache. Folter und Mord sind etwas anderes. Schließlich müssen wir mogen mit den Israelis die Gegenleistung für die Geiseln aushandeln.«

Hamadi nickte wiederum. Rish machte feine und bedeutungslose Unterschiede, wie es nur ein Geistesgestörter tun konnte. Würde er nicht im ganzen palästinensischen Volk als Held gelten, so hätte Hamadi ihn längst schon selbst ermordet. Beim Anblick Rishs, der auf Händen und Knien lag und dieses Mädchen biß, war ihm körperlich übel geworden. Hamadi hatte auch schon Menschen gefoltert. Er hatte Genitalien abgeschnitten. Einmal hatte er das Blut eines Verräters aufgeleckt, den sie in einer Hotelhalle in Kairo durch Maschinengewehrfeuer getötet hatten — aber was Rish hier getan hatte, war etwas völlig anderes. Gewiß, die Peitschen und die Zigaretten hatten dem Mädchen noch größere Schmerzen zugefügt als die Bisse, aber erst unter der tierischen Wildheit dieses Verrückten, der heulend nach ihr schnappte, und die Zähne in ihr Fleisch schlug, hatte sie alles herausgeschrien, was er wissen wollte. Hamadi konnte es ihr nicht verübeln. Er hoffte nur, daß die draußen wartenden Männer nicht mitbekommen hatten, was hier vor sich ging. Hamadi drehte sich um, verließ das Zimmer und ging den kleinen Vorplatz hinaus auf die Veranda.

Das letzte Aufgebot seiner Männer und Frauen, ungefähr fünfzig Leute, hockten mit untergeschlagenen Beinen in ihren offenen Zelten und hielten die Zeltstangen fest. Hamadi blies auf seiner Trillerpfeife, und die Ashbals brachen die Zelte ab und hasteten zur Veranda. Die langen Schleier, die sie sich um den Mund gebunden hatten, wehten im Wind, und sie zogen die *kheffiyahs* tiefer über die Augen. Hamadi hob die Hand und sprach mit lauter Stimme, um den Wind zu übertönen. »Allah hat uns diesen *sherji* gesandt«, begann er.

Hausner stand auf dem Deltaflügel und beobachtete die wunderlich vermummten Gestalten, die im schwächer werdenden Mondlicht wie Gespenster in Wind und Staub untergingen. Er wandte sich ab und betrat die Kabine. Der Wind pfiff durch die aufgerissene Außenhaut, und der Sand scheuerte dagegen, so daß man drinnen nur mit Mühe sprechen oder verstehen konnte. Während des Tages waren, um die Hitze hinauszulassen, Löcher ins Dach gebohrt worden, durch die jetzt der Sand hereinrieselte. Hausner ging durch die Kabine nach rückwärts und durch die Tür, die zur Pantry führte. Auf der anderen Seite des Ganges war der kleine Gepäckraum, der an das geborstene Druckschott stieß. Der Raum bot ein Bild der Zerstörung und roch noch immer nach Kerosin, geschmolzenem Plastik und verbrannten Kleidern.

Miriam Bernstein hatte sich aus halbverbrannten Kleidungsstükken ein Lager bereitet und saß auf dem Boden, den Rücken an die Wand gelehnt und die Knie bis ans Kinn hochgezogen. Beim Licht einer winzigen Stablampe, die ihr jemand gegeben hatte, las sie in einem Buch. Auch ein kleines Notlicht brannte an der Decke. Hausner konnte durch das aufgerissene Druckschott auf die verbogene Aluminiumbeschichtung und die Streben im Leitwerk sehen. Lose schwingende elektrische Drähte und Hydraulikleitungen verliehen der Szene im kalten blauen Mondlicht etwas Gespenstisches. Jede Ruine besitzt eine bizarre Schönheit, dachte Hausner. Sogar diese Ruine eines technischen Wunderwerks, die als Monument seiner, Hausners, Schande hierstand, um ihn zu schmähen, und alle daran erinnerte, warum sie hier waren. Er blickte auf Miriam hinab.

Sie sah von ihrem Buch auf. »Ist es soweit?«

Er räusperte sich und schrie gegen den Wind an. »Sie sagt, daß sie dich nicht geweckt hat. Sie sagt, sie ist auf Wache eingeschlafen und hat dich nicht geweckt.«

Miriam klappte leise das Buch zu und legte es auf ihre Knie. »Dann lügt sie, um mich zu decken. Sie hat mich aufgeweckt, und ich bin wieder eingeschlafen.«

»Nicht edelmütig sein, Miriam.« Er sah das Buch auf ihren Knien an. Camus, *Der Fremde*.

»Warum nicht? Es würde hier eine Abwechslung bedeuten.«

»Du sollst nicht kritisieren, was wir hier gemacht haben oder wie wir es gemacht haben.«

»Ein Verurteilter darf kritisieren, was immer er will. Also — ist es soweit?«

»Noch nicht.«

Lange Zeit brach keiner von beiden das Schweigen. Endlich

sprach Miriam. Ihre Stimme war aggressiv und spöttisch. »Verzeihung. Ich sollte keine Kritik üben. Ich bin jetzt deinesgleichen. Ich meine, ich habe dieses Mädchen getötet.«

»Ja. Höchstwahrscheinlich.«

»Ich hatte natürlich keine Wahl. In diesem Fall hier habt ihr eine Wahl.«

»Nein, ich nicht. Notwehr ist ein dehnbarer Begriff. Manche Leute verstehen darunter, daß sie jemanden erschießen, der sie bedroht. Andere, daß sie jemanden erschießen, der zuerst auf sie geschossen hat. Auch dieser Fall ist ein Fall von Notwehr, Miriam. Die Gesellschaft verteidigt sich gegen Drückeberger und Simulanten. Es kommt nur darauf an, wie man die Tatsachen interpretiert. Es kommt darauf an, was man unter Notlage versteht.«

Sie begriff. Sie hatte von allem Anfang an begriffen. »Wer wird also vor Gericht gestellt?«

»Ihr beide. Es sei denn, der Schuldige legt ein Geständnis ab.«

»Ich habe bereits gestanden.«

»Du weißt, was ich meine.«

»Dann werden wir eben beide lügen.«

»Davon bin ich überzeugt. Auch das ist in der Militärgerichtsordnung vorgesehen. Alles schon mal dagewesen. Ihr werdet aufgrund von Burgs und meiner Zeugenaussage beide für schuldig erklärt.«

»Ist das alles nur Schau, oder beabsichtigt ihr wirklich, eine von uns zu erschießen?«

Hausner zündete sich eine Zigarette an. Er fragte sich, ob sich auch nur ein Mensch hier bereitfinden würde, im Kriegsgerichtsrat zu sitzen, ganz zu schweigen von einem Erschießungskommando. Was also war der Zweck der Übung? Dem Fußvolk zu demonstrieren, daß das Spiel bis zum Ende nach den Regeln zu spielen war? Furcht zu wecken in all den übermüdeten Männern und Frauen, die auf Wache schlafen wollten oder auf andere Weise den Befehlen nicht bis ins kleinste gehorchten? Oder wollte Burg ihm damit ein Bein stellen?

»Also? Habt ihr vor, uns zu erschießen oder nicht? Wenn nicht, dann laß mich hier raus. Ich habe anderes zu tun. Wenn ihr ein Kriegsgericht abhalten wollt, dann tut es jetzt, und laßt uns nicht bis zum Morgen warten.«

Hausner warf seine Zigarette auf den Boden und sah auf Miriam hinab. Mondlicht aus dem Seitenfenster erhellte ihr Gesicht. Sie blickte unverwandt zu ihm auf, und ihre Züge sahen viel weniger zornig und hart aus, als ihre Stimme sich anhörte. Sie wirkten offen und vertrauensvoll, bereit zu akzeptieren, was immer er sagen würde. Plötzlich wurde ihm klar, daß jede Begegnung ihre letzte sein konnte.

»Würdest du selbst auf den Abzug drücken, Jacob?« Die Stimme klang interessiert, als frage sie ihn nach seinen Ansichten über die Todesstrafe im allgemeinen.

Hausner trat auf sie zu. Er schien unentschlossen, was er sagen sollte. Plötzlich kniete er vor ihr nieder und legte die Hand auf ihr nacktes Knie. »Ich . . . ich würde mich eher selbst töten, als dir etwas anzutun. Ich liebe dich.« Die Worte überraschten sie offenbar noch mehr als ihn.

Sie wandte das Gesicht ab und starrte durch das Loch im Druckschott nach draußen. Er packte ihre Knie und schüttelte sie. »Ich liebe dich.«

Sie wandte sich wieder ihm zu und nickte. Sie legte ihre Hände über die seinen. Ihre Stimme war leise und rauh. »Es tut mir leid, daß ich dich in diese üble Lage gebracht habe, Jacob.«

»Nun . . . weißt du, lebenslange Überzeugungen sind nicht mehr viel wert, wenn eine solche Entscheidung ansteht . . . eine Herzensentscheidung nennt man das wohl.« Er zwang sich zu lächeln.

Sie lächelte ebenfalls. »Das stimmt nicht. Du warst sehr konsequent.«

»Ein Unmensch bis in die letzte Konsequenz, wenn ich das sagen darf.« Jetzt lachte sie beinahe. »Es tut mir wirklich leid, daß ich dich in diese Lage gebracht habe. Würde es dir weniger ausmachen, Esther Aronson zu erschießen?«

»Das reicht jetzt. Ich pauke euch beide da raus.«

Sie drückte seine Hände. »Armer Jacob. Du hättest in der Villa deines Vaters bleiben sollen. Müßig und reich.«

»Würdest du zum Passahfest ins Haus meines Vaters kommen?« Er hatte plötzlich das Gefühl, wenn er ihr diese Frage stellte, würde er es auch schaffen.

Sie lächelte, dann nahm sie seine beiden Hände und legte sie an ihre Wange. Er empfand ein Hochgefühl, wie seit vielen, vielen Jahren nicht mehr. Er mußte eine Weile warten, ehe er zu sprechen wagte. »Es . . . es tut mir leid, daß ich . . . vorhin einfach von dir weg bin.«

Ihre Stimme war tief und sanft. »Ich verstehe.«

»Wirklich?«

»Die Zukunft. Wir haben keine Zukunft.« Sie legte den Kopf an seine Brust.

Er zog sie an sich. »Nein. Wir haben keine Zukunft.« Er wollte leben. Er wollte eine Zukunft haben. Aber selbst, wenn er am Leben bliebe, würde er sie verlieren, das wußte er. An Laskov oder an ihren Mann. Oder an sonst jemanden. Diese Bindung konnte nicht dauern. Dann würde er sich wünschen, daß er in Babylon den Tod gefunden hätte.

Jetzt weinte sie, und es klang für Hausner wie der Wind, überwältigend und grenzenlos traurig. Er fühlte ihre Tränen an seinem Gesicht und dachte zuerst, es wären seine eigenen, und bald waren sie es auch wirklich. Alles war so traurig, dachte er; wie wenn man als Kind aus einem bittersüßen Traum erwachte, mit einem Klumpen in der Kehle und tränenfeuchten Augen. Dann wurde der ganze Tag traurig, und man konnte nichts dagegen machen, weil es ja nur ein Traum war. Genau diese Art von Traurigkeit empfand er jetzt bei Miriam.

Sie klammerten sich aneinander, und Miriam weinte hemmungslos. Er wußte nicht, was er sagen sollte, damit sie aufhörte, denn, so dachte er, sie hatte jeden Grund zu weinen, wenn ihr danach zumute war. Gut so, dachte er, schrei, weine, tu alles, was du willst, Miriam, nur leide nicht im stillen. Das tun nur Narren. Das tut die Miriam, die man in Tel Aviv und in Jerusalem kennt. Laß die Welt wissen, daß du leidest. Wenn jedermann bei jeder Ungerechtigkeit aufheulen würde, bei jeder barbarischen Tat, jeder Lieblosigkeit, dann würden wir einen ersten Schritt zu wahrer Menschlichkeit getan haben. Warum sollten die Menschen widerstandslos in den Tod gehen? Schrei. Weine. Heule, so laut du kannst.

Als könnte sie seine Gedanken lesen, warf sie den Kopf zurück und stieß einen langgezogenen Klagelaut aus. Gut so, Miriam. Schreie. Sie haben deine Artgenossen ausgerottet, deine Familie hingeschlachtet, dir deine Kindheit gestohlen, deinen Mann fortgenommen, deinen Sohn getötet, deine Freunde ermordet und dich hier allein gelassen mit einem Menschen wie Jacob Hausner. Du hast ein Recht zu schreien.

Ihr Schluchzen wurde lauter, lauter als der Wind, und Hausner wußte, daß Becker sie hören konnte, und daß man sie wahrscheinlich auch draußen hörte, und das alles war ihm ganz egal. »Wenn ich irgend etwas tun könnte, damit es ein wenig besser wird, dann würde ich es tun, Miriam.«

Sie nickte zum Zeichen, daß sie verstanden hatte, dann packte sie plötzlich mit beiden Händen seinen Kopf und küßte Hausner, wie sie ihren Mann geküßt hatte, ehe er in den Krieg zog. »Yosef«, sagte sie schluchzend. »Jacob.« Sie murmelte noch etwas, aber Hausner verstand es nicht.

Er küßte ihre Lippen und ihr Gesicht und schmeckte ihre Tränen. Yosef. Teddy. Jacob. War es nicht ganz egal? Wenn sie ihr nur ein Trost waren und ihr nicht noch mehr Schmerz zufügten. Hausner wünschte sich, daß ihr Mann zurückkehre. Sollte er ihr sagen, daß Rish von ihm wußte? Nein, niemals. Das würde er ihr nie sagen. Er hoffte, daß Teddy Laskov ihr geben könne, was sie brauchte, während sie auf Yosef Bernstein wartete. Hausner wußte, daß er ihr außerhalb von Babylon nicht helfen könnte. Er leckte ihr die Tränen vom Gesicht, wie ein Tier die Wunden eines anderen Tieres leckt.

Dobkin hatte bisher weder Blut noch den Schweiß eines Menschen geschmeckt, und er war überrascht, wie salzig beides war. Der Araber hielt ihn an den Hoden gepackt, und er hatte die Zähne in die Kehle des Arabers geschlagen. Jeder wollte den anderen töten, aber ohne Waffen hatten sie beide zuerst nicht recht gewußt, wie sie es anstellen sollten. Sie hatten zunächst aufeinander eingeschlagen, auf die nächstbesten Stellen — Kopf und Brust. Talib hatte Dobkin die Öllampe auf den Schädel geschmettert, so daß dem großen Mann Blut und Fett über Gesicht und Hals rannen. Dann kamen die uralten, tief im Menschen vergrabenen Instinkte zum Vorschein. Jeder der beiden spürte ein Prickeln das Rückgrat entlanglaufen, als ihnen bewußt wurde, was mit ihnen geschah. Sie fanden die schwachen Stellen, die von der Natur unerklärlicherweise keinen Schutz mitbekommen hatten.

Dobkin konzentrierte sich darauf, die Kiefer mit aller Macht zusammenzupressen, ungeachtet des durchdringenden Schmerzes. Den Kehlkopf des Arabers hatte er nicht erwischen können, aber er wußte, daß die Knorpelringe der Luftröhre bald nachgeben würden.

Talib versucht, Dobkins Hoden noch besser in den Griff zu bekommen, aber Dobkin stieß unermüdlich mit den Knien nach ihm, während sie beide über den Lehmboden rollten. Talib streckte den Arm aus und stach mit den Fingern nach Dobkins Augen, aber Dobkin kniff sie fest zu und grub sein Gesicht tiefer in Talibs Hals. Jeder der beiden kämpfte den Kampf seines Lebens in fast absoluter Lautlosigkeit. Keiner kam auch nur einen Augenblick auf den Gedanken, um Gnade zu bitten.

In einer zweiten Hütte auf der anderen Seite der gewundenen Dorfstraße bereiteten die beiden eingesetzten Krankenwärter Kräutertee auf einem knisternden Distelfeuer und erzählten sich zur Unterhaltung Geschichten. Sie hörten nichts Ungewöhnliches, nur das Pfeifen des Windes und das Klappern der Fensterläden.

Dobkin konnte den Schmerz nicht mehr ertragen. Seine Schenkelwunde war offen und blutete, und er fühlte, daß er ohnmächtig würde. Er fand die Terrakottafigur in seiner Tasche und hieb sie mit aller Kraft Talib aufs Ohr. Der Flügel des Winddämons zerbrach unter der Wucht des Schlags. Der Schrei des Arabers ging in einem jähen starken Windstoß unter, der die Läden aufriß.

Halb betäubt lockerte Talib den Griff lange genug, daß Dobkin zurückweichen konnte. Dobkin holte mit seiner riesigen Hand aus und hieb die gezackte Bruchstelle des Pazuzu auf Talibs gesundes Auge. Der Mann stieß einen langgezogenen Schrei aus und bedeckte das Gesicht mit beiden Händen. Dobkin packte das spitze Fragment des Dämonenflügels und grub es in Talibs Gurgel.

Talib taumelte durch den Raum, hielt sich die Kehle mit beiden Händen und gab gurgelnde Töne von sich. Mehrmals stießen die Männer in der engen dunklen Hütte zusammen, und bei jeder Berührung gaben sie tierische Laute von sich. Im Sterben verspritzte Talib Blut über Boden und Wände.

Endlich ließ Dobkin sich in eine Ecke fallen und blieb regungslos liegen. Er lauschte, bis er sicher sein konnte, daß der Araber tot war, dann legte er sich auf den Rücken und versuchte, bei Bewußtsein zu bleiben. Immer wieder spuckte er aus, um den Blutgeschmack aus seinem Mund loszuwerden, aber er wußte, daß es ihm nie gelingen würde.

27

Laskov hörte sich den Bericht des Foto-Auswerters Ezra Adam an. Der junge Mann sprach anscheinend leidenschaftslos, aber Laskov wußte dennoch, daß seine Äußerungen besagten: Ich habe die vermißte Concorde gefunden. Glaubt mir. Geht und holt unsere Leute zurück. Laskov hatte im Lauf der Jahre schon zu viele Foto-Auswerter gehört, um den Ton zu mißdeuten. Der Mann analysierte jedes einzelne der zwölf aus großer Höhe aufgenommenen SR-Infrarotfotos, die die Amerikaner auf Bitten der Israelis vor wenigen Stunden gemacht hatten. Die verschiedenen Minister und Generäle, von denen die meisten den hellen und dunklen Flecken überhaupt nichts entnehmen konnten, hatten je einen Satz Abzüge vor sich, während sie Adams Bericht folgten.

Adam legte ein weiteres Foto auf den Stapel und blickte zum Premierminister auf. »Wie Sie sehen, ist es nicht ganz einfach, Nachtaufnahmen zu analysieren, mit all dem Staub, den der *sherji* aufwirbelt, und aus dieser Höhe. Es wäre wirklich besser, wenn wir selbst aus geringerer Höhe Aufnahmen machen könnten, aber ich verstehe natürlich, daß politische . . .«

»Machen Sie weiter, junger Mann«, schnauzte ein Luftwaffengeneral. »Überlassen Sie diese Sorgen dem Premier.«

»Jawohl, Sir. Also, wir kommen zu Foto Nummer zehn. Ähnlich wie bei den anderen ist das Muster mir vertraut. Kleine, verstreute und unregelmäßige Wärmerückstände. Weisen vielleicht auf eine Kampfhandlung hin.«

»Oder auf eine Schafweide«, sagte ein General des Heeres.

»Oder auf ein Dorf«, meinte ein Minister, der noch vor einer Stunde keine Ahnung von Infrarotfotografie gehabt hatte, aber rasch dazulernte.

»Ja«, pflichtete Adam bei. »Das alles wäre möglich. Aber nach einiger Zeit bekommt man ein Gefühl für diese Dinge. Erstens gibt es, soviel wir wissen, an dieser Stelle kein Dorf. Bitte benutzen Sie Ihre durchsichtigen Textblätter mit der archäologischen Karte von Babylon. Das Dorf Kweirisch liegt einen Kilometer südlich dieser Wärmequellen, in der Nähe des Ischtartors. Außerdem sehen Dörfer anders aus. Und die Kochstellen und Lampen eines Dorfes oder einer Schäferei bilden andersgeartete Rückstände. Das Beispiel hierfür ist Kweirisch. Aufgrund einer Spektralanalyse dieses Fotos darf angenommen werden, daß an diesem Abhang Phosphor verbrannt wurde. Und hier — in Quadrat eins-vier — sehen Sie sich die Größe der Wärmequelle an. Sie ist undeutlich, wie Sie sehen, aber sie muß ausgedehnt sein. Sehen Sie? Ein Flugzeug, dessen Triebwerke seit vielleicht vierundzwanzig Stunden oder mehr stillstehen. Dann hier eine Reihe von Streifen, wie fahrende Lastwagen — oder wie ein leichtes Flugzeug, das gestartet ist. Sehen Sie diese Flecke auf jedem der Fotos? Es kann sich um eine kleine Maschine handeln, die den Hügel überfliegt.«

Laskov wußte, daß dies alles für die anwesenden Laien höchst dubios klingen mußte. Aber zu seiner Überraschung unterbrach der Premier Adam mitten im Satz. »Ich glaube Ihnen, Sergeant Adam. Gott weiß, warum, aber ich tu's.« Dann wandte er sich zu Laskovs noch größerer Überraschung nicht etwa an seine militärischen Ratgeber, sondern an ihn. »Los, Laskov, eine Geschichte, die zu diesem lächerlichen Geschmier hier paßt.«

Laskov blickte in die Runde. »Es scheint . . . das heißt, wir können nur Vermutungen anstellen . . .«

»Nein. Nein«, unterbrach der Premier. »Keine Vermutungen. Ich möchte eine von Ihren göttlichen Offenbarungen hören. Sagen Sie mir . . .« er schwenkte eine besonders rätselhafte Aufnahme » . . . was bedeutet *dieses* hier, General?«

Laskov wischte sich mit dem Taschentuch den Schweiß von der Stirn. »Das hier, Sir, bedeutet, daß die Concorde zur Landung in Babylon gezwungen wurde — von der Lear. Wie, das ist uns bekannt. Es war kein Luftpirat an Bord, und der Pilot der Concorde — Becker — landete, sicherlich aufgrund einer Abstimmung, die Maschine außerhalb der von den unten wartenden Terroristen eingekreisten Fläche.«

Laskov schloß die Augen. Er schien nachzudenken. Nach ein paar Sekunden öffnete er die Augen wieder, aber jetzt war sein Blick in weite Ferne gerichtet. Er fuhr fort: »Nun hatten die Passagiere die Wahl zwischen fliehen oder kämpfen. Nein, sie hatten keine Wahl. Die Concorde scheint direkt über dem Euphrat zu stehen. Also waren sie abgeschnitten. Sie konnten nirgendwohin fliehen, außer in den Fluß. Die Terroristen haben ihnen sofort alle Fluchtwege abgeschnitten. Also beschlossen die Passagiere, zu bleiben und zu kämpfen. Sie befinden sich auf einer verschütteten Zitadelle. Keine schlechte Verteidigungsstellung. Bitte schauen Sie auf Ihre Karten. Und sie hatten eine Uzi und eine M-14 mit Nachtzielgerät und vielleicht ein halbes Dutzend Pistolen. Die Terroristen kommen den Hügel herauf, vielleicht ohne auf Widerstand gefaßt zu sein, und werden unter Feuer genommen. Die Araber ziehen Hals über Kopf wieder ab. Lassen vielleicht dabei ein paar Waffen zurück. Natürlich wiederholen sie den Versuch . . .«

Laskov schwieg eine Weile. »Der Funk der Concorde ist gestört. Sie können nicht senden. Wir wissen aus unseren Quellen, daß irgendwo in der Nähe von Hillah ein Störsender steckt. Das ist an sich nicht ungewöhnlich — wir haben Dutzende solcher Berichte. Aber so, wie die Dinge liegen, kommt diesem eine besondere Bedeutung zu.« Wieder schwieg er und blickte in die Runde. »Unsere Leute versuchen also, sich zu halten, und sie warten darauf, daß ihnen jemand zu Hilfe kommt.« Er schaute den Premier an.

Der Premier erwiderte den Blick. »Eine tolle Geschichte, General. Ob Sie mich wohl auch in dieses himmlische Funknetz einschleusen könnten, an das Sie angeschlossen sind?« Eine Weile trommelte er mit dem Bleistift auf die Tischplatte. »Es sind also nur wenige Terroristen? Nur so viele, daß die Leute aus der Concorde sich erfolgreich gegen sie verteidigen können?«

Der Foto-Auswerter meldete sich zum Wort. »Sir, wenn das, was wir auf diesen Fotos sehen, ein Kampf war, dann war es ein erbitterter Kampf. Am ganzen Hang sind auf einem halben Kilometer Wärmerückstände zu sehen.«

»Nun«, sagte der Premier, »dann können es nicht unsere Leute gewesen sein. Wie hätten sie mit einer größeren arabischen Streitmacht einen regelrechten Kampf ausfechten können? Vielleicht ist das, was wir hier vor uns haben«, er tippte auf sein Foto, »irgendein örtlicher Aufstand?«

»Das große Flugzeug, Sir«, erinnerte ihn Adam. »Und die überfliegende Maschine.«

»Rutschen Sie mir den Buckel runter mit ihrem großen Flugzeug«, fauchte der Premier. »Dieses Wischiwaschi!« Er schob den Stapel Fotos von sich. Wieder trommelte er mit seinem Bleistift auf den Tisch, zerriß Papier in kleine Schnitzel, dann lehnte er sich zurück und seufzte. »Also gut. Ein großes Flugzeug. Ein hitziger Kampf. Warum nicht?« Er drehte sich nach seinem Telefonisten um, der in einer Nische saß, und rief ihm zu: »Haben wir die Verbindung mit Bagdad?«

»Bagdad ist in der Leitung, Sir. Der Präsident wird jeden Moment am Apparat sein.«

Stille herrschte im Raum, während die Sekunden sich hinzogen.

Dann rief der Telefonist. »Der Präsident des Irak. Leitung vier.«

Der Premier nahm den Hörer auf. Er drückte den Knopf und sprach in leidlichem Arabisch. »Guten Morgen, Herr Präsident. Ja, Sir, es betrifft natürlich die Concorde. Babylon, Herr Präsident. Ja, *Babel.*«

Miriam Bernstein und Esther Aronson waren theoretisch noch immer unter Arrest in der Kabine der Concorde. Hausner hatte Burgs Pläne für seine sofortige Aburteilung durchkreuzt, aber Burg bestand auf seinem Willen — auf dem Willen, dachte Hausner, ihm aus diesem Zwischenfall einen Strick zu drehen. Hausner argwöhnte, daß Burg ihm die Führungsfähigkeit absprechen wollte. Burg glaubte, damit im Interesse der Gruppe zu handeln, und wenn zu diesem Zweck ein paar Frauen erschossen würden und er, Hausner, der letzten beiden Dinge beraubt würde, die ihn noch aufrecht hielten — Miriam und seine Stellung als oberster Befehlshaber —, dann war dies durchaus gerechtfertigt. Burg wußte über ihn und Miriam Bescheid, was indessen an seiner Einstellung nicht das geringste änderte, und Hausner mußte ihm dafür Achtung zollen. Hausner war unglücklich darüber, daß er sich nicht zu gesunden Haßgefühlen gegen Isaac Burg aufraffen konnte. Es war Hausners Pech, daß er diesen Menschen mochte. Andernfalls wäre Burg niemals so weit gekommen.

Um die internen Probleme noch zu verschärfen, entwickelte der Außenminister jetzt mit einigem Verzug sein eigenes Machtspiel, und er hatte viele Anhänger, nicht nur wegen seines Rangs, sondern weil er eine unwiderstehlich attraktive Lösung aller Schwierigkeiten anbot. Ariel Weizmans Theorie lautete, daß sich keine Araber mehr an den Ufern des Euphrat aufhielten. Die Israelis könnten daher den westlichen Stadtwall hinab fliehen und den Euphrat überqueren. An Verwundete und Nichtschwimmer sollten die Schwimmwesten aus der Concorde verteilt werden.

Hausner und Burg hatten einer kurzen Besprechung zugestimmt, bei der die Vorschläge des Außenministers erörtert werden sollten. Man versammelte sich in der demolierten Kabine der Concorde. Der Außenminister führte den Vorsitz.

Hausner hatte das Wort. »Ich gebe zu, daß der Gedanke etwas Bestechendes hat, aber ich bezweifle, daß Ahmed Rish die elementarste taktische Regel außer acht gelassen hat, nämlich dem Gegner den Rückzug abzuschneiden.« Er versuchte, dies den eingefleischten Zivilisten unter den Anwesenden plausibel zu machen, sah sich jedoch wachsendem Widerstand gegenüber.

Hausners ursprüngliche Hausmacht hatte aus seinen sechs fanatisch loyalen Sicherheitsleuten bestanden: Brin, Kaplan, Rubin, Jaffe, Marcus und Alpern. Brin war tot, Kaplan, Rubin und Jaffe waren verwundet. Und seine Leute waren nicht mehr die einzigen Bewaffneten auf dem Hügel. Jetzt stießen sogar seine guten Ratschläge auf Ablehnung.

Burg kam Hausner mit dem Hinweis zu Hilfe, daß sie selbst nach einer gelungenen Überquerung des Flusses nicht weit kommen würden, falls Rish von ihrem Abzug Wind bekäme. »Wir würden auf den offenen Schlammebenen überfallen und massakriert werden wie Kaninchen, die von einem Rudel Schakale erwischt werden. Oder noch schlimmer: Wir würden zur Übergabe gezwungen.«

Dennoch wollten mehr als die Hälfte der Leute aus Babylon fliehen. Hausner wußte, daß er alles aufbieten mußte, um die Gruppe beisammen zu halten. Es wäre ein Jammer — eine Tragödie —, alle Opfer und alle Tapferkeit durch eine überstürzte Flucht zunichte zu machen.

Der Außenminister wollte mit Burg über Miriam Bernstein und Esther Aronson sprechen, aber Burg weigerte sich. Die Frauen mußten unter Arrest bleiben, bis er, Burg, Zeit fand, ein Kriegsgericht zusammenzustellen. Rabbi Levin nannte ihn einen Esel und entfernte sich unter Protest. Die kurze Sitzung wurde vertagt, ohne daß ein weiteres Treffen vereinbart wurde.

Hausner, Burg und noch viele andere bedauerten die jähe Beendigung dieser demokratischen Initiative nicht. Sie wußten zum Beispiel, daß eine zu diesem Zeitpunkt vorgenommene Abstimmung vermutlich den Außenminister ermächtigen würde, die Gruppe aus Babylon herauszuführen, und daß dieser Exodus in einer Katastrophe enden mußte. Ariel Weizman war nicht Moses, und die Wasser würden sich nicht vor ihm teilen und über Ahmed Rish und seinen Soldaten zusammenschlagen. Wenn Hausner und Burg überhaupt in einem Punkt übereinstimmten, so darin, daß erfolgreiche Kriegführung eine zu wichtige Sache sei, um Politikern überlassen zu werden.

Ahmed Rish und Salem Hamadi führten die Reste ihrer Truppen durch das Ischtartor und die Heilige Straße hinauf bis zum Tempel der Göttin Ninmakh, wo sie nach Westen in Richtung auf das griechische Theater abschwenkten. Sie marschierten im ausgetrockneten Bett eines alten Kanals und passierten die innere Stadtmauer. Einen Kilometer weiter westlich stießen sie auf die Außenmauer und folgten ihr bis zur nördlichen Zitadelle.

Rish trat zu Hamadi und flüsterte ihm ins Ohr: »Wir werden direkt in sie hineinmarschieren, noch ehe sie wissen, daß wir da sind.«

»Ja.« Hamadi lauschte auf den Wind, der von den Hügeln herabwirbelte. Sie marschierten an der windgeschützten Seite des Walls, aber die Ruinen der alten Wehrmauern waren nirgends höher als zwei Meter, und Sand und Staub erstickten beinahe die Männer, die sich schwer atmend mühten, mit Rish Schritt zu halten. »Wir müssen langsamer gehen, Ahmed.«

»Nein. Der Wind kann sich jeden Moment legen.«

Hamadi war kein Wüstenaraber, und der wehende Sand war ihm so fremd wie den Israelis auf dem Hügel. Er blickte auf die Schar seiner Männer, die sich wie Schemen durch das wirbelnde Dunkel bewegten. Viele trugen Verbände, und einige hinkten. Sie waren keine tadellos disziplinierte oder verläßliche Truppe mehr. Hamadi wußte, falls der Kampf sich nicht erwartungsgemäß abspielte, wären sie imstande, zu meutern und ihre Anführer zu töten. Unter »erwartungsgemäß« verstanden sie, daß sie die Israelis niedermetzeln und keine Geiseln nehmen würden. Ohne Geiseln aber würden er und Rish nicht verhandeln können. Hamadi wußte, daß er und Rish so oder so ausgespielt hatten. Rish hingegen schien dies nicht zu begreifen, und Hamadi wollte es ihm nicht sagen.

Rish beschleunigte den Schritt, und die Ashbals folgten seinem Beispiel. Sie liefen jetzt beinah, und Hamadi hatte das Gefühl, daß sie alle blindlings in ihr Verhängnis rannten, in ein Duell mit der Geschichte, in ihr persönliches Schicksal und in eine Konfrontation, die das Verhältnis zwischen Juden und Arabern für die nächsten zehn oder mehr Jahre bestimmen würde.

Hamadi hatte während der letzten vierundzwanzig Stunden aufmerksam Radio Bagdad gehört und wußte, daß ihm und den Seinen zumindest eine ernsthafte Gefährdung der Friedenskonferenz gelungen war. Aber die Möglichkeit, die Weltgeschichte zu verändern, verblaßte angesichts persönlicher Leidenschaften und Motivationen. Er dachte an Hausner während der Leibesvisitation — als Hausner nackt unter der sengenden Sonne neben dem Löwen von Babylon gestanden hatte. Er dachte daran, wie Hausners Haut sich anfühlte, als er die Hände darüber gleiten ließ. Er wurde von überwältigender Gier erfaßt, Jacob Hausner zu vergewaltigen, zu mißbrauchen. Ihn zu demütigen und schließlich zu foltern und zu verstümmeln.

Hausner verließ die Konferenz des Außenministers und ging allein, gebückt in den *sherji* hinaus. Sand peitschte sein Gesicht, und der Wind bauschte seinen zerfetzten Anzug. Das unaufhörliche Brausen und Pfeifen zerrte an seinen Nerven, am liebsten hätte er laut geschrien.

Er fand Kaplan an der Stelle kauern, wo Brin so viele Stunden ausgeharrt hatte. Das Nachtzielgerät war auf ein AK-47 montiert worden, aber es war ebensowenig imstande, diese wilde Nacht aufzuhellen wie der verhangene Mond.

Kaplan wurde vom Wundfieber geschüttelt, aber er hatte immer wieder geltend gemacht, der beste Nachtschütze auf dem Hügel zu sein.

Naomi Haber spähte über die Brustwehr, um etwaige Bewegungen im Staub auszumachen. Sie trug eine der eben erst angefertigten Schutzbrillen, bestehend aus dem Plexiglas der Kabinenfenster der Concorde. Die Ränder waren mit Schaumgummi aus den Sitzen bezogen, um den Sand abzuhalten, ähnlich wie eine Tauchermaske das Wasser abhält. Das Ganze war mit einem Gummiband um ihren Kopf befestigt.

Hausner nahm Kaplan beiseite. »Bei diesem Sandsturm müssen sie nicht bis Monduntergang warten, das wissen Sie ja wohl.«

»Das weiß ich.« Und Kaplan wußte auch über Hausner Bescheid. Er wußte, was jeder Tonfall bedeutete, jeder Tick, und er wußte, daß etwas kommen würde, etwas Unerfreuliches.

»Wir haben keine vorgeschobenen Beobachtungs- und Lauschposten mehr, und keine Frühwarnvorrichtungen. Wir sind blind.«

»Weiß ich.« Allmählich nahm die Sache Gestalt an.

»Mein stellvertretender Befehlshaber Burg hat ausdrücklich verboten, daß irgend jemand sich außerhalb des Verteidigungsgürtels begibt.«

»Auch das weiß ich.« Hausner war aus Staub und Schatten zu ihm gekommen und hatte ihn berührt wie der Engel des Todes. Und nun müßte er sterben.

»Aber Angriff ist die beste Verteidigung, heißt es. Wir können nicht hier warten wie ein Rudel aufgeschrecktes Wild und hoffen, daß die Wölfe sich angesichts unserer großen Zahl überlegen, ob sie angreifen sollen. Und wenn sie dann doch angreifen, so können wir uns nur wie das Wild Schulter an Schulter aneinanderdrängen und nach allen Seiten auskeilen. Wir müssen die Initiative ergreifen. Zum Angriff übergehen. Wie gestern nacht.«

»Andernfalls werden sie plötzlich aus diesen Staubwolken auftauchen und auf dem Hügel sein, ehe wir einen Finger rühren können. Schauen Sie mal dort hinaus.«

Gehorsam schaute Kaplan hinaus in den wirbelnden Staub. Die Verteidigungsstellungen waren mit Flugsand bedeckt, und die Sicht betrug nicht mehr als fünf Meter über den Verteidigungsgürtel hinaus. Der Feind konnte bereits dort stehen — sechs Meter vor ihnen, und er würde ihn nicht sehen. Eine jähe Angst, fast Panik, überfiel ihn, und er packte sein Gewehr fester. Verzweifelt kämpfte er gegen den überwältigenden Drang, in die Nacht hinauszurennen, die Schwärze mit seinem Körper zu durchdringen und zu sehen, was an diesem Hang vorging.

»Was ist dort draußen, Moshe? Was ist dort draußen?«

»Weiß ich nicht.«

»Möchten Sie's nicht wissen?« Kaplan gab keine Antwort.

Hausner wartete, dann fuhr er mit seiner Einschätzung der Lage fort. »Im augenblicklichen Stadium wäre der aussichtsreichste militärische Schachzug die Entsendung eines Stoßtrupps den Hügel hinunter. Er sollte sich an der äußeren Stadtmauer in einen Hinterhalt legen. Die Ashbals müssen, um hierher zu gelangen, dieser Mauer vom Ischtartor aus folgen. Ein solcher Hinterhalt würde nicht nur ihre Angriffsmacht dezimieren, sondern uns auch beizeiten alarmieren.« Er seufzte. »Aber Burg weigert sich, noch mehr Leute zu riskieren oder unsere Kräfte aufzusplittern. Es ist eine subjektive Entscheidung, und ich muß mich damit abfinden.« Er schwieg. »Andererseits . . . andererseits, wenn sich ein einzelner Mann mit einer automatischen Waffe und ein paar hundert Schuß Munition dort unten auf die Lauer legte, dann könnte er ungefähr ein Dutzend der anrückenden Ashbals abknallen, noch ehe sie Zeit hätten, zurückzuschießen.« Wieder schwieg er. »Ja?«

Hausner zündete sich hinter vorgehaltenen Händen eine Zigarette an und gab sie Kaplan, der sich nicht erinnern konnte, von Jacob Hausner jemals eine so freundschaftliche Geste gesehen oder erfahren zu haben.

Kaplan tat einen langen Zug an der Zigarette und gab sie nicht zurück. »Ich . . . ich glaube, ja. Wenn sie nicht schon halbwegs den Hügel heraufgekommen sind.«

»Stimmt«, pflichtete Hausner bei. »Das ist das eine. Und sie haben zweifellos am Fuß des Abhangs noch immer Posten ausgestellt. Aber ein einzelner Mann müßte bei dieser Dunkelheit ohne Schwierigkeiten an ihnen vorbeischlüpfen können.«

Kaplan zweifelte nicht, daß Hausner notfalls selbst gehen würde. Wenn Hausner beschlossen hatte, nicht selbst zu gehen, so nur, weil er der Ansicht war, daß er auf dem Hügel eine noch wichtigere Aufgabe zu erfüllen hatte. Aber Kaplan hatte, nachdem er einmal für Hausner sein Leben riskierte, ein überwältigendes Verlangen entwickelt, bis ins hohe Alter zu leben. Hausner versuchte, dieses Verlangen zu untergraben. »Ein Mann, der dort hinunterginge, hätte verdammt wenig Chancen, wieder zurückzukommen.«

»Verdammt wenig.«

»Besonders, wenn zum Beispiel eine Verwundung seine Bewegungsfähigkeit einschränkt.«

Hausner nickte. »Wie Sie wissen, Moshe, hatten wir von Anfang an nur ein paar richtige Soldaten auf diesem Hügel. Ihr sechs, Dobkin . . . ein paar Veteranen . . . Burg. Ihre Zahl nimmt ständig ab. Berufssoldaten wissen, daß eines Tages etwas von ihnen gefordert wird, was man von Wehrpflichtigen nicht verlangen kann. Verstehen Sie?«

»Natürlich.« Kaplan fragte sich, warum Hausner nicht zu Marcus oder zu Alpern gegangen war. Beide waren nicht verwundet. Er vermutete, daß es sich um den klassischen »ehrenvollen Auftrag« handelte. Bestimmt gab es auch noch andere Gründe, aber Kaplan konnte sich in Jacob Hausners Beweggründe nicht hineindenken.

»Also . . . danke, daß Sie sich meine Überlegungen angehört haben, Moshe.«

»Nichts zu danken.« Er zögerte. Als er sah, daß Hausner sich nicht von der Stelle rührte, sagte er: »Ja, manchmal kann man sich beim Zuhören eine Scheibe abschneiden.«

»Stimmt genau.«

Wieder zögerte Kaplan, dann drehte er sich um und tat einen Schritt. Er spürte Hausners Hand auf seiner Schulter und hörte Hausners Stimme irgend etwas Passendes sagen, aber der Wortlaut drang nicht in sein Gehirn. Der Mist war, daß er nicht einmal den

Menschen Lebewohl sagen konnte, denen er in den letzten vierundzwanzig Stunden so nahegekommen war. Er fühlte sich sehr einsam, als er in die Nacht hinausging.

28

Der Premierminister saß sehr aufrecht da, während er das Telefon ans Ohr hielt. Seine Augen flogen durch den Raum zu den Männern und Frauen, die das Gespräch über Kopfhörer mithörten. Die Unterredung mit Bagdad lief nicht gut. Der Präsident des Irak hatte die ganze Tonleiter der Emotionen durchgespielt, angefangen mit Erstaunen über den Anruf und Zweifel an der Information bis hin zur Weigerung, auf die Vorschläge des Premiers einzugehen. Der Premier sprach mit stetiger und fester Stimme. »Herr Präsident, ich *kann* Ihnen meine Informationsquelle nicht nennen, aber es handelt sich um eine *erfahrungsgemäß* zuverlässige Quelle.« Er warf einen Blick quer durch den Raum, wie um sich des Vorhandenseins der zuverlässigen Quelle zu versichern.

Teddy Laskov und Itzhak Talman standen an der Tür. Der Blick des Premiers schien die beiden Männer einer Nachprüfung zu unterziehen. Der Präsident des Irak seufzte, was, wie der Premier wußte, auf arabisch besagte: Jammerschade, aber eine Annäherung unserer Standpunkte ist nicht in Sicht, oder etwas in dieser Richtung. Der Iraker sagte: »Eine Tieffliegeraufklärung kommt ohnehin nicht in Frage. Der *sherji* bläst. Ich bin indessen überzeugt, daß Ihre amerikanischen Freunde bereits mit einer ihrer in großen Höhen operierenden Maschinen einen illegalen Überflug gemacht haben. Das sollte genügen.«

»Das entzieht sich meiner Kenntnis.«

Der Präsident des Irak ignorierte das Dementi und begann von neuem, seine Einwände gegen alle überstürzten Maßnahmen aufzuzählen. Der Premier horchte mit einem Ohr auf den Wind, der an den Jalousien rüttelte, und mit dem anderen auf die Worte des Irakers. Er wußte, daß während der Überschwemmungen, der Sandstürme und der Dunkelheit jede Operation zu Lande und in der Luft unmöglich war. Er wußte auch, je weiter er in den Iraker drang, um so deutlicher würden die Unzulänglichkeiten des irakischen Verkehrs- und Fernmeldewesens zutage treten, ganz zu schweigen von der unzulänglichen Bewegungsfreiheit ihrer Streitkräfte im eigenen Land. Das erzwungene Eingeständnis dieser Schwierigkeiten machte den Präsidenten noch reizbarer. Aber Hillah war so nah, und es war doch eine größere Stadt, dachte der Premier. Er sagte: »Hat Hillah eine Garnison?« Durch seinen Geheimdienst wußte er, daß dies der Fall war.

Langes Schweigen. Der Präsident des Irak beriet sich offenbar mit seinen Mitarbeitern. Endlich kam die Antwort: »Bedaure, das ist militärisches Geheimnis.«

Die Finger des Premierministers schlossen sich so fest um den Hörer, daß die Knöchel weiß hervortraten. »Herr Präsident . . . was schlagen *Sie* vor?« Er blickte auf seine Uhr.

»Daß man bis zum Aufhören des Sturms wartet oder zumindest bis Sonnenaufgang.«

»Dann könnte es zu spät sein.«

»Herr Ministerpräsident, es ist die alte Frage, ob man Menschenleben riskieren soll, um Menschenleben zu retten. Sie sagen, fünfzig Israelis werden in Babylon belagert, und ich soll mich auf ein Unternehmen einlassen, das durchaus ebensoviele Leben kosten kann . . . vom Geld ganz zu schweigen . . . Und überhaupt haben wir nicht die geringste Ahnung, was wirklich in Babylon vorgeht.«

»Aber Sie wissen, daß *irgend etwas* dort vorgeht?«

Der Iraker zögerte. »Ja. Irgend etwas. Wir erhielten soeben von unserem Bezirksamt in Hillah die Bestätigung, daß bei den Ruinen von Babylon etwas vorgeht.«

Als der Iraker dieses Zugeständnis machte, erhob sich im ganzen Raum Rascheln und Raunen. Der Premierminister beugte sich über das Telefon. Er sah keinen Grund mehr, seine Karten vorsichtig auszuspielen. Er sprach barsch. »Dann schicken Sie um Gottes willen die Soldaten aus Hillah hin.«

Wieder lange Pause. Als die Stimme aus dem Hörer kam, klang sie fast abbittend, verlegen. »Die Garnison in Hillah ist das 421. Bataillon . . . Ihr militärischer Nachrichtendienst dürfte Bescheid wissen. Diese Einheit besteht fast ausschließlich aus Palästinensern. Sie haben neunzehnhundertsiebenundsechzig und neunzehnhundertdreiundsiebzig gegen Ihr Land gekämpft. Die Offiziere sind Iraker, aber die Mannschaften sind Flüchtlinge und Söhne von Flüchtlingen. Es wäre unfair, diese Leute in einen derartigen Gewissenskonflikt zu bringen. Das werden Sie verstehen.«

Der Premier verstand. Er blickte auf. Die Leute mit den Kopfhörern sahen zornig auf. Sie wünschten sichtlich eine harte Verhandlungslinie. »Herr Präsident, könnten Sie jetzt mit Hillah sprechen. Ich bleibe am Apparat. Bitten Sie die dortigen Behörden — oder Ihre loyalen Offiziere — zu eruieren, was genau sich in Babylon abspielt.«

»Unglücklicherweise gibt es mit den Überlandverbindungen im Moment gewisse Schwierigkeiten. Der Sturm und die Überschwemmungen. Wir werden ihnen funken und abwarten, was sie feststellen können.«

»Gut.« Der Premier hatte keinen Grund, die Aussage des Irakers bezüglich der Überlandverbindungen für eine Lüge zu halten. Und er hatte noch einen Trumpf in der Hand. »Herr Präsident, meine Militärs berichten, daß es durchaus möglich ist, Babylon auf dem Wasserweg zu erreichen. Eine Expedition aus einer anderen Garnisonsstadt am Euphrat könnte innerhalb weniger Stunden in Babylon sein.«

Die Stimme des irakischen Präsidenten war jetzt hart und ungeduldig. »Stellen Sie sich den Euphrat so vor wie Ihr Flüßchen Jordan? Er ist ein gewaltiger, mächtiger Strom. Um diese Jahreszeit wandert er über die Ebene wie ein verirrtes Schaf — er verbindet sich mit Seen und Sümpfen und mit vielen, vielen kleinen Flüssen, die jetzt Hochwasser führen und fälschlich für den Hauptstrom gehalten werden können. Bei Nacht kann man leicht in den falschen Flußlauf geraten.«

Der Premier wußte das bereits. Ja, Babylon selbst lag nicht mehr am heutigen Euphrat, sondern am früheren, schmaleren Strombett. Aber trotzdem, eine moderne Armee- oder Marineeinheit sollte in der Lage sein, den Strom zu befahren. Die alten Mesopotamier hatten es schließlich auch gekonnt. »Herr Präsident, wir alle sind uns über die enormen Probleme im klaren, denen Ihr Land sich in jedem Frühling gegenübersieht, und wir wissen, daß wir zu jeder anderen Jahreszeit mit einer raschen und positiven Antwort auf unser Ansuchen rechnen dürften. Wir wissen auch, daß diese . . .« — er wollte nicht »Terroristen« sagen — »diese Guerillas unter anderem eben deshalb Ihr Land gewählt haben, weil Babylon jetzt für ein paar Wochen fast unzugänglich ist. Aber ich weiß auch, Herr Präsident, daß Sie uns trotz allem in jeder nur möglichen Weise behilflich sein werden.«

Keine Antwort. Dem Premier war klar, daß der Iraker bereits viel von seinem Stolz hatte opfern müssen, als er die Möglichkeit einer Befehlsverweigerung der Garnison und die Unmöglichkeit einer Truppenbewegung innerhalb des Landes eingestand, ganz zu schweigen von der Tatsache, daß ohne sein Wissen eine Concorde mitten in sein Land entführt werden konnte. Dazu kam noch, daß eine kleine Privatarmee aus Palästinensern in einem souveränen Staat operierte. Der Premierminister konnte dem Präsidenten dessen Mißstimmung nachfühlen. Nun blieb nur noch ein Mittel: zum Schaden noch den Spott hinzuzufügen, zu versuchen, den Iraker zu irgendeiner Handlung zu provozieren. »Ist Ihnen bekannt, Herr Präsident, daß sich in der Shamiyah-Wüste ein militärischer Stützpunkt der Palästinenser befindet? Von dorther dürften auch diese Palästinenser in Babylon kommen.« Wiederum keine Antwort. Der Premier sah sich am Tisch um. Ein Oberst der Spionageabwehr, der im Lauf der Jahre Gelegenheit gehabt hatte, den Präsidenten des Irak zu studieren, kritzelte etwas auf einen Zettel und schob ihn dem Premier zu. Der Premier las: *Jetzt haben Sie ihn schon bis aufs Blut gereizt, machen Sie ihn fertig. Diplomatie liegt nicht mehr drin.* Der Premier nickte und sagte ins Telefon: »Sind Ihre Streitkräfte *imstande*, zu dieser späten Stunde eine Expedition zusammenzustellen, Herr Präsident?«

Noch immer keine Antwort. Endlich ließ sich die Stimme des Präsidenten wieder vernehmen. Sie klang sehr kalt. »Ja. Ich werde Befehl geben, eine Flußexpedition zusammenzustellen. Aber vor dem Morgengrauen wird eine Landung unmöglich sein. Das ist das Äußerste, das ich tun kann.«

»Großartig«, sagte der Premier, der wußte, daß es alles andere als großartig war, aber das Wenige, das er erreicht hatte, nicht aufs Spiel setzen wollte.

»Was sollten wir Ihrer Ansicht nach dort vorfinden?«

»Ich habe keine Ahnung.«

»Wir auch nicht. Aber um Ihretwillen hoffe ich, daß wir überhaupt etwas vorfinden. Andernfalls wäre das für Sie eher peinlich.«

»Ich weiß.« Der Premier schwieg eine Weile. Es war Zeit für die große Frage. »Würden Sie uns erlauben, Ihnen zu helfen? Wir könnten gemeinsam vorgehen.«

Diesmal antwortete der Präsident unverzüglich. »Das kommt auf keinen Fall in Frage.«

Es hatte keinen Sinn, darüber zu debattieren. »Gut. Dann wünsche ich Ihnen viel Glück.«

Der Iraker ließ das Schweigen eine Zeitlang andauern, dann sagte er leise: »Babylon. Die Gefangenschaft. Seltsam.«

»Ja. Seltsam.« Man konnte im Nahen Osten keinen politischen oder diplomatischen Schritt tun, ohne auf fünftausend Jahre Geschichte und eine Menge böses Blut zu stoßen. Etwas, das zum Beispiel die Amerikaner nie begriffen hatten. Ereignisse, die Jahrtausende zurücklagen, wurden bei internationalen Konferenzen aufs Tapet gebracht, als hätten sie erst in der vorvergangenen Woche stattgefunden. Bestand unter solchen Umständen überhaupt noch Hoffnung? »Aber so seltsam auch wieder nicht.«

»Vielleicht nicht.« Der Iraker zögerte. »Bitte, glauben Sie nicht, daß es uns an Verständnis fehlt. Die Terroristen leisten auch uns keinen Dienst. Keine verantwortungsbewußte arabische Regierung billigt ihr Vorgehen.« Wieder hielt er inne, und die Israelis konnten aus ihren Kopfhörern einen tiefen melancholischen Seufzer vernehmen. Er war so typisch arabisch, und zugleich so jüdisch, daß viele der Anwesenden ein Gefühl der Sympathie, sogar der Brüderlichkeit überkam. Der Präsident des Irak räusperte sich. »Ich muß aufhören.«

»Ich rufe Sie vor Morgengrauen wieder an, Herr Präsident.«

»Gut.«

Die Leitung war tot. Der Premier blickte auf. »Also, wollen wir jetzt eingreifen oder nicht?« Er schaute auf die Wanduhr. Noch wenig mehr als sechs Stunden bis zum Tagesanbruch in Babylon. »Oder warten wir auf die Iraker?« Er zündete sich eine Zigarette an, das Streichholz kratzte laut über die Reibfläche. »Dies war das erste Gespräch, das ein israelischer Ministerpräsident und ein Staatspräsident des Irak jemals miteinander geführt haben. Wollen wir das eventuelle Resultat aufs Spiel setzen? Wollen wir das ganze Friedensklima aufs Spiel setzen, zu dem der Flug der beiden Concordes beitragen sollte?« Er versuchte, aus den Gesichtern am langen Tisch zu lesen. Viele dieser Gesichter hatte er auch bei den Entebbe-Besprechungen gesehen, aber das hier war eine viel kompliziertere Situation als Entebbe, und schon damals waren Tage vergangen, ehe man einer militärischen Lösung zugestimmt hatte.

Die Generäle und Politiker standen einer nach dem anderen auf. Jeder hatte zwei Minuten Redezeit, um seine Ansichten vorzutragen. Der Raum schien in zwei ziemlich gleich starke Parteien aufgeteilt, und die Trennlinie verlief nicht zwischen Militärs und Zivilisten. Gut die Hälfte der Militärs riet zur Zurückhaltung, und gut die Hälfte der Zivilisten war für eine militärische Lösung. Wenn es zur Abstimmung kam, mußte das Ergebnis sehr knapp ausfallen.

Amos Zevi, stellvertretender und jetzt amtierender Außenminister, stand auf. Er erklärte, daß sowohl Außenminister Ariel Weizman wie auch Staatssekretärin Miriam Bernstein, wenn sie hier anwesend wären, für Zurückhaltung stimmen würden.

General Hur erhob sich und konterte: »Das mag sein, Herr Minister, wenn sie *hier* wären. Aber wenn sie uns ihre Stimmzettel aus Babylon zuschicken könnten, so würden sie zweifellos für einen sofortigen Luftangriff optieren.« Worauf das einzige Gelächter in der sonst so düsteren Runde aufkam.

Einige der Anwesenden glaubten immer noch, Ahmed Rish halte die Israelis als Geiseln und werde sehr bald seine Forderungen anmelden. Diese Splittergruppe wollte sich verhandlungsbereit zeigen, sobald die Bedingungen auf dem Tisch lägen.

Staatsminister Jonah Galili stand auf. Er rief den Versammelten ins Gedächtnis, daß im Fall Entebbe zwei Oberrabbiner in Israel die *Halacha*, die Sammlung gesetzlicher Vorschriften nach traditioneller jüdischer Auffassung, dahingehend interpretiert hatten, daß der Austausch von Geiseln gegen Terroristen zulässig sei.

Justizminister Nathan Dan, selbst Rabbi und Rechtsanwalt, sprang auf. »Ich schließe mich dieser Interpretation nicht an!«

Der Premier hieb so energisch mit der Hand auf den Tisch, daß das kleine Häufchen Papierschnitzel hochflatterte. »Das reicht. Wir sind hier weder in einem *Yeshiva* noch in einem Kaffeehaus in Tel Aviv. Ich diskutiere nicht über alte *Halachoth* oder über alte hebräische Lehrmeinungen. Ich diskutiere über hier und jetzt. Laskov! Sie sind dran. Zwei Minuten.«

Teddy Laskov stand am Ende des langen Tisches. Er sprach in allgemeinen Wendungen, zitierte klassische militärische Argumente zugunsten eines sofortigen Eingreifens, sah jedoch, daß seine Worte keinen Eindruck machten. Es war klar, worauf die Scheu vor einer Entschlußfassung basierte: auf der Furcht, einen Luftangriff auf Babylon zu inszenieren und dort außer Wüstentieren nichts vorzufinden. In einer parlamentarischen Demokratie konnte ein solches Fiasko bedeuten, daß die gesamte Regierung und die halbe Knesset nach Hause gehen und ihre Memoiren schreiben konnten. Würde die Regierung hingegen handeln und die Concorde zwar finden, nicht aber die Friedensdelegation oder — was Gott verhüten möge — nur noch tote Delegierte, dann ließe sich der Versuch zumindest mit humanitären Gründen vor der Welt rechtfertigen. Aber wenn er, Laskov, unrecht hatte — wenn der Foto-Auswerter unrecht hatte — und man gar nichts fand . . .

Laskov entschloß sich zu einem Vabanquespiel. »Ich verstehe, wo der Haken sitzt. Also gut. Wenn ich nun schlüssig beweisen kann, daß unsere Leute in Babylon sind, hätte dann noch irgend jemand hier Einwände dagegen vorzubringen, daß wir hinfliegen und sie holen?«

Der Premier stand auf. »Genau das ist die Crux, General. Wenn Sie mir schlüssig beweisen können, daß unsere Leute dort sind, werde ich für eine militärische Aktion stimmen.«

Es war die ideale Hintertür für jeden. Sollte sich in der Folge herausstellen, daß man doch einen Luftwaffeneinsatz hätte genehmigen sollen, so könnten die Regierungsmitglieder dem israelischen Volk ihre Handlungsunwilligkeit mit der plausiblen Begründung falscher und unvollständiger Information erklären. Sie könnten kategorisch behaupten, nie *gewußt* zu haben, daß die Friedensdelegierten in Babylon waren. Es war mehr als nur eine Ausrede. Es war die Wahrheit.

»Und woher wollen Sie diesen schlüssigen Beweis nehmen, General?« fragte der Premierminister. »Leider können wir uns beim besten Willen nicht mit einer weiteren göttlichen Einflüsterung begnügen, es sei denn, wir dürfen alle mithören.«

Laskov ignorierte das vereinzelte Gelächter. »Bin ich befugt, in Ihrem Auftrag zu handeln?«

»Sie verlangen eine ganze Menge.«

»Bis Tagesanbruch.«

»Nun ja, in dieser kurzen Zeit können Sie wohl nicht viel Schaden anrichten. Also gut. Inzwischen stehen die Einsatzmaschinen zum Alarmstart bereit. Wenn Sie vor fünf Uhr dreißig hierher zurückkommen und mir zumindest den unbestreitbaren Beweis dafür zeigen, daß die Concorde sich in Babylon befindet, dann drücke ich auf den roten Knopf und wir alle drücken die Daumen und hoffen das Beste. Sollten wir jedoch noch vor dieser Zeit von den Irakern Bescheid bekommen, daß nach ihren zuverlässigen Ermittlungen nichts und niemand in Babylon ist, dann wäre jeder Beweis, den Sie mir bringen, *ipso facto* nicht mehr stichhaltig. Nach Tagesanbruch werde ich mich auf jeden Fall auf die Zusicherung der Iraker verlassen müssen, daß sie Soldaten nach Babylon schicken. Ich möchte nicht, daß unsere Einsatztruppe mit der ihren zusammenstößt, also ist ab fünf Uhr dreißig jede Aktion abgeblasen. Ist das fair genug?«

»Ich möchte die Einsatzstaffel anführen.«

Der Premier setzte sich und schüttelte den Kopf. »Ihre Nerven möchte ich haben. Sie sind nicht einmal mehr bei der Luftwaffe. Warum habe ich Ihnen Vollmacht erteilt, in meinem Namen zu handeln? Ich muß wahnsinnig gewesen sein.«

»Bitte.«

Im Raum herrschte völlige Stille. Der Premier schien lange Zeit in Gedanken versunken zu sein, dann stand er wieder auf und blickte Laskov an. »Sollten Sie mich von der Notwendigkeit unseres Eingreifens überzeugen, dann wäre es mir sehr recht, wenn Sie die Staffel anführten. Ich wüßte nicht, wen ich lieber entsenden würde«, sagte er zweideutig.

Laskov salutierte, machte kehrt und marschierte strammen Schritts in die Halle. Talman folgte ihm eilends. Während die beiden Männer an den Leuten in der überfüllten Halle vorübergingen, flüsterte Talman: »Was, zum Teufel, wollen Sie denn in so kurzer Zeit an Informationen auftreiben?«

»Wenn ich das wüßte«, sagte Laskov.

Sie traten ins Freie, schritten durch den Arkadenvorbau, passierten ein Eisentor und waren auf der Straße. Schweigend gingen sie nebeneinander her. Nichts regte sich in Jerusalem, nur der heiße, trockene Wind. Trotz der Hitze war es eine wundervolle Nacht, wie nur Frühlingsnächte in Jerusalem sein können. Die Luft war von süßem Blütenduft erfüllt, und der Himmel leuchtete kristallklar. Der zunehmende Mond war fast voll, sein Licht gelb und warm. Auf jedem freien Fleck wuchsen Blumen, Weinstöcke und Bäume, wie in einem Dorf. Die Straße war mit antiken Steinen gepflastert, und die Häuser konnten ebensogut zwanzig wie zweitausend Jahre alt sein. In Jerusalem schien das keine Rolle zu spielen. Alles war uralt und alterslos zugleich.

Talman fragte: »Warum, zum Teufel, haben Sie es dann gesagt? Es bestand eine minimale Chance, daß sie für ein Eingreifen gestimmt hätten. Jetzt haben Sie ihnen eine Ausflucht geliefert.«

»Nie und nimmer hätten sie für ein Eingreifen gestimmt.«

Talman blickte Laskov im schwachen Licht prüfend an. »Kommen Ihnen etwa Zweifel?«

Laskov blieb abrupt stehen. »Nicht im geringsten. Unsere Leute sind in Babylon, Itzhak. Ich weiß es.« Er zögerte und fügte hinzu: »Ich kann sie *hören.*«

»Unsinn. Ihr Russen seid unverbesserliche Mystiker.«

Laskov nickte. »Das stimmt.«

Talman machte seine ehemalige Autorität geltend. »Ich will jetzt wissen, was Sie sich dabei dachten, als Sie sagten, Sie wollten einen schlüssigen Beweis vorlegen.«

Laskov setzte sich wieder in Bewegung. »Nehmen wir mal an, Sie wollten einer in großer Höhe fliegenden Aufklärungsmaschine eine Botschaft zukommen lassen. Wie würden Sie das anfangen, ohne Funk?«

Talman überlegte kurz. »Meinen Sie, eine Botschaft zum Fotografieren? Ja, dann würde ich irgendein großes Zeichen auf dem Boden anbringen. Wenn das unmöglich ist, weil zum Beispiel die Maschine in sehr großer Höhe fliegt und es dunkel oder bedeckt ist, oder es wütet ein Sandsturm, dann würde ich . . . eine Wärmequelle schaffen. Aber wir haben diese Wärmequellen gesehen. Sie liefern keinen Beweis.«

»Aber sie *würden* einen liefern, wenn eine von ihnen die Form des Davidsterns hätte.«

»Hatte aber keine.«

»O doch.«

»Aber nein.«

Laskov schien im Gehen ein Selbstgespräch zu führen. »Ich wundere mich, daß von all diesen Eierköpfen niemand darauf gekommen ist. Aber das ist eine Wissenschaft für sich — die Sache mit den Infrarotfotos, meine ich. Vielleicht haben unsere Leute schon einen Davidstern fertig zum Anzünden, für den Fall, daß sie ein Flugzeug *sehen*. Aber sie wissen nicht, daß der Stern, wenn er einmal gebrannt hat, noch einige Zeit nach dem Erlöschen von einem Flugzeug aus fotografiert werden kann. Dobkin und Burg hätten daran denken müssen. Aber ich darf nicht zu kritisch sein. Durchaus möglich, daß sie kein Kerosin mehr haben oder daß sie es aus irgendeinem anderen Grund nicht machen konnten oder den Rest des Kerosins für die Herstellung von Bomben brauchten. Und warum sollten sie auf die Idee kommen, daß jemand Aufklärungsflüge über Babylon durchführt? Ich meine, warum — . . .«

Talman unterbrach ihn. »Teddy, es geht einzig darum, daß sie keinen Davidstern angezündet haben und auch sonst nichts, das besagt : ›Leute, hier sind wir!‹ Vielleicht blieb ihnen keine Zeit mehr, vor . . .« Seine Stimme erstarb. »Auf jeden Fall gibt es kein solches Zeichen oder Signal.«

»Und wenn es eines *gäbe . . .?*«

»Dann wäre ich überzeugt. Und mit mir auch die Mehrzahl der anderen.«

»Schön, dann müssen wir uns jetzt diejenigen Fotos ansehen, von denen der Nachrichtendienst der Luftwaffe glaubt, daß sie für den Premierminister unerheblich sind. Ich bin überzeugt, daß wir die Wärmerückstände eines mit Kerosin abgebrannten Davidsterns feststellen können. Man muß nur wissen, wonach man sucht —, dann findet man es auch.«

Talman erstarrte auf der Stelle. Seine Stimme war schwach, fast nur ein Flüstern. »Sind Sie wahnsinnig?«

»Keineswegs.«

»Heißt das, Sie wollen tatsächlich versuchen, eines dieser Fotos zu fälschen?«

»Glauben Sie, daß unsere Leute in Babylon sind — oder waren?«

Talman glaubte es, aber er wußte nicht, warum. »Ja.«

»Heiligt der Zweck die Mittel?«

»Nein.«

»Wenn Ihre Frau — oder Ihre Tochter — unter diesen Leuten wäre, würden sie dann anders denken?«

Talman wußte über Laskov und Miriam Bernstein Bescheid. »Nein.«

Laskov nickte. Talman log nicht. Er hatte zu viele Jahre unter

Engländern gelebt. Gefühle spielten bei seiner Entscheidungsfindung eine geringe oder gar keine Rolle. Was im allgemeinen etwas Positives war. Aber manchmal, dachte Laskov, sollte Talman ein klein bißchen jüdischer sein. »Versprechen Sie mir, zu vergessen, was ich soeben gesagt habe; und zu Hause ein paar Stunden schlafen?«

»Nein. Ich erachte es vielmehr als meine Pflicht, Sie unter Arrest zu stellen.«

Laskov legte seine großen Hände auf Talmans Arme. »Sie sterben in Babylon, Itzhak. Ich weiß es. Die Russen *sind* Mystiker, und die russischen Juden sind die schlimmsten von allen. Ich kann sie *sehen*, glauben Sie mir. Gestern nacht sah ich sie im Traum. Ich sah Miriam Bernstein auf einer Zither spielen — einer Harfe — und an einem Fluß weinen. Erst vor kurzem, im Café, begriff ich, was das bedeutet. Glauben Sie, ich würde Sie in dieser Sache belügen? Nein. Natürlich glauben Sie das nicht. Itzhak, lassen Sie mich ihnen helfen. Lassen Sie mich tun, was ich tun muß. Vergessen Sie, was ich Ihnen gesagt habe. Als Sie mein Kommandeur waren, drückten Sie mehr als einmal beide Augen zu — doch, doch, das weiß ich, fahren sie nicht aus der Haut. Gehen Sie heim. Gehen Sie heim und schlafen Sie bis Mittag, und wenn Sie aufwachen, ist alles vorbei. Es wird ein nationaler Feiertag sein — oder ein Trauertag, ja, vielleicht sogar Krieg. Aber welche Wahl haben wir? Lassen Sie mich machen. Es ist mir egal, was danach mit mir passiert. Aber lassen Sie mich jetzt gehen.« Er preßte Talmans Arme fest an sich.

Talman war Laskovs plötzliche physische und emotionale Vertraulichkeit peinlich. Er machte eine kleine Bewegung, die besagen sollte, daß er nicht festgehalten werden wollte, aber Laskov lockerte seinen Griff nicht. Talman stand an einem Kreuzweg und glaubte, besser zu einer Entscheidung zu finden, wenn Laskov sich ein wenig zurückhielt. Die Israelis traten immer zu nah an einen heran, nicht so nah wie die Araber, aber sehr nah. Zu nah für Talmans Geschmack. »Also . . .« Aber Laskovs Nähe machte ihn . . . was machte sie ihn? Er konnte die Wärme des Mannes fühlen, seinen Atem. Er konnte fühlen, wie etwas durch Laskovs Finger strömte und in seinen eigenen Körper. »Ich glaube . . .« Es war wirklich gräßlich. Das Gesicht des anderen war keinen halben Meter von dem seinen entfernt. Und er konnte . . . fühlen, was Laskov fühlte. »Ich . . . glaube, ich gehe nach Hause . . . Nein . . . Ich komme mit Ihnen. Ja, verdammt noch mal! Es ist Wahnsinn, verstehen Sie . . . glatter Wahnsinn . . . aber ich werde Ihnen helfen. Jawohl!«

Laskov lächelte leicht. Ja, er kannte Talman wirklich so gut, wie er gehofft hatte. Sogar Talman ließ sich rühren. Der Traum war ein guter Einfall gewesen. »Gut.« Er ließ Talman los und trat zurück. »Hören Sie. Ich kenne einen Fotolaboranten der Luftwaffe in Tel Aviv. Wir können ihn auf dem Weg zur Zitadelle zu Hause abholen. Er kann aus einer alten Vogelscheuche ein Aktfoto von Elizabeth Taylor machen, wenn wir das möchten. Er wird alles tun, was ich ihm sage, und keine Fragen stellen.«

Talman nickte, und wieder setzten sie sich in Bewegung. Fast im Laufschritt kehrten sie zu der Reihe Taxis zurück, die vor dem Amtssitz des Premierministers standen. Sie sprangen in einen Wagen. »Tel Aviv!« keuchte Laskov atemlos. »Nationaler Notstand!«

29

Benjamin Dobkin ergriff Shear-jashubs Hand. Die beiden Männer standen auf der hohen Ziegelmole über dem Euphrat. Sämtliche Dorfbewohner, ein paar Dutzend Menschen, hatten sich am Fuß der Mole versammelt und beobachteten sie schweigend. Der Mond beschien die Staubwolken am jenseitigen Ufer. Auf ihrer Seite war es zwar auch windig, aber der Großteil des Staubs fiel in den Strom. Der Euphrat war bewegt, kleine Wellen klatschten gegen die Mole. Die Überquerung würde nicht einfach sein, und die anschließende Landung auch nicht. Dobkin sagte zu dem alten Mann: »Tragen Sie ihn hinaus auf die Schlammebene zu den Schakalen, und gehen Sie morgen wieder wie alle Tage Ihrer Arbeit nach.«

Der Alte nickte höflich. Niemand mußte ihn lehren, wie man überlebt. Sein Dorf hatte zweitausend Jahre lang Zeiten überlebt, die der Massenvernichtung in Europa nur in der Zahl der Opfer nachstanden. »Gott geleite Euch auf Eurem Wege, Benjamin.«

Dobkin trug den blutverschmierten Kampfanzug und die *khef-fiyah* des toten Ashbal. Der Mann selbst würde bald in den Bäuchen der Schakale verschwunden sein, aber Dobkin wurde die Befürchtung nicht los, Ahmed Rish könne eines Tages in dieses Dorf kommen, um Talib zu rächen und zu vollenden, was zwei Jahrtausende der Heimsuchungen nicht fertiggebracht hatten. »Würden Ihre Leute kommen wollen — heimkommen nach Israel —, wenn es sich machen ließe?«

Shear-jashub blickte Dobkin an. »Jerusalem?«

»Ja, Jerusalem. Oder sonstwo in Israel. Herzliya, wenn Sie wollen.« Undeutlich begriff er, was in dem alten Mann vorging. Israel war für ihn nur ein Name aus der Bibel, so wie Juda und Zion. Es war keine wirkliche Stadt und bedeutete für den Alten nicht viel mehr, als Babylon noch vor zwei Tagen für Dobkin bedeutet hatte. »Es ist eine schöne Stadt«, sagte Dobkin. »Und ein gutes Land.« Wie, zum Teufel, sollte er zweitausend Jahre überspringen? Nicht nur die hebräische Sprache hatte sich verändert, auch Begriffe und Werte waren Welten voneinander entfernt. »Hier könnten Sie in Gefahr sein.«

»Wir sind hier immer in Gefahr gewesen.«

Überhaupt, mit welcher Berechtigung stellte er ihnen eine Rückkehr nach Jerusalem in Aussicht? Wie sollte er sein Versprechen erfüllen, wenn sie annehmen würden? Aber er sprach weiter. »Sie sind schon viel zu lang in Babylon. Es ist Zeit, heimzukehren.« Er mußte hartnäckig sein. Sie waren wie Kinder, und sie wußten nicht, wie gut sie es in Israel haben würden. Und er konnte es nicht mitansehen, daß Juden in Unterdrückung lebten. Wenn er auf Reisen in anderen Ländern Juden sah, die sich duckten, würde er ihnen am liebsten zurufen: »Kommt nach Hause, ihr Idioten! Kommt nach Hause und tragt den Kopf hoch. Ihr habt jetzt ein Zuhause. Wir haben es für euch mit unserem Blut erkauft.« Er packte die Hand des alten Rabbi fester. »Kommen Sie nach Hause.«

Shear-jashub legte die freie Hand auf Dobkins Schulter. »*Aluf*«, begann er. »Seid Ihr gekommen, uns aus der Gefangenschaft zu führen? Oder seid Ihr ohne Euer Wissen das Werkzeug unserer endgültigen Vernichtung? Wartet. Laßt mich zu Ende sprechen. Im Buch steht geschrieben: ›Da machten sich auf, die Obersten der Vaterhäuser aus Juda und Benjamin und die Priester und Leviten, alle, deren Geist Gott erweckte, hinaufzuziehen und zu bauen das Haus des Herrn zu Jerusalem.‹ Aber Gott hat den Geist meiner Väter nicht erweckt, und sie blieben. Und ich will Euch etwas sagen, Benjamin. Als auch dieses Haus des Herrn, das die Zurückgekehrten gebaut hatten, der Neue, der Zweite Tempel, gleichfalls zerstört wurde und das Volk in alle Winde zerstreut die Welt durchwanderte, da waren es die in Babylon zurückgebliebenen Juden, welche die Flamme der Lehre hüteten. Babylon, nicht Jerusalem, war in jenen Jahren die große Stadt jüdischer Gelehrsamkeit und Kultur. Israel wird immer seiner Verbannten bedürfen, Benjamin, damit immer ein paar seines Volkes übrigbleiben, um das Gesetz weiterzugeben und nach Jerusalem zurückzukehren, falls es je wieder zerstört werden sollte.« Er lächelte, und alle

Runzeln seines braunen Gesichts glänzten im Mondlicht. »Ich hoffe, daß Gottes Geist Euch dereinst bewege, den Dritten Tempel zu bauen. Und dann sollt Ihr Euch erinnern — sollte Jerusalem abermals fallen, dann sind immer noch die Juden der Diaspora da, und sogar wir aus der Gefangenschaft, die zurückkehren und den Vierten errichten werden.« Er drückte Dobkins Hand und Schulter und schob ihn sanft von sich. »Geht, Benjamin. Geht und vollendet Eure Arbeit. Und wenn sie getan ist, dann sprechen wir vielleicht nochmals von Jerusalem.«

Dobkin machte rasch kehrt und ging bis ans Ende der Mole. Er blickte über die Schulter zurück und winkte den regungslos im Mondlicht stehenden Gestalten in den langen Gewändern zu. Wieder einmal überkam ihn das Gefühl absoluter Unwirklichkeit. Die Bilder, Geräusche und besonders die Gerüche dieses Orts machten es ihm fast unmöglich, vernünftig zu denken — zu denken wie ein Offizier des zwanzigsten Jahrhunderts.

Dobkin starrte hinunter in den Euphrat. Ein seltsames Fahrzeug, eine *gufa*, dümpelte auf dem Wasser. Es war einfach ein großer runder Korb, mit dem berühmten Erdpech von Babylon gedichtet. Es sah aus, als wäre es soeben frisch mit der Schlickmasse bestrichen worden. Es konnte ein paar Tage oder ein paar tausend Jahre alt sein. Dobkin ließ seine mächtige Gestalt vorsichtig hineingleiten, und es versank fast bis zum Rand. Ein junger Mann namens Chislon sprang hinter ihm hinein, ganz offensichtlich ohne sich darüber Sorgen zu machen, daß zwischen Wasser und Bootsrand nur noch ein paar Zentimeter waren. Die *gufa* schaukelte gefährlich tief im Wasser, dann kam sie mit etwa zehn Zentimeter Freibord an Chislons Seite und ungefähr fünf an Dobkins Seite zur Ruhe. Chislon nahm eine lange Stange vom Kai, warf die Vertäuung an Land und stieß das Fahrzeug ab.

Dobkin vermutete zu Recht, daß die *gufa* niemals bei Hochwasser, wie es zurzeit herrschte, den Euphrat befuhr. Schon nach wenigen Minuten bestätigte sich seine Vermutung: Die Stange stieß nicht mehr auf Grund, egal wie weit Chislon sich über den Rand des Fahrzeugs beugte. Chislon sah von Zeit zu Zeit auf und lächelte Dobkin zu.

Die *gufa* wurde schneller. Dobkin wußte, daß sie spätestens nach zwei Kilometern am jenseitigen Ufer anlegen mußten, wenn sie nicht über das südliche Ende von Babylon hinausschießen sollten, so daß er zu Fuß zurückgehen müßte. Dazu fühlte er sich nicht kräftig genug. Er erwiderte das Lächeln des jungen Mannes, der sich alle Mühe gab, ruhig zu wirken, aber sichtlich besorgt war.

Die zweite Möglichkeit, die Dobkin im Sinn umging, war eine Weiterfahrt nach Hillah. Hillah würde vielleicht helfen. Er könnte direkt zur Garnison gehen und die Lage erklären. Von dort würden sie dann Bagdad anrufen. Aber die Garnison von Hillah oder die dortigen Behörden mußten ohnehin wissen, daß in Babylon etwas vorging. Warum stellten sie dann keine Nachforschungen an? Er dachte darüber nach. Die Juden hatten nie so recht darauf vertraut, daß ihnen von außen her Hilfe zuteil würde. Nur auf Verrat waren sie gefaßt, und wurden nicht oft enttäuscht. Nein, er durfte nicht nach Hillah gehen. Er mußte ins Gästehaus oder ins Museum, ein Telefon aufstöbern und Israel anrufen. Einzig von dort konnte er Hilfe erwarten. Einzig dort gab es Menschen, denen es nicht egal war, ob er und die übrigen lebten oder starben — denen es ganz und gar nicht egal war.

Der *sherji* pfiff über das Wasser hin, und was ihm an Sand fehlte, machte er an Geschwindigkeit wett. Die *gufa* tanzte und schwankte und holte von allen Seiten Wasser über. Das runde Fahrzeug begann sich zu drehen wie ein Kreisel, und Dobkin wurde übel. Seine Leisten schmerzten, und sein Schenkel brannte höllisch. Er beugte sich über den Rand der *gufa* und erbrach die Mahlzeit aus heißem Zitronentee und einem nicht identifizierbaren Fisch, genannt *masgouf*.

Nun fühlte er sich besser. Er beugte sich tief über das Wasser und wusch sich das Gesicht. Auch Chislon sah ein bißchen blaß aus, wie er feststellte. Dobkin wies auf einige Lichter, die am jenseitigen Ufer auftauchten.

»Kweirisch«, sagte Chislon.

Jetzt wußte Dobkin mit Sicherheit, daß der junge Mann sich wegen des Wetters Sorgen machte. Europäer setzten stets blindes Vertrauen in einheimische Fremdenführer, aber in Wahrheit tun Einheimische selten oder nie Dinge, von denen europäische Abenteurer glauben, daß sie zum Alltagsleben gehören. Chislon hatte bestimmt noch nie den Euphrat bei Hochwasser befahren, mitten in der Nacht, während der *sherji* wehte.

Dobkin schaute sich die beiden Ufer an, die an ihm vorbeiflogen. Am östlichen verschleierten gewaltige Staubmassen das Land und hüllten den Mond ein. Er wußte, unter diesen Bedingungen würde auf dem Hügel der letzte Akt des Dramas schon lang vor Monduntergang einsetzen.

Hinter Kweirisch machte der Strom eine Biegung, und die *gufa* wurde noch schneller, als sie aus der Kurve kam. Das kleine Fahrzeug wurde von der heftigen Strömung zwischen den aneinanderrückenden Ufern mitgerissen. Chislon fuhr fort, mit seiner Stange nach Grund zu suchen, und brachte das Fahrzeug fast zum Kentern, sooft er sich weit über eine Seite beugte.

Dobkin versuchte abzuschätzen, wann sie auf diesem Kurs das jenseitige Ufer berühren würden. Vor ihnen wandte der Strom sich nach Westen, und wenn die *gufa* nicht schon vorher sank, dann konnte dort eine Landung möglich sein. Die Stelle dürfte sich etwa auf der Höhe der südlichsten Stadtmauer befinden. Er würde mindestens zwei Kilometer bis zum Ischtartor und zum Gästehaus zurückmarschieren müssen. Und falls er jemals dort anlangte — was dann? — überlegte er.

»Siege und Niederlagen sind Geschwister«, bemerkte Hausner.

Burg stopfte ein paar Zigarettenstummel in seine Pfeife und zündete sie trotz des Sturms so geschickt an, wie es nur ein eingefleischter Raucher fertigbringt.

Die beiden Männer kauerten in den Überresten der Laufgräben am Osthang. Sand rieselte in die Vertiefung und füllte sie langsam, aber unerbittlich wieder auf.

»Wo ist Kaplan?« fragte Burg zum zweitenmal.

Von wem Burg wußte, daß Kaplan fort war, konnte man nur raten, dachte Hausner. Vielleicht von Naomi Haber. Burg hatte seine Anhängerschaft. »Wissen Sie, daß nicht weit von hier, in einem Ort namens Kut, während des Ersten Weltkriegs eine ganze britische Armee von den Türken belagert wurde?« Hausner zündete sich eine nagelneue Zigarette an. »Das britische Expeditionskorps kam aus Indien, es landete am Persischen Golf an der Mündung von Euphrat und Tigris. Es sollte den Türken das einstige Mesopotamien entreißen. Die Araberhorden — Wüstenaraber und Sumpfaraber — waren wie Aasgeier. Nach jedem Zusammenstoß zwischen den beiden Armeen raubten sie die Toten aus und machten die Verwundeten kalt. Sie waren eine Landplage für beide Heere, und sie töteten Nachzügler, um deren Uniformen und Waffen willen. Das soll uns eine Lehre sein, und sie lautet, geh nicht raus auf die Schlammebenen. Denn wenn uns dort die Ashbals nicht erwischen, dann kriegen uns die marodierenden Araber.«

Burg zog einen Schal fester ums Gesicht, steckte die Pfeife zwischen zwei Stoffalten und zog daran. Er sah Hausner an. »Da bin ich ganz Ihrer Meinung. Bei Gelegenheit erzählen wir diese Geschichte auch dem Außenminister. Inzwischen, wo ist Kaplan?«

»Meine Geschichte geht noch weiter und sie lehrt uns noch etwas anderes, Isaac.«

Burg stieß zusammen mit einem resignierten Seufzer den Pfeifenrauch aus. »Also gut.«

»Nach einem heftigen Kampf mit den Türken mußten die Briten sich in diesem Ort namens Kut verschanzen. Der Nachschub blieb aus. Die Türken belagerten die Stadt, und die Belagerung dauerte Monate. Die britischen Entsatztruppen gelangten zwar bis auf einen Kilometer an Kut heran, aber die Türken schlugen sie immer wieder zurück. Schließlich waren Nahrungsmittel und Munition zu Ende, und die Briten mußten sich ergeben. Einer der schwersten Vorwürfe gegen den britischen Festungskommandanten — dies ist in den Akten des Kriegsministeriums festgehalten — lautete, er habe versäumt, von Kut aus Konterangriffe und Ausfälle gegen die türkischen Belagerer zu führen. Der Bericht forderte die Beendigung der rein defensiven Verteidigungstaktik und empfahl mobile und elastische Taktiken. Keine Festungswälle mehr. Dieses Prinzip ist inzwischen in die Kriegswissenschaften eingegangen. Warum geht Ihnen das nicht ein?«

Burg lachte gezwungen. »Ich sehe in Ihrer Parabel keine Parallele. Wo ist Kaplan. Den Hügel runter?«

»Es gibt eine Parallele, und sie heißt, gute Taktik ist gute Taktik, ob in Kut, Khartum oder Babylon. Und weil wir gerade von Khartum sprechen, Burg — vergessen Sie nicht, daß die britische Entsatztruppe mit nur einem Tag Verspätung dort anrückte. Aber deshalb waren General Gordon und seine Leute und die Einwohner nicht weniger tot. Wenn wir nicht innerhalb der nächsten Stunden Hilfe von draußen bekommen, dann erleiden wir das gleiche Schicksal, Burg. Solange wir hier sitzen und niemand versucht, Hackfleisch aus uns zu machen, wiegen wir uns in trügerischer Sicherheit. Aber wenn dann der ganze Hang von kreischenden, blutrünstigen Ashbals wimmelt, dann sagen wir alle: ›Warum haben wir es nicht *hiermit* versucht?‹ oder ›Warum haben wir es nicht *damit* versucht?‹ Ich sage Ihnen nur eins, Burg, jedes noch so verzweifelte Mittel, Zeit zu gewinnen, ist seinen Preis wert.«

»Wohin ist er gegangen? Zum Ischtartor?«

»Nein. Nur hinunter zum äußersten Stadtwall. Auf diesem Weg werden sie kommen.«

»Wieso wissen Sie das so genau?«

»Für jedes taktische Problem gibt es nur eine beschränkte Anzahl von Lösungen.«

»Wenn wir heimkommen, werde ich Ihnen einen Job an der Kriegsakademie verschaffen.«

Hausner lehnte sich an die Wand des Schützengrabens und rauchte mit geschlossenen Augen.

»Wann ist die Verhandlung gegen Bernstein und Aronson? Vor oder nach *Ihrer* Aburteilung?«

Hausner hatte genug von Demut und Zurückstecken. Es lag ihm nicht. Er teilte nicht gern mit anderen, und schon gar nicht seine Autorität. Er fuhr hoch und stieß Burg mit dem Finger gegen die Brust. »Reizen Sie mich nicht, Isaac, oder *Sie* stehen vor Gericht, nicht ich. Wenn es zur Abstimmung kommen sollte, dann werden sie den echten Bullen wählen, damit er sie aus der Wildnis herausführt, keinen ausgestopften wie Sie oder den Politiker Weizman. Bei einem richtigen Bullen können sie sicher sein, daß er sie auf Trab bringt. Aber weder bei Ihnen noch bei Weizman können sie sich darauf verlassen, daß unbequeme Entscheidungen getroffen und durchgesetzt werden. Also finden Sie sich damit ab. Ich werde bald genug aus Ihrem Gesichtskreis verschwunden sein — und aus Ihrem Leben.«

Burg starrte in den glimmenden Pfeifenkopf. »Ich traue Ihnen nicht, Jacob. Wer glaubt, daß Sieg und Niederlage Geschwister seien, der verlangt beim Siebzehnundvier immer noch eine Karte, auch wenn er schon zwanzig Augen beisammen hat. Wir vom Geheimdienst spielen das Spiel anders. Wir begnügen uns mit minimalen Gewinnen, um auch die Verluste minimal zu halten. Wir gehen nie auf den großen Gewinn aus, wenn das Risiko eines großen Verlustes damit verbunden ist. So wird das Spiel heutzutage von allen Militärs, Geheimdiensten und Außenministerien gespielt. Aber Sie sind der letzte der großen Glücksspieler. Trotzdem dürfen Sie nicht das Leben anderer Menschen aufs Spiel setzen. Auch das Leben eines einzigen Mannes — Moshe Kaplan — eines tapferen Mannes — darf man nicht verspielen, nicht leichtfertig verschleudern in der unwahrscheinlichen Hoffnung, daß man mit seinem Leben irgend etwas für uns erkaufen könnte.«

»Sie wissen verdammt genau, daß ein einziges Menschenleben als geringeres Risiko gilt. Nach den Regeln Ihrer eigenen verdammten Spieltheorie war es ein annehmbarer Verlust im Hinblick auf einen möglichen großen Gewinn.«

»Das dürfte wohl sehr subjektiv sein. Ich persönlich betrachte den Verlust eines einzigen Menschenlebens nicht als geringfügig.«

»Sie sind ein verdammter Heuchler, Burg. Sie haben in Ihrem Leben schon weit Schlimmeres getan. Und sagen Sie bloß nicht, Sie wären nicht froh gewesen, daß ich Dobkin bat, zu gehen. Dieser Auftrag bedeutet, wie Sie wissen, den beinahe sicheren Tod, und Sie waren darüber keineswegs so verdammt aufgebracht.«

»Das war etwas anderes. Dobkin ist Berufssoldat. Ein solcher Mann weiß, daß einmal in seinem Leben ein solcher Tag kommen wird.«

»Das macht es nicht leichter, weder für ihn noch für mich. Glauben Sie etwa, es machte mir Spaß, die beiden da hinunter zu schikken?«

»Das habe ich nicht gesagt. Sprechen Sie leiser. Ich mache hier nur den *advocatus diaboli.*«

»Ich habe keinen Bedarf mehr für Teufel oder ihre Advokaten, Burg. Ich tue, was ich glaube, tun zu müssen. Und ich hoffe zu Gott, daß die Leute in Jerusalem und Tel Aviv alle ihre Planspieltheorien vergessen, denn sollten sie sich nicht entschließen, um unseretwillen dieses große Glücksspiel zu riskieren, falls und wenn sie unseren Aufenthaltsort entdecken, dann sind wir alle tot.«

Burg blickte hügelabwärts und sagte leichthin: »Besser tot, als daß wir Anlaß zu einem neuen Krieg geben oder daß durch unsere Rettung die Friedenskonferenz gefährdet wird.«

Mit bildhafter Deutlichkeit blitzte in Hausner die Erleuchtung auf. Burg war willens, sie alle dem zu opfern, was er für ein höheres Gut hielt. Lieber würde er sie tapfer — und in aller Stille — sterben sehen, als Israel durch sie in eine schwierige Lage geraten lassen. Es war, genau besehen, eine Frage der Quantität. Er, Hausner, war willens, Kaplan den höheren Zielen zu opfern, sich selbst oder einen anderen. Aber wo hörte das Opfer auf? Sollte Israel angegriffen werden, würde es dann davon Abstand nehmen, seine Atomwaffen einzusetzen, »um der ganzen Menschheit und der höheren Werte willen«? Dürfte irgend jemand, ein Volk oder ein einzelner, ganz einfach sagen: »Ihr könnt mich mit euren höheren Werten. Ich habe ein Recht zu leben, und ich töte jeden, der mir ans Leben will?«

Aber die Menschen brachten wirklich Opfer für höhere Werte; jetzt zum Beispiel. Kaplan. Kaplan, der mutterseelenallein im Dunkeln lag — er konnte seine restlichen Erdenminuten an den Fingern abzählen. Und Burg war willens, sie alle — einschließlich seiner selbst — lieber sterben zu lassen, als Israel eine Entscheidung aufzuzwingen.

Hausner dachte darüber nach. Er war willens, sein Leben zu opfern. Aber nur, weil das Schicksal ihn in die Lage gebracht hatte, daß weiterleben schlimmer sein konnte als sterben. Und nun hatte er Kaplan in die gleiche Lage gebracht. Kaplan hätte nie mehr ein normales Leben führen können, wenn er nicht auf Hausners freundliche Einladung, sein Leben hinzugeben, reagiert hätte. Aber es ging ihm gar nicht so sehr um Leben oder Tod, stellte er fest. Es ging um das Prinzip aggressiven Eingreifens. Die Juden Israels durften sich nicht in die gleiche Passivität sinken lassen, die den Untergang des europäischen Judentums ausgelöst hatte.

Es ging gegen Hausners Charakter, Burgs Argument zu übernehmen. Würde er, Hausner, vom Premierminister direkt gefragt, so würde er sagen: »Ganz klar, ich möchte, daß ihr euch bis hierher durchbombt und uns rausholt. Warum, zum Teufel, braucht ihr so lange?« Burg war bestimmt auch dieser Meinung. Burg spielte nur wieder den *advocatus diaboli*. Burg redete, wie der Außenminister reden würde — und Miriam. Burg, der Spion, hatte viele Gesichter und redete mit vielen Zungen. Aber wenn Burg wirklich glauben sollte, was er sagte, dann hatte Burg unrecht. Auf Burg würde man ein Auge haben müssen. Burg würde vielleicht verschwinden müssen.

Hausner saß allein im Schützengraben. Staub und Sand wehten herein und bedeckten allmählich seine Beine. Die Stelle, an der Burg ihm gegenübergesessen hatte, war schon eingeebnet. Bald würde alles, was sie hier geschaffen hatten, gleichfalls eingeebnet sein. Auch die Concorde würde eines Tages verschwunden sein bis auf einen undeutlichen Umriß. Ihrer aller Gebeine würden im Staub begraben liegen, und nichts würde bleiben von ihnen und ihren Taten als ein weiterer Band, gefüllt mit Leiden und Martyrium, für die Bibliothek in Jerusalem. Er nahm eine Handvoll Staub von seinem Bein und schleuderte ihn in den Wind. Babylon. Er haßte diesen Ort. Er haßte jeden Quadratzentimeter seines toten Staubs und Lehms. Babylon. Verderberin der Menschen. Mörderin der Seelen. Millionenfacher Frevel war hier begangen worden. Massaker. Sklaverei. Blutschande. Menschenopfer. Wie hatte seine Liebe zu *ihr* an einem solchen Ort aufkeimen können?

Er hatte nach ihr geschickt, aber es war nicht sicher, ob sie kommen würde. Sein Herz pochte heftig in der Brust. Sein ohnehin schon trockener Mund wurde klebrig, und seine Hände zitterten. Miriam, komm schnell. Das Warten wurde unerträglich. Er blickte auf die Uhr. Fünf Minuten, seit Burg weggegangen war. Drei Minuten, seit er einen Melder zur Concorde geschickt hatte. Er wollte aufstehen und fortgehen, aber er fand nicht die Kraft, die Stelle zu verlassen, wo sie ihn suchen würde.

Er hörte zwei Stimmen und sah zwei schemenhafte Gestalten. Die eine streckte den Arm aus, machte kehrt und verschwand. Die andere kam auf ihn zu. Er leckte sich die Lippen und mühte sich, seine Stimme zu beherrschen. »Hier.«

Sie glitt in den Schützengraben und kniete sich neben ihn in den Staub. »Was gibt es, Jacob?«

»Ich . . . ich wollte nur mit dir sprechen.«

»Bin ich frei?«

»Nein. Nein, das kann ich nicht tun. Burg . . .«

»Hier kannst du alles tun, was du willst. Du bist der König von Babylon.«

»Hör auf.«

Sie beugte sich zu ihm. »Ein kleiner Teil von dir pflichtet Burg bei. Ein kleiner Teil von dir sagt: ›Setz das Aas hinter Schloß und Riegel und laß sie dort. Ich bin Jacob Hausner, ich treffe harte Entscheidungen und führe sie aus.‹«

»Miriam, bitte . . .«

»Mißversteh mich nicht. Es geht mir nicht um mich — und auch nicht um Esther. Es geht mir um *dich*. Ein Teil von dir wird sterben, wenn du diese Farce aufrechterhältst. Mit jeder Minute, die du sie weiter dauern läßt, verlierst du ein Stück Menschlichkeit. Bekenne dich ein einziges Mal zu Milde und Mitgefühl. Hab keine Angst, daß alle Welt den Jacob Hausner kennenlernt, den ich kenne.«

Hausner schüttelte langsam den Kopf. »Ich kann es nicht. Ich habe wirklich Angst. Angst, daß es aus ist mit allem hier, wenn ich Gnade walten lasse. Angst . . .«

»Angst, daß es mit *dir* aus ist, wenn du Gnade walten läßt.«

Er dachte an Moshe Kaplan. Wie hatte er diesem Mann so etwas zumuten können? Er dachte an frühere Moshe Kaplans. Er dachte an Miriam, als sie das Ravensbrücker Gebet aufgesagt hatte.

Als hätte sie seine Gedanken gelesen, sagte sie: »Ich will nicht dein Opfer sein, dein Alptraum, dein gräßliches Gespenst. Ich will deine Hilfe sein.«

Er zog die Beine hoch und schlang die Arme um die Knie. Seit seiner Kindheit hatte er nicht mehr so dagesessen. Er fühlte, daß er die Fassung verlor. »Geh jetzt.«

»So einfach ist das nicht, Jacob.«

Er hob den Kopf. »Nein. Es ist nicht einfach.« Durch das Dunkel starrte er sie an.

Er sieht verloren aus, dachte sie. So allein. »Was wolltest du von mir?«

Er schüttelte den Kopf. Seine Stimme war heiser. »Ich weiß es nicht.«

»Wolltest du mir sagen, daß du mich liebst?«

»Ich zittere wie ein Gymnasiast vor seinem ersten Rendezvous, und meine Stimme ist um eine Oktave höher.«

Sie streckte die Hand aus und strich ihm über die Schläfe und durchs Haar. Er nahm die Hand und führte sie an seine Lippen.

Hausner wollte sie küssen, sie streicheln, aber er nahm sie nur in die Arme und preßte sie fest an sich. Dann schob er sie sanft von sich und ließ sich auf ein Knie nieder. Er griff in seine Handtasche und holte etwas hervor. Er hielt es ihr auf der flachen Hand entgegen. Es war ein silberner Davidstern. Er bestand aus zwei Dreiekken, die durch silberne Glieder miteinander verbunden waren. Ein paar dieser Verbindungsglieder waren offenbar abgebrochen, und die Dreiecke hatten sich verschoben. Er versuchte, seiner Stimme einen beiläufigen Klang zu geben. »Das da hab ich auf meiner letzten Reise in New York gekauft. Bei Tiffany's. Bring's für mich dorthin und laß es reparieren, ja?«

Er gab ihr den Stern. Sie lachte mit aufrichtiger Fröhlichkeit. »Dein erstes Geschenk an mich, Jacob — und du mußt so tun, als wäre es gar kein Geschenk. Ich danke dir, Liebster, ich danke dir.«

Plötzlich wechselte ihre Miene zu tiefem Ernst. Sie kniete im Graben nieder und starrte auf den silbernen Stern in ihrer Hand. »O Jacob«, flüsterte sie, »bitte, wirf dein Leben nicht weg.« Sie schloß die Faust über dem Stern und drückte ihn an ihre Brust. Die Zacken gruben sich in ihre Hand, bis sie blutete. Sie senkte den Kopf und kämpfte die Tränen nieder, bis ihr ganzer Körper bebte. »Verdammt noch mal! Verdammt!« Sie hämmerte mit den Fäusten auf den Boden. Sie schrie in den Wind. »Nein, verdammt noch mal! Ich lasse dich nicht hier sterben!«

Er sagte nichts, aber auch in seinen Augen standen Tränen.

Mit unsicheren Händen nestelte sie eine silberne Kette vom Hals. Auf der Kette standen die hebräischen Buchstaben: *Leben*. Sie hängte die Kette um Hausners Hals und zog seinen Kopf an sich. »Leben«, sagte sie unter Schluchzen. »Leben, Jacob.«

Moshe Kaplan lag in einer kleinen Senke und beobachtete mit dem Nachtzielgerät. Das Mondlicht war schwach, und der Staub war dick, aber er konnte mühelos den Zug der Ashbals in ihren Tarnanzügen vor dem niedrigen Wall sehen, keine zwanzig Meter entfernt. Der Anblick erinnerte ihn an einen Druck aus dem neunzehnten Jahrhundert: *Das Treffen der Werwölfe*. Darauf sah man groteske Halbmenschen an einer Friedhofsmauer im Mondlicht versammelt. Es war ein unheimliches Bild, aber weit weniger unheimlich als das grünliche Bild in seinem Zielgerät. Plötzlich verschwamm das Bild, und Kaplan wußte, daß die Batterien endgültig erschöpft waren. Er warf noch einen letzten Blick auf die Szene, ehe das Bild noch dunkler wurde, dann zog er den Abzug durch.

Und auf dem Hügel wußten alle, daß die Stunde geschlagen hatte.

30

Dobkin schob Chislon mit Gewalt wieder auf die *gufa* zurück, dann stieß er das Fahrzeug vom Ufer ab. Chislon würde auf dem Euphrat weniger gefährdet sein als bei einem Weitermarsch mit Dobkin. Außerdem war Chislon die einzige Verbindung zwischen Dobkin und dem Dorf Ummah, und Dobkin wollte nicht, daß Rish von dieser Verbindung erführe, falls sie in Gefangenschaft gerieten. Er sah der in Richtung Hillah stromab treibenden *gufa* nach, bis er sie aus den Augen verlor. Dann wandte er sich landeinwärts.

Dobkin hatte jede Orientierung verloren und konnte seinen Standort in bezug auf das Ischtartor nicht bestimmen. Während er im undurchsichtigen Sandsturm dahinmarschierte, zählte er seine Schritte.

Überall gab es nichtmarkierte Ausgrabungsschächte, und ein paarmal wäre er um ein Haar in die Tiefe gestürzt. Wenigstens bestätigten sie ihm, daß er wirklich in Babylon war. Er suchte sich einen Weg über das charakteristische salpeterhaltige Gelände, den Rückstand der alten Bauwerke, der jede Vegetation hemmte und zerstörte und aus Babylon ein erschreckendes und kahles Ödland machte.

Nach dreihundert Metern stieg er auf eine Bodenwelle und hielt Ausschau. Er nahm an, daß im Gästehaus Licht brannte, und spähte angestrengt durch die Finsternis, sah jedoch nichts. Er hörte hinter sich ein Geräusch und fuhr herum. Etwas bewegte sich im Dunkeln. Wieder sah er, daß es sich regte, und er sah schmale gelbe Augen in der Dunkelheit glühen.

Der Schakal stand auf einer verfallenen Mauer, die Hinterläufe gegen den Wind gestemmt und das Gesicht zu Dobkin gewandt. Die Augen des Tieres waren halb geschlossen, es wartete stoisch, fügte sich in sein jämmerliches Los. Dobkin empfand plötzlich Sympathie mit dem Raubtier. »Ich weiß nicht, was du hier suchst, alter Jäger, aber ich hoffe, du findest es — vorausgesetzt, ich bin's nicht selbst.«

Der Schakal kam geschmeidig entlang der Mauer auf Dobkin zu, beäugte ihn und blieb stehen. Er hob die Schnauze und heulte. Vom Rudel kam keine Antwort, und der Schakal sprang von der Mauer und verschwand in die Nacht.

Auch Dobkin stieg von seinem Ausguck herab und suchte für eine Weile Schutz in einem teilweise freigelegten Haus. In den dunklen Ecken hockten Eulen, und sie stießen bei seinem Eintritt ihre hohlen Rufe aus. Dobkin setzte sich auf den Boden und kämpfte gegen den betäubenden Schmerz und die Müdigkeit an. Er schloß die Augen und ließ die Gedanken schweifen.

Dobkin spürte, daß er am Einschlafen war, und sprang auf die Füße. Er goß ein wenig Wasser aus seinem Ziegenbeutel und erfrischte sich die Augen. In eine seltsame Welt hatte ihn das Schicksal verschlagen, und er vermutete, daß ein Sinn in all dem stecke, aber er konnte ihn auch nicht annähernd ergründen. Er kletterte aus dem halb vergrabenen Haus und schlug einen Pfad ein, der über die Ruinen der versunkenen Stadt hinführte. Er wandte sich nach Norden und mühte sich das Hochufer des Euphrat entlang. Er marschierte beinah einen Kilometer, weit vornübergebeugt gegen den Wind und das Gesicht in seine *kheffiyah* gehüllt.

Der Wind legte sich für kurze Zeit. Er glaubte, ein Geräusch zu hören, und hob den Kopf. Aus einer Tornische starrte ihn ein Araber an. Nun wußte Dobkin, daß er in Kweirisch war. Er starrte seinerseits den Araber an, dann trat er an ihn heran. »Das Gästehaus«, sagte er in Arabisch mit, wie er hoffte, palästinensischem Akzent.

Der Mann glaubte, einen Ashbal vor sich zu haben, der sich in der Dunkelheit verirrt hatte. Er hatte wenig für diese Palästinenser übrig, aber sie schienen im Moment hier das Heft in der Hand zu haben. Er hatte noch nie einen Ashbal ohne Gewehr gesehen und war erstaunt. Er trat aus der Tornische, drückte sich an Dobkin vorbei und schaute ihn dabei genau an. Während Dobkin ihm folgte, holte er aus seinem Gürtel das Messer, das die Juden von Ummah ihm gegeben hatten. Sein Führer ging ein paar Minuten lang durch eine gewundene Straße und verschwand dann in einer schmalen Gasse zwischen zwei Häusern.

Dobkin folgte ihm aufmerksam. Er blickte die Gasse entlang, aber der Araber war verschwunden. Dobkin preßte den Rücken gegen die Mauer zu seiner Rechten und schob sich seitwärts weiter, die Hand am Messer.

Plötzlich tauchte der Araber aus einer Nische wieder auf und streckte den Arm aus. »Hier ist der Weg.«

Dobkin war überzeugt, den Ziegenpfad vor sich zu haben, über den Hamadi ihn und Hausner zum Ischtartor geführt hatte. Er nickte und äußerte seine Dankbarkeit, dann sprach er ein leises Dankgebet. Er sah, daß er sehr dicht an dem Mann vorbei mußte. Er faßte das Messer fester und schob im Gehen die rechte Schulter ein wenig vor, bis er auf gleicher Höhe mit dem Araber war. Auch der Araber griff zu seinem Dolch. Er wollte den Ashbal ermorden, um sich dessen Kleider anzueignen, und was sich sonst noch in den

Taschen finden mochte. Die Ashbals würden die Spur ihres Kameraden niemals bis Kweirisch zurückverfolgen. Dobkin war kaum einen Meter von dem Mann entfernt und ließ ihn nicht aus den Augen.

Der Araber sah, wie groß der Ashbal war, und daß er sich nicht überrumpeln lassen würde. Ja, er fragte sich, ob dieser Mann ihm etwas antun wollte. Sein Blick glitt nach unten, und er sah das Messer des großen Mannes. Sollte er den ersten Streich führen? Oder sollte er beiseite treten und zu Allah beten, daß der große Mann keine Mordabsichten hegte? Ganz bestimmt würde der Mann ihn nicht wegen seiner armseligen *dschellabah* und der alten Sandalen ermorden. »Allah sei mit dir«, sagte er, beugte den Kopf und lieferte sich dem großen Mann aus.

Dobkin zögerte. Sämtliche Gründe, die für und gegen die Tötung dieses Mannes sprachen, rasten durch sein Hirn. »Und mit dir«, erwiderte Dobkin. Er schlüpfte an dem Mann vorbei und verschwand auf dem Ziegenpfad zwischen den Häusern.

Dobkin fand das ehemalige Flußbett des Euphrat, und nun mußte er nur der alten Flußmauer folgen, bis er den Palast erreichen würde. Nach einer Viertelstunde schon sah er die glasierten Löwen auf den Türmen des Ischtartors. Er durchschritt das Tor und folgte der Prozessionsstraße, bis er die Lichter des Gästehauses sah. Es waren offenbar keine Posten ausgestellt. Neben dem Gästehaus war ein Biwak, dessen Zelte abgebaut waren. In einiger Entfernung davon konnte er das kleine Museum ausmachen. Die Ashbals waren anscheinend weg. Weg, um erneut den Hügel anzugreifen. Als er stehenblieb, um Atem zu schöpfen, hörte er aus der Richtung des Hügels eine lange Salve aus einem AK-47, dann nichts mehr. Er nickte. Wenigstens waren sie gewarnt. Der Überfall würde sie nicht überraschen. Er fragte sich, wer die Salve wohl abgefeuert hatte. Vermutlich ein Vorposten. Wieder ein Märtyrer mehr auf der langen Liste.

Er dachte kurz daran, Dr. Al-Thanni im Museum aufzusuchen, entschied sich jedoch dagegen. Der Zeitfaktor. Außerdem konnte er Al-Thanni trauen? Und wenn ja, wollte er ihn in diese Sache hineinziehen? Jetzt ging ihm auf, daß er weiter keine Pläne gemacht hatte, außer einen sehr wichtigen Telefonanruf zu tätigen, und er wollte auch gar nicht allzu weit vorausdenken. Das ganze unglaubliche Unternehmen konnte nur mit Dreistigkeit, Mut und Glück gelingen. Bisher hatte er großes Glück gehabt. Er hatte das Dorf Ummah gefunden und einen Tarnanzug erbeutet. Er hatte das Gästehaus gefunden, und die Ashbals schienen ihre Zelte verlassen zu haben. Jetzt mußte er nur noch hineingehen und den Wachhabenden, oder wer sonst im Haus geblieben sein mochte, töten. Allerdings würden vermutlich die Verwundeten dort untergebracht sein, und das bedeutete auch Sanitäter. Vielleicht eine größere Anzahl. Er trat auf die Vorderveranda und öffnete die Tür zu dem kleinen Vorraum. Er blinzelte, um seine Augen ans Licht zu gewöhnen. Ein junger Ashbal im Tarnanzug saß hinter dem Empfangspult und las Zeitung. Es war alles so normal, dachte Dobkin. Der junge Mann blickte auf, und Dobkin sah, daß er angestrengt nachdachte, um ihn unterzubringen.

»Ja?« Der junge Mann, Kassim, hatte soeben beschlossen, die Jüdin nochmals zu vergewaltigen — wenn sie nicht schon tot war. Und jetzt diese Störung. »Ja?« Irgend etwas stimmte hier nicht — dieser schlechtsitzende Tarnanzug. Er war durchnäßt, und Staub klebte in dunklen Flecken daran, die wie Blut aussahen. Keine Waffe — ein Ziegenbeutel —, die *kheffiyah* war auch nicht ganz in Ordnung. Kassim stand auf.

Dobkin trat rasch, aber nicht allzu rasch, ans Empfangspult und packte den jungen Mann mit der linken Hand bei den Haaren, während seine Rechte ihm das Messer in die Kehle stieß. Er zog das Messer wieder heraus, dann ließ er den Mann behutsam zu Boden gleiten. Er reinigte sich die Hände mit der Zeitung, wischte dann das Pult ab und warf das Papier dahinter. Er hörte noch ein blubberndes Geräusch hinter dem Pult. Dann machte er kehrt, ging zu der Tür mit der arabischen Aufschrift »Büro« und öffnete sie.

Den kleinen Raum erleuchtete nur eine auf dem Fußboden stehende Lampe, und in der Lichtpfütze lag eine nackte Frau — oder ein Mädchen — auf dem Bauch, blutüberströmt und entweder tot oder dem Tod nahe. An Haut und Haarschnitt erkannte Dobkin, daß es sich nicht um ein Bauernmädchen aus der Gegend handelte, das aus eindeutigen Gründen hierher verschleppt worden war. Er trat rasch zu der Liegenden hin und drehte sie um. Obgleich ihr Gesicht furchtbar zugerichtet war, kam sie ihm bekannt vor. Seine schlimmste Befürchtung bewahrheitete sich, als er nach einiger Zeit die Sekretärin Yigael Tekoahs erkannte, aber ihr Name fiel ihm nicht ein. Er kniete nieder und legte das Ohr auf ihr Herz. Sie lebte. Er blickte ihren blutigen Körper an. Sie sah aus, als hätte man ein reißendes Tier auf sie losgelassen.

Er hob sie auf und legte sie auf ein kleines Sofa an der Wand. An einem Kleiderhaken an der Tür hing eine lange wollene *dschellabah*, die er herunternahm und über sie deckte. Neben einem Bekken mit blutigem Wasser stand auf einer Anrichte ein Krug. Er goß das Wasser aus dem Krug dem Mädchen über das Gesicht. Sie bewegte sich leicht. Dobkin stellte den Krug ab. Er konnte sich keine Sekunde länger bei dem leidenden Mädchen aufhalten. Er ging zum Empfangspult und hob den Telefonhörer ab. Diese an sich normale Handlung wirkte so ausgefallen wie damals während des Sinaifeldzugs, als er einmal in einem zerstörten Dorf ein intaktes Telefon gefunden hatte. Er hatte das Nachbardorf angerufen, das sich noch in der Hand der Ägypter befand, und sein bevorstehendes Eintreffen gemeldet. Das war damals ein Jux gewesen. Jetzt war es keiner. Er wartete ungeduldig auf das Freizeichen. Von oben konnte er Schritte und Stöhnen hören. Sanitäter und Verwundete. Auf der anderen Seite der Wand hörte er Sprechen. Draußen riß der Wind an den Jalousien und rüttelte an den Fensterscheiben. Die Telefonleitung war doch nicht etwa tot? Dobkin sah auf den Apparat. Er hatte keine Wählscheibe. Alles ging über eine Vermittlung. Aber wie rief man die Vermittlung an? Er hämmerte auf die Gabel, lange Zeit, wie ihm schien. Plötzlich meldete sich die Stimme eines Mannes, ärgerlich und grob. »Ja? Fernamt Hillah! Ja?«

Dobkin holte tief Atem. »Hillah, bitte geben Sie mir das Fernamt in Bagdad.«

»Bagdad?«

»Bagdad.« Dobkin wußte, daß er diesen Anruf so geduldig und vorsichtig durchfädeln mußte, wie man ein Kartenhaus baut. Ein Versehen, und die Verbindung konnte abreißen.

»Wer spricht?«

Dobkin wußte sein eigenes Land immer erst so recht zu schätzen, wenn er sich in Polizeistaaten aufhielt. Nach kurzem Zögern sagte er: »Hier Dr. Al-Thanni.« Nein. Der Vermittler in Hillah würde dessen Stimme gewiß kennen. Ein schwerer Fehler. »Das heißt, ich bin Dr. Omar Sabbah, ein *Hausgast* von Dr. Al-Thanni vom Museum. Bitte geben Sie mir Bagdad.«

Pause. »Warten Sie.«

Dobkin fragte sich, ob Al-Thanni sich in einer Wohnung im Gästehaus aufhielt oder im Museum. Oder war er zu Hause in Bagdad? Er hielt den Hörer ans Ohr und wartete. Eine Wanduhr tickte die Minuten herunter. Dobkin bemerkte, daß er schon eine ganze Weile in die Schüssel mit blutigem Wasser starrte, und wandte sich ab. Seine Augen brannten, und sein ganzer Körper fühlte sich an, als wollte er auseinanderfallen. Er trug das Telefon durchs Zimmer und kniete neben Deborah Gideon nieder. Er hielt ihr den Ziegenbeutel an die Lippen und träufelte ihr ein paar Tropfen Wasser ein. Er befühlte ihren Puls und ihre blasse Haut und zog ein Augenlid hoch. Sie befand sich im Schock, aber sie sah jung und kräftig genug aus, um darüber hinwegzukommen. Er berührte einige ihrer Wunden und sah sie sich genauer an. Jetzt tat es ihm nicht mehr leid, daß er den Wachhabenden hatte töten müssen. Er betreute das Mädchen, so gut er konnte, während er den Hörer zwischen Ohr und Schulter geklemmt hielt und wartete. Die Uhr war eine Viertelstunde weitergerückt. Die Stimmen jenseits der Wand wurden lauter. Ein Kartenspiel. Droben plumpste etwas auf den Boden. Ein Patient war aus dem Bett gefallen — oder ein Toter auf eine Bahre geworfen worden.

Jemand kam in den Vorraum und rief: »Kassim! Kassim! Wo bist du?« Kassim war wohl der Name des Mannes, den er getötet hatte, dachte Dobkin. Ob jemand auf die Idee käme, sich über das Pult zu beugen und dahinter auf den Boden zu schauen?

Schritte näherten sich der Tür. Die Klinke bewegte sich. Dobkin klemmte den Hörer noch fester ans Ohr, streckte die Hand aus und löschte die Lampe. Die Tür ging auf, und einen Meter von ihm entfernt fiel ein Lichtstrahl aus dem Vorraum herein und beleuchtete die Stelle, wo das Mädchen auf dem Boden gelegen hatte. Der Strahl erreichte gerade noch ihren nackten Fuß, der über das Sofa hing. »Kassim! Wo bist du, du Sohn eines räudigen Esels?«

Der Telefonist in Hillah meldete sich. »Babylon? Bagdad für Sie. Babylon, hören Sie? Hören Sie?«

Dobkin stand regungslos und hielt den Atem an. Der Telefonist in Hillah sagte zur Vermittlung in Bagdad: »Babylon ist nicht mehr in der Leitung.«

Die Tür ging zu, und der Raum lag wieder im Dunkeln.

Dobkin sagte leise: »Hier Babylon.«

»Wie bitte? Sprechen Sie lauter. Sprechen Sie lauter.«

»Hier Babylon.«

»Babylon, können Sie Bagdad hören?«

»Ich höre Babylon, Hillah«, sagte eine weibliche Stimme zu dem Telefonisten in Hillah.

In Bagdad gehen sie mit der Zeit, dachte Dobkin.

»Babylon, bitte sprechen«, sagte das Fernamt in Bagdad.

Wieder überlegte Dobkin, ob er vielleicht eine irakische Behörde verlangen sollte oder der Vermittlung erklären, wer er war und was er wollte, aber dann müßte das Fernamt ihn erst an das gewöhnliche Amt weitervermitteln. Und welche Behörde würde um diese Nachtzeit zu sprechen sein? Und wie würde die Telefonistin auf seine Story reagieren? In seinem Gehirn spulten sich mehrere Szenarien gleichzeitig ab, und jedes endete mit einer toten Telefonleitung.

»Babylon, bitte *sprechen.*«

»Geben Sie mir . . .« Es bestand keine Aussicht, daß ein Anruf aus dem Land des Islam jemals Israel erreichen würde. Istanbul würde einen Anruf nach Israel tätigen, aber er sprach nicht türkisch, also konnte er nur mit einem arabischsprechenden Telefonisten in Istanbul sprechen. Und wenn Bagdad oder eine andere Vermittlungsstelle noch immer in der Leitung war, so würden sie sehr mißtrauisch werden, wenn er Tel Aviv verlangte. »Babylon. Sind Sie noch *da?«*

»Ja. Athen. Geben Sie mir Athen.«

»Warum wollen Sie Athen haben? Wer sind Sie?«

Mistvieh. »Ich bin Dr. Omar Sabbah, junge Frau, und ich möchte einen Kollegen in Athen anrufen. Geben Sie das Gespräch unverzüglich weiter.«

Eine Weile herrschte Stille, dann sagte die Stimme: »Das wird einige Zeit dauern, Doktor. Ich rufe zurück, sobald ich Athen habe.«

»Nein.«

»Warum nicht?«

»Das . . . die Klingel funktioniert nicht richtig. Es passiert oft, daß ich einen Anruf nicht höre.« Stille.

»Haben Sie gehört, Bagdad?«

»Ja. Ja. Warten Sie. Ich rufe Athen. Bitte bleiben Sie am Apparat.«

»Vielen Dank.« Er hörte Bagdad mit Damaskus sprechen und Damaskus mit Beirut. Beirut, die große Zentrale im Nahen Osten, erreichte Istanbul im Handumdrehen. Es hatte einmal Zeiten gegeben — ja, vereinzelt gab es immer noch Tage —, da rief Beirut das nur zweihundert Kilometer entfernte Tel Aviv ohne weiteres an. Aber vielleicht war heute keiner dieser Tage, und er wollte kein Risiko eingehen. Aus dem leicht dahinfließenden Arabisch wurde stotterndes Türkisch und ebenso stotterndes Arabisch, als die internationalen Vermittlungen von Beirut und Istanbul miteinander sprachen. Die Uhr tickte weiter. Dobkin konnte es nicht fassen, daß er überhaupt so weit gekommen war. Er erwartete jeden Augenblick, daß die Verbindung abbrach oder die Tür aufging. Schweiß lief ihm übers Gesicht, und sein Mund wurde trocken. Im Dunkeln lauschte er auf seinen Herzschlag.

Das Kartenspiel im Nebenzimmer ging zu Ende. Wieder rief jemand nach dem Wachhabenden. Verwundete schrien auf. Dobkin glaubte, aus dem Norden das Feuer automatischer Waffen zu hören. Das Mädchen auf dem Sofa stieß im Schlaf einen Schrei aus, und Dobkin hielt den Atem an.

Istanbul sprach mit Athen. Athen sprach besser türkisch, als

Istanbul griechisch sprach. Istanbul sprach mit Beirut. Beirut überging Damaskus und sprach direkt mit Bagdad. Hillah war nicht mehr eingeschaltet, und Bagdad sprach direkt mit Babylon. »Ihre Verbindung mit Athen.«

»Danke.« Die letzte Vermittlung in Athen hatte türkisch gesprochen, aber sie hatten ihn automatisch auf einen arabischsprechenden Telefonisten umgelegt. »Die Nummer bitte.«

War noch irgend einer von den Muselmännern in der Leitung? Er wollte einen englischsprechenden Telefonisten verlangen, wollte jedoch keine Verwirrung stiften. Er versuchte, Zeit zu gewinnen, bis die Zwischenstationen aus der Leitung gegangen wären. Telefonvermittlungen waren neugierig und hörten gern so lange mit, bis sie einen anderen Anruf bekamen oder bis die Sache ihnen langweilig wurde. »Ist dort Athen?« fragte er auf arabisch.

»Ja, hier Athen. Welche Nummer wünschen Sie?«

»Können Sie die Nummer für mich nachsehen?«

»Gewiß. Wie heißt der Teilnehmer?«

Dobkin zögerte. Er dachte an einen befreundeten Archäologen. »Dr. Adamandios Stathatos. Er wohnt im Stadtteil Kipseli.« Er buchstabierte den Namen.

»Bitte bleiben Sie am Apparat.«

Dobkin war sicher, daß die arabischen Vermittlungen inzwischen eingehängt hatten, aber irgendwo konnte noch immer ein Geheimdienst in der Leitung sein. Auslandsgespräche waren in diesem Teil der Welt nicht gerade gang und gäbe, und schon gar nicht zu dieser Nachtzeit. Sogar in Israel wurden Auslandsgespräche von Shin Beth abgehört.

Die Vermittlung meldete sich wieder. »Dr. Stathatos in Kipseli. Ich verbinde.«

»Nein, lassen Sie.«

»Wie bitte?«

»Lassen Sie. Mir fällt gerade ein dringenderer Anruf ein.« Er hätte mit Dr. Stathatos sprechen und vielleicht seinen Auftrag erfüllen können, aber er wollte um alles in der Welt direkt mit Tel Aviv sprechen, und er war schon so nah daran. »Streichen Sie den Anruf.«

Die Telefonistin strich den Anruf. Sie war hörbar ärgerlich. »Jawohl.«

»Geben Sie mir . . . Tel Aviv.«

»Tel Aviv?« Stille. War auch schon früher vorgekommen. Es ging sie schließlich nichts an. Griechenland stand gut mit Israel. Politik war überhaupt blöd. Aber dieser arme Mensch sollte sich trotzdem in acht nehmen. Aus dem Irak Tel Aviv anzurufen! »Augenblick bitte.« Wieder hörte er verschiedene Vermittlungen und eine Menge Klicken, Summen, Surren und Klingeln.

Dann kam eine neue Stimme aus dem Hörer. »Tel Aviv ist am Apparat.«

Sehr leise war eine forschende und tüchtige Mädchenstimme auf hebräisch zu hören. »Welche Nummer, bitte?«

Dobkins Herz hämmerte in seiner Brust. Am liebsten wäre er in den Hörer gekrochen und in Tel Aviv wieder herausgekommen. Am liebsten hätte er in den Hörer gebrüllt und diesem Mädchen alles gesagt, was er zu sagen hatte.

»Welche Nummer, bitte?«

Er beherrschte seine Stimme. »Moment.« Es gab mehrere Nummern. Zum Beispiel seine eigene, aber seine Frau würde sich bei einer ihrer zahllosen Verwandten aufhalten. Es gab eine Menge Nummern. Freunde, Offiziere, Politiker. Aber wenn er sich an einen Dritten wenden würde, gäbe es unnötige Verwirrung, wenn dieser Dritte dann mit der Regierung sprach.

»*Bitte* die . . .«

»Den Amtssitz des Ministerpräsidenten in Tel Aviv.« Die Geheimnummer konnte er bei einer Auslandsverbindung nicht nennen, also würde er mit der normalen Vermittlung des Amtssitzes sprechen müssen. Ob die Regierung sich zurzeit in Tel Aviv oder in Jerusalem befand? Auf jeden Fall würde er mit einem verantwortlichen Diensthabenden in Tel Aviv sprechen können. Wieder hörte Dobkin Geräusche im Vorraum. Es war nur eine Frage der Zeit, bis sie Kassim finden würden. Er konnte das Klingeln des Telefons in der Leitung hören.

»Staatskanzlei«, sagte eine weibliche Stimme.

»Ja. Findet die Sicherheitsbesprechung hier statt oder in Jerusalem?«

Pause. Das stand in den Zeitungen, also könnte sie getrost antworten. Trotzdem.

»Wer spricht bitte?«

»General . . .« Er wußte nicht, wie sie auf seinen Namen reagieren würde. »General Cohen.«

Nach einer Weile sagte sie: »Ich muß Sie von der Vermittlung in Tel Aviv auf die Vermittlung in Jerusalem umlegen lassen, General.«

»Danke.« Er hörte ein geschäftiges Rufzeichen. Jeder Mensch in Israel schien heute nacht den Amtssitz des Premiers anzurufen, um Ratschläge oder Klagen von sich zu geben. So war es bei jeder Krise. Jeder Mensch in Israel glaubte sich zum Premier berufen.

»Alle Leitungen nach Jerusalem sind besetzt.«

»Ich habe ein Ferngespräch. Regierungsangelegenheit. Notieren Sie diese Nummer.« Er gab ihr die Geheimnummer von Jerusalem.

Das Telefon klingelte fast noch im gleichen Augenblick.

»Ja«, sagte eine müde klingende männliche Stimme ohne ihren Namen oder die Dienststelle zu nennen. »Wer spricht?«

Dobkin konnte die gewöhnlichen Telefonisten im Hintergrund hören. Sie hatten eine arbeitsreiche Nacht. Das war ihm ein kleiner Trost. »Hören Sie mir genau zu und legen Sie nicht auf.«

»Nein, Sir.« Der Mann hatte in dieser Nacht schon eine Menge Gespräche entgegengenommen, und die wenigsten waren erfreulich gewesen, aber es wäre ihm nicht im Traum eingefallen, aufzulegen, während ein VIP in der Leitung war.

»Ich bin General Benjamin Dobkin.« Er nannte seinen Kodenamen und die dazugehörige Nummer. »Ja, Sir.«

Der Mann drückte auf einen Knopf, und in einem anderen Raum nahm einer von Chaim Mazars Shin-Beth-Leuten den Hörer auf.

»Ich rufe aus Babylon an. Irak. Dort, wo die Concorde zur Landung gezwungen wurde.«

»Ja, Sir.«

»Haben Sie meinen Kode nachgeprüft?«

»Ja, Sir.«

»Aber Sie glauben noch immer nicht, daß General Dobkin am Apparat ist?«

»Nein, Sir.«

»Kann's Ihnen nicht verübeln, mein Junge. Jetzt passen Sie auf, ich muß mit jemandem sprechen, der meine Stimme kennt und identifizieren kann.«

»Ja, Sir.«

Dobkin sprach langsam und deutlich, aber nicht zu laut. »Schreiben Sie die Namen dieser Generale auf. Wenn einer von ihnen im Haus ist, dann geben Sie ihn mir, damit er meine Stimme identifizieren kann.«

»Ja, Sir.«

Dobkin rasselte die Namen eines Dutzend Heeres- und Luftwaffengenerale herunter. »Wenn Sie mir einen von ihnen geben, dann wird er meine Identität bestätigen.« Ob die Verbindung an irgendeiner Stelle unterbrochen würde? Ob ein Telefonist mithörte, nur um zu wissen, daß er noch sprach, und das Hebräisch mitbekam? Was würde ein Telefonist in einem solchen Fall tun? »Geht es in Ordnung, junger Mann?«

»Ja, Sir.«

Der Mann vom Sicherheitsdienst sprach über eine Gegensprechanlage mit einem der Mitarbeiter des Premiers im Sitzungssaal, während er mithörte.

Der Mitarbeiter kritzelte hastig ein paar Worte und reichte den Zettel dem Premier.

Teddy Laskov öffnete seine Diplomatenmappe und nahm sechs Infrarotaufnahmen heraus; jede einzelne zeigte die verwischte Spur eines abgebrannten Davidsterns, von Könnerhand fachkundig aufgespritzt. Er empfand seltsame Gefühllosigkeit und Gleichgültigkeit, was sein Vorhaben betraf. Die List würde natürlich auf jeden Fall früher oder später entdeckt werden. Seine Karriere war bereits vorbei, aber nach diesem Vorfall würde sein Name entehrt sein und er könnte sogar im Gefängnis landen. Doch wenn sein Betrug erst *nach* dem Unternehmen aufkäme, sollte ihm alles recht sein. Würden sie ihn überhaupt entdecken? Oder würde man glauben, das Foto sei nur ein zufällig entstandenes Trugbild . . . oder ein Wunder? In gewissem Sinn war es auch ein Wunder, ein Wunder, daß ihm der Gedanke an Babylon gekommen war, ein Wunder, daß er nach wie vor so fest davon überzeugt war — so fest, daß er Schande und Gefängnis riskieren wollte, nur damit auch alle anderen an dieses Wunder glaubten. Er nahm den Stapel Fotos vom Tisch und schichtete sie ordentlich aufeinander. Talman, der auf der anderen Seite des Raums stand, fing seinen Blick auf. Er sieht traurig aus, dachte Laskov. Aber Talman blickte Laskov fest an und brachte ein Lächeln und ein Nicken zustande.

Der Premier schob den Zettel ungelesen beiseite. »Nun, General? Was haben Sie denn da? Farbfotos und Kartenkoordinaten der Concorde, von Gott durch Gabriel an Teddy Laskov geschickt? Los. Zeigen Sie her.« Laskov schien nicht zu hören.

Der Mitarbeiter des Premiers trommelte beharrlich mit dem Finger auf den Zettel, und endlich warf der Premier einen Blick darauf. Er nahm ihn in die Hand und las.

Benjamin Dobkin konnte sie wieder nach Kassim rufen hören. Wieder stieß das Mädchen einen Schrei aus. Ein Araber im anderen Raum hörte sie, machte eine obszöne Bemerkung und lachte. Der Lärm von Schnellfeuerwaffen übertönte den Wind, und Dobkin wußte, daß er nicht mehr viel Zeit hatte. Er hörte ein Klicken in der Leitung. »Jerusalem? Jerusalem? Hören Sie noch?«

31

Kaplans Hinterhalt war tödlich für den Feind, und überdies warnte er die Israelis auf dem Hügel. Die Ashbals waren drauf und dran, vor dem mörderischen Beschuß zu kapitulieren und Hals über Kopf davonzurennen, aber die wenigen noch verbliebenen Anführer, unter ihnen Rish und Hamadi, bewahrten kühles Blut und erwiderten das Feuer.

Vielleicht hätte Kaplan sich absetzen können, aber während er ein Magazin nach dem anderen in das heiße AK-47 stieß, überkam ihn eine Art Raserei. Der Lärm und der Geruch und das Vibrieren des Laufs zusammen mit dem orangeroten Mündungsfeuer hypnotisierten ihn. Mit einer Geschwindigkeit von ungefähr zweihundert Schuß pro Minute schickte er fast tausend Schuß mitten in die Reihen der Ashbals. Hausner hatte mit der Munition nicht geknausert, und Kaplan war entschlossen, auch noch das letzte Magazin leerzufeuern.

Rish, Hamadi und ein paar andere hatten noch genügend Geistesgegenwart, um festzustellen, daß sie nur von einem einzelnen Mann beschossen wurden. Sie umzingelten ihn und tauchten hinter Kaplan auf. Sie stürzten sich auf den Schützen, der sie wegen des Lärms seiner eigenen Waffe und des pfeifenden Winds nicht hören konnte, und überwältigten ihn.

Die Israelis auf dem Hügel hörten trotz des Windes seine Schreie so deutlich, als kämen sie aus dem nächsten Schützengraben. Er brauchte lange zum Sterben, und seine Schreie hatten die übliche Doppelwirkung — sie festigten die Entschlossenheit der Standhaften und brachten die Willenskraft der Verzagten vollends ins Wanken.

Hausner griff zum Mikrophon aus der Concorde und brüllte hinein. Seine Stimme scholl durch den Wind und die alte Stadtmauer hinab. »Rish! Hamadi! Ihr Bestien! Ihr Untermenschen! Ich reiß dir die Eier raus, Rish! Wenn ich dich erwische, reiß ich dir die Eier raus!« Hausners Gebrüll wurde immer schriller, immer irrer, es unterschied sich kaum noch von Moshe Kaplans Todesschreien oder dem wilden Geheul der Schakale, das aufs neue rings um den Fuß des Hügels eingesetzt hatte.

Die Männer und Frauen auf dem Hügel vermieden es, einander anzusehen, während Hausner wie ein Besessener heulte, bellte, röhrte und die gemeinsten und obszönsten Drohungen und Beschimpfungen ausstieß, die ein menschliches Gehirn erfinden konnte. Er mußte von Sinnen sein.

Irgend jemand — der Stimme nach war es Burg — nahm Hausner das Mikrophon weg und rief Kaplan Trost und Ermutigung zu. Es half wenig. Kaplans langsames und grauenvolles Sterben ging weiter.

Die Israelis eröffneten das Feuer. Die wenigen noch übrigen Molotowcocktails wurden in die Nacht hinausgeschleudert, um den Hang zu erleuchten, aber sie brannten nur kurze Zeit, bis Wind und Sand sie erstickten.

Die letzten Ashbals, keine vierzig, kamen paarweise in großen Zwischenräumen den Hügel herauf. Sie hatten den Wind im Rükken und wurden von ihm vorwärtsgeschoben. Sand und Staub maskierten ihre Bewegungen, während das Brausen des Windes ihre Geräusche übertönte. Nicht einmal die Mündungsfeuer waren hinter den Staubwolken deutlich zu sehen.

Die Israelis schaufelten den Sand von ihren ramponierten Verteidigungsstellungen und setzten ihre AK-47 ein. Die Waffen hatten fast sofort Ladehemmung, aber besonders ausgebildete Teams rannten an der Verteidigungslinie entlang, rissen die versandeten Gewehre an sich und reinigten sie mit Schmieröl aus der Concorde. Der Sand machte auf beiden Seiten viele Gewehre unbrauchbar, vor allem auf seiten der Verteidiger, die nicht über das Reinigungs- und Wartungszubehör verfügten wie die Ashbals.

Die erste Runde schien unentschieden zu enden, aber Hausner, Burg, ja, auch alle anderen wußten, daß der *sherji* die Israelis zu Fall bringen würde. Außerdem waren die Verteidigungsstellungen geschwächt, die Tricks erschöpft und die Munition ging zu Ende. Hunger und die Auswirkungen des Wassermangels taten das übrige, um die Kampfkraft der Israelis zu schwächen. Überdies schien eine Führungskrise entstanden zu sein, und sie wirkte sich aus bis auf den letzten Mann und die letzte Frau.

Doch nicht genug damit. Viele der Belagerten glaubten mit Ariel Weizman, daß die Hintertür offen, daß der Westhang und der Euphrat unbewacht seien. In Wahrheit jedoch hatte Hamadi bereits wenige Minuten nach dem Abbrechen der Funkverbindung mit Sayid Talib eine Abteilung vom Osthang zum Flußufer geschickt. Seitdem hatten diese Ashbals am Fuß der Westmauer gespannt auf einen Rückzugsversuch der Belagerten über den steilen Hang gelauert, und sie lauerten noch immer.

Die Ashbals gingen mit ihrer Munition um, als wäre es Sand, den sie über die israelischen Linien ausschütteten. Sie gaben lange Feuerstöße ab, während sie im Zickzack über die Hügelflanke liefen, und mit jeder Kreuz- und Querbewegung kamen sie ein paar Meter weiter herauf.

Hausner stand zusammen mit Burg auf seinem Feldherrnhügel. Er hatte sich weitgehend beruhigt, und Burg fand, er sehe wieder normal aus. Aber zu Burgs Ärger und Unbehagen hatte Hausner sich Miriam Bernstein als Kurier und Ordonnanz geholt. Technisch gesprochen standen sie und Esther Aronson noch immer unter Arrest, aber niemand protestierte, als Hausner jede Beschränkung ihrer Bewegungsfreiheit aufhob. Miriam erwähnte weder Kaplan noch die Szene mit dem Mikrophon.

Hausner hob die Stimme, um den Lärm zu übertönen. »Kurz bevor die Munition zu Ende geht, werden es ein paar von unseren Leuten mit dem Westhang versuchen.«

Burg nickte. »Und ich bin überzeugt, daß dort unten Ashbals sind, die nur darauf warten. Wir müssen immer wieder den Befehl erneuern, daß auf dem Posten geblieben und Schulter an Schulter gekämpft wird.«

»Diese Leute sind keine Soldaten«, erinnerte ihn Hausner. »Wenn es soweit ist, werden sie nur nach ihrem Instinkt handeln.« Er senkte die Stimme zum kaum noch hörbaren Flüstern. »Einige haben einen Selbstmordpakt geschlossen . . . Nach dem, was mit Kaplan geschehen ist, wirkt Selbstmord verlockend. Ich kann's ihnen nicht verübeln.«

Lange Zeit herrschte Schweigen auf der kleinen Anhöhe. Das improvisierte Banner stand waagrecht im strammen Wind, aber brauner Sand hatte die Farbenpracht des Strandes von Tel Aviv gebrochen, und der Aluminiumschaft neigte sich immer mehr zu Boden. Miriam begann zu sprechen, hielt jedoch inne.

»Was gibt's?« fragte Hausner.

Sie begann nochmals. »Ich meine . . . solange wir noch Munition haben und solange die Ashbals am Osthang noch ein Stück entfernt sind, sollten wir vielleicht . . . machen, daß wir wegkommen, über den Hügel und den Westhang hinunter, in geschlossener und geordneter Formation, keine regellose Flucht. Es müßte gelingen, die kleine Abteilung, die sie vielleicht am Ufer postiert haben, zu durchbrechen. Wir könnten den Fluß erreichen und im Dunkeln stromab schwimmen.«

Hausner und Burg schauten zuerst einander und dann ein paar Sekunden lang Miriam an. Hausner sagte: »Und die Verwundeten hast du ganz vergessen?«

»Sie werden bei einem geordneten Rückzug ebenso verloren sein wie bei einer kopflosen Flucht. Wir haben eine Verantwortung der Mehrheit gegenüber.«

Burg sagte: »Mir scheint, Sie haben einen langen Weg zurückgelegt. Aber in welcher Richtung?«

»Warum klingt es so schrecklich, wenn *ich* es sage?« fragte sie zurück. »So ist es doch, nicht wahr?« Nach einer Pause fuhr sie fort: »Ich würde natürlich mit ein paar weiteren Freiwilligen hierbleiben und mich um die Verwundeten kümmern. Schließlich bin ich ohnehin zum Tod verurteilt. Oder nicht?«

Hausner schüttelte den Kopf. »Sogar wenn du harte Entscheidungen triffst, klingen sie irgendwie sanft. Die harte Tatsache lautet: Wenn wir den Rückzug antreten — geordnet oder ungeordnet — oder wenn wir überrannt werden und Schulter an Schulter kämpfen müssen bis zum Letzten, dann erschießen wir auf alle Fälle zuerst noch die Verwundeten.« Er hob die Hand, um ihr Schweigen zu gebieten. »Sei nicht töricht, Miriam. Du hast gehört, was sie Kaplan angetan haben. Gott weiß, was mit Deborah Gideon geschehen ist.«

»Aber . . . sie wollen doch Geiseln haben.«

»Vielleicht«, mischte Burg sich ein. »Aber vielleicht auch nicht mehr. Vielleicht wollen sie nur noch Rache nehmen. Und in jedem Fall, wenn Rish und Hamadi — sollten sie dann noch am Leben sein — sie davon abhalten können, alle niederzumetzeln, so haben wir allerhöchstens die Aussicht auf eine langsame und raffinierte Folter, bis wir alle Staatsgeheimnisse, von denen wir Kenntnis hatten, preisgeben. Nein, wir lassen weder Verwundete noch Pflegerinnen zurück, und wir versuchen auch nicht, im Dunkeln zu entkommen. Sogar vorzügliche und hochdisziplinierte Armeen haben einen Horror vor Nachtunternehmen. Wenn *wir* es damit versuchen, muß es in einer Katastrophe enden.«

»Wie lautet dann *dein* Vorschlag?« fragte Miriam. »Du weigerst dich, Befehl zum Rückzug oder zur Übergabe zu erteilen, und für Massenselbstmord bist du auch nicht. Was soll also aus uns werden?«

Hausner wandte sich von ihr ab. »Ich weiß es nicht«, sagte er. »Die beste Lösung — außer einer Rettung —, die ich mir vorstellen kann, ist, daß wir alle, Männer und Frauen, im Kampf fallen. Dazu wird es natürlich nicht kommen. Einige werden sich ergeben und in Gefangenschaft geraten. Es wird Selbstmorde geben, und es wird Morde geben. Vielleicht werden ein paar von uns im Dunkeln übersehen und fliehen können. Es wird zugehen wie bei einer Belagerung, wenn den Belagerern der Durchbruch gelingt.«

Niemand sprach. Der Kampflärm nahm etwas ab. Beide Seiten waren müde, und beide Seiten fühlten, daß dies das letzte Gefecht war. Alle bewegten sich mechanisch wie bei einem steifen Figurentanz — einem Ritual, dessen Ende zur vorbestimmten Zeit kommen würde, gleichgültig, was sie unternahmen, um es zu beschleunigen.

Die Ashbals hielten eine respektvolle Entfernung von dreihundert bis vierhundert Metern ein und bewegten sich zumeist in Querrichtung, wobei sie versuchten, die Israelis zu verwirren und zugleich ihre schwächsten Punkte auszumachen. Noch immer blieben mehr als drei Stunden bis zur Morgendämmerung, und es würde sogar noch ein wenig später hell werden, wenn sich nicht der Wind legen und der Sand zur Ruhe kommen würde.

Diesen Kampf würden Abnutzung und Nachschub entscheiden, und die Ashbals hatten noch immer einen kleinen Vorsprung an Leuten und Waffen und eine gewaltige Überlegenheit an Munition, Nahrungsmitteln, Medikamenten und Wasser. Sie brauchten nur in breiter Front aufgestellt zu bleiben und das feindliche Feuer auf sich zu ziehen, bis sie sicher sein konnten, daß den Israelis die Munition ausgegangen war. Sie nahmen als gegeben an, daß sogar bei strengster Feuerdisziplin die Munition der Israelis nicht bis Tagesanbruch reichen könnte.

Burg versuchte, in Gedanken verschiedene Pläne auszuarbeiten. Sofortige Flucht? Gegenangriff? Warten bis zuletzt — und dann Schulter an Schulter kämpfen? Die Verwundeten töten? Hausner töten? Würde fünf vor zwölf Rettung kommen? Nicht wahrscheinlich. »Was ist mit Dobkin?«

Hausner wandte sich um und sah nach Südwesten, dorthin, wo das Dorf Ummah sein mußte. Er blickte so unverwandt hinüber, als wolle er mit Dobkin telepathischen Kontakt aufnehmen. Dann wandte er sich nach Süden, zum Ischtartor. »Meinem Gefühl nach ist er in Sicherheit.«

Miriam klammerte sich an seinen Arm und zeigte Burg damit offen, wie die Dinge lagen. »Ob er mit irgend jemand Verbindung aufnehmen konnte?«

»Also«, sagte Burg, »ich kann Ihnen eins sagen — sogar wenn ein Wunder geschehen ist und er in diesem Augenblick mit irgendeiner zuständigen Stelle spricht, dann glaube ich nicht, daß die Hilfe noch zur rechten Zeit käme.« Er schaute Hausner bestätigungheischend an, aber was er in Wahrheit herausfordern wollte, war Hausners Widerspruch.

Hausner kehrte dem Wind den Rücken und starrte nach Westen. Er wies auf den unsichtbaren Horizont. »Ich kann mir nicht helfen, aber ich glaube, daß Teddy Laskov sein Wort hält — daß er jetzt mit seiner Kampfstaffel da oben ist, daß er uns sucht, immer näher kommt . . .«

Burg blickte Hausner an, der zum Himmel deutete. »Eine recht optimistische Äußerung aus Ihrem Mund, Jacob«, sagte er vorsichtig. »Hoffentlich haben Sie recht.«

Hausner kreuzte die Arme über der Brust. »Wissen Sie, Burg, ich kann mich einfach nicht mit dem Gedanken abfinden, daß alle die cleveren Burschen in Tel Aviv und Jerusalem noch immer nur herumsitzen und in der Nase bohren. Ich traue ihnen mehr zu. Ist das Patriotismus? Höchstwahrscheinlich. Aber vielleicht traue ich ihnen zuviel zu. Schließlich war ich auch einmal einer von diesen cleveren Burschen, und sehen Sie nur, welchen Mist ich gebaut habe, Isaac. Also können auch sie einmal geistig weggetreten sein.«

Burg mußte unwillkürlich lachen. »Nicht ausgerechnet heute.« Sooft er anfing, an Hausners Verstand zu zweifeln, zeigte der Mann, daß er einen lichten Moment hatte.

Eine Meldeläuferin näherte sich, und Burg ging ihr entgegen.

Miriam hatte ein paar Meter beiseite gestanden und den beiden Männern schweigend zugehört. Jetzt trat sie zu Hausner, faßte aufs neue seinen Arm und drückte ihn fest. Sie dachte an Teddy Laskov. In letzter Zeit hatte sie immer seltener an ihn gedacht. Nach der Bruchlandung stellte sie sich das gleiche vor, das Hausner sich jetzt vorstellte: daß er in seinem stählernen Schlachtroß herabstoßen und sie retten würde . . . sie alle retten würde. Aber in Wahrheit wußte sie, daß er wahrscheinlich in Ungnade gefallen war, und sie wußte auch, daß sie selbst zum Teil die Schuld daran trug. Zuerst hatte sie sich geweigert, eine Parallele zu ziehen zwischen ihrem Einfluß auf ihn und seinem Verhalten im Flugzeug, aber die Parallele war da, für jeden, der sie beide kannte, und schließlich hatte sie der Wirklichkeit ins Auge geblickt, wie sie in letzter Zeit einer Menge anderer Wirklichkeiten ins Auge geblickt hatte.

Hausner hatte Gegebenheiten für sie wirklich werden lassen, wie es kein anderer Mensch jemals gewollt oder gekonnt hatte. Andere Männer, die sie gekannt hatte, pflichteten ihrer Weltanschauung bei, um ihr zu schmeicheln oder aus Höflichkeit. Auf solche Typen übte sie unweigerlich Anziehungskraft aus. Magere Männer mit Brillen, die neben ihr in Seminaren und Sitzungen saßen. Männer, die im Party-Jargon redeten und Gemeinplätze und Klischees äußerten, als hätten sie sie eben erst erfunden.

Laskov war anders gewesen als die meisten Männer, die sie kannte. Auch ihr eigener Mann war anders gewesen. Die beiden hatten eine gewisse Ähnlichkeit, und im stillen sah Miriam sie beide als edle Wilde. Jacob Hausner war eine Variante des gleichen Typus, aber viel ausgeprägter. Vielleicht hätte dieses ganze Abenteuer in Babylon ihre Ansichten nicht wesentlich verändert. Hausner hatte ihr die Augen *gewaltsam* geöffnet. Was sie sah, gefiel ihr nicht, aber jetzt konnte sie die Pros und Kontras eine Vorschlags, die Verwundeten zu erschießen, objektiv gegeneinander abwägen, ohne in moralische Entrüstung zu verfallen. War das gut oder schlecht? Es war keines von beidem. Es *war* eben.

»Kennst du Teddy Laskov näher?« fragte sie Hausner.

»Nicht näher. Dann und wann haben sich unsere Wege gekreuzt.«

Sie nickte. Nach ein paar Sekunden sagte sie zögernd: »Magst du ihn?«

»Wen?« Er wartete absichtlich. »Oh. Laskov. Doch. Man kommt leichter mit ihm zurecht als mit euch Politikastern.«

Sie lächelte im Dunkeln. Nach einer Weile sagte sie: »Er erinnert mich an dich.«

»Wer? Laskov? Tatsächlich?«

Sie preßte seinen Arm fester. Freunde ihres Alters, die sich noch an die Konzentrationslager erinnerten, waren verbittert und machten sich über die Menschen keine Illusionen. Viele hatten psychologische Probleme. Miriam hatte beschlossen, die alten Wunden zu vergessen, und dabei überkompensiert. Sie wurde so angepaßt und optimistisch, daß ein befreundeter Psychiater scherzhaft von einer Neurose sprach. Aber natürlich hatte sie die alten Wunden nicht wirklich vergessen. Die Leute sagten, man sehe es ihren Augen an, und sie konnte es im Spiegel sehen. »Ich bin überzeugt, daß er sich selbst die Schuld an allem gibt.«

»Na, dann haben wir wirklich etwas gemeinsam.«

»Ihr seid beide Egozentriker und glaubt, alles Gute und alles Schlechte, das in eurer Umgebung passiert, sei ausschließlich euer Werk.«

»Ist es das etwa nicht?«

»Teddy Laskov und ich liebten uns«, sagte sie unvermittelt.

Burg hörte ihre Worte, als er wieder zum Feldherrnhügel kam. Er ärgerte sich noch immer über Miriams Anwesenheit. Und jetzt dies. Es war wirklich zuviel. Er wandte ihnen den Rücken und ging weg.

»Und ihr werdet euch wieder lieben«, sagte Hausner.

»Das glaube ich nicht.«

»Die Frage ist im Moment völlig irrelevant, Miriam.« Es klang ungehalten.

»Du bist nicht . . .«

»Keineswegs. Hör zu. Du gehst jetzt zur Concorde und siehst nach, wie weit Becker mit seinem Funk gekommen ist. Wenn es nichts zu melden gibt — und es gibt bestimmt nichts —, dann bleibst du dort.«

»Warum?«

»Du bleibst dort, und damit basta! Ich muß niemandem meine Befehle erläutern, auch dir nicht.«

Sie ging einen Schritt, dann drehte sie sich um. »Ich werde dich nicht wiedersehen, nicht wahr?«

»Doch, ich verspreche es dir.«

Sie blickte zu ihm auf. »Ich werde dich nicht wiedersehen.«

Er wußte nicht, was er sagen sollte. Sie hob die Hände, zog seinen Kopf zu sich herab und küßte ihn.

Er löste ihre Hände und trat zurück. »Du darfst das Flugzeug nicht verlassen«, sagte er leise. »Egal was passiert. Versprichst du mir das?«

»Werde ich dich wiedersehen?«

»Ja.«

Eine Weile standen sie da und sahen einander an. Miriam hob langsam die Hand, berührte sein Gesicht, drehte sich dann schnell um und lief weg in die Dunkelheit.

Hausner sah ihr nach, bis sie verschwunden war. Er hustete, spuckte Staub aus und wischte sich die tränenden Augen. Sollte irgendeine göttliche Mahnung oder Botschaft in dieser sinnlosen Prüfung verborgen, irgendeine irdische Lehre aus ihr zu ziehen sein, so konnte er sich nicht vorstellen, worin sie bestehen mochte. Es war der gleiche uralte Zirkus aus Tapferkeit und Feigheit, Selbstsucht und Selbstlosigkeit, Schläue und Torheit, Güte und Gewalt. Nur die Clowns wechselten. Wie oft mußte die Schau noch abgezogen werden für den Zuschauer dort oben, wer immer er sein mochte? Und warum fand das Ganze kein schnelles Ende? Warum gab Gott ihnen die Schläue und die Kraft, ihre eigenen Leiden zu verlängern, obgleich das Ende längst vorherbestimmt war? Hausner wurde wieder von dem unheimlichen Gefühl erfaßt, daß alles nur ein riesiger komischer Jux auf seine Kosten war. Er drehte sich zu Burg um und schrie: »So straft Gott mich dafür, daß ich das Rauchen nicht aufgegeben habe, wie ich es meinem Vater fest versprach.« Er lachte in den Wind.

Burg schob die Hand in die Tasche und schloß die Finger um seine kleine 0.22er Pistole.

32

»Jerusalem, sind Sie noch *da?*«

»Jawohl . . . General. Bitte bleiben Sie am Apparat.«

Der Premierminister trommelte ein paar Sekunden lang mit dem

Bleistift auf den Tisch, blickte nochmals auf den Zettel und sah dann auf. »Ich nehme an, viele von Ihnen können General Dobkins Stimme erkennen, wenn sie sie hören.« Er versuchte, die Spur von Erregung in seiner Stimme zu unterdrücken.

Ein lautstarkes Durcheinander von Fragen und Ausrufen brach los, und manche der Anwesenden sprangen von ihren Stühlen auf. Der Premier schlug mit der Hand auf den Tisch. »Bitte um Ruhe. Genau zuhören.« Er gab dem Nachrichtentechniker in der Nische ein Zeichen, und aus mehreren Lautsprechern im Saal drang heftiges Rauschen. Der Premier drückte auf einen Knopf an der Konsole, die er vor sich hatte, und sagte in ein Mikrophon: »Wer spricht dort?«

Dobkin erkannte die leicht spöttische Stimme sofort. Einen Augenblick drehte sich alles in seinem Kopf, dann zwang er sich zur Ruhe und schluckte. »Hier spricht General Benjamin Dobkin, Herr Ministerpräsident.« Er wartete. »Erkennen Sie meine Stimme, Sir?«

»Nein.«

Aber der Premier konnte feststellen, daß mehrere der Anwesenden die Stimme zu erkennen glaubten.

Dobkin versuchte, so natürlich wie möglich zu klingen. »Ist irgend jemand anwesend, der meine Stimme identifizieren kann, Sir?«

»Ich kann es Ihnen nur wünschen.« Der Premier blickte in die Runde. Ein paar Köpfe nickten halbherzig. Ein General, der als Oberst unter Dobkin gedient hatte, meinte außerdem: »Vielleicht eine sehr gute Imitation.«

»Weiter, General«, sagte der Premier, der noch immer nicht völlig überzeugt, aber sehr erregt war. »Von wo rufen Sie an?«

Teddy Laskov hielt die gefälschten Fotos fest umklammert. Langsam machte er sich daran, sie wieder in seine Mappe zu stekken.

»Babylon«, sagte die Stimme aus dem Lautsprecher.

Das Wort schlug ein wie eine Bombe. Alles rief durcheinander, und viele Köpfe wandten sich Laskov und Talman zu. Der Premier hieb schweigengebietend auf den Tisch, aber ohne Erfolg. Laut sagte er ins Mikrophon: »Woher rufen Sie an, General? Ich meine, von welchem Telefon? Sind Sie in *Freiheit?*«

»Ja, ich bin in Freiheit. Ich rufe vom Gästehaus hier an, Sir. In der Nähe des Museums.« Trotz aller Beherrschung schwankte Dobkins Stimme ein bißchen.

Auch der Premier mühte sich, gefaßt zu klingen, aber seine Stimme geriet ebenfalls ins Schwanken. »Ja. Gut. Können Sie uns einen Lagebericht geben, General? Was zum Teufel ist denn eigentlich los?«

Dobkin wußte, daß die Regierung und die meisten hohen Militärs zuhörten. Er sammelte seine Gedanken und gab eine klare und knappe Zusammenfassung aller Ereignisse seit der Entführung über dem Mittelmeer. Ein halbes Dutzend Mitarbeiter flitzte im Sitzungssaal ein und aus; sie brachten Generalstabskarten der Gegend, Zahlen und Unterlagen über Flugzeiten nach Babylon, Bodenerhebungen, Wetterlage, die Zeit des ersten Tageslichts und des Sonnenaufgangs und unzählige weitere Daten, die gesammelt worden waren, seit Laskov seine Behauptung über Babylon geäußert hatte. Vor einer Beschlußfassung über einen eventuellen Einsatz würde das alles in Betracht gezogen werden müssen.

Während Dobkin sprach, konnte er Leute draußen durch den Vorraum gehen hören. Die gehfähigen Verwundeten wahrscheinlich. Jenseits des Vorraums öffnete und schloß sich eine Tür. In dem Zimmer, wo das Kartenspiel stattgefunden hatte, wurde ein Radio angestellt. Eine heisere Frauenstimme sang eines der endlosen arabischen Lieder. Ein paar Ashbals stimmten mit ein. Der Gesang übertönte seine Stimme, aber er konnte jetzt auch nicht mehr wahrnehmen, ob sich jemand der Tür näherte.

»Was schlagen Sie vor, General?«

Dobkin erkannte die Stimme von General Hur. »Was ich vorschlage? Ich schlage vor, General Hur, daß Sie postwendend kommen und uns hier rausholen.«

»Wie sind die Schlammebenen am Westufer?« fragte Luftwaffengeneral Katzir.

»Noch naß«, antwortete Dobkin wahrheitsgemäß. »Aber weiter vom Fluß entfernt sieht es trockener aus.«

»Die Straße, auf der Sie gelandet sind«, sagte Katzir, »glauben Sie, daß sie eine C-130 tragen kann?

»Kann ich nicht sagen, General. Ich glaube, wir haben sie bei der Landung völlig aufgerissen.«

»Dann müssen wir möglicherweise Hubschrauber einsetzen«, sagte eine Stimme, die Dobkin fremd war.

»Nein«, sagte Dobkin. »Dauert zu lang. Der Angriff auf unsere Leute läuft *jetzt* an.«

Eine andere Stimme sagte etwas von Vorausschicken einer Kampfstaffel. Dobkin hörte jetzt verschiedene Stimmen zugleich. Jemand erwähnte den Namen Teddy Laskov. Dobkin hatte geglaubt, Laskov sei inzwischen im Ruhestand, offenbar nahm er aber doch an der Sitzung teil. Dobkin beantwortete weitere Fragen, während er hören konnte, daß die Debatte hitziger wurde.

Plötzlich unterbrach er mit lauter Stimme. »Herr Ministerpräsident, ich werde zu meinem Bedauern Schluß machen müssen. Hier sind ein paar Herren mit AK-47, und wenn ihnen aufgeht, was ich da mache, dann werden sie gewiß darauf bestehen, daß ich das Gespräch beende.«

In Jerusalem hörten sie etwas, das wie ein Handgemenge klang, dann einen scharfen Knall, einen Gewehrschuß oder einen heftigen Schlag. Dann war die Leitung tot.

Miriam Bernstein saß auf dem Sitz des Kopiloten neben David Becker. »Also glauben Sie nicht, daß *irgendwer* Ihren SOS-Ruf gehört hat?«

»Nein.« Er stellte das Funkgerät leiser, ließ es jedoch eingeschaltet.

»Die Lear ist noch immer oben, aber ich glaube, sie haben Schwierigkeiten.«

»Warum?«

»Warum?« Die Tatsache, daß Hausner sich durch einen Boten berichten lassen wollte, anstatt selbst zu kommen, bewies, wie wenig man sich von seinem Beitrag zu dieser Operation erwartete. Allerdings war Miriam Bernstein Staatssekretärin für das Verkehrswesen und somit wohl Hausners wie Beckers Vorgesetzte. Aber das schien niemanden zu kümmern. »Warum? Weil sie bei diesem Sandsturm nicht landen können. Darum. Sie werden irgendwo landen und auftanken müssen, wo der Dreck nicht so dicht ist. *Vielleicht* kann ich dann einen Funkspruch durchbringen.« Er warf ihr einen schrägen Blick zu.

»Möchten Sie jetzt gehen und Bericht erstatten? Mehr habe ich nicht.«

»Später.« Sie starrte durch die zerschmetterte Scheibe. »Haben Sie Angst vor dem Sterben?« fragte sie plötzlich.

Er wandte sich ihr zu und blickte sie im Schein des Instrumentenbretts an. Er war auf eine solche Frage von dieser zurückhaltenden Frau nicht gefaßt gewesen. »Nein. Ich glaube nicht. Ich . . . ich habe Angst, wieder fliegen zu müssen . . ., aber vor dem Sterben. Komisch . . .« Er wußte selbst nicht, warum er sich zu diesem Bekenntnis hatte hinreißen lassen. »Und Sie?«

»Fast alle, die mir jemals nahestanden, sind tot.« Sie wechselte das Thema. »Was halten Sie von Jacob Hausner?«

Er hatte angefangen, in ein Heft zu schreiben, und sah wieder auf. Er vermutete, daß Hausner und Miriam Bernstein einander sehr nah gekommen waren. Aber das änderte nichts an seiner Meinung von Jacob Hausner. »Ein Nazi.«

»Er mag Sie.«

Becker begriff nicht, wohin das Gespräch steuerte und warum. Offenbar war sie überreizt und wollte einfach reden. Die Menschen taten die seltsamsten Dinge, wenn sie dem Tod entgegensahen. Er selbst hatte soeben gestanden, daß er Angst vor dem Fliegen hatte, und das hätte er sonst nicht einmal seinem Psychiater gestanden. »Verstehen Sie mich nicht falsch, Mrs. Bernstein. Ich bin froh, daß wir ihn an Bord hatten. Ohne ihn wären wir vermutlich schon jetzt alle nicht mehr da.« Er sah sie unverwandt an. Sie sah wirklich überreizt aus. Sie wirkte glücklich, erregt. Er senkte den Blick auf sein Buch und fing wieder an zu schreiben.

»Ich liebe ihn.«

Beckers Bleistiftspitze brach ab. »Oh.« Das Gewehrfeuer schien lauter zu werden, und Becker schaute abermals auf. Durch das Glas der Pilotenkanzel sah die Nacht erschreckender, furchtbarer und drohender aus als vorhin, als er draußen gewesen war. Alles Erschreckende in seinem Leben hatte er durch ein Stück Plexiglas gesehen, und in seinen Gedanken verbanden sich in zunehmendem Maß Grauen und Plexiglas, Gefahr und Plexiglas. Tod und Plexiglas. Sooft er durch die Windschutzscheibe eines Autos blickte oder auch nur durch ein Fenster, drehte sich ihm der Magen um, und er hatte sich den Grund hierfür niemals bewußt gemacht, bis heute. Es war eine interessante Entdeckung, aber sie kam ein bißchen spät. »Oh. Das ist . . . Ich bin . . .«

»Was schreiben Sie da . . . David . . . darf ich . . .?«

»Ja. Natürlich.« Er schloß das Heft. »Das Logbuch.«

Sie beugte sich zu ihm. »Ein Logbuch? Wollen Sie sagen, daß Sie alles, was passiert ist, hier aufgezeichnet haben?«

»Na ja, nur in dürren Worten, Kanzleistil.«

»Darf ich es sehen?« Sie streckte die Hand aus, und Becker gab ihr das Heft. Sie lehnte sich zurück, schlug das Heft auf und blätterte die Seiten durch. Sie las aufs Geratewohl einen Eintrag. *16:02: Umgesch. auf takt. Alt. Frequ. Gen. Laskov funkt letzte Botschaft: E-2D beh. uns auf Radar. Laskov überl. uns Entscheidung, Phoenix einzusetzen. Staffel dreht ab.* Miriam blätterte ein paar Seiten weiter. *18:31: Flug beendet. Hess Tod d. Schädelbruch verurs. v. Ziegel durch Schutzscheibe b. Ausrollen. Pilot hätte Ultraschallschild in Vorber. der Bruchlandung früher betät. sollen. Tod vielleicht vermeidbar.* Ein paar Sekunden lang starrte sie auf die Eintragung, dann schloß sie das Heft und blickte auf. Sie zwang sich zu lächeln. »Man nennt uns das ›Volk aus der Schrift‹, und wir haben's wirklich mit dem Schreiben. Das geschriebene Wort hat uns seit der Diaspora zusammengehalten. Seltsam, daß niemand sonst auf die Idee kam, eine Chronik unseres Aufenthalts hier zu führen.«

»Na ja . . .« Becker fand einen Zigarettenstummel und zündete ihn an. »Eine Chronik ist es gerade nicht, Mrs. Bernstein.«

»Miriam.«

Er zögerte. »Miriam. Es gehört einfach zu meinem Job, daß ich . . .«

»Genau das meine ich, David. Es ist immer irgend jemandes Job. Ein Schreiber. Ein Schriftführer. Ein Gelehrter. Ein Schiffskapitän. Im Lauf der Geschichte hatte immer irgendwer die Aufgabe, Protokoll zu führen, und manchmal sind diese Protokolle mächtige und erhellende Dokumente. Ezra war ein solcher Chronist, und er hinterließ uns den einzigen Bericht über die Wiederheimführung der Juden aus dem babylonischen Exil. Heutzutage kann sehr wohl ein Linienpilot diese Funktion erfüllen.« Sie lächelte ihm zu.

»Mag sein.«

Sie rückte näher. »Wenn ich Sie schon nicht von Ihrer eigenen Wichtigkeit überzeugen kann, kann ich Sie dann wenigstens davon überzeugen, daß Sie dieses Heft irgendwo verstecken sollten?«

»Könnte eine gute Idee sein.«

Sie wollte ihm das Heft zurückgeben, zögerte jedoch. »Darf ich noch eine Weile sitzen bleiben und meinen eigenen Bericht über die Vorkommnisse hier aufschreiben? Ich werde mich bemühen, nicht viel Platz zu brauchen.«

Becker lachte gezwungen. »Sie können soviel Platz brauchen, wie Sie wollen. Ich glaube, das war ohnehin mein letzter Eintrag.«

»Danke. Haben Sie Kohlepapier? Ich möchte gern einen Durchschlag machen. Wir können dann das Heft vergraben und das Doppel meines Berichts im Flugzeug lassen, oder umgekehrt.«

Becker kramte ein Blatt Kohlepapier aus seiner Flugtasche. »Das Heft muß an Bord bleiben. Wir vergraben den Durchschlag.«

»Gut.« Sie nahm das Kohlepapier. »Vielen Dank.«

»Das eine wie das andere wird ohnehin kein Mensch je zu lesen kriegen«, sagte Becker.

Sie blickte zu ihm auf. »Das Ravensbrücker Gebet wurde auf einen Fetzen Papier geschrieben, David.«

»Dieses Gebet bedeutet Ihnen sehr viel.«

»Bedeutete.« Eine Weile schaute sie schweigend durch die Schutzscheibe. »Es trug keine Unterschrift, aber das Lager war vorwiegend für Frauen, und vielleicht kann uns das auf die Spur des Verfassers bringen.« Sie strich sich übers Gesicht. »Man hat mir gesagt, daß . . . daß meine Mutter in Ravensbrück starb. Und deshalb denke ich gern, daß sie es geschrieben haben könnte.« Sie senkte die Stimme, bis sie im Lärm von draußen kaum noch zu hören war. »Früher hatten die Worte noch mehr Bedeutung für mich, aber es bedeutet mir noch immer viel, daß der Mensch, der das schrieb, Glauben hatte. Den Glauben, daß es gefunden würde, vor allem aber den Glauben, daß nach dieser Schreckenszeit noch freie Menschen auf der Welt leben würden, für die diese Worte noch von Wert sein könnten. Und so überlebte es auf einem Fetzen Papier. Es wurde millionenfach vervielfältigt, und es wird auch die nächste Massenvernichtung überleben.« Wieder lächelte sie Becker zu. »Die Schrift der Genesis wurde mit Lampenruß auf Papyrus angefertigt, David. Hätte dieser erste Chronist auf jemanden wie Sie gehört, so hätten wir niemals erfahren, wie die Welt ihren Anfang nahm.«

Er lächelte gezwungen. »Ich bin überzeugt.«

»Gut.« Sie ließ sich einen Stift geben und beugte sich über das Logbuch. Sie schrieb in raschen, fließenden hebräischen Zeichen.

Ohne auf die Uhr zu schauen wußte Hausner, daß der Morgen nahe war. Der Kampf neigte sich dem Ende zu, und die Israelis schossen nur noch vereinzelt den Hang hinab. Die Ashbals näherten sich mit Vorsicht, aber ohne straffe Disziplin. Sie lachten und riefen einander durch den wehenden Wind an. Sie waren sich bewußt, daß dieser Mangel an Munition auf seiten der Israelis auch eine weitere List sein konnte, aber wenn dem so war, dann trieben die Israelis das Spiel sehr weit. Im Süden hatte ein Vortrupp bereits den Verteidigungsgürtel in der Nähe der ehemaligen Bastei durchbrochen und die Schützengräben leer gefunden.

Sie bewegten sich langsam durch das windgepeitschte Dunkel. Schon witterten sie das Morden und genossen es im vorhinein. Sie kamen durch die zusammengebrochenen Verhaue und über den Hügelkamm. Neugierig verhielten sie an den Gräben, dann sprangen sie darüber. Sie empfanden das seltsame, unterdrückte Frohlocken, das sich mit dem Eindringen in den lang umkämpften Bau des Feindes einstellt. Von Zeit zu Zeit ließ ein kurzer Beschuß der Israelis sie auseinanderstieben und verlangsamte ihr Vorrücken, aber sonst herrschte auf dem Hügel, mit Ausnahme des beharrlichen Windes, den niemand mehr bewußt wahrnahm, gespenstische Stille.

Militärisch gesehen war der Widerstand unerheblich und zusammenhanglos. Die Initiative lag in allen Punkten bei den Ashbals, dennoch waren auch weiterhin Geduld und Vorsicht geboten.

Nachdem sie nun schon so weit gekommen waren, wollte keiner der Überlebenden noch wenige Minuten vor dem endgültigen Sieg das Zeitliche segnen. Alle wollten teilhaben an den Früchten dieses Sieges.

Die Ashbals ließen die Schüsse der Israelis unerwidert, um deren Feuer nicht erneut auf sich zu ziehen. Lautlos verständigten sie sich im Dunkeln untereinander und versuchten, eine geschlossene Linie zu bilden und so über die flache Kuppe herzufallen. Kein einziger Israeli sollte ihnen entschlüpfen. Die Ashbals in der Mitte der sich bildenden Linie konnten bereits die Umrisse der Concorde entdecken, sooft die Staubwolken für kurze Zeit aufrissen.

Die Israelis zogen sich langsam und ruhig zurück. Sie feuerten gerade soviel, um die Ashbals auf Distanz zu halten und ihr Vorrücken zu verzögern. Der Kommandoposten gab weder einen letzten Verteidigungsplan noch einen letzten Befehl aus, dennoch lief der Rückzug geordnet ab. Ungefähr die Hälfte der Israelis hatte beschlossen, einen Fluchtversuch über den Westhang zu wagen, die andere Hälfte wollte ausharren und ihr Geschick an Ort und Stelle erwarten.

Die Verwundeten wurden aus der Schäferhütte geholt und in die Concorde geschafft, in der Hoffnung, daß sie vielleicht eine Chance haben mochten, das Massaker zu überleben, wenn sie wenigstens während des letzten Gemetzels aus dem Weg wären. Allerdings hielt sich hartnäckig das Gerücht, daß die Verwundeten getötet werden sollten, ehe die Ashbals Hand an sie legen konnten. Über diesen Punkt schien einige Verwirrung zu herrschen.

Die Israelis auf der Westseite feuerten den Hang hinab, um festzustellen, ob die Ashbals auch dort Truppen postiert hatten.

Ahmed Rish sprach in sein Funkgerät und befahl seiner dort stehenden kleinen Abteilung, das Feuer zu erwidern. Er wollte nicht, daß die Israelis dort drüben blindlings ins blutige Verderben liefen. Er wollte sie für sich, auf dem Hügel. Die Ashbals am Euphratufer nahmen das Glacis unter Beschuß, und den Verteidigern oben sank der Mut, als klar wurde, was sie in Wahrheit schon die ganze Zeit gewußt hatten — daß es keinen Fluchtweg gab. Die Verwirrung war groß, und einige von denen, die gehofft hatten, fliehen zu können, begannen zu weinen.

Hamadi nahm einen Funkspruch Al-Bakrs entgegen, des Offiziers, der für ihre Nachhut verantwortlich war. »Hamadi hier. Wie? Wer ist er? Dann stellt es fest! Hat er das Gespräch zu Ende geführt? Die Vermittlung in Bagdad bestätigt es? Was hat er gesagt? Ja, ich weiß, daß du nicht hebräisch sprichst, verdammt noch mal! Er spricht bestimmt arabisch. Wenn du ihm das erste Auge rausgebohrt hast, macht er dir bestimmt die Freude. Ja. Halt mich auf dem laufenden.« Er gab dem Funker den Hörer zurück. Er sah Rish an. »Ahmed.«

Rish wandte sich ihm zu, während sie langsam durch den Staub stapften. »Ich habe genug mitgekriegt. Es ist unwichtig.«

»Aber wenn es ihm gelungen ist, durchzukommen . . .«

»Unwichtig!«

Hamadi wandte sich ab. Immer mehr festigte sich seine Überzeugung, daß ihr Schicksal besiegelt sei. Von allen Seiten rückten drohend Kräfte näher, über die sie keine Macht hatten. Wenn er kehrtmachen und in die Nacht hinausgehen würde, so könnte er am Morgen die Sonne über Persien aufgehen sehen. Aber er konnte nicht kehrt machen, so wenig, wie er Ahmed Rish töten konnte.

John McClure beobachtete die grünen Leuchtspuren, die vom Fuß des Abhangs in hohem Bogen über sein Schützenloch hinwegflogen. »*Well*, auf dieser Seite führt also kein Weg runter.«

Er schob die beiden letzten Patronen in seinen Revolver. »*Well*, Colonel, haben Sie inzwischen geübt, wie man auf arabisch sagt: ›Bringen Sie mich zum Botschafter der Vereinigten Staaten?‹«

Richardson zog sorgfältig seinen blauen Waffenrock an und knöpfte ihn zu. »In den kommenden Minuten müssen wir sehr vorsichtig sein, McClure. Unser Leben kann von einem mißverstandenen Wort oder einer falschen Bewegung abhängen.«

McClure drehte die erste geladene Kammer so, daß sie rechts vom Abzug war. »Warum haben Sie das getan, Tom?«

Richardson rückte die Krawatte zurecht und bürstete sinnloserweise ein wenig Staub von seiner Schulter.

»Ich habe gefragt, warum haben Sie das getan?«

Richardson sah seinen Gefährten in dem kleinen Schützenloch an. »Was getan?«

McClure spannte den Hahn, und die Trommel bewegte sich nach links, so daß die Patrone unter dem gespannten Hammer lag.

Richardson fand seine Mütze und kippte den Sand heraus. Er blickte auf die große Revolvermündung hinab. »Geld. Ich habe eine Schwäche für teure Dinge.«

»Wieviel Geld, Tom?«

»Eine blanke Million. Amerikanische Dollar.«

McClure stieß einen leisen Pfiff aus. »Nicht schlecht.«

»Nein. Bei einer Schweizer Bank sicher hinterlegt, wie ich hinzufügen darf. Eigentlich sollte ich nachher nochmals eine Million kriegen, aber daraus wird wohl nichts.«

»Vielleicht rücken sie doch noch damit raus, Tom. Diese Leute haben Geld wie Heu.«

»Stimmt, John. Diese Leute haben mehr Petrodollar, als sie unterbringen können. Der Westen blutet Geld aus und bekommt dafür Öltransfusionen.«

»Interessante Metapher, Tom. Aber wir sprechen jetzt nicht darüber oder über Israel. Wir sprechen über Sie, Tom — einen Colonel der U.S. Air Force, der einer fremden Macht Geheimnisse verkauft. Das ist nach wie vor gesetzwidrig — sogar in Amerika.«

Richardson rückte die Mütze auf dem Kopf gerade. »*Well*, ich war schon länger nicht mehr zu Hause, John, also kann ich es nicht nachprüfen. Immerhin war es ganz in Ordnung, geheime Pentagonpapiere zu veröffentlichen. Wissen Sie bestimmt, daß es noch immer gesetzwidrig ist, einer fremden Macht Geheimnisse zu verkaufen?«

»Keine Hinhaltetaktik, Tom.«

»Ich nehme meine Strafe auf mich, wenn ich heimkomme. Tun Sie doch endlich das Ding da weg. Ich laufe nicht davon.«

»Die Leute reden leichter, wenn sie in eine Revolvermündung gucken, Tom.« McClure spuckte ein Zündholz aus. »Ich dachte, Sie hätten diese Menschen gern.«

»Es ist heutzutage nicht *in*, eine antisemitische Haltung an den Tag zu legen.«

»Verstehe.«

In Richardsons Miene ging eine bemerkenswerte Veränderung vor sich. Sein Mund wurde hart, die Augen waren nur noch schmale Schlitze. »Also ging ich in den Officers' Club und trank ein Glas mit israelischen Piloten, die ich neunzehnsiebenundsechzig in Travis ausgebildet hatte. Und neunzehndreiundsiebzig, nach der Beinahe-Katastrophe, zeigte ich Mitgefühl mit ihnen. Und was sage ich Ihnen, schon legt jemand ein gutes Wort für mich ein und ich kriege diesen Posten. Als ich die Ernennung bekam, hätte ich mich fast übergeben.«

McClure sagte nichts. Nach ein paar langen Sekunden blickte Richardson zu McClure auf. »Übrigens sollte niemandem etwas geschehen«, sagte er leise.

»Aber wir sprechen nicht über die Israelis, Tom. Vielleicht mag ich sie auch nicht, aber ich würde sie nicht einmal unter der Folter verraten. Wissen Sie warum, Tom? Weil's Onkel Sam so haben will. Dafür werde ich bezahlt . . . Tom.«

Richardson tat, als hätte er nicht gehört. Seine Miene entspannte sich wieder. »Dabei fällt mir ein, John«, sagte er munter. »Kann ich Sie kaufen? Hundert Mille?«

»Bedaure.«

»Halbe-halbe?«

»Nichts zu machen.« McClure fand sein letztes Zündholz.

»Plus die ganze zweite Million, wenn ich sie kriege?«

McClure schien nicht zuzuhören. Er kaute auf dem Zündholz herum und sagte: »Sie meinten, niemandem sollte etwas geschehen. Aber einer Menge Leute ist allerhand geschehen, Tom. Wirklich allerhand.«

»Ich weiß. Und das Ganze tut mir *wirklich* leid, John. Nichts von alledem war eingeplant. Wer hätte das vorhersehen können. Es ist das einzige, was ich bedaure. All diese Opfer.« Er starrte in den Staub.

»Wenn niemandem etwas geschehen sollte, Tom, warum wollten Sie unbedingt mit der 02 fliegen?«

Richardson leckte sich die trockenen Lippen. »*Well . . . falls* es irgendwelche Schwierigkeiten geben würde, dann sollte die 01 als . . . Exempel dienen. Wir wußten, daß allenfalls Avidar Schwierigkeiten machen würde. Nicht Becker.«

McClure stieß ein kurzes Lachen aus. »*Wußten?* Wie kann man so etwas wissen? Angenommen, daß, wider alle unsere Kenntnis von der menschlichen Natur und so weiter, Becker durchgedreht und Avidar mitgespielt hätte? Dann wären Sie in ein paar tausend Metern Höhe durch den Himmel getanzt, mein Junge.«

»Kalkuliertes Risiko, John. Wie Sie sehen, setze ich auch mein eigenes Leben aufs Spiel. Ich bin kein Feigling.« Er starrte unverwandt in den Sand hinaus. »Ich höre Stimmen. Sollen wir rausklettern und uns ergeben oder sitzenbleiben und warten, bis sie kommen?«

»Sie haben's verdammt eilig, sich diesen Scheiß-Gerbals, oder wie sie sich nennen, zu ergeben, Tom. Glauben Sie, daß Sie als Held empfangen werden, Richardson? Abgemurkst werden Sie, Sie blöder Hund. Und dann murksen sie mich ab, damit auch bestimmt keiner was von Ihnen erfährt.«

Richardson schüttelte lächelnd den Kopf. »Nein, sie werden mich nicht töten. Rish hat einen Boß, und dieser Boß und ich haben eine Sicherheitsgarantie für mich ausgearbeitet. Sollte ich getötet werden, dann wird man in meinem Safe in der Botschaft einen Brief finden, und darin stehen eine Menge Namen — arabische Agenten der Terroristen in Israel einschließlich meiner Verbindungsleute und anderer. Ich denke voraus, John.« Er schwieg eine Weile. »Und ich lasse auch nicht zu, daß Ihnen etwas geschieht.«

»Danke, Tom. Sie sind besser als der amerikanische Generalkonsul. Ich frage mich bloß, ob Rish diese Burschen noch im

Zaum hat — und auch sich selbst. Ich glaube, sie sind alle so aufgeputscht, daß sie Hackfleisch aus Ihnen machen werden . . . Aber vielleicht auch nicht.« Er schien nachzudenken. »Tom, Sie wissen, daß die amerikanische Justiz heutzutage *sehr* milde ist. Deshalb ist es Ihnen auch egal, wenn ich Sie zurückbringe. In den meisten Ländern würden Sie in irgendeinem finsteren Loch am Schwanz aufgehängt, bis Sie verschimmeln. In den guten alten Staaten von Amerika wird Ihnen ein Kriegsgericht oder ein Bundesgericht zehn bis zwanzig Jahre verpassen, und nach sechs oder noch weniger Jahren spazieren Sie wieder raus — geradewegs in die Schweiz. Man wird Sie nicht mal an Israel ausliefern, wenn Sie Ihre Zeit abgebrummt haben, weil das einen Mordsstunk geben würde.«

»Ich mache die Gesetze nicht.« Richardson sah müde aus.

»Nein, aber ich mache sie manchmal. Wenn es in meine Kompetenz fällt.« Nach einer Weile fuhr er fort. »Sagten Sie, im Fall Ihres Todes würden eine ganze Menge Terroristen auffliegen?«

»Langsam! Nicht das Kind mit dem Bade ausschütten, John. Hier gibt's mancherlei zu überlegen.«

»Ja, so mancherlei, und wenn wir mehr Zeit hätten, könnten wir uns vielleicht etwas einfallen lassen. Aber wir haben leider keine Zeit.«

»Nicht!« Richardson hielt instinktiv dic Hände vor die Brust. »Ich garantiere Ihnen Sicherheit. Diese Leute . . .«

McClure stieß seinen schweren Revolver zwischen Richardsons Hände und feuerte aus wenigen Zentimetern Entfernung auf sein Herz. Der Einschlag riß Richardsons Kopf zurück, seine Uniformmütze flog in weitem Bogen fort, wurde vom Wind erfaßt und segelte nach Westen.

David Becker lief rasch die Rampe hinunter. Er trug eine Blechbüchse mit der Durchschrift von Miriam Bernsteins kurzer Chronik der Ereignisse, in ölgetränkten Stoff und Plastikbeutel gewikkelt. Er suchte eine Stelle am Fuß der Erdrampe aus und grub mit einem Stück Aluminium hastig ein Loch. Er hielt es für verlorene Mühe, aber Miriam schien soviel daran zu liegen. Sie zeigte sich so tapfer, was den Tod anging, und war nicht im geringsten hysterisch, aber diese Chronik schien ein sentimentales Anliegen zu sein, und so wollte er ihr den Gefallen tun. Er legte die Büchse in das Loch und schaufelte es rasch zu. Das Logbuch hatte er, zusammen mit dem Original der Chronik, unter einem Stück losen Fußboden in der Kabine versteckt. Immerhin bestand eine Chance, daß Israel eines Tages die Concorde heimholen könnte, und dann würde ein Arbeiter vielleicht das Logbuch entdecken. Aber ob die vergrabene Chronik jemals gefunden würde, bezweifelte er. Möglich wäre es. Schließlich hatte er selbst Pazuzu gefunden.

Er richtete sich auf und wischte sich die Hände ab. Er hörte, wie zwei Araber einander durch den Wind etwas zuriefen. Sie waren nicht mehr als zweihundert Meter entfernt. Ein Israeli feuerte in die Richtung, aus der die Stimmen kamen, und man hörte einen Schmerzensschrei. Nein, dachte Becker, sie werden nicht sonderlich milde gestimmt sein, wenn sie hierher kommen. Dennoch bedauerte er den Entschluß zu kämpfen keinen Augenblick, und er hatte auch sonst von niemandem ein Wort des Bedauerns darüber gehört.

Er ging hinüber zum Bugradschacht und sagte zu Peter Kahn, der noch immer an seinem Notstromaggregat arbeitete: »Lassen Sie's gut sein, Peter. Es ist ein bißchen spät dafür. Kommen Sie ins Cockpit.«

Kahn streckte den Kopf aus dem Schacht. »Warum, zum Teufel? Wenn sie hierher kommen, dann sollen sie sehen, wie sich der arme Peter Kahn mit seinem verschissenen Aggregat abrackert. Vielleicht tu ich ihnen leid, und sie schenken mir ein Ticket nach Lod.«

Becker grinste. »Na schön . . . ich . . . also dann, bis später.«

Kahn sah ihn an. »Jawohl, bis später, Captain.«

Becker wandte sich wieder der Rampe zu und stieg langsam hinauf, ohne auf die Kugeln zu achten, die ihm um die Ohren pfiffen.

Im Cockpit nahm er seinen Sitz neben Miriam ein. »Erledigt.«

»Vielen Dank.«

Lange Zeit schwiegen sie beide, dann sagte Becker: »Ich habe immer gewußt, daß ich in dieser Kiste sterben würde.«

Miriam streckte die Hand aus und berührte seinen Arm. »Ich glaube, Sie sind der tapferste Mann, dem ich je begegnet bin.«

Becker starrte auf die Steuerkonsole. Er hatte das Gefühl, irgend etwas tun zu müssen, aber er hatte Befehl von Hausner, im Cockpit zu bleiben, egal, was passieren mochte. Er schaltete den Funk lauter und fing an, die Frequenzen durchzugehen. Er wollte das noch tun, ehe ihm jemand eine Kugel in den Rücken schießen würde. Miriam tat ihm leid — und alle anderen Frauen. Er war überzeugt, daß die Ashbals sich eine Spezialbehandlung für sie ausgedacht hatten. »Wollen Sie hier drinnen bleiben? Ich meine . . .«

»Ich habe auch meine Befehle.« Sie lächelte.

Becker schaute durch die Schutzscheibe. »In der Schäferhütte versammeln sich Leute. Ich glaube, sie werden . . .«

»Ja, ich sehe sie. Ich bleibe bei Ihnen, wenn Sie nichts dagegen haben.«

Er zögerte, dann faßte er ihre Hand und drückte sie.

Die Gruppe der Israelis, die den Selbstmordpakt geschlossen hatte, versammelte sich in der blutdurchtränkten stinkenden Schäferhütte, aus der die Verwundeten weggeschafft worden waren. Araber legten sonst selten Hand an sich selbst, aber niemand in der Hütte wunderte sich, als Abdel Majid Jabari und Ibrahim Arif eintraten. Es war klar, daß dieser Tod für die beiden, noch mehr als für alle anderen, das bessere Los war. In der Hütte war es vollkommen dunkel, und das erleichterte die Sache für alle. Es wurde wenig gesprochen, nur ein paar geflüsterte Worte gingen hin und her, wenn wieder jemand eintrat. Nach einigen Minuten wußten alle, daß niemand mehr kommen würde, aber keiner wußte, was als nächstes zu tun sei, und wieder herrschte Schweigen in der Hütte.

Insgesamt zehn Männer und Frauen hatten sich in drei kleinen Gruppen in getrennte Ecken zurückgezogen. Bei der einen Gruppe befand sich Joshua Rubin, der Initiator des Selbstmordpakts. Neben ihm auf dem Boden lag Yigael Tekoah. Tekoah war verbittert, weil er von einer arabischen Kugel nicht tödlich getroffen worden war, als er den Warnruf von seinem vorgeschobenen Posten ausgestoßen hatte. Jetzt mußte er dem Tod nochmals ins Auge sehen. Bei Rubin und Tekoah waren vier junge Knesset-Sekretäre, zwei Männer und zwei Frauen, alles Mitglieder der *Masada-Defense-League*.

In der zweiten Ecke befanden sich Yaakov Leiber und die beiden Stewardessen Beth Abrams und Rachel Baum. Beth Abrams hatte zwei Tage lang die Verwundeten gepflegt und ihre Leiden mitansehen müssen. Aus einem glücklichen Mädchen war in kurzer Zeit eine verzweifelte Frau geworden. Rachel Baum lag auf dem Boden zwischen Leiber und Beth. Auch sie hatte sich, wie Tekoah, geweigert, mit den übrigen Verwundeten in die Concorde gebracht zu werden. Sie litt furchtbar an ihren Verletzungen und sah nicht ein, warum sie in der Concorde auf weitere Leiden warten sollte. Sie hatte Kaplan gepflegt und hatte ihn sterben hören, und ihr Entsetzen war so groß, daß sie diesen Ausweg suchte.

Yaakov Leiber hatte an seine drei Kinder gedacht, ehe er seinen Entschluß faßte, aber Rubin hatte ihn davon überzeugt, daß kein Mensch das überleben würde, was die Ashbals mit ihnen vorhatten. Dennoch war er seiner Sache noch immer nicht ganz sicher. Er sah, daß die beiden Stewardessen ihn hier brauchten. Er redete im Dunkeln leise auf sie ein. Beth Abrams weinte, aber Rachel Baum war ruhig. Er kniete neben Rachel nieder und nahm ihre Hand. Auch Beth Abrams kniete nieder und faßte Rachel und Yaakov Leiber bei den Händen.

In der dritten Ecke hockten Abdel Jabari und Ibrahim Arif auf den Fersen. Mehr als dreißig Jahre lang hatten sie isoliert unter diesen Menschen gelebt, und nun sollten sie gemeinsam mit ihnen sterben.

Jabari zündete seine letzte Zigarette an und flüsterte Arif zu: »Wissen Sie, Ibrahim, ich habe immer gewußt, daß ich keines natürlichen Todes sterben würde.«

Arif war blaß und zitterte. Auch er zündete sich in dem finsteren Raum eine Zigarette an und zog heftig den Rauch ein. Er versuchte, einen Witz zu machen. »Ich kann immer noch an einem Herzschlag sterben.« Wieder zog er an der Zigarette. »Wie soll die Sache vor sich gehen?«

»Ich glaube, es sind ein paar Revolver da. Sie sollen von Hand zu Hand gehen.«

Arifs Hände zitterten so sehr, daß er kaum die Zigarette halten konnte. Er fragte sich, wie er eine Pistole halten sollte. »Ich glaube nicht, daß ich es tun kann, Abdel.« Er stand auf.

Jabari packte ihn am Arm und zog ihn gewaltsam wieder in die Ecke. »Seien Sie kein Narr«, zischte er. »Haben Sie nicht gehört, was sie mit Moshe Kaplan angestellt haben? Können Sie sich überhaupt ausdenken, was sie dann erst mit *Ihnen* anstellen werden? Ersparen Sie sich das, alter Freund.«

Arif begann zu weinen, und Jabari tröstete ihn. Jabari bedauerte nur, daß er sich nicht mehr von Miriam verabschiedet hatte. In den letzten zwei Tagen hatte er sie auch kaum gesehen. Er hatte sie nicht mit seiner Gesellschaft belasten wollen, aber jetzt wünschte er, er hätte mehr Zeit mit ihr verbracht. Er vermutete, daß sie sich in Jacob Hausner verliebt hatte, und war über ihre Wahl einigermaßen besorgt. Jabari glaubte, daß es einen wirklichen Ort namens Paradies gebe, wie der Koran ihn so lebendig schildert, und er glaubte auch, daß er selbst dort einginge, aber daß Miriam Bernstein nicht auch dort sein sollte, konnte er nicht glauben. »Kommen Sie, Arif. Beruhigen Sie sich. Kühle Gärten, Springbrunnen, aus denen Wein fließt, und Jungfrauen. Ist das ein Grund zum Weinen?«

Yigael Tekoah, der die Araber nicht mochte und sie auch nicht bei der Friedensmission hatte dabei haben wollen, rief leise durch die Hütte: »Abdel, Ibrahim. Mut.«

Jabari rief zurück: »Wir sind in Ordnung, Yigael. Vielen Dank.« Jabari ließ es noch immer keine Ruhe, daß er Miriam vor seinem Tod nicht mehr sehen konnte. Er war versucht, die Hütte zu verlassen und sie zu suchen, aber er wollte Arif nicht alleinlassen. Die Ashbals waren schon zu nah. Er wollte sichergehen, daß er Rish um seinen Spaß brachte. Aber dieses Warten war für niemanden gut. Schließlich brach er das Schweigen und fragte, wie das weitere Vorgehen sei. Niemand antwortete.

Das Schießen wurde lauter, und die Israelis, die noch immer das Feuer erwiderten, zogen sich in die Nähe der Hütte zurück. Eine Salve schlug in die Lehmwand. Jetzt löste sich die Starre, und Rubin trat in die Mitte des Raumes. Er räusperte sich und sagte: »Wir müssen bald handeln.« Er wartete. »Wenn es so leichter sein wird, tue ich es für alle. Ich habe beide Pistolen.«

Jabari sprang auf und stellte sich vor Rubin. »Wenn ich bitten darf. Rasch.«

Rubin antwortete nicht, er hob nur die eine Pistole und richtete sie zwischen Jabaris Augen. Ohne Jabari mit der Waffe zu berühren, schoß er ihm eine Kugel in die Stirn. Als das laute Echo des Schusses verklungen war, hörte man Beten und leises Weinen in der Hütte.

Rubin war schweißüberströmt und trocknete sich instinktiv Gesicht und Arme. Er begann zu zittern und fühlte sich der Sprache nicht mehr mächtig. Er wußte nicht, was er als nächstes tun sollte. Seine Entschlossenheit, für alle zu handeln, hatte ihn verlassen, er richtete die Waffe gegen die eigene Brust und schoß sich durchs Herz. Er taumelte rücklings in die Ecke und fiel zwischen die vier jungen Parlamentssekretäre. Eines der Mädchen schrie auf und wurde ohnmächtig. Die drei anderen jungen Leute legten Rubin behutsam auf den Boden. Die beiden Männer nahmen die Pistolen. Sie flüsterten hastig miteinander, dann standen sie auf und gingen hinüber in die Ecke, wo Leiber, Beth Abrams und Rachel Baum sich aneinander drückten. Sie ließen Feuerzeuge aufflammen und brachten die Pistolen in Anschlag, dann löschten sie die Feuerzeuge. Beth Abrams schluchzte auf, und Leiber warf sich zwischen die beiden Männer und die Mädchen. Einer der Männer schoß, schien aber nichts zu treffen. Der andere ließ erneut sein Feuerzeug aufflammen, um sein Ziel anzuvisieren.

Rabbi Levin stürzte in die Hütte und sah alles, was er zu sehen brauchte, ehe das Feuerzeug erlosch. Er packte die beiden jungen Männer beim Kragen und schleuderte sie zu Boden. Schreiend und fluchend teilte er im Dunkeln Fußtritte und Hiebe aus. »Habt ihr geglaubt, ihr könnt mich austricksen? Ich habe euch gefunden! Ich habe gewußt, was ihr vorhabt! Raus! Raus! Raus mit euch!« Er raste in der kleinen Hütte herum, schlug und stieß blindlings um sich. Mehrmals stolperte er über Joshua Rubin und Abdel Jabari. Er trat ein paarmal nach den beiden, ehe er begriff, daß sie tot waren. »Raus! Raus! Raus mit euch allen! Wie könnt ihr es wagen! Wie könnt ihr so etwas wagen! Tragt die Verwundeten ins Flugzeug! Raus!«

Sein Dazwischentreten hatte den seltsamen Bann gebrochen, der über dem Raum schwebte, und wer laufen konnte, machte, daß er aus der Hütte kam. Rabbi Levin blieb in der Mitte des Raums allein zurück, er zitterte am ganzen Leib, und Tränen strömten ihm übers Gesicht. Er hatte getan, was er tun mußte, aber er war keineswegs überzeugt, daß er recht getan hatte und die anderen unrecht. Wie sollte er es anstellen, die beiden Toten in der kurzen Zeit, die noch blieb, zu begraben. Und wer mochten sie sein?

Ariel Weizman, der Außenminister, sammelte eine kleine leichtbewaffnete Gruppe an der Westseite des Verteidigungsgürtels, in der Nähe von McClures Schützenloch. Weizman sah Richardson auf dem Boden des Lochs liegen, eine Staubschicht hatte bereits die blaue Uniform bedeckt, aber ihm blieb keine Zeit, Mutmaßungen über die Bedeutung dieser Tatsache oder über McClures Abwesenheit anzustellen.

Ariel Weizman war entschlossen, seine kleine Gruppe über den Steilhang hinunterzuführen. Sein Plan war, schnell den Hang hinunterzulaufen und in den Fluß zu springen, so wie es Dobkin getan hatte. Ohne Verwundete war es vielleicht zu schaffen. Er wünschte, Miriam Bernstein würde es sich überlegen und mit ihm kommen, aber sie stand völlig unter Hausners Einfluß und würde die Concorde nicht verlassen. Er stellte die Frauen und Männer, die alle die orangefarbenen Schwimmwesten aus der Concorde trugen, am Rand des steilen Hangs auf. Er kauerte sich nieder, wie ein Läufer ins Startloch, und gebot ihnen, es ebenso zu machen. »Ich zähle bis drei, dann rennen wir los. Achtung. Warten, bis ich zähle.«

Vom Kommandostand kamen nur wenige Befehle. Die Melder, die noch immer im Einsatz waren, brachten Hausner und Burg nur schlechte Nachrichten.

Hausner und Burg waren übereingekommen, daß es einen Zeitpunkt gab, an dem keine Befehle die besten Befehle waren, und so überließen sie es dem Instinkt des einzelnen, sein Handeln zu bestimmen. Hausner wandte sich an Burg. »Möchten Sie jetzt den alleinigen Befehl übernehmen, Isaac? Ich bin bereit, zurückzutreten.«

Burg antwortete mit schiefem Grinsen: »Nein, vielen Dank.«
»Glauben Sie, daß ich irgend etwas zu tun versäumt habe?«
Burg dachte eine Weile nach. »Nein. Ehrlich, Sie haben Ihre Sache prima gemacht. Vielleicht hätten Sie ein bißchen diplomatischer vorgehen sollen . . . vielleicht auch nicht.« Er horchte auf das näherkommende Gewehrfeuer. »Unsere Leute waren fabelhaft.«
»Ja. Das waren sie.«
Die beiden letzten von Hausners Leuten, die noch im Kampf standen, Marcus und Alpern, kamen zum Kommandostand herauf. Marcus deutete einen militärischen Gruß an. »Was sollen wir jetzt tun, Boß?«
Hausner wußte nicht, was er antworten sollte. Er fühlte sich verpflichtet, irgend etwas zu sagen, aber es fiel ihm weder ein Befehl ein, noch ein Wort der Anerkennung, das sie weitergeben sollten. »Nehmt so viele von den Scheißkerlen mit hinüber, wie ihr erwischen könnt.« Er schwieg. »Und ich danke euch. Ihr wart Rückgrat und Herz dieser Verteidigung. Ihr habt Unglaubliches geleistet. Keiner, der überlebt, wird das je vergessen.«
Die beiden Männer nickten und verschwanden im Dunkeln.
Burg legte die Hand auf Hausners Schulter. »Ich glaube, Sie sollten zur Concorde gehen, ehe Sie abgeschnitten werden. Sie haben es versprochen, und sie wartet auf Sie. Ich bleibe hier und tue, was ich kann.«
»Nein. Ich will nicht sehen, was sie mit ihr anstellen, so wenig, wie sie sehen möchte, was sie mit mir machen. Das weiß sie, und sie erwartet nicht, daß ich komme.«
»Verstehe. Werden Sie . . . na, Sie wissen schon.«
»Nein. Ich bin nicht der Typ. Ich habe noch einiges auf dem Herzen, was ich Ahmed Rish sagen möchte, ehe es aus ist.«
Burg nickte. Dann flog ein füchsisches Grinsen über sein Gesicht. »Aber toll war das schon, was wir hier auf die Beine gestellt haben, wie?«
»Und ob das toll war . . . Was ist das?«
»Was?«
»Haben Sie gehört?«
»Ja. Ja!«
Hausner starrte nach oben. Er glaubte einen Lichtstrahl gesehen zu haben. Er konnte das schrille Wimmern von Düsenmaschinen hören. Er schrie Burg zu: »Isaac, sie haben uns gefunden. Sie haben uns gefunden, verdammt noch mal!«
Burg begann wild mit den Armen zu fuchteln. »Hier! Hier sind wir!«

Hausner lächelte müde. »Sie kommen zu spät, um uns noch helfen zu können, aber nicht zu spät, um Rish und seiner Bande den Garaus zu machen.« Er wandte sich an Burg. »Ich habe den Glauben an den militärischen Nachrichtendienst von Israel wiedergefunden.«

Burg war so erregt, daß er kaum begriff, was Hausner sagte. Dann verstand er. Die Luftwaffe war da — die israelische oder die irakische —, aber sie kam zu spät. Burg beruhigte sich wieder, und seine Gestalt schien in sich zusammenzusacken. Er nickte. »Hoffentlich hat Dobkin es geschafft.« Das war alles, das ihm einfiel.

Hausner und Burg starrten nach oben und sahen den Feuerschweif einer Rakete über den Himmel rasen.

33

Als erstes tat Laskov, was er Becker zuletzt noch versprochen hatte. Er ortete die Lear auf seinem Radarschirm und setzte die Phoenix-Langstreckenrakete bei hundertsechzig Kilometer darauf an.

Der Pilot gähnte, während er schläfrig durch die Frontschutzscheibe blickte. Die automatische Steuerung ließ die Maschine — seit einer Ewigkeit, wie ihm schien — unaufhörlich Linkskurven ziehen, und der Pilot fürchtete schon einen Schwindelanfall. Unter ihm wurde die Erde vom Staub verdunkelt, aber hier oben war alles klar und mondhell. Aus Persien kroch die Morgendämmerung herauf, und es sah aus, als würde es ein guter Flugtag werden. Bald würde er zur Basis in der Wüste Shamiyah fliegen, rasch auftanken und wieder hinauf müssen — es sei denn, diese Narren dort unten machten endlich ein Ende. Er gähnte aufs neue.

Er blickte aus dem linken Seitenfenster und sah eine Flamme über den Himmel rasen. Eine Sekunde später stellte er entsetzt fest, daß die Rakete auf ihn zuhielt. Er rüttelte den schlafenden Kopiloten wach, und beide beobachteten, wie das Ding seinen Kurs änderte und ihnen in ihrer Kreisbahn folgte. Der Pilot stieß einen langen schrillen Schrei aus, als er das ganze Ausmaß der Gefahr begriff. Die Phoenix flammte direkt neben ihnen auf und schien vor ihrem Cockpit zu schweben. Die israelischen Waffenhersteller hatten ein Abbild des schönen Vogels Phoenix auf die todbringende Namensschwester aufgemalt. Der Feuervogel schien in den ersten Sonnenstrahlen zu lächeln, und ein Auge auf dem Sprengknopf zwinkerte den beiden Piloten zu, während jenes Bruchteils einer Sekunde, ehe es sich und seine Beute in einem furchtbaren orangeroten Feuerball verzehrte. Im Gegensatz zum Phoenix der Sage bestand jedoch keine Chance eines neuen Lebens aus der Asche.

Laskov hatte seine Staffel mittels Radar bis hierher geführt. Der Autopilot hatte die Maschine während der Nacht dicht über dem Boden gehalten, so daß sie das jordanische und irakische Radar unterfliegen konnten. Sie hatten wenig Zeit gehabt, sich mit dem Terrain vertraut zu machen, aber jeder Pilot wußte, was an Informationen fehlte, konnte durch Geschicklichkeit und entschlossenen Willen wettgemacht werden. Der Flug über Jordanien und den westlichen Irak, eine Strecke von tausend Kilometern, hatte bei Mach zwei weniger als fünfundvierzig Minuten gedauert. Mit Ausnahme von Laskovs Maschine, die zwei Phoenix-Raketen mitführte, trugen die Kampfflugzeuge nur Luft-Boden-Waffen.

Sobald die Lear von seinem Radarschirm verschwunden war, sagte Laskov in sein Mikrophon: »Concorde 02, hier Gabriel zweiunddreißig. Können Sie mich hören?«

Miriam Bernstein, die allein im Cockpit saß, hörte die Explosion in der Luft. Sie konnte sich nicht vorstellen, was sie bedeuten mochte, aber es interessierte sie auch nicht wirklich.

»Concorde 02, hier Gabriel. Concorde, hören Sie mich?«

Miriam glaubte, eine ferne Stimme zu hören. Eine Stimme, die einen vertrauten Klang hatte.

»Concorde 02, Concorde 02, *hören* Sie mich?«

Sie sah auf das Funkgerät hinab, als hätte sie noch keines gesehen.

»Concorde 02, hier Gabriel zweiunddreißig. Können Sie mich hören? Concorde, bitte kommen.«

Miriam probierte verschiedene Schalter und nahm das Mikrophon auf, aber sie wußte nicht damit umzugehen. Sie schrie die Konsole an: »Teddy! Teddy! Ich höre dich!« Verzweifelt ließ sie das Mikrophon fallen und rannte aus dem Cockpit. Sie schrie den Pflegerinnen und Verwundeten in der verdunkelten Kabine zu: »Sie sind da! Die Luftwaffe! Die Luftwaffe!«

In der Kabine brach Lärm los, und eine Weile stand Miriam wie versteinert. Hinter sich konnte sie Teddy Laskovs Stimme wie in einem Traum hören. »Concorde 02, hier Gabriel zweiunddreißig. Können Sie mich hören? Können Sie mich hören?« Sie stürzte hinaus auf die Tragfläche und schrie: »David! Captain Becker!«

Becker war unter die Maschine gestiegen. Er wollte ein letztesmal versuchen, Kahn zur Rückkehr ins Cockpit zu bewegen oder, falls ihm das nicht gelingen sollte, sich von ihm zu verabschieden.

Er hatte die Rakete und die Explosion gehört und sofort gewußt, was es war. Er war schon halbwegs die Erdrampe hinauf, als Miriam rief. Er drängte sich an ihr vorbei, schoß in die Kabine und zwängte sich durch den belagerten Mittelgang ins Cockpit.

»Concorde 02, hier Gabriel zweiunddreißig. Concorde 02. Concorde 02. Bitte bestätigen.«

Becker griff mit zitternder Hand nach dem Mikrophon. Er hieb so heftig auf den Sprechknopf, daß er fürchtete, die Plastikverkleidung eingedrückt zu haben. »Laut und deutlich, Gabriel! Laut und deutlich! Lage kritisch. Kritisch! Araber innerhalb der Verteidigungslinie! Können Sie mich hören, Gabriel?«

Laskov fuhr beinah aus seinem Sitz. »Laut und deutlich! Laut und deutlich! Wiederhole, Lage ist kritisch. Durchhalten. Durchhalten. Charlie-eins-drei-null ist mit Kommandos unterwegs. Könnt ihr durchhalten?«

Beckers Stimme schwankte. »Ja. Nein. Ich weiß nicht. Könnt ihr zu Hilfe kommen?«

»Ich bin noch ein bißchen weit weg und muß Geschwindigkeit vermindern, ehe ich runter kann. Ich lande in . . . vier Minuten. Können Sie Ihre Stellung durch Leuchtzeichen markieren?«

»Ja! Ich schalte die Landescheinwerfer ein.«

»Roger. Wie steht's mit JP-4?«

»Ja. Ja. Wir haben Molotowcocktails. Werden Umkreis unserer Stellungen durch Feuer markieren. Und halten Sie nach Leuchtspuren Ausschau, Gabriel. Hereinkommende schwere sind die feindlichen — hinausgehende leichte die unsrigen.«

»Roger.«

Mehrere Leichtverwundete drängten sich hinter Becker im Cockpit. Jaffe, Hausners Sicherheitsmann, der zwar verwundet war, aber gehen konnte, bahnte sich einen Weg aus dem Cockpit durch die Kabine und hinaus auf die Tragfläche. Auf der Tragfläche blieb er stehen und schrie in den Sturm: »Die Flieger kommen! Die Flieger kommen! Unsere Stellungen mit Kerosin markieren! Wo ist Hausner? Wo ist Burg? Durchhalten! Sie kommen!«

Esther Aronson lief an Jaffe vorbei und sprang von der Tragfläche. Sie stolperte, fiel und sprang wieder auf. Sie raste in westlicher Richtung über die Hügelkuppe, um nach Möglichkeit den Außenminister und seine Gruppe vom Fluchtversuch über den Westhang abzuhalten. Auf dem Hügel schallten Rufe hin und her, und nach ein paar Minuten wußten sowohl die Ashbals wie die Israelis, was sich ereignet hatte.

Rish und Hamadi spornten ihre restlichen Truppen an. Sie stießen in Richtung auf die Concorde vor, während die Israelis sich dorthin zurückzogen. Die letzten Molotowcocktails wurden angezündet und geworfen. Die Israelis griffen den eisernen Munitionsvorrat an, den sie für die Endphase des Kampfes gehortet hatten, und verstärkten ihr Feuer.

Die Ashbals, die bereits hohe Verluste an Toten und Verwundeten erlitten hatten, waren nur noch zögernd vorgerückt. Sooft wieder ein Ashbal fiel, erhob sich allgemeines Fluchen und Jammern. Jeder war in dem begreiflichen Dilemma gefangen zwischen dem Verlangen, vorzustürmen und es hinter sich zu bringen, und dem Wunsch, zurückzubleiben und zu hoffen, daß das Ende kommen möge, ohne daß er selbst fiel. Jetzt hatte das Eintreffen der israelischen Luftwaffe die Lage jählings verändert. Zumindest ein paar Israelis würden sie lebendig fangen müssen, und zwar schleunigst, wenn sie für kommende Verhandlungen Geiseln in ihrer Gewalt haben wollten.

Sie nahmen die Concorde unter Beschuß, sobald die Landescheinwerfer aufflammten, aber Rish wollte nicht, daß die Israelis einer Treibstoffexplosion zum Opfer fielen, und befahl, daß das Feuer auf die Concorde ausschließlich gegen das Cockpit zu richten sei. Im ersten Licht der Morgendämmerung waren die Umrisse der langen Maschine deutlich zu sehen, sooft der Wind für kurze Zeit nachließ.

Nach der Explosion der Lear waren einige Wrackteile zur Erde gefallen, und die Ashbals wußten, daß sie nicht mehr viel Zeit hatten. Und wenn die Jäger kommen würden, war der sicherste Platz ironischerweise möglichst nahe bei den Israelis. Am besten direkt in der Concorde, zusammen mit ein paar Geiseln. Es würde ein Kopf-an-Kopf-Rennen geben. Es würde um Minuten gehen.

Der Außenminister führte seine Gruppe zurück zur Concorde. Sie trugen die Leiche von Colonel Thomas Richardson. Sie hatten sich nach McClure umgesehen, ihn aber nicht gefunden. Der Außenminister sprach mit Rabbi Levin, der ihm berichtete, was in der Hütte vorgegangen war. Die beiden Männer beschlossen, daß es am besten sei, die übrigen Leute aus der Hütte unter Gewahrsam zu halten, und die sieben Unverletzten, einschließlich Leiber, wurden in den Gepäckraum der Concorde gesteckt.

Die Leiche Joshua Rubins wurde von den beiden Männern, die der *Masada-Defense-League* angehörten, aus der Hütte getragen und in eine zu diesem Zweck ausgehobene Grube gelegt.

Ibrahim Arif trug den toten Abdel Jabari auf den Armen, wie ein Kind. Er schwankte unter dem Gewicht und taumelte tränenblind dahin. Er ließ nicht zu, daß man die Leiche begrub.

Miriam Bernstein kauerte sich auf der Tragfläche nieder und sah die Leiche ihres Freundes auf Arifs Armen. Tränen schossen ihr in die Augen. Sie hörte eine Weile zu, wie die Männer diskutierten, was mit dem Toten geschehen solle. »Arif«, rief sie.

Der dicke Mann blickte auf. »Arif, er war mein Freund, wie er der Ihre war. Aber er ist tot und muß unter die Erde kommen. Das verlangt Ihre Religion so gut wie die unsrige. Bitte verstehen Sie. Wir haben keine Zeit mehr. Bitte tun Sie, was sein muß.«

Arif versuchte, ihr etwas zu sagen, aber seine Stimme gehorchte ihm nicht. Schließlich holte er tief Atem und rief hinauf: »Er war Ihr Freund . . .« Dann machte er rasch kehrt und lief, so gut er das mit seiner Bürde konnte. Er kam zu der Grube und sah Joshua Rubin darin liegen. Er blickte in Jabaris offene Augen. Er murmelte ein Abschiedswort. Behutsam ließ er den toten Freund hinab zu Joshua Rubins Leiche und warf ein paar Hände voll Erde auf die beiden. In diesem Augenblick kamen zwei Israelis mit Gewehren angerannt und sprangen in die enge Grube. Zuerst fühlten, dann sahen sie die Leichen unter ihren Füßen, aber sie wollten die einzige Deckung weit und breit nicht verlassen. Sie fingen an, aus der Grube zu feuern. Einer von ihnen drehte sich zu Arif um: »Wenn Sie keine Waffe haben, dann nichts wie zurück. Die Ashbals sind schon ganz nah.«

Arif nickte und machte sich auf den Weg zur Concorde. Das Leben, konstatierte er, bestand zu gleichen Teilen aus Dummheit, Angst, Ironie und Schmerz. Er beneidete Abdel um seine kühlen Gärten, seine Springbrunnen und Jungfrauen.

Laskovs Kopilot Danny Lavon sichtete die Kerosinfeuer als erster. Die kleinen Lichtpünktchen bildeten ein mehr oder minder regelmäßiges Oval um die Landescheinwerfer der Concorde. Bündel grüner Leuchtspurgeschosse strömten von Ost nach West auf die Concorde zu. In der Gegenrichtung bewegten sich nur sehr wenige Geschosse. Von Zeit zu Zeit verdunkelte eine besonders große Staubwolke die Lichtquellen am Boden. Aus seiner Höhe konnte Lavon schon die Sonne über den Gipfeln des Zagrosgebirges sehen, aber ihre Strahlen hatten Babylon noch nicht erreicht. Das Brechungslicht hätte normalerweise auch am Boden schon die erste Helle gebracht, aber Sand und Staub waren wohl zu dicht, um sie durchzulassen. Er rief Laskov über Bordfunk. »Leuchtfeuer zwei Strich Backbord, Skipper. Bei der kleinen Flußbiegung. Wir sind fast darüber.«

»Roger. Ich sehe sie.« Laskov befahl der Staffel, das Ziel zunächst nur knapp zu überfliegen.

Die zwölf F-14 kamen paarweise herunter. Die riesigen Raubvögel stießen aus dem Himmel. Kreischend kamen sie in geringer Höhe aus der Wüste im Westen gefegt und zogen scharf nach rechts. Allen voran Laskov. Den ersten Überflug ließ er seinen Computer machen, um sicherzugehen, daß er die Staffel nicht in eine Dunkelzone führte. Der Höhenabstand zur Hügelkuppe betrug nicht ganz zwanzig Meter, zur Concorde sogar noch weniger. Das Donnern der zwölf F-14, die hintereinander daherkamen, war ohrenbetäubend und erschreckend. Der lose Sand wirbelte in riesigen Schwaden auf, und unter der Concorde bebte die Erde.

Jedes Kampfflugzeug folgte der gleichen Bahn, Computer und Geländesensoren hielten die furchtbaren Maschinen dicht über der Erde. Instinktiv warfen die Menschen auf dem Hügel sich nieder oder zogen die Köpfe ein, als die Jäger ihnen Sicht und Gehör raubten. Nach dem Überflug befahl Laskov der Hälfte seiner Staffel, im Süden zu warten und sich bereitzuhalten, die C-130 und die vorgesehenen Landebahnen, notfalls mit Einsatz der Waffen, zu sichern. Er bezweifelte, daß sich dort Ashbals aufhielten, aber es war das übliche Verfahren.

Hausner ließ sich auf ein Knie nieder und half Burg aufzustehen. »Beinah hätten sie Ihnen die Pfeife aus dem Mund geschossen, Isaac. So, und jetzt trennen sich unsere Wege, mein Freund. Sie gehen zurück und übernehmen den Befehl über das Flugzeug und die Insassen. Ich befehlige das Hinhaltegefecht.«

»Wenn ich Zeit hätte, mit Ihnen zu streiten, würde ich's tun. Leben Sie wohl, Jacob. Viel Glück.« Er schlug Hausner auf den Rükken und lief weg.

Hausner hörte, daß die Ashbals sich von Osten seinem Feldherrnhügel näherten. Geräusche kamen auch aus südlicher Richtung, wo die Schützenlinie der Ashbals im Bogen einschwenkte. Hausner nahm eine Pistole, kniete nieder und wartete.

Aus dem Staub erschienen Marcus und Alpern. Hausner rief ihnen zu, und sie liefen zu ihm hin. »Gebt mir ein AK-47 und eure ganze Munition. Von der Deckung hinter diesem Hügel aus kann ich sie eine Weile aufhalten. Ihr seht zu, daß ihr zur Concorde kommt, und dort helft ihr, eine Verteidigung zu organisieren. Benutzt den Armierungsdraht und befestigt die Erdrampe und die Schäferhütte als letzte Bastionen. Wir hätten rings um das Flugzeug einen inneren Verteidigungsring anlegen sollen, aber es hat keinen Sinn, sich jetzt noch darüber Gedanken zu machen. Eure Befehle bekommt ihr von Burg. Keine Widerrede. Tut, was er sagt.«

Sie gaben ihm ein Gewehr und zwei halbvolle Magazine. Hausner zog die verbogene Fahnenstange aus dem Boden, an der das T-Shirt mit der Ansicht von Tel Aviv hing, und gab Alpern das Hemd. »Ein Souvenir, Sam. Müssen Sie immer tragen, wenn Sie Ihren Enkeln die Geschichte erzählen. Die werden denken: ›Der Opa muß ein schöner Schwachkopf gewesen sein.‹«

Alpern grinste und nahm das »Banner«. Die beiden Männer verabschiedeten sich mit einem angedeuteten Winken.

Hausner bezog Stellung hinter dem kleinen Hügel. Er feuerte probeweise ein paar Schüsse ab. Sein Feuer wurde prompt erwidert.

Hausner freute sich über den Anblick Teddy Laskovs und seiner Staffel wie noch über nichts in seinem Leben. Aber es war nicht zu leugnen, daß die Hilfe zu spät kam. Jaffe hatte ihm von den C-130 und von den Kommandos berichtet, die unterwegs waren, aber selbst wenn sie in dieser Sekunde landeten, würde es zu spät sein. Sie würden auf den Schlammebenen landen müssen, ausladen, Flöße aufpumpen und den Euphrat überqueren. Sollten sie statt dessen auf der Straße landen und dort ausrollen, wo die Concorde die Straße verlassen hatte, so würden sie immer noch fast einen Kilometer entfernt sein. Und bisher hörte er noch nicht einmal das schwere Dröhnen der C-130, der viermotorigen Propellermaschine.

Fallschirmspringer hätten noch Rettung bringen können, aber ein solches Unternehmen war im Dunkeln und im Sandsturm glatter Selbstmord; das Gelände war furchtbar, und die Hälfte der Männer würde im Fluß landen. Nein, es war eine schöne Demonstration, aber sie änderte nicht mehr viel. Sie machte sogar alles noch schlimmer. Bislang waren die Ashbals zu einem Massaker entschlossen gewesen, und damit wäre die ganze Sache wenigstens zu Ende gewesen. Jetzt würden sie Geiseln nehmen müssen, um ihr eigenes Leben zu retten. Und wenn sie Geiseln hatten, dann ging die ganze Sache erst los. Hausner hoffte, daß Laskov das bedacht hatte und daß er wissen würde, wann sie am Ende waren, und dann nicht zögerte, den ganzen Hügel mit Napalm zu belegen. Wenn dabei sonst nichts herauskäme, so würde es wenigstens Rish erwischen — und Hamadi, den Hausner auf lange Sicht für den gerisseneren Gegner hielt.

Im Geist nahm Hausner lange Abschied von Miriam. Er schwankte, ob er zurück zur Concorde gehen sollte, um noch einmal mit ihr zu sprechen, oder ob er besser hier bliebe, wo wenigstens seine Gefühle, wenn auch sonst nichts, in Sicherheit waren.

Auf seinem Platz unter dem Bugrad, wo er an seinem Hilftriebwerkaggregat arbeitete, lauschte Peter Kahn auf die Vorgänge. Er hörte das Schreien und das hastige Getrampel, das auf die Maschine zukam. Er sah ein paar unbewaffnete Leute die Erdrampe hinauf zur Tragfläche der Concorde laufen. Weiter weg sah er kniende Gestalten, die auf Mündungsfeuer schossen. In die Wände der Lehmhütte waren Schießscharten gebrochen worden. Rings um die Erdrampe gingen Männer und Frauen in Feuerstellung, und ein Mädchen nahm direkt hinter Kahns kleiner Bodenerhebung Dekkung. Das Ende nahte, auf die eine oder andere Art, aber er machte unbeirrbar an seinem Aggregat weiter. Plötzlich rollte er aus der Grube unter dem Bugradschacht, trat über das liegende Mädchen mit dem Gewehr weg und wischte sich Hände und Gesicht ab. Er ging rasch zur Rampe und klomm, zusammen mit ein paar weiteren todmüden und zerlumpten Gestalten, hinauf zur Tragfläche. Dort packte Miriam Bernstein ihn am Arm. »Haben Sie Jacob Hausner gesehen?«

»Nein, Mrs. Bernstein. Ich war die ganze Zeit unter dem Bugrad. Ich suche ihn nämlich selbst.« Er sah, daß der Rest des Armierungsdrahts von der Verteidigungslinie ins Flugzeug geschafft wurde. Der Draht wurde gegen die Innenwandung und die Fenster gepreßt. Diese Findigkeit und kühle Überlegung bis zuletzt war nach seinem Sinn. Man durfte einfach nicht lockerlassen. »Hören Sie, Mrs. Bernstein, Sie sollten lieber in die Maschine gehen. Hier liegen wir unter Beschuß.«

Er machte sich von ihr los und ging hinüber zu Burg, der an der äußersten Spitze des Steuerbordflügels stand. Um ihn lagen ein halbes Dutzend Männer und Frauen flach auf der Tragfläche und feuerten hinaus ins Dunkel.

Burg und einige andere hatten begriffen, daß die Ashbals nicht auf die Tragflächen zielen und womöglich das Flugzeug und die wertvollen Geiseln in die Luft jagen wollten. Die Tragflächen waren daher relativ sichere Feuerstellen.

Kahn tippte Burg auf die Schulter. »Entschuldigung.«

Burg fuhr herum. »Oh. Hallo, Kahn. Brav, daß Sie sich so mit dem Hilfstriebwerkaggregat abplagen, alter Junge.«

»Jawohl, Sir. Darüber möchte ich gern mit Ihnen sprehen . . . oder mit Mr. Hausner.«

»Sprechen Sie mit mir, alter Junge. Hausner ist noch dort draußen.«

Er deutete hinaus.

»Ja, Sir. Also ich *glaube*, ich hab's hingekriegt.«

»Hingekriegt . . .?« Burg brach unwillkürlich in Gelächter aus.

»Was? Wen schert das jetzt noch? Gehen Sie in die Maschine und ziehen Sie den Kopf ein.«

Kahn blieb eisern stehen. »Ich glaube, Sie haben mich nicht ganz verstanden, Sir. Die anderen werden nicht mehr rechtzeitig hier sein. Wir können . . .«

Eine gewaltige Explosion riß die beiden von den Füßen. Über ihnen schoß eine F-14 vorbei. Eine zweite folgte mit ballernder Zwanzig-Millimeter-Kanone. Eine dritte kam vom Euphrat her und schoß Luft-Boden-Raketen knapp über die Concorde hinweg. Die Raketen hinterließen Feuerschweife am Himmel und schlugen neben den alten Schützengräben ein. Eine weitere F-14 ließ eine Laser-gelenkte SMART-Bombe fallen, die in den Westhang einschlug und die jahrtausendealte Erdkruste sprengte. Antikes Ziegelwerk stob in die Luft, und Tonnen von Erde stürzten den steilen Hang hinunter, über die Uferböschung und in den Fluß und rissen ein paar Ashbals mit sich.

Die F-14 zeigten, was sie konnten. Der Boden schütterte und bebte, Druckwellen rasten durch die Luft, als Tonnen von Sprengstoff auf der alten Zitadelle detonierten, die mehr als tausend Jahre hindurch die nördlichen Annäherungswege nach Babylon bewacht hatte.

Die Erde barst und bäumte sich und spie Sand und Lehm Hunderte von Metern hoch in die Luft. Orangerote Wolken verbrannten den Staub, und die von Menschenhand ausgelösten Druckwellen prallten mit dem uralten *sherji* zusammen. Rote Raketenschweife flitzten über den Himmel wie die Sternschnuppen, von denen einst die babylonischen Astrologen so fasziniert gewesen waren. Die F-14 lieferten ein Schauspiel, wie Babylon es niemals gesehen hatte. Aber mehr war es nicht. Ein Schauspiel. Laskov wagte nicht, den Beschuß nah genug an die Concorde zu legen. Aber wenigstens wurden alle gezwungen, in Deckung zu bleiben, und der Fortgang der Kampfhandlung wurde verzögert. Es galt, Zeit zu gewinnen. Zeit, bis die Kommandos eintreffen würden. Zeit.

Burg lag noch dort, wo er hingefallen war. »Was?« brüllte er durch den Explosionslärm. »Was?«

»Ich glaube, wir können das Hilfstriebwerkaggregat starten und die Triebwerke anlassen«, brüllte Kahn.

»Na und? Was zum Teufel soll das bringen? Wir wollen doch nicht die Klimaanlage in Betrieb nehmen, Kahn.«

»Es könnte uns von hier wegbringen.«

»Sind Sie verrückt geworden?«

Eine Rakete fiel zu kurz, bohrte sich neben dem Heck in den

Boden und jagte Wolken von Erde und Granitsplittern in die Concorde.

Kahn richtete sich auf. »Nein. Bin ich nicht. Wir können diesen Vogel da vom Fleck kriegen.«

»Und wohin?«

»Scheißegal wohin! Einfach von *hier* wegkriegen. Irgendwohin.«

Burg sah sich um. Er hoffte, Hausner die Erdrampe heraufkommen zu sehen, mit der inzwischen berühmt gewordenen Mischung aus Lässigkeit und Härte. Aber er sah nur Miriam Bernstein, die in die loderne Nacht hinausstarrte. Er wollte sie anbrüllen, aber sie hätte ihn nicht gehört. Er wandte sich wieder zu Kahn um. »Sagen Sie dem Captain, daß er versuchen soll, die Triebwerke in Gang zu bringen.«

Kahn war aufgesprungen, ehe Burg seinen Befehl einschränken konnte, und hetzte auf den Notausstieg zu. Er sprang mit einem Satz in die Kabine und boxte sich zum Cockpit durch. »David!«

Becker sprach über Funk mit Laskov und winkte ab. »David!«

Becker hatte bei der amerikanischen Luftwaffe einen Kursus über Abruf und Zielbestimmung von Gefechtshilfen aus der Luft mitgemacht, was sich jetzt als höchst nützlich erwies. Vom Cockpit aus konnte er zwar nicht viel sehen, aber er versuchte, das Beste daraus zu machen. Und außerdem, das gestand er sich ein, machte es ihm Spaß. »*All right*, Gabriel. Wenn Sie noch Reserven haben, dann jetzt einsetzen. Überfliegen Sie einmal das Flußufer am Fuß des Hügels, falls wir dort unten jemanden übersehen haben sollten. Immer noch möglich, daß wir versuchen werden, auf diesem Weg rauszukommen, und ich möchte keine Überraschungen erleben. Lassen Sie eine zweite Ladung ungefähr zweihundert Meter rechts vor mir fallen. Ich lasse von jetzt an meine Rollscheinwerfer blinken.«

»Roger. Fluß, ok, aber negativ von Ihrem Fenster. Zu nah.«

Kahn rüttelte Becker an der Schulter. Er brüllte in Englisch, ihrer Muttersprache: »Haben Sie nicht gehört, verdammt noch mal? Das Scheißaggregat ist repariert. Setzen Sie diese Mißgeburt von einem Vogel unter Dampf, und dann raus aus diesem beschissenen Loch!«

Becker war nur den Bruchteil einer Sekunde lang sprachlos. »Repariert?«

»Repariert. Repariert.« Vielleicht, dachte Kahn.

Beckers Finger wanderten zur Zündung. Er glaubte nicht, daß die Batterien noch die Kraft haben würden, das Hilfstriebwerkaggregat zu starten, aber ein Versuch schadete nicht. Er hieb auf den

Schalter und beobachtete die Instrumente. Er lauschte durch den Wind und den Explosionslärm, der durch das zerschmetterte Plexiglas ins Cockpit drang. Das Aggregat drehte tatsächlich, aber zündete nicht. Becker schaltete die Scheinwerfer des Flugzeugs ab. Schafften es die Batterien noch, es laufen zu lassen, bis der Treibstoff zünden würde? Wortlos starrten Becker und Kahn auf die Temperaturanzeige des Aggregats. Ihre Augen suchten nach dem geringsten Nadelausschlag, der den Beginn eines gelungenen Starts anzeigen würde. Die weiße Nadel verharrte auf dem untersten Strich der Temperaturskala. Becker probierte es mit dem altbewährten »Nur noch dieses eine Mal, lieber Gott. Nur noch dieses eine Mal«. Aber es rührte sich nichts.

34

Die beiden riesigen C-130-Transporter kamen im Tiefflug über der Wüste im Westen herbei. Sie waren lang vor den F-14 in Israel gestartet, aber bei nur fünfhundertachtunddreißig Stundenkilometern Geschwindigkeit hatte der Flug beinah zwei Stunden gedauert.

Der König von Jordanien hatte sofort die Genehmigung zur Benützung des nördlichen Luftkorridors bis an die irakische Grenze erteilt. Die Regierung in Bagdad ließ sich jedoch erst dann zögernd herbei, die unbewaffnete Transportmaschine durchzulassen, nachdem sie mit dem *fait accompli* konfrontiert wurde, daß die F-14 bereits über dem Irak waren und die C-130 sich der Grenze näherten. Die Alternative wäre gewesen, den C-130 das Überfliegen des Irak zu verbieten und die F-14 wieder aus dem irakischen Luftraum hinauszubeordern, was eine peinliche Erklärung notwendig gemacht hätte, wie sie überhaupt so weit hatten kommen können.

Nach dem Austausch einer Fülle drohender Äußerungen über die umständliche Telefonverbindung war Bagdad schließlich mit Jerusalem übereingekommen, daß es sich um eine konzertierte Operation handle, und der israelische Premier hatte zusammen mit dem Staatspräsidenten des Irak eine entsprechende gemeinsame Verlautbarung ausgearbeitet. Um diese Verlautbarung einigermaßen glaubhaft zu machen, schickte Bagdad eine kleine Einheit der irakischen Armee von Haschimiyah den Euphrat hinauf und befahl der Garnison von Hillah, sich bereit zu halten, obwohl beide Regierungen wußten, daß die unzuverlässigen Truppen sich keinesfalls bereit, sondern vielmehr tunlichst zurückhalten würden. Ein Großteil der Soldaten stand offenbar in Rishs Sold, und ihre irakischen Offiziere sahen ihnen sehr genau auf die Finger. Beide Regierungen wußten auch, daß die Einheit nicht rechtzeitig von Haschimiyah nach Babylon gelangen konnte, um noch in die Operation einzugreifen, aber wichtig war nur die Zusage einer Unterstützung.

Eine Abordnung irakischer Offiziere aus Hillah machte sich mit Motorfahrzeugen und in Begleitung einiger Beamter und Angehöriger des Bodenpersonals des kleinen Landeplatzes in Hillah in Richtung Babylon auf den Weg. Südlich der Stelle, wo die Concorde aufgesetzt hatte, sicherten sie die Straße Hillah — Bagdad und stellten Scheinwerfer auf, um die Pisten in der staubgepeitschten Morgendämmerung zu markieren. Ein weiteres Kontingent setzte mit Motorbarkassen über den Euphrat und markierte auf die gleiche Weise einen Landestreifen auf den Schlammebenen. Keine dieser Vorkehrungen war für die Landung der C-130 unerläßlich, aber sie verringerten das Risiko dennoch ganz beträchtlich.

Somit hatten die Iraker ihren Beitrag geleistet, und die Regierung in Bagdad wartete nun in aller Ruhe das Ergebnis ab. In gewissen Kreisen des Irak würde ein militärischer Fehlschlag der Israelis nicht als Tragödie gewertet werden, während man einen erfolgreichen Ausgang der Operation selbstverständlich der irakischen Unterstützung zuschreiben würde. Bagdad konnte nicht verlieren. Es konnte sich höchstens die massive Mißbilligung palästinensischer Gruppen und vielleicht einiger arabischer Regierungen zuziehen, aber aufgrund der augenblicklichen Lage waren viele arabische Regierungen geneigt, den Schritt aus humanitären Gründen zu würdigen, und außerdem konnte Bagdad sich beim Westen in Gunst bringen — eine Gunst, die zu gegebener Zeit konkretere Formen annehmen könnte. Per Saldo schien die Entscheidung also richtig zu sein — um so mehr, als Israel bereits so viele vollendete Tatsachen geschaffen hatte.

Captain Ismael Bloch und Leutnant Ephraim Herzel, die Piloten der ersten der beiden C-130, sahen die Scheinwerfer entlang der Hillah-Straße und schwenkten nach links, während sie Fahrt wegnahmen. Drei F-14, die das Landungsmanöver zu decken hatten, schossen an ihnen vorbei und ließen sich im Sturzflug bis auf die Höhe des beabsichtigten Landeanflugs fallen. Die riesige Transportmaschine ging, wie es bei einem Kampfeinsatz Vorschrift war, ebenfalls auf steilen Sinkflug.

In der Kabine schnallten fünfzig israelische Kommandosoldaten die Riemen fester und stemmten sich gegen den Ruck, der bei einer Einsatzlandung unvermeidlich war. Die Vertäuungen der beiden Jeeps, der eine mit einem rückstoßfreien 10,6-Zentimeter Geschütz bestückt, der andere mit einem doppelläufigen 0,50er Maschinengewehr, wurde überprüft und festgezurrt. Die Ärzte und Pflegerinnen checkten nochmals die Befestigungen ihrer fahrbaren Operationsstation und der chirurgischen Instrumente.

Captain Bloch nahm noch weiter Fahrt weg und beobachtete, wie die Geschwindigkeitsanzeiger fielen. Er wandte sich an Leutnant Herzel. »Als wir eine Münze warfen, ob auf der Straße oder auf der Schlammebene gelandet werden soll und ich mit der Straße gewonnen habe, warum haben Sie da nichts gesagt?« Die Riesenmaschine schien ein paar Meter über der windgepeitschten Straße zu schweben. Bloch versuchte, das fast im Leerlauf fliegende Flugzeug zwischen den Scheinwerfern zu halten, aber der heftige Seitenwind trieb es nach links von der Straße ab, und als Bloch versuchte, es wieder in die Spur zu lenken, schlingerte es bedenklich.

Herzel wandte den Blick nicht von den Instrumenten. »Ich nehme an, Sie wählten die Straße, weil Sie *wußten*, daß es schwieriger sein würde.«

Bloch glaubte ein paar Sekunden lang, er müsse die Maschine hochziehen und einen zweiten Anflug machen, aber da trat eine kurze Windstille ein, und er steuerte die Maschine über die Straße und setzte hart auf. Die Reifen hatten Unterdruck, sie rissen gewaltige Stücke aus dem schadhaften Teerbelag und schleuderten sie in alle Richtungen. Der Wind schob das hochgebaute Flugzeug nach links, und als Bloch korrigierte, schwänzelte das Flugzeug so stark, daß die C-130 beim Ausrollen in nördlicher Richtung die Straße buchstäblich auffraß und nur eine Sandspur hinterließ, wo einmal ein gepflasterter Weg gewesen war. »Meine Frau ist schwierig. Meine Freundin ist schwierig. Warum sollte ich mir noch mehr Schwierigkeiten aufhalsen wollen?« Er gab Schubumkehr und trat auf die Bremspedale. Das Kreischen der Triebwerke und der Reifen war markerschütternd, und die Männer und Frauen in der Kabine hielten sich die Ohren zu.

Als die Maschine eine leichte Kurve zog, um auf der Straße zu bleiben, blickte Herzel durch das Seitenfenster zurück. Er rief: »Lassen Sie noch ein bißchen Teer übrig, damit wir wieder starten können, Izzi.«

»Von wegen starten. Wenn wir hier fertig sind, rollen wir zurück nach Bagdad.«

Draußen konnten sie im Licht ihrer Landefeuer und der Scheinwerfer in großen Abständen einige irakische Wagen am Straßenrand stehen sehen. Ein paar der Männer, die darin saßen, winkten der vorüberrumpelnden C-130 zu, und Bloch und Herzel winkten zurück. »Sind die Eingeborenen freundlich?« fragte Herzel.

»Solange wir ein fünfzig Mann starkes Kommando da hinten haben, werden sie sehr freundlich sein.«

Die große Maschine rollte fast genau an der gleichen Stelle aus, an der die Concorde zum erstenmal aufgesetzt hatte. Im Licht seiner Landescheinwerfer sah Bloch, wo die Concorde angefangen hatte, die Straße umzupflügen. Die C-130 war für solche Bedingungen gebaut. Die Concorde war für lange Strecken tadelloser Rollbahnen gebaut. Er bewunderte den verdammten Narren von einem Piloten, der sie hierhergebracht hatte. Bloch blickte auf. In der Ferne konnte er die Erdtürme Babylons sehen, die sich vom hellwerdenden Himmel abhoben. »Babylon.«

Herzel schaute durch die Windschutzscheibe. »Babylon . . . Babylon.«

Die Heckklappe wurde heruntergelassen, noch ehe das Flugzeug völlig zum Stehen gekommen war, und die Soldaten des Kommandos sprangen hinaus und schwärmten zu beiden Seiten der Straße aus. Eine Gruppe irakischer Offiziere und Regierungsbeamter beobachtete sie neugierig aus einer Ansammlung khakifarbener Fahrzeuge auf einer kleinen Bodenerhebung. Die Kommandosoldaten waren nervös, die Iraker ebenfalls. Beide Seiten verbrachten einige Zeit mit Winken und anderen Freundschaftsbezeigungen.

Die beiden Jeeps rollten die Rampe hinunter und fuhren, dicht an den Straßenrand gedrückt, rechts und links der C-130 unter den riesigen Tragflächen hindurch. Eine Abteilung bildete einen Sicherheitsgürtel um die Maschine. Das Sanitätspersonal an Bord bereitete alles für die Verwundeten vor.

Drei Schützenabteilungen, jede unter Führung eines Leutnants und alle unter dem Oberbefehl von Major Seth Arnon, schwärmten zu beiden Seiten der Straße aus, im Laufschritt, um auf gleicher Höhe mit den Jeep zu bleiben. Sie hielten auf ihr erstes Ziel zu — das Ischtartor, das Gästehaus und das Museum.

Captain Bloch beobachtete sie von seinem Ausguck im Cockpit der C-130. »Infanterist sein ist kein Zuckerlecken.«

Leutnant Herzel blickte von seiner Landungskontrolliste auf. »Die haben auf dem ganzen Flug geschlafen, und auf dem Rückflug schlafen sie wieder. Bedauern Sie doch lieber ausnahmsweise mal Ihren Kopiloten.«

Captain Bloch schaute aus dem Cockpit dorthin, wo die nördliche Zitadelle jetzt in orangefarbenen, gelben, roten und weißen Flammen erglühte. Donner rollte von Babylon herab auf die Straße. »Mir tun diese armen Teufel da oben leid. Wissen Sie, Eph, als sie am Freitag nachmittag abflogen, hab ich mir gedacht, diese Glücksschweine dürfen nach New York und dort so lang in Saus und Braus auf unsere Kosten leben, bis sie einen Fetzen Papier heimbringen können, auf dem ›Friede‹ steht.«

Auch Herzel blickte auf und sah durch die Windschutzscheibe hinüber zu den Feuerblitzen auf dem fernen Hügel. »Ich glaube, eine Friedensmission sein ist auch kein Zuckerlecken.«

Captain Baruch Geis und Leutnant Yosef Stern konnten von den Weiten der Schlammebenen aus die irakischen Scheinwerfer nicht ausmachen, und die drei F-14, die ihnen zugewiesen waren, konnten es auch nicht. Geis dachte daran, zu warten, bis die Sonne über das ferne Gebirge steigen würde, aber als er David Beckers Gespräch mit General Laskov abhörte und anschließend die Flammen der Explosionen beobachtete, wußte er, daß nicht mehr viel Zeit blieb. Vielleicht kamen sie überhaupt zu spät, aber er war entschlossen, seinen Teil des Auftrags zu erfüllen.

Captain Geis wollte so nah wie möglich an die Kampfhandlung herankommen, ohne in das Schußfeld kleiner Feuerwaffen von der Zitadellenanhöhe zu geraten. Er stellte seine Beobachtung der Explosionen ein und wählte ein Gebiet einen knappen Kilometer südlich des Kampfplatzes — eine Stelle, die auf seiner Karte mit dem Namen Ummah bezeichnet war. Seltsam, dachte Geis, daß das Arabische dem Hebräischen so ähnlich war. Ummah. Das hieß auf arabisch Gemeinde. Er rief den Piloten der Führungsmaschine der drei F-14. »Ich möchte so landen, daß meine Maschine in der Nähe der Stelle mit der Bezeichnung Ummah ausrollt. Können Sie mir leuchten?«

Der Kampfflieger, Leutnant Herman Shafran, funkte zurück. »Roger. Leuchtfallschirm wird abgeworfen. Ende.«

Die F-14 kam auf West-Ost-Kurs an und ließ eine dreiviertel Million Candela starke Fallschirmleuchtkugel los. Ein heller, gespenstischer Schein verwandelte Himmel und Erde.

Geis richtete die Nase des Flugzeugs direkt in den steifen *sherji* und fing an, die Leistung zu drosseln. Vor sich sah er im künstlichen Licht die Umrisse von Ummah. Er flog die Maschine auf die linke Seite des Dorfes und fuhr die Landeklappen aus. Der Wind gab dem Flugzeug einen gewaltigen Auftrieb, so daß es über den Schlammebenen in der Luft zu stehen schien.

Leutnant Stern blickte über seine rechte Schulter aus dem Seitenfenster. Zwischen den Häusern von Ummah schienen Kochstellen zu brennen. Der *sherji* trug den Leuchtfallschirm nach Westen, der Leuchtsatz schwang wie ein Pendel unter dem dahinsegelnden Fallschirm und warf verzerrende Schatten über den Boden. Der Fallschirm trieb am Cockpit der Maschine vorüber, und Geis und

Stern wandten den Blick ab, als das blendende Licht in die Kanzel fiel. Die F-14 warf einen zweiten Leuchtfallschirm, der ebenfalls in westlicher Richtung auf sie zuhielt.

Die fünfzig Kommandosoldaten in der Kabine lauschten auf das Brausen des Windes und das Wimmern der Triebwerke. Allen kam es vor, als wäre das Flugzeug in der Luft stehengeblieben und bewegte sich überhaupt nicht mehr weiter. Die Muskeln spannten sich, und als der Leuchtfallschirm die Kabinenfenster erhellte, konnte man auf Stirnen und Oberlippen Schweiß glänzen sehen. Die Ärzte und Pflegerinnen flüsterten miteinander. Jede C-130 konnte fünfundzwanzig Verwundete aufnehmen. Aber wie, wenn allein unter den Friedensdelegierten schon so viele waren? Es würde unvermeidlich sein, daß es auch unter den Kommandos zu Ausfällen käme. Und wenn verwundete Gefangene da sein sollten?

Captain Geis gelang es endlich, das Flugzeug energisch hinunterzudrücken und es unten zu halten. Schlamm spritzte hoch und bedeckte die Maschine, während sie durch den Morast auf das Dorf zuraste. Der Leuchtsatz über ihm erlosch langsam, und das Land wurde dunkler. Ein paar Lehmhäuser von Ummah waren undeutlich zu unterscheiden. Hinter Ummah konnte Geis den Euphrat sehen. Er gab Schubumkehr und bremste mit aller Kraft. Weniger als hundert Meter vor der ersten Hütte kam das Flugzeug mit einem letzten Ruck zum Stehen. Die Heckklappe öffnete sich, und drei der Kommandoabteilungen sprangen heraus, formierten sich in Schützenlinie und rückten auf das Dorf vor. Eine vierte Abteilung schwärmte in einem Abstand von hundert Metern rings um die Maschine aus. Sie fingen sofort an, Schützenlöcher in den schlammigen Boden zu graben.

Major Samuel Bartok gab aus seiner Uzi einen Schuß in die Luft ab, aber niemand schoß zurück. Im Norden, jenseits des Flusses, konnte Bartok den Kampflärm hören und Mündungsfeuer sehen. Er schaute auf seiner Karte nach. Auch wenn sie in diesem Dorf auf keinen Widerstand stoßen und mit den Flößen stromauf bis zu dem Hügel gelangen würden, wo der Kampf stattfand, würden sie noch immer ungefähr zwanzig Minuten brauchen, um in Stellung zu gehen und die Araber unter wirksamen Beschuß nehmen zu können. Aber selbst dann gab es keine Garantie, daß er sie davon abhalten konnte, bis zur Concorde vorzudringen, wenn sie sein Kommando durch eine Nachhut von hinten angreifen würden. Wie viele Palästinenser waren da oben? Der Pilot der Concorde hatte gesagt, von mehr als hundertfünfzig seien nur noch höchstens drei Dutzend übrig. Das hörte sich an, als hätte die Friedensdelegation eine unglaubliche kämpferische Leistung vollbracht. Major Bartok lächelte grimmig. Nein, das war nicht möglich. Er würde auf jede Anzahl von Feinden gefaßt sein müssen.

Die Schützenlinie machte eine Schwenkung um das Dorf. Im Norden hatte die erste Abteilung der Israelis den Euphrat erreicht. Der erste Mann, der die Uferböschung betrat, pißte soeben hinein. Ein paar Minuten später meldete auch die dritte Abteilung über Funk, daß sie den Euphrat südlich des Dorfes erreicht habe.

Ein alter Mann tauchte in der kleinen gewundenen Gasse auf und schritt ihnen langsam entgegen. Er blickte über die Köpfe der Soldaten hinweg auf das Flugzeug, das mit erhobenem Heck auf der Schlammebene stand, und auf den blauen Davidstern, der die ersten Sonnenstrahlen einfing. Er hob die rechte Hand. *»Shalom alekhem.«*

»Salaam«, erwiderte Major Bartok auf arabisch.

»Shalom«, wiederholte der alte Mann betont.

Major Bartok war nicht einmal sehr überrascht. Er hatte gehört, daß es irgendwo in der Gegend von Babylon noch eine jüdische Gemeinde geben solle. Wenn er Zeit gehabt hätte, hätte er mit dem alten Mann geredet, aber es war keine Minute mehr zu verlieren. Er winkte. *»Alekhem shalom.«* Nach der Zahl der Lehmhütten schätzte er die Bewohner des Dorfes auf nicht mehr als fünfzig Menschen. Während er seine Abteilung durch das Dorf führte, rief er zu seinem Funker zurück: »Melden Sie Jerusalem, daß wir ein jüdisches Dorf gefunden haben.« Er blickte auf seine Karte. »Ummah. Fragen Sie, ob wir die Leute mit heimnehmen dürfen. Selbst wenn wir die Concorde nicht mehr rechtzeitig erreichen sollten, so können wir doch wenigstens das tun.«

Captain Geis in der C-130 nahm die Meldung des Funkers entgegen und gab sie nach Jerusalem weiter.

Der Premier lauschte aufmerksam. Langsam nickte er vor sich hin. Die Juden von Babylon. Aber jetzt waren sie irakische Staatsbürger. Irakische Staatsbürger entführen konnte man schwerlich als freundschaftliche Handlung bezeichnen. Und wenn er über Funk die Genehmigung erteilte, würde Bagdad ihn hören, und der Rest des Unternehmens könnte gefährdet sein. Dennoch, das Rückführungsgesetz sah vor, daß jeder Jude, der nach Israel zurück wollte, das tun konnte. Manchmal benötigten sie dazu eine kleine Nachhilfe. Es gab Präzedenzfälle. Er sah sich im vollbesetzten Raum um. Ein paar Männer und Frauen nickten. Andere schüttelten die Köpfe. Viele Gesichter spiegelten das qualvolle Dilemma, das sie alle empfanden. Aber die Entscheidung lag bei ihm. Für Debatten war keine Zeit. Er sagte ins Mikrophon: »Haben Sie Platz?«

Captain Geis grinste: »Wie könnten wir für sie keinen Platz haben?«

»Also . . . also, wenn sie gehen möchten . . . wenn sie heimkommen möchten, dann sollen sie kommen. Ende.« Er ließ sich in seinem Sessel zurücksinken. Eine historische Entscheidung. Oder auch eine Katastrophe. Aber er war bereits so weit gegangen, daß er sich ohne viel Mühe über die möglichen Folgen weiterer tollkühner Entschlüsse hinwegsetzen konnte. Wenn man einmal den Sprung ins kalte Wasser hinter sich hatte, war alles weitere viel einfacher. Er ließ sich noch eine Tasse Kaffee bringen.

35

Laskov beobachtete, wie die Sonne ihre ersten Strahlen über die Berge und die darunterliegenden Ebenen schickte. Er erhaschte im Flug einen Blick auf Babylon und fragte sich, wie es wohl dort unten sein mochte. Er fühlte den gleichen dringenden Wunsch, zu landen, den er jedesmal beim Überfliegen der ägyptischen Pyramiden empfand. Aber es war sein Schicksal, die Welt nur aus der hohen Warte seines Schleudersitzes zu sehen und dabei immer den Ölgeruch der Hydraulik in der Nase zu haben. Er hatte zu viel Zeit seines Lebens hoch über diesem wimmelnden Planeten verbracht und freute sich darauf, nach Beendigung dieser Mission mehr mit den Bewohnern zusammenzukommen.

Er nahm Funkmeldungen von den Geleitmaschinen der beiden C-130 entgegen. »Roger. Jetzt seid ihr an der Reihe. Ladet einen Schwung Bomben über dem Hügel ab. Seid vorsichtig.« Er stieß zu einem letzten Angriff hinunter. Der Himmel war hell, aber am Boden war die Sicht wegen des Sandsturms weiterhin auf kaum ein paar hundert Meter beschränkt.

Er drückte einen Knopf an seiner Steuersäule, und die Zwanzig-Millimeter-Kanone pflügte eine Spur in Ost-West-Richtung von der äußeren Stadtmauer bis zum Osthang. Als die Geschoßgarben die verlassenen israelischen Schützengräben erreicht hatten, ließ er den Knopf los. Bei diesen Sichtverhältnissen war es unmöglich, die vorrückenden Ashbals wirksam unter Feuer zu nehmen, ohne die eigenen Leute zu gefährden.

Plötzlich ragte vor ihm die Concorde auf, und er riß den Hebel zurück und setzte darüber hinweg. Er konnte in jenem Bruchteil einer Sekunde eine Frau auf dem Deltaflügel sehen und stellte sich vor, es sei Miriam. Sie schien nach jemandem zu rufen. Laskov drängte es, Becker nach Miriam zu fragen. Die nicht gestellte Frage brannte ihm auf der Zunge. Aber Hunderte von Menschen in Israel sehnten sich ebenfalls nach Auskunft über das Schicksal ihrer Lieben. Genau wie sie würde er sich in Geduld fassen müssen.

Als er den Euphrat überflog, zog er eine scharfe Kurve und ging mit seinen sechs F-14 auf Südkurs, um jetzt die Aufgabe der anderen Hälfte seiner Staffel zu übernehmen. Nun würden sie an der Reihe sein, einiges von ihrer Ladung loszuwerden. Er schaute auf seine Treibstoffanzeiger. Der Tiefflug bei höchster Geschwindigkeit hatte zuviel Sprit verbraucht. Und die Kampfmanöver verbrauchten zuviel. Ziemlich knapp für den Rückflug. Über Bordfunk fragte er: »Gibt's dort unten irgendwo eine Tankstelle?«

»Klar«, sagte Danny Lavon. »Links um die Ecke, dann tausend Kilometer geradeaus bis Lod. Kreditkarten aller renommierten Institute werden angenommen.«

Laskov grinste. Er hatte Lavon auf diese Weise ermahnt, die Treibstoffanzeiger im Auge zu behalten, ohne direkt gesagt zu haben: »Behalten Sie die Treibstoffanzeiger im Auge.« Warum redeten alle Piloten in Umschreibungen und dummen Witzen? Sogar die Rote Luftwaffe hatte diesen Blödsinn praktiziert. Die Amerikaner waren darin Meister. Hatten ihn wahrscheinlich erfunden. Inzwischen war er Allgemeingut geworden.

Als er über die auf den Schlammebenen stehenden C-130 wegflog, sah er, wie die Kommandos ihre Gummiflöße vom Landeplatz eines kleinen Lehmdorfs aus zu Wasser brachten. Er schaute auf die Uhr. Sieben Minuten waren seit der Landung der C-130 vergangen. Keine schlechte Zeit. Er funkte an Captain Geis. »Gabriel zweiunddreißig jetzt über Ihnen. Sehr ordentliche Landung. Von den Landefeuern sehe ich noch immer nichts. Ich passe auf, damit uns hier keiner foult.«

»Roger, zweiunddreißig. Sehr ordentlich gemacht in Babylon. Wie steht's da unten?«

»Auf Messers Schneide. Ende.«

Eine der F-14 scherte aus und umkreiste die C-130. Zwei andere begleiteten die Flöße. Laskov war jetzt am Ostufer des Flusses. Er überflog die C-130, die auf der Straße nach Hillah stand. Gewaltige Windböen rammten die große Transportmaschine, und Laskov stellte fest, daß der Pilot die Triebwerke laufen ließ, um sie auf dem Boden unter Kontrolle halten zu können.

Laskov konnte das Gästehaus ausmachen, das Museum und die Türme des Ischtartors. Am liebsten hätte er seine letzte SMART-Bombe auf das Gästehaus fallen lassen, aber Jerusalem hatte es verboten. Man glaubte, Dobkin könne drinnen und noch am Leben sein. Laskov bezweifelte das stark. Außerdem entnahm man einen von Beckers Funksprüchen und Dobkins Bericht, daß vielleicht auch eine Frau dort gefangengehalten wurde. Auch das bezweifelte er. Aber das würde sich bald genug herausstellen. Er konnte die Schützenlinie der Kommandos sehen und die Jeeps, die sich dem Gebiet näherten. Laskov wußte, daß es dort zum Kampf kommen würde, und für den Fall, daß die Kommandos länger als zehn Minuten hingehalten werden und nicht weiter durchkommen sollten, hatte er die Erlaubnis, notfalls das Gästehaus und das Museum zu bombardieren. Er wußte, daß die Israelis, die womöglich dort drinnen waren, es verstehen würden. Er wußte, daß er es an ihrer Stelle auch verstünde. Er würde nicht entzückt sein, aber er würde es gutheißen. Und das würde auch Dobkin tun. Dobkin war Soldat.

David Becker betätigte aufs neue den Schalter des Hilfstriebwerkaggregats. Es fing an zu drehen — diesmal langsamer. Die Batterien wurden rapide schwächer — und noch immer erfolgte weder Zündung noch Temperatur. »Tut mir leid, Peter.«

Eine Kugel schlug ins Cockpit, und beide Männer duckten sich. Becker roch Kerosin und wußte, daß ein paar Treibstofftanks oder Zuleitungen getroffen waren.

»Versuchen Sie's noch mal«, sagte Kahn. »Tun Sie's, David. Wir haben nichts zu verlieren.«

Becker schrie über den Lärm hinweg. »Wir haben alles zu verlieren. Riechen Sie das Kerosin nicht?«

»Ich rieche nur heißes Blei. Los!«

»Ich brauche den Rest der Batterien zum Funken!«

»Um Gottes willen, versuchen Sie's noch mal!«

Becker hatte Kahn bisher immer nur höflich und sachlich gekannt, und er war erstaunt. Er sah hinab auf den Aggregatschalter und dann hinaus durch die zerschmetterte Windschutzscheibe. Keine hundert Meter entfernt bewegten sich drei oder vier Ashbals über der Hügelkuppe. Ein Mann, vermutlich Marcus, feuerte einmal mit seinem AK-47 auf sie, und sie fielen zu Boden und versuchten, sich auf dem flachen Gelände eine Deckung zu scharren. Das erste Tageslicht fiel schwach durch den Sandsturm, und die Sicht war jetzt ein bißchen besser.

Becker konnte in einiger Entfernung schattenhafte Gestalten durch die graue, staubige Dämmerung huschen sehen. Er fragte sich, wer sie sein mochten.

Eine F-14 kam so niedrig angeflogen, daß die Concorde zitterte und riesige Sandwolken gegen das Flugzeug stoben und es einhüllten. Ohne bewußte Überlegung betätigte Becker den Aggregatschalter. Langsam wandte er sich Kahn zu. »Höre ich da etwas?«

Kahn hörte nichts, aber er spürte es im Hosenboden. Durch den Krach einer explodierenden Granate schrie er: »Wir haben Zündung! Ich hab das beschissene Ding mit Zange und Schraubenzieher hingekriegt! Ich hab's hingekriegt!«

Becker begriff blitzartig, daß es Kahn egal war, was weiterhin passierte. Er hatte das Ding hingekriegt und damit basta. Jetzt war Becker an der Reihe. Er ließ das Aggregat eine Weile laufen und wartete die ganze Zeit darauf, daß sich die dicken Kerosinschwaden entzünden und sie alle ins bessere Jenseits jagen würden. Aber wie es schien, trug der Wind die Schwaden fort. Becker entspannte sich ein wenig. Der Notstrom hatte sich abgeschaltet, sobald der Generator die Batterien auflud, und die Primärsysteme arbeiteten wieder. Die Beleuchtung in der Kabine wurde heller, die Meßgeräte und Kontrollampen im Cockpit erwachten wieder zum Leben.

Becker wischte sich das Gesicht mit den Händen ab und trocknete sie an seinem Hemd. Hastig spulte er die Startmanöverfolge für das äußere Steuerbordtriebwerk ab. Es zündete so leicht, als käme es geradewegs aus der Wartungshalle von El Al. Er warf einen Blick zu Kahn hinüber, und Kahn hielt den Daumen hoch. Becker sah nach den Treibstoffanzeigern. Die Nadeln rührten sich nicht. Sie lagen still in der roten Zone, dicht an der Nullmarke. Das einzelne Triebwerk verbrannte ungeheuerliche Mengen des eigentlich nicht vorhandenen Treibstoffs. Becker begriff das nicht. Es mußte irgend etwas mit dem Versagen eines Sensors zu tun haben. Er war überzeugt, daß irgendwo in diesem Flugzeug einer der dreizehn Treibstofftanks von Kerosin überschwappte. Er betätigte den Schalter für das äußere Backbord-Triebwerk; es begann sofort zu drehen und zögerte nur sekundenlang, ehe es zündete. Es stieß eine weiße Rauchwolke durch den Auspuff, dann arbeitete es normal. Becker betätigte den Schalter für das innere Steuerbordtriebwerk, aber es bockte. Er spielte daran herum und versuchte es hochzukitzeln.

Kahn stand auf und trat vor die Konsolen des Flugzeugingenieurs, wo er sich nützlich machen konnte. Er überwachte die Kontrollen und stellte die verschiedenen Funktionsstörungen in den Systemen fest. Concorde 02 würde nie wieder fliegen, aber mit einigem Glück würde sie ein letztes Mal rutschen. »Na komm schon, du alter Bussard!« Das innere Steuerbordtriebwerk zündete, aber es hörte sich schlecht an. Becker probierte das Backbordtriebwerk. Nichts. Er probierte es nochmals. Wieder nichts. Wie wenn man den Zündschlüssel in einem Wagen ohne Batterie dreht.

Kahn rief ihm zu: »Dieses Triebwerk kriegt keinen Strom. Die Drähte müssen beschädigt sein. Lassen Sie's.«

»Gut.« Becker blockierte die Bremsen und ließ die drei funktionierenden Triebwerke laufen. Der Sand, den sie einsaugten, konnte sie alle drei in Sekundenschnelle abwürgen oder jeden Augenblick konnte der Treibstoff zu Ende sein, aber Becker wollte die Bremsen nicht vorzeitig lösen — nicht, ehe er den Triebwerken auch noch das letzte Gramm Schub entlockt hätte. Er rief Kahn zu: »Holen Sie alle rein in die Maschine!«

Kahn riß die Tür des Cockpits auf. In der Kabine lagen die Verwundeten, dort, wo die Sitze entfernt worden waren oder saßen, so gut es ging, aufrecht und preßten Stücke des Armierungsdrahts gegen die Außenhaut. Die Pfleger und Pflegerinnen bewegten sich in gebückter Haltung durch die Kabine. Ein paar Männer und Frauen hielten Gewehre durch zerschlagene Kabinenfenster und warteten auf den unvermeidlichen Sturm der Ashbals.

Kahn sprang durch den Notausstieg auf die Tragfläche. Das riesige Delta wurde vom Dröhnen der beiden Steuerbordtriebwerke erschüttert. Mindestens ein Dutzend Männer und Frauen knieten oder lagen auf der großen Aluminiumfläche und feuerten hinaus in den Staub. Auf dem Boden praktizierten ein paar Leute den verzweifelten Infanteristentrick, ihre leeren Gewehre scheinbar abzufeuern und einen Rückstoß zu simulieren, damit die anrückenden Ashbals in Deckung gezwungen wurden. Ein paar Kassettenrecorder spielten noch immer Gewehrschüsse ab, aber das und die Blindschüsse waren die letzten Requisiten der Trickkiste. Kahn sah Burg noch immer an der äußersten Spitze der Tragfläche stehen. Er stürzte zu ihm hin und schrie im Laufen: »Wir können die Maschine vom Fleck kriegen! Schicken Sie alle hinein!«

Burg winkte bestätigend. Er hatte versucht, die Leute zu zählen. Die Gruppe des Außenministers war komplett, die Überlebenden der Selbstmordanwärter saßen unter sicherer Bewachung im Gepäckraum. Alle Verwundeten waren an Bord und die übrigen befanden sich mit ziemlicher Sicherheit entweder auf der Tragfläche, unter dem Flugzeug oder schossen aus der Schäferhütte. Alle, außer Hausner und McClure, die beide schon seit einiger Zeit nicht mehr gesehen worden waren.

Die letzten der Bewaffneten kamen von unten die Erdrampe herauf. Einige kletterten über den Flugzeugrumpf und bezogen auf dem Backbordflügel Stellung. Andere legten sich flach auf die Kanten des Steuerbordflügels und zwei Männer postierten sich oben am Flugzeugrumpf. Alpern rannte die Erdrampe herauf und schleppte den leblosen Marcus mit sich. Die übrigen fünf Leute der

Nachhut folgten dicht hinter ihm. Burg überflog nochmals seine Namensliste. Sie schien zu stimmen. Die Kommandos würden die begrabenen Toten exhumieren. Sie würden bestimmt auch Kaplans Leiche finden und vielleicht noch Deborah Gideon und Ben Dobkin. Also schienen alle bis auf Hausner und McClure erfaßt zu sein, aber völlig sicher war er nicht. Er kritzelte ein paar Notizen in das Heftchen, zog einen Schuh aus, stopfte das Heft hinein und schleuderte den Schuh weit vom Flugzeug weg. Sollte die Concorde verbrennen, so würden die Kommandos, wenn sie den Hügel durchkämmten, wenigstens seine Aufzeichnungen finden und einen Anhaltspunkt über die Identität der Toten haben.

Burg lief hinüber zu Alpern, der Marcus' Leiche durch den Notausstieg zerrte. »Hausner?«

Alpern zuckte die Achseln und zog Marcus vollends ins Flugzeug. »Er wird nicht kommen, das wissen Sie.«

Burg nickte. Er fing Miriam Bernsteins Blick auf. Sie hatte Alpern gehört. Sie lief zur Kante der Tragfläche und wollte hinunterspringen. Burg erwischte sie beim Arm und riß sie zurück. Sie trat und schlug nach ihm, aber er hielt sie fest. Sie schrie ihn an, er solle sie loslassen, aber ihm und einer Frau, die herbeigelaufen war, gelang es, sie zum Notausstieg zu zerren.

Die Ashbals wußten, daß die israelischen Kommandos ihnen hart auf den Fersen waren. Sie waren mit ihrer Tapferkeit am Ende und so erschöpft, daß sie sich wie betäubt bewegten und ihre Umgebung kaum noch wahrnahmen. Jeder Schritt wurde ihnen zur Qual. Mund, Nase und Ohren waren voller Sand, die Augen verklebt. Ihre Gedanken galten nicht mehr den Israelis, die sie vor sich hatten, sondern den Israelis, die hinter ihnen waren. Jeder Mann und jede Frau heckte insgeheim einen Fluchtplan aus, für den Fall, daß sie keine Geiseln mehr nehmen konnten, ehe die Kommandos sie einholten.

Aber sie gingen weiter, nicht nur, weil sie wußten, daß sie der Israelis habhaft werden mußten, um das eigene Leben zu retten, sondern auch, weil die Rufe und Drohungen Ahmed Rishs und Salem Hamadis sie vorwärtstrieben. Und die Ashbals waren noch immer gefährliche Gegner, sogar in ihrer jetzigen Verfassung. Sie waren wie Tiger und Tigerinnen — keine Tigerjungen mehr —, denen man, auch wenn sie verwundet sind, in respektvollem Abstand ausweichen sollte.

Rish ertappte zwei Mädchen, Schwestern, die in die falsche Richtung liefen. Sie schworen, daß sie durch das jetzt auch von hinten kommende Gewehrfeuer verwirrt seien und vor Erschöpfung und Durst im Dunkeln die Orientierung verloren hätten. Aber Rish ergriff die Gelegenheit, ein Exempel zu statuieren. Er zwang die Mädchen niederzuknien und tötete sie durch Genickschüsse.

Einen Augenblick lang glaubte Hamadi, dies wäre der Tropfen, der das Faß zum Überlaufen brächte. Aber die Hinrichtungen hatten die von Rish vorhergesehene Wirkung. Die kleine Gruppe, jetzt nur noch zwei Dutzend Leute, bewegte sich zügig auf die donnernde Concorde zu. Rish staunte, wieviel Willkür die Menschen sich gefallen lassen, ehe sie sich auflehnen. Es sollte ihm eine Lehre sein, wenn er je wieder die Rolle des Anführers spielen würde.

Hausner war zunächst überrascht gewesen, als er die Triebwerke der Concorde mit Donnerkrachen zum Leben erwachen hörte. Dann erinnerte er sich an Kahns unermüdliche Entschlossenheit und er lächelte. Ob Becker wohl genügend Schub herbrachte, um das beschädigte Flugzeug von der Stelle zu bewegen, obwohl die lange Nase tief im Dreck steckte und die Reifen des Hauptfahrwerks platt waren? Auf jeden Fall war es ein großartiger Versuch. Auch wenn die Kommandos im Eilmarsch anrückten, wären sie nicht annähernd rechtzeitig da. Es konnte einen entscheidenden Unterschied ausmachen, wenn die Concorde ihnen bis zum Osthang entgegenrollen würde. Es dürfte für alle eine Überraschung bedeuten, dachte Hausner, einschließlich David Beckers. Kahn hatte immer gewußt, daß er von hier fortrollen würde.

Hausner kniete nieder, schoß und wich zurück, immer wieder. Einige der Schüsse aus der Concorde waren ganz in seiner Nähe eingeschlagen, aber da konnte er nichts machen. Jetzt stellte er fest, daß das Feuer der Israelis sehr sporadisch geworden war, und während er lauschte, hörte es allmählich ganz auf. Plötzlich heulten die Triebwerke auf, und er wußte, daß Becker nun die Bremsen löste. Er sah über die Schulter zurück und entdeckte das rote Glühen der Triebwerke. Er wandte sich wieder nach vorn, und da kam aus dem Staub eine Kette Ashbals rennend und stolpernd auf ihn zu. Ahmed Rishs Stimme übertönte die F-14, die AK-47 und die gewaltigen Triebwerke. »Schneller! Schneller! Reißt euch ein letztes Mal zusammen! Jetzt oder nie! Kommt, meine Tigerjungen, mir nach, wir reißen die Beute!«

Hausner begriff, warum die Leute Rish folgten. Stimmlage und Tonfall kamen ihm bekannt vor, und wäre die Sprache deutsch gewesen anstatt arabisch, so hätte er gewußt, woher. Manche Menschen waren zu Führern geboren, und wenn sie überschnappten, waren die Auswirkungen tödlich. Hausner wich bis dorthin zurück, wo er das offene Grab wußte. Er fand es und glitt hinein. Er fühlte die Leichen unter seinen Füßen und fragte sich, wer wohl auf diese Weise sein Ende gefunden habe. Er kauerte sich nieder und wartete im Dunkeln auf Ahmed Rish.

Leutnant Joshua Giddels Kommandoabteilung blieb in dem kleinen Museum zurück, während die beiden anderen Abteilungen und ein Jeep ihren Weg am Gästehaus vorbei durch das Ischtartor und die Prozessionsstraße entlang nahmen. Giddels zehn Leute formierten sich zu je fünf Mann rechts und links des Jeeps mit der aufmontierten rückstoßfreien 10,6-Zentimeter-Kanone. Sie rückten über das flache Staubfeld, das das Museum vom Gästehaus trennte.

Im Jeep bei Leutnant Giddel waren die Fahrer, zwei Mann Geschützbedienung und Dr. Al-Thanni, der Kurator des Museums. Leutnant Giddel hatte ihn in seinem Büro im Museum aufgestöbert. Dr. Al-Thanni war dabei, anhand einer Liste Frühjahrsinventur zu machen, als wäre draußen vor seinem Fenster alles in schönster Ordnung. Giddel mußte an die Geschichte von Archimedes denken, der an einem mathematischen Problem arbeitete, als die römischen Belagerer seine Stadt einnahmen. Der Grieche wollte sich durch kein äußeres Ereignis in seinem Gedankengang stören lassen, und ein erboster römischer Soldat hatte ihn getötet. Und so, dachte Giddel, wurde Archimedes für alle Zeiten bei den Intellektuellen zum Helden und Märtyrer, und die Soldaten bekamen einen weiteren schwarzen Punkt. Giddel hatte den Impuls unterdrückt, dem der römische Soldat nachgegeben hatte, und sich damit begnügt, das Inventarverzeichnis auf den Boden zu schleudern.

Jetzt saß der Kurator in Giddels Jeep, der holpernd die wenigen hundert Meter bis zu Giddels nächstem Ziel zurücklegte. Der Leutnant schrie Al-Thanni ins Ohr: »Wie viele Ashbals sind Ihrer Schätzung nach im Gästehaus?«

Dr. Al-Thanni hatte im Gästehaus eine Dienstwohnung, schlief aber meist auf einem Feldbett im Museum. Im Gästehaus nahm er seine Mahlzeiten ein und benutzte die sanitären Anlagen. »Ich erfreue mich nicht ihres Vertrauens, junger Mann.« Der Kurator rückte die Brille zurecht.

Giddel starrte ihn eindringlich an.

»Nun ja, ich würde sagen, mindestens fünfzig mehr oder minder schwer Verwundete, ungefähr zehn Pfleger oder Pflegerinnen, ein Arzt und ein paar Wachen und diensthabende Offiziere.«

»Hat das Haus einen Keller?«

»Nein.«

»Betonbau?«

»Ja.«

»Sind zurzeit Gäste dort? Personal?«

»Nein. Die Saison hat noch nicht begonnen.«

»Irgendwelche sonstige Zivilpersonen?«

»Manchmal ein paar Mädchen aus dem Dorf. Na, Sie wissen.«

»Gibt's ein Funkgerät? Können sie sich mit kämpfenden Ashbals verständigen?«

»Ja. Ein Funkgerät im Vorraum. Am Pult, wo der Diensthabende sitzt.«

»Tragen die Verwundeten ihre Waffen?«

»Ja.«

»Irgendwelche schweren Waffen? Maschinengewehre? Granatwerfer? Mörser? Handgranaten?«

»Ich habe nichts dergleichen gesehen.«

»Wo würden sie einen Gefangenen unterbringen?«

»Sie hatten eine Gefangene — ein Mädchen — im Büro.«

»Eine Israeli?« Giddel wußte aus General Dobkins Bericht nach Jerusalem von der Gefangenen. »Ich glaube ja.«

»Und was ist mit dem General?« Giddel hatte dem Kurator bereits alles gesagt, was er über General Dobkin wußte, aber er sah, daß Al-Thanni die Information in Zweifel zog und wahrscheinlich glaubte, die Israelis wollten sich nur seine Freundschaft mit General Dobkin für ihre Zwecke zunutze machen. »Haben Sie den General nicht gesehen?«

»Ich sagte es Ihnen schon: nein.«

»Und auch nichts über ihn gehört?«

»Ich würde es Ihnen sagen.«

»Wo sonst könnten sie einen Gefangenen unterbringen?«

»Ich weiß es nicht. Die Zimmer kommen nicht in Frage. Dort sind die Verwundeten. Auch die Küche nicht. Im Speisesaal nehmen sie die Mahlzeiten ein. Es gibt einen Aufenthaltsraum, aber der ist gleichfalls belegt. Am ehesten noch im Büro. Ich war seit damals, als Sie, wie Sie sagten, den Anruf Dobkins erhielten, nicht mehr im Gästehaus, er könnte also im Büro sein.«

Giddel schaute hinüber zum Gästehaus. Er konnte die Umrisse erkennen und sah, daß einige Fenster erleuchtet waren. »Wo liegt das Büro?«

»Links vom Vorraum, wenn man hereinkommt. Direkt links vom Haupteingang. Die Fenster gehen nach vorn.«

»Wer ist der Ranghöchste im Haus?«

»Ein Mann namens Al-Bakr.«

»Ein verständiger Mensch?«

Dr. Al-Thanni gestattete sich ein kleines Lachen.

»Ich meine, glauben Sie, daß er eher verhandeln würde als seine Verwundeten einem Feuergefecht aussetzen?«

»Fragen Sie ihn.«

Leutnant Giddel betrachtete den gedrungenen Bau. Unglaublich, daß niemand die anrückende Truppe zu bemerken schien. Der Jeep hielt eine Geschwindigkeit von fünf Stundenkilometern ein, und die Kommandosoldaten trabten daneben her. Das Gästehaus war jetzt deutlicher zu sehen, und Giddel hob das Nachtglas vor die Augen. Er konnte abgeschlagene Zelte vor dem Haus liegen sehen. Ein paar Eukalyptusbäume standen rings um das Haus und verwehrten zum Teil die Sicht von den Veranden. Mehrere Fahrzeuge waren links des Hauses geparkt. Er sah Licht in einigen Fenstern, und aus den Kaminen stieg Rauch auf. Frühstück. Auf den Veranden der beiden Stockwerke saßen Männer. Noch schien keiner die Ankömmlinge zu sehen.

Giddel wandte sich an Dr. Al-Thanni. »Aber glauben Sie, daß er auf *verständiges* Zureden hören würde? Haben Sie Einfluß auf ihn?«

»Ich?« Der Kurator schüttelte den Kopf. »Ich bin — oder war — ihr Gefangener. Vergessen Sie das nicht. Ich gehöre nicht zu diesen Leuten.«

Giddel wandte seine Aufmerksamkeit wieder dem Gästehaus zu.

Dr. Al-Thanni legte dem Leutnant behutsam die Hand auf die Schulter. »Junger Mann, wenn Sie wirklich glaubten, mein Freund Dobkin sei dort drinnen und am Leben, so würde ich mein Möglichstes tun, um ihn herauszuholen, aber was immer ich sagen könnte, diese Leute würden nicht auf mich hören. Ich habe gesehen, was sie mit dem gefangenen Mädchen anstellten. Glauben Sie mir, wenn General Dobkin in ihre Hände gefallen ist, dann ist er entweder tot oder würde den Tod als Erlösung empfinden. Verschwenden Sie nicht Zeit und Menschenleben an dieses Unternehmen.«

Leutnant Giddel stellte seinen Feldstecher ein. Er sah jetzt, daß sich mehrere Männer aufmerksam über das Geländer der seitlichen Veranda beugten. Alle trugen weiße Kittel und einige auch Verbände. Sie sahen hinüber zur nördlichen Zitadelle, das lärmende Schauspiel, das dort vor sich ging, fesselte ihr Interesse. Sie schienen ihn nicht zu sehen, aber dann bemerkte Giddel, daß ein paar Männer von der obersten Veranda aus gespannt in seine Richtung blickten. Ohne das Glas abzusetzen sagte er zu Dr. Al-Thanni: »Vielen Dank, Doktor. Bitte springen Sie aus dem Jeep. Es sei denn, Sie wollten mit uns hineingehen.«

»Nein, danke. Viel Glück.« Der Kurator sprang seitwärts ab und ließ sich vom fahrenden Jeep wegrollen.

Leutnant Giddel sah, daß mehrere Männer ins Haus liefen. »Schneller.« Der Jeep beschleunigte, und die Kommandosoldaten rannten mit. »Ein Hartkerngeschoß laden und das Geschütz feuerbereit machen.« Die Geschützbedienung lud und richtete die Waffe auf das Ziel aus.

Plötzlich schossen zwei lange Streifen grüner Leuchtspuren aus dem Gästehaus über ihre Köpfe hinweg. Der Fahrer des Jeeps reichte Giddel das Funktelefon. »Die Deckung aus der Luft.«

Leutnant Giddel nahm das Mikrophon. »Hier Ostufer zweisechs.«

»Roger. Hier Gabriel zweiunddreißig. Darf ich dieses Haus für euch wegradieren?«

»Negativ, Gabriel. Möglicherweise Freunde darin. Wir müssen's auf die Ochsentour machen.«

»Roger. Wenn Sie sich's anders überlegen, pfeifen Sie uns.«

»Roger. Danke.« Giddel wandte sich zur Geschützbedienung um. »Linke Seite Erdgeschoß aussparen. Feuer!«

Die Geschützbedienung feuerte aus dem auf die 10,6-Zentimeter-Kanone aufgesetzten Richtgewehr einen Richtungsschuß vom Kaliber 0,50 ab. Das Leuchtspurgeschoß schlug oberhalb des Vordereingangs ins erste Stockwerk ein, und die Geschützbedienung schickte unverzüglich den Hauptschuß nach. Das 10,6-Zentimeter-Geschoß flog über das freie Gelände und schlug einen Meter vom Richtschuß entfernt ins Haus ein. Es gab eine ohrenbetäubende Explosion, der Beton barst. Flammen, Rauch und Schutt stoben aus den umliegenden Fenstern. Alle Lichter im Haus erloschen. Leutnant Giddel befahl dem Fahrer, noch mehr Gas zu geben. Die Kommandos nahmen ihre M-79-Granatwerfer in Betrieb, die Uzis, und sie feuerten im Laufen die automatischen Gewehre aus der Hüfte ab. Die Geschützbedienung lud das 10,6-Zentimeter-Geschütz aufs neue und feuerte. Das Geschoß durchschlug die Vordertür und detonierte in der Eingangshalle. Zwei Kommandosoldaten hielten im Lauf inne und stellten ihr leichtes MG auf. Sie beharkten das Haus mit langen Salven von 7,62-Millimeter-Geschossen.

Der Jeep und die Kommandosoldaten waren jetzt noch zweihundert Meter vom Gästehaus entfernt. Die Ashbals hatten sofort nach dem Einschlag des ersten 10,6-Zentimeter-Geschosses das Feuer eingestellt. Ein drittes 10,6-Zentimeter-Geschoß fuhr durch einen Fensterladen rechts des Haupteingangs und detonierte im Hausinneren. Die rechte Hälfte des Gebäudes begann zu wanken.

Flammen und Rauch drangen aus den Fenstern, und die Veranden an der Vorderseite brachen herunter. Männer und Frauen in weißen Kitteln sprangen aus den Fenstern und flohen zu den Fahrzeugen. Das Maschinengewehr schwenkte herum und pumpte Brandgeschosse in die Fahrzeuge. Eines nach dem anderen explodierte, und die Männer und Frauen, die bei ihnen hatten Schutz suchen wollen, flüchteten in die Dunkelheit.

Leutnant Giddel ging es gegen den Strich, ein Haus zu beschießen, in dem Verwundete untergebracht waren, aber hier waren, laut Dr. Al-Thanni und General Dobkin, auch Gefangene untergebracht und zudem diente es als militärisches Hauptquartier. Außerdem war aus dem Haus auf die Kommandos geschossen worden. Die Ashbals hatten die Grundregel verletzt, nach der Militär- und Sanitätseinrichtungen streng zu trennen sind, und nun bezahlten sie dafür.

Das rückstoßfreie 10,6-Zentimeter-Geschütz feuerte jetzt aus fünfzig Metern Abstand erneut durch die Vordertür, und wieder detonierte das Geschoß in der Halle, diesmal zusammen mit einem Tränengaskanister. Die Fassade bestand nur noch aus Einschlaglöchern, und die Holzjalousien waren zersplittert und brannten. Rauch quoll aus jedem Fenster, und es roch stark nach Kordit. Aus dem Hausinneren konnte man Schreie hören. Der Jeep fuhr über die Zelte hinweg, die Vorderstufen hinauf, über die Trümmer der Veranda und in den Vorraum. Der Fahrer schaltete die Scheinwerfer ein. Jeder der Soldaten suchte sich ein Fenster aus und setzte im Sprung hindurch.

Im Inneren des zerstörten Gästehauses lagen Tote und Verwundete zwischen Schutt und Trümmern. Über dem Vorraum war ein Teil der Decke zum ersten Stock durchgebrochen, und brennende Betten und Patienten lagen zuhauf in der Ecke. Die Israelis zogen Gasmasken über und warfen Tränengaskanister in die vom Vorraum ausgehenden Türen. Zwei Soldaten liefen durch die Hintertür hinaus auf die Terrasse und sahen gerade noch ein Dutzend Leute in weißen Kitteln und Uniformen in der grauen Morgendämmerung verschwinden. Sie ließen sie laufen. In der Vorhalle waren von oben Schreie und Stöhnen zu hören. In angesengten und blutbefleckten Nachthemden taumelten Männer und Frauen die Treppe herab. Das Tränengas hatte sie fast blind gemacht, sie husteten und würgten.

Leutnant Giddel stürzte in das Büro. Es war unbeschädigt, bis auf die zu erwartenden Risse in den Wänden. Kalkstaub lag überall und rieselte noch immer von der Decke. Als erstes sah Giddel das Mädchen, und als er auf sie zurannte, stolperte er über eine am

Boden liegende Gestalt. Es war ein Mann, der mit gefesselten Händen und Füßen auf dem Gesicht lag. An Körperbau und Größe erkannte er Dobkin. Giddel drehte ihn behutsam um. Das Gesicht war blutverschmiert, ein Auge war herausgedrückt. Es lag, noch an einem Sehnerv hängend, auf Dobkins Wange. Leutnant Giddel mußte sich zusammenreißen und wandte sich einen Moment ab. Dann holte er tief Atem und schaute nochmals hin. Dobkins Peiniger war offenbar gerade am Werk gewesen, als die erste Granate eingeschlagen hatte. Giddel war nicht sicher, ob der General noch lebte, bis er die blutigen Schaumblasen sah, die sich um die gebrochene Nase und die verschwollenen Lippen bildeten.

Der Sanitäter des Kommandos kam angerannt und sah sich zuerst das Mädchen an. »Sie lebt. Schwerer Schock.« Dann kniete er neben Dobkin nieder. Er untersuchte ihn rasch. »Der General pfeift aus dem letzten Loch.« Er blickte auf Dobkins blutgetränkte und zerfetzte Kleidung. »Gott weiß, welche Verletzungen er erlitten hat. Nichts wie rein mit den beiden in den Jeep und dann zurück zur C-130.«

»Gut.« Giddel rief durchs Fenster dem Fahrer zu: »Weisung an C-130. Alles für die Aufnahme zweier Verwundeter vorbereiten. Schock und starker Blutverlust. C-130 an Jerusalem funken. Wir haben unsere zwei babylonischen Gefangenen befreit . . . noch lebend . . .« Er wandte sich an den Sanitäter. »Aber ich kann nur hoffen, daß die übrigen besser erhalten sind als diese beiden da.« Er warf einen Blick auf die arabischen Elendsgestalten, die gerade draußen abgeführt wurden. Dann rief er dem Fahrer zu: »Und melden Sie, ein paar Babylonier haben wir auch.«

36

Die beiden letzten Ashbals am Fuß des Hügels sahen das israelische Kommando auf Schlauchbooten stromauf kommen. Es waren mindestens dreißig Israelis, und kein ausgebildeter Schütze konnte ein so klares Ziel verfehlen. Die beiden Ashbals gingen hinter einer Bodenwelle in Deckung und beschossen die exponierten Fahrzeuge mit ihren automatischen Waffen. Rings um die Boote spritzte Wasser auf. Drei Schlauchboote wurden sofort getroffen und mehrere Soldaten verwundet. Die Israelis erwiderten das Feuer unverzüglich, aber sie befanden sich in der denkbar ungünstigsten Position. Major Bartok befahl den Booten, am Ostufer anzulegen.

Die israelischen Soldaten gingen an Land und setzten sich in einer Schützenkette entlang dem Hochufer in Bewegung. Sie waren noch einen halben Kilometer von der Stelle entfernt, an der sich der steile Festungshügel erhob, und Major Bartok bezweifelte, daß es gelingen würde, in kurzer Zeit die pausenlos feuernden Ashbals auszuheben und unschädlich zu machen. Um Zeit zu sparen, wollte er querfeldein vorrücken, die Ashbals umgehen, dann dem schmalrückigen südlichen Annäherungsweg bis zur ehemaligen Zitadelle folgen, immer auf der Krone der alten Ufermauer. Wenn alles gutging, konnte er in fünfzehn Minuten in Sichtweite der Concorde sein. Während Bartok mit seiner langen Schützenkette vorwärtslief, ließ er sich vom Funker das Feldtelefon geben. Er rief Major Arnon. »Ostufer sechs, hier Westufer sechs. Wie steht's bei euch drüben, Yoni?«

Major Arnons Stimme klang atemlos, und Bartok wußte, daß auch er im Laufen sprach. Arnon erklärte in kurzen, abgehackten Sätzen: »Äußere Stadtmauer passiert — Gefallene gefunden, einen eigenen — verstümmelt — dreizehn gegnerische Gefallene — vermute Hinterhalt — marschieren Richtung Osthang — halber Kilometer bis Spitze — Warten.« Er hielt inne und blieb stehen. »Ich höre etwas — klingt wie Düsentriebwerke. Ist es möglich, daß Concorde startet?«

»Moment.« Bartok schaltete auf die El-Al-Frequenz und hörte Becker und Laskov ab. Er schaltete wieder zurück. »Roger. Sie sagen, Concorde wurde gestartet. Weiß verdammt nicht, was sie vorhaben, aber nur nicht lockerlassen.«

»Roger. Ende.«

Laskov war von einem seiner Piloten, der über der Concorde kreiste, informiert worden. Er rief ärgerlich ins Mikrophon: »Was fällt euch denn ein, Concorde 02?«

Becker hatte seine Uniformmütze wieder auf, ein angenehmes Gefühl, fand er. Er antwortete: »Wir machen, daß wir von hier wegkommen!«

»Nein! Ihr geht alle drauf!«

»Das hab ich soeben meinen trefflichen Computer gefragt, und er sagt: ›Mach doch, was du willst, du Schwachkopf. Aber laß gefälligst mich aus dem Spiel.‹ Ich richte mich nach ihm. Tut mir leid, Gabriel.«

»Ihr geht alle drauf, verdammt noch mal!« Laskov beherrschte sich nur noch mühsam. Er senkte die Stimme: »David . . . hören Sie doch . . .« Aber Becker schnitt ihm das Wort ab. Laskov ließ den Sprechknopf los.

Dann kam wieder Beckers Stimme: »Wir sind ohnehin schon alle tot. Verstehen Sie das nicht? Die Hilfe kommt zu spät.«

»Nein, ich bin fest überzeugt . . .« Wieder schaltete Becker ab, und wieder ließ er den Sprechknopf los.

Becker sagte dann leise: »Nichts für ungut, General. Sie haben wahre Wunder vollbracht. Wirklich. Wünschen Sie uns armen Hunden Glück. Ende.«

»Viel Glück. Ende.«

David Becker lockerte die Bremsen und wartete. Nichts. Er hielt unter den Instrumenten nach den Zeichen Ausschau, die auf eine Triebwerkexplosion hinwiesen, aber das war auch alles, was er tun konnte. Er war machtlos. Das Flugzeug schien vorwärts zu streben und fing an, bedrohlich zu vibrieren. Becker warf Kahn über die Schulter hinweg einen raschen Blick zu. Kahn sah von seiner Konsole auf. »Nicht abstellen, David. Nur warten.«

Becker nickte. So oder so, das Flugzeug würde auf jeden Fall zu Bruch gehen. Selbst wenn es gelänge, mit Hilfe der Schubkraft der drei funktionierenden Triebwerke bis zum Osthang zu rollen, so würde es entweder schon beim Abwärtsrutschen oder spätestens beim Aufprall am Fuß des Hügels zerschellen. Sogar die Vibrationen im Stand, die jetzt das schwer beschädigte Flugzeug erschütterten, konnten entscheidenden Materialschaden anrichten, noch ehe es sich einen Zentimeter bewegt hatte. Schlimmsten- oder bestenfalls würde sich der auslaufende Treibstoff entzünden und sie alle in die Luft jagen. Er hoffte beinahe, daß der Treibstoff entweder Feuer fangen oder ausgehen möge, und er begriff nicht, warum weder das eine noch das andere passierte.

In unnatürlicher Ruhe blickte er durch die Schutzscheiben hinaus. Er sah sogar die Ashbals, die auf die Concorde schossen. Kugeln schlugen ins Cockpit, und ein scharfes elektrisches Knistern sagte ihm, daß die Instrumentenkonsole einen Treffer abbekommen hatte.

Die Concorde bewegte sich nicht. Kahn versuchte, von seinem Instrumentenbrett eine Botschaft abzulesen, aber die Beschädigungen waren zu gravierend; ob an den Instrumenten oder an den Systemen, ließ sich nicht sagen.

Die beiden inneren Triebwerke lieferten nahezu maximalen Schub, aber das äußerste Steuerbordtriebwerk lief kaum mit halber Kraft. Kahn probierte alles mögliche aus, um ihm mehr Leistung zu entlocken. Wenn sie bloß diese Initialträgheit überwinden könnten. *Jeder Körper verharrt im Zustand der Ruhe, solange keine äußeren Kräfte auf ihn wirken.* Sobald die Concorde einmal in Bewegung wäre, hätten sie gewonnen. *Jeder Körper verharrt im Zustand der gleichförmigen Bewegung, solange keine äußeren Kräfte auf ihn wirken.* Na los, du altes Ungetüm! Kahn rief plötzlich Becker zu: »Inneres Backbordtriebwerk Leistung drosseln.«

Becker begriff. Wenn das Flugzeug nicht vorwärts wollte, so könnte er es vielleicht nach links schwenken. Er drückte den Leistungshebel für das Backbordtriebwerk nach hinten. Die beiden Steuerbordtriebwerke heulten auf. Langsam, zunächst kaum wahrnehmbar, schob sich die rechte Tragfläche vor. Die Concorde begann sich nach links zu drehen. Die Nase fegte durch den Staub, der rechte Flügel rasierte im Einschwenken das Dach der Schäferhütte weg. Das rechte Hauptfahrwerk prallte gegen die Erdrampe. Beinah wäre die Concorde zum Stehen gekommen, aber die Bewegung hielt an und das Fahrwerk hieb eine Bresche in den Erdwall. Nachdem die Initialträgheit nun überwunden war, öffnete Becker das Backbordtriebwerk. Das Flugzeug bewegte sich leicht vorwärts, glitt dabei jedoch ständig nach links ab. Instinktiv betätigte Becker die Seitenruderpedale und das Bugrad, um die Maschine geradeaus zu steuern, bis ihm wieder schmerzlich bewußt wurde, daß er weder Heck noch Bugrad mehr hatte.

Kahn hatte ihn beobachtet und rief ihm zu: »Allerhand, wenn Sie das schaffen würden, David.«

Becker grinste wehmütig. »Muß ihr die Zügel lassen und sehen, wohin sie uns trägt. Hören Sie, falls ich später nicht mehr dazukommen sollte: herzlichen Glückwunsch.« Er drehte sich nach Kahn um. »Egal was . . .« Kahn war in seinem Sitz nach vorn gesunken, das Gesicht lag auf dem Instrumentenbrett. Das weiße Hemd war blutdurchtränkt. »Mein Gott!«

Jacob Hausner lief dicht hinter der langsam dahinrumpelnden Concorde her, so daß der von den Triebwerken aufgewirbelte Staub ihm Deckung gab, und schoß im Laufen kurze Feuerstöße in alle Richtungen ab. Vom Graben aus hatte er Rish nicht erwischen können. Rish war kein Narr. Er hielt sich in der Mitte einer sternförmigen Gruppe von sieben bis acht Leuten, und auch wenn Hausner gewartet hätte, bis Rish an seinem Versteck vorüber war, so wäre er auch von hinten nicht an ihn herangekommen. Hamadi wäre ein leichtes Ziel gewesen, aber Hausner wollte sein Leben nicht für die zweite Garnitur wegwerfen. Er hatte sich zur nächsten Deckung zurückziehen müssen, zur Schäferhütte, und um ein Haar hätten ihn die Ashbals, als sie die Hütte umzingelten, von dort aus ins Jenseits befördert. Jetzt rannte er wieder, gab der Concorde Feuerschutz und hielt nach einem Versteck Ausschau, wo er Ahmed Rish auflauern und ihm die Gedärme mit heißem Blei vollpumpen könnte.

Während die Concorde schneller wurde und über das Gelände holperte, feuerten ein Dutzend Männer und Frauen aus Leibeskräften von den nachschleifenden Kanten der Tragflächen. Alpern klammerte sich an die verbogenen Leitwerkstreben und schoß durch die gewaltigen Staubwolken, die die Concorde in ihrer Kielspur hinterließ, auf die Ashbals. Mehrere Leute auf der Tragfläche schrien Hausner zu, er solle heraufkommen, ehe die Maschine noch mehr Tempo zulegen würde, aber Hausner schien nicht zu hören. Sie knüpften Hemden aneinander und ließen sie über die Kante hinab, damit er sich daran hochziehen könne, aber Hausner schien keinen Wert darauf zu legen.

Die Selbstmordkandidaten waren noch immer im Gepäckraum zusammengepfercht, mehr der Einfachheit halber als zur Strafe. Miriam Bernstein, die einem hysterischen Anfall nahe war, hatte man zu ihnen gebracht. Beth Abrams versuchte, Miriam zu beruhigen, und hielt sie am Arm fest, während das Heck hüpfte und schlingerte.

Ibrahim Arif hockte dicht an der klaffenden Öffnung des geborstenen Druckschotts. Als er zusah, wie unter dem hochgereckten Leitwerk der Boden vorüberglitt, erblickte er einen Mann, der durch die Staubwolken hinter der Maschine herrannte. Er rief den jungen Dolmetscher herbei. Ezekiel Rabbath zwängte sich bis zum Druckschott durch, streckte den Kopf hinaus und legte sein AK-47 so an, daß es keine der Aluminiumstreben treffen würde. In dem Augenblick, als er abdrücken wollte, erkannte er die zerlumpte, schuhlose, staubbedeckte Gestalt. »Das ist Jacob Hausner!«

Miriam Bernstein bahnte sich einen Weg zwischen den dichtgedrängten Leibern und zwängte sich an Arif und Rabbath vorbei. Mit unglaublicher Schnelligkeit begann sie, durch das Loch im Druckschott zu kriechen, ehe jemand sie hindern konnte. Dann erwischte Arif einen ihrer Fußknöchel, und Rabbath packte den anderen. Beinah wäre es ihr gelungen, sich freizustrampeln, aber Yaakov Leiber faßte sie am Bein, und mit vereinten Kräften versuchten die drei, sie wieder ins Innere zu ziehen. Beth Abrams stürzte sich von hinten auf die Männer und kreischte: »Laßt sie los! Laßt sie los, wenn sie unbedingt runter will!«

Nur mit viel Mühe konnte Beth Abrams gebändigt werden. Miriam bekam zwei Kreuzstreben zu fassen, die den Trimmtank Nummer elf getragen hatten, und klammerte sich daran fest. Sie schrie und trat nach den Männern, die ihre Beine festhielten. Es gelang nicht, sie ins Flugzeug zu ziehen, aber hinaus konnte sie auch nicht. Miriam schrie sich heiser, und Tränen strömten ihr übers Gesicht. »Jacob! Jacob!«

Die Concorde legte Tempo zu, der Abstand zu Hausner vergrößerte sich. Als Hausner sich umdrehte, um auf eine herannahende Gestalt zu schießen, kam er zu Fall. Er lag im Staub und blickte zurück, sah die blau-weiße Concorde durch den windgepeitschten Staub entschwinden. Er winkte dem Flugzeug zum Abschied nach. Miriam Bernstein glaubte, er habe sie gesehen und winkte zurück. »Jacob! Jacob!« Sie schluchzte unablässig seinen Namen.

Sooft Becker das Flugzeug unter Kontrolle bekommen wollte, indem er abwechselnd die Leistung der drei Triebwerke drosselte, verlangsamte die Concorde bedrohlich und er mußte die Leistungsventile wieder öffnen. Das Ergebnis war, daß die Concorde halb kreiselte und halb nach links abglitt. Becker machte sich darauf gefaßt, daß bei dieser Art von Bewegung die Räder des Hauptfahrwerks abknicken würden. Alle paar Sekunden warf er einen Blick nach hinten auf Kahn und suchte nach einem Lebenszeichen, konnte aber keines entdecken.

Dann und wann sah er einen Araber kurz aus dem Staub auftauchen und wieder aus seinem Blickfeld verschwinden, wenn das Flugzeug sich langsam drehte und sich zugleich stetig in westlicher Richtung von dem Hang wegbewegte, den er ansteuern wollte. Becker wußte, daß auch in der Kabine Leute von Kugeln getroffen worden waren. Er hatte das Gefühl, daß nur noch Leichen an Bord sein würden, wenn das Flugzeug endlich zum Stehen käme. Vor seinem geistigen Auge sah er aus den Einschußlöchern in der Aluminiumhaut Blut strömen. Dann wieder sah er alle Passagiere aus dem Hauptausstieg und eine Erdrampe hinuntertaumeln. Alle waren blutüberströmt, die blicklosen Augen saßen tief in den Höhlen. Sie waren . . . wahnsinnig. Er fühlte, wie ihm Schweiß in den Kragen rann und seine Hände zitterten. Er mußte das verdammte Ding irgendwo über die Hangkante bringen. Lieber drunten am Fuß des Hügels sterben, als diesen Alptraum Wahrheit werden lassen.

Durch das linke Seitenfenster sah er die Hügelkante. Was wohl passieren mochte, wenn er diesen steilen Hang hinunter und in den Fluß rollte? Würde die Maschine zerschellen? Würde sie, zusammen mit ihren Passagieren, wie ein Stein untergehen? Es gab nur eine Möglichkeit, dies zuverlässig festzustellen. Er riskierte es, die Leistung des Backbordtriebwerks völlig wegzunehmen. Der Steuerbordflügel schwang rasch herum; dann gab er dem Backbordtriebwerk volle Leistung und nahm zugleich die Leistung des beschädigten äußeren Steuerbordtriebwerks völlig weg. Jetzt hatten beide Seiten den gleichen Schub, und durch dieses Manöver wurde die Concorde direkt auf die Hügelkante gerichtet. Das Flugzeug wurde vom eigenen Schwung vorwärtsgetragen. Die beiden laufenden Triebwerke hörten sich an, als hätten sie allen Sand geschluckt, den sie irgend verdauen konnten, und sie begannen beängstigend zu knallen.

Die Concorde erreichte die Kante des Plateaus ein paar Meter von McClures und Richardsons ehemaliger Feuerstellung entfernt. Becker betete, daß sich das Fahrwerk nicht in einem Schützenloch verfangen möge, als die Concorde über die verlassenen Feuerstellungen rumpelte. Zu seiner Rechten sah er den kleinen Erdhügel über Moses Hess' Grab. Die Stätte hoch über dem Euphrat, die Becker für seinen Kopiloten ausgesucht hatte. Er wandte den Blick wieder nach vorn. Plötzlich schrie Becker nach hinten in die Kabine: »Alles rein! Katastrophenhaltung einnehmen! Kissen! Auf den Boden! Köpfe runter!«

Die Männer und Frauen auf der Tragfläche waren schon dabei, in die Kabine zu klettern. Drinnen saßen oder lagen alle mit dem Gesicht zum Heck auf dem Boden. Kissen und Decken waren gegen die Innenwandung und vor die Fenster gestopft. Alle versuchten, die Verwundeten festzuhalten, so gut es ging.

Die lange, beschädigte Nase der Concorde stach über den Rand des Plateaus hinaus. Becker stellte sich vor, das Flugzeug müsse einem Wesen aus der Fabel — oder aus einem Alptraum — gleichen, das am Rand eines Abgrunds kniete, die Schwingen — oder den weiten Umhang — ausgebreitet, um hochzuspringen und in die Lüfte zu fahren.

Becker öffnete das schadhafte Triebwerk, um zusätzlichen Schub zu bekommen. Die Concorde schien über der Hügelkante zu hängen, als könne sie sich nicht entschließen — ein Spiegelbild der Unschlüssigkeit ihres Piloten. Becker konnte über die Nase hinweg drunten den breiten Euphrat sehen. Die ruhelose windgepeitschte Wasserfläche warf das Licht der grauen Morgendämmerung blitzend zurück.

Becker blickte auf seine Konsole. Die Instrumente zeigten das Auslaufen des äußeren Steuerbordtriebwerks an, und tatsächlich hörte Becker es absterben. Ob der Treibstoff zu wenig oder der Sand zu viel geworden war, spielte keine Rolle — das Triebwerk starb. Dann war plötzlich auch das äußere Backbordtriebwerk tot, und das innere Steuerbordtriebwerk, das ohnehin nur mit halber Kraft arbeitete, fing an, schwarzen Rauch zu husten. Die Concorde hing bis zur Mitte im freien Raum.

Die restlichen Ashbals setzten, angespornt von Ahmed Rishs halbirren Schreien, mechanisch die Verfolgung der Concorde fort, die wie ein riesiger flügellahmer Vogel über den Boden rumpelte. Aus einigen Kabinenfenstern kam noch vereinzelt leichter Beschuß. Im verstümmelten Leitwerksheck jedoch hatte sich ein Mann festgekeilt. Er war nicht mit den anderen in die Kabine gegangen und gab nun von seinem Hochsitz aus gezieltes und genaues Feuer. Rish befahl, alle Waffen auf den Mann anzulegen, und Leuchtspuren zogen durch das Halblicht hinauf zum hochgereckten Leitwerk. Der Mann schien mehrmals getroffen zu sein, schoß jedoch weiter.

Die Ashbals setzten ihre letzten Kraftreserven ein und spurteten, geführt von Salem Hamadi, bis dicht an das schwankende Flugzeug. Ahmed Rish rannte hinter ihnen her; bald schoß er in den Staub zu ihren Füßen, bald griff er zum Stock und schlug die Laufenden auf Rücken und Gesäß. Die nicht ganz zwanzig ausgepumpten jungen Menschen rannten, stolperten und krochen weiter, hinter einem Anführer, der fast den Verstand verlor und verfolgt von einem Antreiber, der ihn längst verloren hatte. Rish erschoß einen Mann, der zu Fall kam und nicht schnell genug wieder aufstehen konnte. Während er die Concorde verfolgte, hörte er hinter sich das Feuer der anrückenden israelischen Kommandos, die *ihn* verfolgten.

Laskov beobachtete aus der Luft. Er wollte die Ashbals ausmachen, die jetzt von Zeit zu Zeit zu sehen waren, aber sie hielten sich zu dicht an der Concorde und es war ihm unmöglich, die Position der anrückenden Kommandos präzis zu bestimmen. Die F-14 war durch ihre hohe Geschwindigkeit für eine Nahkampfunterstützung wenig geeignet. Nur wegen ihrer Schnelligkeit und Reichweite waren sie für diesen Einsatz gewählt worden. Bci einer Mindestgeschwindigkeit von hundertfünfundneunzig Stundenkilometern war es völlig ausgeschlossen, im schwachen Morgenlicht bei heftigen Auftriebswinden und die Sicht hemmendem Staub eine Bombe oder Rakete präzis auf das rennbahnförmige Plateau zu plazieren, solange sich noch so viele eigene Leute im Zielgebiet befanden. Er erwog, den Kommandos nahezulegen, daß sie Abstand nehmen sollten, aber schließlich waren sie es, von denen die Rettung kommen mußte. Also begnügte er sich wiederum damit, im Tiefflug über den Hügel zu brausen und den Beschuß so zu legen, daß er weder der Concorde an der Westseite des Hügels noch den Kommandos, die sich vom Süden und Osten her näherten, gefährlich werden konnte. Er führte seine sechs Maschinen zu einem letzten

Tiefangriff, bei dem sie den Rest ihrer Zwanzig-Millimeter-Munition verschossen.

Hausner lag staubbedeckt in einer flachen Mulde und hörte die Tieffliegergeschosse rund um sich einschlagen. Die Ashbals hatten ihn nicht entdeckt und waren an ihm vorbeigerannt. Während er sich in die Mulde duckte, hörte er das immer schwächer werdende Heulen der Triebwerke, die eines nach dem anderen den Geist aufgaben. Vorsichtig hob er den Kopf. Die Concorde hing halsbrecherisch über der Kante des Hügels. Im schwachen Morgenlicht konnte er die Flammen in den gewaltigen Triebwerken erlöschen sehen. Die Ashbals umzingelten das Flugzeug. Von Osten her hörte er das wilde Feuern der Kommandosoldaten, die sich den Hang heraufarbeiteten. Er richtete sich auf ein Knie auf und überprüfte das Funktionieren seines AK-47. Während er es von neuem lud, blickte er um sich und sah, daß er in der gleichen Mulde kniete, in der er mit Miriam gelegen hatte. Er ließ die Hand durch den warmen Staub gleiten, der ihr Bett gewesen war.

Als er die Waffe geladen hatte, blickte er wiederum zur Concorde hinüber. Ursprünglich hatte er geplant, Rish zu töten, obwohl er wußte, daß er dabei, ob es ihm gelänge oder nicht, selbst den Tod finden würde. Jetzt aber sah es so aus, als würde er selbst überleben und allen anderen die letzte Stunde geschlagen haben, denn selbst wenn Rish die Concorde nicht erreichen und ihre Insassen abschlachten oder als Geiseln nehmen konnte, so mußte dieser wahnwitzige Versuch, das Flugzeug in den Fluß gleiten zu lassen, sie mit Sicherheit töten. Hausner hätte jetzt nur zu warten brauchen, bis die israelischen Soldaten ihn erreichten. Aber er stand auf und lief in Richtung auf die Concorde.

Becker konnte sich nicht entscheiden, ob er die Maschine über den Rand kippen lassen sollte oder nicht. Je länger er den Hang hinabblickte, um so weiter schien der Fluß sich zu entfernen. Aber was blieb ihm anderes übrig?

Burg war ins Cockpit gekommen und schnallte nun Kahn fest in den Sitz des Flugingenieurs. Kahn atmete, aber eine klaffende Brustwunde machte das Atmen immer mühsamer. Burg suchte herum, fand eine Landkarte und stopfte sie in das schäumende Loch.

Becker sah kurze Zeit zu, dann schrie er: »Holen Sie ein Dutzend Leute in die vordere Kombüse!«

Burg nickte, rannte aus der Tür des Cockpits und bellte einen Befehl. Ein Dutzend Unverletzte und gehfähige Verwundete sprangen sofort auf und zwängten sich in die kleine Vorderkombüse. Die Concorde neigte sich weiter vornüber und begann zu rutschen. Burg lief ins Cockpit und schnallte sich im Sitz des Kopiloten fest.

Den ausschwärmenden Ashbals weit voraus schlug Salem Hamadi einen Haken und rannte an der Kante der hochgekippten Steuerbordtragfläche entlang bis zu der Stelle, wo sie nur zwei Meter vom Hügelrand entfernt war. Eine Sekunde vor dem Rand warf Hamadi sich das Gewehr über die Schulter und sprang hoch.

Hamadi landete bäuchlings, mit ausgebreiteten Armen und Beinen auf der Tragfläche. In diesem Augenblick gab der Boden, auf dem die Unterseite des Cockpits ruhte, nach. Die Concorde kippte noch steiler nach unten und rutschte ein paar Meter ab. Hamadi rappelte sich hoch und versuchte, auf dem glatten Deltaflügel Halt zu finden. Sein Fuß fand die Scharte, die ein Geschoßhagel in das Metall gerissen hatte, und er hechtete auf den offenen Notausstieg zu und bekam den Türrahmen zu fassen. Niemand schien aus den Fenstern oder der Tür zu schauen. Hamadi zog sich zu der Öffnung hoch. Unter dem Flugzeug gab der Boden weiter nach, und die Concorde schien über die abbrökkelnde Hügelkante zu springen. Sie segelte den steilen Hang zum Euphrat hinab. Den überfliegenden Kampfpiloten bot sie ein verblüffendes Bild.

Salem Hamadi sah durch die offene Tür, daß alle auf dem Boden kauerten, die Köpfe zwischen den Knien, die Gesichter durch Kissen und Decken geschützt. Er ließ den Türrahmen los und sprang in die dunkle Kabine. Auf dem abschüssigen Boden wurde er gegen die Tür des Cockpits geschleudert. Er stemmte den Rükken an die Stahltür und wartete auf den Aufprall. Hamadi wußte nicht, welches Los ihm bevorstand — Ertrinken, Erschießen, Gefangenschaft, Verstümmelung —, er wußte nur, daß er nicht in Ahmed Rishs Nähe sein wollte, wenn das Ende kommen würde.

Becker sah die Buschreihe sehr schnell auf sich zukommen. Er sah zwei verwundete Ashbals in verschiedener Richtung am Flußufer davonlaufen. Er spürte, wie das Hauptfahrwerk zusammenbrach und die Concorde jetzt schnell auf dem Bauch dahinschlitterte. Die Nase schnitt durch das Hochufer, und der Bauch rutschte darüber hinweg wie ein Schlitten über eine unebene Stelle. Die Concorde landete bäuchlings auf dem Euphrat, und Becker hörte das dumpfe Aufklatschen im gleichen Moment, als er es fühlte. Er sah den Fluß bis zu seiner Windschutzscheibe steigen, dann strömte Wasser ins Cockpit und überschüttete ihn und Burg zugleich mit einer Flut von Glassplittern. Dann wurde alles schwarz.

Gewaltige Schwaden stiegen auf, als die heißen Olympus-Triebwerke viele tausend Liter Euphratwasser in Dampf verwandelten. Im Inneren des Flugzeugs hörte man ein Rauschen, als der Bauch sich mit Wasser füllte und die Maschine im Fluß zur Ruhe kam; schließlich erreichte sie eine Tiefe, auf der die Flut sie trug, und es wurde still. Langsam wagten die Passagiere aufzublicken.

Salem Hamadi glitt flink durch die Tür in das dämmrige Cockpit. Als erstes sah er einen Mann der Besatzung auf dem Sitz des Flugingenieurs festgeschnallt. Der Mann blutete, und sein Blut färbte das Wasser, das im Cockpit schwappte. Ein zweiter Mann der Besatzung saß, über die Steuersäule zusammengesunken, auf dem Pilotensitz. Neben ihm, auf dem Platz des Kopiloten, saß ein Mann in Zivilkleidung, der ebenfalls bewußtlos zu sein schien. Alles war mit blitzendem Plexiglas übersät. Vor Hamadis Augen begannen die Kontrollampen zu erlöschen, dann ging auch die Deckenbeleuchtung aus. Hamadi zog sein langes Messer. Instinktiv wußte er, daß der Mann in Zivil wichtig war, und er nahm ihn sich als ersten vor.

37

Jacob Hausner machte kurz vor der Schützenlinie der Ashbals halt. Er beobachtete, wie sie in den Fluß hinunter auf die jetzt langsam stromabwärts treibende Concorde zu feuern begannen. Er legte das Gewehr an und versuchte, Ahmed Rish auszumachen, aber die weiß verstaubten Gestalten sahen alle gleich aus.

Laskovs F-14 kreiste über den Schlammebenen, dann stieß sie jäh in Richtung auf den Hügelkamm herab, direkt auf die Ashbals zu. Laskov hatte Major Arnons Gruppe angewiesen, ihren Vormarsch zu stoppen und bis auf weiteres Deckung zu nehmen. Major Bartoks Gruppe war von der bisherigen Marschrichtung abgeschwenkt und rannte jetzt im Eiltempo den Hügelkamm hinab zu den Schlauchbooten, um, wenn möglich, die Concorde abzufangen. Der Himmel war deutlich heller geworden, und der Wind ließ nach. Die Ashbals, die sich so lange Zeit im Schutz von Staub und Dunkelheit hatten bewegen können, sahen plötzlich, daß sie nackt waren. Die F-14 feuerte ihre letzten Raketen ab und zog dann steil in die Höhe. Die Ashbals auf dem Hügelplateau verschwanden in einer Hölle aus orangeroten Flammen und Granatsplittern.

Die Erschütterung hatte Hausner zu Boden geschleudert, und als er aufblickte, sah er Ahmed Rish ganz allein in einiger Entfernung stehen, wo die zerfetzten Leiber seiner letzten Soldaten verkohlten. Der Gestank nach brennenden Haaren und verbranntem Fleisch hing über der Hügelkuppe, bis der Wind ihn fortblies.

Hausner stand auf und blickte um sich. Rish und er waren weit und breit die einzigen Menschen auf dem Hügel. Rish schien sich den sichersten Rückzugsweg zu überlegen. Er stand mit dem Rükken zu Hausner, der langsam zu ihm hinüberging. »Hallo, Ahmed.«

Rish drehte sich nicht um. »Hallo, Jacob Hausner.«

»Wir haben gewonnen, Rish.«

Rish schüttelte den Kopf. »Nicht ganz. Hamadi ist an Bord des Flugzeugs. Außerdem kann es immer noch untergehen. Und mit der Friedenskonferenz ist es endgültig aus. Und vergessen Sie auch nicht alle Ihre Toten und Verwundeten. Bestenfalls unentschieden, wie?«

Hausner packte das AK-47 fester. »Gewehr und Pistole fallen lassen. Langsam umdrehen, du Hundesohn. Hände auf den Kopf.«

Rish gehorchte. Er lächelte Hausner zu. »Sie sehen gräßlich aus. Möchten Sie vielleicht einen Schluck?« Er sah hinunter auf eine Feldflasche an seinem Gürtel.

»Halt dein gottverdammtes Maul.« Hausners Hände zitterten, die Gewehrmündung bewegte sich in kurzen, raschen Rucken. Er schien sich nicht entscheiden zu können, was er als nächstes tun wollte.

Rish lächelte unbeirrt. »Das Ganze war Ihre Schuld, und Sie wissen es. Ohne Ihr Versagen hätte es nicht passieren können. Sie können sich nicht vorstellen, wie oft ich im vergangenen Jahr schweißgebadet aus dem Alptraum erwacht bin, daß Jacob Hausner doch noch auf die Idee gekommen sei, seine Concordes von der Nase bis zum Schwanz zu inspizieren. Jacob Hausner. Das legendäre Genie des El-Al-Sicherheitsdienstes. Jacob Hausner. Was haben wir uns Sorgen gemacht wegen diesem haushoch überschätzten Jacob Hausner.« Er lachte. »Niemand hat uns gesagt, daß Jacob Hausner nur eine Schöpfung der israelischen Public Relations war. Der echte Jacob Hausner hat nicht mehr Verstand als ein Kamel.« Er spuckte auf den Boden. »Kann sein, daß Sie am Leben bleiben und daß ich sterbe, aber ich möchte nicht mit Ihnen tauschen.« Wieder lachte er.

Hausner wischte sich den Staub von Mund und Augen. Er wußte, daß Rish ihn zum Abdrücken provozieren wollte. »Fertig?«

»Ja. Ich habe gesagt, was ich Ihnen sagen wollte. Jetzt töten Sie mich rasch.«

»Bedaure, aber das ist nicht meine Absicht.« Er glaubte, Rish unter der Staubschicht erbleichen zu sehen. »Habt ihr nicht General Dobkin gefangen? Und was ist mit dem Mädchen, das auf Vorposten stand? Habt ihr die beiden? Los, Rish, eine ehrliche Antwort und ich schieße dir eine Kugel in den Kopf, sauber und schnell. Andernfalls . . .«

Rish zuckte die Achseln. »Ja, wir haben sie beide gefangengenommen. Beide waren am Leben, als ich sie zuletzt sah. Allerdings erhielt ich inzwischen eine Funkmeldung aus dem Gästehaus, wo die beiden gefangengehalten wurden. Danach haben Ihre Soldaten das Haus in die Luft gesprengt und die Verwundeten mit Maschinengewehren niedergemäht.« Erneutes Achselzucken. »Also, wer kann sagen, ob sie noch leben?«

»Lazarett und Hauptquartier gehören nicht zusammen, Rish, also bleib mir mit diesem Mist vom Leib.« Er hustete und spuckte Staub aus.

»Ein Schluck Wasser gefällig?«

»Schnauze.« Rish würde der Geheimdienstfang des Jahrzehnts sein. Vernünftigerweise sollte er ihn lebend fangen. Rish würde Antwort auf eine Menge Fragen geben, die dem israelischen Geheimdienst seit langem zu schaffen machten. Einiges davon wollte Hausner persönlich wissen. »Wer hat die Information über den Flug weitergegeben?«

»Colonel Richardson.«

Hausner nickte. Unvermittelt fragte er: »Miriam Bernsteins Mann? Die anderen? Was ist mit ihnen?«

Rish lächelte.

»Antworte, du Hundesohn.«

»Ich glaube, ich nehme die Antwort lieber mit ins Grab.«

Hausners Finger krümmte sich um den Abzug. Wenn Rish lebendig gefangen wurde, mußte er den Rest seines Lebens damit verbringen, durch den Stacheldraht in Ramla zu starren. Lebenslängliche Haft war ein härteres Strafmaß als eine Kugel in den Kopf. Aber Hausner lechzte nach einer primitiveren Gerechtigkeit: Aug um Auge. Er war erfüllt von allen Urleidenschaften und allem Urhaß der Menschheit und wollte Rishs Blut fließen sehen. Rish verkörperte das unsäglich Böse, und nicht einmal Stacheldraht bot die Garantie dafür, daß seine Bosheit im Zaum gehalten würde. Solange er lebte und atmete, war er gefährlich und bedrohlich wie eine Seuche. »Wir haben deine Liebste getötet, ja? Und es war ein doppelter Schlag für dich, weil sie deine Schwester war, ja?« Das

Psychogramm war in diesem Punkt nicht sicher, aber jetzt wußte Hausner es mit Bestimmtheit.

Rish antwortete nicht, aber seine Lippen zogen sich in einem so satanischen Grinsen zurück, daß es Hausner einen Schauder über den Rücken jagte. Wie Rish so mit gespreizten Fingern im Morgenwind stand, Gesicht und Kleidung vom Staub der toten Erde überzogen, und die aufgehende Sonne ein bösartiges Glitzern in seinen Augen zeigte, sah Hausner Pazuzu vor sich, den Ostwind, den Boten, der Pest und Tod ankündigte. Hausner bebte vor Erschöpfung und Erregung am ganzen Körper. Er richtete den Gewehrlauf nach unten und drückte ab.

Rishs Kniescheibe zersplitterte, er fiel in den Sand. Er heulte vor Schmerzen: »Eine schnelle Kugel! Sie haben es versprochen!«

Hausner war unerklärlich erleichtert, aus Rish Blut strömen zu sehen, den Brei aus Mark und Knochensplittern zu sehen und das Heulen zu hören. Als hätte er nicht erwartet, daß es bei diesem Menschen Blut oder Schmerzen geben könne.

»Versprochen!«

»Wann haben wir jemals unsere gegenseitigen Versprechen gehalten?« Wieder drückte Hausner ab und schoß die zweite Kniescheibe entzwei.

Rish brüllte wie ein Tier. Er trommelte mit den Fäusten in den Sand und biß sich so heftig auf Zunge und Lippen, daß Blut hervorquoll. »Um der Liebe Allahs willen! Um der Liebe Gottes willen, Hausner!«

»Waren deine Vorfahren Babylonier, Rish? Gehörten die meinen zu den gefangenen Juden? Sind wir deshalb so viele Jahrhunderte danach hier im Staub? War das dein Vorsatz?« Er drückte zweimal ab und zerschmetterte Rish das rechte Handgelenk und den rechten Ellbogen.

Rish stürzte mit dem Gesicht in den Staub und heulte: »Gnade! Gnade! Bitte.«

»Wir Semiten haben einander niemals Gnade gewährt. Seid ihr mit Moshe Kaplan gnädig verfahren? Oder er mit euch? Unsere Völker haben sich gegenseitig gnadenlos abgeschlachtet, seit die Sintflut gefallen ist, und vermutlich auch schon vorher. Das Land zwischen Tigris und Mittelmeer ist der größte Friedhof auf dieser Erde, und wir haben es dazu gemacht. Wenn sich am Jüngsten Tag die Toten aus ihren Gräbern erheben, werden sie nicht genügend Platz zum Stehen haben.«

Er feuerte eine volle Serie ab, und die Geschosse fuhren in Rishs linken Unterarm und rissen ihn teilweise ab.

Rish wurde ohnmächtig. Hausner trat zu ihm hin, schob ein volles Magazin in seine Waffe und schoß Rish in den Hinterkopf. Dann versetzte er dem leblosen Körper einen heftigen Fußtritt. Der Tote rollte über den Hügelrand, kollerte den steilen Hang hinunter und fiel in den Euphrat. Während Hausner dem untergehenden Leichnam nachblickte, sah er, daß am Fuß des Hügels noch immer zwei Ashbals waren. Sie schossen auf die dahintreibende Concorde, und nach den Leuchtspuren zu schließen, konnten sie Treffer verzeichnen. Hausner nahm die beiden Schützen ins Ziel und stellte seine Waffe auf automatisches Feuer um. Aus dem Augenwinkel sah er die F-14 vom heller werdenden Himmel direkt auf sich herabtauchen. Er dachte, wenn er das Gewehr fallen ließe und die Arme schwenkte, würde der Pilot vielleicht nicht auf ihn zielen. Er zögerte, dann feuerte er eine lange ununterbrochene Salve auf die beiden Ashbals hinunter.

Teddy Laskov wartete den Bruchteil einer Sekunde, dann riß er den Hebel für seine letzte Rakete herab.

Hausners Gewehr war leergeschossen. Am Fuß des Hügels war keine Bewegung mehr auszumachen, keine Leuchtspuren verfolgten mehr die Concorde. Er hörte die Rakete über seine Schulter hinweg auf sich zukommen, dann sah er die F-14 über dem Euphrat hochziehen. Er wußte, daß alles, was er jemals getan hatte, nicht nur in den vergangenen Tagen, sondern in den vergangenen Jahren, der Selbstzerstörung gedient hatte. Gott — der Arglistige, nicht der Allgütige — hatte nur gewartet, bis Hausner glaubte, gefunden zu haben, was das Leben lebenswert machte, und dann den Teppich unter ihm weggezogen. Hausner hatte gewußt, daß es so kommen mußte, und er war weder bitter noch traurig. Wenn er überhaupt Trauer empfand, dann um Miriam.

Das letzte, das Hausner sah, war Laskovs Hecknummer. Gabriel zweiunddreißig. Blendendes Licht hüllte ihn ein, dann durchströmte ihn eine goldene Wärme, und die Vorstellung Miriams, einer heiteren Miriam, die in einem sonnenhellen Raum beim Mahl saß, flog durch sein Bewußtsein.

Laskov blickte zurück und sah die westliche Hügelkuppe in orangeroten Flammen explodieren.

Salem Hamadi bewegte sich flink. Die Männer in den hochlehnigen Sitzen boten kein gutes Ziel, und er überlegte kurz, wie er vorgehen sollte. Hinter Burg richtete er sich auf, packte das schüttere weiße Haar, riß den Kopf zurück, so daß die Kehle freilag. Dann blickte er auf den Mann hinunter und erkannte den Chef der verhaßten Mivtzan Elohim. Hamadis Hände zitterten. Es war, als sei der Teufel persönlich der langen Klinge ausgeliefert. Das Messer kam zum Vorschein und fuhr über die Seite von Burgs Hals. Hamadi wollte die Klinge durch den Kehlkopf und Luftröhre ziehen, als er zu seiner Linken eine Bewegung wahrnahm. Er sah Becker an, der das Bewußtsein wiedererlangt hatte und ihn anstarrte. In Beckers Blick sah er nur Verachtung und Ekel. Keine Spur von Angst. Wieder begannen Hamadis Hände zu zittern, seine Lider und Lippen zuckten. Er sah auf Burg hinunter. Er begriff, daß die Ermordung dieses Mannes nicht viel am Ausgang des Unternehmens ändern würde. Wenn er ihn nicht tötete, so könnte das zumindest an seinen eigenen Lebenschancen etwas ändern. Es war das erstemal, daß er einen Feind nicht tötete, obgleich er die Möglichkeit dazu hatte. Eine Sekunde lang überlegte er. Dann nahm er das Messer von Burgs Kehle.

Becker wies auf die zerschmetterte Schutzscheibe. Hamadi nickte. Er sagte langsam auf hebräisch: »Sagen Sie denen in Israel, daß Salem Hamadi einen Menschen verschont hat. Sagen Sie Isaac Burg, daß er mir Dank schuldet.« Vielleicht könnte er sich eines Tages darauf berufen. Man wußte nie. Die meisten Agenten auf beiden Seiten trugen immer eine solche Dankesschuld als Lebensversicherung bei sich. »Salem Hamadi. Eine Dankesschuld.« Er schlüpfte zwischen Becker und Burg über die Instrumentenkonsole hinweg, zwängte sich durch die zerbrochene Schutzscheibe und glitt hinaus auf die Rumpfnase. Er ließ sich hinabrollen und verschwand im Wasser.

Becker war jetzt vollständig wach. Er wußte, daß er nicht geträumt hatte, denn er sah die klaffende Wunde an Burgs Hals. Es war alles zu unwirklich, nachdenken hatte keinen Sinn. Ein unbegreifliches Vorkommnis in einem unbegreiflichen Land. Er würde darüber Meldung erstatten, falls er Jerusalem jemals wiedersehen sollte.

Becker rief nach hinten in die Kabine. Er drehte sich zu Kahn um und rief seinen Namen: »Peter!« Keine Antwort. Er konnte die Brustwunde nicht mehr schäumen sehen, was entweder bedeutete, daß die Blutung aufgehört hatte oder daß Peter Kahn tot war.

Die Concorde wurde hauptsächlich von der riesigen Fläche ihrer Deltaflügel über Wasser gehalten, aber Becker wußte, daß sie nicht mehr lange schwimmen würde. Als er aus seinem Seitenfenster blickte, sah er bereits kleine Wellen über die großen Deltas schlagen. Das Wasser, das in den Bauch des Flugzeugs eingedrungen war, zog die riesige Maschine immer mehr hinunter, und die schweren Triebwerke tauchten das beschädigte Heck tief in die Fluten. Becker spürte, wie die Rumpfnase sich zu heben begann, je tiefer das Heck sank.

Die Tür des Cockpits wurde aufgerissen, und Yaakov Leiber stürzte herein. »Captain, der hintere Gepäck . . .« Er sah Kahn und Burg, die auf ihren Sitzen zusammengesackt waren.

Becker stellte fest, daß Leiber jetzt, da seine beruflichen Fähigkeiten wieder gefordert wurden, bei klarem Verstand war. »Weiter, Steward. Ihre Meldung.«

»Ja, Sir. Der hintere Gepäckraum und die Küche sind überschwemmt, und ich evakuierte die ›Selbstmordkandidaten‹, und durch den Boden sehe ich Wasser drunten im Bauch der Maschine. Alpern wird vermißt, ich glaube, er befand sich auf dem Leitwerk, als wir abdrifteten.«

Becker nickte. »Gut. Bitte schicken Sie Beth Abrams und noch jemanden hierher, damit sie sich um Kahn und Burg kümmern. Dann weisen Sie die Passagiere an, die vorhandenen Schwimmwesten anzulegen, falls sie das noch nicht getan haben. Und erstatten Sie mir eine vollständige Meldung über den Umfang der Schäden.«

»Jawohl, Sir.« Leiber rannte in die Kabine. Die Passagiere hatten den Absturz so gut wie unverletzt überstanden, aber alle äugten ängstlich auf die sechs möglichen Ausstiege und schoben sich in deren Nähe. Leiber fand Beth Abrams neben Miriam Bernstein am Druckschott zur Kombüse sitzen. Er flüsterte ihr etwas ins Ohr, dann ging er weg und sprach mit Esther Aronson und dem Außenminister.

Beth Abrams, Esther Aronson und Ariel Weizmann begaben sich schnell hinauf zum Cockpit. Die beiden Frauen schnallten sofort Kahn und Becker los. Sie trugen beide hinaus in die Kabine. Der Außenminister beugte sich über Beckers Schulter und fragte ruhig: »Sinken wir?«

Becker wartete, bis die beiden Frauen mit Burg durch die Tür verschwunden waren. »Ja. Wir sinken. Wenn die Maschine plötzlich absackt, ertrinken wir alle. Vielleicht wollen Sie jetzt die Evakuierung anordnen.«

»Aber die Verwundeten.«

»Legen Sie ihnen Schwimmwesten an. Hier können sie nicht bleiben.«

»Können wir nicht am Ufer anlegen?«

Becker blickte aus den Seitenfenstern. Links sah er die Erdhügel Babylons vorübergleiten. Er blickte zurück zum Hügel der Zitadelle, wo er geglaubt hatte, den Tod zu finden. Auf dem Plateau konnte er ein paar Kommandosoldaten sehen, und ein paar winkten ihm vom Ufer aus zu. Andere hatten Schlauchboote zu Wasser gelassen und folgten der Concorde. Am Westufer konnte er in einiger Entfernung einen aufgeschütteten Landeplatz und ein kleines

Dorf sehen. Auch dort schienen Kommandosoldaten zu sein. Die Helfer waren rings umher, aber sie hätten ebensogut in Jerusalem sein können. Der Euphrat hatte das Flugzeug mitten in die Strömung gezogen, und Becker sah keine Möglichkeit, das Ufer zu erreichen. Niemand konnte ihm vorwerfen, daß er daran hätte denken sollen, als er die Maschine über den Hang rollen ließ. Er hatte daran gedacht, aber noch vor zehn Minuten war das eine völlig belanglose Frage gewesen. Er sah aus dem rechten Fenster. Das Flugzeug würde vielleicht ans Ufer gelangen, wenn es noch eine Strecke weit über Wasser blieb. Aber das konnte es nicht. »Wir sind so weit gekommen«, sagte er.

»Wir sind schon so nah«, sagte Ariel Weizman. »Und wir sind *nicht* so weit gekommen, um in diesem verdammten Fluß zu ertrinken wie die Ratten.« Er blickte hinaus auf das schlammige Wasser, das sie rings umgab.

»Ist Hausner eigentlich an Bord gekommen?« fragte Becker.

»Nein. Er ist geblieben.«

Becker nickte. »Wie geht's Miriam — Mrs. Bernstein?«

Weizman warf Becker einen scharfen Blick zu. »Danke, gut, Captain«, sagte er steif.

Becker blickte auf das blutige Wasser auf dem Boden, das nach hinten in die Kabine lief, als das Flugzeug die Nase noch weiter hochreckte. Dann drehte er sich wieder nach vorn. »Salem Hamadi war hier im Cockpit.«

»Was sagen Sie da?«

»Nichts, Sir. Nur laut gedacht.« Er sah zu, wie die beiden Ufer vorüberglitten. Das Flugzeug, das immer mehr Wasser überholte, bewegte sich jetzt langsamer. Irgend jemand — die Kommandos, die Kampfpiloten oder er selbst, — mußte sich sehr schnell irgend etwas einfallen lassen.

Becker lehnte sich in seinem Sitz zurück. Nachdem er sich endlich daran gewöhnt hatte, in einem nach vorn abfallenden Cockpit zu sitzen, fiel es jetzt nach hinten ab. Seltsam, wie solche kleinen Unannehmlichkeiten sich während einer Krise ins Riesenhafte auswuchsen. Er probierte das Funkgerät, aus schierem Pflichtgefühl, aber es war genauso tot wie alle anderen elektrischen Installationen. Er sagte zum Außenminister, der sich auf den Platz des Kopiloten gesetzt hatte: »Ich bin der Captain, und ich könnte die Evakuierung anordnen, wenn Ihnen das lieber ist, Sir.«

Ariel Weizman hielt Kopf und Augen starr nach vorn gerichtet. »Wird *irgendeine* Warnung vorhergehen, wenn das Flugzeug zu sinken beginnt?«

Becker wandte sich dem Außenminister zu. »Es sinkt bereits

jetzt, Sir. Die Frage ist nur, in welchem *Tempo* es sinkt. Wenn es weiterhin langsam sinkt, dann können wir noch eine Weile aushalten. Wenn es plötzlich untertaucht, dann ist es aus.«

Der Außenminister spähte nach der Landestelle in der Ferne, dann durch das Seitenfenster nach den Schlauchbooten, die allmählich aufholten. »Wir warten noch«, sagte er zögernd.

»Schön.« Becker lehnte sich wieder zurück und starrte durchs Fenster in den neuen Tag. Sie hatten mit Concorde 02 ein paar bemerkenswerte Sachen gemacht, aber jetzt waren Erfindungsgeist und Schläue erschöpft. Concorde 02 sah aus wie ein riesiger Meeresvogel und konnte sich nicht einmal über Wasser halten.

Miriam Bernstein schaute aus dem Kabinenfenster auf den Euphrat. Sie hob den Blick und sah das trostlose Ostufer vorübergleiten. Tränen verschleierten ihre Augen, und die zerschmetterte Scheibe gab die Aussicht nur verzerrt wieder, aber sie wußte, daß sie noch immer Babylon vor sich hatte. Ein Lehmdorf erschien, Leute bewegten sich am Ufer. Eine Menschenmenge säumte den Fluß und starrte hinüber. Durch die Prismawirkung des zersprungenen Glases schillerten die schwarzen *dschellabas* und die schwärzlich-braunen Hütten in allen Regenbogenfarben. Wie das Babylon der buntglasierten Ziegel. Miriam glaubte, die Juden der Babylonischen Gefangenschaft fühlen, spüren, ja beinah sehen zu können, wie sie an den Ufern des Euphrat fronten. Sie seufzte, preßte die Stirn an die Scheibe, und die Tränen liefen ihr übers Gesicht. Sie wußte, daß er tot war. Das unvermeidliche Treffen mit Rish hatte stattgefunden — oder mit jemandem seinesgleichen. Ihre einzige Hoffnung war, daß er am Ende doch noch seinen Frieden gefunden hatte.

Danny Lavon sagte über Bordfunk: »Treibstoff, General.«

Laskov blickte auf seine Treibstoffanzeiger. Die Luftkampfmanöver hatten mehr verbraucht, als er berechnet hatte. »Roger. Schicken Sie alle anderen nach Hause. Wir werden noch ein bißchen herumlungern müssen.«

»Roger.« Lavon funkte an die Staffel.

Die Staffel ordnete sich in V-Formation und flog an Laskov vorbei. Über dem Fluß gingen sie tief herunter, ließen ihre Maschinen einmal im Takt nach links und rechts kippen, dann schwenkten sie nach Westen in Richtung Heimat ab.

Laskov sah ihnen nach, wie sie verschwanden, dann wandte er sich ab. Die Sonne saß auf dem höchsten Gipfel des Irak, ihre Strahlen reichten hinunter nach Mesopotamien und tauchten das graue Land in goldenes Licht. Der Wind hatte sich gelegt, nur hier und dort konnte Laskov noch einen Zug Staubwolken über das flache Schwemmland jagen sehen. Er blickte hinunter auf die beiden C-130, das rauchende Gästehaus, die Ruinen von Babylon und in ihrer Mitte das Araberdorf. Nachdenklich schaute er auf das Judendorf am anderen Ufer und auf die riesige weiße Concorde, die auf das Dorf zutrieb. »Unglaublich«, sagte er über Bordfunk.

»Unglaublich«, bestätigte Danny Lavon.

Laskov fragte sich, ob Miriam an Bord der Concorde war. Er sah die Deltaflügel jetzt nur noch verschwommen, was bedeutete, daß sie vom Wasser überspült wurden. Er gab dem Flugzeug keine zwei Minuten mehr. Er probierte es aufs neue mit der El-Al-Frequenz. »Concorde 02, hier Gabriel zweiunddreißig. Raus aus dem Kasten, verdammt noch mal! Raus! Könnt ihr mich hören?« Keine Antwort. Laskov sah, daß fünf Schlauchboote sich dem Heck der Concorde näherten. Ob Becker überhaupt wußte, daß sie dort waren? Sie waren kein großer Trost, aber wenigstens konnten sie ein paar Verwundete aufnehmen. Die übrigen würden schwimmen müssen oder auf dem Wasser treiben, falls sie Schwimmwesten hatten. Warum zum Teufel kamen sie nicht heraus? Laskov sprach mit den Bodenkommandos und den beiden Piloten der C-130. Jeder hatte Ideen, aber niemand wußte, was wirklich zu tun sei. Es gab Krisenpläne für jede nur denkbare Situation, aber das hier hatten nicht einmal die Planspieler in Tel Aviv vorhergesehen. Major Bartok mit seinen Schlauchbooten schien der Sache noch am nächsten zu kommen. Die Kommandoeinheit in Ummah hatte die Dörfler zusammengetrommelt, und viele von ihnen ließen ihre *gufas* zu Wasser und versuchten, stromauf zu staken, der Concorde entgegen.

Der Außenminister nickte. »Wir werden einige verlieren, aber was bleibt uns anderes übrig. Wir müssen evakuieren.«

»Nur noch einen Moment.« Becker sah Laskov eine scharfe Kurve ziehen, um über ihnen und dem Fluß zu bleiben. Scharfe Kurve. Rechtskurve. Er blickte hinunter auf seine toten Kontrollinstrumente. Er streckte die Hand nach dem Notstromschalter aus. Er betätigte den Schalter. Tot. Das wußte er bereits. Aber er brauchte Strom. Strom. Die Triebwerke waren tot, der Generator war gleichfalls tot. Die Batterien waren unter Wasser. Die Stickstoffflasche in Babylon zurückgeblieben, und die hydraulischen Pumpen waren voll Wasser oder beschädigt. Und doch blieb ihm noch immer eine Stromquelle — er wußte nicht, warum er nicht schon früher daran gedacht hatte. Er faßte schnell unter den Sitz und zog an einem Handhebel, von dem er nie geglaubt hatte, daß er ihn je benutzen würde, und sich nie gewünscht hatte, ihn in der Luft benutzen zu müssen. Eine nichtelektrische hydraulische Pumpe begann zu arbeiten, die Klappe unter der Concorde öffnete sich, und der kleine Generatorpropeller fiel heraus.

Unverzüglich sah Becker ein paar Kontrollampen aufleuchten, als der Propeller sich unter Wasser drehte und einen Generator in Betrieb setzte. Der Propeller betrieb außerdem eine hydraulische Notpumpe, und Becker sah, daß in einigen Systemen wieder Druck war. Die Concorde wurde von einem Wasserrad mit Strom versorgt. Verzweifelt — aber *très pratique,* wie die französischen Flugzeugbauer gesagt hatten. Wenn Kahn an seiner Konsole säße, würde er sagen, alles sei bestens.

Becker wußte, daß ihm nur ein paar Minuten blieben, ehe auch dieses Notsystem zusammenbrechen würde. Schon begannen am Instrumentenbrett die Kontrollampen für Elektrik und Elektronik zu flackern. Aber der hydraulische Druck hielt. Becker betätigte die Steuerung, und das große Steuerbordseitenruder senkte sich, während das Backbordseitenruder nach oben ging. Die rechte Tragfläche schleppte im Wasser, die linke fing an einzuschwenken.

Der Außenminister rüttelte Becker an der Schulter. »David! Ich sagte doch . . .«

»Moment!« Die Concorde bewegte sich nach rechts. Teils steuerte die Concorde das Westufer an, teils trieb sie seitwärts darauf zu. Vor sich konnte Becker die Mole von Ummah in den Fluß ragen sehen. Becker wollte, daß die Concorde diese Mole rammte und sich zwischen ihrem schützenden Arm und dem Flußufer einnistete. Wenn sie erst hinter der Mole ans Ufer gelangen würde, könnte sie vielleicht nicht landen, sondern nur am Ufer entlangschrammen und kreiseln und vollends zu Bruch gehen.

Die Concorde sank nun im gleichen Maß, wie sie sich drehte. Der Richtungswechsel hatte sie aus ihrem phlegmatischen Absakken aufgerüttelt und das Tempo beschleunigt, indem sie Wasser überholte. Becker packte das Steuer so fest, daß seine Knöchel weiß wurden. Während er abwechselnd die Kontrollampen und die Seitenruder beobachtete, sah er, daß Hydraulik und Strom am Ende waren. Die Lämpchen flackerten und die Seitenruder begannen sich auszurichten. Jetzt waren sie wieder beide in der Waagrechten und schleppten im Wasser. Becker fluchte auf englisch. Aber die Concorde hatte begonnen, sich zu drehen, und Becker glaubte, daß die Bewegung sich, wie bei einem Flugzeug in seinem eigentlichen Element, nach dem Gesetz der Trägheit fortsetzen müsse. Aber ein Fluß war nicht ganz das gleiche wie dünne Luft, was Becker alsbald erfahren sollte. Die Concorde nahm wieder die Lage des geringsten Widerstands ein, Nase und Heck richteten sich nach der Strömung aus. Aber wenigstens waren sie nun näher am Ufer, und hier floß das Wasser schneller und gab der Concorde ein fast unmerkliches Maß zusätzlichen Auftriebs. Becker glaubte, daß sie gerade noch die Mole schaffen könnten.

Plötzlich hörte Becker aus der Kabine Jubel und Freudenrufe, und er blickte über die Schulter zurück. Yaakov Leiber erschien an der Tür und rannte ins Cockpit. »Die Kommandos sind mit ihren Schlauchbooten längsseits!«

Der Außenminister schaute durchs Seitenfenster. »Vielleicht sollte ich versuchen, die Verwundeten zu evakuieren.«

»Keiner macht eine Bewegung«, sagte Becker. »Und ich meine es wörtlich. Keine Bewegung dort hinten. Noch ungefähr fünf Grad, und wir rutschen ärschlings in den Euphrat.«

Leiber balancierte vorsichtig zurück in die Kabine und gab Bekkers Befehle weiter. Becker sah ein Schlauchboot auf seiner Seite des Cockpits längsseits ziehen.

Der Offizier, Major Bartok, rief etwas von Evakuierung. Becker schüttelte den Kopf und machte mit der Hand eine Bewegung, die besagen sollte, daß die Situation und das Flugzeug auf der Kippe stünden.

Major Bartok nickte bestätigend. Er reckte den Daumen hoch und rief etwas wie, daß Becker kein übler Pilot sei.

Becker wandte sich vom Seitenfenster weg und blickte stromab. Die Mole war jetzt ungefähr hundertfünfzig Meter entfernt — etwa die doppelte Länge der Concorde. Zu beiden Seiten glitten *gufas* an ihm vorbei, und er sah die sonderbar aussehenden Juden in ihren primitiven Booten. Wieder schaute er nach vorn. Es dünkte ihn unwahrscheinlich, daß die Concorde auf die Mole auftreffen könnte. Und doch wußte er, daß es geschehen würde. Er fühlte plötzlich, daß die Heimsuchungen vorüber waren, daß die Prüfungen und die Plagen ein Ende hatten. Zum erstenmal seit sehr langer Zeit kam heitere Ruhe über ihn, und er entspannte sich, während er durch die zerbrochene Windschutzscheibe starrte und eine Brise ihm ins Gesicht blies. Die Concorde schien jetzt nach rechts zu gleiten. Oder war es eine optische Täuschung, hervorgerufen durch die Lichtreflexe auf dem bewegten Wasser? Hatten sie schon immer auf die Mole zugehalten, seit er die Concorde zum Einschwenken bewegt hatte? Er würde später General Laskov fragen müssen. Plötzlich rasierte die rechte Tragfläche die Uferkrone, setzte darüber weg und köpfte dabei ein paar Lehmhütten. Der Widerstand drängte die Concorde schärfer nach rechts, und während das Ufer höher wurde, hob sich auch die rechte Tragfläche und tauchte die linke tiefer ins Wasser.

Die Mole näherte sich schnell. Die Kommandosoldaten und die Dörfler wichen zurück und zur Seite, blieben aber auf der Mole. Die abwärts gerichtete Nase der Concorde prallte zuerst auf, direkt unterhalb der Wasserlinie, wie ein römisches Kriegsschiff mit einem Rammsporn am Bug. Die Mole erbebte und splitterte, als die Nase sich in die uralten Lehmziegel und den Schlamm bohrte. Bekker sah plötzlich vor sich, keinen Meter entfernt, ein Paar Stiefel stehen. Die Concorde sank merklich, und Becker spürte, wie sich das Fahrwerk, oder was nach der Rutschpartie noch davon übrig war, auf Grund setzte. Jetzt wimmelte es im ganzen Flugzeug von Menschen — Kommandosoldaten, Dorfbewohner und Passagiere. Er hörte sie auf dem Rumpfdach, er hörte sie über die linke Tragfläche waten und durch die Einstiege hereinkommen. Undeutlich nahm er rufende und weinende Menschen wahr, Menschen, die einander in die Arme fielen. Erst später wurde ihm bewußt, daß er auf der Mole stand und der Concorde den militärischen Gruß entbot. Irgend jemand führte ihn weg.

38

Miriam Bernstein und Ariel Weizman fanden Major Bartok in dem Durcheinander auf der Mole. Der Außenminister stellte sich vor und fragte sofort: »Die Friedenskonferenz?«

Der Major lächelte und nickte. »In New York warten sie noch immer auf Israel.«

Ein Besatzungsmitglied der C-130 fragte David Becker, ob sie denn während der Belagerung nicht an Wassermangel gelitten hätten.

Becker antwortete: »Ja, natürlich. Sehen Sie denn nicht, wie durstig wir alle sind?«

»Das sehe ich«, sagte der Mann. »Aber ich frage mich, wieso sämtliche Männer so sauber rasiert sind?«

»Rasiert?« Becker fuhr sich mit der Hand übers Gesicht. »Oh. Er hat es befohlen.«

Rabbi Levin hatte Major Bartok am Rand der Mole festgenagelt und verlangte, per Schlauchboot zu Major Arnon gebracht zu werden, zurück zum Hügel, damit er die Suche nach den Toten und die Exhumierung der Begrabenen überwachen könne. Major Bartok versicherte dem Rabbi, er brauche sich wirklich nicht mehr zum Hügel zu bemühen, woraufhin Rabbi Levin ausführlich begründete, warum der Major in diesem Punkt irrte.

Das Dorf Ummah hatte zeit seines Bestehens noch nie so etwas gesehen wie den Zug, der jetzt durch seine einzige krumme Gasse marschierte, und würde vermutlich dergleichen auch nie wieder sehen. Die Dorfbewohner halfen Bahren tragen und verteilten Essen und Wein an alle, die etwas wollten. Es herrschte ein Durcheinander aus Rufen und Schreien, improvisierten Gesängen und Tänzen. Flöten mischten sich ein, und ihre lockenden Töne geisterten über die Mole und das Dorf, während sich die Passagiere der Concorde langsam zur riesigen, hochaufragenden C-130 bewegten. Ein alter Mann reichte Miriam Bernstein ein Saiteninstrument. Eine Harfe.

Für die Überlebenden lief die ganze Szene viel zu rasch ab, und nur sehr wenig prägte sich ihrem Bewußtsein ein. Jedermann hatte eine Menge Fragen auf dem Herzen, und je mehr Fragen die Kommandosoldaten stellten, um so mehr Fragen bekamen sie von den Passagieren der Concorde zur Antwort.

Major Bartok rief über Funk Captain Geis an, den er oben im großen Cockpit der C-130 sitzen sah. »Sagen Sie Jerusalem . . . Sagen Sie Jerusalem, daß sie sich selbst aus ihrer Babylonischen Gefangenschaft befreit haben. Wir bringen sie jetzt nach Hause. Meldung über Verluste und Aktivität nach Abschluß der Kampfhandlungen folgt später.«

»Roger«, sagte Geis und gab den Funkspruch weiter.

Der Premierminister lehnte sich zurück und wischte sich die Augen, als der Funkspruch über den Lautsprecher kam. Er erinnerte sich, wie sie alle hier ihrer Sache unsicher gewesen waren und wie sie gezweifelt hatten. Aber schließlich hatte er doch gesagt *Zanek* — »Los« —, und nur das allein zählte. Wie viele wohl überlebt hatten? Wer war tot? Lebte der Außenminister? Die Friedensdelegierten? Miriam Bernstein? Tamir? Sapir? Jabari? Arif? Und was war mit Burg? Und Dobkin, würde er durchkommen? Und Hausner. Der große Rätselhafte und Störenfried. Wie lange schon versuchte die Staatssekretärin im Verkehrsministerium — Miriam Bernstein — den Verkehrsminister davon abzuhalten, ihn kaltzustellen? Er würde eine Menge Fragen zu beantworten haben, falls er noch am Leben war. Der Premier öffnete die Augen und blickte um sich. »Helden, Märtyrer, Narren und Feiglinge. Wir werden mindestens einen Monat brauchen, um sie auseinander zu sortieren.«

Captain Ishmael Bloch ließ seine C-130 die Straße von Hillah entlang rollen. An Bord befanden sich Major Arnons Kommandosoldaten, fünfzehn exhumierte Leichen, Gefallene vom Hügel, einschließlich Alpern, und ein verstümmelter Leichnam, der am Fuß des Hügels gelegen hatte. Die Soldaten hatten Burgs Schuh mit den Notizen darin gefunden, und die Aufzeichnungen ermöglichten eine rasche Erledigung ihres unerfreulichen Auftrags. Außerdem war eine völlig zerfetzte Leiche gefunden worden, die man zunächst für die eines Arabers gehalten und beinah zurückgelassen hatte. Aber ein scharfäugiger Soldat hatte ein Halskettchen mit dem hebräischen Lebenssymbol daran entdeckt. Auch fünfunddreißig verwundete Ashbals waren an Bord und ein halbes Dutzend toter Araber, die als möglicherweise gesuchte Terroristen galten. Allerdings glaubte man nicht, daß Ahmed Rish und Salem Hamadi darunter waren. Auf den Operationstischen lagen General Dobkin und Deborah Gideon. Die beiden Chirurgen warteten, bis das Flugzeug abgehoben hatte, ehe sie weiterarbeiteten.

Rabbi Levin, der es durchgesetzt hatte, zum Hügel gebracht zu werden, trat an die Operationstische und blickte die beiden Chirurgen fragend an. Der Arzt, der Deborah Gideon operierte, sah auf und nickte kurz. Die Ärztin, die General Dobkin operierte, zog ihre Operationsmaske herunter. »Ich habe noch nie solche Brutalität gesehen.« Sie schwieg eine Weile. »Aber er wird durchkommen. Es gibt nichts für Sie zu tun, Rabbi.« Sie lächelte und zog die Operationsmaske wieder über. Rabbi Levin machte kehrt und marschierte zum Heck des Flugzeugs, wo er mit Leutnant Giddel das Streitgespräch über die Notwendigkeit koscherer Ernährung während eines Kampfeinsatzes fortführte.

Die C-130 brauchte lange zum Abheben, und Captain Bloch wurde ungeduldig. »Hab ich Ihnen nicht gesagt, daß wir bis Bagdad rollen werden.«

»Hoffentlich ist es keine Mautstraße, Izzi.«

Endlich hob das große Flugzeug ab, und Bloch zog es in eine enge Linkskurve über den Euphrat. Er blickte hinunter auf die Concorde. »Wissen Sie, Eph, ich möchte den verrückten Hund kennenlernen, der dieses Ding da hierher geflogen und wieder rausgerudert hat.«

»Becker. Ich habe mit ihm Reserveübung geflogen. Er versteht's ganz ordentlich.«

Bloch grinste. »Ein tolles Unternehmen.«

Major Bartok sah dem alten Mann entgegen, der auf seinem Esel ohne Hast über die Schlammebene geritten kam. Die C-130 war fast vollbeladen, und die Triebwerke liefen bereits, aber das schien den Alten nicht im geringsten zu beeindrucken. Bartok stand geduldig an der hohen Landeklappe und wartete.

Shear-jashub schien vor dem fliegenden Monstrum keine Angst zu haben, und sein Esel auch nicht. Der alte Mann lenkte sein Reittier bis an die Rampe und hielt vor dem Major an. Er stieg nicht ab, sondern fragte sofort: »Was ist mit *Aluf* Dobkin?«

»Er ist in diesem Flugzeug, Rabbi.« Der Major deutete hinauf. »Es geht ihm gut.«

Der alte Mann nickte. »Würden Sie ihm etwas von mir ausrichten?«

»Natürlich.«

»Es ist zugleich die Antwort auf Ihre Frage.« Shear-jashub richtete sich auf seinem Esel kerzengerade auf. »Wir von Ummah danken euch für euer freundliches Anerbieten, aber wir können nicht mit euch nach Israel gehen.«

Der Major schüttelte ratlos den Kopf. »Warum nicht? Es gibt für euch hier keine Zukunft.«

»*Hier* interessiert man sich nicht für die Zukunft«, sagte Shear-jashub.

»Kommen Sie heim nach Israel, Rabbi. Wir haben Platz. Führen Sie Ihre ganze Gemeinde auf der Stelle in dieses Flugzeug. Nur keine Angst. Gehen Sie. Holen Sie Ihre Leute zusammen. Bringt eure ganze Habe samt den Tieren, wenn ihr wollt. Im Bauch dieses Vogels hat ganz Ummah Platz. Gehen Sie, Shear-jashub, und holen Sie Ihre Leute. Die Gefangenschaft ist vorüber. Kommt zurück aus Babylon.«

Der alte Mann lugte in das höhlenartige Flugzeug. Seltsame Lichter und Geräusche kamen daraus hervor. Drinnen konnte er diese anderen Juden sehen — die Israeliten —, wie sie herumgingen, dasaßen, weinten, lachten. Er hatte nicht alles begriffen, was geschehen war, aber er hatte genügend mitbekommen, um zu wissen, daß sie aus einem mächtigen Land kamen und daß Ummah sich diesem Land anschließen und seine Söhne und Töchter in diesem Land aufwachsen lassen könnte. »Wir haben viele Freunde und Verwandte in Hillah und Bagdad. Was sollen sie denken, wenn sie nach Ummah kommen und uns nicht mehr vorfinden? Wir können nicht einfach so weggehen.«

Bartok machte eine ungeduldige Handbewegung. »Ich kann einfach nicht glauben, daß jemand hier bleiben möchte. Es ist ein schrecklicher Ort.«

»Es ist *unser* Ort. Ich will Ihnen sagen, was ich schon dem *Aluf* gesagt habe. Es muß immer ein Rest zurückbleiben. Jedes Land braucht seine Diaspora. Niemand wird je wieder uns alle in seine Gewalt bekommen, indem er Jerusalem einnimmt. Verstehen Sie das?«

Major Bartok blickte hinaus auf die Schlammebenen, dann schaute er wieder den alten Mann an. »Ja, das verstehe ich. Aber mit diesem Land hat es seine eigene Bewandtnis. Es ist etwas Böses an diesem Ort — ihr seid als Sklaven in dieses Land gekommen und geltet noch heute als Sklaven.« Er sah, daß sein Reden zu nichts führte, und seufzte. Die letzten Verwundeten wurden an Bord gebracht, und er wußte, daß er sich nicht länger aufhalten durfte. Sie hatten Vorrang. Er zwang sich zu einem Lächeln. »Rabbi — vergessen Sie das nicht — wenn diese *Brit Shalom*, von der alle Welt spricht, gut ausgeht, dann werden alle Juden dieses Landes nach Israel kommen können, wenn sie das wollen. Sagen Sie den Leuten in Hillah und in Bagdad, daß wir auf sie warten. Und wir warten auf Ummah . . . und auf Shear-jashub.«

»Ich werde es nicht vergessen.«

Major Bartok nickte. »Wenn ich nur die Worte fände, um Sie zu überzeugen. Vielleicht, wenn der *Aluf* hier wäre . . . Nun denn, leben Sie wohl, Shear-jashub. Wir müssen aufbrechen . . . nach Jerusalem.«

Bei dem Wort Jerusalem lächelte der alte Mann. »Es ist jetzt eine starke und mächtige Stadt.«

»Ja.«

»Leben Sie wohl.« Er ließ den Esel kehrtmachen und ritt die Rampe hinunter.

Major Bartok sah ihm noch ein paar Sekunden lang nach, dann drehte er sich um und gab dem Leiter der Crew ein Zeichen. Die Rampe hob sich langsam, und der Major ging in die riesige Kabine. Er wandte sich an den Leiter der Crew. »Bitte sagen Sie den Piloten, daß wir bereit sind zum Heimflug.«

In der Kabine konnte er eine Gruppe aus Jeremia lesen hören. » . . . *daß sie in großen Haufen wieder hierher kommen sollen. Sie werden weinend kommen und betend* . . .«

EPILOG

Wenn also spricht der HERR: Rufet über Jakob mit Freuden
und jauchzet über das Haupt unter den Heiden;
rufet laut, rühmet und sprecht:
HERR, hilf deinem Volk,
den übrigen in Israel.
Siehe, ich will sie aus dem Land der Mitternacht bringen
und will sie sammeln aus den Enden der Erde,
Blinde und Lahme,
Schwangere und Kindbetterinnen:
daß sie in großen Haufen wieder hierher kommen sollen.
Sie werden weinend kommen und betend,
so will ich sie leiten;
ich will sie leiten an den Wasserbächen
auf schlichtem Wege, daß sie sich nicht stoßen . . .

Höret, ihr Heiden, des HERRN Wort
und verkündiget's fern in die Inseln und sprecht:
Der Israel zerstreut hat, der wird's auch wieder sammeln
und wird sie hüten wie ein Hirt seine Herde.
Denn der HERR wird Jakob erlösen
und von der Hand des Mächtigen erretten.
Jeremia 31, 7—11

Die beiden C-130 flogen im Verband nach Westen über die irakische Wüste. Isaac Burg saß auf einem Segeltuchstuhl und beantwortete ruhig die Fragen Major Bartoks, der an seinem Bericht arbeitete. Burgs Arme und der nackte Oberkörper waren über und über mit Jod betupft, und um den Hals hatte er einen weißen Druckverband.

Bartok kam aus dem Kopfschütteln über Burgs Antworten gar nicht mehr heraus. Der alte Soldat vermochte kaum zu fassen, daß die Friedensmission es fertiggebracht hatte, eine ganze Kompanie voll ausgebildeter Infanteristen aufzureiben. Aus beruflichem Interesse und persönlicher Neugier versuchte er, das Element oder die Elemente zu entdecken, die dieses militärische Wunder ermöglicht hatten. »Vielleicht könnten wir ein paar Bataillone von Friedensdelegierten in unserer Armee einsetzen«, sagte er.

Burg lächelte. »Meiner Ansicht nach lag es einfach daran, daß sie so sehr an den Frieden glaubten. Und als dann jemand versuchte, diesen Frieden zu stören, wurden sie so zornig, daß sie reagierten wie Löwenmütter, die ihre Jungen verteidigen. Es klingt paradox, ich weiß, aber ich finde keine bessere Erklärung.«

»Klingt gut«, sagte Major Bartok. »Aber ich schreibe doch einfach, es habe sich um ein Zusammentreffen von Tüchtigkeit seitens der Führung, leicht zu verteidigendem Terrain und erfindungsreichen Verteidigern gehandelt.«

»Klingt auch gut«, sagte Burg.

Der Major überlas noch einmal, was er beschönigend seine Spalte eins, Spalte zwei und Spalte drei nannte. Im Gefecht gefallen. Im Gefecht verwundet. Im Gefecht vermißt.

Burg sah sich in der Kabine um. Es fehlten so viele. So viele, die es verdient hätten, hier drinnen zu sein, anstatt in grünen Leichensäcken in der anderen Maschine.

»Ihre Sicherheitsleute sind schwer zur Ader gelassen worden«, sagte Bartok.

Burg nickte. Kaum zu fassen, fünf von den sechs Männern waren tot. Brin, Kaplan, Rubin, Alpern und Marcus. Nur Jaffe lebte noch, er war verwundet. Hausners Palastgarde. Das Instrument für seinen *coup d'état*. Sie hatten zu ihm gehalten, und er zu ihnen. Was konnten die Menschen mehr voneinander erwarten? Sie waren Profis, und die Verluste bei den Profis waren immer unverhältnismäßig hoch, aber das war nur normal. Und die Crew von El Al. Auch sie waren Profis, und auch sie hatten unverhältnismäßig hohe Verluste erlitten. Die Concorde war ihr Flugzeug, und ob sie in Lod stand oder in Babylon, sie hatten sich für die Passagiere verantwortlich gefühlt. Daniel Jacoby und Rachel Baum waren sehr schwer verwundet, aber Burg sah, daß sie noch immer auf den Operationstischen lagen, und das war besser als unter der grünen Plane im Heck zu liegen. Auch Peter Kahns Zustand war ernst, verschlechterte sich jedoch nicht weiter. Der Chirurg hatte Burg die blutgetränkte Landkarte gezeigt, die Burg in Kahns Brustwunde gestopft hatte. »Hat ihm das Leben gerettet«, sagte der Chirurg. »Er kann sich bei Ihnen bedanken, wenn er aus dem Krankenhaus kommt.«

Dann die Toten unter den Schreibkräften, Dolmetschern und Assistenten. Die vier niedergemetzelten Männer und Frauen auf Vorposten. Und diejenigen, die noch sterben würden, ehe das Flugzeug in Jerusalem festen Boden berührte. Aber Burg kannte sie nicht alle, und er war froh darüber, denn er hätte jetzt nicht die Kraft für soviel Trauer aufgebracht.

Und dann die Vermißten. Das war die grausamste Spalte. Betrauerte man ihren Tod oder hoffte man, daß sie irgendwo lägen, leidend, aber am Leben? Betete man, sie möchten in irgendeinem arabischen Rattenloch gefangen sitzen?

Naomi Haber wurde vermißt. Er hatte geglaubt, an alle gedacht zu haben, aber das war eindeutig nicht der Fall gewesen. Niemand wußte, was aus ihr geworden war. Jemand meinte, sie könne sich den Hang hinuntergeschlichen haben und tatsächlich nah genug an Moshe Kaplan herangekommen sein, um ihn zu erschießen. Alle hatten diesen Schuß gehört, und niemand konnte sich einen Reim darauf machen, daß Kaplans Peiniger plötzlich Mitleid gezeigt und ihn erschossen haben sollten. Aber wo war das Mädchen? Die Kommandosoldaten hatten sie nicht gefunden.

Und dann John McClure. Der undurchsichtige Mann war verschwunden. Burg kannte McClures Welt, denn sie war auch seine eigene. In dieser Welt war alles möglich, aber sich vor den Rettern davonzumachen, war selbst nach diesen Maßstäben ein wenig sonderbar. Hatte er Richardson getötet? Burg vermutete es, und er wußte auch, warum. Die Ärzte in der anderen C-130 hatten berichtet, daß die Kugel, mit der Richardson getötet wurde, nicht gefunden worden sei. Sie war aus nächster Nähe abgefeuert worden und hatte den Körper durchschlagen. Aber wo war McClure jetzt? Wahrscheinlich inzwischen in der amerikanischen Botschaft in Bagdad angelangt oder in der Wohnung eines Kontaktmanns des CIA in Hillah. Eines Tages würde er wieder auftauchen, zum Beispiel in der Rolle eines Archivars an der Bibliothek des United States Informations Service in Beirut. So oder ähnlich tauchten sie immer wieder auf.

Major Bartok wollte wissen, ob Burg Jacob Hausner gut gekannt habe. »War er der eigentliche Befehlshaber?«

»Ja, so ziemlich.« Hausner. Wo war Jacob Hausner? Vermutlich tot. Würden sie es je erfahren?

Der Mann war so vielschichtig, daß auch sein Tod — oder sein Verschwinden — vielschichtige Empfindungen auslöste. Er war nicht einfach nur zurückgeblieben, um seine private Abrechnung mit Ahmed Rish zu machen, obwohl das zweifellos einer der Gründe war. Aber es steckte noch mehr dahinter. Er hatte sterben wollen, aber er wollte auch leben. Bei einem derartigen Spiel konnte man nicht verlieren. Und Hausner hatte, wie immer, gewonnen, bis zum Ende und darüber hinaus. Eine Rückkehr nach Jerusalem hätte Fragen bedeutet, denen ein so selbstbewußter Mann wie er sich nicht aussetzen würde. Also war er geblieben.

Miriam Bernstein saß mit dem Rücken an ein Schott gelehnt im Cockpit. Sie hatte die Beine hochgezogen und das Kinn auf die Knie gestützt. Das stetige Dröhnen der Triebwerke schläferte ihren erschöpften Körper ein. Der Außenminister saß neben ihr auf seiner Segeltuchbank, die von der Wand heruntergeklappt war. Die Euphorie war verklungen. Ein paar Leute in Miriams Nähe dösten langsam ein. Manche waren noch immer übererregt und redeten unaufhörlich auf andere ein, die kaum noch bei Bewußtsein waren. Sogar die Soldaten schienen genug zu haben vom Zuhören und vom Reden und hatten sich, abseits der übrigen Passagiere, zum Heck zurückgezogen. Die ganze Kabine roch nach Leibern, Narkosemitteln und Medikamenten.

Miriam schaute hinüber zu David Becker, der nicht weit von ihr, mit dem Rücken gegen die Innenwandung, im Cockpit saß. Er war wach, schien jedoch geistesabwesend zu sein. Viele waren Helden gewesen, dachte Miriam, aber wenn man einen mit Namen nennen sollte, dann David Becker. Er hatte das fachliche Lob von Captain Geis und Leutnant Stern bescheiden und mit fast jungenhafter Schüchternheit entgegengenommen. Er war ein guter Pilot und ein gutaussehender Mann. Genau der Stoff, aus dem man Helden macht. In Jerusalem würde ihm gehuldigt werden wie einem König. Seine amerikanische Herkunft würde ein übriges dazu tun.

Als Becker wieder in die Gegenwart zurückfand, stellte er fest, daß er Miriam Bernstein anstarrte. Er versuchte zu lächeln, aber er wußte, daß es mißlang. Er räusperte sich und sagte leise: »Wir haben unser Logbuch verloren.«

Auch Miriam lächelte. »Und meine Chronik hat vermutlich eine Bombe zerfetzt.«

»Als Chronisten taugen wir nicht viel.«

»Die Absicht war gut.«

»Ja.« Er lächelte und schloß die Augen.

Miriam sah, daß er schlief, und wollte es ihm nachtun. Sie schloß die Augen. Der Außenminister beugte sich herüber und tippte ihr auf die Schulter. »Wir müssen uns für die Landung auf eine Erklärung einigen. Vor allem müssen wir das, was hier geschah, völlig von der Friedenskonferenz trennen. Wir müssen den Geist wiederfinden und wiederherstellen, der vor diesen . . .« er machte eine Handbewegung » . . . diesen Ereignissen herrschte.«

Miriam Bernstein schaute ihn an. »Ich werde nicht mit Ihnen nach New York gehen.«

Der Außenminister wirkte bestürzt. »Warum nicht?«

»Ich glaube nicht mehr daran.«

»Unsinn.«

Sie zuckte die Achseln. Was hätte Jacob Hausner ihr geraten? Er hatte immer zynische Bemerkungen über die Friedensmission fallenlassen, aber vielleicht würde er ihr jetzt raten, hinzugehen und zu beweisen, daß sie ein verdammt zäher Verhandlungspartner sein konnte. Wenn die Araber in ihr das schwächste Glied in der Kette der Israelis gesehen hatten, dann sollten sie schleunigst umdenken.

»In ein paar Tagen werden Sie anders darüber denken.«

»Ja, vielleicht.« Sie hatte keine Lust, sich herumzustreiten. Von irgendwoher aus der Mitte der riesigen Kabine hörte sie Esther Aronsons Stimme. Sie las aus Jeremia: » . . . *denn siehe, ich will dir helfen aus fernen Landen, und deinem Samen aus dem Land seines Gefängnisses, daß Jakob soll wiederkommen* . . .« Samen? Seinem Samen? Wiederkommen aus Babylon? Möglich. Unbewußt legte sich ihre Hand auf ihren Leib.

Wieder tippte der Außenminister sie an. »Also das war wirklich eine selbstlose und aufopfernde Tat . . . ich meine, von ihm . . ., daß er zurückblieb und die Ashbals in Schach hielt.«

Miriam rang sich ein Lächeln ab. »Aufopfernd? Jacob Hausner wußte nicht einmal, was dieses Wort bedeutet. Nein, es war reiner Egoismus, das versichere ich Ihnen. Er war nicht gesonnen, sich einem Untersuchungsausschuß zu stellen — der nicht nur wegen der beiden Bomben über ihn zu Gericht sitzen würde, sondern auch wegen seiner Rolle als Befehlshaber —, seiner angemaßten Rolle, und wegen all der Leute, die getötet wurden, während er das Kommando führte. Ich glaube, er wollte lieber sterben, als auf der Anklagebank sitzen.« Wieder versuchte sie zu lächeln, aber Tränen liefen ihr über die Wangen.

Ariel Weizman fühlte sich unbehaglich. Er tätschelte ihren Arm. »Nun, nun, vielleicht ist er gar nicht tot.«

Sie dachte an ihren Mann. Genau das bekam sie in bezug auf ihn auch dauernd zu hören. Und in Europa gab es noch immer Juden, die herzergreifende Zettel an öffentliche Anschlagbretter hefteten und nach so vielen Jahren die Hoffnung nicht aufgegeben hatten, ihre Ehemänner und Frauen und Söhne und Töchter wiederzufinden. Sie sah Ariel Weizman an, und ihr Blick war so hart, wie der Außenminister ihn nie gesehen hatte. Sie sagte durch die zusammengebissenen Zähne: »Er ist tot, verdammt noch mal. Tot. Und verdammt soll er sein, weil er sein Leben fortgeworfen hat.« Sie begrub das Gesicht in den Armen und weinte.

Beide waren sie tot, und Miriam konnte nirgendwohin gehen, um ihre Gräber zu besuchen, so wenig, wie sie die Gräber ihrer Eltern besuchen konnte, ihrer Schwester oder ihres Stiefvaters.

Nichts an ihrer Vergangenheit war greifbar, nach nichts konnte sie die Hand ausstrecken, um es zu berühren. Es war, als hätten diese Menschen nie gelebt. Und so viele Orte, die mit ihrem Schicksal verknüpft waren, lagen außerhalb von Miriams Welt. Europa. Babylon. Ein Gefühl der Verlassenheit, der überwältigenden Traurigkeit ergriff Besitz von ihr. Jacob hatte gesagt, heule und schreie und hör nicht auf und laß die Welt wissen, wie du leidest, aber das konnte und wollte sie nicht tun. Und selbst wenn sie es getan hätte, so würde es den Schmerz nicht stillen. Wenn er ihr nur nicht gesagt hätte, daß er sie liebte. Dann wäre alles für sie soviel leichter gewesen, sie hätte es als Rausch abtun können oder als Unsicherheit oder irgend etwas, das es nicht war.

Wieder tippte ihr jemand auf die Schulter, und sie blickte auf. Ein junger Mann von der Crew sah sie lächelnd an. Er reichte ihr einen gefalteten Zettel. »Funkspruch.«

Ein paar Sekunden lang starrte sie den Zettel an, dann faltete sie ihn auseinander und las die mit Bleistift gekritzelten Zeilen. *Ich liebe dich. Teddy.*

»Eine Antwort?«

Sie wischte sich mit beiden Händen die Augen. Sie zögerte, dann schüttelte sie den Kopf. »Nein. Vielen Dank.«

Der überraschte junge Mann machte kehrt und ging weg. Miriam las den Zettel noch einmal, dann steckte sie ihn in die Tasche. Ihre Finger berührten den silbernen Stern, den Jacob Hausner ihr geschenkt hatte. Sie zog die Hand aus der Tasche. Sie würde erst sehen müssen, wie es sich mit Jacobs Samen verhielt, ehe sie die Antwort an Teddy Laskov wußte.

Teddy Laskov überflog ein letztes Mal Babylon. Auf dem Boden schien sich nichts zu bewegen außer dem Wind und dem Sand und einem einzelnen Mann, der auf einem Esel westwärts über die Schlammebenen ritt und zum Himmel aufblickte. Die große blauweiße Concorde lag an der Mole von Ummah unter Wasser. Laskov überlegte, warum ihr Anblick ihm nicht noch ausgefallener erschien. Das Dorf und das Flugzeug bildeten die jeweiligen Höhepunkte von fünfundzwanzig Jahrhunderten einer getrennt verlaufenden Entwicklung, und doch bestand eine Verbindung zwischen ihnen.

Laskov zog eine enge Kurve und raste nach Westen, weg von der Wiege der Kultur, weg vom Land der Gefangenschaft, hinaus über die Wüste Shamiyah, weiter nach Westen, auf Jerusalem zu. Die Schwingflügel seines Jets, die kampfbereit gespreizt gewesen waren, falteten sich nach hinten wie ein Cape, als das Flugzeug an

Höhe gewann. Nach einigen Minuten hatte er die beiden C-130 eingeholt.

Miriam hatte seine öffentliche Liebeserklärung nicht beantwortet, und er kam sich ein bißchen dumm vor — aber er wußte, daß er den Leuten an Bord seine Anwesenheit vorführen mußte. Es war gut für die Moral. Er schoß zwischen den beiden Maschinen durch und wackelte mit den Flügeln. Dann zog er eine Kurve, nahm Geschwindigkeit weg und fuhr die Tragflächen aus, um langsamer fliegen zu können. Er zog ein zweites Mal vorbei und winkte hinter der gläsernen Kuppelhaube. Hinter jedem Fenster der beiden C-130 erwiderten Menschen seinen Gruß, als er um die großen Flugzeuge kreiste.

Miriam stand zögernd auf und stellte sich zu den anderen, die aus den Fenstern blickten. Sie grüßte die erneut vorbeifliegende F-14 mit einem angedeuteten Winken, dann wandte sie sich vom Fenster ab, sank zu Boden und war eingeschlafen, noch ehe sie sich ganz ausgestreckt hatte. David Becker legte eine Decke über sie.

Laskov hatte jetzt genug von seiner Luftakrobatik, er zog keine neue Schleife, sondern stieg hoch und entschwand in westlicher Richtung aus dem Sichtbereich der Transportmaschinen. Er brachte sein Flugzeug auf Kurs Jerusalem und durchbrach die Schallmauer. Er würde bereits gelandet sein, geduscht und wieder in Zivilkleidung, um die Passagiere der C-130 zu begrüßen, wenn sie, noch bedeckt vom Staub Babylons, eintreffen würden. In der modernen Welt veränderten sich die Situationen mit unglaublicher Schnelligkeit. Es schien keine festen Punkte zu geben, wie den Polarstern, die man anpeilen konnte. Ob Miriam sich wohl in Babylon verändert hatte? Nein. Nicht Miriam. Sie war unwandelbar, beinah starr. Anfangs würde zwischen ihnen jene Fremdheit und Kühle herrschen, die sich manchmal einstellt, wenn zwei Liebende getrennt waren, aber das würde vorübergehen.

Laskov schwang sich hoch in die Troposphäre, aus keinem anderen Grund, als weil er die Krümmung der Erde unter sich und die ewigen Sterne in ihren schwarzen Himmeln über sich sehen wollte. Dort droben veränderten sich die Perspektiven. Babylon. Jerusalem. Gott. Miriam Bernstein. Teddy Laskov. Sie alle schoben sich auf ihren rechten Platz in diesem kalten, luftlosen Nichts. Er würde alles geordnet haben, ehe die Kuppeln und Türme Jerusalems auftauchten.

In New York war es zehn Uhr abends. Die Delegation der Araber und der Israelis hatten sich im Konferenzgebäude der Vereinten Nationen versammelt. Alle fünfzehn Minuten waren Lageberichte aus Bagdad und Jerusalem verteilt worden. Die letzten Fernschreiben hatten endlich die erlösende Nachricht gebracht. Jemand brachte eine Flasche Arrak zum Vorschein und ließ sie herumreichen. Es wurde nicht viel gesprochen im Sitzungssaal, aber als die Spannung nachließ, stellte sich zwischen den beiden hier versammelten Gruppen ein Gefühl des Vertrauens, ja der Freundschaft ein. Ein arabischer Delegierter brachte einen Toast aus. Weitere Toasts schlossen sich an, und Arrak und Süßwein flossen reichlich.

Saul Ezer, ständiger Abgeordneter der Israelischen Mission bei den Vereinten Nationen, dachte, daß er wohl noch nie einen so harmonischen Voraustrupp für eine Konferenz gesehen hatte. Die Delegierten aus den arabischen Ländern und aus Israel würden bei ihrer Ankunft fruchtbaren Boden vorfinden. Er stand leise auf, ging in ein angrenzendes Büro und nahm das Telefon auf. Er wählte die Nummer eines Hotels in der Innenstadt und gab erneut die Zimmerbestellung für die israelische Friedensdelegation durch.

Shear-jashub verlor das Flugzeug aus den Augen und lenkte seinen Esel ostwärts über die Schlammebenen, zurück nach Ummah. Ein seltsames Zwischenspiel im zeitlosen, einförmigen Leben am Euphrat war zu Ende. Wieder waren Übriggebliebene heimgekehrt aus Babylon, und wieder war es anderen Übriggebliebenen bestimmt zurückzubleiben. Shear-jashub stellte sich vor, daß Jerusalem bald große Festlichkeiten veranstaltete; aber für Ummah würde es immer nur Ungewißheit geben. Doch wenn Ummah nicht überlebte, so würden die Gemeinden in Bagdad und Hillah überleben. Und nach ihnen Jerusalem oder irgendein anderer Ort. Eines Tages würde Gott der Prüfung seiner Kinder ein Ende machen, und dann könnten alle die Übriggebliebenen und Versprengten zurückkehren ins Gelobte Land, in der Gewißheit, daß sie, die Menschen der Diaspora, nicht mehr außerhalb Zions bleiben mußten, damit ihr Blut überlebe.

In der Ferne stieg die Sonne über die Hügel Babylons. Shear-jashub hob den Kopf und sang laut, mit klarer Stimme, die über die trostlosen Ebenen rollte und sich über den Euphrat schwang und in die Ruinen von Babylon:

»Und ich will die übrigen meiner Herde sammeln aus allen Ländern, dahin ich sie verstoßen habe, und will sie wiederbringen zu ihren Hürden, daß sie sollen wachsen und viel werden. Und ich will Hirten über sie setzen, die sie weiden sollen, daß sie sich nicht mehr sollen fürchten noch erschrecken noch heimgesucht werden, spricht der HERR.«